# 掬芷撷兰

## ——常德作家作品评论选

常德市丁玲文学研究中心　主编

北方联合出版传媒（集团）股份有限公司
春风文艺出版社
·沈阳·

**图书在版编目（CIP）数据**

掬芷撷兰：常德作家作品评论选 / 常德市丁玲文学
研究中心主编. 一 沈阳：春风文艺出版社，2021.12
　ISBN 978-7-5313-6029-2

　Ⅰ．①掬… Ⅱ．①常… Ⅲ．①中国文学－当代文学－
文学评论－文集 Ⅳ．①I206.7-53

中国版本图书馆CIP数据核字（2021）第174126号

北方联合出版传媒（集团）股份有限公司
春风文艺出版社出版发行
http://www.chunfengwenyi.com
沈阳市和平区十一纬路25号　　邮编：110003
三河市嵩川印刷有限公司

| | | | |
|---|---|---|---|
| 责任编辑：韩　喆 | | 助理编辑：平青立 | |
| 装帧设计：四川悟阅文化传播有限公司 | | 责任校对：张华伟 | |
| 字　　数：647千字 | | 幅面尺寸：170mm×240mm | |
| 版　　次：2021年12月第1版 | | 印　　张：34 | |
| 书　　号：ISBN 978-7-5313-6029-2 | | 印　　次：2021年12月第1次 | |
| 定　　价：98.00元 | | | |

# 地域文化与中国经验的多维书写（序）

聂　茂

## 一

刘勰在《文心雕龙》中开宗明义写道："文之为德也大矣，与天地并生者何哉？"意思是为什么说"文"的道德意义巨大，可以与天地并生而不朽呢？刘勰主要强调文章的"德"，即文本内涵的价值追求。而曹丕在《典论·论文》中指出："盖文章，经国之大业，不朽之盛事。"他强调的则是文章的功效和影响。两人的共同点都是强调"立言"的"诗教"传统，这也是中国传统知识分子在"立德、立功"之外追求生命价值的第三个重要组成部分。

某种意义上，常德文学盛传不衰不仅与"立言"的"诗教"传统有关，也与地域文化的精神基因有关。常德人普遍重视教育，重视人与人之间的和谐、诚实与奉献，作家们自觉地具备了一种"文人本位"的价值观念，他们往往依靠它来确定个人在现实世界中的位置，确定自己的生存理想和道路选择。无论是丁玲、昌耀、未央，还是水运宪、陶少鸿、浮石等人，都是这一创作理想的选择者、承担者和表现者。由于湖湘文化的浸润和常德水土的滋养，他们的作品虽然各自有着其独特的艺术张力、思想表达和审美风格，但大都是"文以载道"和"为民代言"之家国情怀与担当精神的承继与赓续。

一方水土养一方人。不同的水土、气候等自然环境，不同的历史底蕴、风俗习惯和思维模式等人文环境，对一个地方的作家会有显而易见的影响，特别是会对作家的心理、气质、所受教育、知识结构、人生态度、价值观念、艺术感知、审美倾向、文学创作选择等造成重大影响，这种影响的直接呈现就是作家创作的文学作品从主题聚焦、人物形象、意境与场景到作品语言、细节、体裁、形式、风格和表现手段等方面的特色。

有人认为："常德这块土地上的人们历来是很吃得苦、'霸得蛮'的"，并认为"这是一种极其儒化的'蛮'，其本质应该指向一种勤勉精进，其内涵则是一种较真和执着"（夏子科《沅有芷兮澧有兰——当代常德地方文学论略》）。应该说，这个评价是比较中肯的。

应该看到，改革开放以来，在市场经济和全球化浪潮的冲击下，作家们不仅从出生地到居住地发生重大变化，而且他们的精神、思想和感受也发生了重大变化，以地域文化创作为主要特征的作家作品有所淡化，但地域文化对作家的浸染仍然无法抹去，他们自觉或不自觉地继承和发扬中华优秀传统文化，因此，作为中华优秀传统文化之一的湖湘文化在常德作家群中仍然有着不可替代的影响，发挥着潜移默化的作用。

湖湘文化影响下的当代常德文学特别是新时期常德文学书写和发展的过程，可以看作是一部地域文化或湖湘文化影响下"当代常德文学史"的浓缩。可以说，正是受到了湖湘文化的熏陶与沅水澧水的哺育，当代常德文学才呈现出了自己独特的地域特色、审美底蕴和艺术风格，也正是常德作家群在不懈的努力中，用智慧、汗水、才情，执着甚至有些执拗地表现着自己的智慧、经验、价值、追求，不断发掘、创新丰富和拓展了地域文化和常德文学。

对湖湘文化和常德社会的深度聚焦和深刻描绘，对常德风土风物、民生民情的持续关注，是常德文学中经常出现的书写母题或创作主题。聚焦常德，聚焦脚下的这片厚土，意味着作家在创作之初已经有了表达常德的创作冲动与审美自觉，意味着常德这片故土的一草一木在他的情感和精神时空中有着永不褪色的绰约风姿。得益于悠久的历史底蕴和文化自觉，常德作家群在时代大潮中你追我赶，新人辈出，这种现象与常德文化自身的浪漫、包容和韧性有关。常德文化是一种诗性文化，有着饱满的感性审美、豁达的人生态度、向上的价值追求，与清丽、大气、秀美的地理和自然环境相映成趣。这种文化能够培育出独特的文学信仰，由此形成执着的力量、丰沛的记忆和感恩的情怀，即作家们把对文学的追求当作人生的最高追求，并自觉渗透到各自的智慧、血液和思想中，大大促进了常德文学的发展和深化。常德文学从新时期之初出现的水运宪、中期出现的陶少鸿到 21 世纪以来涌现出的众多优秀的作家和作品，就得益于常德文化在作家们身上的情感沉淀、理想寄寓和精神投射。

二

常德作家群充分汲取湖湘文化思想资源，以昂扬的创作姿态、积极的价值追求、从容的文化自信努力开掘和阐发中国元素、中国气质、中国智慧与中国精神，在湖南当代文学史，乃至中国当代文学史上写下了精彩的一页。

例如，早在 20 世纪 80 年代、90 年代，常德作家就有曾辉、吴飞舸、彭其芳、涂绍钧等人的精彩表现，特别是文学湘军"七小虎"之一的陶少鸿，数十年来，他笔耕不辍，成就斐然。进入 21 世纪以来，龚道国、杨拓夫（杨春进）、向未（向延兵）、刘双红等人的诗歌，周碧华的小说与诗歌，张天夫的散文与诗词杂赋，卢年初、秦羽墨（陈文双）等人的散文，刘少一、罗学知、李万军等人的公安文学，蔡德东的历史小说，楚梦的动物小说，以戴希为代表的武陵区小小说作家群，都以其各自的文学成就而引起文坛瞩目。

不仅如此，常德文学中还有一群特别知性、靓丽的女性作家诗人，邓朝晖、谈雅丽、杨亚杰、章晓虹、刘绍英、唐益红等人的诗歌，阿满、宋庆莲、龙向梅等人的小说、散文等，在文学湘军，乃至全国文坛中，都占有应有的位置。夏子科、程一身、张文刚、陈集亮等人的创作，则涵盖了评论、翻译、诗歌、小说、散文等跨文体写作的诸多面向，收获颇丰。疯狂小强、罗霸道和杨莉等人的网络小说也独树一帜。如果再算上从外地来常德工作、生活的诗人胡丘陵、罗鹿鸣等，以及在外地工作、生活的常德作家诗人如龚曙光、浮石、庄宗伟、舒丹丹、毕亮、张翔武、楚梦等，还有创作歌剧《李贞回乡》、电视连续剧《走向共和》《恰同学少年》和电影《赤壁》等一批影响深远的著名编剧盛和煜，英年早逝的诗人、出版家龚湘海，以及更多没有出现在这份名单中，却一直默默地坚持写作的一大批常德作家诗人，可以说，常德的文脉刚劲雄健，常德的文运兴旺发达，常德的文人各领风骚，他们已经成为文学湘军，乃至全国文坛上一道独特的风景线。

必须承认，在地域文化对文学创作所产生的诸多影响当中，气候的影响是最基本的。18 世纪法国启蒙思想家孟德斯鸠十分强调这一点，认为"气候的影响是一切影响中最强有力的影响"。这里所讲的影响，不只是针对普通人，对作家、诗人尤其如此。这种影响主要通过两种形式：一种是直接影响到文学的具体描写中，一种是通过人文气候影响到文学的内部结构与人物精神和心理特点。气候的特点之一，在于它的差异性。不同的气候产生不同的情绪，不同的人有着不同的情感表现，继而影响到作家的气质与作品风格的形成，还影响到作家的审美感受与生命意识的触发，这既是不同的作家在同一种气候下写出不同的作品的原因，也是文学的百花园呈现万紫千红的原因所在。

事实上，作为承载情感体悟、集体记忆、个人命运与家国情怀的窗口，常德文学既展现了历史血脉的表达，又凝聚了地域生命寻根的文化想象。面对复杂多变和丰富深邃的中国经验，常德作家群以鲜明的思想个性、浪漫的审美情怀、独特的艺术立场，锲而不舍地追溯记忆深处的文化母土和精神原乡，以真实而深刻的生活文本构建了万花筒般的诗意家园。

摆在面前的这部厚厚的常德作家作品评论精选，是一份美好的礼物，也是一次生动的见证。本书前面的小说、散文、诗歌、戏剧影视四大类别的专辑主要精选的是全国各地评论家对常德作家、诗人、剧作家作品的评论；丁玲研究虽然只收录了7篇文章，但也作为本书的一个专辑列入其中，不仅突出丁玲在中国当代文学史上的重要地位，而且也彰显家乡人民对于这位著名作家的崇敬、怀念和敬爱之情。本书精选的文学名家如韩作荣、韩少功、叶延滨、王家新、李修文、刘大先、穆涛、叶梅等人对常德作家作品的评论，充分反映出常德文学在全国的影响力和常德作家、评论家的自信力。

三

要充分理解、把握和读懂湖湘文化视域下常德作家或常德文学的精神脉络，我们可以从下列五个维度进行：

第一是"金"，常德是一座历史与人文的写作金矿。作为历史文化名城，这里有夹山寺、桃花源和常德诗墙等充满历史和人文气息的地方，而"常德会战"则在整个抗日战争中有着特殊地位，被誉为"东方的斯大林格勒保卫战"。随着全球一体化的不断深入，包括常德作家在内的中国作家不可避免地卷入到被现代性所遮蔽的西方话语体系下的消费主义旋涡中。现代性的结构与话语有一种冲击的力量，像病毒一样扩散着，渗透进每一个中国作家的心里和他们的作品之中，常德作家也概莫能外。可喜的是，常德作家坚持"扎根母土"和"洋为中用"的书写方法，在不停的观察、思考和积累中也逐渐建构起自身的创作特色和身份认同，努力挖掘"鲜嫩的蘑菇"和"语言的金子"，写出一系列跟这片厚土相匹配的优秀作品来。

第二是"木"，常德文学具有森林的广博，有着木质般的味道和绿叶的清新。这种气味若有若无，淡香，恒久。或许是由于沅江、澧水的自然屏障，常德作家们无意于投入到文坛的热闹和喧哗之中，他们用自己的方式冷静注视着社会转型下自己的生存境遇，执着地内省、寻找、诉说和表达生活的悲欢和人性的美。他们始终把关切的目光投向沸腾的现实生活，以充满诗性的目光打量、审视与体味着，以抑扬顿挫的语调述说着湘北大地的山川风土和人文故事，使作品呈现出张扬与内敛、豪壮与安宁、热烈与静谧并存的美学风格。

第三是"水"，常德文学秉承水的特质、品格与境界，流水不腐，表明常德作家群拥有开放的心胸和永不服输的生命追求。湖南水系众多，仅常德境内就有87条通航河流，从"沅有芷兮澧有兰"到"这满湖的星光，原该悬于命运的头顶／会否将脚底的千层汪洋覆盖"（谈雅丽《夜航船》），自古以来常德作家作品便不乏关于"水"的意象书写，在碧波荡漾的情景交融中掬出人性的澄明、生活的清透和情感的柔美。苏珊·朗格在《情感与形式》一书中指出，艺术是人类情感符号的创造，人类把完整的生命体验以艺术抽象的方式变成符号的幻象，这一幻象引发了审美主客体之间的情感共鸣。常德作家借助"水"的意象，运用细腻丰沛的叙事艺术，把人作为时代巨变的关怀对象，使河风、阳光、水与灵魂融为一体。

第四是"火"，常德作家始终有着火一般的热情和积极奋发的力量。常德文学呈现出豪气凌云的个性与湖湘侠义的气质，丁玲如此，昌耀和未央亦如此。常德是一个遍布崇山峻岭和急流险滩的地方，在先秦时期为荆蛮之地，这种文化品格使当地人天然地携带刚劲、倔强、勤勉、笃实、耐劳的侠义特征。这样的"精神"与"根性"使常德人以群体的方式崛起于中国近现代的历史上，不仅体现在一代又一代湘人筚路蓝缕、艰苦创业所表现出来的大无畏的气概里，也体现在当前常德文学的创作成果中。

第五是"土"，常德文学拥有大地的品格，看似土气实接地气，兼有才气、灵气与底气。常德作家群有着强烈的忧患意识、爱国精神和民族意识，他们自觉地以表现国家与民族的苦与悲、爱与乐为己任。自屈原以降，直至进入21世纪，这一种特质从未退出常德作家的创作视野。这种深植母土的家国情怀折射出常德作家群面向历史、直面现实的心路历程，他们真诚地将个人"小我"与国家民族"大我"联系在一起，充分表达改革过程中从乡村到城市的苍凉与繁华，努力为读者"开辟一个精神空间、提供一个心灵视角，陪伴读者去观照现实、认识自己"（陶少鸿《生命的颜色》）。

文学创作的繁荣发展离不开文学批评的健康发展。本书着眼于湖湘文化的传统视域，对常德当代作家作品的评论做了一次系统全面的归纳和总结，是一部简明、另类和独具特色的常德文学史，对在新的历史时期，应该如何认识和表现具有地域特色的常德文学这一问题进行了探索和讨论，具有重要的理论意义和学术价值。

# 沅有芷兮澧有兰

## ——当代常德地方文学论略

### 夏子科

　　如果说，从"洞庭""沅澧""武陵""湘西北"一类地理名词中氤氲、蒸腾出来的"泱泱乎鱼米饶足之乡"[(1)]气象，更多地连接着一种乡土历史，表述着一种常德的古老田园经验或牧歌人生的话，那么，由"大湖股份""金健米业""芙蓉烟草"等当代语汇所勾勒、描画的"今日常德"图景则显然具备了极为清晰的现代指向，表明了一种新的世纪关联与生存品格。这样的变化，必然会在建立于其上的常德地方文学形态中得到反映，同时，也必然要影响创作者们的精神气质与艺术思考：既眷恋，又背离；既放纵，又内敛；既宁静，又躁动；既充实，又渴望；既聆听，又谛视；既固守，又超越……而所有这类复杂的情感态度与智性选择又无疑都源于一种爱——对置身其间、与自己血脉相连、休戚相关的文化母土和现实家园的一种本质之爱。

## 一、小说："叙述有意味的故事"

　　小说界近年来的"缤纷"和"热闹"似乎不大容易赢得常德那群"写手"们的注意，甚至连周边的"文坛岳家军"、湘西作者群及省城的"湘军"余勇们也较难吸引他们。倒不是因为感觉迟钝，也并非有意闭塞视听，实在是因为他们自认为有自己的事情要做：叙述有意味的故事。这也并不等于说别人的故事就没意味，只能说各自的意味应该是各不相同的，或者说，每一位

---

　　（1）（清）应先烈：《常德府志序》，涂春堂、应国斌主编《清嘉庆常德府志校注》（上卷），湖南人民出版社，2001年版，第6页。

作家都应该通过一种故事积极寻找和努力散发真正属于自己意念中的那种意味。具体来讲，小说家应看重和追求的是故事、意味和叙述三者的和谐一致，而其中起主导作用的就是那种由故事及其潜藏的意味所铸就的朴素的质地，所谓"风骨不飞，则振采失鲜，负声无力"[1]。"有些小说家对叙述技巧的热情过了头，他们痴迷于技巧，而疏远了故事本身"，对这一做派，常德的小说作者们是不以为然的，他们否认有所谓"不要故事的小说"存在。同时，故事还不是目的，它必须承载某种意味，"故事具有意味，也就具备了小说品质；小说故事缺乏意味，就没有魂魄，没有灵性，就难成其为小说，尤难成其为好小说"[2]。从这类认识出发，常德的当代小说创作开始了对意义——或即所谓"意味"的追寻。

这种意义，就其基本属性来讲，是那种融会、流贯在具体创作中的精神或意识形态凝结；就其蕴涵而言，则是指凝聚在故事中的生产生活理念、思维方式、情感态度、风物习性等具有地域风格特色的精神文化现象；就表现形态来看，主要是通过流溢在生活与人性之本中的先楚文化遗留，表达一种历史追思和时代追问。

人们的观念中，楚文化实质是因"巫鬼"而灵异，因"淫祠"而浪漫，因"南蛮"而边缘，这实在是某种历史误会与文化错觉。事实上，荆楚文化是北方中原文化与江南"蛮夷"文化的奇妙结晶，而其主导部分、其内核应该是那种勤恳务实、刚健有为的华夏农业文化。这一点，既可以在楚人那种"老家在中原"的北望情结中，在先民们筚路蓝缕、垦荒创业的生存习性中得到证明，同样，也可以在今天的文学创作中得到证明。

最典型的实证也许就是少鸿的长篇小说《梦土》（《大地芬芳》）。这部洋洋70万言的作品，是"唱给田土的深情恋歌"[3]，也是对一种母土文化及乡村个性的认同与皈依。常德的陶秉坤，虽然比不了关中的白嘉轩作为家族长老的风光威严，也不具备白嘉轩那样作为乡村儒者的雍容高贵，但是，他的辛酸遭遇却更能引发实实在在的生命感动，更富有人性意义与民间意义，也更能代表一种大地品格和楚文化精髓。这是一位背负着太多传统约

---

（1）（梁）刘勰：《文心雕龙·风骨》，范文澜注，人民文学出版社，1962年版，第513页。

（2）少鸿：《叙述有意味的故事》，《水中的母爱——少鸿散文选》，远方出版社，2002年版，第150页。

（3）魏饴：《唱给田土的深情恋歌——就〈梦土〉致作者少鸿》，《理论与创作》1998年第2期。

束与生存挤压的标本式农民，是一个穿越世纪的文化精灵。他活了将近一百岁，一生的憧憬和追求就是希望拥有真正属于自己的"一亩三分地"，其间，几乎每一次喜悦都源自土地的魅力，几乎每一次打击都令他燃起对土地更炽烈的渴望。最后，他终于在人极之年，在田土中央，在快乐冥想与极端自足中安详地老去。想不到，这样一位勤勉、艰难的普通农民，一生守着无宗教的时日，却有着那样美丽的宗教归宿！他使人们不能不相信：失去土地，便失去了根基，失去了依据，也便失去了家园和归宿。少鸿之外，曾辉的《财女》《情中情》、吴飞舸的《泪土》等长篇及其他一些中短篇小说也体现了大致相似的固守与拷问精神。说到"蛮"，常德这块土地上的人们历来是很吃得苦、"霸得蛮"的，屈原是这样，宋教仁、蒋翊武是这样，林伯渠、丁玲、翦伯赞是这样，未央、昌耀是这样，水运宪、少鸿等也是这样。这是一种极其儒化的"蛮"，其本质应该指向一种勤勉精进，其内涵则是一种较真和执着——较真得有些迂阔，执着得近于顽固。这是由龙舟运载过来的精进较真，是由楚辞喂养成熟的勤勉执着，是一种风骨、一种血脉，她无所不包，无处不在，所以才使得有的人居然能从楚辞中天才地读出"反腐倡廉"[1]主题！看过蔡德东的《阴雨天》，你一定会强烈地体味到生存艰难中演绎着的人间温情；看过老戈的《嘟噜儿》及罗一德《丛荚井的故事》，从唱汉剧的"老嘎"和校总务"宋泽"身上，一定能感受到平常人生中绵延着的生命感动；看过欧湘林、白旭初的小小说，一定会发现简单朴素中的真实深刻；看过少鸿的长篇《溺水的鱼》，"尤奇"对生命和谐的执着追求一定会让你感佩不已……还有两个很有"意味"的短篇：满慧文的《艾艾》、李永芹的《轿二》。"艾艾""老板娘子"这两个女人以身家性命为武器向无爱的人生展开搏击，目的就是为了维护一个女人的完整性——对爱和尊严的完整拥有，这中间显然缠绵着一种真精神、真性情——那种固有的"蛮"文化个性。

## 二、散文："带着村庄上路"

的确，整个常德就是一个"水气淋漓"的村庄，"良田，绿树，鸡飞狗吠，炊烟缭绕，都氤氲在一派水汽里"。"村庄里的物与事，每一个人，一条狗，一棵树，一片禾场，都有自己的名字、个性和故事，都跳跃着自己独特的色彩。"[2]这样的一方水土养育了自己的文章，这样的文章也把一方水

---

（1）吴广平注译：《楚辞·后记》，岳麓书社，2001年版，第416页。

（2）王跃文：《与一个村庄的告别》，卢年初《带着村庄上路》，湖南文艺出版社，2003年版，第1页。

土带向了远方。

这里，有自己独特的历史文化个性。与先楚文化流韵、屈宋辞赋传统内质接近而又更早形成的，还有善卷文化。史传上古尧舜时代，沅水之阴（枉渚）的枉山（后改称德山）孤峰岭上，隐居着一位名叫善卷的高蹈之士，因为积善行德，帝尧曾拜他为师，舜甚至要将帝位禅让给他，但他坚辞不受："斯民既已治，我得安林薮"，遂成就一种善德文化[1]。这种文化不同于一般所谓的避隐文化，其实质应归属于儒家伦理文化范畴，是一种君为尧舜之君、民为尧舜之民的和谐期待，一种民族道德精神与民族性格渊源。千百年来，德山苍苍，德流汤汤，善卷的道德精神早已内化为一种集体规约，转化为一种民间日常伦理实践。

接受着这一善德文化形态的濡染、烛照，平凡的生命才沐浴着一种温煦幸福，才带来了普通而真切的生命感动。少鸿常常期待着这种感动（《感动》），"一不小心"就在城里某个角落的那些盲人算命人那里体会了这种感动——感动于这种常常被忽略的生命也悄然滋长着绵绵执着的爱情，感动于他们虽然瞎眼但内心却那样的空明澄澈，感动于那种"拄杖依栏""像发出天问的屈原"似的形象以及"一种平和、从容、专注的笑"、一种"宠辱不惊，物我两忘的神情"！在"漫过了1998年夏天"的那场洪水中，母亲把漂来的一捆稻草毅然推给女儿，自己却被洪水卷走，从这里，少鸿又一次感受了一种母爱的伟大（《水中的母爱》），体会到"水中的母爱，比大地更真实，比许多的真理更像真理"。碧云则从"慢慢游"车夫那里，明白了"钱这东西，能让完美的人更完美，使残缺的人更残缺"的道理（《慢慢游》）。看来，"这个"水汽淋漓的"村庄"里那些物事、人事及其所特有的朴素中的真实、简单中的深刻，已经成为永远的散文母题。

作为历史文化的一部分，这里，也有令人沉醉的风物名胜。比如，桃花源里可耕田的宁谧安适与柳叶湖的娴静翠碧（解黎晴《走在千古骚人的身后》《乘舟看柳色》）、水府阁的恢宏洒脱与招屈亭的傲岸坚定（彭其芳《水府阁眺望》《情系招屈亭》）、夹山寺的幽旷清寂（王荫槐《夹山觅踪》）、花岩溪的轻盈灵秀（少鸿《白鹭之忧》）；令人酽酽至于微醺的擂茶（少鸿《桃源识得擂茶味》）、令人垂涎欲滴的风味小吃（王泸《津市风味小吃》）、令人蚀骨销魂的辣（罗永常《悠悠辣椒情》）等就是代表。面对这样的"村庄"，不由得你不心下戚戚、默然神往。

---

（1）善卷事迹在《庄子·让王》篇、《荀子·成相》篇、《吕氏春秋·下贤》篇、（民国）钟毓龙《上古神话演义》等文献中均有记载。

这里，还有作为母土与家园的浪漫温馨。就这一意义层面而言，"村庄"已渐次模糊了最初的物质形态而被黏附了更多固守色彩与形上思考。正如卢年初所体味的那样，"我开始把村庄像糖一样含在嘴里，稍不留神，香甜就脱口而出"（《带着村庄上路》）。村庄的一切都是那么轻盈美丽，万物皆灵，即事可文："故乡的树……显得拘谨、谦卑……它们才真是故乡的魂灵"（《故乡的树》）；"男人的鱼腥味是把年味带进来了"（《乡里的年味》）；"往深处听去，仿佛有锅碗瓢盆碰响，叫你顿生回家的念头……平原深处，一片葱茏树荫下，屋舍俨然，恰是我忘不了的家"（修客《澧阳平原》）……同时，对这个村庄本质之美的固守实际上也就是表达了某种对抗。"这世界并不像我现在所处的橘园这般满目清新，空净幽爽，而是随处可见浮尘滚滚，雾气漫天……稍一不慎，雾就可能淹没人身体里两件宝贝：心和灵魂。"[1]这里所体现的，恰恰是一个"村庄"对于那些出门人、对于时代的胸襟与关爱。

### 三、诗歌："鲜嫩的蘑菇长出来"

关于诗歌创作，也许有必要提一提代表常德的那块"文化招牌"、那一堵"以常德古城几千年历史为纵轴线，以当代中国最高水平的书画艺术为横断面……准确反映常德古城的风采和现代常德人的精神风貌"[2]的"中国常德诗墙"，毕竟那上面也镌刻着当代常德的部分诗作，但，这样的文化工程显然还不是常德诗歌的全部。

与小说作者们的态度有所不同，常德的诗人们同外部诗歌的步调保持了和谐一致：现实过，也现代过；朦胧过，也新生代过；先锋过，也实验过。态度十分合作。不过，他们毕竟又不是天外来客，作为屈宋的后人，其创作内质仍然同自己母土文化根底及家园现实存在之间有着无法割裂的精神纠结，由此也培植、生长了自身的艺术个性。其创作发生，恰如诗人杨亚杰在她新出的诗集《折扇》中所表露的那样，"一天又一天/日子层层叠叠/堆成形状怪异的/记忆的小山……山的周围/一些鲜嫩的蘑菇长出来/顶破忧郁的心情……有位荷锄的小矮人/常常奇迹般地出现……向你捧出/语言的金子"，所以，艺术创作的灵感不会凭空降临，"鲜嫩的蘑菇""语言的金子"当然

（1）龚道国：《穿过大雾·自序》，湖南文艺出版社，2001 年版，第 1 页。

（2）杨万柱：《城市文化：城市化进程中不可忽视的问题》，《湖南社会科学》2002 年第 6 期。

也不能随意在别人的园地里采摘和攫取。

从杨亚杰那里还可以得到这样一种启示：诗歌来源于一种诗性态度，而这也是作为一名诗人的必备素质。以这种态度去体味记忆的窖藏、聆听现实人生，便时时会碰撞出诗意的发现。如果进一步细分，又有所谓主观、客观两种态度。从主观的诗性态度出发，就会有对生活本然或人性本来之上的诗性赠予，或者说赋予本然形态以诗的意味，杨亚杰、龚道国等大抵属于这类主观诗人。从客观的诗性态度出发，就会有对本然形态固有诗情画意的索要，而所谓本然就是一种客观在场，修客、周碧华等基本属于这类客观诗人。当然，一般情况下并没有这样严格的区分，尤其就具体创作来讲，两种态度常常并不是不能相互融会的。

于是，一种诗性的土壤与诗性态度便"长出"了缤纷的诗的意象和美丽的思辨的花朵。在修客看来，汨罗江一直深悔自己成全了一个无谓的悲剧："屈子／你何必像离弦的箭／怀念那把弃你的弓……如今花开如月／五谷丰登／诗人／别为那楚王朝神伤"（《汨罗吊古》）。这到底是修客在劝慰屈子，还是屈子在告诫修客呢？在《夹山寺猎踪》的高立，满心期待着能找到闯王的"轰轰烈烈"，无奈只觅得一种"把失败的成功垂名青史，却把不败的正义修炼在庙宇"的喟叹！所幸的是，在常德的土地上"长出"的这类天才造句，如今已过洞庭、下长江，同那些优秀的物产一道"畅销"海内外了。

称诗为"鲜嫩的蘑菇"或"语言的金子"是很恰当也很精妙的：无须太多修饰，里外皆见质地，一如真纯大方的灵魂，总是那样毫无愧疚地裸露着！这其实也提出了一种要求：诗歌创作应尽力摒弃矫揉造作，避免"作诗"。真正的好诗是朴素的，是能指丰富、内涵深刻的。就诗的语言来讲，一定程度上需要充分发挥汉语表意的灵活性和伸张力，但过于随意和不确定，将是苍白的和十分危险的！相反，周碧华、修客等诗人写诗并不多，却都是触摸灵魂的好诗，比如周碧华在《祥林嫂》中就写道："沿着悲剧的线索／我再一次走到鲁镇的小河边／这条江南的小河／外表比鲁四老爷还斯文／可是！祥林嫂，你不要靠近／一只白篷船藏着满舱的阴谋／停泊在岸边已有几千年……"短短的几句话，掀开的却是纵横几千年、且至今仍潜藏在社会的人性的各个层面的一缕恶的幽魂，可谓掷地有声、撼人心魄。借此，我们也在瞩望着常德文学新的未来！

（作者系湖南文理学院文史学院院长，教授，文艺评论家。作品原载《文艺争鸣》2004 年第 5 期）

# 目录

C O N T E N T S

## 小说类

## 散文类

## 戏剧影视类

## 丁玲专辑

# 始终沐浴着现实主义的光辉

## ——水运宪论

胡宗健

一

水运宪，作为新时期成名的作家，他理解到作为文学思潮流派之一的现实主义，从孕育、产生到发展成熟历时一百多年，不断地产生"时代的史诗"，实践上有许多宝贵的经验，理论上有许多科学的阐明，岂能在一朝将它推倒，使之不复存在呢？他还理解到，作家的职责在于艺术地反映时代的情绪，人民的愿望、力量和前途，鼓舞人民为创造美好的未来而奋斗。因此，他的创作从《祸起萧墙》发轫，到《猫死了！》（《人民文学》1983年第6期）、《雷暴》（《当代》1984年第2期）、《唐牛皮的"英雄路"》（《钟山》1984年第1期）、《颠簸的蜜月》（《长江》1984年第2期）、《侦破案外传》（《花城》1984年第5期）、《人心果》（《文学月报》1984年第4期）、《好望角》（《文汇月刊》1984年第8期）、《张三李四》（《小说选刊》1985年第1期），再到中篇近作《裂变》（《收获》1986年第6期）、《撞击》（《当代作家》1987年第2期）、《年根岁末》（《湖南文学》1987年第5期），都是从现实生活出发，而不是从主观的臆想和抽象的本质出发，表现了深刻变革着的这一新的历史时期。虽不能说包含着生活的整体，但它在表现生活——它的容量、它的界限时，也说得上是宽阔的。重要的是，由于这些作品都是从变革的实际生活出发，而使得他的现实主义创作完全避免了主观唯心的臆造。正是在这个基本问题上的看法，赋予了水运宪创作以深刻的意义和现实的诗意。

既从改革的实际生活出发，又尽量写出生活的宽阔——向着生活的整体开掘，这是水运宪现实主义创作中所谓从现实的、具体的人出发的一个重要原则。人们说，水运宪是以大刀阔斧描写改革而立于世的作家。这当然是符合实际的提法，但却未必概括尽他创作的全貌。随着变革的实际生活的复杂化，水运宪在对生活矛盾的揭示以及艺术格局与表现手段等方面，都表现为色彩斑驳而又配置恰当的多面体。如果允许的话，我们不妨把他的创作分解为这样两部分：一部分有如《祸起萧墙》《猫死了！》《雷暴》《撞击》《裂变》以及《侦破案外传》等，是直接地呈现的；另一部分则如《唐牛皮的"英雄路"》《颠簸的蜜月》《张三李四》《人心果》以及新作《年根岁末》等，是曲折婉转地隐蔽入内的。而前一部分直接呈现的又有不同的格局。比如《祸起萧墙》和《撞击》，宛如铁骑奔腾，那么气势昂扬，那么磅礴遒劲；而《雷暴》既是大浪淘沙，又是显影液，粗犷而又深奥，清丽而又澄澹，但都能检验出各种人物的本质、价值和能力；《裂变》呢，则在表现人的内心世界上，既以一种外观的角度又以一种"内射"的视点去"讲述"变革现实中的人物心理，使内心独白和内心画面有机糅合，一方面进入心理现实之内，另一方面又步入社会现实之中，"把心理分析、意识流、蒙太奇等各种新兴的创作方法，纳入现实主义的轨道"[1]。那么后一部分即曲折婉转地隐蔽入内的也有不同的招数，比如《唐牛皮的"英雄路"》，像海底的鳇儿那样隐蔽深藏，读着小说，我们完全被主人公的能耐智慧和拍板能力所服膺，而读完小说后，则大有上当受骗之慨。《颠簸的蜜月》和《年根岁末》，以及短篇小说《张三李四》和《人心果》，却以管弦异奏，再不是那种剑拔弩张的氛围，而是实际生活中另一种调子，一种舒缓而又艰辛、苦涩而有柔情的调子。

这使我想起陆文夫说过的要建造一个"建筑群落"："就像造一个园林一样，有时造一座大殿；有时则造一个小亭子；有时呢，就只造一座小桥或一个长廊。然后，把这些不同的建筑物连成一片，不就成了园林？"[2]水运宪的改革文学也有这种园林的综合化之势。他似乎深谙园林精巧配置的艺术，错落有致地安排了它的亭台、楼阁、飞檐、流水、花木，有新颖别致的构造，有决不重复的风格，有鲜活清新的内容。但不管表达方式是笔卷雄风、气势磅礴，还是冷静的笔墨和深细的剖析，不管是讴歌先进，还是揭露弊端，不管是直接呈现，还是间接暗示，都能百流归海，它们所透示的，仍然是实际

---

（1）施蛰存：《关于"现代派"一席谈》，《文汇报》1983年10月18日。

（2）1984年3月6日在陆文夫作品学术讨论会上的发言。

生活中奔腾翻卷的改革潮流，它们所探求的，仍然是现实改革中各种人物的心灵和情绪的嬗变，而不是对现实的歪曲和脱离现实的抽象。

## 二

1981 年，水运宪带着他的《祸起萧墙》及生活中那种峭拔的美，走进文坛，并立即赢得了广大读者的关注。而傅连山，这个电业系统敢作敢为的领导干部，也同乔厂长一样，立即成了整顿力量、奋进和希望的化身。诚然，作品的社会审美价值，绝不止于对傅连山在改革大潮面前那种搏击不止的突进力和坚韧力的突出描绘，还在于作者对当时生活的严峻和艰难作了有力的艺术揭示。傅连山走向法庭审判席，这种属于傅连山个人的悲剧性事件，却凝聚着现实关系中艰难万状的普遍性。无论从宏观到微观，小说的底色都表现了严酷的生活真实。这是一部极富典型意义的写四化、写阻力的作品。阻力是什么？乃是那些目光短浅的地方主义势力和形形色色的传统守旧势力。这自然反映了作家对生活的理解、深悟、关注和不安，也流露出他对一种更适应变革的新的生产关系的渴望。水运宪的这一从复杂生活中升腾起来的意绪，可说贯穿了他小说创作的全过程。晚近的中篇《裂变》和《撞击》，传达出的也是此中消息。例如《裂变》中那位大刀阔斧地掌握了重大权力的副省长武光东，为什么在改革的进程中甚至在平时的生活和行动中都那样步履艰难？本来，有好几项工程需要立即上马，又面临着省内洪水泛滥成灾，需要解决的问题如此之多，但这一切，都抵不过"省纪律检查委员会"对他莫名其妙的通令传讯。这刻不容缓的通令究竟有何由头？真的是武光东有违纪行为？当然，那是莫须有的事件，或者说，那是前书记与现省长之间的微妙人际纠葛所酿成的人为的事件。改革的阻力如果来自普通人还好说，怕就怕来自这种能够左右一个省一个地区的实权人物，他们牵一发而动全身，他们的每一个决断甚至每一个鼻息都在影响着我们正在进行的变革事业的成败。

作家的这一认识当然是生活的给予。从新时期的改革之初到近年来的事实证明，而且在以后一个时期还将证明，水运宪小说所独具的那种不安感和紧迫感，确实准确地传达我国变革生活中一种触目的矛盾信息。所以，《祸起萧墙》《裂变》，以及《撞击》《雷暴》《颠簸的蜜月》《人心果》《军令状》《张三李四》中生活情境的创造，是实际的时代生活真实的艺术凝聚。作者所揭示的社会现实的历史潜因，是能够撩起人们深沉的思索和警觉的。在此还须一提的是，新中国成立乃至新时期以来写工业和经济建设题材的小说，大量地困囿于车间文学之内，就是《乔厂长上任记》也不过写了一个工厂，而《祸起萧墙》《裂变》《撞击》，则把省水电局、省法院、省政府、省人大常委会和它们的省水电局长、省法院院长、副省长、省长、省委书记、省人大常委会主任都纳入小说题材框架之中。气魄和画面是够壮阔的了，有一种现代化经济的特有气势，节奏是高速度的、大起大落的，与作品人物豪迈的气质、与作家粗犷凌厉的笔触是交相辉映的。

我们是否可以做出这样的判断：从构思和创作《祸起萧墙》的 1980 年和 1981 年之间，一直到生机一片的近两年，水运宪还是着力在"写四化，写阻力"这个总的战略意图上进行探进和开掘。只不过这种探进和开掘愈来愈深入，并且随着实际生活的变化而相应地带来了阻力的变化罢了。

《雷暴》的好处在于矛盾内蕴的丰盈，这丰盈的内蕴在灵魂的探险下不断地显露出来，使作品的内涵趋于纵横深广，并从中映现出生活的杂色。这种丰欲的意蕴和生活的杂色，既反映在"阻力"，又反映在对阻力扼制的描绘上。这里的阻力，既有不自觉的一面，也有自觉的一面。所谓不自觉的一面，乃是《平阳日报》那张招贤榜所带来的枝节旁生，使一个不内行的原在金属冶炼专业毕业的大学生毛遂自荐地走上蔬菜公司的领导岗位。小说正是由此出发而产生了不寻常的视点效应，也表现出生活的新意和深意。它不仅在于写出大刀阔斧的改革家们的急于求成，也在于由此生发出守旧者们各种各样的微妙情绪。当他由于业务不熟而造成蔬菜公司日常工作的困顿之时，这正好给了守旧者们一个抗拒改革的口实。守旧者们借此大做文章，将众心所望的丁壮壮对其取而代之，实是廖山田之属引以为得意的最佳良策。这样做既可否定整个改革，又可堂而皇之地遮人耳目，还可将丁壮壮这样的实干家纳于自己的胯下。既反对了改革，又获得了改革家的美名。这就是我们所说的阻力的自觉的一面——它由不自觉而走向了高度的自觉。由于这里的"阻力"是用糖衣包裹着的，因而也就带有更大的迷惑性和危险性。这是作家对生活及其矛盾的新发现。生活中无时无刻不在酝酿新的矛盾，没有这样的矛盾就没有生命，也没有文学。

水运宪为什么能在生活中发掘出其中包含着的很深的矛盾意蕴和矛盾况味？这当然是实际生活给予的。廖山田等人那种貌似双手拥护改革而实则否定改革的独特形状，确是愈来愈复杂化的生活的馈赠。但是这对一个作家来说，却又是他准确的观察和预见所致。水运宪曾说："我认为，作家对生活的观察要准确。可是，你毕竟是一名作家，你对生活的思考，一定要有新的东西。这种新，是在观察、研究、提炼生活的基础上感觉和预见出来的，说得通俗一点，就是要有'提前量'。"《雷暴》一类作品显然是不会"过时"的，这是因为作家以敏锐的眼光深入到现实矛盾的骨髓之中，在他灵魂的探险下抓住了生活的"提前量"。人们发现,这是矛盾世界里具有广大容受性的开阔地带。透过矛盾的生命体的描写,人们看到了前进生活中瞬息万变的复杂内涵,使我们心中激起了一种交流,并在心灵的屏幕上留下了波纹,从日益变化着的生活纠葛中至深地体会到人生世相、社会关系以及种种矛盾的微妙和曲折。

还必须指出,水运宪对矛盾的揭示和对复杂社会生活的反映,并非孤立地进行的,即他的这种揭示,在很大程度上是为了展示出生活的革命发展的契机。我指的是《雷暴》中改革者们为了扼制阻力而实行的联合。你看,在刹那之间,促进社会发展的新局面出现了:曾经冰炭不容的丁壮壮和胡勇生肩并肩地坐在一起了,他们肝胆相照,摒弃了不开化的利己性,在一系列的关键点上形成了默契。这不能不使一直处于困窘中的胡勇生感激涕零起来。然而丁壮壮说:"情真不言谢。"多么宝贵的真情!正是这真诚、炽热的情感节奏,显现出他们告别昔日、迎接明天的欣喜和瞭望,也显现出生活发展的趋势。

## 三

从现实生活出发的一个根本点,乃是从现实生活的人出发。水运宪的全部创作表明,他是从现实的具体的人出发的,一般说来,他没有把人物当作体现"思辨原则"的工具,因而人物形象有很强的时代真实性和生动性。

这里,主要谈谈中篇近作《撞击》《裂变》中的几个人物。

《撞击》中的肖天维,是由于本省特区的电力不足,为了并网发电来到邻省进行"买路财"谈判的省政府办公厅副主任。他作为袁省长的高级参谋,有着异常敏捷的透视力和随机应变的运筹力,他自信并网发电将是经济发展的一个必然趋势,因而他沉稳冷静,与邻省崔副省长那种亢奋的求战欲形成了鲜明的对比,崔副省长紧张于对弈(讨价还价式的谈判)之前的战斗准备,而肖天维却似乎沉浸于少男少女般的柔情蜜意之中。因此,谈判未就,但变革生活中人际关系的撞击却曲折有致。当我们看到崔副省长竭尽心力安排了他与对手的全部对仗之策而于深夜疲惫地回到家中的时候,他在女儿房里见到的那个伟岸而闲适的男子汉——比女儿大过20岁的她的未婚夫,竟是他的对手肖天维。就这样,两省领导人之间关于"买路财"的谈判,变成了他们在一切观念上的灵魂撞击。作者这般设计情节,其深意显然是完全用心于人物性格和心灵的雕塑。从肖天维始而沉默和不动声色,到继而滔滔不绝地讲述他由于报恩而同前妻的勉力结合和多年萌动起来的离异之心,讲述他在五年之前认识了崔副省长的女儿晶晶和由于"晶晶在那里"的一个原因，把他吸引到那个省，等等。因此，小说的这一设计，不管是他的沉默、冷静、闲适，或是他的从容不迫和令人不容分辩的侃侃而谈，都不仅显示出他作为现代人的观念都是历史发展和改革本身的产物，而且作者通过这些，在这个人物心理结构里发掘出一种弥足珍贵的素质，这就是他那不可磨损的信念与理想。正是这信念与理想，使各种观念以及思维模式都趋于固定的崔副省长，感到了对方发出来的一种外张力，并令他在不知不觉之中也变成了一个共振体，甚至发生了"声学中的共鸣现象"。尽管他下意识抵抗这种共鸣，但他毕竟是在改革中走马上任的副省长，他心灵的屏幕上不可能没有新的观念特质的印显。这里的共振，不能归结于来自肖天维的纯外力，只能说明崔副省长的意识中也有这种潜在的基因。因此，对于肖天维这一形象的刻画，作者赋予了他某种"提前量"，但又绝不是"超前"的。我以为，这是对"文化"的适度处理，也恰是我们今天的时代精神。我想这也是水运宪从现实生活中的人出发，写出了他所处时代的社会生活的某些本质的方面。

《裂变》中的武光东副省长，作者写他，大有"项庄舞剑，意在沛公"之意，即借他来写改革的阻力，改革的艰巨。应该说，这是一位很称职，很有才干、很有魄力的企业家和副省长。然而，他与他工作的环境是那样不协调，简直是如履薄冰，随时有发生灭顶之灾的危难。他在家里遭到老婆的闭门羹当然是区区小事。问题是他与前妻的不和谐也是构成他当前困境的一个缘由。当然，重要的根由还是何平昌省长与前书记、现人大常委会主任孙云齐的隐秘的微妙的纠葛。当然，还有他周围那些看不见的潜在的文化意识。我以为，这是一个从现实的人出发达到从现实生活出发的佳例。也就是说，小说通过武光东身上那种不是静态的意识流动，把心理分析、意识流、蒙太奇手法结合起来，既进入人的深层心理结构，又步入外部社会现实之中，使物与我、内与外、内心世界与现实生活交汇融合，不仅呈现出我们社会生活中的潜文化或隐文化层次，而且使我们看到，传统这个由历史凝聚而成的现实，这个由历史沿革而来的思想、道德、风俗、制度等等，也不能不渗透到政治体制中来。

以上所述，仅仅是几个例子。可以说，他的全部创作都宣示了这样一点：正是水运宪从现实的具体的人出发，才使他实现了歌德所告诫的——"坚持不懈地、牢牢地抓住现实生活" [1]。

---

（1）《歌德谈话录》第5页。

# 四

现实主义文学作为人学，理应写出人作为有意识的存在物的自由自觉的活动。人从本质上说来是社会存在物。人在社会实践中向自己提出一定的目的，并力求达到这一目的。因此，人的活动是有意识、有目的的自由自觉活动。

水运宪的现实主义创作也可以说是这种自由自觉的活动。我指的是他笔下人物、情境、风度的繁花掩映的特色。下面仅以此略做探讨，想归纳为以下几个方面。

第一，从人物性格、心灵的鲜明、单一化，向着人物性格的丰富性、完整性和心灵辩证化蜕变。

人们常常说人的本质是"社会关系的总和"，这主要因为生活的本质使然。究其实质，这种"社会关系的总和"，则是社会矛盾的总和。所以，作家要发掘生活的本质，实则就是发掘生活的矛盾性和辩证法。舍此，不能进入生活的堂奥。人们曾经赞赏《祸起萧墙》，确实因为选取的生活场景反映了特定的矛盾冲突。然而我们又说，他对主要人物或正面人物的矛盾性，远没有像《雷暴》和晚近的《裂变》《撞击》那样做深入的开掘。《雷暴》中的廖山田等人，我们避开不说，单说丁壮壮、胡勇生、罗明艳、崔副省长等人身上，该有多少社会关系的复杂性和矛盾性的凝聚！丁壮壮这个出类拔萃的事业家和理想人物在生活以至运筹能力上却并不理想，他同罗明艳相好却又同乡下一位叫杨玉莲的姑娘罗曼蒂克起来；在廖山田等人借胡勇生的困窘而向改革大发其难之时，他竟要一个对自己渗透着"私心"的女子向他挑明一切。他的才华、气魄是与他的轻浮、稚嫩同在的。胡勇生的走马上任，不仅表现出他和包括省级领导人在内的改革者们的热情、胆识和雄心勃勃，也显露出他们的偏激、急躁和不成熟。罗明艳呢，简直是一个伟大与渺小、崇高与卑微的混合体。马克思曾经赞扬巴尔扎克"对社会关系有深刻的理解"，《雷暴》是否也显示出这种理解呢？《撞击》和《裂变》是否也显示出这种理解呢？尤其是崔副省长，他同罗明艳这一形象一样，其内在结构完全是一幅复杂的图景。看得出来，作者是在运用系统观照，把其形象作为一个完整的信息传送出来，因而使我们从形象系统中获得历史和辩证法的深刻颖悟。

水运宪近些年的小说，不但致力于辩证法和矛盾性的揭示，而且善于把眼光侧重于矛盾的主导方面，用真诚的心血挖掘终将制约矛盾向积极方向转化的支配力量。《撞击》中的思想撞击，显然在最后超越了旧的观念。《年根岁末》中的主人公在他从物质上和精神上都获得了恩施之后，他似乎感到了生命价值的增值，读者也似乎同他一道得到了一次心灵的净化。《颠簸的蜜月》中的司机吉武，那么多疑、暴躁、无孔不入地挣钱甚至骗钱，然而，他潜意识中的正义感，使他对路遇的恶棍充满了义愤，对受害者充满了同情，同时，也对自身的畏葸的生活方式进行了扬弃，从而让我们看到在思想矛盾的撞击中闪耀出的光彩。

第二，他的小说，在故事情节和矛盾冲突的明朗、急促和强化中，又呈现出含蓄和淡化的艺术韵致。

水运宪早一些的小说，无论从情节的安排、形象的刻画，还是从故事的韵味、色调上看，都显露出一种粗犷豪壮、宏伟辽阔的大笔触写法。《雷暴》《撞击》，都有点近似油画的大笔涂抹，雄浑有力，比较讲究冲突的直接性、爆发性、紧张性。但是，水运宪并没有一味地剑拔弩张下去，我们读他1984年以来的大部分作品，都分明感到一种含蓄、淡化或淡雅的风韵。如《颠簸的蜜月》《人心果》等小说的冲突已经明显淡化，它们似乎只是将自然的生活作为蓝本进行描摹，时代的色彩，人生的奥秘，全部渗透在客观生活的画面里，渗透在人物一路颠簸的行程里。这颠簸的行程，由于隐喻着变革生活的艰难历程，而使作品题旨显现出一种含蓄性和丰厚性。因此，在作品中，小说的思想观念，绝不是作者涂上的外在印记，而是含蓄隐蔽地潜藏着的。

第三，由视点和角度的一般化向着别致、新颖的方面蜕变。

小说视点和叙事的人称有着密不可分的联系。也就是说，一个故事到底由什么人来叙述，视点安置在哪个角色身上，这种视点的选择，很能体现出作者在人物关系设置上的匠心，对作品的整体艺术效果发生直接的影响。按通常情形，小说的视点一般安置在当事人身上，然而，中篇小说《唐牛皮的"英雄路"》却把视点安置在唐牛皮的身上，而不是安置在体现作品思想倾向的高工身上。偌大的武州电机厂生产的电动机，竟在全国机电产品交易会上一台也卖不出去。电机厂在面临严峻考验的时刻，物色唐牛皮这一类能说会道的"话油子"去省城游说，扭转残局。而唐牛皮呢，也欣欣然领下这神圣的十万火急的使命，威武雄壮地领衔上阵了。整个小说叙述他的豪迈行色和在交易会上靠"牛皮"打天下的百般丑态，实在是健笔浓墨、穷形尽相了。然而，作品越是把这些铺尽写足，读者越是感到电机厂用人荒唐。一直到最后，厂方派来助威的八员大将之一高工，一经点破按经济规律办事的要诀，才使我们释然于怀。看来，小说走了一程"弯路"，然而，它于看似不着边际的情思中，以强烈的对比直刺人心，以旁敲侧击反衬着对变革生活中新事物的深挚的赞颂。

应当说，水运宪改革文学的"建筑群落"是独特的、绚丽的。但我们对他现有的"建筑"又是不满足的，还有待开拓、深化和点缀。我们相信，他改革文学的"建筑群落"还有更好看的时候。

（作者系中国作家协会会员，湖南科技学院中文系教授，湖南省文艺理论学会理事。作品原载《理论与创作》1989年第1期）

# 桃花源中的旮旯

## ——简评阿满的小说集《双花祭》

叶 梅

　　走进读者视野的阿满带着她的小说《双花祭》，以及她柔韧细密的女性意识，发出男性强势群体话语之下不同的声音，引起文学界一番议论。她的笔触指向人们的目光少有关注的女性的一些"旮旮旯旯"，揭示出鲜为人知的女性隐秘和苦痛，更以一番惺惺相惜的姿态，描画了女性之间互相倾注的情爱，透露出仍以男性话语为中心的当下，女性自我保护的强烈意识，以及对女性善良大爱的钟情肯定。

　　让人产生联想的是，阿满一直生活的湖南常德，那里是美丽的桃花源之乡，也是著名作家丁玲的故乡。在现代文学史上曾着力于女性写作的丁玲女士，曾以梦珂与莎菲女士一类女性形象的塑造打动人心，既有对于封建礼教压制的反抗，也有对于男性色情奴役及异化爱情的批判，体现了女性在异化的社会面前自我意识的觉醒。同是桃花源中人的阿满经历颇为丰富，她的父辈是从东北南下的满族人，她当过兵，在常德市委机关工作多年。她以女性细腻的观察体验，对女性的书写有着非丁玲时代的相同觉醒和不同的开掘。她的小说集《双花祭》最近获得了"丁玲文学奖"一等奖，或许可以说，这正是两个时代之间女性文学的某种奇妙连接。

　　《双花祭》讲述的是一对女兵的友情，敏与慧的相互欣赏和怜爱，像电流一样通过全身，是手语，是目光相交……阿满对于友情的描写，唯美，充满诗情画意，找不出污浊和放荡。最初的眉目传情只是敏看着慧扑哧一笑，而慧的眼睛溅起一朵浪花。她们在澡堂里说话洗澡，因为人多，她们共用一个水龙头，"水珠带着慧的体温弹到敏的身上，又带着敏的体温弹到慧的身上，像众多活泼可爱的小舌头，有意无意地舔着对方。那些水珠子又很热闹，发出哗哗的声响，仿佛是无数的小嘴巴，喋喋不休地说着它们才懂的语言"。在逐渐走进的心灵世界里，她们彼此发现，原来女人也是可以被女人欣赏的。而小说中与两位女主人公都有过交往的男性李云飞却是一个同时追求几个女孩子的花心男子。不管敏和慧经历了多少情感考验，到最后敏还是要救慧，就像慧要救敏一样。她们相互依赖，相互欣赏，谁也离不开谁。

这种女性的相互欣赏，还在阿满的另一部小说《花蕊》中更为曲折地展开。妇科女大夫刘利熟知女人的身体，并认同许多女人"上半身漂亮"；电视主持人乔曼便是以这样的形象走近刘利，但随着了解的深入，这两位经历截然不同的女人却开始相互理解，相互给予精神的慰藉。这种理解的产生，其根本来源于潜意识里感觉到男性的不安全不可靠，甚至不如现代科技制作的健慰器。小说的最后，这两位已经成为朋友的女性虽然远隔千里，却在电话里以同样的频率嘻哈。但"笑着笑着，她们都没了声音。她们感受到了不同部位的隐痛，一种同样的悲凉，同时袭上了她们的心"。女性主体意识的自觉在现代社会里以经济的独立，更以精神品质的诉求显出不可抑制的趋势。从另一个角度来看，女性意识的强烈还来自女性所受到的损害而激发的本能的自我保护。

在阿满的小说《两室一人》和《岔兜》里，分别写到了女性所受到的侵害。一位刚走上工作岗位的女子，与一个既保守无趣又猥琐的男子相处在一个逼仄的办公室里，日复一日，年轻女子不仅要忍受自小只能独自面对的一种恐惧，更添加了与一个不喜欢的男人相处的恐惧。但强大的社会压力使她不得不走进这扇窄门，"社会有若干的门。我总得进一个"。机关里无处不在的"内参"，比电子眼还要厉害，她不得不一再忍受对面这个猥琐不堪的男子的性骚扰，使得年纪轻轻的自己压抑苦闷，心理和生理似乎都早早地进入了更年期。《岔兜》触目惊心地描写一群童女稚嫩的性成长，以及在此期间常被大人们忽略的女童性心理以及特别容易受到的侵害。小说描写的场景是一个充斥着陈腐气味的药材公司，那里或许存在九千九百九十九个岔岔兜兜，嫩芽一般的女孩穿行其间，时刻会遭遇意想不到的伤害，会将女孩的未来炸得粉碎。那是一个与大人们的世界相隔离的世界，大人们纷纷忙碌着自己的大事小事无聊的事，却很少试图去了解童真的心灵。小女孩葛月就是这样在大人们的眼皮下受到蹂躏，小小的生命就如人间蒸发一般消失。

关于女性的写作，自新时期以来常有惊世骇俗之作，尤其是 20 世纪 90 年代以来，女性文学的兴起成为重要的文学现象。目前我们仍然处于社会的转型期，需要重新构建的价值体系在女性问题上却显得苍白无力，甚至历史上被否定的一些腐朽沉渣倒喧嚣而来，女性所扮演的社会角色仍然大多以男性化的视角定位。深刻反思女性的存在意义、自身价值及女性的命运，唤醒迷失的自我，肯定和实现自己社会价值与人生需求，呼唤真正意义上的男女平等，是这个时代不可或缺的重大需求。阿满着力开掘的那些真实存在的旮旯，那些女性难以言说或被人忽略的心理苦痛，很值得人们细致地琢磨。诺贝尔文学奖获得者英国女作家莱辛曾以女性题材的描写而引起社会哗然，她对此不解："这都不过是女人们在厨房里天天唠叨的事情罢了，各个国家皆是如此。有些人竟如此震惊，倒着实让我吃了一惊。"显然，对女性命运的书写，整个世界都需要更多的关注和包容。

阿满不是一位专业写作者，她的写作跟她的生活态度有关，生活在桃花源中的她爱美，喜欢文学，这些原本的追求使她丢弃了很多功利的考虑，不加束缚而比较自然地遵从自己的生活体验和内心的召唤，相对自由地展开思考和想象。但与此同时，也使她的作品显得给力不够，流露出某些随意。芳草鲜美，落英缤纷，那些"旮旯"应该给人带来更大的震颤，她应继续前行，如桃花源中的行者进入那个小小的山口，或许便又是豁然开朗。

（作者系中国作协主席团委员，中国作协《民族文学》杂志原主编。作品原载《文艺报》2011年2月2日）

# 少一小说的叙事特征与思想内涵

杨玉梅

　　我们常常惊叹于作家丰富的想象力和虚构能力，可是又常常听见一些故事比虚构的还奇葩，还离奇。这是一个充满故事的时代，生活的故事五花八门，千奇百怪。所以，我个人在阅读小说时，只是读到故事是不够的。我所要寻找的是故事包含的人生况味，是生活的真谛。

　　小说是对生活的反映。作为一个读者，一个编辑，一个文学工作者，我在读小说时总会自觉不自觉地思考作者为什么写这个东西，这篇小说有什么价值，这个故事或者人物能为社会提供一些什么样的启示；故事如何展开，如何进行叙事，叙事是不是合情合理、巧妙自然，故事有什么内涵，是否能在读者中产生良好的影响。

　　我非常荣幸成为少一这部小说集《绝招》的最早读者，也是这部小说集的特约编辑。这部集子入选 2018 年度"中国少数民族文学之星丛书"。我在中国作协创联部挂职的两年时间里，正好参与了中国作家协会"中国少数民族文学之星丛书"的筹划过程，见证了这套丛书的诞生。邱华栋、彭学明在总序中说出版该丛书的目的是："重点培养少数民族文学中青年作家，打造少数民族文学精品，把少数民族文学最优秀的中青年作家集结在一起，走向文学的新高地，迈向文学的高峰，以文学的初心，繁荣民族文化的事业；以民族的情意，打造文学的星辰。"

　　在我看来，2018 年度和 2019 年度两套丛书构成了中国当下的一道亮丽的文学风景，代表了当下中国少数民族文学的整体水平，也展示了中国汉语文学的最新成果。这 20 位作家的文学素养和才华，他们的思想情感、文学理想和艺术探索，都展现了少数民族文学的独特优势和发展潜力，由此可以预见，在社会主义新时代，少数民族文学拥有更加广阔的发展前景。

中短小说集《绝招》，给我留下了深刻的印象：

第一，在叙事上的特点：少一善于讲故事，他具有非常强的叙事能力。原本非常平常的事情经过他的叙述而变得波澜起伏。故事中有故事，引人入胜，环环相扣。而且他能够巧妙运用伏笔，从而使得故事里的故事水到渠成，自然而成。他讲故事非常有耐心，真诚，叙事很沉稳，不急不躁，有条不紊，娓娓道来。由此而使得他的小说具有可贵的真实感和亲切感。

小说需要发现问题和解决问题。少一的每一篇小说，需要解决的问题或者说矛盾冲突的中心并不复杂，但是少一能够从一个并不复杂的点铺开出一张密密麻麻的生活的复杂的网。这个网，既有看得见的也有看不见的。这就要说到这部小说的封面设计，封面上由网格构成的图案，就像复杂的生活和人际关系，充满象征意味，与小说反映的社会生活内容颇为贴切。

比如《假发》因公安局政工室公安宣传员皮志远的编制问题，牵扯出一系列故事，有阴局长与戚政委的权力斗争，阴局长的司机与皮志远的人脉关系较量，阴局长的儿子阴正违规转干的问题，皮志远因写作才能得到市委宣传部金部长的赏识，领导签字背后的暗示，皮志远的妻子被城管抓走的事情，等等。一件事情接着一件事情，经由政工室习主任的串联和作者的叙述，一一呈现在读者面前，令人应接不暇。

还有，《绝密》矛盾的中心是金水乡政府不按照合同支付承包商廖金发老板的工程款；《电视机有鬼》围绕清贫的警察应如兵借钱买电视开始；《假币》叙述在公安局局长的酒场子负责记人情账时收到一张来自县长夫人的假币引起的连锁反应。

在这里我想重点谈谈《耳光响亮》。少一的叙事能力在这篇小说中得到了淋漓尽致的表现。小说矛盾的起点是醉酒后的曾乡长给老警察皮一修一个耳光。小说开头写主人公皮一修挨了耳光之后的反应。他到医院让医生清除口腔内的淤血，医生问："谁干的，下手这么重？"皮一修说是吃饭咬的，一粒沙子磕出一个血泡。

接着作者叙述皮一修的心理活动，说明他想掩饰挨耳光事实的原因：他离退休只差两年半，不想在自己脱下警服的最后时光弄出什么洋相，败坏警察名誉。他认为没有人会在乎一个老警察的牙痛。在此他埋下伏笔，说他最担心的是自己家的"穆桂英"，说自己的撒谎不知能否在她面前蒙混过关。在这里设下了一个悬念。可是作者不是紧接着写皮一修回到家后老婆的反应，而是采用倒叙的方式叙述皮一修上午如何替代安所长，跟曾乡长去戴老板的工地上去视察。这里又埋下了伏笔，安所长与曾乡长有过过节，不想接触曾乡长。

如果按照时间顺序，接下来该写皮一修去视察了。可是，作者没有，他不着急写视察，他又设了一个伏笔，继续倒叙，追忆皮一修三年前的事情。他那时还是所长，因为醉酒使得一对去奔丧的夫妇耽误了时间，皮所长被告而被撤销所长职务，记大过，降一级工资。皮一修为此痛下决心发下毒誓：戒酒。这也为后来故事的发展做了铺垫。

有了这个铺垫，作者接下来叙述皮一修与曾乡长到戴老板的工地视察，具体的视察不谈，而主要记录曾乡长和戴老板两个人之间的对话，展示乡长的权力意识。到了午餐时间，戴老板安排了工作餐，请乡长指导。作者写道：哪想到，事情最后坏在"指导"上。

可是，接下来，作者并不接着叙述午餐。而是回到皮一修看病回到家后的情况，老婆看到皮一修肿了半边脸，皮一修说"曾乡长就是一条狗"，老婆猜测出皮一修受到了欺负，撒腿往外跑。作者又没有接着按照这个时间往下叙述，而是回到皮一修他们的午餐。曾乡长要求大家都喝酒，皮一修提出自己有特殊情况。曾乡长却一定要求敬派出所兄弟一杯。皮一修坚决捂住杯口不让服务员倒酒。场面变得很紧张，剑拔弩张。戴老板提出先把酒斟上。皮一修同意了。紧张的气氛缓和了下来。

读者的好奇心被调动起来了，后面该如何发展，局面该如何收尾？但是作者并不接着描述喝酒场面，而是回到皮一修老婆去派出所找安所长问责。夫妻俩在派出所上演了一场口水戏。安所长心中有数，知道皮一修是因陪曾乡长去视察出了事。他决定去乡政府看看。

但是作者又没有接着写安所长的行动。而是回到酒桌，皮一修拿茶水敬曾乡长，乡长不同意，矛盾再次激发。戴老板的女秘书代替皮一修把酒喝了，又化解了矛盾。可是紧接着，曾乡长要回敬皮一修一杯酒，说皮一修该无法推卸了。皮一修从口袋里摸出随身携带的《禁酒令》卡片，说警察在工作时间不能喝酒，这是公安部的规定。曾乡长抢过卡片随手一扔，说规定在他的地盘不管用，说先干为敬，把自己的酒喝了。并强调他是敬皮所长，没人有资格掺和。皮一修近乎求情说公务在身，请乡长放过老朽。乡长死要面子，当然不肯让步。他提出如果皮一修钻桌脚，自己再加喝一杯。

而皮一修认为钻桌脚是对警察的侮辱。大家看不下去了。戴老板提议，把这杯酒洒到皮一修的衣服上。曾乡长同意说把酒从皮一修头上往下淋让他洗个酒水澡，也蛮有味。大家都跟着松了一口气。但是皮一修断然拒绝。说他从警几十年，把警察的荣誉看得比生命还重要。他的话侮辱了自己的警察身份和职责，请他收回自己说过的话。然而，曾乡长喝得差不多了，并不示弱，说出很雷人的话："皮一修，你信不信，这杯酒你要是不喝，老子就修理你。"并扬起了巴掌。场面矛盾冲突到达最高点，导火线一触即发。皮一修已经忍无可忍，说："曾乡长，你嘴巴说话不太干净，请注意你的身份和言辞。"这话出来，曾乡长的巴掌落到了皮一修脸上。皮一修的拳头刚要出击，马秘书挡在了中间，说："曾乡长醉了，我把他扶下去。"酒席不欢而散。终于把皮一修挨巴掌的场面生动地描绘结束。

接下来故事的重点是皮一修挨巴掌引起的各种反应，安所长到县公安局汇报，满政委认为此事性质恶劣，必须进行调查。在这后半部分的叙述中，作者也不是平铺直叙事情的发展进程，而是穿插安所长和曾乡长以前的纷争。同时在调查的过程中，又增加了皮一修想向曾乡长申请建房手续审批的事情。事情就在皮一修一方面想息事宁人委曲求全，安所长要拿下曾乡长的斗争中发展。暗地里还有更多的较量。曾乡长通过各种关系接触皮一修，目的是想让皮一修否定挨打的事实，因种种秘密和原因，安所长最终被迫调离派出所。皮一修建房问题得到了解决，皮一修最后在调查组问起时彻底翻供，说曾乡长根本没有打自己的耳光。曾乡长顺利当上了书记。

关于耳光的问题，作者最后的解决办法出人意料。皮一修的新房建好后，夫妇俩宴请曾书记和戴老板，在相同的包间，他们又喝酒。皮一修敞开了喝，曾书记也喝得痛快。越喝越多，曾书记又喝醉了，像一堆烂泥。作品中写道：

> 书记就像一堆烂泥，上半截身子委顿在桌面上。后来，他勉强用一只手肘撑起脑袋，直勾勾地盯住皮一修，吐字艰难地说："老皮，我欠你一样东西。"
>
> 大家都不明白曾书记在说什么。突然，曾书记抓过皮一修的手，把脸伸给皮一修说："你……你打吧！我……还……欠你一耳光。"
>
> 皮一修的手竭力往回拽，好不容易才挣脱。他说："曾书记，话都说开了，何必呢。"
>
> "你……不……打，是不是？"曾书记扬起巴掌："你……不……打，我自己来。你看……清……楚……"说完，曾书记狠命地往自己脸上扇耳光，啪啪啪，一下，两下，三下……等马主任反应过来将他拥住的时候，那些清脆的耳光声响了一连串。
>
> 众人皆惊，不知所措。马主任很淡定地挥挥手："曾书记真的醉了……"

不管是开始的一场喝酒场面，还是这结尾的醉酒场面，都描写得精彩生动。特别是结尾意味深长，曾书记是醉了吗？可能是真的醉了，也可能是在表演一种醉态。在真真假假中，矛盾得到了解决。表面看，曾书记是赢了，其实他输了。皮一修是挨了耳光，整个过程显得卑微软弱，委曲求全，可是人物言行都非常真实，有血有肉，人物形象鲜活生动。

因为叙述过程中伏笔、铺垫的灵活运用，倒叙和顺叙相结合，使得整个故事变得纷繁复杂，让人眼花缭乱。

第二，在思想内容上，反映复杂的社会人生，揭示生活的秘密，饱含丰富的人生智慧和做人的道理，是一张人生百态图。

少一是讲故事的高手，故事很吸引人，但实际上故事只是骨架，比故事更有味道的是故事里的人生，是故事里的生活，是生活里复杂的人生况味和蕴含的道理。这些人生的智慧和做人的道理，其实最简单的就是追求真善美的人生。做人要善良、真诚；作为警察要公正无私、爱岗敬业，也要体恤百姓；作为行政领导，要善待百姓，为民尽责，为国尽责。

少一的小说虽然包含许多人生的道理，但是特别难得的是，叙述者或者作者并没有直接跳出来进行说教，他的作品没有说教的痕迹。他是在铺展故事的过程中为读者展现社会的复杂，揭示生活的秘密。他的小说在故事情节的发展进程中，在揭示生活的秘密的过程中，表现人生的智慧和做人的道理。这部小说集中，几乎每一篇小说都存在善与恶的斗争，真与假的较量。总体而言，作品是充满正能量的，但是作者并不落入俗套，结尾并不是进行简单的让真善美战胜假恶丑，大部分结尾都出乎意料。

《电视机有鬼》里有一句话：社会是一张看不透的网，他（应如兵）被"网"了进去。

少一的每一篇小说都是生活的网，人物的网，充满秘密的网。比如《电视机有鬼》里的人物，应如兵、康有财、烟酒商小王小张夫妇、副县长、副县长的司机、使用假币的黄毛混混等等，构成了一个复杂的关系网。

主人公是县公安局治安大队的队长应如兵，坚守法律底线，公正执法，为人正直坦荡，但是生活清贫。他向隔壁邻居开烟酒铺的小王借钱买电视，小王夫妇说资金周转不开，等手头宽裕了再说。不久，一个"逃兵"行窃被应如兵带到拘留所关了起来。不巧，当天晚上，小王夫妇给应如兵送上门一台电视机，说是借给他们。还说"逃兵"是他们的远房亲戚，让应如兵帮忙。这是一张复杂的关系网。故事后来的发展，应如兵被安排到离县城150多公里的乌云界派出所任副所长，政委说是争取到的最好的结果。应如兵莫名其妙，原来他在之前一件假币案件中公正执法时得罪了副县长。

小说的结尾，腐败的副县长被立案调查。据说反腐英雄是应如兵的同学康有财。而康有财做出的这个决定，小说中已做了层层铺垫，结局合情合理。

刚才说的《耳光响亮》中，曾乡长扇警察一个耳光的恶行已经受到了多方面的批驳，曾乡长的内心其实也已经遭受了煎熬。故事的发展进程中不动声色地诠释了人生的智慧和做人的道理。

第三，这部小说集塑造了一个特殊群体——基层人民警察——的光辉形象，人物群像。

这部小说集中的警察都不是概念化的抽象化的符号，不是冷冰冰的法律代表，而是充满人间生活气息，是充满人性化的警察。作者把他们放到具体的生活现场，在复杂的社会与生活关系中进行观照，他们是生活在社会当中、生活在人民当中的人。"警察也是血肉之躯，身子并不是钢铸铁打的，只不过面对生死抉择，警察比常人多了一份职责和担当，许多东西到了该拿命换的时候让你没有选择。"这就是少一笔下的警察的心声。他们有作为人民警察的坚毅、公正、正直、正派，也有作为人的生存的艰难与隐忍，还有善良与宽容。在生动自然的叙述中展示基层警察平凡中的伟大，卑微中的坚守。这是中国走在法治化道路上的这一时期的中国人民警察的真实呈现，同时这些特殊人物身上还包含现代中国人面临的种种生活与精神的难题，具有人所共通的艰难与坚守。所以，他们不仅仅是警察形象，还是当下中国人民的生存状况的缩影。

他的小说中，每个警察主人公的名字几乎都包含着深刻的寓意，如《电视机有鬼》里的应如兵，转业之后原本可以选择更好的职业，但是他选择了警察。因为他当兵十四年，骨子里植入根深蒂固的军魂，应该像一个士兵一样，像一个战士一样度过一生。

《假发》中的政工室主任习让才隐含着谦让重才的好品质。政工室聘用的宣传员皮志远包含着志向远大高远之意，他通过自己的写作才华从一个普通人物受聘为公安局的宣传员。

《耳光响亮》中的皮一修，蕴含着人生必需的修养，人生即将进行的修行，在委曲求全中生活与工作，在宽容、包容中坚守，在无路可走中寻求生活之路。

《神算》里的所长段长松，就应该像一棵挺拔的青松，为百姓遮阴避阳，对坏人不手软，对待生活艰难无所依托的人又设法帮助，比如吴瞎子，虽然存在问题，但是段所长设法用各种理由给他取保，给人生活的出路。

《绝密》中的治安大队大队长郭梦正，为人实诚、善良、公正，做人做事都可靠，是正派、正直的人民好警察形象。

《绝招》中的所长仇如钢，虽然生性胆小怯弱，却在关键时刻还要有钢铁般的决心。

这些人物都是少一从自己熟悉的生活出发，以人民为中心进行创作的重要收获。

第四，语言真诚亲切自然，富于生命力，充满生活气息。

文学是语言的艺术。与少一的叙事风格相一致的是他的语言，真诚亲切自然，富于生命力，充满生活气息。这些语言来自人民，来自生活，接地气，符合人物身份，也体现了人们的智慧，体现出一个成熟的作家的语言特色。是人物在说话，而不是作家在替小说人物说话。他还有敏锐的观察力，善于进行细节描写，许多关于人物描写的细节逼真生动。

如《神算》中段所长识破了吴瞎子为了给儿子钱而帮盗牛贼祝根借车的真相后，吴瞎子的反应："段长松的话像一根针，捅穿了吴瞎子这只气球。……段所长，我是没办法呀，儿子的病……我鬼迷心窍……吴瞎子的嘴角在不停地抽搐，他的双腿像被人抽去骨头，软塌下去，委顿在地上。"吴瞎子的绝望和痛苦通过两个比喻得到了生动展示。

还有《绝密》中描写郭梦正眼中的三姑姑形象：

> 三姑姑显然想从沙发上站起来，可她蹭了一下，没成功，再努一把力才起来，身子却还晃悠，差点没稳住。她急忙伸左手扶住脑袋，停顿几秒钟，喉咙里咕嘟出一个嗝来。三姑姑大概是想上来帮换鞋的郭梦正接包，稍微走得急了点儿，右脚踢着沙发旁边的帆布背包，拖鞋脱落，赤脚踩在茶几前的地板上。凉意袭上脚心，她就像踩着一颗地雷，定在那里不敢动弹。

这个衰老的力不从心的三姑姑和郭梦正十多年前留下的印象相去甚远，郭梦正内心的震撼可想而知。

少一的语言还幽默风趣，具有时代韵味。如《假发》皮志远给阴局长打电话前的描写："摁下发射键之前，皮志远从柱子后面侧过脑袋，目光朝花园旁边怯怯地扫描一遍。……手机屏面上跳动着信号发射的提示，皮志远的心跳也跟着提速。""怯怯地扫描一遍""提速"非常生动地刻画出不善于巴结逢迎的皮志远去找阴局长的紧张之态。

不过，在使用语言时，还有需要注意的地方，如曾乡长让皮一修从桌子底下钻过去。作品中说对警察皮一修来说，它比《南京条约》还耻辱一万倍！这样的比较是不妥当不严肃的，也是无法相比的。语言的使用需要特别慎重。

少一的小说创作，已经非常成熟，在今后的创作中还需要注意的是在结尾的处理上不要说得太满，要给读者留下思考回味的余地和空间，如《假发》

的结尾加上六个传闻，对故事做出进一步解释，使得内容更完整，这样的结尾也未尝不可，但是如果没有这些传闻，可能给人留下想象的空间和余地会更多一些。另外，在叙述的节奏上，还需要明快顺畅，不要有太多的倒叙。倒叙、插叙太多容易给人割裂感和碎片化的印象，而且倒叙中不属于故事主要情节的内容不必详写，否则枝节太多而冲淡作品的主题思想，也会影响作品的可读性。

少一已经具备良好的文学素养，具有丰富的人生经历，对社会人生有独特的思考，所以已经拥有创作大作的条件，还可以不断拓宽视野，到广阔的人民生活中寻找创作素材，创作出思想内容更加丰富、更具时代性的长篇力作。

（作者系《民族文学》一编室主任，中央民族大学少数民族语言文学专业博士）

# 毕亮小说的关键词

金 理

## 一、都市（深圳）

随着中国日益卷入全球化的经济体系，都市在整个中国社会中的枢纽辐射功能日益凸现。城市化的进程，其革命意义显然已经逾越了经济范畴。变革的阵痛，消费空间的膨胀，利益与快感原则的浮出地表，生活的重压与痛苦，情感焦虑与道德危机……在这种背景下，都市文学的膨胀与激增实在是情理之中的事。毕亮把自己的第一本集子题名为《在深圳》，这是个很恰切的书名，集中所收的诸篇小说，故事发生地点均在深圳；即便主人公身不在深圳，也生活在对深圳的怀想中（《母子》）；少数几篇写到乡村，乡村的凋敝与破败（《职业病》《继续温暖》），也正是城市化偏狭发展的后果。毕亮的写作汇入蔚为大观的都市叙事中，现在的问题是，面对高度的城市化景况，毕亮做出了何种努力？

不难理解，商业是结构现代都市的关键词，也是承载人们欲望的重要筹码。在今天的都市书写中，一幅幅消费主义指导下的中产阶级幻象大行其道：咖啡馆、酒店、洋房、西式公寓楼、豪车、巨型商场、会所、古驰手袋……而毕亮笔下的场景则大相径庭：逼仄的廉价租屋、潮湿的水泥地板、墙角时有蟑螂和老鼠出没、无法隔绝的争吵声与啼哭声、嘈杂混沌的城中村、"古怪的涩味"四处弥漫……他执拗地在那些美轮美奂的都市画卷上戳出一个个漏洞，梦想永难照亮现实，在抵达之前已被碾碎。

经济发展在今天社会中的地位非常重要，成功人士成为许多人心目中的时代英雄。但正如王晓明先生的洞识所见<sup>(1)</sup>，在一般的广告、传媒与文学书写中，我们看到的只是由饮食生活、休闲方式、商务应酬等所构成的"半张脸的肖像"，这成功人士迷人的"半张脸"，成为公众艳羡和追慕的符号。与此同时，"另外的半张脸"则被悄然隐去了。毕亮有少数几篇小说聚焦衣食无忧的中产阶级，但他发现的是，隐藏在"另外的半张脸"背后的疲惫、病态、感情生活的千疮百孔（《在深圳》）、创伤留下的后遗症（《大雾》）……说到底，毕亮根本无意加入致敬成功人士的合唱中，也无意为欲望提供想象性的满足：

> 我们所处的时代节奏也是车轮滚滚，奔跑向前的。时代的节奏"快"，而作为社会的个体，不是流水线上标准化的产品，他们形形色色，每个人都有自身的个性和生活节奏，他们有内心的独立追求，有精神上自我发展的渴望。跟时代的节奏合拍的，他们肯定会过得如鱼得水——尽管是表面的，可能精神上还是落魄不堪的；不合拍的，那些"慢"的人怎么办？如果他们内心不够强大，不能坚持己见和保持个性，则会被时代的节奏搅得方寸大乱，不适应者会迷失，会幻灭，不仅仅是物质和肉体，更是精神、情感层面的，以及与生俱来的良善的天性。<sup>(2)</sup>

毕亮笔下的"马氏青年"们，正是那些"不合拍"的、"慢"的人。在今天，全球化与发展的单面指标已经构成了一个巨无霸式的板块结构，迅速把社会推向超稳定的表象繁荣，同时有力地掩盖住内部所包容的各种混乱与矛盾冲突，很多年前，E.B.怀特曾感慨道："某个划时代的转折点已经到来了：人们本可以从他们的窗户看见真实的东西，但是人们却偏偏愿意在荧光屏上去看它的影像。"<sup>(3)</sup>这个"划时代的转折点"显然就是指"现代"的到来；而"荧光屏上"的"影像"恰类似于社会的表面繁荣与无数信息泡沫构造成的铁幕，它熠熠生辉，让我们无法想象铁幕下还有另一种人生。而毕亮倾力书写的，正是被主流的全球化板块所排挤出来的"失败者"，以及他们

---

（1）王晓明：《半张脸的肖像》，收入氏著《半张脸的神话》，广西师范大学出版社，2003年版。

（2）毕亮语，转自钟华生：《用文学打量"城里的外乡人"》，《深圳商报》2011年3月7日。

（3）（美）威廉·巴雷特：《非理性的人》，杨照明、艾平译，商务印书馆，2004年版，第265页。

在"荧光屏"之外的晦暗生活世界。

在与都市叙事传统的对接中，我们可以探究毕亮创作的特色。由于《沉沦》末尾那声著名的疾呼，使得文学史研究者大多将郁达夫在日本的形影相吊与激愤情绪归因于民族歧视，这诚然不错；但更深层的原因恐怕在于人与城市的格格不入，否则无法解释回国后他在作品中何以依然故我。我们充分注意到郁达夫笔下，诸如 Y 君（《银灰色的死》）、于质夫（《茫茫夜》）、文朴（《烟影》）等人物无一不是多病之身，这一频繁出现的疾病情节，其负载的叙述功能是双重的：首先，揭示非城市的人物与城市的冲突，控诉城市对生命的伤害；其次，疾病喻指了个体与人群、城市的疏离。可以说，在 20 世纪初，郁达夫就一定程度上奠定了中国现代都市文学的某种范式意义。他笔下的那些年轻人，尽管缺乏强大的反抗力量，无法摆脱环境重压带来的痛苦与尴尬，但依然通过与迷乱的欲望背景的若即若离，来摸索独立的个体存在。毕亮小说中漂泊到深圳的青年男女，尽管没有郁达夫式身体羸弱、多愁善感的标签，但无一不共感着相同的悲剧：拒绝不了都市诱惑却又不甘物化，为了将欲望实现不得不忍受价值失衡与自我迷失。"深圳是中国很具有典型性的现代城市符号，我们这一代人在都市里打拼，大环境的浪潮推着我们走，作为个体的力量是很微薄的，一旦遭遇物质的困境、精神的困境，很容易导致理想的幻灭。我比较注重这方面的表达。"[1]

更重要的是，在物欲迷乱的困境中，毕亮并未丧失信心和善意：被"深圳速度"甩离的马漠，"一只手拎行李袋，一只手拎画架"，残破与潦倒中，他不忍忘记"画架"（《我们还有爱情吗》）；出轨的丈夫被妻子赶出家门，在这个犯错的男人的离家行李箱中，除开衣物、银行卡、剃须刀等之外，赫然还有"两本诗集"（《在深圳》）。

毕亮曾经自信地表示："在我的短篇小说中，每一个'元素'的设定都是有一定用意的。"我们不妨拣拾其中的一个细节分析。狭窄老旧的租屋，"墙角旮旯布满蟑螂帖"，但是在床头墙壁上却挂着一幅《向日葵》（《外乡父子》）。阅读至此你的第一感觉可能是"不协调"，我想肯定很少会有所谓"打工文学"（这似乎是深圳这座城市的文学标签）将进城务工的中年男子与油画联系在一起。通常，我们对于打工者有一种想象，粗鄙、邋遢，他们的生活必然混乱不堪；同时，我们对油画也有一种想象，这些精美的艺术品出现在中产阶级美轮美奂的沙龙里。正是因为上面那两种想象间横亘着

---

（1）毕亮语，孟迷：《毕亮：时代的刺痛让我执笔写作》，《深圳特区报》2011 年 7 月 15 日。以下毕亮的言论，除注出之外，均引自该篇报道。

的裂缝，文学就被规约成对艰辛生活的浓墨重彩而无法深入打工者们的精神处境。黑格尔曾经讨论过人的意义正在于"有限"和"无限"的辩证统一："人格的要义在于，我作为这个人，在一切方面（在内部任性、冲动和情欲方面，以及在直接外部的定在方面）都完全是被规定了的和有限的"；但是，人的意义并不只在上述"人格"的向度上被穷尽，"人实质上不同于主体，因为主体只是人格的可能性，所有的生物一般说来都是主体。……人既是高贵的东西同时又是完全低微的东西。他包含着无限的东西和完全有限的东西的统一、一定界限和完全无界限的统一。人的高贵处就在于能保持这种矛盾，而这种矛盾是任何自然东西在自身中所没有的，也不是它所能忍受的"[1]。人之为人，在于其拥有一种能够从一切肉身性、社会现实规定性中抽象出来和超越出来的可能，而毕亮的小说正是撬开了滞重的现实与身份外壳。尽管这个打工的中年男人最终丢了工作只能回乡，尽管他的目光"黯淡了下来"，尽管也许他再也没有时间和心思去画画，但"向日葵"长存在他心内，失意者的心灵就不会枯竭，总会有那么一刻，"向日葵绽放金色光芒"，照亮他在绝望中重建生活的可能。

"我的小说调子有点暗沉，但我希望它像篝火一样，虽然底色是灰的，但仍能让人看到温暖和烛照灵魂。"即便生活的浑浊真的已经让我们艰于呼吸，文学就一定要屈从于这样的"现实"么？诚如毕亮所言，难道文学就不能在"灰"的"底色"中寻获"温暖和烛照灵魂"，在困窘与逼仄中选择打开新的空间，鼓舞我们的勇气不在生活面前垂头丧气，滋润我们的精神不在暗夜中就此枯竭？毕亮小说里上述细节中生发的人文关怀启示我们：在最晦暗的生活中，人的超越性的精神向度也是不容易被闭塞的；文学虽然无法提供社会进步的解决方案，但对人性坚定的扶持从来就是它题中应有之义。

毕亮在倾力书写深圳时，有时会出现一些模式化，比如：青年男女来到深圳打拼；初到的那一刻往往会去海边，浪漫地畅想美好未来；失业后男子变得脾气火暴，导致生活中摩擦不断，于是感情生活走到悬崖边……这样的情节链条、小说所显示的情感态度都指向单一。毕亮的都市书写还处于起步期，我想他当会朝着更丰富、阔大的方向迈进。

---

（1）（德）黑格尔：《法哲学原理》，范扬、张企泰译，商务印书馆，1961年版，第45—46页。

## 二、短篇小说

毫无疑问，在网络上动辄以万字作基本单位的今天，短篇小说可以说是市场价值最缺乏的文学门类。文学已经日渐边缘，在其日趋缩小的版图内，长篇小说可以直接转换为影视作品或出版利润而虚假繁荣，中篇总算在期刊版面和文学评奖中有其一席之地，寂寞的诗歌在民间与网络上异常活跃。相形之下，短篇小说就很尴尬。不过正因为这样，短篇小说倒也能告别几分功利和杂质，成为考较作家艺术精纯度的独木桥。而大凡能专心于、陶醉于这座桥上风景的，大多都是文学名家。比如契诃夫、鲁迅、汪曾祺、卡佛、苏童……

毕亮很专心地经营短篇，每则小说不过五六千言，"不纤毫毕现，也不追根究底"。他心意中优秀的短篇小说简单又复杂，暧昧、多解、指向不明，若即若离。"我觉得卡佛的写作技巧很适合写都市题材，尤其是深圳。深圳是一座很暧昧的城市，来自全国各地的人构成了它的复杂性，很多事情并不是表面看上去那样光鲜、干净，而是说不清道不明的。卡佛笔下的故事，很多含义都是隐藏在文本背后，看似平静，实则波涛汹涌。"为了达到"看似平静，实则波涛汹涌"的效果，我发现毕亮在小说中很熟稔地运用起一种类似"对视"和"互文"的技巧：

咖啡馆中，小麦父子与年轻的女孩相邻而坐（《纸蝉》），偶然形成的"互文"中，小麦母亲的悲剧却可能变作笼盖年轻女孩未来的阴影。"对视"出现在房东和租客之间（《消失》）：房东／男人是城市的先到者，终被城市所吞噬而潦倒不堪；租客／一对青年男女刚刚进城，乐观的蓝图渐次在想象中展开。当他们彼此对视，是预演重蹈覆辙的悲剧，抑或以今胜昔闯出另一片天空？同样的"对视"也发生在马泉和邻居之间（《伤害》）：女友无奈去向"那个香港商人"借钱，马泉在此期间内认识了隔壁邻居，这位中年男子在被爱人离弃后以酗酒度日，马泉在这样的"对视"中会发现未来的自己吗？

此外，毕亮几乎每篇小说的结尾都韵味深长。在小说结尾——

蒙嘉丽"握住马望暖和且有些粗糙的右手……她说，马望，有一件事，我想我现在必须马上要告诉你"。（《百年好合》）

马迟昂起头，"扭曲变形的脸逐渐恢复正常"，"他对杨沫嘀咕了一句什么话，声音细得连他自己都没能听清"。（《铁风筝》）

男人瞥见老婆病房门口站了两三个警察，这个疲惫不堪却依然顽强承担

家庭责任的男人，会是那个抢走四十万的恶徒？（《城中村》）

马莉很想问丈夫一句"唐娜是谁？"但忍住了，"她削苹果皮的手跟她的心跳一样，在即将燃起灯火的夜晚，缓缓恢复平静"。这"平静"是终于想通了，抑或预示着更猛烈的风暴？（《不安》）

这些结尾都显得影影绰绰，似乎含藏着人生万千的机运。这样设置的开放性，毕亮自述得自余华的启发："好的小说结尾，既是结束，也是开始。'留白艺术'在中国画中常见，这也是我追求的短篇小说叙述的艺术效果，说在不说之中，言无不尽，叙述上具有不确定性，暧昧而迷幻。"

回想 20 世纪初叶，周氏兄弟翻译出版《域外小说集》，在东京、上海两地各卖出二十册上下，"市场业绩"惨淡。鲁迅总结教训时说："那时短篇小说还很少，读书人看惯了一二百回的章回体，所以短篇便等于无物。"[1]比较而言，今天的短篇小说创作在长篇连年膨胀的压力下，苦心经营者依然"很少"，不过我想越来越多的人会明白：短篇小说决不等于"无物"，恰相反，它意味着一个文学素养的标高。我以这样的期望来等待毕亮……

## 三、"80后"

毕亮是一位"非典型性"的"80 后"作家。

一种对"80 后"的惯常看法是，这代人的写作往往沉迷于"独语"，沉迷于对个人经验的反复书写。无论是代群还是个体，都喜欢标榜独特性的标志。但"瞻前顾后"仔细想想，几乎每代人都会形成一个关于"自我"的独特性的表述（只不过填充论调的具体内容可以更换，或者高扬这一群体独树一帜的气质，或者慨叹时运不济、生不逢时但终究"青春无悔"……）。这个时候如果听到下面这样的一声断喝，大概会紧张不安起来："在进化的链子上，一切都是中间物。……至多不过是桥梁中的一木一石，并非什么前途的目标，范本。"[2]也就是说，每一代人自有其优势，每一代人也都面临具体的困难，"在进化的链子上"实在没必要夸张独特性，尤其当这一关于独特性的表述或多或少编织出群体性自恋倾向的时候。文学确实应该关注个人经验、逃逸出普遍范畴的独特性。不过，在个人经验的虚构与真实、个人与他者、记忆与书写之间建立起诚实的省察性、反思性关系，未必不能对文学

---

（1）鲁迅：《域外小说集序》，《鲁迅全集》（10），人民文学出版社，2005 年版，第178 页。

（2）鲁迅：《写在〈坟〉后面》，《鲁迅全集》第 1 卷，人民文学出版社，第 302 页。

写作提供助益。2004 年 2 月，"80 后"小说作者、诗人春树登上了美国《时代周刊》亚洲版的封面，《时代周刊》选择了汉语中的一个词"另类"来描述春树为代表的少年作家。这实在不是什么新鲜的词汇，比如上一代的"70后"美女作家卫慧、棉棉早就捷足先登"分享"过这一词汇。而在一些媒体看来，"80 后写作"的概念，源起于这一事件。且不论这一评断是否确凿，至少，"80 后"的文学生产、传播与评价立即围绕"另类"这个词开始运作、膨胀。也就是说，在那段时间，"另类"成为裁定"80 后"独特性的一个标志。某种写作主题、题材等在受到一段时间内市场轰动效应的刺激后，往往会成为本质性的规定，要论证自我迥异于别人，就必须迷恋、认同这样一种"另类"的姿态。这个时候，由"另类"所表达的代际独特性，到底是成就了独特，还是画地为牢般封闭了生存与文学书写原该所有的丰富可能？

　　略显悖谬的是，越是锁闭在个人经验的迷恋中，其笔下的自我形象越是显得单薄，当然这一"单薄"是历史性的"单薄"，伴随着"总体性社会"的解体，在当下世俗生活中，人不仅在精神世界中与过往的有生机、有意义的价值世界割裂，而且在现实世界中也与各种公共生活和文化社群割裂，在外部一个以利益为核心的市场世界面前被暴露为孤零零的个人。不过除开外部原因，自我形象的单薄、狭隘、缺乏回旋空间，也与写作观——我上面提到的沉迷于"独语"、迎合"另类"——有着莫大关联。卢卡契曾揭示一些文学"否定历史采取两种不同的形式"："其一是主人公紧闭在本人的经验范围之内。对他来说——显而易见不是对他的创造者来说——除自身之外没有任何先在的现实作用于他或承受他的作用。其二，主人公本人没有个人历史。他是'被抛到世间来的'：毫无意义，神秘莫测。他并不通过接触世界而有所发展；他既不塑造世界，也不为世界所塑造。"想一想我们今天的小说创作，其中充斥着多少"紧闭在本人的经验范围之内""没有个人历史"的主人公啊。也许正是面对这样的困境，雷蒙德·威廉斯才重申写作应该"具体地表明从思想到感情，从个人到社会，从变动到安定之间的生气勃勃的相互渗透关系"[1]。《在深圳》是毕亮付梓出版的第一本集子，但他非常自觉地跳出个人直接经验的限制，对他者的人生与世界进行细致的打量与想象（《外乡父子》《油盐酱醋》《纸蝉》等）。毕亮笔下的人物群像非常庞杂：打工者、怀揣梦想来城市打拼的大学生、事业有成却感情苍白的成功人士、

―――――――

　　（1）（匈牙利）乔治·卢卡契：《现代主义的思想体系》，雷蒙德·威廉斯：《现实主义和当代小说》，参见《二十世纪文学评论》（下），戴维·洛奇编、葛林等译，上海译文出版社，1993 年版，第 201、352 页。

为了生存而铤而走险的可怜人、"金丝雀"、底层市民、留守儿童与老人……毕亮敞开自我，与上面这一个个"有意义的他者"不断对话，观察他们在生活的波折中浮沉，体恤各自的隐痛，也记录其瞬间迸发的人性辉光，由此促成"生气勃勃的相互渗透关系"。

又比如，很多人觉得"80后"惯于夸张地对代际进行截断式的处理，趋于极端就是"弑父"（在很长一段时间内这是我们进行文学主题分析时津津乐道的话题），它往往不惜以贬抑甚至丑化上一代人来凸现、夸张自己这一代人的经验，在根本上，它指向一种"断裂"式的"自我"出场方式：极力抹去和掩饰自身的血缘历史和现实特征而以"崭新"的面貌横空出世，但这种出场往往充满着焦虑、虚弱，甚至伪化。相反，毕亮在小说中经常会布置代与代之间彼此沟通、意蕴深长的细节。比如《铁风筝》中马迟与母亲一起照顾长年卧病在床的父亲：

> 母子俩又合力将老人挪到轮椅上。马迟将父亲推进厅里，静静地看父亲，这个过去威武的警察，轮到暮年，却像干枯的树枝，轻而易举就给疾病折断了腰。父亲耷拉着脑袋，木着脸，眼珠子望他，似乎正努力摆出笑脸。尽管父亲的努力失败了，但这细微的举动令马迟感到温暖。

还有，马望和蒙嘉丽在感情陷入困境之时，不约而同地回忆起小时候父母关爱自己的点点滴滴（《百年好合》）；暗夜中遥想"母亲细微的鼾声"，仿佛是马闳昏暗无边的生活中唯一的慰藉与善意之源（《血腥玛丽》）。在短篇本就精简的篇幅内，举凡遇到类似的情境，毕亮都会不吝笔墨，细腻描绘出两代人之间情感的维系与呼应，再比如《恒河》《外乡父子》……在一代人因冲决般的写作惯性而导致的巨大裂隙间，毕亮缝织起细密的情感丝线，将生物学意义上直线前进般的新陈代谢，置换为温情脉脉的往复回环（生命与生命之间的提携、眷顾、对话与感念）。

作家金仁顺曾经主编过一期"80后"小说专号，"十几个年轻人的文字合影"，我们能够想见那种五彩缤纷，"有标新立异的，有时尚靓丽的，有优雅古典的，有古灵精怪的，个性十足，自信满满"，而金仁顺对厕身其间的毕亮的文字印象是——

沉稳、扎实、甚至有些平凡。

毕亮的小说中规中矩，"老气横秋"；比起那些不管三七二十一，先把气势造起来，或者"花非花，雾非雾"避重就轻的同龄写作者来，他的文字像颗颗麦粒，散发出汗水的味道和粮食的甜香。

微小，却真实，朴素而诚恳。 [1]

金仁顺对年轻同行的观察确实到位。我在读完毕亮小说集后，感觉之一就是这个作家很"老实"，老老实实地写生活，写人；姿态够低的，不那么"先锋"，甚至显得保守。其实，与那些乱花迷眼的文学时尚相比，毕亮的老实、低调与保守背后，倒是自己的艺术操守，而正是这种艺术操守中往往含藏着基本功与专业精神。

不妨引入鲁迅的意见做个参证。众所周知，鲁迅具备极高的美术鉴赏力，尤其对木刻艺术的见解往往度越流俗。在书信中他曾委婉地批评当时的一批青年美术家："好大喜功，喜看'未来派''立方派'作品，而不肯作正正经经的画，刻苦用功。人面必歪，脸色多绿，然不能作一不歪之人面，……譬之孩子，就是只能翻筋斗而不能跨正步。"又说："中国艺术家，一向喜欢介绍欧洲十九世纪末之怪画，一怪，即便于胡为，于是畸形怪相，遂弥漫于画苑。……我这回之印《引玉集》，大半是在供此派诸公之参考的，其中多少认真，精密，那有仗着'天才'，一挥而就的作品……"他每每建议青年美术家"先要学好素描""开手之际，似以取法于工细平稳者为佳耳" [2]。可与此番见解相沟通的是，徐悲鸿有一段话阐明艺术精进之过程，发人深省："二十岁至三十岁，为吾人凭全副精力观察种种物象之期，三十以后，精力不甚健全，斯时之创作全恃经验记忆及一时之感觉，故须在三十以前养成一种至熟至准确之力量，而后制作可以自由。"一生成败端赖二三十岁时的刻苦用功，此期间必得"分析精密之物象，涵养素描功夫"，方可将来成其大、成其自由。反之，在年轻的时候就贪求取巧捷径，则等同于因循守旧，"巧之所得，每将就现成，即自安其境、不复精求" [3]。至于轻慢这一过程而直接跨入所谓"艺术自由"者则更显肤浅。

我想借此来比附毕亮的老实与低调。潮流之中的文字表演往往是夸张的技术操作与僵硬的观念比附，稍有不慎，即变成"胡为""畸形怪相""只能翻筋斗而不能跨正步"。鲁迅所谓"作正正经经的画，刻苦用功"与徐悲鸿说的"分析精密之物象，涵养素描功夫"大致是一个意思，以诚笃之心性、切实之功夫来淬炼"认真，精密"的能力，这是艺术的"基本功"。举个例子，毕亮在《油盐酱醋》的结尾处，写老马给老伴挠痒，老伴"沉沉睡去"，

---

（1）金仁顺：《温暖，而明亮》，《深圳特区报》2011年7月15日。

（2）参见《鲁迅全集》（13），人民文学出版社，第63、75、133页，《鲁迅全集》（14），2005年版，第61页。

（3）参见《悲鸿随笔》，江苏文艺出版社，2007年版。

"发出细微鼾声"，在"黢黑的房间里，老马的手还在持续地挠着痒。那只手不愿意停下来"……这段朴实，但却"认真，精密"的描写，从"油盐酱醋"般的日常生活流中凸显出一个停顿时刻，其间人物复杂的思绪与无尽的牵念，让读者唏嘘、动容……

"80 后"这个概念最早的出场与商业炒作、文学批评命名的无力、对于断裂的渴求等密切相关。但现在也许更能看清楚当时这场华丽的出场仪式其内部的混乱、无力与尴尬：最初在这面旗帜下集结的年轻写作者暴得大名；可人们往往是通过传媒话题、娱乐新闻、粉丝心态的方式去理解"80 后"。也就是说，尽管在市场上一度风生水起，但"80 后"这一代迄今依然没有在清晰而有效的美学经验上，落实其文学贡献。毕亮生逢其时，现在需要的正是像他这样沉稳的写作者拿出创作实绩。我一再强调毕亮是一位"非典型性"的"80 后"，读他的小说，未必会联想到与代际符号刻意挂钩；但之所以依然将"80 后"作为毕亮创作的关键词，原因即在于想借此表达一种对毕亮创作辩证的寄望：勇敢地跨出密集在"80 后"这一符号周围的樊篱，但最终，更沉稳而丰富地回返自身……

（作者系复旦大学中文系老师，文学博士，历史学博士后。作品原载《文艺争鸣》2013 年第 12 期）

# 乡土文学的出新与艺术审美的群众化

## ——浅析曾辉小说的特色

### 罗 田

　　近年来，许多读者与作家都在关心中国乡土文学的前途和出路问题。有人觉得乡土文学过时了，甚至认为随着商品文化热潮的到来，乡土文学成了被淘汰的对象。有的则从"纯艺术""纯形式"角度重新考索其文学价值，甚至将艺术审美的群众化这一代表时代进步的审美追求也看成是作家、艺术家在创作上的"迁就"。其实，中国作为一个幅员辽阔的农业国，自"五四"以来，新文学的许多作家如鲁迅、鲁彦、台静农、沈从文、彭家煌、许杰等都是由乡土文学创作起始而取得可喜成就的。这几乎是我国新文学发展的一种历史必然。作家大多来自乡村，他们较多地从生活经验出发，调动自己的审美积累，将新的意识与真切的生活感受结合起来，充分发挥着自己最熟悉的乡村题材这个优势。这不仅意味着乡土文学历史发展的深厚根基与艺术上长足的进步，而且显示出乡土文学具有强大的艺术生命力。在她的成长与发展过程中，不仅经受了人民群众审美情趣的历史性选择，而且接受了社会生活与时代发展的影响与检验。尤其是当代文学标新立异、百花争艳的今天，乡土文学在经过短暂的沉寂之后，人们似乎又从这位村姑身上发现了新的魅力与风采。在湖南的乡土作家中，曾辉便是执着追求的一位。

　　曾辉长期生活在湖南农村，对农村生活非常熟悉。他从1964年开始创作，二十多年来一直在乡土文学这块土地上默默耕耘。他深感乡土文学的出新离不开艺术审美的群众化。他已敏感察觉到当代读者审美心理中对贴近群众、贴近生活的艺术审美的热切需求，最值得注意的是，他对群众化有自己独到的体会。这就是不单纯在语言形式、民风乡俗、婚丧节庆等这些方面搜奇猎异,他抓住了当代人民群众普遍关注的时代课题来显示他艺术创作群众化的美学追求。我们从他自新时期以来的长篇创作的历史轨迹中就可以看出。

《八月雪》是他于1982年出版的第一部长篇小说。作者以洞庭湖区一个生产大队围绕棉花科研所展开的关于党的十一届三中全会精神的争论,迅速及时地反映了当时农村广大农民所最关心的问题,即农村经济改革这个直接关系到农民切身利益的课题。小说主人公李银山,是位坚持实事求是,搞科学种棉试验的实干家。作者将他置于激烈的矛盾冲突中刻画其性格特征,写出了他战胜各种困难,坚持科学种棉的坚毅意志和求是精神。小说用了较大篇幅写白羊鹤为代表的"左"倾路线与李银山为代表的觉醒起来的农民之间的冲突。不可忽视的一点是,作者在写出面对这场斗争的农民表现出一种掌握了自身命运的历史主动性之外,还写出了党对农民的支持和及时引导。当李银山拿出"科学种棉的规划"时,首先就得到党支部的支持,支部负责人丁江涛在群众会上那番衷肠热语,使在座的农民深受感动。在李银山进行科学种棉遇到困难的每一个紧要关头,总是有党的领导在给他撑腰。县委书记张捷亲自下队蹲点,帮他解难分忧。青年农民穷河与刘敏,不仅在科学种棉的矛盾冲突中显示了有文化的崭新一代农民的精神风貌,而且结下了深厚的爱情。小说最后,作者有意把他俩的婚事安排在"八月雪"的棉花大丰收的背景下,这不是巧合,而是在历史变迁中,广大农民洋溢着丰收的自豪与改革的自信的时代情绪的集中显现。几乎与此同时,又传来李银山当选为全国劳模,出席北京大会的喜讯。红日高照,银花盛开,在这充满科学种棉成功的欢悦氛围里,李银山却是冷静的,他坦诚地说:"这功劳都是大家的!"小说中李银山的思想性格典型地代表了改革大潮中农民新的思想风貌。

我们如果把这部作品与后来的两部长篇(《财女》《情中情》)加以对照,就会发现曾辉创作的艺术审美追求的一贯性。这前后将近十年的过程,也可清楚地看出他在这一审美追求上留下的步步足迹。如果说他在《八月雪》里运用艺术形象表现时代生活内容还嫌简单的话,那么,在1987年出版的《财女》就显得复杂与深刻多了。小说成功地塑造了一位年轻聪明、有文化、有胆识的勇于开拓的女青年农民形象。作者的细致的笔触写出了任友珍敢于向封建观念与小农意识挑战,克服重重困难成为养鸡专业户,走上了发展商品生产的致富之路。由婚姻与养鸡引起风波,导致家庭关系紧张,婆媳关系恶化,妯娌誓不两立,下台干部马方田吹冷风,使绊索……作者刻画了她在这错综复杂的矛盾纠葛中锲而不舍的进取精神与坚韧不拔的开拓型性格。但作者没有按一般写改革人物的构思模式去刻画任友珍的形象,而是有自己的独特追求。作者创作这部作品正是 20 世纪 80 年代中期农村改革激流勇进的时代。一些人在商品经济大潮冲击下变得自私了,人与人的关系也冷漠、紧张了。而文学作品中的"女强人"大多是突出了勇敢开拓,与传统因袭决裂的个性特征。这些自然无可非议。但在现实环境中,确有千千万万的普通读者又在心灵深处呼唤人与人之间的真诚与温情、关怀与理解,呼唤我们民族传统美德的复苏。将艺术审美的群众化作为自己的美学追求的曾辉,自然敏感地注意了这一点。于是他在写出任友珍勇于开拓的个性的同时,又将时代精神与传统美德有机地统一起来。她尊老敬贤,任劳任怨。婆婆与她过不去,但当婆婆扭断腿时,她主动上山采药为婆婆医伤,用行动感化婆婆。妯娌李素英处处与她作对,但当李素英养鹅失败时,她又慷慨解囊,扶植她重振养殖业,用事实教育她。与其说任友珍是改革者,不如说更多是作为一个新人形象显示了农村变革的深入。正由于任友珍这种新人的思想气质,追求的是共同富裕的生活理想,所以,成为养鸡专业户并非她的最终目的,直到创办联合养鸡场,带动全村致富,这才是任友珍进取精神与开拓型性格的合乎逻辑的发展与升华。在塑造任友珍这一艺术形象时,作者除了选取一些典型事件构成作品的基本情节外,还注意从日常生活中,从任友珍与周围人的关系中,揭示人物丰富的内心世界。如她决定借旅行结婚之机,和张大喜到东北找科学养鸡的好经验而又听到村里人风言风语时的复杂心态,面临公婆逼债,妯娌挑唆,马方田使绊,尤其是电器自动孵化箱突然停电,使 500 个良种蛋遭损失等等,引起内心的痛苦、烦恼、忧虑、郁愤,写出了生活变革中烦恼人生的真实心态。作者尽管没有充分发掘出生活本身那种迷人的丰富性和生动性,但能把人物放在较复杂的社会关系中,展示其个性特征,并通过农村新人形象表达了广大农民的心理愿望与生活欲求。这就从社会心理倾向上获得了审美的群体效应,触及了群众审美心理的共鸣区。

曾辉并不到此止步。尽管《财女》获得丁玲文学奖,但他却有了新的追求。他已认识到,一个作家,只有在深入现实、考察社会人生的实践中不断地调整自己的视野,甚至以敏锐的眼光,从某些生活迹象中揭示出最能代表时代精神本质的内容,以警醒读者、启示读者,才是乡土小说出新的真正出路,也才是艺术审美群众化的较高层次的美学目标。如面对汹涌而来的改革大潮,农民纷纷外出赚钱,缺乏组织性与计划性,盲目外流,而乡村干部有些几乎忘记了自己是个干部……对此,作者把他的思考化入小说《情中情》里,作了深刻表现。

《情中情》不仅表现了澧水河畔孟姜村的一群男女青年对爱情、婚姻、事业、家乡的淳厚深情，而且，着重表现了乡村干部怎样带领群众充分发挥本地优势，艰苦创业，共同致富的情景。小说主人公王拓，1976年农学院毕业后即献身乡村事业。当县委调他到那个最贫困的孟姜乡任书记兼乡长时，他面临的是艰巨而复杂的考验。孟姜乡虽然穷，可是个出名的美女之乡，她们身上似乎都有"最佳万能胶"，尤其那个孟姜村，许多村干部陷进去出不来。经过调查，王拓发现这个名声在外的风流村原来是块宝地：竹木繁茂，农产品丰富，还有秘密煤洞。只是交通阻隔，一直未开发出来。由于缺乏领导，这个村的农民纷纷外出，正如一位村干部所说："大伙像群野鸭子，漫天飞！""外边钱多赚多花，家里田园荒废了，丢下这脚底宝地向外到处流，结果还是富不了。"于是他组织农民，就地取材，开发山区，修通道路，一举取得成功。小说通过王拓带领群众开发偏僻地区的曲折而复杂的矛盾斗争，成功地描写了新时期成长的干部如何保持、发扬当代共产党人内心的正直的过程，塑造了干部们光明磊落的典型形象，从而表达了当代农民的心灵渴望与迫切要求。这是作者努力追求表达时代重大课题这一广大群众关注的生活主题的必然结果。这就势必带来这样的状况：当作者为表达重大时代课题所构思的人物、情节和生活情景与作者自己的内心感受和生活积蓄相契合相应和时，小说就显得真实生动，艺术审美的群众化这一预期目的就获得较好的实现，从而显示出乡土小说的感人魅力；反之，当作者为表达重大时代课题所构思的人物，情节和生活画面恰好与作者的内心感受和生活积累疏离或脱节时，小说这部分内容就显得不太自然，甚至带有意念痕迹。这就说明，乡土文学的出新，固然需要及时地反映时代风貌、表现时代精神、表现当代读者普遍关注的重大的时代课题，以期拨动当代读者的群体性审美神经，引起群众审美心理的共鸣效应。但同时也必须从乡土文学的视野中跳脱出来，去亲身体验、理解，把握当代生活的潜流与内在脉搏。因为即使是当代中国农民，经过改革大潮与商品文化洗礼之后，已不同于过去时代的农民，甚至与改革初期出现的陈奂生式的农民也有很大不同。他们中有的在商品经济与现代文明影响下已从思想上心灵上获得了与现代都市文明意识的沟通与融合，其思想性格与气质已不是单一或单纯，而变得复杂多样了。尤其是当代青年农民的心态情绪，更具丰富性与复杂性。因此，作为一位当代作家，在表现当代农民的精神生活、心态情绪时，就必须放开笔墨，去充分展示他们对于生活、人生、乡村环境与历史变迁中的深沉思索与独特体验。只有这样，农村题材的小说才能在艺术审美群众化与当代性的统一上，将创作水平提升到一个较高的审美层次。艺术审美的群众化，必须包含着以马克思主义科学世界观去发现、开拓当代生活的崭新审美视区，去发掘潜藏在人们心灵深处的审美新域，去提高或更新群体审美经验。尽管曾辉目前的创作尚未达到这一境界，但我们相信，在那块美丽而富于神奇色彩的桃花源的土地上，只要作者坚持不懈，勇于探索，是会创造出芬芳四溢的乡土小说来的。

（作者系广东江门教育学院学报原主编、教授，江门市评论家协会主席。作品原载《湖南文学》1991年第7期）

# 美在真实：不阿谀也不诽谤生活

## ——评水运宪长篇《庄严的欲望》

胡光凡

　　罗丹有句名言："美只有一种，即宣示真实的美。"[1] 真实，是艺术的生命。现实主义的文学作品，源于生活而又高于生活，更必须具有高度真实的品格。所以，别林斯基在评论果戈理的小说创作时，特别推崇其"小说里的生活的十足的真实"，赞扬"他不阿谀也不诽谤生活；他愿意把生活中一切美的、人性的东西显示出来，同时也不掩饰它的丑陋。在这两种情况下他都极度忠于生活。"[2] 读水运宪的长篇新作《庄严的欲望》（载上海文艺出版社 1989 年 1 月出版《小说界·长篇小说》总第 13 期），我感受最深的也是这部小说对现实生活反映、评价的真诚和对主要人物性格形象刻画的真实。它通过 A、B 两省在处理联网送电问题上的矛盾纠葛，既歌颂了当代人的"庄严的欲望"，表现了社会主义的人性、人情美，又抨击了人们隐藏在"庄严的欲望"后面的种种私心——特别是某些领导那种缺乏整体观念，为了局部利益而互相卡对方脖子的本位主义思想。作品的批判意识是昭然的。正是在这个意义上，这部新作可以说是作家的名篇《祸起萧墙》的姊妹篇或续篇。

---

　　（1）（法）罗丹口述：《罗丹艺术论》，葛赛尔记，沈琪译，人民美术出版社，1978 年版，第 50 页。

　　（2）（俄）别林斯基：《别林斯基论文学》，梁真译，新文艺出版社，1958 年版，第 105 页。

## 一、"人无完人"：绝非完美却很真实的强者性格

这部长篇小说描写的是一般读者较少接触的一个独特的生活领域——省级机关党政领导干部的工作、生活、思想感情和交往关系，因而别开生面，使人有新鲜之感。小说刻画了一群禀赋、气质、意识、情感、思维方式和行为方式各不相同，具有鲜明个性色彩的人物形象，主角是A省政府办公厅副主任肖天维和B省常务副省长崔志欣，在他们上头和左右的有A省的袁省长，B省省委的饶书记，以及肖的恋人、崔副省长的女儿——研究生晶晶，晶晶的同学、饶书记的秘书周冬，B省政府女公务员小姚，电力工业局长杨胖子，等等。由这些人构成了一个独特的"小社会"，而这个"小社会"又和20世纪80年代中国南方的改革开放、开发特区和发展内地经济这样广阔的时代背景与人文环境紧密地联系在一起。在这一群活跃的人物中，作品所着力塑造的主角是肖天维。这是一个意志坚韧，性格沉稳，"身上的每一个细胞都充满了欲望"，具有惊人的随机应变的运筹能力的"铁腕人物"，是A省"最适用的头号智囊"，人们送了他一个绰号："基辛格"。他是小说题旨——"庄严的欲望"的最鲜明的化身。

"欲望"这个词不知从什么时候开始被贬损了，后竟被斥之为万恶之源。于是便有了"存天理、灭人欲"的警世训条。

这是很不公正的。词典里解释道：欲望——"想得到某种东西或想达到某种目的的要求"，不过尔尔，实无不赦之过。

高尔基说："一个人的欲望越高，他的才力就发展得越快，对社会就越有益。"

社会并不需要浑浑噩噩没有欲求的混世虫。但是欲望实现的概率是多大呢？

天知道！

肖天维工作的经济特区A省，电力资源严重不足，每年得花费7000万美元从国外买电。他们想从电力富余的C省输入电力，但高压输电线路要横穿B省才能架到A省。就为了三省联网送电的事，A省和B省发生了矛盾。B省有自己成龙配套的省级电网，缺电问题并不十分突出。因此，他们不急于联网，而希图以开通超高线输电线路为条件，从富足的A省索取一大笔外汇作为补偿。于是，两个兄弟省为此讨价还价，"扯皮拉筋拖了3年多"仍未达成协

议。一切都卡在B省的要价这个问题上。肖天维多次去B省找崔副省长协商，都没有结果。他眼睁睁地看着时间白白流走，关系着特区经济发展命脉的电力像人体里的血一样"快干涸了"，而且风闻中央准备收回各省的外汇管理权限，要真是如此，A省那7000万美元就不可能自主，给B省以外汇补偿、达成联网协议的理想便将成为泡影。正是这种严峻的局势，令肖天维心急如焚，他决心"背水一战"，抢在中央文件下达之前与B省达成协议，但他又不愿意在补偿数字上让步，"不但想赢，还要赢得更多些"。这就是肖天维在三省联网送电这一中心事件中的"庄严的欲望"。他的一切言行心计，种种困惑、苦恼、欢乐和忧思，都是由此引发出来的；他的意志、智慧、才干和能量，也在实现这欲望的顽强拼搏中经受着严峻的考验。

如果说，肖天维这种迫切希望解决三省联网送电的难题的欲望是出于公心，那么，他对财政拮据的兄弟省缺乏慷慨解囊的大度，仅图"赢得更多些"，这又不能不说是一种本位主义思想作怪。而他为达此目的所采取的策略和手段，就更令人侧目了。他"机关算尽"，对同B省的"背水一战"作了"全方位安排"：千方百计，搞到崔副省长讳莫如深的要价数字；利用自己与崔的"掌上明珠"独生女儿晶晶的爱情关系，对崔采取微妙而强有力的"感情战术"；采取突然袭击的办法，策划袁省长亲自出征，利用与B省饶书记是"四十年代的老同学"这种特殊关系，牵制自己的主要谈判对手——意志同样刚强的"铁腕人物"崔副省长，务求达到"赢得更多些"的目的。这些"心机"对吗？这种"无孔不入"的克格勃式的活动光明正大吗？这是作品中阅世未深的崔晶晶提出的疑问。但局中人肖天维却有一个无比坚定的信念："我必须完成我应该完成的事情。仅此而已。""其余的我不想为自己辩护。"而晶晶一旦明白了他的处境，也终于对他的所作所为给予了谅解：他一切都是为了工作，而且常常是不得已才动心机。"这种心机是不能简单地用'对'与'不对'来衡量的。正像现在办任何事情一样，社会现状决定了这样一个道理：不要问应该怎么做，也不要想能够怎么做，而是你只能怎样去做。'只能'这两个字是加了重号的，谁不相信这一点，必定寸步难行。"晶晶的这种体谅，可谓悟出了一种人生的真谛。

作为一个当代的强者形象，肖天维性格之可贵，不仅在于他机敏睿智，无论对人对事，都有一种深刻的透视力，而且勤勉不息，敢作敢为，办事雷厉风行，非常讲究效率。他的工作、生活节奏都很快。在改革开放的年代，这无疑是具有现代意识的改革家必备的一种优良品性，是社会主义现代化建设的时代潮流孕育和锻造出来的一种强者精神，因而周围的人都夸肖天维"像一柄永不磨损的、无坚不摧的金刚钻"。这从他达成联网协议的最后一招可以得到确证。当他"背水一战"看来稳操胜券之时，中央关于收回各省外汇管理权限的文件下达了，B省见A省拿不动外汇，决定终止谈判。局势急转直下，眼见前功尽弃。这时的肖天维表现了惊人的冷静和应变能力：他乘当天上午的班机飞回A省，在短时间内挂了20多个电话，说服特区的企业家们，用民间集资的办法，很快筹措到1100万美元，又把这着棋救活了，终于使两省达成了联网协议。

　　小说对肖天维的私人生活也做了真实描绘。在恋爱和婚姻问题上，他实际上是一个悲剧性人物：他和妻子是在一种特殊的历史背景和人生境遇中结合的，双方缺乏爱情基础，分居已有10年以上，但尽管感情上的裂痕已无法弥合，这个早该解体的冰山却被各种世俗观念的缆索紧紧缚定，他陷入了一桩"足以令人脱一层皮"的马拉松式的离婚官司。在尚未办理离婚手续的时候，比他小20岁的崔晶晶狂热地追求他，两人产生了热烈的恋情。同情他的人，赞赏他"敢于背叛又敢于获取"，但这种行为却是为道德、纪律、法律所决不允许的。为肖天维的私生活问题，袁省长考虑给予他应有的党纪处分，但从他的整个德才条件和表现来看，仍然打算提升他。

　　从以上这些剖析来看，肖天维显然是个性格相当复杂的艺术形象。正如小说所言，他是"这个特定时代的特定产物"，他"不是生下来就精，他是栽跟头栽精的"。于公于私，他都不是一个完美无缺的人，却是一个敢想敢干、大有作为的人。这个人物，属于乔光朴（《乔厂长上任记》）、傅连山（《祸起萧墙》）、李向南（《新星》）……这一流改革者的家族，是这个家族的又一颗闪耀着独特光彩的新星。当着民族振兴的转折关头，在民族精神、民族性格发生质的飞跃的历史转折点上，有眼光、有抱负、与时代同步的作家，总是要推出自己的"理想人格"，讴歌那种体现着民族意识的新觉醒，寄寓着时代的理想、人民的希望的强者性格、强者精神。这种理想人格、强者精神，是民族意志和时代精神相结合的产物。这些人物身上凝聚着民族优秀的思想品格，具有鲜明的现代意识和时代色彩，但它们既然处于新旧交替的现实社会中，也就不可免地带着特定的民族在一定历史时期由于集体无意识而积淀在血液中的某些精神负担，带着某种被环境扭曲了的性格因素。他们是时势造就的"英雄"，有顽强的拼搏意志，有锋芒毕露的个性，敢于向旧世界、旧观念挑战，精明练达，多谋善断。他们是一些强人，是权力、魄力、智力崇拜者。所作所为，常常表现出有点"铁石心肠"，不近人情，很少那种乡愿式的雍容大度，更没有模棱两可的折中主义和中庸之道。总之，他们的性格是瑕瑜互见，但瑜是主要的，崇高与狡狯并呈，但崇高是主要的。对这样一些绝非完美却很真实的强者性格，只有用符合时代发展趋势和社会进步的更新了的价值观、伦理道德观去估量、判断，才能做出公正、合理的评价，看到人物形象的进步意义和审美价值。我认为，肖天维就是这样一个艺术形象。

## 二、"强中更有强中手"："群英会"式的戏剧性情节结构

这部长篇的艺术结构基本上是单线式的，以A、B两省联并电网的矛盾冲突为主线，肖天维和崔晶晶的爱情则是一条副线，它和主线纠结在一起而又服务于主线。这是我国小说中常见的一种结构方式。但《庄严的欲望》在艺术结构上仍另有其独到的引人入胜之处，这就是：它把人物与人物之间尖锐复杂的矛盾冲突，高度地集中在前后不到40个小时的时间跨度内，凝缩在两省"背水一战"——最后一次谈判的横断面上。同时，采取"强者"与"强者"对垒的方法，让双方"棋逢对手，将遇良才"，使人物的思想性格在短兵相接的炽热、猛烈的碰撞中，迸发出格外耀目的火花。更令人称道的是，作品写的是A、B两省领导干部的谈判，却又没有写会议桌上任何乏味的争论和讨价还价，活动全在会外，在幕后。它是一场表面上温文尔雅、骨子里充满火药味的计谋和手腕的大角逐。它令人联想起了《三国演义》中诸葛亮去东吴，与周瑜谈判联合破曹、火烧赤壁的"群英会"的动人故事。

A省在联并电网问题上决心与B省"背水一战"的局势是：B省占"地利"——A、C两省都有求于己，他们主动权在握，"待价而沽"。但A省在"人和"上却占优势：己方，袁省长对肖天维言听计从，全力支持；彼方，不仅崔副省长的女儿晶晶是肖天维"自己的人"，还有电力局杨局长做内应；中央机关又有"吹风"的好朋友。正是在这种复杂格局的背景下，能人辈出、强手如林的A、B两省，以肖天维、袁省长为一方，以崔志欣、饶书记为另一方，展开了一场非同寻常的高层次的角逐。

精明干练的崔志欣运筹帷幄，以逸待劳。他连夜召开厅局长会议，周密地布下了阵势，对谈判步骤做了环环相扣、无懈可击的安排。他们省财政确有困难，联通电网需要大量资金，趁此机会向财大气粗的南方巨富——A省袁老夫子身上索取更多一些外汇，这决不能简单地说是"乘人之危敲竹杠"，相反，从发展本省经济着眼，它也是一种"庄严的欲望"！因此，崔志欣理直气壮地内定了一个胃口很大的价码，准备在谈判时提出来。但成竹在胸的肖天维却以攻为守，做了更精密的"临战部署"。他陪同袁省长抵达B省后，二人便分头活动。肖更是主动，一夜之间，穿梭般地忙碌着，"从上到下，无所不达"。他深谙"堡垒最容易从内部攻破"的战略，不但从B省那位跟

崔副省长平时"有点不对弦"、业务上处于某种独立地位的电力局长那里，摸到了崔内定的要价数字，而且通过袁省长面会饶书记，在一个较低的价码上达成默契，使崔陷于全盘被动。正是在众多人物彼此互相对立、影响、牵制、推动的矛盾冲突中，在能人与能人的对垒中，小说出色地完成了刻画主要人物的性格形象的任务。不但肖天维、崔志欣的性格十分鲜明突出，袁省长、饶书记等人的风采和个性，也都熠熠生辉。特别是饶书记，出场较晚，着墨不多，但他的老谋深算却给人留下难忘的印象。他同袁省长达成了要价的默契，给了老同学、老朋友面子，但事后他却像"很随意"地给崔志欣露了底："先联上一头，怎么样？"这意思很明白：利用部分资金，把自己省与北面邻省先联网，至于南面袁省长那个联结点，自然是放到第二步了。这个化被动为主动的绝妙一着棋，连崔志欣也佩服得五体投地。他暗地里把肖天维同饶书记做了一番比较，发现这两人真是"各有千秋，非同凡人"："肖天维是以他的顽强和智慧一味向前推进，属于进攻型的高手。而饶书记却是深藏若虚，以退为进，后发制人。"这样一比较，崔志欣觉得"在饶书记面前，肖天维就显得大逊其色了"。

"强中更有强中手"，"群英会"上见高低，《庄严的欲望》可说是创造性借鉴和发扬了我国传统小说这一高超的极富于戏剧性的情节结构技巧。

### 三、"勾魂摄魄"：细腻入微的心灵透视术

顾名思义，小说是写局中人的种种"庄严的欲望"，展示人物的内心世界自然是它的重要任务。而心理分析和心态描写的真实、细腻、惟妙惟肖，也就成为这部长篇最大的艺术特色之一。

这部小说同水运宪过去的作品相比，写法上有了很大的变化，它巧妙地从主角肖天维和崔晶晶这一对恋人情真意切的感情波澜切入，然后引出起伏跌宕的事件，又在事件的铺叙中，十分细腻地描写人物感情。因此，有些读者称它为当代言情小说似不无道理——至少它是吸收了这一类通俗小说的某些长处。但它又不止于此。这部长篇实际上是广采博取了中国传统小说和西方"意识流—心理现实主义"小说的一些技巧，把它们熔于一炉，从而多视角、多层次、多方位地观照和揭示了人物的心灵世界。

大量采用内心独白的手法，让人物直接表白自己的思想意识，把深藏在内心的隐秘活动如实地展现出来，这是贯穿全篇的一种心灵剖析法。突出的如上篇第一章，作家用很大篇幅描写崔晶晶夜晚在研究生院的宿舍，守着无线电对讲机等候肖天维与她通话的心理活动，就主要是用的内心独白。肖和

晶晶坠入情网后，每晚 10 时整，都准时和晶晶通话，半年没有中断过。但这晚晶晶却等到快 11 点钟了，才听到肖的声音，足足晚了一小时。这对一位热恋中的姑娘来说，该是一段多么难挨的时光啊！小说细腻地描写了晶晶在这段时间内的思想意识，确实像"一条溪流"一样，汩汩地流动着，变化着。她先怀疑对讲机出了毛病，继而想到肖"毕竟是个男人"——她"很彻底地知道他是一个什么类型的男人"，因而对他的稍稍误时"并不感到惊骇"。但当表面指示出 10 点已过 23 分，晶晶"随之而来的是心绪的紊乱，包括身体的各部位都失去了正常状态"，但她想到肖天维"长年累月在超负荷地工作着"，很少休息，又"渐渐地平静下来"，对他表示体谅……就这样，从一个猜想到另一个猜想，从一种判断到另一种判断，晶晶经历了一道又一道剧烈起伏的感情波澜。但与"意识流"小说不同，作家花这么多笔墨主要不是写人物的下意识、潜意识，而是写人物从特定环境和事件引发的种种自觉的意识流程和感情活动，这些意识不是盲目地自由流动，而是有层次、有条理地向前发展。

水运宪的小说，一贯以贴近现实、敢于直面人生、揭示当代生活中的重大矛盾为特点而深受人们称道。这部长篇新作发扬了这个优点。作家以清醒的现实主义态度，以充满激情而又贯注着批判意识的清新、流畅、优美的文笔，来抒写深深触动自己心灵的人和事，使小说读来令人赏心悦目。但掩卷之后，总感到作家对主要人物肖天维似乎有些偏爱，对他作为时代的强者的种种优秀品质赞扬备至是应当的，但对他在"庄严的欲望"背后所暴露的一些思想意识和作风上的严重缺陷，也有意无意地处处为之开脱、辩护，就大可不必。同时，作品整个看来虽相当精致，叙述、描写的生动细腻是其突出特色，但又有不够凝重、含蓄之感。一些地方用墨太奢侈，像开篇写崔晶晶的心态花了 7000 多字，也许是作家有意尝试"意识流"式的心理分析手法而言不可已吧，但如此开篇而又使人物的心理流程负载着交代背景的繁重任务，便显得有点累赘和沉闷。作家在小说中常常采取夹叙夹议的方法来抒发某种感情，表达某种观点，这也是允许的，但议论过多，特别是把要说的意思全抖出来，就只能给人们留下一种直露的感觉，而不能为读者展开一片想象和联想的广阔天地，从而同作家共同创造着奇丽无比的艺术世界。

（作者系湖南省社会科学院文学研究所原所长，研究员。作品原载《小说评论》1991 年第 2 期）

# 诗性乡土与善德文化的精神承继

## ——评少鸿长篇小说《百年不孤》

聂　茂

　　少鸿是一个不断创新、不断思考的有抱负的作家。他的新作《百年不孤》是一部书写"诗性乡土"的现代变迁与"善德文化"如何发展、"精神信仰"如何传承的长篇小说。作为一个曾经在农村生活过8年之久、在乡村的风雨和泥土中度过了青春期的作家，少鸿对大地与乡村有一种割舍不掉的情怀，故乡是他精神漂泊中的灵魂栖息地与安放所。在《百年不孤》这部文本中，少鸿以自身独特的生命感悟和历史认知为基础，从政治历史、大地情怀、精神血脉、信仰欲求等多方面进行审美发掘，以充满诗性和清旷的笔触，创造性地建构了一个意味深刻、思想丰厚的艺术境界。

　　文本以一个清幽秀丽的南方小县城——双龙镇的历史变迁为背景、展现了岑吾之、岑励畲与岑国仁等重义守德的三代乡绅的命运进程，真切细腻地描绘了近百年来中国农民与政治风云、人情世故等不可分离的紧密联系，在一定意义上折射出中国乡土社会乃至整个中国社会变革与发展的途程。其中，"德不孤，必有邻"一语作为统领全书的主题意旨，既揭示出中国传统乡绅文化所遗存的传统美德在历史沉浮中的重要意义，也向读者展现出"向善""守德""重义"等传统文化的传承对于丰富人类精神世界的重要价值。此外，小说所采用的时空交错的叙事策略既借鉴了西方现代派的表现手法，又汲取了中国传统艺术创作的书写精华，这样的作品对于崛起后的中国如何向世界贡献自己的智慧，以及人类命运共同体如何在欲望中坚守崇高的道德信仰这些课题同样具有重大的现实针对性和深远的历史意义。

# 一、诗性与生命力：立足大地的"原乡况味"

或许是年少时的乡村经历在少鸿的头脑深处留下了极为深刻的印象，他的作品中常常蕴含着一丝淡淡的乡土"况味"，无论是山水房屋、鸟兽鱼虫还是风俗人情，都萦绕着某种诗性与生命力。这些洋溢着乡土"况味"的原始生命因子与少鸿记忆深处的精神"原乡"一道构成了一处充满"原乡况味"的空间，原始文化精神中的诗性与生命力也得以在这个空间延续、展开。值得一提的是，这种"原乡况味"立足于大地，来源于少鸿对记忆深处那份原始精神的理性思考与感性认知。少鸿从未忘记自己脚下的土地，在他的心目中，故乡永远是与他生命相通、血脉相连的"精神胎盘"。他时常在大地上静静前行，用目光去寻觅亘古岁月中积淀的文化印记，用心去体悟生命途程中的一切悲悯和温情。

米兰·昆德拉在《不能承受的生命之轻》一书中写道："看来，大脑中有一个专门的区域，我们可称之为诗化记忆，它记录的，是让我们陶醉，令我们感动，赋予我们的生活以美丽的一切。"[1] 在《百年不孤》一书中，少鸿对双龙镇的描述在一定程度上就呈现出这种诗性的质地，这种诗意植根于大地深处的生命本性，源自双龙镇百年历史滋养的诗意特质。

"一路上他总觉有不明物在身后追赶，脚步匆忙而凌乱。看到镇子里参差排列着的黑瓦屋，双龙河边转动的水车，以及路边尚未插秧的白水田，他的心情终于舒缓下来。"[2] 文本开篇少鸿就有意着重渲染了主人公岑国仁凌乱而匆忙的脚步声与紧张不安的心情，过快的叙事节奏一方面带给读者一种好奇的心理体悟，引导读者更好地进入文本深处去探求其背后的原因，另一方面也与下文所叙写的双龙镇祥和、安宁的气氛形成了鲜明的反差，带给读者一种诗意的审美体验。"水车"是贯穿这部文本始终的一个特殊意象，始终与主人公的命运发展紧密相连。从某种意义上来说，它是岑国仁近百年人生轨迹的"见证者"：岑国仁年少时外出读书，它像个老朋友似的站在镇口迎送岑国仁离去归来；岑国仁成年后面临迷茫与无措，它像母亲一般给予岑国仁安定与踏实的力量；岑国仁历经人世沧桑走到岁月尽头，水车也因年久失修被拆除了。"水车"不仅磨砺了岑国仁坚韧的心志，也同样滋养了生活

---

（1）（捷克）米兰·昆德拉：《不能承受的生命之轻》，许钧译，上海译文出版社，2014年版，第376页。

（2）少鸿：《百年不孤》，湖南文艺出版社，2016年版，第1页。

在双龙镇这片土地上的儿女们，当它不知疲倦地转动着，日复一日地将双龙河中的水舀起再倒下，将生命力传递给生活在这片大地上的人们时，也将其与生俱来的包容与无私的优秀品质输送到人们的心中。

所谓"一切景语皆情语"，"水车"这类诗意之物象并非是游离于文本叙事之外的无关点缀，相反，它恰恰是经过作者精心选择的，与文本中人物的心性或事件发展的境况相吻合的必然要素，而这一点也恰恰是一种综合了作者审美意蕴与审美趣味的诗性思考。文中林小梅去世后，何大闰向岑国仁抱怨说人生在世，匆忙一场，没有什么意思。而岑国仁则感叹人生还是很有意思的，不过这种"有意思"更多则与自身看待万事万物的心境与方式有关："有时候你看到一粒露水滴落，一只鸟儿飞过，一根瓜藤开花，一条泥鳅溜走，一架水车在转动，都觉得有意思。"[1] 很明显，这段话实际上蕴含着少鸿本人对生命自然的真切感悟与诗性判断，大地上的一切物体在他眼中均是富有生命力的珍贵存在，它们是自在地生长与运动着，每一个物象都有自己的生命姿态与生存方式，都在按照自然界运行的规律生长，然后死亡。当然，诚如《管子》所云："地者，万物之本原，诸生之根菀也。"这些充满诗性与生命力的自然物象归根结底是与大地、"原乡"、故土联结的。这是人类无法摆脱的一种既定情结，是原始精神的根性与生命归宿的直接显现。在《百年不孤》一书中，双龙镇的人们通常将打棺材一事称为"合长生"，单从字面上分析，这无疑寄托着人们对于长寿与永生的美好企盼，寄寓着人们对"逸出肉身之外的东西"的一种留存与延续。一副上等的"杉木长生"同样来自大地的恩赐，从王贵祥在砍伐杉木前对山神的虔诚敬拜这一举动也可以看出人们对自然生命的敬畏与尊崇，展现出一丝溢出于文本之外的诗意之美。因此，土地、生命力、诗性三位一体的意识也成为少鸿把握"原乡况味"的基本感知和表达方式。

## 二、重义与守德：审美视域中的乡绅叙事

法国哲学家丹纳认为："我们要对种族有个正确的认识，第一步先考察他的乡土。"[2] 从这个层面来看待少鸿的《百年不孤》，我们可以认为这同样是一部叙述中国乡村社会中乡绅阶层兴衰历史的文本。乡绅是中国农村一个古老的阶层，在过去几千年的中国封建社会发展史上，"乡绅"是一种既

---

（1）少鸿：《百年不孤》，湖南文艺出版社，2016年版，第437页。

（2）（法）丹纳：《艺术哲学》，傅雷译，人民文学出版社，1963年版，第243页。

独特又无法忽视的文化现象：他们虽没有有形的权力，却能凭借自身丰富的人脉与特殊的地位获得乡民的尊重与推崇。他们一方面深受儒家传统道德伦理的滋养，具备一定的文化修养与思想深度；另一方面又在乡村享有极高的威望与名声，实际承担着维护乡村平安与稳定的重要作用。20世纪新文化运动以来的乡土小说中也有作家对"乡绅"这一阶层进行一定程度的叙写，但在他们的笔下，或将乡绅作为落后的封建余孽，比如鲁迅作品中的"鲁四老爷"（《祝福》）、"赵七爷"（《风波》）、"赵举人"（《孔乙己》）等，或者是将其塑造为正直敦厚、善良大方的"完人"，比如沈从文笔下的船总"顺顺"（《边城》）。无论是批判还是赞颂，实际上都呈现出一种爱憎分明的单一性色彩。而在《百年不孤》这部文本中，少鸿秉持着"塑造一个全面、完整、真实的乡绅形象"这一初衷，在向读者展示一个更为客观多样的"新乡绅"形象的同时，致力于挖掘他们传承下来的"向善""重义""守德"等优秀美好的精神文化，从而展现出中国现代"乡绅"叙事的多元化审美形态。

文化一直以来常常被看作是一个民族思想积淀与实践经验的产品，是连接一个民族过去记忆与现实交往的重要线索和精神密码。英国文化人类学家爱德华·泰勒在《原始文化》一书中认为："文化，或文明，就其广泛的民族学意义来说，是包括全部的知识、信仰、艺术、道德、法律、风俗以及作为社会成员的人所掌握和接受的任何其他的才能和习惯的复合体。"[1]换言之，文化是社会群体间互相约束与制约的一种"契约"符号，个体长期浸润在一定的文化环境中总是会不自觉地受到相关文化因子的影响，表现出趋向某种文化的显性特征。在《百年不孤》一书中，岑励畲、岑国仁父子深受儒家传统道德文化的滋养，始终将"向善"与"守德"作为人生实践的基础，即使是在风雨飘荡、饱受折磨的年代，仍然坚守着"己所不欲，勿施于人"的传统价值观，以自身的实践赢得了乡邻的尊重与敬仰。

旧时乡绅阶层作为乡村伦理与社会秩序的维护者，时常扮演着维系社会安宁与稳定的重要角色。在《百年不孤》一书中，少鸿则通过设置"中人"这一细节从侧面反映出以岑励畲、岑国仁父子为代表的乡绅在乡邻心目中的身份和地位。在双龙镇里，中人一般由德高望重的人担任，多帮忙调解乡邻纠纷或见证财产买卖等事宜。"中人"的身份既象征着正义与公平，也代表着高尚、谦和的品德。面对李旺才家大、小儿子分家不均的争执，岑励畲的

---

（1）（英）爱德华·泰勒：《原始文化》，赵树声译，上海文艺出版社，1992年版，第1页。

想法中带有"谦让"的倾向，更多则是劝说兄弟二人学会为对方思考，谦让为上；而岑国仁则是从客观实际出发，以公正为主要原则，提出抽签与补偿的方式巧妙地化解了兄弟二人的矛盾。虽然父子二人面对这一问题采取的方式并不相同，但究其本质而言都是"善德文化"的具体表现形式，也在一定程度上展现出二人"重义""求善"的思想倾向。在另一处有关"中人"的情节中，岑国仁接过父亲的担子，作为一个独立的"中人"来评判王李两家端午划龙船的比赛胜负。面对王李两家为了夺取比赛胜利而在日常操练中大打出手的行为，岑国仁说道："要比，就要比划船的真本事，不能比打架。人只能比好，不能比坏，人若比坏，越比越坏。"[1]这同样显示出其浓厚的"重德"意识，体现出以岑国仁为首的乡绅对于道德行为的坚守。此外，岑氏一族为了方便村民行走与躲雨捐资修建了青龙桥；为救济灾民而设立了义仓；为了防止溺婴现象滋生而建立了育婴会……这些都是"新乡绅"阶层坚持"向善"与"守德"的直接体现，他们的行为也在双龙镇的人们心中树立起了一座道义、善德的生命坐标。

然而，在土地改革时期，乡绅阶层因占有较大比重的土地而被划分为剥削农民的"万恶"地主，不但被没收了财产和土地，还要经常接受批斗和改造。《百年不孤》中的岑励畲、岑国仁父子在这个时期同样难逃厄运。然而当岑国仁的二弟岑国义提出能否通过卖掉田产山林以求摆脱地主的"头衔"时，岑励畲轻声说道："只怕迟了，这个时候哪个敢买？再说谁买了谁就当地主挨批斗，那不是害人家吗？"[2]即使身处最艰难的时期，岑氏父子依然秉持着"己所不欲，勿施于人"的传统美德，始终从他人的角度出发去思考问题，将"善德"作为行为的最高标准。同样地，当作为"地主分子"的岑国仁与林小梅、孟九莲一同遭受批斗时，他真诚地请求乡邻放过这两个女人，自愿代替她们来承担所有的罪责："女人是母亲，她们是生我们的人，纵有千错万错，生我们没有错。若非母亲怀胎苦，哪有世上相亲人？养育之恩不能忘。"[3]一席话触动了在场乡人的心弦，人们都为其大义与体贴的操守而震动不已。

可以说，以岑氏父子为代表的乡绅身上深刻地体现出"守望相助""与人为善""重义守德"等优秀文化和乡邻精神。岑氏父子身上所展现的种种优良品行不仅"来自《论语》，来自《增广贤文》，来自祖辈的教诲，也来

---

（1）少鸿：《百年不孤》，湖南文艺出版社，2016年版，第190页。

（2）少鸿：《百年不孤》，湖南文艺出版社，2016年版，第257页。

（3）少鸿：《百年不孤》，湖南文艺出版社，2016年版，第374页。

自人情世故"[1]。因此，笔者以为，少鸿的乡绅叙事从更深层面则是为读者建构了一个"善德文化"的社会场域与儒家伦理精神的审美空间，人们在这个场域和空间中感受着"善行"与"德义"之凝聚力的同时，其自身的精神也在这个场域和空间中得到塑造和滋养。作者以此为基础，强化了传统美德对于乡邻和睦和社区文明的重要性，也在某种程度上彰显了弘扬和承继这种优秀的中华文化的精神价值。

### 三、信仰与爱情：时空记忆的动人感悟

杨义先生认为一篇叙事作品的结构"超越了具体的文字，而在文字所表述的叙事单元之间或叙事单元之外，蕴藏着作者对于世界、人生以及艺术的理解"[2]。因此，一篇文本的叙事结构同样蕴含着作者深刻的思想意蕴与艺术经验，是读者诠释一部文本不可缺少的重要部分。少鸿的《百年不孤》虽然在思想内容上着重于展现诗性乡土与"善德文化"的精神内质，但若从叙事结构上进行整体观照，对于领悟少鸿思想深处的价值指归同样具有重要的意义。

从叙事策略上来分析，《百年不孤》虽然有着历史叙事的宏大架构，并融合了革命与爱情的相关内蕴资源，向读者展现了抗日战争、土地改革、"大跃进"、"文化大革命"、改革开放等中国现当代百年历史变迁的重要事件，但是这些事件的发展并非由作者直接讲述，而是通过不同叙事主体与叙事视角的转换，从不同叙述者的生活与情感变迁中体现出来。作品开篇就写道："岑国仁逃离县政府回到双龙镇的那天，是民国十六年农历四月二十二，节气小满。"[3]在这里，作者采取了倒叙的方式，以岑国仁的个体记忆复现了下文中国乡绅百年兴衰历史的书写。这种叙事方式在文本中并不少见，基本上与岑国仁、岑佩琪、宋子觉等相关人物的命运变迁紧密相关。在文本的后半部分，作者运用了较多的笔墨对宋子觉的人生经历进行了叙写，"后来的后来，宋子觉想起被蜈蚣咬，觉出那还只是命运多舛的先兆。他真正的痛苦和人生，要五年之后才开启"[4]。作者通过描写宋子觉被蜈蚣咬伤这一事件巧妙地暗示出下文宋子觉多舛的命运与不顺的人生，带给读者一种提前预知

---

（1）少鸿：《百年不孤》，湖南文艺出版社，2016年版，第480页。

（2）杨义：《中国叙事学》，人民文学出版社，1997年版，第39页。

（3）少鸿：《百年不孤》，湖南文艺出版社，2016年版，第1页。

（4）少鸿：《百年不孤》，湖南文艺出版社，2016年版，第355页。

文本发展的奇特体验，更好地拉近了作者与文本叙事之间的审美距离。

值得一提的是，少鸿打破了中国革命历史叙事中的"革命＋爱情"的模式，通过叙述岑国仁三弟岑国安与杨霖之间的爱情记忆辐射出中国革命期间许多如他们一般忠心于革命却不得不学会忍耐、学会将美好的爱意埋藏在心底的革命人士。实际上从更深层面上探讨了人类在面对欲望与信仰之间的冲突时该如何选择的重要问题。在这部文本中，作者通过时间与空间、叙述主体与叙事视角的不断转换，使用了将近一个章节的篇幅细腻、深入地叙写了岑国安对待信仰与欲望的矛盾心态。然而最令我感到奇特的是，这份动人的记忆感悟并非由叙述者直接讲述，而是通过岑国安创作的小说《伊》中的第一人称叙事者"我"的口吻直接呈现在读者面前。

岑国安的爱情故事首先通过岑国仁的叙事视角加以展开。在文本的第三十一章《伊》中一开篇，作者就写道：岑国仁因为无意间发现了已逝三弟的遗物而心中一直有所惦记，于是坐在书房细细思索，"长生是黑色的，血凝固之后是黑色的，闭眼之后的世界是黑色的。三弟为何用黑色笔记本？他会记下些什么？"[1]在此处，"黑色"一词的重复使用在一定程度上带给读者一丝压抑与紧张不安的心理感受，从而为读者设置了心理障碍，引导着读者进入故事中。

三弟岑国安的小说《伊》以第一人称"我"为叙述主体，将"我"对"伊"的深层记忆与隐秘情意进行了细致的描绘，从而把"我"对"伊"强烈的爱意与精神深处的信仰之间的矛盾与冲突直观地呈现在读者面前。"但我内心固执地以为，爱与信仰并行不悖。你可以把信仰当成爱，也可以把爱当成信仰。"[2]这段内心独白表面上看无疑代表着中国革命人士所面临的复杂心境，但从更深的角度来分析，实际也隐含着作者对于信仰与欲望关系的理性思考。最令笔者印象深刻的是二人最终都做到了隐忍、克制自己内心的欲望而将信仰作为一生的最高追求，"你若爱，请忍耐，请等待，请克制，请勤勉，请怜悯众生之艰辛，请遍尝天下之苦楚，请怒踏世间之不平。尔（而）后让你的爱如甘露普降原野，似星火点亮黑夜。你若爱我，请先爱我们的信仰，以及我们的事业，不惜以心奉祭，不吝以血滋养。"[3]少鸿精心书写的这段文字将岑国安与杨霖二者面对内心信仰与欲望冲突的理智回应淋漓尽致地展现在读者面前，在更深层面上揭示出人类群体面临欲望与理性信

---

（1）少鸿：《百年不孤》，湖南文艺出版社，2016年版，第379页。

（2）少鸿：《百年不孤》，湖南文艺出版社，2016年版，第382页。

（3）少鸿：《百年不孤》，湖南文艺出版社，2016年版，第385页。

仰的冲突时应该坚信信仰的重要价值判断。著名学者王岳川曾经指出："历史意识作为一种深沉的'根'，既表现在历史维度中，也表现在个体上，在历史那里就是传统，在个体身上表现为记忆。"[1] 这里的"个体记忆"是指少鸿通过岑国安与杨霖之间的感情记忆来辐射全人类发展进程中面对欲望与信仰的冲突该如何选择的理性思考。这种"个体记忆"不仅回应着以往时间的流逝，同时对于展现当下欲望横流的社会现实具有极大的借鉴意义。因此，论者以为，从这个层面上来分析，少鸿这种时空交错的叙事策略呈现出历史与现实并置的意义，使其小说创作具有重大的现实针对性和深远的历史意义。

## 四、结语

周作人认为："人总是'地之子'，不能离地而生活，所以忠于地可以说是人生的正当的道路。"[2] 少鸿的文艺创作也是如此，他通过审视中国乡绅的百年兴衰史，不仅阐释并弘扬了以"善德文化"为主要内容的优秀民族传统文化，也注意到了现实生活中应该如何对待信仰与欲望之间的矛盾冲突。而关于这些中华民族特有的精神文化与民族性格的理性思考，都与少鸿扎根大地，从故土中汲取诗性与生命力密不可分。因此，从某种意义上来说，《百年不孤》对双龙镇的相关文化环境与习俗现象的书写同样反映了原始的民族文化传统与生命意识，从那一句句原始本真的话语或虔诚的礼仪活动中，我们也能感受到少鸿对于重现精神"原乡"所做出的不倦探求。文中有这样一段叙述："他忽然感悟到，天地之间，有许多令他肃然起敬的东西。那些东西是什么，却不甚了了。或许，去寻找并体味到它的真谛，才是庸常人生中意义之所在吧？"[3] 这段文字实际也能很好地体现少鸿文学创作的出发点或心灵冲动：从对乡绅历史的书写回归到民族文化传统，在仰敬大地与原始生命的同时进一步探索民族生存与发展的轨迹，这既是对已逝历史与文化的苦苦追寻，也是观照现实、继承传统乡绅精神的必然归宿。在全球格局发生根本性变化和现实世界动荡不安的今天，伴随着经济崛起，中国向世界贡献什么样的智慧以确保人类命运共同体能够和谐、健康地向前发展，这是每一个有抱负的作家都将面临的文学选择。少鸿用高品质的厚实的《百年不孤》向

---

（1）王岳川：《后殖民主义与新历史主义文论》，山东教育出版社，2001年版，第106页。

（2）周作人：《地方与文艺》，上海文艺出版社，1999年版，第303页。

（3）少鸿：《百年不孤》，湖南文艺出版社，2016年版，第141页。

世界奉献了他的诗性乡土和善德文化的独特魅力，这是少鸿个人的精神承继，也充分显示了文学湘军的集体智慧，以及他们在现代化进程中阔步向前的文学雄心。

（作者系中南大学文学院教授、博士生导师。作品原载《小说评论》2017年第6期）

# 生存的忧患与诗化的审美

## ——评长篇寓言体小说《幻变》

### 李 琳

在文学评论园地里辛勤耕耘，同时在散文与诗歌创作方面也成果颇丰的张文刚先生，又推出了他的小说新著《幻变》。这是一部表面上写动植物幻变，实际上书写当代知识分子心灵困境的寓言体小说。作者以一位学者的良知与敏锐嗅觉，关注到了当前社会中的种种生态危机，用富有诗意而含蓄隽永的语言，为读者讲述了一个集虚幻与现实、信仰与回归于一体的爱情童话，从而引发关于人类与自然万物的种种思考，小说具有浓厚的生态意识与哲理意味。

## 一、生态女性主义视角中的自然与女性

生态女性主义产生于 20 世纪 70 年代，熔生态伦理与女性主义于一炉，宣扬"人与自然平等、男性与女性平等，反对人类对自然和女性的异化"[1]。《幻变》男女主人公感情和谐，热爱大自然，与他人相处融洽，在他们身上，寄托了作者主张两性平等、向往人类与自然和谐共处的生态女性主义思想。

小说开篇第一章《雪恋》，由鸽子蜕变成蜗牛的蜗师爱上了一只小白鸽，他在宣纸上写下"小白鸽，我爱你"的誓言，然后把宣纸系在气球上，在漫天飞雪中表达了自己的爱。因为在他眼中，"白鸽和美丽的雪花交融在一起，

---

（1）（美）卡伦·J. 沃伦：《女性主义的力量与承诺》，《环境伦理》1990 年第 12 期，第 20 页。

是那么纯洁、活泼，充满灵性，神圣不可冒犯"。"他选择这样一个下雪的日子向小鸽子示爱，正适合他对爱情的理解与表达"⁽¹⁾。大自然的美景和两性间平等的爱，正是男主人公蜗师所梦寐以求的。但是，当蜗师的爱情得不到别人的理解（蜗树好意的劝解，白鸽父亲的阻挠等）时，他开始怀疑自己是否能带给白鸽真正的幸福，眼见白鸽与黑鸽结合，蜗师深陷痛苦之中。直到后来白鸽与黑鸽婚后生活不幸福而分手，蜗师才幡然醒悟，他对已离婚的白鸽没有丝毫的嫌弃，而是一如既往地爱着她，两个族类不同但心灵相通的有情人，经历了种种曲折后终于共结连理。婚后，蜗师与白鸽团结其他族类，为保护自然生态做了大量的工作，最后他们终于又开始了新的蜕变——变为人类。

从小说故事情节来看，《幻变》中男主人公蜗师对女主人公白鸽的感情，是把白鸽当成能与他平分秋色的精神伴侣："（白鸽）使我有了生活下去的勇气和信心，使我尝到了爱情的甜蜜。"⁽²⁾这明显不同于传统父权社会男性对女性的征服与占有。波伏娃说："在男人看来，没有什么比从未属于过任何人的东西更值得向往的了，所以征服仿佛是唯一的、绝对的事情。"⁽³⁾正因为如此，女性长期以来都得不到男性的尊重。而生态女性主义一个非常重要的特征，就是主张男女平等，反对男性对女性的占有与控制，并以此分析和说明人与自然的关系。因为女性与男性相比，她们对地位和权力的欲望相对较弱，她们更关注自己的生存环境与自然万物。她们反对人类对自然的征服与掠夺，就正如她们反对男性对女性的占有与压迫一样。《幻变》中白鸽之所以离开外表帅气、事业有成的黑鸽，是因为黑鸽对她只是一种占有，而且占有之后就不会再珍惜，这是白鸽所不能容忍的，就正如她不能容忍人类对自然万物的占有与践踏一样。她最后选择了和蜗师相伴终老，因为蜗师把她当成一个精神上完全平等的知己，即使她和黑鸽结婚，失去了所谓最为男人看重的贞洁，蜗师也丝毫不以为意。可以说，蜗师这个人物形象的塑造，将中国几千年来的男权社会踩到了脚下，在这里，男性对女性的爱慕与敬重，可以无视世俗的眼光，可以无视传统的习俗，这个故事寄托了作者生态女性主义两性融溶共存的理想。

《幻变》还借蜗师与周围其他人的和谐关系，体现了构筑健康人际关系

（1）张文刚：《幻变》，长江文艺出版社，2013年版，第3页。

（2）张文刚：《幻变》，长江文艺出版社，2013年版，第13页。

（3）（法）西蒙娜·德·波伏娃：《第二性》，陶铁柱译，中国书籍出版社，2004年版，第142页。

的重要性，这与生态女性主义不仅主张男性与女性之间的平等和谐，还大力倡导人与人之间相互关爱的宗旨相契合。蜗师将一些具有相似经历的蜗牛们组织起来，成立蜗协，其中就有由樟树蜕变成蜗牛的蜗树，有由荷花蜕变成蜗牛的蜗莲，还有由青蛙蜕变成蜗牛的蜗青、由鱼儿蜕变为蜗牛的蜗鱼等等，他们之间相互关爱、团结互助、联系紧密。与蜗协中同类的交往使蜗师摆脱了因蜕变为异类而带来的失意与迷茫，并逐步从个人狭小的、虚幻的世界中走出，意识到自己的社会责任，找到了自己的社会定位。蜗协成员们在地震中积极参与救灾，蜗师与白鸽们在潮水决堤时救助人类，白鸽救助摔伤的老人，还有蜗师和白鸽共同设计的"感应服饰"等等，都为净化社会风气、和谐人际关系做出了积极的努力。小说正是借这个故事说明了亲密无间的友谊对一个人成长的影响，人类只有相互关爱，才能战胜一切困难，顽强生存下来。

　　生态女性主义的核心理念是打破人类中心意识，建立人类与自然的亲密关系，这在《幻变》中处处得以体现。作者借蜗师之口说："在我的眼里，人也好，鸟也好，我们蜗牛也好，一切有生命的，都应得到善待，都要相互尊重，相互爱护。"(1)蜗师号召蜗协的朋友们要相互帮助，融入社会，融入自然，保护环境，同时也号召大家要和弱小者交朋友，帮助他们走出困境，战胜孤独、彷徨和苦闷。蜗师的愿望是："随着人类居住环境的改善和生活水平的提高，在生活的每一个场所、每一个角落，都会充满阳光和朝气，都会充满舒坦和欢笑，那时候，不仅所有的生灵都会各安其位、各得其乐，而且就是我们这些变成了蜗牛的生物也会回到原有的生活中去，甚至比原有的生活更美好。"(2)由于蜗牛们和白鸽对人类环境生态和心灵生态改善做出的诸多贡献，他们终于实现了自己的愿望——变为人类。这个故事提示了人类只有与大自然和谐共处，才能从自然中获得快乐与幸福；如果人类继续以自我为中心，对大自然进行肆无忌惮的掠夺，等待人类的只有大自然的报复与人性的异化。

## 二、自然成为寄托复杂情感的精神家园

　　故乡往往是与自然景物紧密相连的，在众多的关于乡情文学作品中，无不抒发了对大自然的眷恋，对童年嬉戏之所的怀恋。著名美学家宗白华先生

---

　　（1）张文刚：《幻变》，长江文艺出版社，2013年版，第5页。

　　（2）张文刚：《幻变》，长江文艺出版社，2013年版，第41页。

曾经热情地吟道："天上的繁星，人间的儿童。慈母的爱，大自然的爱，俱是一般的深宏无尽呀！"[1] 故乡总是与优美的景致、情感的寄托、美好的童年、温暖的亲情相对应，故乡总是与心灵回归联系在一起，特别是当一个人徘徊、迷茫、疲惫、痛苦之时，他便更渴望跳出现实纷扰，回归故乡，回归自我，而此时，故乡便成了和谐、宁静而又富有生命力的心灵安居之地。

《幻变》主人公蜗师的故乡桥村，便是这样一处稻谷吐翠、荷花飘香的世外桃源，在这样宁静、淡泊而富有诗意美的大自然中，"他的心灵和灵魂似乎冲出那一身束缚他的'铠甲'而自由地飞翔"[2]。所以当蜗师身处"街道拥挤、车轮滚滚、忙碌烦躁"的现代化都市时，当他苦闷、压抑、孤独时，"他是多么向往家乡的生活，多么想回归到父母的怀抱，重新开始童年无忧无虑的生活啊"[3]。小说中，作者是这样用诗一般的语言动情地描写蜗师故乡的大自然美景的："入夜，月光铺在门前，蛙鸣潮水似的漫上来。蜗师牵着白鸽来到禾场，举头望月。月儿仿佛一枚精致漂亮的玩具，挂在头上，似乎伸手可得。几颗调皮的星星，东一颗，西一颗，捉迷藏般地眨着眼睛。萤火虫刚从月亮上借光回来，拖着疲倦的身子，摇摇晃晃，明明灭灭，在地面上低低地飞行。"[4] 在这里，故乡的一草一木，是童年和大自然的相亲相依，已经成为主人公蜗师复杂情感的寄托。

但现代城市的繁荣以及人类文明进步的取得往往是以自然生态的破坏为代价的，蜗师大学毕业后居住的城市——荷城也不能幸免。小说中多次描写人类对大自然的粗暴入侵："一群人拿着图纸，指手画脚，说是要拆掉老城区，建商业区，街道也要扩建，所有的樟树都要砍掉。""推土机来了，说是要把池塘填平，建筑高楼……不由分说，也没有人倾听我们说话，轰隆隆的机器声淹没了我们内心的呐喊。"[5] 这种野蛮的破坏使荷城发生了质的变化，原本波光潋滟、风荷飘香的荷城变成了拥挤、嘈杂的蜗城："现代生活的理念和旨趣改变了城市的布局和模样，也改变了人们的生活观念和生活空间。高楼大厦如雨后春笋，一栋栋、一片片拔地而起，城市周围的土地也如同青青桑叶被不断蚕食与分割，城市中大片的水域也被填平，建起了高

---

（1）宗白华：《宗白华全集》（第一卷），安徽教育出版社，1994年版，第348页。

（2）张文刚：《幻变》，长江文艺出版社，2013年版，第95页。

（3）张文刚：《幻变》，长江文艺出版社，2013年版，第96页。

（4）张文刚：《幻变》，长江文艺出版社，2013年版，第94页。

（5）张文刚：《幻变》，长江文艺出版社，2013年版，第33页。

楼。"[1]对自然的过度开发使人类失去了自己的精神家园,人类的精神层面开始异化。《幻变》写自然万物的精神状态由于生态的失衡而失衡了:鸽子变成了蜗牛,樟树、荷花、青蛙等也变成了蜗牛!蜗师是这样阐述自己变成蜗牛的主要原因的:"我凭借自己的努力,虽然做出了一点成绩,能够聊以自慰,但生活得并不顺心。工作劳累,竞争激烈,生活清贫,心理压抑,生性敏感,变为蜗牛是迟早的事情。"[2]作为大学教师的蜗师本是一只聪明伶俐、勤奋好学、众人交口称赞的美丽的鸽子,一觉醒来竟变成了一只丑陋的蜗牛,而环境恶化所带来的精神压抑是变异的主要原因。变为蜗牛之后的蜗师,自卑、孤独,连过春节都不敢回到自己的故乡,因为他不敢面对故乡的兄弟姐妹,不敢面对生他养他的父母双亲。但故乡怎么会嫌弃自己养育出来的儿子呢?当蜗师和白鸽双双回到故乡桥村时,受到了亲人们的热情欢迎,他们这才发现,故乡永远是他们心灵栖息之地,大自然永远是他们的精神源泉:"我们本是大自然的孩子,我们要回到源头,回到起点,回到我们自己。"[3]

《幻变》中的自然环境不仅仅是故事发生的背景,更是主人公心灵的净化之所。"我是谁,我从哪里来,到哪里去?"《幻变》倾力描写蜗师和白鸽对乡村故乡的眷恋之情,写他们婚后郊游、看海、听潮,还在第九章用一整个章节的篇幅写他们看山、听泉、山居,把他们对大自然的痴迷描绘得淋漓尽致:"山脚的一线溪水,浅瘦蜿蜒,清澈如碧,仿佛两山夹缝里投下的一缕天光。白鸽异常兴奋,跳跃着来到溪边,把羽毛伸进溪水里,享受着旅途劳顿中的舒坦和清凉。蜗师也急急地跟了上去,选择溪水中的一块石头蹲下,艳羡地看着白鸽踏浪逐水、顾盼生姿。"[4]毋庸置疑,蜗师和白鸽对大自然的热爱,是他们对都市文明的困惑、质疑与厌倦而引起的本能回归,"他们对自然的某种绿色崇拜,不仅仅是补救自己的生存环境,更重要的是,补救自己的精神内伤"[5]。所以即使是蜕变为人类后,蜗师和白鸽还是决定远离都市,定居故乡,在大自然的美景相伴中白头终老。可以说,故乡及其自然景物,已经成为蜗师和白鸽梦寐以求的灵魂圣土与精神家园。

(1)张文刚:《幻变》,长江文艺出版社,2013年版,第13页。

(2)张文刚:《幻变》,长江文艺出版社,2013年版,第15页。

(3)张文刚:《幻变》,长江文艺出版社,2013年版,第96页。

(4)张文刚:《幻变》,长江文艺出版社,2013年版,第123页。

(5)韩少功:《遥远的自然》,见《大自然与大生命》,百花文艺出版社,2003年版,第5页。

## 三、生存忧患的寓言式表达

海德格尔曾说："人不是自然存在的主人，而是自然界的看护者。"[1]从 19 世纪开始，在社会意识形态领域，就已萦绕着对人类过度开发自然的忧患与焦虑，恩格斯就曾表达过这种焦虑："我们不要过分陶醉于我们人类对自然界的胜利。对于每一次这样的胜利，自然界都对我们进行报复。"[2]《幻变》是一部寓言式的作品，它的寓言特色表现在以动植物变形的荒诞手法，通过不同族类动物之间的爱情纠葛，对乡村、城市进行了多面描画，表达了对纯真平等爱情和构建和谐共存生态乌托邦的渴望，同时也剖析了人们在城市化进程中所承受的分裂与焦虑。

《幻变》作为一部爱情童话，认为爱情应以心灵契合为基础，可以忽略金钱、地位、外貌甚至种族、类属。其实在现实生活中，爱情在多数人眼里是受各种条件约束的，特别是随着现代社会经济的发展与社会的转型，金钱、地位与美丑在爱情婚姻中仍然占据了极为重要的位置。据 2010 年全国婚恋观调查中关于女性择偶的调查显示，除感情因素外，女性更重视男性的经济实力、工作能力，而男性更注重女性的容貌外表。《幻变》中的男女主人公，一个丑陋清贫，一个美丽高雅，但丑陋清贫的蜗师并没有因此气馁，或者自我贬低，在小说开篇就勇敢地向白鸽表白了自己的感情。在外貌和社会地位如此悬殊的爱情当中，他表现得不卑不亢，因为他相信爱是心灵契合的产物，真爱能超越一切，是平等的、相互信任的。后来虽然由于黑鸽的出现以及白鸽父亲的阻挠，蜗师与白鸽之间发生了一些误会，白鸽嫁给了黑鸽，但蜗师对白鸽的爱并没有随着时间、境况的变化而变化，他对白鸽真诚、纯洁、坚贞的爱，支撑他一直等到白鸽离婚后重回到他身边，从而使爱情升华到了更高的境界。小说对男女主人公不食人间烟火式爱情的描写，实际上是作者对现实生活中过分强调金钱、地位与外貌的爱情观的批判，小说中"有钱就变坏"的黑鸽，是现实生活中某些人真实的写照，也表现了作者对那种纯粹以金钱为基础、缺乏共同志趣爱好、缺乏心灵契合的婚姻的唾弃。

《幻变》以动物的角度叙述，以动物寄托爱憎，借蜗牛、白鸽等自然界

---

（1）转引自韩璞庚：《超越人类中心主义——海德格尔哲学的启示》，《江苏社会科学》1995 年第 3 期，第 71—75 页。

（2）（德）恩格斯：《自然辩证法》，见《马克思恩格斯全集》（第 26 卷），人民出版社，2014 年版，第 769 页。

中的生命现象，以寓言化的文体方式，抒发了对弱小者生命的同情以及对自然万物的敬畏之心。一只丑陋的蜗牛竟然爱上了漂亮的小白鸽，这简直是现实版的"癞蛤蟆想吃天鹅肉"。但丑陋的蜗牛原本也是一只自由飞翔的美丽鸽子，只是由于生态环境的恶化和巨大的精神压力，才变成一只背负重担、缓慢爬行的蜗牛。但即使是最为卑贱的蜗牛，也和人一样，有着自己的理想，有着自己对幸福生活的向往，也是不可忽视的。小说中蜗牛协会的所有成员，他们自立、自强，渴望实现自己的价值，其中有学识渊博的蜗师，他聪明勤奋，对感情专一，有社会责任心，虽说有时也敏感怯弱，不够自信，但最终战胜了自己，赢得了爱情和事业的成功；有心胸开阔的蜗树，他原本是一棵伟岸的大树，却因人类的乱砍滥伐，被迫变成蜗牛，才得以侥幸逃生，面对人类肆无忌惮的破坏，他以慈爱之心加以回报；有热情爽朗的蜗莲，她由荷花变成，人类摧毁了她的生存之地，她仍然对生活充满向往……还有鸽族中善良聪慧、同情弱者的白鸽，看重友情、正直仗义的灰鸽等。这些卑微的生命都有着现代化生存状态下的人类所欠缺的美好品质，他们促使人们去热爱生命、尊重生命、保护自然，挽救日益严峻与恶化的生存环境，从而达成对灵魂与生存的双重救赎。

《幻变》还通过各种动植物变成蜗牛的寓言化描写，揭示了生态危机不仅发生在自然领域、社会领域，同时也会发生在精神领域。作者借写动植物的变异，将笔触伸到了现代人的生存现状以及芸芸众生的烦恼人生上，深刻地揭示出人在现代社会中的重重压力与异化，是现代人生存处境的鲜明写照。现代社会中的人们为生计奔波、为竞争劳累，在碌碌无为的生存中耗尽了所有的锐气，茁壮的生命变得疲惫不堪。男主人公蜗师就是这样一个生性敏感、生活清贫而又压力重重的知识分子形象，生存环境的日益恶化、拥挤的人群、嘈杂的车流，再加上精神家园的缺失，使他终于由鸽子变成了蜗牛。作者选择变成蜗牛而非其他动物显然具有莫大的讽刺意蕴：蜗牛背上的重负正如人精神上的重负。"人类铸造自己的文明，归根到底是为灵魂寻找安乐之乡。"[1] 但在人类创造的物质文明面前，人类反而失去了应有的自由与自信。在这里，《幻变》将人的异化提升到精神层面上来思考，人越来越成为自然的主宰，却也越来越严重地被自然所惩罚，过分掠夺与摧毁大自然将使人们日益远离精神家园，从而导致人格的不完整与自我的异化，由此，《幻变》对现代社会文明的消极后果作了彻底的否定和拒绝。小说男女主人公最后变成人类，回归自然，寓示人类只有坚定信仰，回归大自然，才能得到人

---

（1）徐葆耕：《西方文学：心灵的历史》，清华大学出版社，2002年版，第205页。

性的复归，才可以拯救自己。

"尽管我们的科学和文化驯服了自然荒野，但我们仍然是流浪者，不知道如何评价大自然的价值。"[1] 当人类亲手破坏了自己生存的家园时，人与自然的对立和冲突，就直接威胁到了人类的生存和发展。《幻变》以动植物幻变的寓言，对现代社会发展潜在的生态危机提出了预警，小说构建了一个充满浪漫与唯美气息的生态乌托邦，表现了人类在自然、人性与文化发展中的独特思考与信仰，体现了作者强烈的社会干预意识和忧患意识。

（作者系湘潭大学文学与新闻学院教授，博士，硕士生导师。作品原载《武陵学刊》2015 年第 4 期）

---

[1]（美）霍尔姆斯·罗尔斯顿：《环境伦理学》，中国社会科学出版社，2000 年版，第 466 页。

# 《危机深处》：人间烟火"桃花源"

杨亚杰

　　最近读农鸣长篇小说《危机深处》，让我像患了消化不良症似的，心里郁结难挨，鱼鲠在喉、不吐不快。我一边重读一边想，敢情好的长篇小说就是让你读了长久地揪心疼、时不时又会心地笑吧？书中所呈现的世界离我们太近了，它是那么真实，又那么残酷，他把这些年我们所面对的和不愿面对的都在一个虚构的艺术世界里挑明了，鲜活地摆在面前。

　　先说说是什么让我揪心地疼。小说讲述的是一个非法铁厂污染纯净山村、当地山民自发起来与之抗争、保护生存环境的故事，这是主线，或曰明线。环境污染这个问题关乎每个人，不容置疑，属重大题材，近些年来社会上不断传来的相关坏消息没少让人义愤填膺，问题是这故事的发生地被作者安在了双桥坪，也就是他的家乡，被誉为"桃花源里的城市"常德的鼎城区辖区内，这是需要勇气的呀！歌里都唱的是"谁不说俺家乡好"！要知道常德旅游打的可是自然生态"大桃花源"品牌，而文化上也是力倡打造"心中的桃花源"的，这样一来不是连最后一方净土都没有了吗？是呀，就连人间最美的"桃花源"都被污染了，人类还不在"危机深处"吗？与此同时，小说还有一条人物的爱情婚姻命运线，也就是副线或叫暗线，主人公姚才子和秋枝情投意合，却不能光明正大地爱，原因是姚才子已经有了因中人圈套而成就的不合适婚姻，受害者姚才子的妻子腊秀虽因这桩婚姻有了考上清华北大的儿子，却终究得忍受无爱的寂寞和冤屈，以至于她的母亲竟然想出请人"排毒"这样荒唐恶心的主意来帮助排解，秋枝当年曾当坐台小姐那是被逼无奈，没想到自己的女儿雪梅外出打工带回来的男友竟是极不般配的老男人，哪怕是钱再多终归难以成就通常意义上的美满婚姻，生活的滋味是酸甜苦辣咸应有尽有，当读者如我假设自己是其中某人要承受世人的道德审判和唾沫星子时，那种疼痛是椎心而持久的，我会呼喊：苍天做证，我本善良，无意做坏人，我会质问：这个社会是怎么了？人怎么啦？由此想到"危机深处"不仅仅是指物质，还有精神，联系到现实中大量的真实而"狗血"的"奇葩"事件，你不得不陷入深思……这，恰恰就是作者的匠心所在吧，让你直面真相。世上本无净土，家乡概莫能外，这应是立意高远了。

小说从二十岁的双桥坪女子雪梅挽着六十开外"清华男"何总裁走下飞机踏上常德土地写起，貌似启动的是个少女傍大款的俗套故事，其实由远及近，结构上暗藏机关。这一对不是主角，却为主角姚才子、白义成等人干大事做了精神文化背景铺垫，也是对地灵人杰常德的形象展现。你看柳叶湖边老男人对常德风光的赞美，雪梅对家乡人文的介绍都无不让人备感亲切，尤其是看到"烈士诗人陈辉""五十年代驰名中国诗坛的诗人未央""南阳坪村也出了……青年诗人、大型文学期刊主编"等字眼，更是让人会心微笑，忍俊不禁，这不就是我们认识的某某吗？哈哈！还有"中国一绝——银鱼汤"土特产、"东边日出西边雨，道是无情却有情"和奶奶唱的"老山歌"那些熟悉的词……去深圳打工的事在常德也是随处可见的平常事，又典型又自然。我甚至想这个安排本身就是个隐喻，雪梅和她的家乡对"清华男"的诱惑不就是年轻而充满魅力的现世"桃花源"对雾霾笼罩的现代大都市的诱惑？

不言而喻，铁厂污染是当今中国各地同类事件的全豹之一斑，而小说中围绕赶走铁厂所发生的事情却是地道双桥坪式的，作者发挥长篇的文体优势，在对故事的从容叙述中，通过不同角色在事件中的表现，在极富常德地方特色的人物语言里，暗含了当今政治、经济、社会、文化生态的丰富信息以及它们对人物命运的左右和影响，充分体现了长篇小说反映社会的全息性特征，主副线明暗交替，多声部共鸣展开，塑造了不能简单地用好人坏人概念去框定的一个个栩栩如生的人物形象。在情爱上跟秋枝暗度陈仓的姚才子担着整个事件正义一方的大梁；美丽善良的秋枝曾经是深圳坐台小姐，现在是保家卫乡恋人的坚强大后方，必要时还能上"战场"；因中了舅妈圈套当上姚才子妻子的腊秀忍受着无爱婚姻，却能对丈夫的出轨保持宽容的沉默；叫鸡公是"白皮红心"，暗中与茶花有一腿却能勇当双桥坪的余则成；下海受了内伤的山西佬舌战腐败方上门的说客，给柱子钱财不留名，他的名字就叫龚爱党；还有老男人跟雪梅结婚给了巨款，同时又将重要资料交丈母娘保存，以备一时之需，可见其深陷腐败中的危机；整个事件的幕后指挥是当年的侦察兵、前村主任、现在的厨师白义成，他老谋深算，诡计多端，却能守着法律的底线，凭着良心，凝聚起"八大金刚"打一场漂亮的环境保卫战；作为对立面的铁厂老板也并不是骨子里就坏的人，最终撤走时还喝上了双桥坪人的壮行酒；此外，呆板善良的芋头、力大无比的王老六、剁菜刀骂街的麻七天、巧妙对付送礼的石大毛、机智敏捷的胖瘦俩警察、私自通风报信的章三妹等等人物，不管着墨多少，都以鲜明的个性折射了时代风云；显然，从叙事角度看，作者忍不住把自己也放进了故事里，化身为王家老五王志和亲历了全过程，作为姚才子的老师，王老六的哥哥，一个从省城大刊退休隐居乡间的编辑作家，表面上是事件的旁观者，实际上是灵魂人物，他"暗中操心"的深度关注和忧思在对故事的农鸣式叙述中得到了淋漓尽致的展现，他和德高望重、平易近人的市里领导吴之涣的长期交往、跟妻儿在对待东西方文化态度上的差异，对世界经济局势前景的预测，以及对中国共产党带领人民实现中华民族伟大复兴的信心，都体现出视野的开阔、思想的深邃和境界的高远，给人带来满满的正能量。跟随这些人物的悲欢，往日的梦想和激情从意识深处再次浮现出来，一些沉睡的往事和远去的友人也被重新唤回，你会感叹：老去的是时间，不老的是生活，是理想。

　　农鸣在文学上最早是以写诗出道的，多年来保持着一颗拒绝从俗的未被污染的心，性格里有着山里人的倔强真挚和诗人的敏感多情，书中许多场景的设置、人物对话都极富诗意和情调，让人会心微笑的同时产生强烈共鸣，这也是这部小说之所以好看的一大原因。如运用音乐元素诗化场景、刻画人物性格就尤其传神，这种特点贯穿在整个事件过程中。姚才子以拉二胡传递心曲、表达思想，与秋枝传情达意，先是拉《江河水》《二泉映月》等名曲，拉秧歌调，唱"婚姻不是婚姻，爱情不是爱情"，拉山歌调，唱《骂钱歌》，后是拉《光明行》《良宵》，拉常德丝弦，唱"看似好人是坏人，看似坏人是好人"，再后来拉伴奏唱《红梅赞》《绣红旗》，又拉山歌调唱"生活在暗处，真相在深处，风光在险处，神奇在绝处"，唱"妹妹走路那个手莫摇"，直唱得秋枝如痴如醉；"要让芭茅割了手，要让你心焦"，活画出二人的情感交流曲线和思想轨迹，彰显了作品的灵性和深度；又如麻七天发威剁菜刀，微胖警察逗她说"我跟你剁一段常德大鼓《你喝茶就喝茶》的节奏听听如何？"故意变形夸张的演唱令人捧腹，此处还嵌进了"常德城里正在举行群众文艺演出百团大赛，全国媒体一片喝彩"的信息，生动而又真实；铁厂老板那天凌晨领着工人离开双桥坪时唱"啊朋友再见"，姚才子们送行唱"送战友，踏征程"，看得我是又感动又好笑；更有甚者是书的最后一章，八一建军节"八大金刚"聚会，边喝酒边唱歌，白义成唱"黑啦啦啦啦黑啦啦啦，天空出彩霞呀"，叫鸡公唱"我们走在大路上"，姚才子唱"万里蓝天彩云飘"，石大毛唱"小小竹排江中游"，微胖警察唱"我爱五指山"，姚才子最后用二胡再次演奏古老山歌调，歌词唱道："守住青山那个有柴烧，守住绿水那个好梳头，乡里乡亲那个人人善，一桶水换那个一桶油……"这些极富时代气息和地方特色的音乐很好地营造了人物的情感氛围，抒发了他们的喜怒哀乐，增添了故事的喜剧色彩，给作品的人民性以及老百姓的中国梦和对未来的憧憬抹上了一层温暖的亮色。这就是我们置身其间的土地和土地上的乡里乡亲，这就是在开放中经受风雨、在坎坷中不屈前行发展中的"桃花源"，"危机深处"暗藏多少峰回路转，就看你有多少发现，细心的读者一定会有自己的答案。

《危机深处》的故事意味深长，令人揪心又警醒、窃笑又愉悦。85岁高龄的著名老诗人、作家未央先生读后，兴奋不已，抱病命笔，写下了评论《耐人寻味的乡村风情画》，文中说"斗争之路艰难而漫长，七年岁月里演出了一幕幕难忘的悲喜剧"，"那些风俗习惯感情胸怀也见当地特色"，大解了他的乡愁。我读后颇有同感。综上所述，农鸣呈现的就是我们置身其间的"桃花源"，只是它不是封闭静态的虚幻之境"桃花源"，而是开放动态的人间烟火"桃花源"，正吻合了凯文·凯利著的《必然》书中关于世界的归宿不是没有问题可烦恼，也没有机遇存在的乌托邦，而是"渐进式改进""温柔的进步"的"进托邦"理念。联想到农鸣20世纪90年代中期发表在《湖南文学》的散文诗《美梦》，结尾道："我带着泪水轻呼你，亲爱的，我们重新开始吧！"足见他在调往省城后数十年为他人作嫁衣的同时，思想的触角一直逡巡在时代前沿，文学之梦依然鲜活如初，对家乡的爱、对国家民族命运的思考、对人类社会发展态势的关怀之情有增无减，直到退休后隐居故乡双桥坪，再次近距离融入乡里乡情，厚积薄发，才有了这令人惊喜的重新出发，他以洋洋三十八万字文气贯通的大部长篇回归文坛，证明了自己的文学雄心、艺术功力和人生价值。

（作者系常德市文联原副主席，文学创作二级。原载《创作与评论》2016年6月下半月刊）

# 《大法庭》：具有时代隐喻和
# 象征意义的"话语场"

张文刚

长篇小说在对生活的再现中总是寓含着更多更深的精神内容,它对比中、短篇小说不仅仅是一种篇幅上的优势,更体现在文学主旨的深度提炼上。唯其如此,人们才从长篇小说中获得了对于那个时代更多的了解和理性认识。用这样一种眼光来看待杨名夏的长篇小说《大法庭》[1],我认为这部小说体现了一种较开阔的文学视野,突破了单一的主题表达和演绎,找到了这个时代最具理性色彩、最威严的话语场和话语结构——"大法庭",并由此超越具体的人事和矛盾纠葛,展开大范围、深层次的描写,以其象征的深刻性和导源于此的联想的丰富性,使小说内容具有了一定的深度和厚度。

《大法庭》在其本来的意义上讲述了一个曲折离奇、有头有尾的故事,以及由这个故事展开的对有关人事的审视和审判。一桩平常的命案,深藏着杀机;兄弟亲情的背后,掩盖着不幸。现代经济社会,不少人被金钱、地位和名誉封杀了心中的善良甚至灭绝了人性,小说中私营企业家周道录就是这样一个人。他为了成为"中国的首富",费尽了心思,用尽了手段,偏离了作为一个企业家、作为一个"人"的正当的竞争方式和正常的生活轨道,成了恶魔和禽兽。小说以"命案"为主线,用起诉、审判、侦察等环节串起一个扑朔迷离的故事。最后惩治罪恶,彰显了法律的威严。围绕法庭的审判,小说展开了对种种社会关系的描写,在法律与权力、金钱的较量中,刻画了执法者艰难的脚步,表达了对法治社会的内在渴望。小说因此由对具体案情

---

（1）杨名夏:《大法庭》,长江文艺出版社,2002年版。

的审判上升到社会现实的理性思考。对邪恶和社会阴暗面的描写虽然给人以心灵的压抑和苦涩，但作品由于超越了"故事"的层面，呼唤并且表达了法律的力量和尊严，其深刻的用意也就在法律和正义的钟声中得以显现。正是立意于"法"的高度，小说中便有了对法律自身的理性审视，期待着执法的公正和清廉，期待着法律的不断完善和法官队伍整体素质的提高。

在这个基础上，通过隐喻和象征，《大法庭》还展示了多重寓意。叶芝在谈到隐喻和象征时说，"当隐喻还不是象征时，就不具备足以动人的深刻性。而当它们成为象征时，它们就是最完美的了"[1]。叶芝认为，象征有感情的象征和理智的象征，感情的象征唤起的是感情，理智的象征唤起的是观念[2]。《大法庭》这部小说的命名及其文学表达既有隐喻意义，又有象征意义，而且偏于"理智的象征"。这样理解，我们就会发现，该小说有着丰富而深刻的内涵。

在本义之外，《大法庭》展示的也是"社会法庭"。这样，"法庭"就淡化了它的具象意义，超越了它的有限的空间意义，向着生活的每一个角落渗透，向着人的完整的世界开放。由此小说扩展和深化了主题内涵。在这个"法庭"中，真正的法官是缺席的，完全由读者的心灵或者"他者"的眼光完成对社会丑恶现象的审视和审判。罪恶后面的权钱交易、友情后面的威逼利诱、生活中的奢侈淫荡等种种阴暗中的活动围绕小说的主线一一浮现出来，而公与私、正与邪、对与错不言自明。在对人物的描写中，人格的较量与人性的碰撞，构成了"社会法庭"中的两种"角色"——被审判者和审判者。一类是"被审判者"的形象：如贪婪、虚伪、冷酷的私营企业家周道录，曲意逢迎、不辨是非的法院黄副院长，脱离群众、走上层路线的法官姚子燕；另一类是"审判者"的形象：如忠厚、诚实、讲信用的私营企业家周道吾，坚持真理、慎思明辨的法院鲍院长，秉公办案、一身正气、淡泊名利的法官李宜任。在鲜明的对照中，让后者成了前者威严的"法庭"，完成了对丑陋人格和人性的起诉与审判。不是法庭的"法庭"，不是审判的"审判"，摒却了故事的因果联系和法律的外在程式，以一种闪电惊雷般的力量穿透心灵的夜空，给人以美好的期待。

在"社会法庭"中，作者还设计了一组"弱者形象"，让"弱者"见证

---

（1）（爱尔兰）威廉·勃脱勒·叶芝：《诗歌的象征主义》，见伍蠡甫主编《西方现代文论选》，上海译文出版社，1983年版，第54页。

（2）（爱尔兰）威廉·勃脱勒·叶芝：《诗歌的象征主义》，见伍蠡甫主编《西方现代文论选》，上海译文出版社，1983年版，第58页。

并控诉生活中的丑恶。被邪恶势力利用以及对美好节操坚守的汪于静，被玩弄以及最后觉悟出走的高颖，因痴情导致家庭与事业毁灭的刘莉芳，她们既是受害者的形象，是弱者的形象，在无言中以"起诉者"的身份控诉着罪恶，同时又是强者的形象，用自己的抵制和反抗表达了对正义和道义的渴望。

不仅如此，《大法庭》还设置了一个"爱情法庭"，对人物的爱情、婚姻以及由此产生的心灵的微波细澜进行了描写和审视。这部小说从正面刻画了一个"爱情典范"：李宜任既是一个清正廉洁的法官形象，又是一个有责任心和道德感的普通人形象。小说表现了他内心的矛盾和对矛盾的克服与摆脱：当对温柔漂亮的汪于静产生好感，开始迈向情感的旋涡时，他也曾冷静地审视爱情和婚姻的缺陷，体验了一种复杂的心情；而当他抽身而出站到"丈夫""父亲""法官"等多重身份的位置上时，道德和责任则成了他内心的法令，充当了他内心的法官，驱使他克制情感的冲动，从混沌走向清晰。这看起来有违人性，实则顺应了一种更高尚更伟大的人性，即在情感的选择中从"自然人性"走向了"社会人性"，从自我一己欲念的萌动走向了理性思索后的心灵平静。

有时候爱情也是要做出让步和牺牲的。小说中梅子的出现，就完全是为了表现个人情感对理性的服从。在"爱情法庭"里，爱情可以暂时虚位，但良知和正义必须时时在场，必须凌驾于一切之上以俯视内心的欲望，探照身外的种种事物。梅子放弃国外优厚的生活待遇，远离她心爱的恋人，当记者、进公司，目的只有一个，就是要查明真相，为姐夫周道吾报仇申冤。这表面看起来是梅子要为曾经资助过她的亲人复仇，寻求心灵的补偿，实际上是把爱情和正义、责任放到一起，表现现代人对个人情感的放弃和对法律尊严的寻找。即使她后来与仇人周道录的结合，实际上也是以牺牲个人的情感为代价，以便寻找更多的法律证据，为最后赢得胜利铺平道路。

而在周道录的"爱情法庭"里，"法官"是缺席的，泛滥的是内心的私欲与贪欲。地位、美色和功利成了他俯就爱情和婚姻的标尺。婚恋的反复与游移，是他道德失范、心灵失序的表现。

最可贵的是这部小说深入到人的心灵的层面，表现了来自人类自身的"心灵法庭"的力量。从有形到无形，由实在而虚拟，"法庭"进入到一个广大而深邃的心灵空间。心灵和心灵说话，自己面对自己，人于是超越外在的羁勒而进入自由的境界，成了自己心灵的主宰，成了自己人生的法官。把自己的心灵做成"法庭"，自我拷问，自我审判，这当然是艰难的。正是因为这种艰难，才使得这种"心灵法庭"的开庭显得重要和必需。有了这样一方"法庭"，人才能在是是非非面前不断地调整和扬弃，才能弃恶从善、迷途知返；

没有这样一方"法庭",人就会善恶不分、本末倒置,就会在泥潭里愈陷愈深以至走向毁灭。小说正是从这样的立意上开掘人物的性格和内心世界的。作为小说正面树立的典型人物李宜任,不仅在法庭内外秉公执法、是非分明,而且他又是自己心灵的审判官,时时驻足沉思、反躬自省。正是对自己心灵的时时审视,成就了他作为一个法官的清正和廉明。他有"做人的原则""心里有杆良心秤",要做一个"有良知的法官",这些成了他心灵的法典,工作、生活、情感一应拿来经受这些法典的检验与权衡。不是没有矛盾和对抗,而是他能充当自己心灵的法官审视并战胜自己的弱点;不是没有"心"的失足、"情"的困惑,而是他能走到自己的对面看清自己的位置和处境;不是没有生活的苦恼和工作上的压力,而是他能听到来自自己内心的声音从而在精神上有所超越和升华。正是多方面展开对"心灵法庭"的描写,使得这个人物呈现出心灵世界的丰富性。

法官姚子燕工作中精明能干,但是把名利看得高于一切,结果干部竞聘时落选。这对她是一个沉重的打击,她也因此经历了一次心灵的炼狱。她由不理解、发牢骚到自问自审,这意味着她走进了自我心灵的法庭,开始清醒地认识和面对自己。小说最后安排她与李宜任等人对法律问题进行探讨,预示她已站到了新的生活面前,对未来充满了美好的憧憬。而小说中始终处于被审判地位的周道录,时时算计着别人,从没有反思过自己、检讨过自己、审判过自己,他远离了自己心灵的法庭。围绕他身边的几个女人,包括他的妻子到头来对他的指责和控诉,从道德的角度完成了对他的心灵的逼问,使他不断接受来自"现实法庭"和"心灵法庭"的双重警示和审判。

《大法庭》这部小说由于找到了一个具有时代隐喻和象征意义的"话语场",因而给人带来某种心理暗示和想象空间,使读者在接受的过程中从具象到抽象,从文本到现实,捕捉到多重思想意蕴。一般的读者可以从故事性中读出"大法庭"的神圣和庄严,接受一次文学化的法治教育;深一层的读者可以超越故事,从法庭内外错综复杂的社会关系、人际关系和人自身心灵的曲折性、矛盾性中读出"大法庭"的象征性含义,获得更多的人生感悟和心灵启迪。当然,如果《大法庭》在艺术表现上能够进一步突破和创新,则会使小说的主题表达更艺术化、更审美化。

（作者系湖南文理学院教授,洞庭湖生态经济区建设与发展湖南省协同创新中心"文艺创作与评论"研究所所长,文学硕士）

# 似水绵延

## ——《水族》阅读印象

### 夏子科

　　往往，祖父就是历史。

　　按照冯友兰先生的理解，历史有两重意义："本来的历史"和"写的历史"[1]。二者的区别和关联即在于，本来的历史是时间已然静止的标本式存在，写的历史则属于主观认识；事情的自身是前提与根本，而事情的记述却是生成与创造，它们之间是原本和摹本、原形和影像的关系。因此，向来所谓历史（无论天文史、地球史，还是人类社会史），都不过是史家们对本来历史的最大可能还原。

　　绍英的长篇新作《水族》便是这样，尊重 20 世纪中国的历史本来，从民间草根立场出发，直面人群，还原血肉，复活性格，叩问灵魂，在时间节奏中绵延生命之流，在整体认知中阐释生命本原，在诗化叙事中呈现生命质地，在昔日变动不居的澧水河渔家光景中抒写、表达特殊的生命体验。

## 一、那些事，已经尘埃落定

　　《水族》的历史书写显得精巧用心、才情独具，尽管表面看来是那样的不紧不忙、轻松适意——孙女坐在河堤上啃完一根糯苞谷的工夫，就完成了对祖父近百年渔民生涯及命运遭际的静观默想。

　　祖父的名字滑稽有趣而又贴近生命：憨陀。

---

　　（1）冯友兰：《中国哲学史新编》（上），人民出版社，1998 年版，第 1—2 页。

　　同澧水河的恣意率性一样，少年憨陀有些青涩、有点莽撞。对家庭的艰辛似乎不太理会，对父母的苦心好像也不太领情，所以，对难得的读书机会就不怎么珍惜，倒是练就一手铜钱押宝作弊的本事，最终因为冒犯女同学而被教书先生赶出学堂。而后上街闲逛，自此多年不知所踪，原来是被人强行带到了五十多里外的白云观。在道观收了顽劣心性，习得一身武艺，初通一些药理，莽撞少年已是侠义青年。

　　此时，日本人带着枪炮闯了过来，村庄受掠，道观遭焚，青年憨陀"毫无征兆"地回到渔乡，而日本人的轮船也"不可避免地开到了澧水河，开进了芦苇荡"[1]。灾难紧随日本人而来。愤怒了的憨陀领着众人杀了一伙作恶的日本兵，沉了他们的船。

　　从这次惊心动魄的壮举开始，祖父憨陀几近张扬地舒展着自己的生命辉煌：逢赌常常得意；路见不平敢于出手相助；被抽丁当兵而得团副赏识；退役后为保渔民平安再次挑头勇战兵匪；将已经同黑皮定亲的水芹姑娘活生生抢过来结婚成家；给仇恨自己的黑皮倾力治疗蛇伤；殊无顾忌地顶撞土改干部；父母走后恪尽长兄之责；义务组织渔民们集体灭螺；已近耄耋老朽，居然硬是"闹"垮了向河里排污的造纸厂……

　　坐在河边，祖父憨陀的那些事扑面而来。孙女凝望河面，便成一种视角。孙女视角内，远处是铅灰色的天幕，那上面点缀着由庙堂华屋炮制的若隐若现、若即若离、不太真切的布景——沉睡、贫弱、兵灾、匪患、抗日、内战、解放、土改、朝鲜、"跃进"、饥饿、大队、承包、开发等等一类抽象共名；孙女视角内，真正站在前台的却是江湖草台血泪儿女演绎的艰难险阻、甘苦辛酸，是绵延如水的生命涌流；孙女视角内，祖父的面影挥之不去，那些事挤满心头。

　　生命哲学强调，生命活动、生命过程本质上就是一种生存的活动、一个实践的过程，其间绵延的，总体来讲就是柏格森所说的那种生生不息的生命本能和冲动，那种永不中断、不可分割的生成、创造力量，那种裂变、聚变式的能量自我生成。憨陀的生存实践恰如一尾灵动、健旺的"红鲷鱼"，燃烧和爆发的正是这样一种生成能量。这种能量，令小者若巨，令卑者若尊，令危者如逸，令瞬间永恒。小的时候，憨陀做错了事，被戒尺打肿手掌、被赶出学堂，竟还敢"梗着脖子"跟父亲说话，可谓天赐肝胆，已然超乎常态，难怪会被玩蟒蛇的徐师傅"相中"带入道观。杀了几个日本兵，一般人早已战战兢兢、惶惶不可终日，他却能大摇大摆走进茶馆"高门大嗓"吆五喝六，真所谓"器大者声必闳"也！明知因为"抢"了黑皮媳妇，人家对他恨不得

--------

　　（1）刘绍英：《水族》，湖南人民出版社，2014年版，第38页。

食肉寝皮，但一旦知道黑皮被毒蛇咬伤，却跟没事人一样，大大方方上门治伤。最典型的事件也许就是同张干部的那场正面冲突了，嬉笑怒骂，甚至辅以拳勇，到头来，连原本十分蛮横嚣张的张干部也沮丧地感到"真是拿他一点辙都没有"<sup>(1)</sup>。爹娘故去，长兄如父，兄弟们看他却"总是有种畏惧的眼神"、总要"无端地害怕自己"<sup>(2)</sup>……

需要说明的是，憨陀生命行止中生成和凸显的这类能量、气度，是以正义和担当为预设前提的，唯其如此，也才最终赋予那些生命活动以充分价值和理性。

祖父的生命终止了。一切皆成历史，所有那些事都已被沉淀为厚重的记忆，融进我们的血液，流淌为新的生命。

## 二、那些人，有着清澈透亮的眼睛

祖父憨陀的历史当然不只是他一个人的历史。

罗素在介绍柏格森直觉理论时通俗地说，本能是好孩子，理智是坏孩子。理智的方式适用于认识外在的物质世界，但不适用于把握以绵延为本质的生命活动，直觉才是生命本来能量的最佳状态。所以，与（理智的）逻辑实证不同，生命哲学更加看重和依赖一种整体直观，要求认识主体与认识对象完全融为一体，从而达到对对象的有机的整体把握。也就是在这个意义上，柏格森欣喜地发现："唯有与人物本身打成一片，才会使我得到绝对。"<sup>(3)</sup>

走进《水族》，走近那些人物、那些"红鲷鱼"群，最能够使我们整体直观把握的就是那一双双清澈透亮的眼睛。那里面微漾着生命渴望，激荡着生命热情，摇曳着生命智慧，汹涌着生命韧性。其间流露的，是生命的欢乐与忧伤、柔情与执着；其间绵延的，是生命的狂放和不屈、率意和本真。

老道士和小叫花子之间并没什么实际生活关联，却都有着清澈透亮的眼睛，也就是在生命自然上存在某种同一。老道士是憨陀的师傅，是在那样的艰难时世、那样的寒山僻野坚持读着《抱朴子》的人。"这么大年纪的人，那眼睛却是干净得像门前溪沟里的溪水，透亮透亮。"<sup>(4)</sup>应该说，这是一位安贫乐道的老者，也是一位乡村智者，是他砥砺了憨陀的心性，铸造了憨陀的灵魂。

---

（1）刘绍英：《水族》，湖南人民出版社，2014年版，第83页。

（2）刘绍英：《水族》，湖南人民出版社，2014年版，第87页。

（3）柏格森：《形而上学引论》，见《二十世纪西方美学经典文本》（第一卷），张德兴编，复旦大学出版社，2000年版，第197页。

（4）刘绍英：《水族》，湖南人民出版社，2014年版，第57页。

小叫花子肮脏的脸上同样是一双清澈的眼睛，"而且那眼睛里闪烁着一抹固执的光芒"[1]——硬要把还是单身青年的憨陀认作爹。这个被生活遗弃、颠沛挣扎在日子边缘的孩子，心地干净得令人心疼，无助、无奈的眼神里写满渴望和不屈，用尚未健硕的体魄与心智安置自己的未来。终于，新家的接纳使他有了归宿，新的国家使他寻求了另一种价值实现——在朝鲜战场上慨然成为国殇！

杆子和兰子是憨陀的父亲、母亲，标本式的中国农（渔）民：勤苦、善良、慈爱、坚韧。父亲母亲都不是什么文化人，却自有着难能可贵的文化秉承，在那些艰难岁月里建树着某种生命的高度，在平常的日子里释放出某种生命感动。他们有爱，蘸着苦涩，却一生相知；他们有情，栉风沐雨，却彼此坚守、生死相随；他们有义，信守家规，善待四邻。杆子也许是水上渔家唯一不打老婆的男人。兰子是上游垮垸后扶着脚盆漂到渔村、被杆子救起活下来的，从此留在船上，不再回头。杆子去世，兰子也便悄然一同而去，"当初是以这样的方式来的，又以这样的方式走了"[2]。

芦根与黑皮、来宝媳妇和水芹，以及其他众多水上儿女，也都在各自生命轨迹里绵延某种质地，比如芦根的飘浮散淡、黑皮的刚直暴烈、来宝媳妇的呆傻疯癫、水芹的笃定柔韧等等一类生命气象。比较而言，还是祖父憨陀的生命特质得到了较全面、较充分的显现。无疑，他的眼睛同样的清澈透亮，而跳跃、燃烧在里面的生命内涵——我们期望和应该得到的那些"绝对"，却又是需要仔细加以体味的。设想，那眼神似乎不曾有过迷惘的时候，因为心底从来都十分的安静。那眼神有时是凌厉如炬的，因为一生遭罹太多灾难与邪恶。那眼神有时又是温润似水的，因为怀抱善良，因为豪气任侠，因为多情重义。那眼神常常是意得志满的，因为快意恩仇，因为坦荡无羁、通透大器。那眼神又分明是沉静深邃的，因为心有所系，因为担当和责任。那眼神，也曾经黯然伤怀，因为步履维艰，因为知交零落、亲人离散。那眼神，也曾经是孤独倔强的，因为老冉冉其将至，因为韶光易逝、盛年难再……

水上人家的历史，就这样写在祖父憨陀那些人的眼睛里。

### 三、那条河，显得空旷沉寂

最后一条渔船也上了岸。

祖父憨陀的时代结束了。"河面上一条渔船都没有，显得无限的空旷和

---

（1）刘绍英：《水族》，湖南人民出版社，2014年版，第100页。
（2）刘绍英：《水族》，湖南人民出版社，2014年版，第171页。

寂寞。"[1] 昔日那些沧桑动荡、惊心动魄，那些辉煌得意、失落哀伤都已远去，"渔民已经全部搬家上岸定居……他们享受着这个时代的一切"[2]。只有祖父憨陀永远地留在了芦苇荡，守护着属于他的那个时代。

正如美国人艾恺在其论著《世界范围内的反现代化思潮——论文化守成主义》中所谈的那样："现代化是一个古典意义的悲剧，它带来的每一个利益都要求人类付出对他们仍有价值的其他东西作为代价。""当人们在现代化社会中，从过往经验中做概推，不可免的结果是预期超过了实得，他们因而感到不快乐、不满足、不满意。""……现代化自促进人类快乐的观点言，是自毁性的。"[3] 历史远去，而生命之河绵延未已，因此，祖父憨陀是不能被抛弃和遗忘的。他所守护的，恰恰是生命的快乐之源，是对于我们仍有价值的东西，抛弃它，即意味着被抛弃或自我抛弃。

这类价值，首先应该是那种自然之子的生命情怀。河的儿女、水的子孙，自有一种河的品格、水的胸怀。就以人的名字来讲：杆子、兰子、憨陀、水芹、芦根、云彩……是的，还有红鲷鱼，一串命名一望即知出自天然。这样的自然之子，崇尚和实践着生命的无拘无束、无牵无碍——"澧水河上好行船／洗衣姐儿认得全／棒槌催我把路赶／转来记得带绸缎／洞庭麻雀吓大胆／恶水险滩不怕难……"[4] 反复出现的澧水歌谣，常常把我们带到"鱼戏莲叶东／鱼戏莲叶西／鱼戏莲叶南／鱼戏莲叶北"的自由境界。这样的自然之子，不会沉溺于悲伤，面对不幸，他们总会记得阴霾之外的阳光："他望了一眼掩埋师傅的土堆。他想，明年春天，这里又该漫山遍野地盛开好看的杜鹃花了。"[5] "师傅！憨陀喊了一句，竟然揪心一样的疼痛……师傅是不是真的已经羽化成仙了呢？如果羽化成仙了，自己就不应该这么伤心。"[6] ……这样的自然之子，也不会戚戚于一己一时的得失，面对伤害，他们祖露着海一样的胸襟："两天后，憨陀去给黑皮换药，黑皮很意外。黑皮低着头，对憨陀说：'害你这样，都是因为我。''都是命。不怪你。'"[7] 简短的对

（1）刘绍英：《水族》，湖南人民出版社，2014年版，第226页。

（2）刘绍英：《水族》，湖南人民出版社，2014年版，第226页。

（3）（美）艾恺：《世界范围内的反现代化思潮——论文化守成主义》，贵州人民出版社，1991年版，第231页。

（4）刘绍英：《水族》，湖南人民出版社，2014年版，第8页。

（5）刘绍英：《水族》，湖南人民出版社，2014年版，第64页。

（6）刘绍英：《水族》，湖南人民出版社，2014年版，第64页。

（7）刘绍英：《水族》，湖南人民出版社，2014年版，第161页。

话，一句"不怪你"，缠绕多少生命况味！

这类价值，其次应该是那种暗涌、潜在的生命诗性。显而易见，《水族》流淌着诗的旋律：苦难是顽强的诗，梦境是象征的诗，离别是销魂的诗，抗争是豪迈的诗，生存与死亡是交响着欢乐和忧伤基调的牧歌的诗。如果不是那么拘谨，则每一生命个体都是有着诗的潜质的，或者说，诗性乃是生命的又一"绝对"。从远古歌谣到《诗经》《楚辞》，再到历朝历代乐府民歌，这一事实已然清晰地呈现了在大众生命中氤氲、缭绕的诗的气息。就现代文学自身来看，也的确存在一种叫作"诗化小说"的东西，比如废名、萧红、孙犁，比如汪曾祺、刘绍棠、姜滇，或者还有张炜、莫言等等。罗列这一历史或现象，不是为了用以简单比附小说《水族》的创作发生。事实上，绍英对生命诗性的书写与体验始终显得很克制、很有个性：热烈而不泛滥，大胆而不莽撞，感伤而不放纵，深邃而不神秘，似闲云野鹤，声色不动。憨陀豪气冲天去当兵，"待娘迈着双小脚由二陀搀扶着追来时，杆子正擦着眼角的泪，憨陀已没有了踪影"[1]；搬家的时候，憨陀不是把"光荣烈属"的牌子钉在门框上，而是钉在了床头的墙壁上，"他舍不得让云彩站在屋外，已经入冬了，天气逐渐寒冷，云彩在屋外会冷的"[2]。这样的叙事运笔极轻、极淡，而潜藏的生命体悟、生活指向却令人无限遐想。

值得守护的生命价值，应该还有善良、慈爱、真诚、忠信、情义等等一类世俗生活品质。云彩的离去便是关于爱和真、信与义的一种透着感伤气质的生命诘问。借用传统批评术语，云彩不是作品的主要人物（生命平等，其实是不应该有主、次角之分的——每一个生命体都是他自己的主角），所以关于他的笔墨并不多，但这一生命的分量却很重，因为他留给人们一个必须面对的现实课题："……太阳只剩下一个大红脸，憨陀看见，有几只雁儿排着剪刀形状的队伍，往头顶飞过，掠过了芦苇荡，它们要飞往哪里？哪里是它们的归宿？"[3]历史远去，哪些已被带走，哪些还在它的身后保留？生命短暂又偶然，现实途程中的人们到底应该怎么办？

岁月如流。那条河，空旷而沉寂。

（作者系湖南文理学院文史学院院长，教授，文艺评论家。作品原载《武陵学刊》2015年第6期）

---

（1）刘绍英：《水族》，湖南人民出版社，2014年版，第107页。

（2）刘绍英：《水族》，湖南人民出版社，2014年版，第202页。

（3）刘绍英：《水族》，湖南人民出版社，2014年版，第209页。

# 从《边城》到《边城之殇》

刘 莉

　　初读倪章荣的《边城之殇》，读者很容易联想到沈从文的名著《边城》。这不仅仅因为小说名字的相似，而且因为故事发生的环境完全相同——湘西的茶峒，就连主人公的名字、命运都很相似，更何况《边城之殇》中多次出现"沈从文""翠翠"等字眼。然而，当我们对文本进行细读之后，就会发现两者在故事叙事、环境设置、人物塑造等方面存在着显然的不同。

一

　　《边城》（1934 年）所写的故事发生在湘西的茶峒，青山碧水间有翠翠和二老傩送的爱情。《边城之殇》的故事也发生在这里，只不过现在的茶峒已经改名边城。在三十年前的小客栈，"我"遇到了当年的女服务员小青。回忆就在小青断断续续的讲述中拉开，原来"我"曾经在落魄之时与少女小青发生过一夜情，小青为此等候了我三十年。与翠翠无望的等候不同，小青终于等来了"我"，并在三个月后无疾而终。

　　很显然，《边城》和《边城之殇》都对故事时间进行了修辞化的处理——回忆与现实交替出现。作家采取这种手法，可以让读者穿梭于现实和回忆之间，给小说原本平淡的情节增添色彩，让小说变得更加生动，同时也能让读者对故事了解得更清晰。

　　《边城之殇》的现实是"我"退休后来到一个记忆模糊的地方，"三十年前，我曾经来过这里，似乎在这里住过一晚。来茶峒的路上，我一直在脑海里努力搜索，不知为什么，关于这个小镇的记忆十分模糊。为什么刚退休便再一次来湘西，我也说不清楚，冥冥中觉得应该来这里一趟"。五十岁上下的服务员"眼睛里却透露出这个年龄女人少有的光彩",惊呼:"先生,您终于来了?"见"我"没有认出她,就又问:"先生,现在的边城与三十年前不同了吧?""我"才由眼前的现实,想起"三十年前我曾经来过这里,那个时候,我还是三十出头的小青年呢"。女人的回忆异常清晰:"先生三十年前到得比今天早,中午就来了……""那是七月十九号,我到醉江楼客栈当服务员的第三天。"即便如此,"我"仍然疑惑,"我当时住的就是这家客栈吗,我怎么一点儿都记不起来了呢?"随后,女人详细讲述了"我"入住的过程、点的菜品、喝酒的细节,"终于,我那些不知被谁抹去的记忆开始一点点地恢复……"到此为止,《边城之殇》是以现实加回忆的方式打开了叙事之门。然后,以"关于边城的文件夹被突然打开,画面竟然如此清晰明了"开启回忆之旅,过往三十年的故事被徐徐讲述。最后,"记忆的长鞭抽打着我的灵魂,我的灵魂在边城的细雨中战栗……""我"从回忆中回到现实,了解了小青三十年中的生活,这一部分仍然延续现实加回忆的叙事方式。两人重游小岛的过程,又是现实加回忆的叙事方式。最后,"我"辞别小客栈,叙事时间回到现实。

相比较而言,《边城》就更频繁地使用现实与回忆交替出现的叙事方式。例如,小说第十节,现实内容是"吃饭时隔溪有人喊过渡",翠翠和爷爷祖孙去城里看龙船;回忆内容是翠翠"心中便印着两年前的旧事",想起初遇二老傩送。又如,小说第十一节,现实内容是"有人带了礼物到碧溪岨",顺顺派人来提亲;回忆内容是爷爷在"空雾里望见了十六年前翠翠的母亲",想起了翠翠妈的故事。不同于《边城之殇》,《边城》中的回忆更具有独特性。其一,《边城》中的回忆内容势必与小说接下来的现实时间密切相关。例如,第十三节中回忆二十年前边地唱歌的习俗与第十四节中翠翠说梦的故事密切相关。又如,杨马兵与翠翠共同回忆老船夫的往事,让翠翠顷刻知晓了很多她之前想不通的事情(第二十一节)。其二,《边城》中的回忆是对现实相关情节的适当补充。例如,多年前边城地区的战争故事是对翠翠淳朴生活的增补;翠翠父母的殉情故事是给翠翠的爱情故事埋下伏笔;杨马兵与翠翠一起回忆老船夫的往事,是让读者看到老船夫的坚韧和发生现实悲剧的无可奈何。其三,《边城》以中篇小说的容量包含了众多的人物,回忆引出这些人物的多重小故事——翠翠爹娘的故事、翠翠和大老的故事、翠翠与二老之间的故事等。这样,元故事层面之下又包括了众多小故事,形成众声喧哗的艺术效果。例如,翠翠的故事和母亲的故事是互文的关系,她是母亲爱情生命的复活,也就责无旁贷地要负担起爱神的使命。她们最终都无法如愿得到爱情,就更加深了小说的悲剧内涵。相比而言,短篇小说《边城之殇》

只有我和小青两个人物，因此只能弹奏出单声部，而无法领略到多声部的美妙。

## 二

《边城》和《边城之殇》都着力塑造一个冰清玉洁的女性形象，她们都愿意为了爱而等待"明天"，她们甚至有着高度相似的名字：翠翠和小青。然而，她们终究是不一样的。

翠翠是沈从文以自觉、清醒的人性意识成功塑造的一个充满着人性之美的湘西女孩的形象。为了突出翠翠的美，沈从文从三个方面入手：其一，环境美。翠翠生活在边城渡口，两岸青山绿水，篁竹翠色欲滴，青翠和碧绿涌动着勃勃生机。翠翠是自然造就的精灵，呈现出天人合一的和谐之美。其二，形象美。翠翠"在风日里长养着，把皮肤变得黑黑的，触目为青山绿水，一对眸子清明如水晶。自然既长养她且教育她，为人天真活泼，处处俨然如一只小兽物""平时在渡船上遇陌生人对她有所注意时，便光光地瞅着那陌生人，作成随时皆可举步逃入深山的神气，但明白了人无心机后，就又从从容容地在水边玩耍了"。其三，人性美。翠翠天真、纯洁、善良、坚韧、勤劳，她对爱情毫无心机，超出一切世俗利害关系。沈从文以含蓄之笔，动态地写出了翠翠从小女孩到成年女子的心路历程：从孩童时乖巧的小女儿，到浅浅的慕男感，到因爱而生的忌妒心，到暗恋中的甜蜜与躁动，到莫名其妙的心理变化，到最后无奈而坚贞的等待，一系列纯粹的人的特征跃然纸上。

《边城》中的翠翠是沈从文人性论文学思想的体现。沈从文说："我只想造希腊小庙，选山地作基础，用坚硬石头堆砌它。精致，结实，匀称，形体虽小而不纤巧，是我理想的建筑。这神庙供奉的是'人性'。"[1]翠翠之所以能成为文学史上不朽的经典形象，就是因为沈从文写成了人性之真。

《边城之殇》中的小青被塑造成一个拯救者的形象。为了突出小青的天使作用，倪章荣从三个方面入手：其一，环境描写突出其悲凉氛围。小说一开篇就说"湘西的秋雨像个泼妇似的，没完没了，到处都是灰蒙蒙的"，而且"车在半路上抛锚了，赶到茶峒时差不多到了傍晚""街上车辆和行人都很少""空气中飘荡着一股股浓烈的辣椒味，刺得鼻子很难受""回到客房的时候，天已经黑得不像个样子，雨还在不管不顾地下着。我推开窗，看着细雨中的清水江，江面空荡荡的毫无生气，只有对面属于重庆的洪山镇有几

---

（1）沈从文《〈从文小说习作选集〉代序》。

处有气无力的灯火"。一切景语皆情语，没完没了的雨似乎是泪滴，诉说着无尽的悲伤。其二，人物形象描写突出三十年前后的对比。三十年后见到小青，"我"竟然没有认出她，只见一个"服务员五十岁上下，身体还没有发胖，脸黝黑，眼睛里却透露出这个年龄女人少有的光彩"。随着回忆渐次展开，少女小青才出现，"一位穿白衬衣、蓝短裙，长得清秀可爱的女孩走到我桌前"，她有着"稚嫩的小圆脸"，身上有着"淡淡的土菜一般的香味"，"女孩清澈的眼眸里盛满担忧""她的笑声里散发出一股股甘甜，甜得我心里痒痒的酥酥的"。少女小青单纯善良，以少女的初夜治愈了"我"被遗弃的心。其三，人物的天使功能。不同于翠翠对傩送的天然之爱，小青对"我"的爱，是因为"我"有文化，代表了城市文明。"先生一看就是大城市来的，很有文化。""大热天还穿着长袖衬衫，裤子笔挺的，运动鞋上灰都没有，漂亮的眼镜，还有一口标准的普通话。"小青因家境清贫而高一辍学，受过基本启蒙教育的她对文化有着天然的崇拜，对热闹的大城市有着无限的向往。因此，小青将来自广州、有着斯文外表的"我"作为欲望投射的对象，并自觉地将沈从文《边城》中的翠翠幻化成自我的镜像。在"我"走后，小青直到二十九岁才出嫁，三十年坚守着这家小客栈，在孤单中苦苦等待"我"的归来。小青无怨无悔，甚至抹掉了往事中最不堪的一段，以让我心无愧疚。男性作家笔下的女性想象大凡有二：恶魔型和天使型。翠翠和小青都是天使。但翠翠是人类之初的纯真，小青则是充当灵魂的拯救者。

翠翠和她母亲都无法如愿得到爱情，就是因为她们是边城的边缘人，她们的爱情受到外来因素冲击。沈从文以边城作背景，把翠翠母女两代人的悲剧命运置于时间的连续中。这样，作品中的翠翠已是无数个流动于时空中的现实中的翠翠的综合。不同时期、不同地区的读者都会从她身上领悟到人性的善良以及命运的多舛。而小青以身体为媒介的拯救，以涂抹记忆为方式的救赎，只能让人想到男性作家的一厢情愿。

三

作为文史学者，倪章荣熟悉民国史，写下了《袁世凯是如何走向专制的》《宋教仁之后的民国宪政》《孙中山与中国现当代政治格局》《作为政治家的宋教仁》《重写民国史》《辛亥革命深思录》等论述，同时他也很关注出现在这个特殊历史时段的文化名人，写出了《关于士大夫与知识分子的思考》《民国才女和她们的命运》《沈从文与民国文化名流》《袁克文：旧日王孙的别样人生》等文史作品。沈从文的文学创作就主要集中在这个历史时段。

大凡文本中出现类同的文学现象，多有两种可能性因素：其一，是"平行性再现"；其二，是"影响性再现"。《边城之殇》属于后者。倪章荣之所以从众多优秀作家中选择了沈从文，原因是多方面的。以笔者推测，这主要有三方面因素：其一，两人有着相同的成长环境。沈从文是湖南凤凰人，倪章荣是湖南澧县人，共同的乡土乡音促进了情感的共融。其二，两人有着相同的人生历程。沈从文十四岁投身行伍，浪迹湘川黔交界地区，后到北大旁听，贫困交加。倪章荣自幼家境贫寒，父母被欺负，从小受尽白眼。这两人都过早地阅读了社会这部大书，又在孤独寂寞中贪婪地阅读书本，并形成了自己的世界观、人生观。相似的人生历程，很容易引发他乡遇故知般的共鸣。其三，两人有着相同的悲观主义倾向。沈从文和倪章荣对于女主人公的出路问题，都无法正面回答，只好用尽曲笔，一个在无望地等候，一个无疾而终。

倪章荣崇拜沈从文，自称："我的天资不够，成不了鲁迅、沈从文那样的大家，但是我真的很喜欢写作，很喜欢文学。"[1] 倪章荣十分赞同美国著名学者福山在《历史的终结与最后的人》中的一个观点：人的最大愿望是被承认。"给存在一个理由，是我写作的原始动力和力量源泉。我想，大多数写作者也差不多。我一直认为，伟大作家必须是天才，缺少了天才，再怎么努力也成为不了雨果、托尔斯泰、曹雪芹、鲁迅。因此，写作对于绝大多数人来说，不过是表达的需要。"[2] 对他而言，表达是证明自己或试图证明自己具有存在价值的方法和手段。他的笔名"楚梦"寄托着他的文学梦：成为一名好作家，写出能让后人记住的作品。

这样，力比多投射的结果，就是由《边城》走向了《边城之殇》。

（作者系北京工商大学文学艺术与传媒学院副教授，文学博士。作品原载《大观》2019 年第 3 期）

---

（1）《倪章荣：文学是我一辈子的情人》，《三湘人物周刊》2009 年 12 月。

（2）倪章荣：《给存在一个理由》，《书屋》2017 年第 11 期。

# 后革命时代的革命叙事

## ——评长篇历史小说《蒋翊武》兼谈湖湘文化精髓

刘智跃

　　蔡德东的长篇历史小说《蒋翊武》讲述了中华民国开国元勋、辛亥武昌起义的主要组织者和领导者蒋翊武从叛逆少年、理想青年到革命志士的光辉人生，采用政治叙事和欲望叙事相结合的话语方式，为新世纪历史小说的革命叙事提供了参照。在人物塑造方面，突破了传统的正反二元对立模式，在歌颂英雄的同时，加强了对复杂性格人物的表现和刻画。在文学价值方面，摒弃了单一的政治维度，挖掘了文化、精神等方面的资源。后革命时代的叙事创新，预示了革命叙事发展的方向和更多可能性。

一

　　21世纪以来，随着中国文化"由现代化向全球化，由生产性向消费性的转型已经趋于完成"，欲望叙事和消费叙事盛行，如架空历史小说、穿越历史小说等的出现，它们基本上舍弃了当代历史小说价值叙事的传统。

　　在这样的文化背景中，《蒋翊武》的出现就显得比较另类。当时下一些历史小说正热衷于书写权力、追求欲望、体验私己、信奉娱乐的时候，它却以叙述革命为内容，以塑造英雄为己任，体现了对传统历史小说价值叙事的回归。

　　小说以人物生平的自然成长过程作为叙述顺序，将蒋翊武的一生分为三个阶段，即叛逆少年、理想青年和革命志士，分别对应于人物的少年时期、青年时期和成年时期。其中，少年时期和青年时期虽然时间跨度大，但篇幅比较简略。成年时期只有短短的四年时间，却占了小说四分之三的篇幅。叙述的详略处理，突出了人物的革命家身份。

少年蒋翊武具备了朦胧的家国情怀，小说用两件事表现他的叛逆性格，一是恸哭国事，二是拒考科举。与叛逆相对，少年蒋翊武向往新式教育，热心民主思想。在西路师范学习时，他参加新知学社，接触革命人士，心灵上埋下了革命的种子。叙述内容上的正反对照，形成因果互证关系，凸显了人物的性格特征和价值取向。

从怀抱朦胧革命愿望的学生到投身社会实践的青年，蒋翊武在实现个人身份转变的同时，完成了革命的转向。因此，理想青年阶段承前启后，三个阶段在逻辑上成为叙述整体。

革命志士阶段是小说叙述的重点。根据内容，又可以分为前后两个时期，前期叙述他宣传、组织、发动武昌起义，推翻清廷。后期叙述他致力于维护革命起义成果，为推动实现民主共和，置身于复杂的政治斗争。

从历史评价来说，蒋翊武一生最大的贡献是发动武昌起义，这也是蒋翊武人生最辉煌的时期。蒋翊武之所以投军，既是他独立思考的结果，也是他艰难实践的总结。他感到孙中山先生依靠会党绿林的力量举行起义，实现革命的策略存在问题。革命必须要有自己的军队和武装，要有严密的组织。基于此，他毅然放下身段，投身新军。蒋翊武到汉口之后，只用了两年时间，就完成了武昌起义的准备。他的贡献主要是对新军加强组织领导，统一行动策略。其中最精髓的就是蒋翊武提出的"抬营主义"，完全瓦解了清廷的部队；还在各标营队设立代表，建立了严密的组织体系。

武昌起义虽然从军事上推翻了清廷的统治，但革命在政治上还远远没有成功，建立民主共和国家还有很多具体工作要做。在这种情况下，政治斗争既是必需的内容，又是必需的程序。和军事斗争相比，政治斗争具有新的内容、新的特点甚至新的表现方式，并进而形成了新的叙述话语和叙事形态。

就首义地区武汉来说，在依靠革命起义建立起来的新政府里，革命党人既没有权力，也不占多数。大量旧官僚旧军官、立宪党人甚至朝廷的旧臣和走狗等占据了军政府的要职。随着皇帝退位，革命前所预设的斗争局面亦随之瓦解，消失了。而原来并不明显、并不占显著位置的反清阵线内部尤其是革命党内部的各种分歧迅速上升为主要矛盾，成为情节的主要推动力。

从叙事话语来说，小说从开头到武昌起义，以政治叙事为主，而到了革命之后，转变为以欲望叙事为主，存在着明显的叙事话语转换现象。欲望叙事以对人的欲望的表现为叙述核心，如群英会事件，主因是黄申芗觉得自己没有得到应有的提拔。蒋翊武在危难时候担负保卫武昌的重任，却只被授予一个"护理"的头衔，原因就是孙武的掣肘。他怕蒋翊武的威望超过自己，故意在名号上玩花样。武昌战事刚一平息，孙武就迫不及待地寻找借口，要撤换蒋翊武。还有黎元洪的两面派手法，无不是出于私心和自身利益的考虑。

按照韦勒克、沃伦的说法，"文学在任何时候都是为了某种特殊目的而从生活中选择出来的东西"，叙事也是这样。欲望叙事部分对应于革命失败，它与人物塑造、主题表达存在着有机的联系。从叙述线索来说，小说的革命线索在这期间退隐了。蒋翊武在军事斗争中表现出了杰出的组织能力和领导才华，但在政治斗争期间，他几乎被边缘化了。显然他并不擅长政治斗争中的钩心斗角、尔虞我诈，也许他心里压根儿不齿于与这些人为伍。与其说这是蒋翊武的性格和能力的局限，不如说它是辛亥革命失败的隐喻。小说最后又回归了政治叙事，与前面形成结构上的呼应。这样的叙述处理，为我们提供了一个在后革命时代叙述革命的基本模式和参照。以政治叙事为主、欲望叙事为辅的方法，在丰富了传统的单一政治意识形态叙事的同时，无疑也彰显了后革命时代人们解读革命的基本心态。

## 二

近代以来，湖湘大地人才辈出，革命志士灿若群星，他们对中国的历史发展和社会变革发挥了举足轻重的作用。小说以蒋翊武为核心，塑造了一大批投身甚至献身革命的湖湘儿女群像。

这些湖湘志士，既包括蒋翊武澧州家乡的少年伙伴，又有在求学期间结识的校友学长，还有在革命征途中结交的同志。他们随蒋翊武生活空间的转移和参加革命斗争的时机次第出场，汇集于革命的滚滚洪流，又共同回响在武昌的天空。首先进入我们视野的是澧州人。先是街坊学友杨载熊，再是澧州书屋和梅溪桥塾馆的学友黄贞元、夏国瑞、龚霞初、杨道馨。随后，蒋翊武到西路师范求学，结识了唐牺支、覃振、林伯渠。加入新知学社后，认识了刘复基。通过刘复基，又认识了华兴会的重要成员宋教仁。蒋翊武因病滞留上海时，受到了杨瑾和黄兆祥生活上的照顾。入中国公学读书后，认识了学校干事姚宏业。在酝酿萍浏醴起义期间，一次赴武汉联络时，结识了同盟会会员胡瑛。到武汉后，得到《商务报》同仁何海鸣的指点，顺利投军。也是经过他们介绍，认识了老资格革命党人谭人凤。在革命斗争中，认识了程潜、黄兴等。湖湘儿女群像的塑造，对于小说内容表达、主要人物的塑造和叙述展开，有重要的作用。

这些因为共同的革命追求走出家乡，又因为共同的革命目标走到一起来的湖湘儿女之间的相交、相识和相知，像一根根红线串联全篇，构成小说叙述和结构的一个个节点。如蒋翊武成为同盟会会员，就是在刘复基和杨瑾的主盟下，宣誓加入的。蒋翊武生平参加的第一次革命行动，就是黄兴、宋教仁等人组织的华兴会起义。蒋翊武投军，杨载雄和黄贞元的影响不可否定。从澧州到武汉，蒋翊武能够认识诸多革命人士，结交诸多革命人物，不断扩大人脉资源，老乡同学朋友之间的人际交往、介绍牵线是一个重要的因素。

湖湘儿女英雄群像的塑造，构建了主人公成长的革命背景。群体之中人物性格多样，为主要人物的塑造提供了很好的参照。通过相同性格之间的衬托关系，相反性格之间的对比关系，不同性格之间的互补关系，仿佛经度和纬度的交叉、定点，蒋翊武的性格得到准确全面的展示和定位。孝顺父母，表现了他的亲情和人伦感情。尊敬老师，表现了他的虚心和进取。对比刘复基的豪爽仗义、任性冲动、勇敢直率，可以看出蒋翊武的忍辱负重、谨慎小心、行事周密。对比宋教仁对"国家大政，共和前途，约法精神"的精确理解和宏观视野，读者才会对蒋翊武的实干精神和组织能力有深刻的了解。此外，还有谭人凤的刚烈和直率、林伯渠的理智、姚宏业的坚毅等，都从不同角度提供了塑造蒋翊武的性格特征的参照。

革命当然不是湖南人的专利，更何况辛亥首义就发生在武汉。因此，小说还势必牵涉到一些非湖湘人士，尤其以湖北人为多。和塑造湖湘儿女时一贯的肯定态度有所不同，作家对这些非湖湘人士既有肯定，也有否定，情感比较复杂多样。对于热情宣传革命的詹大悲，积极参加革命的张振武、黄申芗、刘公、祝制六、王宪章等人，小说给予了热烈的赞扬。对于革命中的两面派人物黎元洪基本上持否定态度，对于革命党内部的孙武也以否定为主。

黎元洪本人并不是革命党人，他是在武昌起义成功后，革命党人和立宪党人迫于形势推出的象征性人物。因此，黎元洪对革命的态度始终是犹豫的、摇摆的，甚至是反复的。当革命形势高涨的时候，他假装革命，当革命形势低落的时候，他就露出了反革命的狰狞面目。他利用革命党人内部的纷争激发矛盾，借机屠杀革命人士、削弱革命力量，如镇压"群英会"，杀害祝制六等。他与孙武等组织"民社"，企图从政治上分裂革命。他钳制革命舆论，打压革命宣传。他与袁世凯合谋诱杀张振武。他响应袁世凯的命令通缉捉拿蒋翊武，对革命犯下了滔天罪行，是小说中刻画得较多的反面人物。

与黎元洪不同，孙武本是共进会人，属于革命党人，但他自私狭窄，缺乏革命胸怀。革命前，不求实干，喜欢自吹卖弄，动辄封官许愿，笼络人心，对革命贡献不大。革命后，一心只求个人升官发财，捞取好处，不惜破坏团结，出卖同志，甚至分裂革命。最后终于死心塌地倒向了黎元洪一边，沦为反革命的帮凶和爪牙。

前面我们提到小说叙事方面的转变，同样，小说在人物刻画和塑造方面的变化也是比较明显的。政治叙事转变为欲望叙事后，原来的矛盾关系已经消失，后者势必要结构起与之相对应的新的矛盾，作为故事叙述和情节发展的张力。因此，塑造性格复杂的形象尤其是能适应新的叙事内容的反对革命、破坏革命的人物恰好就成了叙事转换后的首要任务。只有这样的人物才能为新的叙事话语提供情节动力，并为进一步刻画主人公的性格特征提供新的参照。这样，后革命时代的人物关系就突破了传统的正反二元对立模式。而且，只有这样才能使小说叙事和人物塑造协调统一，文本风格前后一致。从小说内容来看，黎元洪和孙武的私心欲望和反动立场，是多次政治斗争和革命灾难的源泉。而在与黎元洪反革命立场的对比中，蒋翊武坚定的革命立场就表现得更加鲜明。孙武的窝里斗，恰好反衬出蒋翊武忍辱负重、顾全大局、不计个人得失、维护团结的革命品性。

## 三

学界认为，湖南人之所以能够在近代以来绵延百余年的历史发展和社会变革中发挥举足轻重的作用，源于湖湘文化的滋养和湖湘文化精神的熏陶。小说主人公蒋翊武，从文化精神、价值取向到性格特征，无不典型地彰显了湖湘文化的精髓。

有人说，湖湘文化的源头是楚文化，它的特质，可以用一个"蛮"字来概括。这种带有原始野性的"蛮"，其内容之一就包括"筚路蓝缕的辛勤劳作和开拓精神"。蒋翊武出身贫苦，身世低微，既无革命的背景，也无革命的资本。他只身一人来到人地两生的武汉，除了理想和热情，没有任何凭借，没有任何资源，他从最底层的新军士兵开始起步，从革命团体一名最普通的会员做起，最后成长为革命团体的首领，完成了一件常人难以完成的任务，达到了一个凡人难以染指的高度，充分体现了他的顽强精神和开拓勇气。

武昌首义之所以能够成功，在于蒋翊武他们扎扎实实的工作，不动声色地把朝廷的新军全部策反了。在革命后的复杂局面中，蒋翊武耻于窝里斗，多数时候都被边缘化，担任一些闲差，比如都督府顾问、北军招抚使等。但他每做一件事情，就踏踏实实做好，做出业绩来，做出声势来。担任招抚使期间，他手里没有一兵一卒的凭借，但他在短短的时间内居然招抚了一协人马。他不办事则可，一办事就格外认真，使人刮目相看。即使不担任任何职务了，他照样把事情做得风生水起。招抚使署撤销后，没有职务的他仍然位卑不敢忘忧国，他给总统拟条陈，建议改良盐政，他办报纸，为民请命，协助宋教仁办江汉大学，为伤兵争取抚恤，等等，每一样都关涉民生实务。即使是在短暂的拜访中，他也还不忘记为黄兆祥的中国公学争取到政府的支持。面对黎元洪剿杀革命势力的阴谋，他力主忍耐，实则是为了保存革命实力，以图后举，用心可谓深远而实际。

蒋翊武的身上还具有一种卓厉敢死、刚劲笃实的湖南人的特殊性格。蒋翊武参加革命，不是像小市民似的为了改变自身命运。他渴望的是能改变国家民族命运的大革命。当革命果实有可能被人窃取时，他最具警惕性；当革命遇到困难时，他奋勇当先，排除万难；当有人背叛革命时，他挺身而出，振臂一呼，带领大家继续革命。蒋翊武倒下了，但千百万革命者站起来了。

近现代中国历史实践表明，正因为有像蒋翊武这样的湖湘志士的坚持精神、务实品质和敢死态度，中国的民族革命才能够贯彻始终，并最终推翻了延续两千多年的封建帝制，开启了中国社会和文化现代化的新篇章。这种从文化、精神方面挖掘价值资源的方法，打破了传统革命叙事的单一政治价值维度，在表现了创新特点的同时，也预示了后革命时代文学叙述革命的新路径和更多的发展可能。

当然我们还要看到，作为一名湖湘士子，蒋翊武在继承湖湘文化精神气质的同时，也不可避免地浸染了其中的某些缺点，这种文化性格似乎已经被命中注定。小说以一半篇幅描写辛亥革命后的政治纷争，而这恰恰是蒋翊武最不喜欢，也最不擅长的方面，这注定了蒋翊武的命运悲剧，也在一定程度上表达了对湖湘文化性格的思考。

（作者系湖南第一师范学院教授，博士。作品原载《湖南第一师范学院学报》2015 年第 5 期）

# 用文化阳光照亮阴暗角落

## ——读《女神情话》的心灵启示

吴　静

　　我家阳台上有一盆茉莉，青枝绿叶，迎风摇曳，还有洁白的花儿像颗颗珍珠缀于叶间，惹人怜爱。这株茉莉原本掩于我家小院杂草丛中，奄奄一息时，小侄女出于怜爱，把它植于花钵，放于亮处。我们几乎让它起死回生，它报给我们清香四溢。当我坐在窗前，让这盆茉莉花陪着我捧读《女神情话》（海峡出版社出版，吴贤雕、吴蔚著），被作品中生动感人的情节、丰富多彩的语言、细腻深刻地描写撞击我的心灵时；当我掩卷沉思，为主人公的命运牵挂、庆幸时，我从内心深处进一步感到了阳光力量的伟大，也看到了那些需要阳光照亮的阴暗角落。

一

　　《女神情话》中主人公的命运多么像我家阳台上的茉莉。

　　这部长篇所讲述的故事结构与我们平常读到的小说大不一样，它是由生活中发生的两件毫不相干的事件组成。一是一个残疾弃婴被人收养，长成绝代佳人；二是一根木头救了一个村庄，引得众人争夺，这种合二为一是很多人都认为不可能做到的。"神用象通，情变所孕。物心貌求，心以理应"[1]。作者突破其象，注入以神，剖开其貌，洞其以心，把上述两件事儿化成两根线条，交叉相连，构成结点。这个结点就是传统的精华与现代的泥沙即博爱

―――――――――

（1）（梁）刘勰：《文心雕龙》，范文澜注，人民文学出版社，1962年版，第495页。

与贪婪、善良与丑恶两种文化撞击的火花。这种火花是社会转型期必然出现的生活现象。作者用生活的透视镜进行深度窥视，用广角镜沿着两根直线全景搜索，把镜头中摄入的影像集中沉积在结点中进一步研磨萃取，提炼叠加，孕育出的作品的思想内容才有了广度和深度，故事铺陈才有了新颖和巧妙，既赋予作品跌宕起伏的传统民族风格，又可闻扑面而来的泥土味儿，具有浓厚的现实生活气息。读来既有抓人的传奇色彩，又真实亲切。

　　阳光再明亮也有照不到的地方，这些地方自然阴暗。路亚男就是阴暗角落的不幸者。她来到这个世界就被人视为"灾星"，在一个风雨黑夜被母亲丢在别人的垃圾箱里。然而她又是幸运的，年过古稀的路老爹把她捡回家中，老人用孱弱之躯发出的光与热，温暖着奄奄一息的"灾星"，历尽千辛万苦把她抚养成人。她要找妈妈，老爸不搭理，却要她找一根好木头雕一尊世界上最好的妈祖神像。父女俩为此经常发生小冲突。作者的高明之处在于不仅没有写路亚男千方百计寻找母亲，也没有单纯地在木头上铺陈情节，而是让这一对母女邂逅在神木上，在神木的争夺中充分展示人物性格，步步推进，把故事构筑得如天成朱楼，大厅回廊，浑然一体，亭台水榭精工细作，不见卯榫。更见功夫的是作者没有停留在人物性格看得见摸得着的表层，不只写了人物做了什么，而且寻根求源重点挖掘为什么这么做。例如路老爹的善良仁爱源于对妈祖的崇拜景仰。他的骨子里浸淫了妈祖文化。他不仅守护着妈祖文化，而且执着地传播妈祖文化。写秦月娥的贪婪、视钱如命更是由表及里，挖掘深入。母爱是一切动物的本能。作为高等动物的人类，母爱上升到了更高层面。秦月娥为什么把亲生骨肉遗弃呢？仅仅是因为女儿是"灾星"吗？仅仅是因为贫穷吗？显然并不全是。根本的问题是母爱已经缺失，是商品经济的大潮泥沙俱下，污染了人们的灵魂，是一切"向钱看"的雾霾挡住了人们的视线，把爱心亲情撕裂了。因此祖母才不肯拿钱给孙女看病，秦月娥本已拿出仅有的压箱钱准备送女儿上医院，最后还是把压箱钱放进了箱子。

　　作者把广角镜对准社会的各个层面，对人们拼命追逐金钱没有底线进行剖析。由刘岭小山村延伸开去，看到更广阔的世界，也看到更深层次的社会问题。由于文化的污染侵蚀，勤劳不致富，种田不发财，秦月娥这才由一个勤劳的山村农妇变为道士，装神弄鬼，骗取钱财。这个人物的性格和不幸决定了她在神木上与路亚男展开激烈争斗的必然性。

二

　　享受过阳光温暖的人更懂得向他人传播阳光的重要。《女神情话》的主人公路亚男由一个木雕工成长为妈祖文化的传承者、传播者，是有她独特的心路历程的。在她不知道自己身世的时候，她对老爸作为妈祖的铁粉很不理解，甚至抱怨。作者对她的迷茫以及她与老爸的冲突的描写非常生活化。她时常埋怨老爸不给她找妈，而一心伺候"妈祖"，"一个姓林，一个姓路，八竿子打不着……"一次，因为她对老爸伺候"妈祖"的言语不敬，弄得老爸跪在妈祖神像前赔罪认错老半天。这是代沟。而当她了解了自己的身世，深感老爸把她养大不易，她才理解了妈祖文化的伟大，认识到这个世界多么需要爱心，她由原来对妈祖的迷茫变为对妈祖的崇拜。正是怀着这种深厚情感，她想尽一切办法保护神木，全身心投入雕塑妈祖神像。她一遍又一遍地在神木上构图，勾画线条；她穿戴凤冠霞帔，冒着被洪水冲走的危险在礁石恶浪中拍照……

人物形象的鲜明与思想的开掘，最难的是如何进一步推进细节与叠加情感。为此，作者不断泼洒笔墨，夯实内容。好比房子建成了，还需要院墙，没有院墙，房子孤零空落。院墙垒成了，庭院也就成了，房子更有了气势，添了内容。如果说，上面的举例还只是人物工作的努力，不足以表达她内心对妈祖的崇敬之情的话，那么，当她在脚手架上与送工具的陈刚肌体相靠时，她内心燃起的欲火烧得她很想亲吻陈刚。但她克制住了，这是神圣、圣洁的雕塑妈祖神像的场所，不能有任何邪念玷污妈祖。也正是主人公对妈祖的崇敬与热爱，让她完成了一尊神形兼备与众不同的妈祖神像。作为一项工程，应该是大功告成了，作品也似有了一个圆满结尾，但是喜欢顽皮恶搞的路亚男在神像上安装一个电闸子，让神像讲话，深情地告诫大众写好"人"字，这个细节既符合路亚男的性格，又使主题进一步鲜明突出，也让传承者的形象进一步立起来。

三

阳光是慷慨的，但总有云雾遮挡。这就需要清风吹散浓云，阳光穿透浓雾。

《女神情话》中各色人等围绕着神木的激烈争夺就像清风与云雾在阳光下的较量。由此可见这两种文化冲突的普遍性和纵深感。作者在描述中采取了理性与感性相结合，写实与写意相融汇的方法，于是就有了"将物质写实与精神抽象相平衡、相综合的大气象"（谢有顺语）。时而将人物推向风口浪尖、短兵相接；时而又让人物回归表面的和风细雨，而内心依然激烈相撞。秦月娥与路亚男二人在不知道是母女关系时，各自为了得到神木，可谓费尽心机，各显神通，斗得你死我活。而双方知道是母女关系后，围绕神木争斗的方式完全变了，没有了白刃战、肉搏战，但激烈程度一点未减，只是由表面的白热拼杀变为暗流涌动。当路亚男发现母亲采取不当手段骗她在协议上签字后，她苦口婆心规劝母亲把协议交出来。这时候秦月娥的阴暗心灵是需要阳光照亮的，但她拒绝阳光。最后秦月娥拿着协议书逃走，在慌不择路中失足落水而亡。这种虚实结合，既宣告了她的命运，也暗示那些过分的贪婪者是死路一条。

作品的结尾更展现大气象。在妈祖神像揭幕以及路亚男与陈刚的订婚仪式举行的热闹喜庆的气氛中，作者又把读者的情绪从高潮拉入低谷，让人的心情变得沉重。路亚男被警察带走，陈刚紧随其后。那个画面凄美悲壮，但引人深思，两种文化的冲撞复杂而又长久，传承优良文化的道路遥远而又曲折，艰难而又艰巨。

阴暗心灵必须照亮，也一定可以照亮。套用《海燕》中那句激励人心催人奋进的金句作为本文的结尾，让优秀传统文化的阳光来得更猛烈些吧。

（作者系自由撰稿人。作品原载《湖南日报》2019年2月1日副刊《湘江周刊·悦读》）

# 在熟悉的地方营造风景

## ——简评钟儒勇长篇小说《管家》

陈集亮

  还是仲春的时候,我就有幸与鼎城作家钟儒勇的长篇小说新作《管家》相遇。当时我就在想,这个曾经以长篇小说《红唇》摘取常德市首届原创文艺奖二等奖的作家,这一回会写一个什么样的故事呢?待我看完全书,才知道钟儒勇把一支笔探入了他 30 年来一直为之服务的财政系统,背景也是他熟悉的江南山水。多年的阅读让我体会到,一个作家写自己熟悉的生活,当然能够容易得天时地利之便,可能写得相对轻松一些。但是,正因为太熟悉,很多风景就不会太当风景,很多故事也不容易掀起内心的波澜。人们常说:"熟悉的地方没有风景"。同理,太熟悉的环境与故事,要写出一些新意来,有时候也是一件很困难的事情,对作家来说,可能还是一种挑战。把熟悉的东西当陌生的东西写,把陌生的东西当熟悉的东西写,前者可以克服一些随意,后者可以增加一些自信,就像德国著名戏剧大师布莱希特创造的"间离效果"一样,这才是一名作家要有的清醒认识。钟儒勇的小说,让我在苦苦的思索中联想到了"间离效果"。我不知道钟儒勇是否读过布莱希特,但我个人认为,他在创作中有意无意地拉开了他自己与熟悉的生活之间的距离。或者可以说,钟儒勇是在挑战自己熟悉的生活。

  赋予故事的内核以新意,是《管家》的特点之一。财政局,一般人的看法就是一个好单位,一个专门管钱发钱的地方。如此好单位,财政局局长的日子自然好过。但是,对于财政底子比较薄弱的区县,财政局局长的难处也是一般人很难体会的。民间就有"穷家难当"的说法。而作者笔下的江东县,就是一个财政底子薄弱的地方,财政支出捉襟见肘的时候居多。这就为故事的纵深发展做了应有的铺垫。一个不甘平庸的局长，想方设法为财政开发泉源，为地方财政增强造血功能。这就让故事在改革开放的大背景下有了标本意义，也让作家有了新的拓展空间。在这个社会发生巨大变革的年代，同时也是一个价值观多元的时代，一个作家要当愤青是容易的，而要写这类文章，写得还能让人有阅读的兴趣，还真不容易。我们说，钟儒勇做到了。这部小说能够为钟儒勇带来版税，就是明证。

人物塑造较为成功，是该小说的重要特点。小说的主要人物是财政局局长刘锦扬。作者以事写人。从女儿孝敬自己的礼物中发现新的经济增长点——女儿送的果酒，使他联想到本地大量的野生猕猴桃，再联想到已经揭不开锅的酒厂，便建议酒厂开发猕猴桃酒，最后救活一家酒厂，为本地农民和酒厂开辟新的财源。女儿送的糯香稻米，他拿出去与乡镇干部分享，开了本土种植香稻的先河，极大地提升了土地种植收益。这些故事情节，描绘了刘锦扬能够接受新事物的能力，也体现了他敢想敢干的勇气；从各种信息中捕捉商机——为水泥厂提供提质改造的机会，为造纸厂提供竹子深加工的信息和生产高档纸张的信息，使这些厂家起死回生更进一步。这些情节让人感受到一个干部在信息社会里的分辨能力和应变能力。动员自己的女儿补交所得税，把自己的儿子安排在供销社的基层单位，等等，刻画了一个干部打铁自身硬、不搞歪门邪道的廉政形象。在塑造主人公形象的过程中，也并不是刻意高大上，在原则性的前提下也有灵活性的地方。比如给老干局组织的退休老干部钓鱼活动拨款，第一年该局要 8000 元，只拨了 4000 元，而第二年财政形势好转则拨款 6000 元。比如芦洲镇镇长要请客吃饭，退了馆子的订餐，还是去镇长家里吃了一顿家常饭。这样的描写，非但没有降低人物的水准，反而使人物的塑造令人更加可信，也使人物更接地气，更有烟火味。次要人物如副局长吴福正、办公室主任叶秋、芦洲镇镇长胡秀英（后为副县长）等的描写也颇为到位，可圈可点。

情节的展开富有戏剧性，是该小说引人关注的特点。俗话说："文似看山不喜平。"在一部没有明显的负面人物的作品里，要写出文章的起伏是不容易的。作者在事物的成长过程中写冲突，从人的心理纠结中写冲突，营造了不少的戏剧性效果。比如种香稻，并不是开局大喜一路绿灯。在第一年试种的过程中，在香稻丰收在望的时候，一场洪水淹没了人们的希望。这种成功前的失败，既是对社会与人生的写实，也是对人们是否坚守信念的考验。同时也是昭示人生的哲理，正如一首歌中唱的那样："不经历风雨怎么见彩虹？没有人能随随便便成功……"这是通过自然灾害来营造冲突。比如酒厂酿制猕猴桃酒，也经历了一个较长的过程，起初的产品不过关，经过多次试验并向内行请教，最后才得到成功。这是通过技术手段由生疏到成熟的过程来营造冲突。再比如刘锦扬与女镇长的关系，在事业上的一拍即合，在平时交流上的轻松愉快，让人会以为"有戏"。而当刘锦扬妻子得病去世，女镇长的丈夫因车祸去世后，一切的障碍已经不复存在，皆大欢喜的重头戏似乎即将浓墨重彩登场时，刘锦扬的一句"不可能"以及其内心独白终止了人们的猜想。这是主人公内心的冲突，也是人生观念的冲突。正是因为小说中有不少这样的冲突，才使得故事情节跌宕，增强了文本的可读性。

当然还有很多。诸如生动可感的细节，明丽蓬勃的江南山水，不一而足的乡村风物，都为文本的完整性和可读性做出了各自的贡献。而作者，正是借助这些丰富的手段，在熟悉的地方，营造了明媚可人的风景。

（作者系《常德日报》资深记者。作品原载《常德日报》2017 年 7 月 22 日）

# 大泡沫时代里的扎实舞台剧

## ——评晶莹水灵的都市小说《南回北归》

刘 义

我们身处一个前所未有的大时代，也是一个大泡沫时代。

在北京的中关村、深圳的科技园、上海的张江，人类猩红的嘴唇或眼睛里新一轮最时髦的词汇是 AI、基因重组、无人驾驶、区块链、比特币，每个人都怕被滚滚红尘抛弃似的；在辽宁的铁岭、湖南的常德，又或者浙江义乌，人们的耳膜和指尖上最甚嚣尘上的是今日头条、抖音、快手，它们取代了麻将和电视机不可动摇的地位，正在闪烁着晃动着整个时代；在四川甘孜、云南鲁甸甚至不久后要举办冬奥会的河北崇礼农村，很多人的身体和精神都依然在面朝黄土背朝天，日出而作、日落而息的状态中，有意无意等待着被卷入新游戏规则下的滚滚红尘……这里是中国，一个地理上西高东低，经济上从一线城市向农村逐级递减，而且又都在迅速演变的地方。

在这样的大时代，一定会有很多很多故事，属于这个时代的不一样的故事，关于事业、关于爱情、关于家庭、关于自我、关于命运、关于时代的一切。那么，这些故事如明末的"三言二拍"、江户时代的浮世绘、维多利亚时代的蒸汽朋克，又或爵士时代的《了不起的盖茨比》？不，也许都很少。因为人们都很忙，忙于 15 秒的短视频自拍，140 字的微博，花 3 分钟读情绪贩子的公众号，或者冗长而雷同的楚门明星的直播秀。

这时候，还有多少人愿意用文字认真记录这个时代，把身边发生的这些故事一针一线缝制起来形成一部长篇小说呢？这时候，我们，抑或说还有人愿意慢慢悠悠地沉浸在几百页厚的带着墨香的纸张里阅读一部写实的小说吗？

　　我不知道会有多少读者，但是，晶莹水灵是这样一位写者。一个饱蘸着激情生活、创业的曾经的北漂，一个也把同样热情诉诸写作的记录者、创作者。在繁忙的创业工作、家庭生活之外，她还是挤出太阳出来之前的早上和星月对话的晚上来完成这样一份写作，殊为不易。

　　于这个时代，坚持也很难说一定可贵，或者说对自己是，对别人则往往无关紧要，无暇应对，但是，如果你也是一名曾经的北漂、沪漂、深漂、广漂……随便你曾经在哪里漂泊过，奋斗过，把青春在那些磕磕绊绊的高楼矮墙里播撒过，或依然播撒着的话；如果你在整个信息泡沫里、时代泡沫里游弋飘荡了很久，正深感空乏的话；如果你在爱情和事业的迷宫里辛苦遭逢，困顿恣懒的话，不妨给自己几个小时，可以读一下她才完成的《南回北归》，放逐一下自己的精神，在文字的山峦、小河、广场和树荫下走一走，你很可能会找到自己的影子和雕痕，也找到属于自己的勇气和力量。

　　在《南回北归》里，不管是选择创业盘山路的记者尹哲，还是投身命运浪涛里的卿帆，不管是选择求安稳而不得安稳的姚进，还是本有静好而自我搅乱的秦昆，不论是从北漂到海漂挣扎于自我选择和自我怀疑边缘的雨初，还是理想情人式的骆海清……都体现了作者情感丰盈、笔触鲜活、内容真切的文风。

　　特别值得一提的是，作者的很多故事原型源自生活的亲自历练、细致观察和敏感体悟，很有生活气息，文字也不刻意讨巧于读者，没有任意浅薄的搞笑、迎合的穿越和生造的故事，这是一种对文字的尊重，对自己的尊重，也是一个严肃作家才会有的坚持。这一点，一直是我喜欢其作品的重要原因。另外，与作者的上一部作品《向前三十圈》相比，作者在小说中也体现了自己在生活上更多的体味，这是只有时间可以酝酿的醇厚，本接地气，亦扎根弥深，像一部扎实的舞台剧。

　　是呀，在漂浮的泡沫里，在滚滚红尘当中，如果不能承接地气，不能扎根弥深；如果不是因为热爱生命，又如何有深刻的文字，如何能寻找到安定的内心呢？而所谓幸福，不过是寻找到那个本来的自我，以及这样一段寻找的旅程——也正如哲学家加缪所说，"人们必须相信，垒山不止就是幸福"。

　　在技术爆炸割裂了时代、城乡撕裂创造了阶层、家庭重构改变了社会结构的今天……人心呢？是的，你所有的纠结、焦虑、空虚、无助，都是在大泡沫时代所必然要面临的挑战，每个人的坚持都变得不那么容易，人心从未如此"叵测"。这时候，当你在地铁里、在学校的台阶上、在出租屋的床头，在任何叵测的时候，可以告别一下手机里的游戏、视频里的尬舞、公众号里的鸡汤，找一本认真写字的纸质书，你都会找到一条回归线，南回、北归，说不定都有你的人生和爱情坐标。

（作者系腾讯首席企业文化专家。作品原载《中华文学》2017 年 5 期）

# 浩然正气在历史长空激荡

## ——读徐兴华长篇小说《三色玉连环》

李章甫


欣闻徐兴华长篇小说《三色玉连环》出版,《三色玉连环》是一曲中华民族的正气歌。

一个国家、一个民族不能没有正气。正气之说最早见于屈原的《远游》:"内惟省以端操兮,求正气之所由。"屈原爱楚国,爱人民,"长太息以掩涕兮,哀民生之多艰"。与楚国同存亡,这就是一位爱国诗人的浩然正气。文天祥作有《正气歌》,展示的是他的民族气节和爱国主义精神。可见,人们对正气的理解并非完全一致的。

徐兴华先生以他一生的经历,冒着双目完全失明的危险完成了《三色玉连环》这部鸿篇巨制,就是要艺术地展示革命者的民族气节和爱人民、忘生死的浩然正气。

"三色玉连环"既是书名,也是书中的一个物件。三色玉连环是主人公孟春柳的传家宝,她道出了三色玉连环的来历:"还是明朝什么皇帝的时候,奶奶的老祖宗还住在沿海一带,他们三户人家为了抗击倭寇的侵扰,结成了好兄弟。一日,从一位奇人手里买了三块玉石,就花大价钱请良工巧匠精雕细刻,制作出三只相同的红、黄、蓝三环相连的三色玉连环,他们每人佩戴一只。一个叫义贺的倭寇头目探听此事,就去抢夺宝物,三户人家和倭寇展开了一场血战,结果两家人都牺牲了,两只玉连环也毁了。奶奶的先人杀出重围,逃到千里之外洞庭湖边才安顿下来,宝物世代相传,奶奶没有兄弟,宝物便传到奶奶手里。"这只饱浸国仇家恨的三色玉连环所凝聚的就是中华民族宁死不屈的骨气。

《三色玉连环》有孟春柳、王禾、柏满山三个主人公，他们原本是素不相识的三位普通中国人，在共同的革命生涯中结成了生死与共的深厚情谊。作者让读者从他们在三个重要历史时期的经历中看到中华民族的历史担当和刚正之气。

孟春柳是一位只有17岁，正值青春年华的农家女，日本鬼子杀害了她的父母、兄嫂、侄子，她也身中数枪，生命垂危，只有家中孤苦的老奶奶茫然无措。在危难中，是国民党中央军的团参谋王禾（真实身份是共产党员）、年轻的国民党中央军军医柏满山救了她的命。在国家危如累卵之际，孟春柳的奶奶深明大义，国之不存，何以为家，于是把与自己相依为命的孙女交给抗日的部队，杀敌建功。风烛残年何所惧，国家安宁事才大。国难当头，无论是共产党、国民党，还是普通的老百姓，都投身于抗日的战斗。"国家兴亡，匹夫有责"，这就是一个伟大民族的担当。中国人热爱和平，但绝不惧怕毁我家园的豺狼。一个有四万万同胞抱此信念的民族，前赴后继，视死如归上战场，气壮山河，试问有谁能把这样的民族奈何？作者用饱含深情的笔墨，描写孟、王、柏这三人，在生死关头，冒死相救，王、柏救了孟，孟救了王，王救了柏，每一次救助都是一首感人的诗。三色玉连环在他们之间奇妙流动，演绎出许多悲壮、凄美，催人泪下的故事。当时，到处都是抗日的连天烽火，到处都有老百姓的舍身为抗战。人民战争的洪流，让整个民族热血沸腾，同生共死，前仆后继灭东洋敌寇，上演了一幕幕威武雄壮的武剧，奏响了一个民族用大爱大恨编就的慷慨悲歌。

"文化大革命"初期，尤卫东，这个孟春柳昔日的领导、战友，现在的丈夫，竟趁当时"造反有理"、群众运动无序之机，成立所谓"无产阶级造反司令部"，简称"无造司"，从而达到夺取常武老地区党政大权和抛弃曾经的爱妻另觅新欢的目的。于是借三色玉连环制造冤案，把孟、王、柏打成特务，王被抓，柏投进了"牛棚"，妻离家破，离婚的孟无家可归。尤卫东把不该有的苦难强加在这昔日的战友、爱妻身上，但三位屡立战功的老共产党员，面对不白之冤，关注的不是自己，而是战友的安危，群众的甘苦，国家和人民的利益。他们坚信乌云遮不住太阳，正义会战胜邪恶，不向邪恶让步，宁肯站着死，不愿跪着生，正气凛然，早把生死置之度外，再现昔日英雄风彩。当然，骗局不能持久，正气还在人间，人民群众识破了尤卫东之流的阴谋诡计，真相水落石出，尤卫东自然尝到了鸡飞蛋打的苦果。神州大地又显现出正义之光的温暖和强大。

在改革开放的初期，孟春柳丢失的三色玉连环在社会上出现，由三色玉连环引起的人生价值观的冲突，紧张而又激烈。关于三色玉连环的故事情节跌宕起伏，悬念频现，不同人生价值观的冲突在这里演绎得分外精彩，剧情悲喜交加，最感染读者的是义的悲壮，利的强势。义利之争还在继续，我似乎读到作者心中的隐忧，义的能量似乎在减弱，利的力量在强化。在市场经济的大潮中，不少人任意放出胸中自私的恶魔，他们把个人私利放在人民群众、国家、民族利益之上。柏满山的一个在日企工作的儿子策划了将三色玉连环卖给日企老板义贺（原为抢夺三色玉连环杀他祖先的倭寇头目义贺的后代）的方案。这场交易没有成功。但若不是在这场交易的关键时刻，出现血性青年蓝大侠断然相阻，后果不堪设想。读罢此节，叫人掩卷深思，物质利益与民族大义孰轻孰重，竟然成为一个新的现实问题。不过，蓝大侠的出现，还是让人感知到，舍生取义的正气之火还在中华儿女的胸中燃烧。只要有火种在，燎原之势还会远吗？

正气和邪气是一对孪生兄弟，他们之间的争斗一刻也不会止息。正气盛则邪不可干，正气弱，则群魔乱舞，如乌云遮天。不过，毕竟正气是人心所向，如日难遮。五千多年优秀传统文化孕育于中华民族胸中的浩然正气之火是无法熄灭的，只要有人划根火柴，就会燃起漫天大火。历史长河中正邪演绎的壮丽风景，惊心动魄。

一部好的文学作品要艺术地再现历史。首先作品的内容要符合历史社会生活真实，在真实的基础上进行概括、典型化，才有感染力。现在社会上有些所谓的文学艺术家，恶意捏造、搞笑历史，搞历史虚无主义，这的确是窒息文学生命的勾当。

徐兴华先生成功地把三个典型人物放在自己和别人都熟悉的社会历史生活环境中展现，真实、生动，呼之欲出。

书中的人物无不与当时的真实生活相连，个个栩栩如生。除孟、王、柏外，战争时期出现的孟奶奶、刘大妈、山菊花、黄团长、尤德明、陈队长无不令人心生敬意；"文革"时期的尤卫东、年卫红、尤佳佳、陆闯，个性鲜亮，心态各异，真、善、美与假、恶、丑的相搏，叫人心潮起伏，感慨百端；改革开放时期的李沧水父女、尤志红、王齐汉、柏青、云刚、丁宁、蓝大侠，他们在对三色玉连环交易问题上的表现迥异，实质则一：是要民族大义，还是只想弯腰拾铜？在这里我们看到一场惊心动魄的人生价值高地争夺、保卫战，王、孟、柏在保卫人生价值高地中紧密联手，义无反顾，冲锋在前，不亚于上甘岭战斗的惨烈悲壮，王禾为此献出了宝贵的生命。令人欣慰的是，在这场战斗的队伍中有尤志红、蓝大侠，继承了他们的血性和阳刚。徐先生创造出许多生动、真实的人物艺术形象，影响读者，如同古典小说家们用张飞的忠、关公的义、武松的勇影响老百姓一样。一个民族的浩然正气就是凭真实感人的正面艺术形象而光芒四射。

作者站在国家、民族、人民最大利益的高度，塑造自己心中的理想人物，巧妙地把革命理想主义和革命现实主义相结合，是这部作品成功的最根本的原因。此外，他汲取了中国章回小说的精华，构思奇妙，故事环环相扣，巧设悬念，故事情节引人入胜。每部分下设节，每节 1500 至 3000 字，读来轻松愉快，同时在写作方法上注意创新，如，作者让孟、王、柏都用第一人称的口气叙说自己的故事，把读者带入如历其境、如闻其声、如见其人的逼真境界，以致《中国作家》杂志的编辑在发表小说的第一部分时竟标为纪实文学，传出一段佳话。又如，三色玉连环饱浸国恨家仇，本是作者连接全书的线索，但作者还赋予了其他功能，在战争时期，它是爱的信物、恨的物件、福的传递者；"文革"时期是祸的引物、志士的颂歌；改革开放时期是国家民族前进路上的红灯、是不能逾越的鸿沟。三色玉连环如劲吹的号角，激越的战鼓，震撼人心，震撼寰宇，传递的是人间的正能量。

读罢全书回首，备受鼓舞，感觉那浩然正气在历史长空激荡，如咆哮的黄河，势不可挡，如燃烧的火炬，叫一切邪恶无处躲藏，如不歇战鼓，飘扬的红旗，催人在讨伐邪恶的路上，不可停下脚步，放下手中的枪。正气在，邪恶必败。

（作者系安乡三中高级讲师，大学本科。作品原载《常德日报》2015 年 11 月 28 日第三版）

# 一部原生态的情感大戏

## ——梅宏运《情感的天空》的文化思考

蒋训之

越是民族的东西，越是世界的。

越是小的东西，越是美的。

翻开《情感的天空》，久违的悠远，都市的绚烂，琐碎的生活，朴实而又细腻的民风再次从我们身边掠过。在文学萧条的今天，打动人们，引起观看、回味愿望的小说可以说少之又少。我市中年作家梅宏运先生的长篇小说《情感的天空》是使我沉下心阅读的作品之一。究其原因，是在其背后有着一个真实、平凡、朴实而琐碎的原生态生活背景。

## 一、质朴而跨越的原生态取舍

作品以主人公老黑的部队驻地为起点，拉开了这部厚重的情感大戏的序幕。小说共分为 14 个章节，时间跨度达 15 年之久，着重描述了发生在老黑、小雪、小娟、区杰几个人身上的生活、情感纠葛。《情感的天空》没有从大的事件和大的人物入手，而是以生活在最基层的一名普通军官老黑为主线。老黑原名陈大华，是广东某部通信营的一名副营长。他出身农家，是渔民的儿子，文化水平虽然不高，但为人正直、憨厚，倔强中又带着几分幽默。小雪与老黑仅通过一次约会便决定结婚，使这个婚姻带有明显的功利性。她自己也觉得"就像一枚未成熟的果子被人强行摘了下来"。当然，此时的她还是一个纯洁无瑕的女子。但人生总有着许多奇妙的际遇，通过火车上的初识与在驻地电子元件厂的再次相遇，小雪与区杰的恋情开始了。其实，人生的偶然之中蕴藏着必然。这种故事情节的安排与小雪涉世未深、爱慕虚荣与幻想的人物性格有着自然的联系，也为她最后的悲剧性结局做了注脚。小雪的妹妹小娟纯洁善良，发现姐夫正是十年前搭救自己的那位解放军叔叔时，内心产生了强烈的震撼，最终冲破世俗的羁绊，做出了大胆的选择。

老黑、小雪、小娟、区杰、林娜、张明星等无疑都是作者在时间和跨度上筛选而出的"原生态人物"，一个个散发着浓烈的生活气息，显得鲜活和自然。故事情节的取舍也同样没有奇特的构思和轰轰烈烈的事件，只是详尽地把处于社会底层人们的生存状态呈献在读者面前，芬芳而浓郁的生活气息扑面而来，就像是发生在我们身边的事情一样，平凡而动人。但同时，这种原生态的取舍、不加任何粉饰雕琢的作品，也注定了它是往日这块土地上曾经发生过的年复一年、日复一日被汗水、泪水交织，被历史沧桑颠簸的人们的真实写照。这里有甜蜜的欢笑，有悲伤的哀泣，有人生惊涛骇浪的考验，有痛苦和不屈的挣扎……这是现代都市小人物生活"一地鸡毛"的艺术再现，因为真实，所以深刻。

## 二、从容而平凡的原生态张力

纵观我国文学长廊，从容生活和平凡的展露，往往蕴含着无穷的张力。远不说描绘琐碎生活的传世经典《红楼梦》，近的来说，这种张力曾在著名作家路遥的小说《平凡的世界》中凸现，并升腾成一种高度，一种影响和打动几代人的"平凡世界中蕴含的高度"。

"你们去过加勒比海吗？你们去过墨西哥湾吗？这两个地方可是世界级的旅游胜地，从那里旅游回来的人都要变黑，这黑便是富人与时尚的标志。只有你们才在家里捂着，越捂越白，怪不得人家说咱一穷二白呢！"老黑的这种自我表述不仅灵敏诙谐，而且使我们自然想起这就是活生生的生活语言。"部队驻地的后面有一条河，名叫柳叶河，与老黑家乡湖南常沅市的那汪湖柳叶湖同名。"文章一开头，短短几句，就把读者的思绪通过"家乡的那汪湖"引领向一种时空的交错，为后面的情节发展做了很好的铺垫。而家乡是中国人传统观念中膜拜的"根"，无疑更进一步加深了读者的印象。"天生丽质的夏小雪告别了养育她二十三年的田园村庄，扎着两条过时的马尾巴，穿一件白底蓝花的的确良衬衣……像夏小雪这样年纪的女孩子，都喜欢把衣衫做得很合身，甚至比合身更好些……当她从沅水河畔的田埂上走过来的时候，像一条刚出泥的长萝卜，鲜嫩而带着泥土的芳香。"……文章中经常可见这种看似信手拈来，却是精致贴切的句子。简单的叙述不但反映出社会底层人物生活的艰辛，而且把他们对美的追求和创造表现无遗。而作品中并不很多的景致描写和小诗穿插，烘托了意境，铺展了想象，加深了作品的原生态艺术氛围。当小雪收到老黑来信，告诉她随军的手续已经办好时，有这样一段描写："春去秋来，转眼又到了第三个仲秋时节。沅水两岸早开的花已吐出淡黄、粉白、浅红的花蕊。朗朗晴空瓦蓝瓦蓝的，偶有几片白云飘忽其间，更显得秋高气爽，景色宜人。"在突出小雪喜悦心情的同时，把读者的视觉也充分调动了起来，村庄特有的气息和模样仿佛就在眼前。

《情感的天空》以其充满深情的文字，启开了我们的心扉。繁星点点的深夜，躺在床上看书，可以听到来自沅水河畔的轻吟浅唱。虽然在看梅宏运先生作品之前，对其了解并不多，更不知其何等模样，一是由于自己的孤陋寡闻，二是源于自己对小说接触不是太多的缘故，但一样被他那从容饱满而富有质感的文字紧紧地扣住心弦。在波澜不惊、自由流淌的平凡叙事里，我惊叹于他驾驭文字深藏不露的实力，同时也目睹了一部原汁原味的原生态情感大戏。从作品中我深深领悟到，在这片热土上最深情的是普通老百姓的汗水和泪水，汗水和泪水沟通这里的前生今世，沟通这里的皇天后土……

（作者系湖南省作协会员、中国散文学会会员）

# 《寻找蓝色风》：流畅度与高度

李红叶

《寻找蓝色风》从语言表达、故事架构、人物设置到主题呈现均浑然天成，笔法老到。我不由得感慨，真正好的作品原是心智和性情的自然流露，是生命力在恰好的时刻以恰好的方式得以尽情展现的结果。毫无疑问，《寻找蓝色风》是中国本土原创童话的重要收获。

一

作品的流畅度在一定意义上决定了作品的高度。《寻找蓝色风》中，龙向梅所构架的是一个充满多向度审美特征且充满艺术张力的作品。

童话世界是作家所造的"第二世界"，它区别于现实世界，而又根植于此。一个童话作家必须有才华构建一个流畅的充满真实感的第二世界，这个世界必须充满神奇感，同时充满真实感；必须充满孩子气，同时充满真理；必须充满乌托邦精神，同时直抵现实。

要构建这样一个世界，作家首先要找到一种恰好的语感。这种语感能让思想与意象顺流而下，所向披靡。这是才情的自然流露，是恰好的意象在心中恰好出现，是恰好的思想找到了恰好的表达方式。这种写作具有强烈的即兴创作的特点——你可以看到，一大批杰出的童话都是作家们即兴给孩子讲故事的结果。"即兴"意味着灵感的重要、氛围的重要、心境的重要。

龙向梅的故事是这样开始的：

如果你打开地图，当然，是最大的那一种，在北半球东部一堆密密麻麻的地名里，可以找到一个叫牙牙山的地方，但是，我敢保证，它非常诡异，它只在你眼前呈现一秒钟，便瞬间从你指尖下消失了，然后，你再怎么找也找不着了。

　　但是，这个叫作牙牙山的地方是真实存在的，就像别的很多地方一样，虽然在地图上找不到，但并不影响它的存在。

这些文字显示了一种氛围、一种心境、一种恰好的语感，并且立马就把它的读者捉住了。这种叙述所流露的自信和才华让人赏心悦目。她是否读过安徒生，是否读过罗尔德·达尔，以及在《寻找蓝色风》之前是否写过别的童话，这些都不是重要的事。

龙向梅的确很会讲故事。

她的故事仿佛顺着"牙牙山"这样一个词就可以生长出来：牙牙山上住着牙婆婆——牙齿每天长每天磨——只有在月明之夜用琥珀心磨过的牙齿，才不会再长了——牙婆婆寻找琥珀心——找到泥人阿丑——阿丑的琥珀心唯有在获得灵魂后才可以交给牙婆婆——牙婆婆与阿丑成为生命共同体，走上寻找蓝色风之路，带上配角"船长先生"——三人行——遇见蓝尾狐——四人行——历经千辛万苦——找到风先生——阿丑获得灵魂，牙婆婆获得琥珀心。

## 二

　　《寻找蓝色风》的构思基于"追寻"母题而展开。这种故事如果主题先行而才华不够，就很容易显得"大而空"。幸运的是，《寻找蓝色风》不仅有"深刻的主题"，而且塑造了一系列极为生动的人物形象。

　　阿丑的灵性来自他的琥珀心和三只耳，而他的泥巴质地也与他的智慧相辅相成，甚至让人觉得，他缺的不是"灵魂"，而只是血肉。当然，作家会让他傻傻地记不住牙婆婆那个长长的除了船长先生和蓝尾狐再无其他人能够记住的名字，而他经由蓝色风一吹，立即就能顺溜地叫出牙婆婆完整的名字来了。我们甚至觉得阿丑的感知能力早已超越一个泥人可能感受到的一切。尽管如此，在读者眼中，这个角色依然十分生动，我们很担心他被打湿，也很担心他摔跤，担心他缺了手指，当他的耳朵被水冲走时，我们以为他从此不要第三只耳朵了，结果他却执意要找到第三只耳，他不仅要找到第三只耳，还坚持要恢复他"本来的样子"，而不愿意把他改造得"更漂亮"。他执着地要成为人的信仰也让我们觉得足够真诚。其余各色人物，如牙婆婆、船长先生、蓝尾狐、小山妖、巨人伏塔、觉姆人、风先生、时间先生，乃至黑米山庄的杜果婆婆、米修爷爷……啊，这些人物无一不生动，无一不有趣！作家在创造他们的时候，颇有造物主之态：要有阿丑，阿丑就成了，要有牙婆婆，牙婆婆就成了，各从其类，都在恰好的时候以恰好的姿态出现。

阿丑念道："牙齿牙齿短一短，牙齿牙齿短一短。"牙婆婆的牙齿就从脚尖短到膝盖，再从膝盖短到腰间，再到胸口，到下巴，最后又回到了原位。于是，牙婆婆从地上坐起来，她羞愧极了，决定要陪阿丑前往风之城。这个牙婆婆自然是个配角，却是极有趣也极重要的配角。她不但有一个独一无二的名字，还有一个独一无二的茄子房，你看她念念有词："天君地君茄子君，左请左灵，右请右灵，牙婆婆一请马上灵，墙壁请往中间走，窗户请往里边走，烟囱请往下边走……"于是，这个让她在牙牙山蒙羞却让船长先生和阿丑大加赞颂的茄子房就变成一个小茄子装进口袋里了。一念咒语，它又摇摇晃晃慢慢变大，"吃力地一挺，把烟囱伸了出来，把门也弹开了"。牙婆婆的茄子房给读者带来的惊叹已经洗刷了她在种植协会的耻辱。当然，当她得到了阿丑的琥珀心，不再害牙长病了，她自然是要种出美丽的南瓜房来让种植协会赞叹的。

蓝尾狐灵异、聪慧，她看起来无比贪婪，我们却不能不为她的不安所打动。蓝尾狐难道不正是现代人的写照吗？她的祖辈曾在一夜之间被淹没，她的焦虑也就变得可以理解。然而，物质的占有何以能真正消除内心的焦虑？当她与阿丑、牙婆婆、船长先生成为一个命运共同体时，她才逐渐领悟到分享和爱是最重要的事情，而她也终于明白：没有任何人可以获得一千年的生命，因此要记住，活在当下，活在你唯一的生命中，活在真正属于你的时间里。

船长先生是只老鼠，形体小而名堂多，是迪士尼动画里必定到场并带来欢笑的那种配角。它贪吃、务实而又有着伟大的冒险梦想，然而，无论经历怎样的危险，牙婆婆的口袋使得它勇敢无惧。它又怎能离得开这个口袋呢，因为它的妈妈把它生在这里呀。

就连小山妖也都个个可爱。他们在森林里玩闹，唱着没心没肺的歌："一群小妖——哦唷，哦唷——/住在森林——哦唷，哦唷——/没心没肺——哦唷，哦唷——"这里有火焰妖、蛋壳妖、稻草妖、雪人妖、回声妖……他们都是没有爱的妖。阿丑用爱的回声唤醒了回声妖的爱。事实上，他们只需一个拥抱，心里就会暖暖的，就不再邪恶。这是童话，也是真理。

阿丑是女娲的一个疏忽，是一个地地道道地从本土神话土壤中生长出来的童话形象。龙向梅经由这个形象接通了传统，她的思路延展开去，就创造了觉姆部落，就创造了巨人伏塔。是呀，巨人伏塔太过寂寞了，他被瞌睡虫闹得睡得太久了，觉姆部落也太缺少独立思考问题的能力了，那么，觉姆部落与巨人伏塔的"醒"来，大约也可以视之为一种象征：中国现代童话创作的基本意象除了西方意象和当代意象，真的就不能够回到远古神话里去了吗？

我非常喜欢这个作品里的时间先生。时间先生这一形象不是龙向梅的独创，然而，龙向梅所创造的童话形象没有给人模仿之感。

九头雄狮拉着大家在"五十九分"驿站追到了时间先生。他变幻无穷，刚刚还是一个白胡子糟老头儿，一下又变成了一个英俊的少年，但是还没等你看清楚，他又变了：一会儿是一道光符，一会儿是一汪水，一会儿是火球，一会儿是精灵，一会儿又是一盏锈迹斑斑的马灯……阿丑刚要开口，时间先生就抢先说话了："哦，不用说不用说，我知道你们为何而来。我就是你们要找的时间先生。"话音刚落，他又变成了一个穿着大黑袍的巫师。接着，阿丑与时间先生"谈判"。时间先生在"谈判"过程中先是变成一片跳跃的光点子，继而变成一个黑影、一个慈祥的老人，继而变成轻烟消失不见了，最后变成一只火烈鸟飞走了。这种变幻既是时间先生情绪变化的结果，也是故事本身节奏感的体现，同时，抽象的时间先生得到了一种恰切的描述。

## 三

龙向梅是一个诗人。她虽年轻，却极富感悟力。

她向往理想境界，惯于用文字构建理想世界。有一天，她突然写起童话来，我们看到，她的童话是另一种形式的诗，而她的诗亦是另一种形式的童话。对于龙向梅而言，童话与诗不同之处在于，童话因其独特的叙事方式而深得童年气质，而龙向梅的童年气质如此鲜明，从儿童阅读的角度而言，我要说，《寻找蓝色风》自然是理想的选择。

她自觉把儿童读者视为隐含读者，塑造神奇人物，讲述神奇故事，乐于展现童话人物的孩子气。那个看起来颇有点巫气的牙婆婆，骨子里其实满是孩子似的自尊，她念念不忘的是杧果婆婆对她的取笑，念念不忘要拿一个种植协会的大奖。她那标志性的长长的名字，也完全是一个孩子的奇思妙想。她把自己的那个独一无二的名字刻在自己的大门上，每次回来，她就敲敲门，礼貌地说道："美雅唯斯戈那贝尔阿普里莉牙落牙落巫美奇太太，我可以进来吗？""当然可以。"牙婆婆在心里这样回答，于是她就礼貌地进去了。

龙向梅值得被推荐，还在于她的语言。她继承了自安徒生时代所开创的口语叙事传统，故事讲述亲切流利，充满现场感。同时，词汇丰富，尤其善用叠词和排比，语词的铺排恰对应于童话世界的敞开性，读来畅快而开阔。

故事一出场就是两个叠词：牙牙山和牙婆婆。继而点明牙婆婆除了"一个世界上独一无二的名字"，"还有一个独一无二的麻烦"："每次牙婆婆的牙齿长长以后，她的嘴就合不拢，说话就漏风，喝茶就漏水"。继而写牙婆婆的磨牙石各样形状，黑米山庄的房子各样形状，蓝尾狐收集的各种声音、各样味道、各色阳光，阿丑能听到的各种声音，又写各种山妖，写时间先生的各种形状，等等，加上人物之间的插科打诨以及各种机智的应答，使得作品语言丰富多彩，叙事流畅而充满想象力。

最后，不能不提故事和人物背后的哲思。

血肉之躯可感知万物神奇，感知各色气味、各种声音，感知友情，感知爱，所以，生命真是奇迹，是上天（女娲）的恩赐。而此生固然短暂，尽情地活过了，譬如陶俑将军，便已足够。这些经由无血肉的泥人变为有血肉的阿丑这一童话形象得到了生动诠释。牙婆婆的障碍在于身体病痛，有了这病痛，觉姆宫殿的极尽奢华也就没有意义。即便是求口欲满足的船长先生，也觉得吃饱喝足的生活是多么死气沉沉。蓝尾狐则终于领悟到，活在当下，比占有 1000 年也用不完的东西要有意义得多，也有意思得多。

而"寻求"之旅，由一人而二人，由二人而三人，由三人而四人，则告诉读者，人与人是命运共同体。无论阿丑之于牙婆婆，牙婆婆之于船长先生，蓝尾狐之于阿丑三人，或阿丑三人之于蓝尾狐等，他们之间谁也离不开谁。没有谁能独自一人完成理想，没有谁能独自一人享受生活的乐趣，你看地底下的阿丑、山洞里的蓝尾狐、守大门的伏塔，他们都经受过无穷尽的孤独。同时，他们互相成就而性格不同、理想不同、志趣不同，就连已经活过的陶俑将军和尚未好好活过的阿丑之间也相互成全、相互尊重。作家在这里传达的是一种当代人文精神：和而不同，即彼此独立而相互依存、和谐共处的精神。这些，未必是作家本人写作前的先行构想，然正所谓"作者未必然，读者何必不然"。而童话作为象征的艺术，其思想内蕴的深邃和多维度的魅力也正在此。

[作者系湖南师范大学文学院教授，文学博士。作品原载《文艺报》2017年 11 月 20 日，并收入《2018 湖南文学蓝皮书》（湖南文艺出版社）]

# 诗意地栖居

## ——论宋庆莲儿童小说《风来跳支舞》

吴振尘

宋庆莲的创作从两部诗集（《犁女梦呓》《走成阳光的路线》）到两部童话（《米粒芭拉》《蓝三色水珠》），再到儿童小说《风来跳支舞》（以下引用该书不再注明）[1]，坚定地走在了儿童文学的道路上。从童话的幻想到小说的写实，这个选择或转向，是自然的。宋庆莲的农民身份在作家中属于特殊的，在乡土的回忆中写作与置身乡土中写作，后者的置入感更强。在辛勤的劳作中，发现文学，用儿童文学来对实际辛劳进行艺术加工，并且富有诗意。《风来跳支舞》写乡村农作，以玉米地为主要舞台，展示出的田园诗意，令人心生"诗意地栖居"的感叹。每章前的题诗，加深了诗意的渲染。

### 一、诗意的语言

沈从文谈到湘西自然之美时说："满眼是诗，一种纯粹的诗。生命另一形式的表现，即人与自然契合，彼此不分的表现，在这里可以和感官接触。"[2]湖南作家宋庆莲继承湘西文学的传统，在作品中随处可见诗意的句子："山寨黑色的瓦背上，升腾起袅袅的炊烟。/ 一缕。/ 两缕。/ 三缕……升腾在开始发亮的山寨的天空。"尤其是插秧部分，"青青的秧苗在田间站成了队，春天站成队。/ 青青的秧苗在田间排成了行，春天排成行。/ 青青

---

（1）宋庆莲：《风来跳支舞》，北京少年儿童出版社，2016 年版。

（2）沈从文：《沈从文全集（第 11 卷）》，北岳文艺出版社，2002 年版，第 376 页。

的秧苗在田间连成了片，春天连成片。""这段时间，娘的手里拽着一把晴天。""太阳升起来的时候，地里的嫩芽魔法一样齐刷刷地变成了一把把绿色的小剪刀，剪裁着春风和阳光。"全书结尾的时候，写道："风来啦！／风从泥土里长出来。／风从水波里钻出来。／风从森林那边吹来。／风从云朵上飞来……／风来啦！"

在写景之外，叙事也能达到诗意的效果：

> 米米扬起锄头，跟着娘开沟、起垄、碎土、挖坑。
> 米米开沟的时候，娘说："米米，沟要开得宽一些，玉米长高的时候，通风透光就会好一些。沟还要开得深一点点，遇上大雨，免得积水。"
> 起垄的时候，娘对米米说："米米，垄子要高一点点，玉米长高的时候好培土。"
> 碎土的时候，娘又说："米米，土块要碎得更细一些，种子才更容易发芽。"
> 挖土的时候，娘又说："米米，挖土坑就更有些讲究了。土坑不能挖得太深，不然，种子的芽冒不出来。土坑也不能挖得太浅，不然，遇上下大雨，雨水会把种子冲跑的。"

这里的农作生活既有鲜为现代城市人所知的专业知识，也进行了诗意的处理，把生活的平凡日常，写成文学艺术。没有文化（学历）的米米娘说："种一株玉米就等于养一个孩子。"在亲近土地自然的同时，对种子的爱护，对未来的希望，以及对勤劳、智慧的歌颂体现在其中。

山歌的加入，也增加了语言的诗意。第1章《火笑了》写舅舅来做客，油茶林没有钻出个人影，山歌先传出来："玉帝又把鲁班叫，／做扇床机脚踩成。／回家又把木匠请，／做个桌子长板凳。"山歌增加了抒情和诗意，同时也起到交代人物内心和叙事的作用。舅舅来请米米爹出门打工，米米爹是木匠。关于吊脚楼的歌谣："辣椒串子串上楼，／好日子呀有奔头。……幸福日子飞上楼。"在美好的景物里，表达对幸福的喜悦和憧憬。建吊脚楼是米米爹在作品中始终的动力，可惜结尾都没有建成，这是生活的现实，没有高调地设置光明的尾巴。第6章《喊风》加了两首诗。是米米的想象，也可以看成是作者在此设置的全书主题曲："大雁坡，风满坡。／风来跳支舞。／风在玉米地里穿梭。／风在玉米的叶子上奔跑。……"作品里鹏歌喜欢唱歌，自己能改歌词，唱了5段山歌，当然有应景的改编之作。如遭受音音的误解时，鹏歌把歌词"打开后门望石榴",改成了"音音是头大肥猪"。音音获奖的时候,唱道:"苞谷粑粑嫩嫩黄,/庆祝音音拿大奖。"

每章开始前的题诗是作品设计出的特色,营造了诗意,把土家族山寨的传统生活,涂上诗意色彩。每节诗和章节内容契合,把生活提炼出诗意,当然可以看作是每章内容的主题曲。

## 二、诗意的生活

社会虽处于走向工业化的进行中,但山村田园总要有人坚守,这也是新条件下的生活方式之一。作品展示了实在的、美好的田园生活,勾起我们文化及传统或个人的记忆。米米爹扛起犁去犁地,米米娘在秧田里扯秧插秧,挖坑用火粪土种玉米,收玉米时候背背篓采摘,砍猪草、鼎罐煮饭。作者对当地农耕生活非常熟悉,细致的描写既是记录,也是肯定,或是给城市现代文明以缅怀的画面。现实的力量,在真实生活细节里如种子一般,平淡而有力地生长和存在着。这与作者身居农村的现状有关,当前作家大多云集城市、都市,具有农民身份的可谓罕见。在宋庆莲的身上和作品中,恍然再现陶渊明式的悠然妙境。

陶渊明的"采菊东篱下,悠然见南山",表达的是隐居山村。山水之乐,足以寄情。《风来跳支舞》以土家族山居为背景,具有独特的吊脚楼、梯田,人们在此劳作。土家族的下巴泽土,田少地多,因为出去打工,20多户人家只剩下几户。正是离开的人多了,留下来的所体现出的诗意,也足可挽留远去的步伐。公鸡喔喔叫,青石板小路在千年古松簇拥下,走来的是充满希望的儿童,儿童喊风,玉米和儿童一起跳舞。这里的生活是当下的,没有衣食之忧,没有灾难疾病,只有互助友爱,正常的成长和生活。

在农作生活中,维护了千年的传统农耕生活方式。当然时间是现代的,整个下巴泽土的寨子通了电,村民买了电饭煲,有自来水。这些没有影响或替代传统的生活方式,人们仍用鼎罐煮饭、去背井水。

连风俗都是诗意的。火笑客来,"火塘里,一根火棍上的火苗笑得东倒西歪的。""一根柴火棍笑得欢天喜地!山寨里的人都这样说:'火笑客来。'"在一根燃烧的寻常木柴上,透过风俗的眼,发现生活本来的诗意。喊风的风俗更是点睛之笔,"喊风是土家族人在劳动过程中,与大自然的一种呼应和对话,用来缓解疲劳。对着大山喊出劳动的号子,感受自然那种天风徐来的舒服和凉爽"。喊风更是让人与自然和谐互动取得感应的效果。这是土家族古已有之的风俗。在这种风俗记忆里,是初民对自然的亲近。米米在喊来的风里，与玉米一起跳舞，她跳的是厄巴舞。儿童与田园亲密无间，没有逃避与隔膜，只有诗意的和谐。

### 三、诗意与手机

手机影响了诗意的生活。米米捡到了好朋友音音的手机，却没有及时归还，藏在南瓜里。妈妈和五叔、鹏歌在玉米地里一遍遍地寻找手机，都没找到。音音怀疑怨恨鹏歌，鹏歌想报复音音，在地里埋了坑，却害得米米的弟弟果果脚受伤。音音爸妈因为联系不上音音，辞职回家。一向活泼的米米，因此消沉。手机的"神奇和乐趣"，引发儿童天然的好奇本性，进而破坏了田野牧歌生活。手机是现代科技文明的代表，科技对生活的影响是众所周知的。农业文化被影响和替代，平静被打破。"在科技乐观主义流行的时代，海德格尔敏锐地看到技术给人类带来的根本性危机，人成了技术系统中的环节和手段，人的本质和价值被遮蔽了，使得现代人失去了精神家园。"[1] 田园离去之后，无数人难以回返。现代人失去精神家园（失乐园），在工业文明里流离变异，隐藏了自然属性。

按理说，传统、淳朴、天真的儿童对外界包括科技文明在内的诱惑是可以抵制的。张艺谋的3分钟短片《看电影》，虽然前面让主角儿童对电影产生很大的好奇，但设计儿童主角在电影放映之时睡着了。米米、鹏歌、果果对音音的手机（海边城市打工的爸妈寄来的），产生了兴趣。手机可以打电话联系、可以拍照发送、打游戏等，吸引了大山深处的儿童。米米没有被理想化，现实地、普通地展现在我们面前。一念之差，让米米隐藏了手机。手机的吸引力，大过了友情、亲情。米米瞒住了一再往田地里寻找手机的妈妈，欺骗了好朋友音音和鹏歌。我们都知道，这个代价太大，都希望早点解决，有个好的办法解决。米米终于坦白错误，赢得了所有人的原谅。因为这种错误，是儿童可以犯的错误。"米米是在大岩石上的小土堆旁边发现手机的。当时，她想把手机还给好朋友音音，但是，手机又好像有一种神奇的魔力，吸引着米米。"这种"魔力"，是农业文化对工业文化自然的仰慕和需求。但传统文化对现代文化又有自然的抵制。米米家虽有电饭锅，妈妈仍喜欢用鼎罐煮饭，虽有自来水，妈妈还是喜欢岩洞井的泉水。"特别是在夏天，寨子里的人都喜欢到岩洞井背水。"

结尾第16章是收玉米，玉米的成熟表示儿童的成长。这种成长是在抵制

---

（1）李立男，朱成全：《经济美学研究》，东北财经大学出版社，2015年版，第56页。

科技诱惑后的成长。收玉米的时候，也没有出现任何机械。鹏歌家三口、音音家三口，以及单身的五叔，都是人工帮忙。在这篇幅较短的一章里，有 3 次喊风。这种喊风的传统风俗，无疑是对传统文化的继承，在传统文化的力量获取中，克服炎热，克服一切不和谐因素。米米爸爸去县城打工，强调目的还是建"梦中的吊脚楼"，而不像音音爸那样说，手机丢了就再买个新的。"米米在风中跳起了厄巴舞，天真活泼、欢快有趣的舞姿，无忧无虑、机智勇敢的表情感染着身边的每一个人，同时也感染着一株株成熟的玉米。"这样美好的形象，我们希望一直是美好的。这样的想法，就会更加怀疑藏手机的不成熟、不美好的行为，与其说是儿童成长中的难以避免的行为，还不如说是作者对城市工业科技文明与乡村/乡土田园美好生活矛盾思考疑问的结果。

（作者系长沙师范学院学前教育学院副教授，硕士。作品原载《文学教育》2017 年第 6 期）

# 新历史框架下的家族情怀

## ——简评向梅芳的中篇小说《前尘》

### 李春辉

　　向梅芳是广东省作家协会会员，广东文学院签约作家，我读过她的一些小说和散文，很喜欢，读过之后总觉得有话想说。近日，从她本人的朋友圈上读到湖南《城头山文学》杂志刊发的她的中篇小说《前尘》，这种"有话想说"的感觉就更强烈了。

　　《前尘》开篇交代了故事发生的时间和地点，把我们带到 1920 年的湖南与湖北交界地的小山村围城峪，开篇描写的事件——向家嫁女，很精彩地反映了湘西北当时的风俗与人情。女主人公孔朝秀与向家二少爷业春初次相逢，在向业春的帮助下，孔朝秀和邻家女伴木姐坐着骡车回家。很多作家写小说喜欢不厌其烦地详细描写女主人公的外貌，向梅芳的小说对主人公的外貌往往一笔带过，她留下足够的空间，让读者自己去想象。回到家，孔朝秀居然在家门口被人砸晕了！原来是她的两个哥哥赌输了钱，把妹妹卖给了刘家湾的刘秀才当童养媳。小说的故事推进速度非常之快，深得中国古典小说的精髓。孔朝秀绝食了六天，在劝说下放弃了抵抗。到了第四章，读者才知道孔朝秀的年龄：十二岁。三年后，孔朝秀和丈夫刘大少爷正式圆房。小说将当年的生活场景一一道来，不经意间充满了历史的沧桑感和如临其境的在场感。第五章作者把笔锋一转，描写向业春三年后去找孔朝秀，"人面不知何处去，桃花依旧笑春风"，自然是物是人非，没有找到。接下来写孔朝秀婚后五年生下一个儿子，第二年又产下一个女儿。时间不知不觉到了 1928 年，刘秀才靠巧取豪夺扩大家产。再然后就是对主人公生活的小山村影响深远的抗日战争的描写，向梅芳在小说中侧面描写了"常德会战"，关于战争场景的精彩描写，让人联想起《战争与和平》中的战争场面。刘秀才戏剧性地被日本兵砍死，作者又生动地描写了刘秀才出殡的场景。然后孔朝秀的丈夫刘大少爷意外去世，刘家又死了几个男人，开始了由盛而衰的命运。作者的叙事十分密集，常常是疾风暴雨的节奏。时间到了 1943 年，孔朝秀的孩子已经十多岁了，向业春因意外的机缘到了刘家湾，与孔朝秀重逢。作者以饱含深情的笔调写了二十多年后孔朝秀和向业春的重逢与相认。之后不久，向家派三位亲族代表向寡居的孔朝秀提亲，孔朝秀再嫁向业春，临行前刘家二娘叮嘱："出了这个门，你就不要回来了。这里的一切，你要当作是你的前尘往事。"点出了本小说的主题。也许我是个脆弱的人，当读到历尽坎坷的女主人公再婚的情景时，不觉潸然泪下。这就是劫后重生的人生，这就是有情人终成眷属。作为中篇小说，故事十分完整，可以预见后面有更宏大的故事。

《前尘》属于借历史的躯壳来复活作家心目中的文化精魂的"新历史小说"，区别于再现真实的历史事件和历史人物的"历史小说"。新时期以来的"新历史小说"，强调民间视角和个人体验，以艺术的眼光关照历史，并且不约而同地将笔触集中于中国近现代领域，如莫言的《红高粱家族》、张承志的《心灵史》、张炜的《古船》、陈忠实的《白鹿原》、刘震云的《温故一九四二》、苏童的《米》、王安忆的《长恨歌》、阿来的《尘埃落定》、格非的《人面桃花》，在新历史的旗帜下，集结了中国最具创作实力的作家。向梅芳的新历史小说别开生面，具有鲜明的个人烙印。作者采用全知视角，时不时采用戏剧性手法，描绘了一幅人物众多的全景画——一如《清明上河图》。既有宏伟的结构，也有精雕细刻的细部。

向梅芳的小说并不强调心理描写，无论是传统的内心描写，还是 20 世纪的意识流手法，作者似乎都没有过多采用。她多运用对话和动作描写，暗示人物的内心活动与情绪。这对读者的素质有了更高的要求。在叙事语言风格方面，有海明威的硬朗和简洁。例如描写刘家破败后，女主人公的心情："不知从什么时候开始，孔朝秀喜欢一个人待在危险的地方。她常常呆坐在年久失修的偏房后面的廊檐下，痴痴地望着松脱的木头，仿佛等待它掉下来砸到自己。她还常常在洗衣服或者洗菜的时候，专找池塘边那块早已松动的大石头，蹲在上面望着池底，仿佛随时都可能一头栽下去……"作者只提供了女主人公的动作与表情，我们却分明看到了女主人公那颗破碎的心。

李碧华说过好小说的八字真言：痴男怨女，悲欢离合。《前尘》作者正是以小说家之生花妙笔，描写了女主人公孔朝秀的二十多年的传奇性经历：一个少女对爱的憧憬与破灭，中年女子重获爱情，写得异彩纷呈丝丝入扣，这是一个人的跌宕起伏的历史，也是那个时代的真实写照。作者以女主人公为主线，兼顾了众多人物，写得主次分明，次要人物也有出彩之处。孔朝秀正是西方创意写作课中强调的那种"焦点人物"，正是因为她的存在，整篇故事十分吸引人，读者对下文充满了阅读期待。

昆德拉把小说家分成三种：第一种小说家是在复制这个世界，比如像巴尔扎克这种，确实能很精微地复制属于一个时代波澜壮阔的世界；第二种是解释这个世界，像法国的新小说家罗伯－格里耶、克劳德·西蒙，他们在不断地解释人和世界的关系；而最伟大的小说家应该是第三种，他们是把一个世界创造出来，他不仅是在创造一个物质的世界，也是在创造一个精神和心灵世界。向梅芳早期发表在《佛山文艺》《江门文艺》《珠江文艺》等杂志的小说属于复制这个世界，近期创作的《前尘》属于"把一个世界创造出来"。我们跟随作者的文字和故事，来到了民国时的湘西北。作者把故乡的一草一木都写得栩栩如生，这显然仅凭作者的记忆是不够的，作者对当时的生活细节做了大量的研究与考证。著名评论家谢有顺曾经描述过作家与故乡的关系："边城之于沈从文、高密东北乡之于莫言、商州之于贾平凹、地坛之于史铁生、西海固之于张承志，都有地理学和精神学的符号意义，这不是偶然的事情。一个作家的经验和处理经验的能力，必然是跟他的童年记忆、少年记忆有关。"向梅芳叩问历史，书写故乡，书写家族往事，把家族的种种记忆与传说融入小说《前尘》，倾注了全部的爱与真诚，奉献了一部源于真实家族史的小说，创造了一个闪耀着人性之光的世界。

（作者系广东省作家协会会员，毕业于黑龙江大学金融系）

# 小小说的创作群体与艺术个性

——常德市武陵区小小说作家群论

刘海涛

　　常德市武陵区有一个小小说创作群体，30多年来执着地把小小说创作当作建设文化强区、文化强省，当成培育国民文化素质、提升民族文化品格的事业来经营，取得了令全省、全国的小小说界和文学创作界瞩目的骄人成绩。这个小小说创作群体中充满创作活力和潜力的作家多达40多人。他们的作品被《小说选刊》《小小说选刊》《微型小说选刊》《微型小说月报》等全国权威文学选刊转载，入选《新中国60年文学大系》《中国新文学大系》《21世纪中国最佳小小说2000—2011》《中国微型小说百年经典》《中外经典微型小说大系》等全国权威文学选本。其中，位居"中国小小说50强"和"中国微型小说50强"的著名作家有白旭初、伍中正、戴希3位。在全国有较大影响的小小说作家有欧湘林、刘绍英、杨徽、聂鹏、夏一刀、毛雅庆等数位。白旭初、伍中正、戴希差不多成了全国的小小说获奖专业户，他们多次在全国性的小小说大赛或年度评选中榜上有名。他们的小小说集进入"中国小小说典藏品""中国小小说50强""中国微型小说50强""中国小小说名家档案""百年百部微型小说经典"等的出版方阵。戴希还被评为"2012年中国小小说十大热点人物"。文学界一批重要的作家、理论家、评论家，如林非（中国鲁迅研究会会长）、陈建功（中国现代文学馆馆长）、杨晓敏（郑州小小说文化传媒公司董事长）、郏宗培（中国微型小说学会会长），以及李运抟、顾建新、雪弟、凌鼎年、高长梅等都对武陵区的小小说创作给予过较高的评价。美国的穆爱莉、日本的渡边晴夫等海外大学教授也在研究和推介武陵区的小小说。武陵区已成为全国小小说重镇，其影响辐射到了美国、日本等全球 30 多个国家和地区。中央电视台、《文艺报》《湖南日报》等新闻媒体均对武陵区的小小说创作群体做过相关报道。

在当地文联、作协的启发引领下，武陵区的小小说作家在创作之初就立志要写出在全国有特色、有影响的精品力作，立志要当全国的小小说名家。他们勇于探索、大胆创新，向中国小小说高地发起"集团冲锋"，取得了不菲的创作业绩。欧湘林、白旭初是出道和成名较早的两位，他们坚持小小说创作近 30 年，代表作《红嘴儿》和《农民父亲》，是用小小说文体反映中国农村深度转型、真实揭示新旧观念碰撞的精品佳作。他们的创作实践对武陵区小小说作家群的形成有重要的推进和引领作用。伍中正是新乡土叙事的高手，他的作品如《周小鱼的爱情》《籽言》《鱼算个啥》等，擅长于用小小说的构思方式抒写性情、性灵，表现平民百姓人性美好的一面，塑造了一系列凝聚着湘西北地域文化特质和风韵的小女子诗化形象，营造出楚文化那种内含酸涩依然阳光明丽的艺术意境；他的小小说语言简洁而有质感，叙述如诗歌般空灵跳跃，注重抑扬顿挫的音乐美节奏，已然形成了自己"新乡村牧歌"般的独特文学风格。戴希是这个小小说群体的主要策划者和组织者，他的创作题材宽泛，视野开阔，大凡市井杂谈、机关逸事、历史典故、家园亲情，均能在其笔下渲染成文，并自得其趣、其巧、其真，代表作有《羊吃什么》《每个人都幸福》等。刘绍英是全国人大代表，她的"澧水风情系列"，如《渔鼓》《苇叶青青》等，将地域文化特征、民间乡土气息与特定的时代思潮较好地融合起来，体现了较高的文学品性。聂鹏的《兵儿在外》、杨徽的《不缺钱》、唐益红的《蓝印花布》、毛雅琴的《我要做你永远的眼睛》等，都是值得细细品读、再三回味的优秀作品。正是在武陵区 40 多位小小说作家的抱团冲击之下，武陵小小说现象已经形成，小小说成了武陵区的文化品牌和文化名片，引发了全国小小说界及文学创作界的高度关注和重视。

戴希的"小小说三题"在题材类型、故事形态上跨度很大，从历史帝王到当代平民，从寓言新编到纪实叙述，我们好像一下子还弄不清楚戴希把这三篇文体形态大不相同的作品排列在一起的创作意图。其实，这"三题"小小说在作品立意的表达艺术上，我们可清晰地辨析出戴希小小说创作的构思格局以及基本文脉。

《鹞鹰之死》借唐太宗听进了魏徵和长孙皇后的进谏后而改变了"玩物丧志"的生活方式的故事，点破了一种"以铜为镜正衣冠；以古为镜知兴替；以人为镜明得失"的历史哲理，这条历史哲理是今天正处在"战略机遇期"和"民族复兴期"里的中华民族迫切需要的。《龟兔紧紧地抱在一起》在改编"龟兔赛跑"寓言上有两处创新的续写：兔子不服陆地赛跑输给乌龟提出重赛，吸取失败教训后兔子赢了乌龟；乌龟不服提出在水路上赛跑，乌龟发挥了自己的长处和优势击败兔子；而此刻的兔子不服再次提出陆地和水面同赛，于是出现了：在陆地上乌龟爬上了兔子的背，在水路上兔子又爬上了乌龟的背，故事的结局和立意豁然——"双赢"。这则改编的新寓言表达了一种立意的新内涵：在今天的信息时代和生活方式上，人类只有和谐、合作地共事才能共赢，这仍是今天的人们迫切需要的一种新的生活理念和价值观念。而在《祸起萧蔷》这个现代生活故事里，作者用纪实的写法，不仅仅是讽刺了生活中那一类"权力欲至上"的人，更写出了权力超越家庭、爱情、伦理的超常能量，这种批评与讽刺通过一个饶有风趣的夫妻"对攻"故事而表现出了小小说情节的多重反转和小小说作家的构思智慧。

戴希通过不同形态、不同题材的小小说故事揭示出高质量的、与今天社会主义主流价值观相吻合的小小说立意，在艺术传达的过程中还显示出一种可以归纳、讨论的小小说立意的表达技巧。这三篇小小说在作品的高潮出现之前，即在作品立意被点破、被暗示之前，都经历了一种小小说艺术的延宕和铺垫。《鹞鹰之死》在唐太宗转变之前，充沛地写出了魏徵和长孙皇后的不同角度并逐渐增大"劝说场面"的描写分量，这两个情节的延宕叙述使唐太宗的转变合情合理，于是小小说的立意顺理成章地在篇末借唐太宗的口点破，读者在阅读的瞬间顿悟了。《祸起萧墙》其实也连续转了两次180度的大弯：第广龙升副处长公示了，但老婆和慧到纪检的告状把升迁之事砸了，这是第一次突转；第广龙改变了和慧的想法和做法，这是第二次突转。到了作品结尾又回到原点：升迁失败返回原状，讽刺的力量因故事的结尾回到故事的开头而骤然产生。小小说情节的两次变化，使小小说故事在短小的篇幅中得到丰满的、有情趣的描述，小小说现实感较强的立意至此水到渠成地做成了。《龟兔紧紧地抱在一起》的两次故事大转变更为明显，从乌龟赢，到兔子赢，最后是乌龟、兔子双赢，每一次转折都为作品的哲理立意的形成积累一次艺术的能量。

由此看来，戴希小小说的立意艺术很有智慧含量，他很懂得今天的小小说就是"立意的艺术"。一方面注意作品通过不同题材、故事、人物的描写，提炼现实感、哲理感很强的立意。另一方面，通过符合小小说文体特点的构思、叙述以及情节的提炼、布局，让小小说的高质量立意在小小说文本上真正艺术地立起来。

伍中正的"小小说三题"集中写某类农民的个性和意识，他笔下的农村题材的故事和农村人物的个性，是以往农村题材作品中较少出现过的，几个农村人物依托某个事件表现出了偏执的个性。作家除了极为真实地描写之外，还展现了一种很机智的小小说对人物个性丰富、微妙的审智、审美乃至审丑等不同的情感褒贬方式。

《还我一只羊》表面上讲赵梨死活不愿意签拆迁房子的协议，拆迁组长束手无策，通过陈果了解也得不到赵梨不签的原因，最后通过邻居池禾才得知，只要村主任还回他为拿到建房证而付出的那只羊他就签协议。这个小小说人物的行为动机出乎我们的意料，正是这样的出乎意料的"因"，才让赵梨这种"农民式的执着"的"果"鲜明地跃现纸上。客观说，这种"农民式的执着"表面上看能博读者一笑，但可笑的背后却让人的心情格外沉重。它一方面让读者觉得这种"执着"可以肯定，另一方面这种"执着"却是为了"个人的、眼前的、琐碎的"执着，又让读者可以否定。恰恰是这种肯定与否定交织的复杂情感，才让今天的农民形象真实地浮出。在《惊蛰》里也写出三桂那种"农民式的执着"，他因为一而再、再而三不能在施工队长那里兑现到200元的"棉树欠条"，竟然拿刀砍了施工队长。这里的"农民式的执着"已开始走向了反面，否定的情感评价主导了整个作品的立意。有意思的是，在《废窑》里，对长鱼的"农民式的执着"的情感评价也走向了另一个极端，作家肯定这种"农民式的执着"情感并向欣赏、赞美的方向发展了。长鱼坚持住废窑得到的好处，他没有一个人独吞，而是全部回馈村里和原来的窑主人牛尾。作家终于让我们看到，在农民个性的真实描写上，作家并不预先规定立场，当作家把3个农民的相近、相同的个性写活后，就顺应读者的思维和审美的阅读，让读者自己做出或肯定、或否定、或既肯定也否定的审美评价来。

伍中正的农民"小小说三题"用小小说的构思方式，发现并抓住了"农民式的执着"的性格元素，用不同的情节在不同的故事情境中写活了今天某类农民的真实形象，我们甚至可以把赵梨、长鱼、三桂共同看作是"小小说中的陈奂生"，如果这种理解能够被接受的话，那么可以说伍中正写农民个性的小小说达到了难得的深度。特别是作家在写活赵梨、长鱼、三桂的性格元素和性格个性时，所表现出来的对人物个性分别采用审智、审美、审丑的不同的情感评价，创造了阅读小小说人物的未知结构，激活读者、并引导读者想象出、补充出作家暗示给我们的小小说立意来，可以肯定这是小小说人物的机智写法。

白旭初的"小小说三题"有两篇写农民。这两篇写农村题材和农民性格的角度不同。《承诺》从一个成长中的父母官米副县长的眼中和心中去发现和感受"留守的老年农民"对亲情、家庭的渴望。老婆婆死时紧紧攥着米副县长给的50元的细节，典型地概括出如今"留守老农"的生存状态和情感状态。这个核心细节很有概括力量。而米副县长看望老婆婆而不成的情感活动是真实的、富有感染力的。《农民父亲》是从儿子的角度来写"留守农民"对土地的执着和依恋。对农民父亲一生与土地不可分离的情感描写，既写出今天中国农村存在的某种生活的矛盾与困惑，也很有艺术力量地概括出"农民与土地不可分离"的现状和困难。这种"二律背反现象"的发现和表现，促进了读者的深入思考，读者不能简单地、黑白分明式地或肯定、或否定这种"农村和农民"的生活状态。

可以把白旭初的这两篇写农民的小小说理解为作家也写了一种"农民式的执着"。《承诺》是老婆婆对亲情、家庭的执着渴望；《农民父亲》是老农民对土地的执着依恋。在中国农村走向改革、转型的城镇化的过程中，这种肯定或否定交织的"二律背反现象"很有概括性。小小说敢于写出中国农村和农民这种"复杂交织"和"最后一个"形象，证明了常德小小说作家在农村题材的小小说创作中所能达到的立意的深度和广度。

常德小小说作家在农村农民题材的作品立意上通过"小小说立意的未知结构"，不那么明确、明朗的小小说作品的立意指向，有意识创造这种小小说立意的"多义结构""空白结构"，充分把小小说阅读的审美评判权交给读者，让读者根据自己的阅历、知识、认知来想象小小说立意的深层结构，这是小小说作家机智的构思法，也是小小说文本的优势所在，还是小小说读者阅读的情趣所在。

（作者系中国作协会员，广东湛江师范学院党委副书记。作品原载《创作与评论》2013年9月上半月刊）

# 多媒体时代的文学传达

## ——评戴希的小小说创作

桂青山

当代传媒，可谓"山中一日，世上千年"。

读图（影像）时代已经彻底颠覆了文字的单一表达？文学势必边缘化，在多媒体时代已经不会有发展的时空？更有甚者：纸媒体将被淘汰！文学必定式微……众说纷纭。

我以为：上述，有一定道理。

客观地说：单纯纸媒时代的过去，是时代发展的必然。20 世纪 70、80 年代，旧堤崩溃，新潮汹涌，文学创作在一定程度上引领风气之先：对"文革"的批判与反思，对人性的反省与追寻，对时政的关注与考察，对未来的期望与憧憬……使得文学成为社会生活与文化变迁的风向标、晴雨表。国家级的文学刊物动辄发行百万册，省市一级也大多不下于三五十万册；小说作者凭一篇成功短篇，便使"洛阳纸贵"，进而改变人生的故事，比比皆是。而到 21 世纪、互联网时代的今天，上述所有，便只能是"故事"了。

但是，多媒体时代的到来，真就宣告了文学的式微？甚或决定了文学在当今"奉天承运"的必定消亡？！

不尽然，乃至大谬不然——

是的，多媒体时代，诸多媒体千帆竞发、"竞争上岗"。就媒体渠道而言，单纯凭依文字的纸媒，势必不能再独树一帜，更何谈唯我独尊？就传播受众而言，诸多媒体可供自由选择、个人生活节奏的紧张加快与人生内容空前地变换与拓展……因此，文学（小说）的传播，无论载体还是受众，必然大受影响，也必然从传播主流退避下来。

但这只能表明：文学恰恰回到了现代社会中本来应有的传播界位置。在社会生活中，所有人都热衷甚或痴迷于纸媒文学的阅读，本不正常——那只说明社会传媒的畸形与狭窄。因此，文学在整体社会的文化构成中，只应也只能是"小众艺术"。

因之，当前文学在社会传播界，不再"甚嚣尘上"，甚至稍许"冷清静寂"，恰是一种本来的回归。

但另一方面：就社会文化而言，若唯有形而下的"现实"乃至"实用"，而无形而上的"哲学、美学"的构成，此社会断无生命活力；民众若止于欲望层面的沉迷挣扎，茫茫然沦为"群氓"而不能自已，何谈成为健康的公民？文学，固然不能成为"经国之大业"，但其春风化雨的人文启蒙与心灵润泽，在社会生活中的不可或缺，毋庸置疑。

总之，文学读者不可能再是受众的主流；但文学在社会文化中仍然不可或缺。明白这两点，才会对当代文学有正常的创作与阅读心态。

而若换一角度，再看当代文学的现实存在与未来发展，则又完全可以大声宣告——

多媒体时代（网络、手机、立体影像、平面图文的多重组合、有机融合），恰恰给文学尤其是小小说，提供了前所未有的多重而广阔的时间与空间的平台。

中国的网民、中国的手机用户、中国的电视观众，以及传统的电台听众，加上平面纸媒的读者，数量雄踞世界之最。中国民众用手机上网的人数，更是每时每刻以"亿"来计。据中国互联网信息中心 2014 年 6 月的统计：中国网民规模达到 6.32 亿，其中，手机网民 5.27 亿，互联网普及率达到 46.9%（见《第 34 次中国互联网络发展状况统计报告》）。因之，文学若与上述媒体联姻并充分地有机融合，其传播的时间、空间与受众，自然"前无古人"；其快捷、简便的传达特性，必将发挥前所未有的传播优势。在这个意义上，我们又完全可以说：文学，尤其是精短篇幅的小小说，正遭逢着前所未有的机遇。

在此前提下，再认真阅读戴希的小小说作品，就大有可言——

与戴希相遇偶然：

偶来常德开会，顺便瞻仰了 2007 年建成的著名的常德诗墙：两千多首关涉常德（古武陵）的古今名篇，两千多帧近当代名家的书法碑刻，长达三千米、以古城墙为依托的碑刻诗廊，伴着从天地交接处奔涌而来、浩浩荡荡又清远从容的沅江水，人文深厚、艺术精美、蔚然大观，令人叹为观止。及知此文化大工程是常德承办，对武陵人又平添敬重。后得知中国微型小说（小小说）创作基地刚刚在常德市武陵区建立，武陵小小说创作在国内此领域，已颇具盛名……

于是，当见到武陵文化领域的中坚、常德小小说创作的领军人物戴希时，已有前期的好感。

此后，朋友希望我读读他的作品，最好能写些读后感。不久，作者便将作品数集，用邮箱与邮寄两途径，同时发了过来。

恭敬，不如从命。

下面，我将一篇不成熟的读后感，就教于大家——

## 一、戴希小小说的时代真实

当代文学（小说）某种程度的窘境，确实存在。但，一味指着读者的冷漠与社会的浮躁，也不妥，还应从自身寻找原因。互联网时代固然给予小说的传达以无限的时空平台，却也同时对小说进行更苛刻的近乎残酷的选择与淘汰。因散漫受众手指间的按键，具有无所顾忌、我行我素的天性，对面前的图文音像，稍不满意，乃至片刻平庸，立马就会移情别恋：七彩世界，海量信息——"不是我不钟情，只怪这个世界诱惑太多！"因此，若想在多媒体时代获得文学的成功，势必要比以前投入更大的精力、心血！

首先，就必须对时代生活有确切真实、而非"伪真实"的认知，同时又涵有聪慧机智的展现——

毋庸置疑，真实性是文学作品的现实根基。但如果以为只要"实事求是地表层摹写"，就可以得到多媒体时代受众的认同，那就大错特错。当代社会生活的诸种表象，大家都可以轻易获得。作为文学作品的小说（尤其是小小说），必须提供给受众更本质、更别致、更精巧的"艺术真实"，才可能吸引读者的眼球。与此相关，还应进入更高一层：对社会生活的"真实反映"与"终极表达"两者的有机融合。

具体些——

奠定在"真实基础"上，小说对时代真实的展示，应该百花齐放、别出心裁：可以以小见大、以大映小；可以正面反映、可以侧面反映，也不妨反面反映；可以实写，可以虚拟；可具象表达，可抽象意会；可时代写真，可历史譬喻……尽可天马行空、不拘一格。

在此种种"真实反映"的基础上，还应进一步涵有作者真正与时俱进的"主观表达"。就当代小说而言，对时代真实的主观表达，其性质大体有三类：

其一，同步游行：作品的内容与作者的观念，与时代生活并肩同行，与受众合流并进；其二，前沿引领：作品的内涵具有前沿引领、文化升华、时代启蒙性质；其三，就属反动滞后了——作品的人文内涵落后于时代的进步要求、反动于历史潮流的趋向。此种表达，不外乎两大层面：形而下层面的指点、赞赏、批评或批判；形而上层面的提升、反思、拷问与追求。

优秀的小说（小小说），无一不在上述两大层面，有局部或全方位的出色展现。读戴希的小小说，可知：他确实认真朝此努力，并取得了不菲的成绩——

在《领导上镜问题》中，作者以一个小公务员的视角，通过对官场活动中各位领导出镜的有无、前后、篇幅、位置、次数不同的电视新闻报道，屡遭严厉批评、强烈不满乃至咆哮震怒，致使刚参加工作的"我"战战兢兢、无所适从、哭笑不得、窘迫迷茫的精彩片段，用讽刺的笔触，以小见大地真实展示了一则"官场现形记"。其对当代体制的审视，又蕴含着明显的形而上拷问。讥刺犀利、针砭深刻，使人读来兴味盎然、冷笑不已的同时，又引发更深层面的思考。

戴希的小小说，在坦荡而犀利讽刺的同时，又对当代生活中普通百姓在人性基础上的善良淳朴，以及同在困厄中的相濡以沫……也做了精粹而质感的赞美与宣扬。

如《其实很简单》的内容，真的很简单：面对街边抢劫的歹徒，一男子犹豫再三、终于挺身上前。其实，他并无什么"高尚情操"，内心深处也不无畏惧，最后亮出其动因：仅仅为了不让六岁的儿子看不起自己这个父亲。这里，没有"英雄的光环"，唯现"平民的隐私"——而恰恰如此，更质感地展示了人性的淳朴乃至圣洁！

《你为什么不早说》中，以"同是天涯沦落人"的意象，表现了同居社会底层的小偷与下岗工人"相逢何必曾相识"的尖锐冲突及其无声化解。

…………

如果说上述作品是对社会生活的实写，另一类篇章则是对时代精神的抽象了——

《玉兰花开》讲述了一个"荒诞不经"的故事：上幼儿园的女儿以孩童之心，非要将一朵半枯萎的落地玉兰花，虔诚地敬奉佛前。爸爸笑其愚昧无知，虚与委蛇。但在两天后重来佛前，那朵玉兰（就是原来那朵）却真真切切地清新绽放，散发着馨香！对此，孩子鼓掌雀跃，大人目瞪口呆。这种故事，若以现实维度考量，何其造作编排、不堪推敲！但若站在哲学层面，做人生的终极拷问：谁又能说这个故事不是天籁般、扫除着当代现实的"尘俗实用"，而张扬着一种至境的美丽纯真？！

《每个人都幸福》，精湛又平实地点示了"人生幸福"这一哲理命题：每个"孩子"都有先天的缺憾，或聋或哑，或盲或跛……人人都深感悲苦。"老师"让每人表述：自己渴望的幸福是什么？于是，聋者的最大幸福就是能听到声音；哑者的最大幸福就是能开口说话；盲童的人生期冀自然是清晰地看到世界；双腿残疾的孩子最期盼的就是能健步行走……"老师"微笑道：其实，你们每个人已经都在虽不完满但真正的幸福中了——因为，你们每个人都已经具备并享受着别的同学渴求的多种幸福！这篇文字，似禅宗开悟，醍醐灌顶。读者尽可不赞同它的"比较减疼法"，但作为一种形而上的哲思，能在精短篇幅中清晰展述，且对当代大众不无精神慰藉，"孩子"还是欢迎这样的"教师"的——毕竟，智慧的安抚总比冷漠的打压强。如此别具一格、也就实应嘉许了。

当代大众似有一种"集体潜意识"：因人生目标、路途设定与阶段计划的含糊，而苦闷茫然与徒唤奈何。于是或得过且过，或苟且偷生，或放纵无羁，或沉沦颓废……多数人随大流、懒思考、混日子乃至厌人生，"玩的就是心跳"，甚或"过把瘾就死"。戴希在《里程碑》里便针对性地，以一次具象的旅行，对此症结的病灶以及治愈之道，作了简洁确切的抽象解析：同样的一段行程，三批旅行者在盲目随从、有方向而不知里程、有里程同时又知阶段的三种背景下，行进过程中的感受与到达终点的精神状态，大不相同！小说行文朴素明白而言简意深。作者把握生活与驾驭文学的功力，可见一斑。

在题材的选择上，戴希也努力涵古今于一瞬，通表里于一帧。古为今用，虚实结合，写实、意象、神话、寓言，百姿千态，不拘一格。如《死亡之约》《鹿战》《龟兔紧紧地抱在一起》《鹦鹉的故事》……种种表达，别开生面。

总之，在戴希的众多作品中，这种真实深入的现实反映与有前沿引领性的主观表达，比比皆是，相得益彰。相比时下一些作者囿于樊笼而视域狭窄、应酬世态而掩饰真实、观念陈旧而滞后时代的状况，确实不可同日而语。

## 二、戴希小小说的叙述艺术

当前的小说创作界，为技巧而技巧、为"叙述"而叙述，甚或为"语言"而语言的弊端，确不乏见。有些作者昂昂然不以为病，反骄狂自诩、睥睨"常人"，其轻浮浅薄，常令人扼腕疾首、哭笑不得。

但是，无论如何，文学的艺术追求，绝不可缺失。尤其在当今的多媒体时代，想要通过网上做快捷广泛的传播，并"俘获"更多的读者，微型小说的艺术品格，就比以前更为急需：因其小，必要精；因其微，必须美。苍山无碍荒谷，玉佩不容瑕疵。

正如王蒙所说："它是一种机智，一种敏感，一种眼光，一种艺术神经……它是一种语言，一以当十，字字千斤重。"（王蒙：《百年百部微型小说经典》总序言）好一句"字字千斤重"：言简意赅，恰切道出小小说的艺术特质与艺术要求！

"小说，是叙述的艺术。"好的小说，一言以蔽之，就是艺术地叙述一个好故事。这里的叙述，应称之为"大叙述"，它包括叙述的语言、叙述的技巧与叙述的形象。

### 1. 叙述语言

叙述决定着艺术的格调与韵味。不同的故事、不同的情感蕴含，应配以不同格调的叙述语言，才可相互彪炳。否则，皮毛不附，貌合神离，就难免使作品生硬晦涩或虚伪造作了。因此，叙述的语言，不宜只是完成叙述任务的"手段"，其本身，也必须是艺术作品的有机构成。叙述的情感温度（冷、热、中性）与语句节奏（舒缓、快捷、常态），乃至所用词句（声调与意象）的阴柔晴晦，都不同程度地影响着整体的叙述品格。

成熟的作者完全可以运用自如：或用"千山鸟飞绝，万径人踪灭"来描述孤舟蓑笠翁的寒江独钓；或用"七八个星天外，两三点雨山前"来点染清爽疏淡的旅人情怀；或用"却看妻子愁何在，漫卷诗书喜欲狂。白日放歌须纵酒，青春作伴好还乡。即从巴峡穿巫峡，便下襄阳向洛阳"来宣泄喜极而泣的激越情怀；或如欧·亨利以轻灵讥诮的口吻，挖苦"文明社会"的疮疤；或如海明威冷静近死的语调，展现苍凉的世界与孤寂的人心；或如当前一些出色的网络写手，以蔑视规则的"放纵不羁"来宣泄青年群体对外在畸变的嘲弄、对内心扭曲的把玩……凡此种种，均达到了"相与为一"的境界。

戴希的叙述语言，多用心为之，明显看出真诚不懈的努力——

且看《贪官访谈录》的叙述："某日某地，某记者采访某贪官。记者：……贪官：……记者：……贪官：……"整篇叙述，以冷静简约的语言，通过人物恬不知耻的辩解表白，活脱脱呈现了一幅无耻而冷漠的当代贪官漫画。

《笑》的叙述语言，不由得让人想到契诃夫的名篇《一个小官吏之死》。"似乎天天有喜事，无论遇上谁，墨局长都是一脸的明媚……"不料某日出差回来，对人一改常态，严峻冷淡至极。见局长如此神色，副局长们、办公室主任办事员们、情人们，各个胆战心惊、惶惶不可终日。女儿、老婆，则心绪焦躁、思想狐疑、行为变态。于是，局里上下，剑拔弩张；家庭内外，鸡飞狗跳。直到上级来视察、当面质问原委时，"墨局长终于忐忑不安，招架不住了。羞涩地笑笑，这才指指张开的嘴，腼腆地向上级领导报告说：'对不起领导，我的一颗门牙掉了，难看！'"此处，诸如"忐忑不安、招架不住、羞涩地、腼腆地……"的遣词造句，何其韵味十足、内涵深厚、情味盎然！整篇作品的叙述格调，从开始的温馨柔媚，到中间的冷硬晦涩，再到终篇时的"审丑"调侃：调随情走，笔与境合、一脉相承、浑然天赐，在似乎无技巧中，潜润着自然老练的艺术把握！

上述例析，证明戴希的叙述语言，已经达到运用自如的水平了。

在此补充一个与戴希作品无关的话题：很多作家努力打造一种自己的叙述语言风格。比如孙犁的清谈、王蒙的繁华、张贤亮的冷峻、阿城的典雅、王朔的洒脱、贾平凹的古旧……各有千秋、成绩斐然。但有一点必须提示：任何好的叙述语言，必须与所述内容契合，绝不可故步自封、画地为牢，"为语言而语言""为风格而风格"。否则，一己风格化的语言，非但不能锦上添花，反会被其所累。当年成功写出《棋王》的阿城，在《遍地风流》中败走麦城，其教训，可资借鉴。

### 2.叙述技巧

小说的叙述技巧，多种多样。线性讲述与场面显示的各得其所，情节编织的闪转腾挪，叙述者的视野与视角，"主观叙述"与"客观叙述"，单一线索、双线索、多线索以及双线平行或两相交织……不一而足。而所有这些融合起来，核心目的只是一个：艺术地把握叙述的"节奏"。节奏对小小说的叙述，尤其重要，甚至决定着作品的成败。

读戴希的作品，非常欣赏其多篇作品中展示出来的、与内容极为契合的"叙述节奏"。而这节奏的把握，主要源于以下两种技巧的成熟运用——

其一，"讲述"与"显示"的艺术把握。

线性的"讲述"，可以使叙述连贯快捷，故事清晰简约，其不足则是：难免缺乏艺术质感；场面的"显示"，可以使人物、环境具有充分的形象感，容易引读者入境，但也往往减缓情节的进程，极易陷入节奏拖沓的病灶。

自然，就小小说的叙述而言，因其整体的短小轻捷，纵然单一的"讲述"或"显示"，也未尝不可。而能够使两者在同一作品的叙述中，相得益彰，自然更为老到。

戴希的小小说叙述，则因地制宜，兼顾到位，取得了很好的效果——

如在《危房》中，只对申请报告的线性流程做单纯的"讲述"，便将领导不负责任、尸位素餐的官僚嘴脸，便简捷至极、毫不拖泥带水地整体揭示出来！叙述的目的与叙述的手法，相与为一、十分默契。

在《羊吃什么》中，因意在批判与讥刺管理部门的敲诈勒索、鱼肉乡民，于是采用多线平行式的重复性"讲述"，自然产生了丰富而快捷的艺术效果。

在这类作品中，因承载着冗长的内容与重复的场面，小小说又篇幅有限，所以，若场面的细腻显示过多，势必缓慢拖沓、不堪卒读了。

而"因权济变，全在乎一心"。在《贪官访谈录》中，作者则完全摒弃线性"叙述"，只横向地充满质感地"显示"一个场面、竟至更吝啬地只撷取人物充满个性的对话，便入木三分地完成了揭露贪官丑恶嘴脸的叙述目的。

自然，在可能的情况下，即使是篇幅精短的小小说，故事的叙述还是应尽可能使"讲述"与"显示"有机地艺术性结合，以扬长避短，共赢佳境。戴希《高人》的叙述，堪称典范——

作品用一两句过渡性讲述，简捷地贯连起三个极具形象质感的"场面显示"：公安局局长的车闯红灯，被严正执法的女交警按章处理；局办公会上，局长秉公自责，向众下属充分肯定女交警，于是在众人的一致赞许中，全体通过对这位可敬女交警升为"交警大队副大队长"的破格提拔。晚上，局长刚回到家中，就迎来女儿激动的拥抱："爸爸，你太高啦！"

整体叙述不长，但讲述清明，场面又形象，显示了成熟的艺术技巧。

其二，欧·亨利式结尾——小小说叙述的特色：

欧·亨利式结尾，在短篇小说的叙述中，为世人熟知并称道。在小小说的叙述中，更几乎篇篇出现、成了不可或缺的要素、法宝。

欧·亨利本人的诸多作品，如《警察与赞美诗》《麦琪的礼物》，风靡全球。影响所及，各地的小小说高手无不接踵其后，如日本星新一的《强盗的苦恼》、德国伯尔的《悠哉游哉》、苏联克拉夫琴科的《母亲的来信》以及海外华人作家非马的《二僧人》、台湾地区作家爱亚的《打电话》等，无一不是如此结尾，进而使全篇结尾处顿生新意，令人回味无穷。

欧·亨利式结尾，在戴希作品中，也俯拾皆是——

《谁扶了老太太？》中，一个老太太摔倒在街边，无人扶助。最后，只有一个衣衫褴褛、脸色憔悴的老汉，走上前去。读者到此，最多感慨世风日下、同时产生对老汉的敬重。却不料结尾处：当记者问及老人家何以如此时，老汉竟冷答："因为我是个捡垃圾的乞丐，不怕敲诈，没有后顾之忧！"读到此，谁人不彻体冰寒、感慨无言？！

《法律课上》更以一位向学生滔滔不绝、大讲特讲法律常识的教师在小说结尾处对学生大打出手、野蛮撒泼的讽刺，惟妙惟肖地揭露了"法律人士"

的装模作样、表里不一。

这种绝妙的叙述艺术，在前述的《高人》《贪官访谈录》《笑》等作品中，亦概莫能外。

（篇幅所限，对戴希作品叙述人物与环境的形象性造诣，不再赘述。）

总之，综上所述：戴希小小说的整体艺术叙述，取得了不菲的成绩，更彰显着深厚的潜力！

### 三、戴希小小说的传媒实验与传播前瞻

如果说，戴希的小小说创作在时代真实性与叙述艺术性方面，已做了出色努力，实堪敬重，则更应赞赏的还是：在传播渠道与传媒实验方面，又有进一步拓展——

这就是充分利用手机时代、网络时代广泛、自由、快捷的数媒传播平台，并着眼于多种媒体渠道的融合打造——

在 2013 年底中国微型小说（小小说）创作基地揭牌仪式后的中国·武陵微型小说（小小说）现象高端论坛上，播放了由戴希小小说《每个人都幸福》改编的长达十分钟的"微电影"，可谓引领风气之先。他的其他作品，亦涉足手机与网络媒体平台，如《一串佛珠》进入"手机传媒"……

这就给了我们坚定的提示：未来多媒体融合的时空前景无限；小小说与微电影、影视小品、动漫影像联姻、结合必成趋势；通过手机、网络以及数字电视的各种影像终端，再加上传统报刊的原有渠道，小小说的当代传播，必将空前地扩展！

### 四、结语

"小说家者流，盖出于稗官。街谈巷语，道听途说者之所造也。孔子曰：'虽小道，必有可观者焉。致远恐泥，是以君子弗为也。'"（《汉书·艺文志·诸子略》）

孔子之言，在当前看来，有明显的时代制约与观念的局限。

就小小说而言："必有可观者"，恰切；"致远恐泥，君子弗为"，则谬矣——

时至今日，我们甚至可以说：小小说因其灵动精简，其对社会生活的参与乃至点拨，当更为快捷；而小小说作者，更须具有见识的睿智、表达的智慧与艺术的精湛，因而，纯"君子"恐难为之。唯有"大家"，才可有"一

粒沙里看世界”“于纤埃内转大法轮”的素养与功夫！

作者近二十年来，能不离不弃、甘于寂寞，一直专耕于小小说创作园囿，确应赞许；而又结集十六部，成绩斐然，彰显出丰厚的功力，实堪敬重；尤其：以自己的创作表率与相应的组织活动，引领常德小小说创作队伍整体地大步前行，更功莫大焉。

在此，为武陵人戴希君的小小说创作，点赞，并期待其未来——更加辉煌！

（作者系北京师范大学艺术与传媒学院教授、博士生导师。作品原载《小小说大世界》2016 年第 4 期，收入《武陵微小说评论集》）

# 白旭初微型小说初探

王 帅 龙钢华

白旭初出生在湖南省常德市的一个书香门第，父亲是平民教育家。1982年，白旭初的处女作短篇小说《贼》发表在《桃花源》月刊上，从此开始了他的文学生涯。其新闻作品多次荣获国家级、省级广播电视优秀节目奖。现为湖南省作家协会会员，中国微型小说学会会员。主要专集有《夫妻舞伴》《寻常故事》《克隆一个慧》《防盗网》《陪衬人》《谎言》《寄钱》《流行时装》《我为你作证》等。其微型小说被《小说选刊》《微型小说选刊》《读者》等报刊转载百余篇，并被收入《微型小说鉴赏辞典》《中国新文学大系（1976—2000）》《当代小小说名家珍藏》等150余种选本。其作品集《夫妻舞伴》等荣获丁玲文学奖，《我为你作证》荣获冰心儿童文学奖。其《农民父亲》《寄钱》等微型小说选入中学课本中，《女儿长大了》选入香港中学课本。

近几十年，微型小说以强大和旺盛的生命力涌现在文坛之中，与读者产生激烈碰撞，碰撞出一股和谐繁荣的火花。日益增长的大众文化需要，使得微型小说成为大众文化中的一个重要组成部分。龙钢华从美学特征概括微型小说的审美特征：缩龙成寸——顺应快节奏社会的必然产物；心有灵犀——内容丰富而又点到为止；笑纳百法——独具特色而又雅俗共赏。[1] 白旭初的作品完整地体现了这三个方面的特征，他的作品不仅仅是靠简单的情节变化和审美价值观吸引大众，经过几十年的创作，他努力追求雅俗共赏，坚持由平易朴实的语言向厚重深邃的哲理转化，以极强的亲善面貌满足人们对文化的需要和对自身生活的认同感。白旭初把真实生活的描写和具体而微的情节

---

（1）龙钢华：《小说新论——以微型小说为重点》，湖南人民出版社，2006年版。

结合起来，遵循自然与生活，散文化的写法表面上是随性而发，其实内在有一条主线。在这条线的牵引下，故事情节浑然天成，以"小"示"大"且多侧重连接现实，关切人性，注重结尾的构思和智慧的追求，寻求艺术的平民化、多元化，描绘真切的淳朴的生活画面，今人回味无穷。

顾建新认为："白旭初善于在平凡的生活琐事中，剖开纷纭复杂的表象，采撷出闪光的珍珠。"[1]白旭初的微型小说聚焦于小人物的喜怒哀乐，写作手法生活化与通俗化，有一种胸怀真善美的情操和直视假恶丑的勇气。凌鼎年这样评价白旭初的作品："白旭初的小小说很实在，不故弄玄虚，不哗众取宠，不追求先锋前卫，也不刻意淡化情节、淡化主题，而是认认真真地观察生活，发现生活，提炼生活，从而把老百姓的喜怒哀乐，把底层小人物的酸甜苦辣，通过他的笔，通过他的构思，一一描述出来。"[2]白旭初的微型小说一气呵成，简洁实在，一切显得那么的自然，其叙述语言多有口语化和平民化的特色。平稳的叙述方式下往往涌动着壮阔的潮流，是一种执着于书写现实的时代精神潮流。杨晓敏评价白旭初的作品道："白旭初形成了自己的艺术风格，没有曲折的故事，不追求情节的奇巧，多用散文式的写法，采用行云流水式的结构，运用与读者娓娓谈心的方式，写出他对生活的体验。"[3]白旭初依托湘楚文化底蕴，在遵循现实主义原则下，坚守自己的文化和精神家园。他正视平民百姓的酸甜苦辣和民间文化，在遵循高尚审美价值原则下，坚持推广微型小说的平民化与大众化。白旭初不是绞尽脑汁地编故事，也不是刻意追求情节设置的精巧，而是像一股顺势而下的高山流水，不受人为控制，作者随手拈来，语言清新、淳朴、温馨。他的作品没有让人高不可攀的距离，读其作品就像和一位久违的老朋友侃侃而谈，轻松自然。平淡的故事经他一描述，立即变得波澜壮阔和意味深长起来，平实中见哲理。他追求的微型小说是能反映时代潮流的，是生活的放大镜。所以无论是在选材上还是立意上，源于生活又反映生活是他的创作本质。同时，他敢于创新，创作出一种新闻性与小品性兼具的微型小说系列，平实而亲切，平凡而不平庸。下面分三个部分予以论述。

---

（1）白旭初：《防盗网——中国小小说名家档案》，光明日报出版社，2010年版，第166页。

（2）白旭初：《防盗网——中国小小说名家档案》，光明日报出版社，2010年版，第173页。

（3）杨晓敏：《当代小小说百家论》，河南文艺出版社，2012年版，第272页。

# 一、微型镜头，大千世界

微型小说作为一种特殊的文体，就像微型镜头，能把生活中最隐秘、最深处的东西记录下来，而白旭初恰恰擅长这种捕捉与记录。白旭初的创作情绪丰沛饱满，多采取真实生活的大大小小片段，始终充满着对弱势群体和小人物的关注、体恤和理解，他把人物放在现实社会的伦理道德和自身素养的矛盾之中，对人物进行瞬间的心理拷问。他笔下的人物都很小，但小人物有大智慧，人物形象饱满生动而富有内涵。他的作品大多描绘的是社会现实中的热点问题和敏感话题，展现社会发展的轨迹，写人在生活中遭遇的尴尬，写人生存的窘迫。白旭初用简短的故事达到了剖析人性的目的，用简洁的语言颂扬了美好的人性。他的平实，不是随心所欲，不是简单描写，而是把最复杂宏伟的情感世界用最直接简洁的方式表达出来，且不失盛大和深刻。他作品的大千世界里包含了一幅幅描绘真实生活、揭示人生哲理和剖析人性的巨大图景，真可谓包罗万象。

贴近群众、贴近生活是白旭初微型小说的主旨。《农民父亲》里塑造了一对典型的价值观差异很大的农民父子形象，但白旭初在塑造农民父亲和局长儿子以及秘书和办公室主任的形象时，只是很客观地描写了几个人的动作神态和语言对话。文中父亲旺老倌正在田地里割庄稼，割了好久才割完半块田，局长儿子心生不满。接着，作者用一段对话勾勒出鲜明的农民父亲和局长儿子形象。儿子说道："这稻今天只怕割不完。"秘书赶忙说："局长您放心，等会儿我们努力干。"儿子接着说："只怪我爹脾气倔，请几个民工很快就割完了，他偏不答应。"办公室主任赶紧接道："局长没关系，你爸爸都能干，我们……"儿子却压低嗓门说："你能和他比，他干了一辈子，干惯了……"忽然听到父亲重重地干咳了一声，对话才戛然而止。儿子脱口而出的那句很自然、很坦率的话，却让我们看到了风光的、富裕起来的农民后代内心深处存在着的落后的农民文化意识，小说还通过简洁描写农民父亲和局长儿子喝水的区别，反映了纯朴劳动人民人性深处的"本真气质"与富裕了的农民儿子生活方式构成了一对深刻的矛盾。在（农民）转型时代，一方面是老一代农民对传统生产生活方式的认同，内心深处对于勤劳的朴实坚守，以及对于新变化的固执的"抗拒"；另一方面，是走出田地的农民后代在相对富裕的物质生活条件下，对田野的"疏离"，精神深处与父辈土地情怀的隔膜，以及那份质朴厚重的勤勉本性的丢失。白旭初熟悉农村和农民，因此他能够准确地定位和反映当代农民的真实心理与真实性格。他的作品深入广大群众中去，深入大众文化之中，传达生命的感动和温暖。他笔下的农民虽是小人物却有凝重之感，将生活的种种滋味娓娓道出。杨晓敏评价白旭初的作品时说："作品并没有臧否人生，评判两代人的价值观差异，而是让人物形象说话，为这个飞速发展的时代留下了一抹难以忘怀的记忆。"[1]

对社会的道德审判是白旭初作品的另一大特色，他站在社会的焦点问题和传统道德的交汇点上，编织了一张对社会习俗伦理鞭策挞伐的网。《寄钱》中描述了一位形象鲜明的母亲角色，母亲通过拒收儿子的汇款和面对乡邮递员的纯真快乐，用心良苦地唤醒儿子心中的情感和孝心，让他懂得了一个母亲真正需要的是什么。白旭初通过寥寥几笔就揭示了物质高速发展下人性深处的劣根性。儿子不仅丢失了传统孝道，更丢失了自己的人性。情节看似平淡无奇，却在"审丑"中表现了一个平凡而伟大，爱子心切、简单纯朴的劳动母亲形象，在审美中塑造了一个在时代飞速发展中迷失自己却又及时醒悟，找回亲情、找回自己的儿子形象。白旭初塑造典型的母子形象，不仅是对世人的一种善意提醒，更是对当代社会伦理缺失的批判。

白旭初很善于剖析人性，将人性的真实感通过作品剖析得淋漓尽致。《我为你作证》中描写了两位生动的钓友形象。王五自身心眼小，忌妒没有赵六那么好的垂钓本领，在钓上一个赃包之后随手扔到了草丛里，但这个赃包让赵六与一件盗案联系起来。王五心生愧疚，要亲自证明赵六的清白。可在为赵六做证之后，王五不再去钓鱼了，赵六想送的礼物没送出去。或许是王五自身的愧疚感和负罪感让他无法面对赵六，但王五在大是大非上和道德层面上绝不犯错误。同时，赵六的宽容大度形象了然于纸上。白旭初轻而易举地描绘了两位朴实无华、质朴憨厚的垂钓者形象。这与作者自身经历是分不开的，他也是一个热衷钓鱼的垂钓者。

白旭初在日常生活中就擅长观察人性，观察人在遭遇生存尴尬时做出的自然反应。因此，他能用准确的语言定位人性的好坏。白旭初在其微自传中写道："因有写作和垂钓两样喜爱，我的生活充实、恬淡而轻松。"[2]

作者想通过小人物的性格和形象映射出自己生活的氛围和焦点。他没有妙笔生花，将故事大肆渲染，而是简单两笔将人性的温暖美好勾勒出来，好似微型小说中的《清明上河图》，平凡却不失真切。白旭初笔下作品大多是在看似烦琐细碎的生活中展现小人物性格，描绘了一幅幅普通百姓生活的景

---

（1）杨晓敏：《当代小小说百家论》，河南文艺出版社，2012年版，第272页。

（2）凌鼎年：《世界华文微型小说作家微自传》，环球作家出版社，2014年版，第151页。

象，但这一幅幅景象寓含了深刻的哲理。例如，《买肉》中描写了日常百姓生活中最常见的场景——家庭主妇去菜市场买肉。作者通过寥寥几笔，一个鲜明生动的家庭主妇形象跃然于纸上。屠户面对生人、熟人，都是一视同仁的生意人态度。当家庭主妇面对生人、熟人屠户时，却是截然不同的买肉态度。通过不同态度的对比，作者揭示了生意人虚伪、唯利是图的嘴脸。白旭初并没有描写过盛大的场景，引起市井人物自身的共鸣才是他创作的意图。白旭初通过简单生活画面，对人性进行充分开掘，塑造了许多经典人物形象，如《团圆饭》中的盼望心灵"团圆"的慈爱母亲、《粟老倌进城》中的本分老实的农民粟老倌。作者于不动声色的描写中，完成对时代潮流的评判和对人性心理的拷问。

## 二、新闻视点，小品人生

白旭初微型小说的"新闻视点，小品人生"特点体现在以下三方面。

### 1. 新闻性与小品性

身为新闻媒体工作者的白旭初，扛着摄像机，用镜头记录了一个个轰动社会的热点和焦点，又把这些热点和焦点通过笔反映出来。马新亭在《小小说百家论》中评论："时代发展推动新鲜事物，而新闻工作者几乎与社会同步，这些新鲜事物也反映在白旭初的小小说里，因此新闻性也是白旭初小小说创作中的一个特征。"[1] 曾风靡一时的小品创作也特别关注社会的热点和焦点，当时发生在全国的大事都能在小品中体现出来，这使得白旭初部分作品新闻性与小品性兼具。但其作品不仅是简单地呈现新闻性和小品性的特点，而是善于关注普通百姓最希望解决的社会与生活问题。这使得他的作品上升到一个新的层次，一种胸怀人民的大爱之心在他作品中得以显现。

新闻能直观地表达人们的生活需求和社会发展轨迹。白旭初作为新闻媒体工作者，不仅仅用镜头记录了他见到的，更用大脑贮存了他感受到的，然后通过微型小说热情充分反映出来，其作品新闻性特征明显，如《看电视》《上电视》《查电话》《看文件》等。电视、电话都是当时社会的新生物品，新颖热点。白旭初用毫不忌讳的语言表达了他对新生事物的看法和人们对新生事物的感受，以及对社会信息爆炸的审视。《上电视》描绘了一位看到新鲜华丽的电视之后，萌发了上电视念头的工人楚祥的生动形象。在楚祥看来，

---

（1）马新亭：《小小说百家论》，"小小说作家网"，2011年1月31日。

能上电视是多么光荣骄傲的事。因此，当机会来临时，他要牢牢抓住，好在妻子儿子面前显摆自己。当电视台记者第一次来厂采访，楚祥一番打扮，为的就是能在电视上展现自己的风光，可他没想到，电视播报的新闻里丝毫没有自己的身影。第二次当楚祥在大厦开业庆典上，看见摄像机时，他又重燃了希望，始终跟随着镜头，可令他再一次失望的是，电视上还是没有自己的影子。直到半年后一天，楚祥碰到歹徒行凶时毫不犹豫地站了出来。这一事迹被记者知道后，马上要为楚祥拍专访，他真的要上电视了，可楚祥抓歹徒时眼睛受伤，他看不见了。这篇微型小说要诉说的不仅是一位工人"有心栽花花不开，无心插柳柳成荫"而上了电视的故事，更是折射出作者对新生事物的看法。通过电视曝光的吸引度和光辉度在真实美好的人性面前不堪一击，引起了人们对盲目热衷社会新鲜事物这一现象的思考。这种带有新闻性特征的作品是白旭初站在时代潮流和社会热点的中心用深邃的目光打量出来的，不仅会激起人民群众对新鲜事物的强烈反响，更会帮助新鲜事物在社会正常推广。白旭初用一个新闻媒体工作者独特的眼光捕捉到社会发展的轨迹对人们生活的影响，因此赋予了微型小说新的特征与新的内涵。

　　社会发展往往会带动时尚潮流，而小品又注重时尚潮流。因此，当一个新的时尚潮流涌现出来，白旭初总能第一时间捕捉到它对生活的影响，不动声色地用微型小说的形式反映这种影响，笔下的人物往往像小品表现的内容一样关注热点潮流，极具戏剧化特征。他的很多作品留下了明显的社会发展轨迹和生活热点，如《女儿长大了》《谎言》《范进新传》等。这些作品深深烙上了当代生活的焦点与新鲜事物的符号。《女儿长大了》中，"爸爸三年才回来探一次亲，但为了不让孩子看到大人们的亲昵之举，他等女儿熟睡了才上床，不等女儿醒来，他跟妻子至少有一个不在床上了。当爸爸在抽屉里找女儿作业时，竟从课本的最下层翻出一本《性的知识》。这让爸爸极为恼火，怒不可遏地要找女儿回来问个明白。可到深夜了，女儿都没有回来睡觉，挨到很晚才发现女儿字条，说和同学小玲睡，叫爸妈不要等她"。把普通家庭常见的尴尬描写得淋漓尽致，这么戏剧性的一幕深刻反映出青少年性教育普及的程度与家庭生活格格不入，让人心生感慨。"性教育"是当代社会不可避免的一个热点问题，白旭初以小品化的口吻将这个问题真实地展现在读者面前，让读者自己在生活中碰到戏剧化的画面时会做出正确的选择。白旭初将时尚热点与普通生活结合起来，让人们意识到"性知识"普及的重要性。又如《谎言》，媛媛在独自回城的路上被人强暴，媛媛哭得死去活来，觉得无法面对生活。母亲琳在安慰无果之下撒谎说她年轻时被无赖夺去了贞操，恋爱时主动把屈辱的事跟媛媛爸说了，媛媛爸不但没嫌弃她，反而更爱她了。嫒嫒终于鼓起了生活的勇气。当嫒嫒新交了一个男朋友之后，琳却担心嫒嫒会像她说的谎言那样把不光彩的事情跟男友坦白。琳担心的事情发生了，嫒嫒和男友吹了，可原因竟然是男孩主动向嫒坦白他嫖娼过，嫒嫒无法原谅他的行为。这是个出人意料和戏剧性的结尾，作者将面对美好感情时和面对诱惑困难时的诚实区别开来。诚实是一个当代社会的热议话题。白旭初不是通过作品来制造社会舆论，而是让人们看清社会舆论的真实性，这正是小品的独特魅力和特征所在。

新闻性和小品性的作品能够在人民群众中引起很大轰动和共鸣效应，不仅是因为这些作品新颖，更是因为它为人民群众提供一个道德标尺，让人们在面临新生事物和时尚潮流时能做出正确的选择。这成为白旭初作品最大的看点，为人们提供正确的判断标准，让人心系社会，紧跟时代潮流。正是因为这样，白旭初的作品才能深受群众欢迎。

### 2. 结尾艺术，引人深思

杨晓敏提出了优秀微型小说的评判标准："是思想内涵、艺术品位和智慧含量的综合体现，而一篇好的小小说作品除了会提出问题，在描写上表明问题，真正的高明之处还在于最后的'解决问题'。"[1] 这么看来，如何描写问题和解决问题成为艺术品位最重要的两环，作者的描写风格和结尾艺术堪称整篇佳作的血和肉，只有这两方面技高一筹，这篇文章才丰满。下面介绍白旭初用到过的三种结尾艺术。

（1）意外型结尾

冯骥才曾提出微型小说第三条创作规律"有一个意外的结尾，交给读者的想象空间有多大，小小说的创作空间就有多大"[2]，充分肯定了结尾意外性的重要性。整个微型小说艺术魅力不仅仅在完成质量上，更在深刻认识人生深度前提下完成结尾，让读者在意外中感受微型小说无穷的艺术魅力，而白旭初的作品就极具这种魅力。《夫妻舞伴》的结尾是这样写的：夫妻两个通过不断学习跳舞技巧，终于能够俩人一起去舞厅跳舞。本来在这应该有个完美结尾，俩人从此和谐亲密地伴舞下去，但作者笔锋一转，夫妻二人感觉搂着对方跳舞并不能满足自己的新鲜感，竟然产生了搂着别的异性一起跳舞的想法。于是，丈夫趁妻子去卫生间的间隙搂着一个漂亮温柔的小姑娘一起跳舞。她也趁丈夫去卫生间的时候沉醉在其他英俊男人的怀抱里，过了一把

---

（1）杨晓敏：《关于小小说现象的理论观点》，原载于作者新浪博客。

（2）杨晓敏：《当代小小说百家论》，河南文艺出版社，2012年版，第5页。

跳舞瘾。这意外的结尾看似平淡不太出奇，却意味深长，令人遐想。白旭初的微型小说给读者留下了广大的想象空间，给人的内心强烈震撼。读者不自觉地把作品中的情感依托和现实中自身的失落感进行对比：物欲横流的时代，物质文化的发展并不能满足人们内心的充实感，人们容易迷失自己。这样意外的结尾能让读者审视自己的人性，这种有智慧含量的意外结尾写出了境界，内容虽平淡无奇，但结尾与众不同，新翻杨柳枝，对读者是一次精神洗礼。同样是意外结尾的还有其作品《防盗网》。滕局长本想装防盗网又怕人说闲话，在看到其关系不是很好的邻居丁大勇率先装了防盗网后，意识到自己有下台的机会，跟着装防盗网。最后，局长宣布将后勤科副科长这一原不属于丁大勇的职位给了他。这意外的结尾充分反映了当代人与人之间信任感的丢失和邻里关系的冷漠。作品极短的篇幅、意外的结尾，对读者情感容量冲击力度之大，让人惊讶，让人回味无穷。

（2）挖掘人性型结尾

杨晓敏认为："一个优秀的作家，总要不停地对自己的社会良知与艺术创造严加拷问，把艺术笔触伸向人性深处，才能在作品中去维护人的尊严，给人以关爱。"[1] 白旭初在对人性的批判和挖掘人性的结尾艺术上可谓达到了炉火纯青的地步。对人性的揭露放在微型小说结尾，能够引起读者久久的思考。白旭初挖掘人性可谓入木三分，他借微型小说人物之口揭示了人物的劣根性与真实性，似春天惊雷，轻而易举地展现人性弱点。《厂长与作家》讲的是牛厂长想让作家写一篇报告文学，对自己的事迹进行宣传。牛厂长想了很久也没定出人选，最后选了一位小有名气的本厂工人作家石林。牛厂长觉得他能为自己带来名气和轰动效应，但在看完石林写的稿子之后，心情却甚是沉重：石林对他的事迹只字未提。最后，另一位作者出版了一本《企业家之歌》，对牛厂长进行大肆颂扬，而这个作者却是最早被牛厂长拒绝的朱记者。这个故事没什么奇特的，但作品结尾堪称一绝。事后有人问牛厂长为何不找更熟悉工厂的石林写，牛厂长却说："熟人写不好这文章。"再问原因，只是笑笑，不再言语。这个结尾和这句话深刻揭示了人性的弱点与劣根，人在面对荣誉时的虚荣心和利益心极为强烈。结尾就像一面镜子，可以深刻折射出人的内心深处，能照出人物心理的阴暗之处。

（3）意味深长型结尾

汪曾祺曾说："小小说结尾必须有个态度，但要尽量收敛，可以对一个人表示欣赏，但不能夸成一朵花；可以对一件事加以讽刺，但不辛辣。小小

---

（1）孙新运：《关于人性描写》，原载于作者新浪博客。

说作者需要的是聪明、安静。"⁽¹⁾一篇好的微型小说结尾不仅要用哲理给人恰当的启迪，也要给读者留下意味深长的思索空间。白旭初的很多作品都体现了内敛性与聪明性，既不给予合理的解释，又不故意卖弄结尾技巧，读者极其容易从文章的具体情节中发散思维，独立思考，去联系与自身相关的事情。例如作品《慰问》中，M局给干部职工每人发放了一箱苹果，米局长和黄主任决定组成慰问团去给支援铁路建设的一名员工派送苹果。当主任通知各科室时，却遭到了很多科长的推托。黄主任向米局长汇报，米局长决定由局里报销一切活动经费。当米局长率领的慰问团风尘仆仆赶到工地时，天已经黑了，而且没有住宿的地方。米局长当即决定往回赶。可在往回赶的路上，米局长又改变了主意。文中的结尾是这样写的："几天后，M局编印的《工作简报》刊发了一条消息，标题是'米局长带头深入基层，冒酷暑慰问支铁员工'。"表面看是对局长的褒扬，可联系实际内容来看是对局长的暗讽，也是对当今时代公务人员的铺张浪费和穷奢极欲进行讽刺。微型小说并没有对米局长进行正面批判，而是通过简单的情节转折来突显问题所在。这个结尾就能引起读者深深的思考，不仅是对自身行为的思考，更是对当代社会的风气进行思考。而这种最典型的结尾应当属其作品《讨债》。在《讨债》中，主人公吉夫在一家毛巾厂供销科工作，厂里经营状况很不景气，货款迟迟收不回来。吉夫主动请缨去收回难收的货款，厂长虽迟疑不决但还是同意了。第二天，吉夫走进了C公司，找到了D经理，D经理却以各种理由推托，一副死猪不怕开水烫的模样。吉夫也不肯走，拿出药瓶倒出几粒药丸放进嘴里，去找D经理要水吃药、同时用手摸了摸鼻子，朝D经理连续打了几个喷嚏。D经理瞥见药瓶上的字，忙用手掩住口鼻问你有肝病？吉夫却说你不给钱我天天来。D经理第二天就付了货款。厂长问吉夫讨回货款的诀窍，他如实说了。文中结尾这样写道，"厂长记起了吉夫曾提出过的要求，他要求从生产车间调到供销科。他开始坚决不同意，后来……"这个结尾虽省略掉了，但令人浮想联翩，不得不令读者对"职业道德"等社会现象重新考量与审视。这样的结尾升华了读者的想象空间，发人深省。

### 3. 风格疏放清新自然

白旭初的微型小说从不刻意去追求曲折故事，也不会大张旗鼓地在情节上做文章。他创作时的心态是极其轻松随意的，这与他自身的生活乐趣分不开。作者自身热爱大自然，因此写出来的作品大多随性洒脱，自然一体，水

---

（1）杨晓敏：《当代小小说百家论》，河南文艺出版社，2012年版，第8页。

到渠成，这就形成了他独具一格的疏放风格。他的这种风格使得他的微型小说具有了散文的艺术韵味。作者看似随意叙述，实则行云流水，韵味无穷，实现了微型小说与散文化的完美融合。读白旭初的作品不会摸不着头脑、产生烦躁不安的情绪，阅读过程轻松自然，惬意舒适。这与他疏放的自由风格是分不开的，但这里的疏放不是滥用辞藻，不讲技巧，而是相对于严肃沉重的风格而讲的。在《路线》这篇作品中，作者看似漫不经心地在叙述一个故事，实则有一条主线贯通全文。"鱼背乡东边的富裕"与"鱼背乡西边的贫困"，"豪华小餐厅"与"A领导的视察时间"，"村子的变化"与"视察路线"都是一一对应的。A领导的视察路线和时间与鱼背乡的变化息息相关。这样情节的书写水到渠成，清新自然。

白旭初常以寻常百姓的口吻来叙述生活琐事，这就容易娓娓道来，形成一种浑然天成的境界。白旭初形成自己独特的疏放风格是对微型小说艺术韵味的一种贡献，他的作品没有华丽的辞藻，没有优美的句子，但他的作品简约朴素，别有一股清新真实之风。例如在《老黑》中，他不仅仅描写了自然真实的农村生活场景，更塑造了一位憨厚老实的农民老黑的形象。老黑奋不顾身地救助了两个车祸受伤人员，当村支书为受伤者转交回报给老黑的钱时，老黑开始不愿接受，后来村支书对他说这是他应得的。作者用一句"老黑嘿嘿嘿地笑了"活灵活现地让人感受到憨厚老实农民的魅力，就这样一句简单朴素的描写，让人感受到清新美好的温暖人性。白旭初把这种通俗的群众语言恰如其分地融合在微型小说的每个角落，融合在高雅的文学作品中，使得微型小说达到雅俗共赏的地步，真正成为平民的艺术。他不拘一格的疏放风格和极具亲和力的语言特色使其微型小说别具魅力。

### 三、审美价值

著名学者陈平原认为："在文学的百花园中，微型小说作为一种特殊文体，有其独特的审美价值。"[1]而白旭初的微型小说自有其令人欣赏的价值。杨晓敏认为："在作者方面，有三种类型，第一种是为艺术而艺术的作家；第二种是为生计而艺术的作家；第三种是为参与而艺术的作家。微型小说作者一般属于第三种，这些人无功名之利，无生存之忧，只是为了提高生活质量和情趣进行创作。显然，这已经是平民阶层的趣味了。"[2]而白旭初

---

（1）陈平原：《小小说文体新论》，原载于作者新浪博客。
（2）孙新运：《关于小小说的文学意义》，原载于作者新浪博客。

的创作可谓是为百姓而艺术的作家。他笔下的作品多为平民题材，同时用通俗易懂的语言将其展现出来。他笔下的作品虽是平凡的世界，但其别具风味的创作特色和雅俗共赏的审美价值让他的作品有着不平庸的地位。下面从三个方面予以论述。

### 1. 平民题材真实真诚

白旭初作品十分贴近读者生活，贴近日常百姓关心的事物。未央这样评价白旭初作品："示小是一种能耐，读白旭初的作品好像跟他一起观赏风景，领略人生，他的小小说拨动心弦，有一种微妙小巧，引人入胜的能耐。"[1]从《寻常故事》和《反响》中人们密切关注的舆论监督功能，到《老林》和《桌缝》中寻常百姓在社会中的生存环境状态，都是白旭初着力描写的对象。《寻常故事》中，"有关部门"在其位却不谋其政，只知乱收费。于是记者在副台长示意下前去曝光，记者做好了曝光片子。令人意想不到的事情发生了，工商局说电视播出的医药广告是违法的，然后，交警队队长给台长打电话求情，并"提前"祝贺广电被评为"全县先进汽车安全联组"。最终，片子虽然通过，但被点名的单位名称都被抹去了，依然还是"有关部门"。而《桌缝》同样描写的是日常小人物的生活状态，塑造了一个吝啬、贪图小利的工商人员蔡小海的形象。无论是"有关部门"还是蔡小海，都是我们身边的某一件事某一个人。白旭初将目光和笔触对准了这些"日常生活"，描摹了小人物的酸甜苦辣和社会焦点事物，其作品显得真实，令人信服，读者分享着白旭初对生活的阅历，也分享着白旭初为人为文的社会责任感。新闻媒体记者范进撰文评价白旭初作品道："有关部门对新闻提出了从内容到形式的'三贴近'（贴近实际、贴近生活、贴近群众）要求，可谁能想到，我们的电视记者白旭初早在他的微型小说中就已经身体力行了。"[2]

### 2. 平民写法通俗易懂

杨晓敏提出了"平民艺术论"，认为"平民艺术论"是微型小说生生不息的源泉。白旭初的作品是平民微型小说的精髓之一。他用通俗易懂的文字来表达对生活的真实感受与思考。白旭初不仅善于从家庭生活的窗口描绘社

---

（1）未央：《微妙小巧引人入胜——读白旭初小小说》，《湖南广播电视报》，1998年2月14日。

（2）白旭初：《防盗网——中国小小说名家档案》，光明日报出版社，2010年版，第178页。

会生活的纷纭万象，更擅长通过平实的叙述口吻和直接简洁的过程展现生活的千姿百态。从《儿子的情书》中"儿子与小英步入婚姻殿堂，我和虹也结为秦晋之好"的温暖到《小保姆》中园园初进社会的童真，从《四川佬》中捡破烂的张安的勤劳俭朴到《贼》里新型农民刘富的脱胎换骨，作者用纯净的语言和平实的风格来写对人性真善美的赞扬，抒发人性的温暖。《贼》写的是一个过去因为贫困而偷窃的村民刘富，在一个暴风雨的晚上，偶然发现村里粮库的墙壁坍塌了，很多粮食被雨水冲了出来，在没旁人到场的情况下，他不仅没有乘机偷窃，反而主动保护集体粮库粮食的故事。一个积极向上热爱集体的新型美好农民形象浮现在人们眼前。作者通过寥寥数语，用疏放自然风格的语言和平白直叙的表达方式对真善美的人性大加赞赏。白旭初微型小说读起来虽显得平淡无奇，但当你读完两三遍后，作品呈现的丰富思想内涵和令人幡然醒悟的快感让人惊奇。著名学者王友胜评价其作品道："白旭初的小小说就其思想性而言，往往伐毛洗髓，由博返约，虽寥寥千字，却涵盖无限，如同盆景，一苞一枝一叶都锦绣灿烂；从艺术上说，它短小精悍，蕴含深刻，极富审美情趣与艺术感染力。"[1]

### 3. 平凡而不平庸

白旭初微型小说就其题材内容来看是平凡的，但作品有着不平庸的审美价值和艺术情趣。白旭初作品以对生活立意描写的丰富多彩和对人性内在挖掘的深刻，提升了微型小说的表现力。作者用别具一格的讽刺艺术鞭挞假恶丑的同时，没有忘记颂扬真善美的美好人性。他善于从生活的表象抓住具体可感的哲理，揭示社会生活的各个侧面。他用丰富的生活阅历和人生感悟赋予了作品熠熠发光的不平庸的价值。例如，《买葱》中的罗顺对于"头发花白，穿一身皱巴巴的青布衣"的卖葱老妪十分同情，不仅天天在她那买葱，还冒着被老婆责骂的风险多买了几份，但当罗顺发现卖葱老妪有一幢比他房子还大得多的楼房时，他便心生无端妒恨，从此再也没光顾老妪的卖葱摊子。这篇微型小说十分耐人寻味，它揭示人们微妙阴暗心理的同时，对那些道貌岸然的"谦谦君子"给予当头一棒。白旭初的微型小说没有丝毫的卖弄，却有着强大鼓舞人心的力量和充实内心的能力，作品充满了对生活的热爱，在雄厚浑成的平实中凸显无穷的深意。张文刚评价白旭初的作品道："他对人性的凝神观照使得他的微型小说'盆景'有了一片植根于人性沃土的绿意，

---

（1）白旭初：《防盗网——中国小小说名家档案》，光明日报出版社，2010年版，第172页。

有了一种超越浮华而引导人心向善向美的魅力。白旭初用他的微型小说'盆景'构筑了一座美丽的'住所'。"[1]

系统来看，白旭初的微型小说为这个飞速发展的时代留下了不可或缺的记忆，他的作品无论是从特征风格上还是从艺术韵味和审美价值上都为微型小说做出了重要贡献。我们能从白旭初微型小说平凡的题材内容中汲取生活的营养，从他带有独特特征的作品中去关注社会民生新闻。白旭初用简单疏放、清新自然风格的语言，用高超入胜、引人深思的结尾艺术铸造了一篇篇禁得住推敲的作品。他契合了大众的文化需求，将微型小说的通俗化、平民化道路延展得更宽更广。张文刚评价白旭初作品道："白旭初的小小说具有一种包含时代色彩和社会责任感的重量。"[2]白旭初将微型小说赋予了丰富的内涵。这种内涵包含了鼓舞人心的力量，更包含了对时代潮流和社会俗世百态的关注。白旭初不仅将书写社会百态的责任赋予了自己，更赋予了千千万万的读者。微型小说不再是大家专利，平民百姓也可以进行创作，进行激浊扬清，进行褒扬讽刺。经典的文学作品被视为"阳春白雪"，那白旭初的微型小说便是"下里巴人"。他的作品平凡而不平庸，平实而不肤浅。白旭初微型小说极具艺术感染力，他把人们想表达的话语简单直接，用酣畅淋漓的文字表达了出来，引起人们共鸣。白旭初让微型小说最大限度地走进寻常百姓，真正地落地生根、开花结果。像白旭初这样的微型小说作品，为文学大厦增添了新的元素。

（龙钢华系邵阳学院教授、文学院院长，湖南省文艺理论学会副会长。王帅系其学生。作品原载 2018 年 11 月中国社会科学出版社出版的《世界华文微型小说综论》）

---

（1）白旭初：《防盗网——中国小小说名家档案》，光明日报出版社，2010 年版，第 163 页。

（2）白旭初：《防盗网——中国小小说名家档案》，光明日报出版社，2010 年版，第 178 页。

# 纯朴的乡村牧歌

## ——伍中正小小说印象

杨晓敏

　　三湘锦绣，人杰地灵；唯楚有才，于斯为盛。正在成长壮大的小小说"湘军"，如聂鑫森、杨崇德、白旭初、谢应龙、刘卫平、袁雅琴、丘脊梁、邹当荣、王琼华、戴希、刘绍英、段淑芳、何一飞、昌松桥、葛取兵、龙建明、黄礼军、江薛、罗文海、陈茂智、蒋玉珊、李性亮、彭晓玲等数十人联袂而至，展现了一支朝气蓬勃的力量。

　　即使把作者名字遮住，读完《鱼算个啥》，照样可以认定这是伍中正的作品。凡能达此效果的写作者，必定是形成自己独特语言风格的高手。语言简洁而有质感，行文诗行般跳跃递进，内容厚实，直逼人性深处。伍中正从创作上已经"翻越那座山"，该是进入一片坦荡的金色旷野了吧。来自湖南澧水河畔的农民作家伍中正，一路上吟唱着纯朴的乡村牧歌，悄悄地经营出一块属于自己的小小说桃花源。他带着湖南农民天然的勤奋和执着，用侍弄稼穑的劲头侍弄他心爱的小小说，至今已发表千余篇，算得上是高产的"劳模"了。要知道，在中国，成名的小小说作家数以百计，写农村题材的也不在少数，伍中正却是一个不能忽略的存在。

　　20世纪60年代，著名作家周立波写湖南农村题材的长篇小说《山乡巨变》曾轰动全国。以今天的眼光看，且不论它的主题，仅塑造的人物形象和韵味十足的湖南乡村语言就令人难以忘怀。我不知道伍中正是否喜爱过这部小说，但洞庭湖边、澧水河畔鲜活丰厚的乡村文化底蕴，给了伍中正极大的灵感，使他的小小说语言颇有当年周立波的流风余韵。读伍中正的小小说，让我们感到，扑面而来的是浓郁的语言气息，人物和故事反而隐在了后面。他的语言是感性的、抒情的，色香味俱全，和人物的内心情绪相辅相成，相得益彰。尤其那种简洁、明朗、多义和富有质感的句子，会不时地粘住读者的眼睛。

《倾听桃花开放的声音》是伍中正的代表作。桃花开放真的能听得见吗？作者告诉我们，能。当然得有前提，那就是极度的敏感和寂寞。一位农家女子独自守着一个院子已经两年了，进城打工的男人也不回来一次。故事背景如此简单又如此常见，不寻常的是，作者用情景交融的笔法，展现了人性中的无边无际的孤独感。这种孤独感有两层含义：一是生活中的，丈夫一去两年不归，年轻的女人形单影只，守着一个桃花盛开的农家院，她笑，"院子里就她一个人的笑声"。她哭，谁能听得见呢？另一层面的孤独是精神上的，女人特有的敏感告诉她，丈夫已经变心，有一个城里的四川婆娘。结婚时栽的象征爱情的桃树开花了，女人只有流着泪倾听桃花开放的声音。这是一种凄美哀怨的悲歌。女人唯一能做的就是离开——"院子你自己来守！"可是，身后是桃花的呼唤和对爱情的留恋。在生活节奏越来越快，人们的感情越发粗糙和功利化的今天，已经很难读到像《倾听桃花开放的声音》这样含蓄细腻的爱情挽歌了，她使我们蒙尘的心灵得到了一次洗涤，让我们懂得，即使是偏远乡村的农妇，也有着极为丰富的情感诉求，也会和黛玉一样寄情花草，吟唱失落的爱情。

伍中正家乡不远的地方，据说就是陶渊明写《桃花源记》所指之地。陶渊明对大自然的热爱是出了名的，仿佛觉得一草一木都有魂魄。伍中正深受其影响，在他的小小说《就要那棵树》里，女孩子米唐对家门口的樟树一往情深，她常常对着那棵树一望好半天，在树下唱歌跳舞写字，那棵树见证了米唐的少女时光。可是当她长大了考进城里的学校后，为了凑够学费，家里只好卖掉了这棵枝繁叶茂的樟树。樟树被移栽进城。后来米唐有了男朋友，她唯一的希望就是让男朋友把那棵树买回来，还栽到农村的家门口。少女米唐对一棵树朴素而执着的爱，确实罕见，更值得赞美，如果我们对保护树木保护自然具有米唐式的虔诚，那么世界将会变得美好一点。

伍中正最擅长描写乡村的小女子，他把这些乡村女子的生存状况和情感世界作为艺术的观照点，塑造了一批血肉丰满、温柔可爱并且敢爱敢恨的湖南乡村小女子形象，如小小说《籽言》中的小媳妇籽言、《糟糠》中的小寡妇糟糠、《云很白》中的柳叶眉、《刘家玉的刀》中的刘家玉、《鱼籽》中的廖小花，等等。我想伍中正在描写这些小女子的时候，一定想起了他耳闻目睹的乡村女人的命运故事，想起了她们的善良和坚忍，笔端倾注了过人的温存和同情。丈夫外出打工，留守的妻子会担心丈夫花心，毕竟，城市的诱惑太多了。《籽言》中的小媳妇籽言，面容姣好，心思敏感。丈夫回家探亲时，她用蜜一样流动的槐花香味给丈夫洗脚的亲昵，让心生愧疚的丈夫坦白了曾在城里发生的事。见到籽言的泪水，纵是铁石心肠也会被深深打动，丈夫由衷地忏悔。这篇小小说给人留下深刻印象的，就是弥漫全篇的槐花香味，让读者感受到乡村小家庭的无比温馨。《糟糠》中的小寡妇糟糠，带着孩子难以度日，常常得到小叔子黑皮的帮助，连村人都说她要嫁给小叔子了。可是糟糠还是让一个外地男人带走了。这个故事并不出彩，出彩的是，小叔子黑皮冒着大雪一直送糟糠和男人出村，不想止步。接下来发生的一幕震撼人心：

> 糟糠对那男人说：带我走的，记不记得黑皮的老大？
> 记得！
> 糟糠又说：带走我的，记不记得黑皮？
> 记得！
> 糟糠还问：带我走的，往后还回来看不看黑皮？
> 看！
> 糟糠吼：那你就对后面满身是雪的黑皮说，让他回家！……糟糠在那一声喊里，流下了泪。

这是一段奇异的文字，一个重情重义的乡村女子跃然纸上。黑皮和嫂子在艰苦的生活中萌生的美好情愫，在这一刻喷薄而出。这是农民作家伍中正的神来之笔。在他的笔下，乡村小女子的善良甚至可以达到天使的程度。《云很白》中的小媳妇柳叶眉，丈夫因把一季卖谷钱都输给了粮站站长胖子而自尽。看起来，人命关天的祸事要把胖子击垮。出人意料地，在村人集体闹事、小叔子掂斧子拼命的危急时刻，保护胖子的，却是悲伤的柳叶眉。她宁肯背骂名、宁肯负伤也要保护负罪的胖子，这是何等的胸怀和宽容？同样，《赵雪娥》中的普通女子赵雪娥，在村民暴力阻止投资的老板施工时，挺身而出主持了公道。这让读者为这些深明大义的平凡女人倍加感念。

当然，伍中正笔下塑造的女主人公也有刚烈的爱憎分明的性格。《鱼籽》的小女子廖小花，丈夫外出打工。面对着村霸的施暴，她毫不畏惧，以牙还牙，以机警的方式把村霸送进了监狱，让我们认识了她的善良和正义。伍中正某些小小说是基于一种迷人的童年记忆。如《篱笆》于乡风野趣中含了厚朴凝重。《斗笠》《草垛》等，既温暖又沧桑，那个离我们并不遥远的乡村世界也因为童年的美好回忆而别具魅力。

（作者系河南省作协副主席，百花园杂志社总编。作品原载河南文艺出版社出版的《当代小小说百家论》）

# 夏一刀微小说中的人物形象分析

汪 苏

　　人们常常认为创作打工文学的平民作家都是不拘一格、性格怪僻的文艺范草根，经常特立独行，行为怪异，清贫潦倒。而今天我笔下的这位文学痴迷者却改变了人们的这种认识。他是很有经济头脑的打工仔，有车有房，物质条件充裕；他经营自己的小家庭，日子过得有滋有味；他参加各种文学party，交往得有情有义；他抓住一切空闲进行文学创作，作品声名远扬。他就是被中国小小说沙龙评为2013年中国小小说十大新秀之一的夏一刀。

　　夏一刀本名夏新祥，常德市鼎城区长茅岭人。高中毕业。十八岁开始成为泥瓦匠。后来开始转行做装修，现成为某装饰公司项目经理。丰富的人生阅历为他的文学创作提供了各种素材。夏一刀从初中时代开始迷恋文学，对文学知识的积累主要是碎片化的阅读。在雨天、中午、深夜街道的简陋的条件下，在朋友打牌、逛街、喝酒的时刻，他如饥似渴地阅读，如痴如狂地练习写作，并与各种文学创作者交流心得，快速提高。日积月累，他的学习经历和阅读数量已经远远超过了一般大学生。他从发表一些小品文开始，逐渐向散文小说等领域进军。近年来，受武陵小小说文化思潮的影响，夏一刀开始创作小小说并一发不可收拾，现已发表小小说近百篇。

　　从夏一刀的人生阅历中，我们不难想象，一个出身农村来城市打工的作家，是怎样在简陋的学习环境中用生命创作的。他融入生活，拥抱文学，热爱生命，创作艺术，并塑造一个个鲜活的形象，谱写出通俗流畅，深受广大读者喜爱的华彩篇章。

　　2015年，夏一刀在《桃花源》杂志发表的小小说《野猪横行的日子》被《小小说选刊》转载，获得小小说界的一致好评。这篇作品写的是在"文革"那些日子里，身为队长的父亲在饥饿的驱使下，为了让村民多吃一口饭，带队偷窃公共粮食，并有意造成野猪横行的假象，以此来达到少交公粮、迷惑上级的目的。但最终事情被揭发，父亲因而遭受非人迫害。作品虽然写的是一个乡村小故事，但这个小小的故事却包含着深刻的社会内涵，触及当时的政治层面，有着很深的关于社会和人性的思考，塑造了鲜明而独特的父亲形象。

首先，作品标题《野猪横行的日子》巧妙而有深意。野猪表面上是指危害农作物的动物，实际上读者还可以作更深一层的解读，暗示当时社会恶人当道，就像野猪一样横行，标题意味深长。其次，《野猪横行的日子》中的父亲形象塑造非常成功。作品一开头就写父亲经常教育自己的三个孩子："饿死事小，失节事大。"父亲高大上的形象深入孩子们心中。然而就是这样一位父亲，为了达到少交公粮的目的，却撒着弥天大谎，不仅欺骗县上来的领导，还领着一帮村民，在晚上大肆偷窃队里的粮食，并造成野猪糟蹋的假象来迷惑领导，这分明是表里不一，嘴上说的是一套，实际上行的是另一套。然而了解那个时代的人再清楚不过了，父亲的这些做法是时代所迫，是村里人的生存所迫。父亲冒着政治上、人格上的极大风险，只不过是想让村民少饿肚子。父亲不仅不是一位诓骗者，而是一位敢作敢为、敢担当的好队长。

作者在塑造这个人物形象时用了很多具有浓郁生活气息的生动细节。如"爹出早工回来，拖起一个土坯碗到锅里盛粥。站在灶边，呼噜噜一阵响，一碗水一样的稀粥就到了肚里。母亲说，还吃一点干饭吧，吃一点菜。爹说，饱了饱了。就拍拍肚皮，坐在门槛上抽叶儿烟去了"。一个有着三个孩子的父亲，在那个"割资本主义尾巴"的年代，在那个饥饿的年代，一家之主的父亲只有自己默默地隐忍和付出，而父亲的这一切只有母亲看在眼里，疼在心里。又如作品中9岁的"我"出于对野猪横行的好奇，在月夜里想对野猪糟蹋粮食的真相弄个究竟，不想看到的竟是偶像父亲带领一帮村民在地里大肆偷窃队里的玉米，"我"感到非常吃惊，父亲在我心目中的形象轰然倒塌。写到这里，作者又很好地插入一个细节："父亲赤着膊，挥舞着大手把掰下的苞谷集中在一起，然后一遍一遍地数，之后一个一个地数给疤子们。"父亲冒着身败名裂的风险偷苞谷，原来不是数给自己，而是数给队上填不饱肚子的村民。读到这里读者才真正理解父亲的用意。父亲是一个具有大爱的人，作品挖掘出在饥饿年代最底层干部闪光的人性，让人们还留有一分余温。但"我"不懂，我举报了父亲，父亲遭到了非人的折磨。这里作者写道："跪下，县干部一声断喝。爹跪下了一条腿。一个干部飞起一脚将爹的另一条腿踢弯下去，那干部又开五指，将爹高昂着的头使劲按压下去。"父亲只"跪一条腿"，"头是高昂着的"。父亲是队长，他不领罪其他村民就要遭到殴打，为了保护其他村民，他只有挺身而出，但他绝不向权贵低头，作品写父亲只跪了一条腿，另一条腿是别人踢跪的，很好地写出了父亲内心的纠结和挣扎，同时我们也可看出父亲大义凛然，一人做事一人担的豪迈。《野猪横行的日子》就这样真实地写出了父亲深层人性的善良、敢当担这些闪光点，这在一篇微小说里是难能可贵的。还有他的另一篇作品《男人皮军》，讲的是一个在建筑工地做着小包工头的五好男人，与发廊小姐相爱，抛家弃子，最后落得个鸡飞蛋打的故事。表面上看皮军喜新厌旧，为了一个发廊小姐，不惜抛弃妻子净身出屋。实际上皮军是一个敢爱敢恨、敢于承担、敢于追求真正爱情的男人。两年后发廊小姐离开了他，他的前妻也原谅了他，几次要求复婚，皮军完全可以回归家庭，但他拒绝了。皮军虽然孤独，什么也没有了，但他留下了自尊。

《老人与井》写的是一个双目失明的老人瞎伯拿出自己一生的积蓄委托年轻力壮的黑牛打一口善卷老井惠泽相邻的故事。老井打好，老人含笑而离世。故事的内涵也很深刻，老人一定要在老井"善卷井"原来的位置打一口井，这是很有深意的，在武陵善卷被称为德祖（道德高尚的祖先），而老人正是传承了德祖的遗风，临死之前也要善泽相邻。黑牛也秉承了这一美德，最后不折不扣找到善卷老井所在位置，完成老人瞎伯的心愿。这是善的传承，这是善的延续，我们既看到了武陵人的善良厚道，也看到了武陵美好的遗风。

小说历来是以塑造人物形象取胜的，微小说同样具有小说的这一特点，但要在小小的篇幅里成功地塑造人物形象，难度非常之大，武陵小小说新秀夏一刀不光做到了，而且塑造的人物形象非常成功和有深度，我们可以见出他创作的功力，夏一刀的创作可以说才刚刚开始，我们希望看到更典型更丰满的人物形象出现在他的笔下。

（作者系湖南文理学院文史学院副教授，文学硕士。作品原载《小小说大世界》2017年第12期）

# 人间烟火味　最抚凡人心

## ——王腊忠微小说品读

汪　苏　何春江

　　伴随武陵微小说不断向纵深方向发展，一大批微小说爱好者纷纷投入武陵微小说创作的大本营，他们或大步流星，或款款而至，在不知不觉中走出了一道道亮丽的风景线。

　　今天我要谈论的这个作家就是左手握笔，右手拿手术刀的王腊忠先生。他本是一个举重若轻的牙科医生，在自己的专业领域里叱咤风云，然而他炽热的心灵仍然执着于文学。岁月如古刹里的钟日复一日地奏响，他也已跨过不惑之年，从小热爱文学的他，一直拥有一个"文学的梦想"，当上牙医后，他仍然在工作之余利用自己碎片化的时间进行阅读与文学创作，正如"月晕而风，础润而雨"，有了之前的文学积淀与生活感悟，王腊忠先生首先撞开了诗歌、散文的大门，并发表了一系列的作品，如今，他又把触角伸进了微小说的阵营，并一发不可收。他的微小说坚持写自己最熟悉的生活，并且有着自己独到的眼光和独特的表达方式。

## 一、叙写自己最熟悉的生活

　　王腊忠先生是名专业的牙医，从业三十余载，医院、医生、护士、病人及其家属，是他每天都离不开的，因此，他的微小说大多涉及这一领域，就像是一个光点，逐渐蔓延开来。他坚定地扎根现实生活的土壤，叙写自己最熟悉的生活，使其具有强烈的可观可感可闻的故事性。

　　《马半仙失算记》与《自食其果》这两篇微小说的内容都与他平常的工

作有着紧密的联系，所以写起来得心应手。

《马半仙失算记》中泼辣的马娭毑远近驰名，儿子承包社区诊所，为了诊所的生意，她吹嘘儿子的本事，甚至弄虚作假，招摇撞骗。直到有一天马娭毑自己口腔大出血，只好去大医院检查，习惯坑蒙拐骗的马娭毑并不相信专业医院的建议，拒绝及时治疗，险些酿出大祸，但最后还是去大医院接受专业治疗并痊愈。从此，马娭毑改过自新。这个故事，一是揭露了毫无医德的人怎样钻营取巧，唯利是图。二是告诫人们有病了还是去正规的医院医治，文章浅近，但直击现实，深得读者喜欢，只有当过医生的他才能直击这一社会痼瘤的要害和核心。

《自食其果》有异曲同工之妙。住了四次医院的余娭毑，为了赔偿无底线地闹事，最终还是遭到报应。第一次住院，余娭毑药物过敏差点休克，在医院被证明无过失后，家属仍然大闹，获得了医院的人道主义赔偿。第二次住院，余娭毑一家自知理亏，就去了市里另一家医院，得到了医治。第三次住院，余娭毑口腔出血严重，请了市里著名的冯先生医治，冯主任和他的科室医生也曾主治过这种案例，但碍于余娭毑的身体，以及家属臭名昭著的蛮横，托词技艺不精、不敢做手术，要余娭毑转往更高一级的医院，余娭毑的手术因此搁置。第四次住院，余娭毑去了湘雅医院，解决了痼疾。这个故事体现了医患之间的互不信任，余娭毑家属的医闹行为是当下一种普遍社会现象的投射，冯主任等医生看似在保护自己，实则也是一种回避责任的行为。这篇文章的讽刺性很深，针砭时弊，入木三分。

王腊忠先生的微小说大都涉及这一题材，在医院这个汇聚各路人的驿站中，他以他锐利的目光去捕捉真实的故事，思忖故事背后蕴含的奥义，并且诉诸文字，赋予它们新的生命，具有深刻的现实意义。

## 二、描摹生活中的百态人生

文学不是空中楼阁、海市蜃楼，文学是对现实真切生活的反映。"人间烟火味，最抚凡人心。"王腊忠先生深谙其道，他的微小说作品与那些迎合政治、极具功利色彩的文章有着本质上的差别，他十分注重身边的人和事，体验着他们的酸甜苦辣，感受着他们的喜怒哀乐，在医者与笔者这两者之间，他构建了属于自己的大桥，桥上是行人纷至沓来的足迹，桥下是各色人生的航船，汇聚于此地，来往不绝如缕。

《遗失的苹果手机》故事发生在医院，患者马先生的苹果 7 手机不翼而飞，原是被勤恳的保洁员黄阿姨"偷"拿。找到手机后牵扯出一桩往事。黄阿姨廉价的诺基亚手机后盖上泛白的照片分明是黄阿姨一家三口，昂贵的苹果 7 显示屏上的全家福照片则代表马先生现在的家庭。但有意思的是两张照片上的男主人都是患者马先生，现在光鲜的生意人。笔者虽未详细交代出来，但想象空间留得奇妙。黄阿姨仍念念不忘地想着前夫孩子，可马先生早已改换家庭，他视前妻形同陌路，糟糠之妻对一家三口的留恋，富足丈夫对前妻的冷漠在这里奇妙地碰撞，对待爱情婚姻的两种态度对比，令人黯然神伤。

《老赵的烤瓷牙》中高级教师董卉和大学教授老赵也曾是琴瑟和鸣的夫妻，后来由于各种原因，却生起了异心。妻子不敌高中男同学微信热聊时发动的攻势，行为举止与以前判若两人，从豪爽直率变得躲躲闪闪。现实陪伴甚至比不上社交软件上的言语温存，实在讽刺。老赵发现妻子与男同学热线沟通，直摔手机，甚至动气咬坏了大板牙，只得去做烤瓷牙，虽然妻子最终道歉，夫妇达成和解，维持着婚姻，但老赵的烤瓷牙依然隐隐作痛，昭示着他们婚姻的有名无实与暗藏危机。这篇微小说深刻地反映了当下一部分人爱情婚姻的互不信任。

《画家之死》中才华横溢的画家冯明宇，患上了舌部高分化鳞癌这个怪病，手术本来很成功，但在护理过程中，他的铁哥们省委秘书长给他安排最高级病房，以为可以得到最好的护理，结果配药医生不专业，不自觉地加大了某个药剂量，冯画师因此中毒身亡，而护理医生推脱说是化疗药物的副作用引起。这个故事一般的作者是很难触及其内幕的，只有具有多年从医经历的王腊忠才了解个中三昧，这篇微小说引起了人们对于医疗事故的追查认定的极大关注。

《值班》中张君晋升安全科主任，本想"新官上任三把火"，但是在安排夜间电话值班中，碰到了刘红这个"钉子户"，她身体素质好，理应被安排值夜班，而刘红却是一位精致的利己主义者，缺乏为人民服务的意识，于是她找到了她的闺蜜，让闺蜜的朋友彭局长打招呼，就这样刘红得偿所愿不值夜班。张君碰壁后，垂头丧气，无可奈何之感浸透在他的生活中，但可喜的是，最后党委公正的决定让刘红参加了值夜班。

世态炎凉，人情冷暖，人生百态，王腊忠先生的微小说表达得淋漓尽致。

## 三、追求鲜活灵动的语言

王腊忠先生的作品很接地气，生活化强烈，均是现实主义作品。首先，流溢的语言鲜活、手法灵动，如热乎的普洱茶，细咂韵味绵长。如《烤瓷牙》中"老赵提醒妻子小心火烛，莫要越雷池半步"。这符合老赵知识分子的身份，语言既生活化又含蓄有味。又如《自食其果》中"冯主任和科室医生沾沾自喜，医闹未生已占上风，不战而屈人之兵"。这里运用讽刺的手法，犀利地披露出某些医生的精明算计。还有《遗失的苹果手机》中黄阿姨"平静地用手指头把眼圈揉了又揉"，却了无眼泪。这富有生活化的动作描写，表明黄阿姨这一带有悲剧色彩的女性，仍对丈夫抱有爱意，但深知他们难再重来，也只有苦楚滋生，沧桑浮现。这些鲜活的语言不仅提高了语言的表现力，也大大地吸引了读者的眼球。

其次，修辞手法运用娴熟。如《老赵的烤瓷牙》中"老赵的心像穿紫河航船难上岸，喉咙如有胆汁反流，生不如死受情伤。航船难泊，漂移不定"。这彰显了老赵对妻子精神出轨的如鲠在喉，难以置信。在这篇微小说里，作者还用烤瓷牙的隐隐作痛象征老赵婚姻存在的隐患。

王腊忠先生的作品绝大部分写医疗行业的故事，写与他工作、经历息息相关的事情，这是他的优点同时也是其缺陷。但读者们喜欢王腊忠作品的强烈烟火气，如果王腊忠先生能锲而不舍地赓续他的写作事业，假以时日，他的笔触必将伸展拓延到更广阔的领域，把他荣耀的锦旗带到更远的地方，给予更多人生活的启迪与情感的升华。人间烟火味，最抚凡人心。

（汪苏系湖南文理学院文史学院副教授，文学硕士。何春江系湖南文理学院汉语言文学 2019 级学生。作品原载《青年文学家》2020 年 2 月）

# 俗世生活的精微描摹

## ——简评唐波清小小说集《两棵香椿树》

王　锐

认真读过唐波清先生的小小说集《两棵香椿树》后，我被作者对生活的巨大热情所感染，小说集中的故事既涉及乡村也涉及城镇，既包括邻里也涵盖同学，既涉及熟悉的家人也涉及陌生的社会人。他的故事五花八门，他的题材十分庞杂。将他小小说集中的小小说一一读来，既兴致莫名，又难于归纳。他笔下林林总总生长的故事展现的多维度给我出了一道难题，在相当长时间里我甚至无法宏观把握这些文本——他的故事倔强地成长着、丰满着，且探头探脑，犟头犟脑，好像要溢出书本重返生活。

一句话，唐波清是那种对身边的生活点滴重视且用心去发现去探求生活真相和生活肌理的作家。甚至可以说，他就是俗世生活的窥探者，他也是俗世生活的呈现者。从他众多小小说的文本中，我甚至大胆得出结论，如果您是他的同事、朋友、家人、亲戚，或者多次的合作者、一次的寒暄者，直白说吧，哪怕您一个轻微的动作——不知哪天，只要他心血来潮，心思萌动，他也会不经意地请您到他的小说里去串串门，去主角配角地表演一番。所以，我想说的是，作为唐波清先生尚未谋面但多次微信联系的文友，我尽量推迟和他见面的时间，且尽量在见面时乔装一番，尽量表现出风趣、体面、正派的 A 面，尽量把率性、粗犷、不羁的 B 面掩藏起来。一句话，尽量成为他某天心思荡漾写作小小说时的主角，且是 A 面的形象。

并非我借此机会胡言乱语，而是有他的作品佐证在此——

《两棵香椿树》中的主人公张老汉含辛茹苦养大了两个儿子：一个叫张大春，另一个叫张小春。当年两个小子出生时张老汉各栽了一棵香椿树。不想两个儿子年纪尚小时张老汉婆娘早亡，从此张老汉既当爹又当妈把两个小子抚养长大。张大春为了让弟弟张小春继续读书不得已早早辍学回家务农，一直待在张老汉身边；张小春读书发奋毕业后留在京城开启了新生活。在张老汉心中，尽管小儿子参加工作后几年才偶尔回家一趟，且不论大儿子张大春多么孝顺，小儿子张小春才是张老汉的最爱。甚至张老汉天天吃大儿子住大儿子穿大儿子享受大儿子的所有孝顺，大儿子张大春都入不了老爹的"法眼"。这真是一个悖论，身边的看不见，远方的才更亲。一直到张老汉去世，他都没能扭转这一世俗的看法。读完小说，掩卷沉思，我只能说，这是张老汉的局限，也是张老汉的悲哀。当然，一篇虚构的小说，如果对号入座，无疑张大春是配角的 A 面，张小春是配角的 B 面。那么张老汉呢，作者留下了深深的让人回味无穷的思索……

读过小小说集第一遍后，我知道，我遇到了一位故事高手，他并不十分注重语言的知性，也不注重语言的独特，他是以故事取信于人的。他把故事编排得平地起波澜，他把故事撰写得无风三尺浪，他甚至把故事写出了《无间道》的味道。偶然听说过他少年时代天才似的写作经历后，我不得不承认他讲故事的能力是与生俱来的。《保姆》的故事很简单，"他"生长在乡村，通过刻苦攻读在城里当了公司老总，为方便工作，公司为"他"配备了女秘书。一般读者以为，故事会向"声色"方向发展，不承想作者并不如此布局。该公司老总并不因为是女秘书就怜香惜玉，而是颐指气使，工作之内的活要干好，工作之外的活也要好好干才如"他"所愿，女秘书俨然成了"他"的保姆。女秘书稍有反感，"他"便以钱相挟。这里，作者想说应该是，出生乡村的老总"他"已经忘了本，成了钱通万物的崇拜者和践行者。然而，"他"没想到的是，"他"的享受只顾及了个人，并未顾及生他养他供他上学的老母亲。生活的破绽好好地被女秘书利用了一把，当有一天"他"被女秘书热情邀请去她家做客，发现自己母亲竟然"为了挣钱"而在女秘书家做保姆时，反讽的意味已经溢满读者心间。是的，如果主观上成了生活的 B 面，客观上也不可能成为生活的 A 面，这就是俗世生活对人的启迪。作者通过对生活的细微观察，发现生活的错愕和尴尬之处，《步步紧逼》《还钱》《同学情》等亦然。

我仍然喜欢不温不火、平淡隽永、充满生活质感、能让人细细回味的小小说。唐波清先生已经把故事讲到极致，还能写出有点意思的小小说吗？当然能。在小小说集《两棵香椿树》中，我尤其喜欢《"和渣菜"的味道》和《尘》。前者就是一篇生活味浓烈的小说，作者在这篇小说里用心描摹细节，不断让叙事节奏慢下来，不以故事博人眼球，而是深入生活的肌理，写出了实实在在浓烈的生活趣味。对于从小在乡村支书大的我，"和渣菜"熟悉得近在咫尺，但对于城里长大的"90后""00后"孩子们，"和渣菜"是什么肯定存疑。因此这篇小小说的难能可贵之处在于，他不仅写了一个有教育意义的故事（文本中"我小时候觉得味道很好，参加工作后某次回家吃同样由妈妈亲手做的'和渣菜'，发现美味锐减。为此，母亲'狠狠心'第二天让我干了一天农活，晚上再吃'和渣菜'时发现小时候的美味又回来了"，实际上在写劳动之于人生的不可或缺之处），而且宣传了一种极少见的美食文化。这样的小说缓慢悠长，于文字的流淌中慢慢浸入读者的心灵，这样的小说当然是好小说。《尘》有些意思，尽管我不敢说已经看懂，但读过多遍后，我仍然很享受那种"一时半会儿半懂不懂"的味道。"读不懂"是好小说吗？这要看写的是什么题材。《尘》写了一座小寺庙，外刻"佛尘"二字。故事也极简单，寺庙破旧时，香客甚多，香火缭绕；寺庙维修后，香客杳无，香火了无。这个故事是在说"佛尘"与"红尘"的区别吗？也许是，也许不是，这些并不重要。重要的是短短数百字，就营造出了"佛尘"与"红尘"的浓浓氛围——清静淡雅且原生态是"佛尘"之理吧，那么豪华现代就是滚滚红尘应有之义了。

前不久，《巴黎评论·短篇小说课堂》一经上市，我便自当当网购至案头，其中秘鲁作家丹尼尔·阿拉尔孔在评论美国作家乔伊·威廉姆斯的短篇小说《微光渐暗》时，有这样精彩的评语："她的故事发生于意外之处，历经意外转折，直奔终局。她并不描绘生活：她揭露生活。她并不摹写场景：她以一种微妙的视角唤醒场景，用看似随意的转述呈现出她最充分的、往往是极具破坏力的洞见。"也许唐波清先生并未意识到，上述异国他乡的评论已经漂洋过海击中他小小说的内核，当然也可以作为对他勤奋创作小小说至今的成果的激赏。

丹尼尔·阿拉尔孔的评语，我只能默默仰望，并深感贴切。

（作者系湖南省作协会员。作品原载《灯和镜》微刊 2019 年 8 月 22 日）

# 生命与世界的同步重构

## ——《满世界》新书发布暨文学对谈

### 龚曙光　韩少功　李修文　刘大先　穆　涛

**龚曙光：《满世界》是我个人生命的"田野调查"**

旅行的时候带上你的灵魂，而不仅仅是带上你的肉体，那么会对于整个生命的价值有所提升，或者让我们的整个生命变得更平和，更丰展，会到达你那个世界的重构，你所到达的路，一定是你有意义的生命中，所到达的一部分。

所以我认为自己可能会写出一部跟人家不太一样的书，于是我坚持用了大概一年时间，把这本书写成了。我是这样想，我们作为一个人，面对两个基本的关系，其实也是两个难题，一是个体和群体，二是身体和灵魂。

我们作为文化人，两个关系一个是今人和古人，二是中国人和外国人。而旅行恰恰会把作为一个人和文化人的两个关系都联系起来。所以在这个意义上，我一直认为旅行对于一个人，特别是我们现代人来讲，是一个特别好的生命放松的过程。

我说我们生命有各种各样的格式被固化，旅行是我们最自主的、自我解放的方式。我们很多自我解放是没有能力的。但旅行，只要我们科学地调配一下时间，我们是可以自主让自己解放一下，所以我说它解决了个体和群体之间的关系；第二是身体和灵魂之间的问题，其实我一直还是认为现代社会不管在中国还是外国，我们的灵魂是在被各种结论所禁锢，我们读的书越多，禁锢也就越多。因为我们总是在接受别人给的结论，而我们很少给自己结论，因为我们没有给自己结论的依据。你说法国人好，或者说美国不好，你的结论是什么？人家的结论都是有依据的，人家到过，或者人家论证过，人家看了很多书，你呢？你所有的结论，都是别人的结论，所以我特别不开心这样的状态，所以可能走出去对我个人来讲，是我个人生命的田野考察。

我们大先老师是搞民族文学和民族史研究的，他每年要做大量的田野考察。当然他的考察是基于某一个民族历史和民族文化大命题的，但我的田野考察是基于我生命的某一个企盼或者隐忧。我到了四五十个国家，当然也到了书中写到的这十四个国家。

今天的命题叫作"生命和世界同步重构"，我确实认为今天的中国人是没有办法不面对世界的。因为世界在一步一步向你走来，我们的日常生活不断地被外部世界侵袭，当然我们也可以说它在提升，我们的精神生活也不断地在被外部世界所影响，这就是所谓的"西风东渐"，我们的日常用语之中，至少有20%不是我们的母语产生的。

既然我们面对这样一个一步一步向我们逼近的世界，我为什么不可以迎上去呢？我为什么一定要躲避呢？我为什么一定要以一个先验的、批判的态度去对待，而不是以一个裸体的生命去迎接它，然后以生命去感受它的优长劣短，感受它的温暖和坚毅呢？所以我有一次和同事们聊天，我说实际上我的旅行是有意识地按照世界的来路来逆行。

最近有一个朋友写一个评论，文章写好了，我说你怎么不给个题目呢？他让我给一个题目，我说"在世界的来路上逆行"，因为这就是我，实际上这个旅行如果说有一个想法的话，这就是一个记录的想法。

当然，首先改变我的，是我所受到的基础教育，第二是改革开放40年对我个人人生的历练，第三个重要的东西，就是我在这些国家的旅程，和我为这些旅程所准备的阅读。

举个例子，我们对希腊有既定的结论，大家都知道荷马史诗，大家都知道古希腊神话，大家都知道希腊是以美为宗教的文化源头，这些个结论我早早就有，我本科读得很好，我们学校的老师是非常牛的。但只有我到了爱琴海，才知道为什么是希腊在人类所有宗教中把美奉为第一神，为什么希腊让我们明白了人类自我神圣的那样一个极致的点，不是其他，而是美。所以我说人类自圣是人类本身的精神特质，人类有它向下的、向肉欲的趋向，但它还有一个肩负的秉性，就是自圣。我认为人类自圣的结局是什么？就是美。这是我在爱琴海边得出来的，看着爱琴海湛蓝的海水、希腊白色的房子和荒凉的环境，我知道为什么希腊人的美那么简洁，那么单纯，而又极致到你没办法超越。

这种感悟你是没有办法在任何一本书中知道的。这样的感悟很多，所以我说，实际上我在跟世界逆向的行走中有邂逅，有些东西遇到了，碰上之后相处很和谐，当然也有对撞的东西，因为我这一辈人所受到的中国文化的教育虽然有限，但也是很强悍的。我们跟民国的先生们比，我们今天读到的东西还不如他 10 岁读到的东西多，所以我不太相信我们这个时代有什么国学大师。但是，我们受到的教育又是很强悍的，因为我们的学习方式，我们被学习的方式是非常强悍的。

那么它就必然会和我们在行走中所邂逅的这些人类文明的样式，这些人类文化的范本，人类生存的模式产生冲突，这种冲突有时候是非常强烈的，甚至它会对撞到你怀疑自我，怀疑你过去所接受的一切。但我觉得这样一种对撞之后，归于的平静和宽容使我今天绝对不可能成为一个愤青。所以这本书现在有十几万字，但是能看到我愤青的只有一处，就是我写到俄罗斯的时候，多多少少带了一点情绪，其他地方尽管内在的冲突可能非常激烈，但我的表述是很平和的，就是我看到今天任何一个人类生存方式或者遗存和我们有巨大的反差，我也不会去排斥它，所以对我生命的宽容和平和，有很大的好处。我认为每一次旅行，都加深了，或者加厚了我跟世界的生命重构。当然，这是我个人的理解，书中大量的文字是我关于灵魂的文字，有一个朋友做了一个统计，说这本书中 1/3 强是关于自然的描写，2/3 弱是关于历史文化、文明的议论，这部分中大概有一半的文字是对作者自己灵魂的表述，我觉得这个统计是比较准确的。

所以我说它是我生命的"田野调查"。大家看到，我这么多的风物描写，当然这也是一般风物游记都会出的，但我还是认为我的自然描写和朱自清他们还是有区别的。朱先生更呈现出客体的那种美，比如他写瑞士的湖水，像西方小姑娘的眼睛，他还是希望比较客观地再现他所看到的这种美，包括他写的翡冷翠（佛罗伦萨）等等，而我所有的描写，和你们再去看到的可能不大一样，我所看到的布拉格、克罗姆洛夫，我看到的地中海、太平洋、大西洋，可能和大家看到的都不一样。我确实把自己的灵魂完全融入了那样一片山水或者那样一些器物，那样一些历史人文，包括经济，不大有一个游记的写作者会写经济的，我的篇幅中，估计有 10% 是涉及经济的，有的涉及纯经济或者纯金融。

所以我也觉得这些东西，虽然从传统文学来讲可能不适，但我总是力图通过自己以一种经济结构、经济形态的灵魂领域让它变美。当然我们历史上也不是没有先例的，比如贾谊，我们学到的文章中，很多是关于粮食储备、经济运行的，我们读的时候，也读到了文辞之美，也把它当作优美的散文来读，我们也读到了浩荡的灵气，贾谊的文风我们是从他的经济著述里面感受到的，所以只要一个文学家把灵魂摆进去了，不管你面对的是经济还是器物，是山还是水，我认为它都会变美。

## 韩少功评《满世界》：深者知其深、活者知其活、实者知其实

很长时间内我不愿意看游记，感觉特别酸。所以刚开始曙光老师要搞游记，我心里还咯噔了一下，现在很多游记都是抄旅游手册。但是这本书显然不是这样，而且我看了特别高兴。

这本书现在人文社出得恰逢其时，确实现在中国人要把我们的心，要把我们的思想解放出来，要看这个世界，要重建我们的世界观，也要重新观世界，现在是一个特别重要的时间节点。其实从"五四"晚期以来，我们看这个世界已经上百年了，但是看来看去，到今天，我们这么大规模的，中国与世界迎头相撞，有强度的冲突，也有深度的融会，这是我们当前特别重要的，甚至可以说是特别首要的问题。这对于我们中国的文化、精神是特别大的挑战，因为中国人其实特别内向，不大善于往外看，都是定居"张家村""李家庄"，一待就待一辈子，不太擅长和外界打交道。比如唐人街，这就是国外的一大景观，因为中国人喜欢扎堆。甚至有的人几十年，一辈子就在唐人街守着，说是到了国外，但是他的心态，他的生活氛围，他的灵魂还在中国的"张家村""李家庄"的状态。我碰到很多海外的老华侨，一辈子也不会说几句外语，在唐人街待得很合适。聊起来的时候，甚至有个入美国籍20年的朋友，都是下意识地说"他们美国人怎么样"。

在这个时间节点上，这本书可以带动、引领更多人来了解我们这个世界到底怎么回事。确实我们也做了很多工作，我们作为一个中国人，也作为一个世界人，对于这种自我定位、自我感觉和处理与外界的关系，有大量的事情需要做。我希望《满世界》这本书对这样一个历史进程来说，是很有意义的，能够建设性地添砖加瓦。

很多人看到世界很多时候是少见多怪、大惊小怪的障碍。我记得有一次，我们一个作家代表团到了国外，也是这种状态，比如有一次我们到了东欧，看到一些油画，我们同行特别惊讶，觉得相比来讲我们的皇帝很野蛮，人家的皇帝多有文化。我说唐玄宗写的字你见过吗？我们汉武帝、李后主的作品你知道吗？就是我们很多作家都会犯这样的错误，所以我们真正要把这本书看懂，不是我们想象的那么容易。所以我特别欣赏这本书。

我总结了三点："深者知其深、活者知其活、实者知其实。"这是这本

书最可贵的特征。出版界的朋友知道曙光在出版界摸爬滚打这么多年，现在我们叫作"文学回归"，好像耽误了这么多年，实际上赶点儿实务，做点儿实业挺好的，对他观看这个世界有很大的帮助。他在书中提到好莱坞的电影、意大利的时尚、日本的动漫，我一看就会会心地笑，我说这就是中国的老板，幸亏他干了这么多年，他能看出来门道，一般游客看不出来的。他摸爬滚打这么多年，有了职业敏感以后，会真正有所收获。而我们如果只是从书本上去道听途说，通过其他的方式了解这个世界，就达不到这样的深度。

## 李修文：他面对这个复杂的世界，终于活成了一个平静的人

感谢龚老师高看，从《日子疯长》到最新的作品，一直把我作为他最早的读者之一，我也给了龚老师很多的建议，包括我的新书刚刚写完了序，第一时间也发给了龚老师指教。我觉得是这样，龚老师的写作，是永远主动地在生活，然后被动地等待写作的结果。与此同时，他保持着对于生活百感交集的能力，尤其这种能力，从《日子疯长》开始，一直到现在我都觉得非常鲜明、突出，弥足珍贵，这本书从态度上给我一个很大的启发，就是他平静，他是结果，他没有特别多像《北京人在纽约》式的大惊小怪，那种当国境线打在他身上所产生的那种挣扎。他其实既代表作者，也代表着今天的中国人，我们真正在开始外观世界、内观自身，就是中国人面对这个世界的到来，面对这个世界复杂的时候，终于活成了一个平静的人，这个给我的感觉非常突出。

其二，大家显而易见，这本书的文气非常充沛。这一点，早在《日子疯长》时期就已经表现得非常突出。就像我们今天这样一个主题，"同步重构"，相当程度上，就是文章和道路的"知行合一"，人和世界不断融入彼此。所以我其实觉得包括这本书，在龚老师在写这本书的时候，展现出来的这种生命姿态，其实也是在回应着我们中国的传统。这是对我自己写作的启发，我觉得这种启发是很大的，我非常羡慕这样的创作力，以我的认识，龚老师的创作现在仅仅是一个起步。我读到过一个诗人的诗，大概的意思是说五十岁以后重新活回了少年，以前所有的一切，都是为了今天所展开的准备。你像我们看到《日子疯长》，他那种对于乡土切实的描述、凝望，只有来自那一带才能领略；再到今天的《满世界》，这种巨大的平静，这种针对常识出发而并不为常识所大惊小怪的境界，其实仅仅是一个起点。事实上我也听龚老师讲，接下来他还有很多作品的计划，我也充满了期待。

## 刘大先：从《满世界》走出自己的"小世界"

旅行是从我们日常生活中，一个"出轨"的行为，这个行为是从我们之前的固有状态中出来，是对我们原先秩序的破坏，是对自由的寻求。

这个过程就会涉及少功老师刚才讲的，"观世界和世界观"。《满世界》这本书写了 14 个国家，基本都在欧洲，我们从空间的书写上，基本可以看到一个现代历史的发展，就是说近 200 年，中国人的世界观基本是在收缩大转型，之前我们是天子居于中间，以自我为中心，向外平推、扩展的图式，这时我们以天朝上国自居；但是之后我们赫然发现，我们被强行拉入到现代世界史，欧洲大概从 14 世纪开始经过文艺复兴、地理大发现、启蒙运动、工业革命，而实际上是欧洲从自己的地方性向全球扩展，而在这个过程中，我们这个所谓的"东亚"不得不纳入这个叙述模式中来。所以梁启超说他意识到他是一个世界人，我们从 19 世纪中期开始，我们派各种使团出去，编了一套"走向世界丛书"，我们不停地学，学君主立宪、学法国大革命、学俄国，就是整个我们 150 年来，一直在学习欧洲扩展开来的世界观念。

## 穆涛谈《满世界》：有意思、有意味、有意趣

我从编辑的角度谈，因为我是《美文》杂志编辑。这本书读的时候很舒服，有意思，有意味，有意趣，内容含量很大。少功老师的序我也读了，我有三点启发谈一下。

第一点，我觉得这本书最重要的，就是心态。这是一个写外国的游记，用什么样的眼光去看，我觉得最重要的还是心态。我们新文学 100 年出头，国门打开，我们有不少写国外的游记，但是我们回想一下，是什么心态？国外什么都好的，学习先进经验的，甚至还有自卑的，百感交集式的，就是当时我们很落后，我们仰望、惊艳，怎么世界这么好？科技这么好？这种心态挺不舒服。我觉得这本书是一个好的心态，就是我把我看到的东西慢慢讲给你听，他是平视的、交流的，他写布拉格，他写东京、写巴黎，跟他去农家乐、去看乡村没有区别。这种心态很重要，我们 100 年的现当代文学史，如果选一本写西方、写国外的游记，我们选一本心态好的，应该挺难的，不太好写。我们作为文化自信也好，今天的作家也好，怎么样思考这个问题？有的作家也挺有名气，他写家乡的文章特别好，满身扑在家乡写，后来移居到美国了，也是扑上去写，这里面有个差异：美国再好，也不是你的亲娘，它

是你的干娘，写亲娘和写干娘应该有区别。我们有些作家在处理的时候，值得我们反思，这是我说的第一点。

第二点，我们今天的游记，刚才少功老师讲了，很难看，很不好看，好的很少。其实即使好一些的，也存在一些问题，就是依时之见，依人之见，如果他的读书少、阅历少、心态又有问题，这是很可怕的，而且依时之见问题比较大，受各种社会影响、干扰，会出很多问题。我举一个特别尊重的作家杨朔先生写的《泰山极顶》的例子，写大集体，合作化，写到了泰山，先到了一户人家，有一个女的，很不好意思，照顾不周，很惭愧。这时候看到院子里有只鸡，雨后走的那个脚印是"个"字，他说："鸡都觉得太个体了不好，鸡不应该有这样的糟糕境界，这是对鸡的严重不尊重。"第二，有一个道观，里面有一个老道，其他道人也都下地劳动了，这个老道很惭愧，没有给你倒茶，这是对宗教的不尊重。依时之见，出现的问题是很大的，而且它入选了大学教材，这是要引起注意的。

我们的游记丢掉了一个大的传统，就是《徐霞客游记》式的、《山海经》式的传统，下扎实功夫，用你发现的眼光去有所发现，不仅仅是"仁者见山，智者见水"，不仅仅是这样，我们今天很多游记，他连驴友的知识都没有。就是说我们需要继承的传统的东西多，这本书写作的路数，下功夫的路数，每到一处的路数，都是写自己的认知、认识，而且他不拘于文学抒怀，他单纯抒情的不多，记事、叙事的态度对我感触很深，挺好。

第三点，我是编辑，我读书有一种文体感。我们今天散文那么多，每年创作那么多，你读一篇散文，有文体感的作家不是很多，秋雨先生写得有文体感。这本书它是有文体感的，你看他用罗马数字标下来，是浑然一体的，而且好玩的是他做了索引，每一篇文章都有索引，那个索引非常好，都是知识点，我们有些写这类文章的，就把文章变得很琐碎，很没意思，而作者把它变成一个索引，既作为强调又作为补充，我觉得更是对自己写文章的尊重。

# 卢年初散文创作漫谈

佘丹清

　　散文一直被书写者作为一种表情达意的方式，即寄托情感、记录生活、描摹内心的思绪。表情达意到位，写作者将被受众接受，乃至追捧，否则创作将成为自娱自乐。20 世纪 90 年代始，散文书写者遍及各个行列，人们都试图建树自己的书写样式，树立自己的品牌，且对自己被铅印的作品犹如亲生"子女"，疼爱有加。有人还常常高调推荐自己的作品，希望别人也把它当"子女"，当在地摊上或者其他非收藏场所发现自己的作品后，愤然又感伤。其实，文学创作并非每个写作者都能让自己的文学激起他人情感，这种写作自然变成了独语呢喃。也就是说，世界容许每个人有机会创作，却不会让每个人成名。在湖南现当代文学创作史上，创作者灿若繁星，而能恒久闪烁的只是少数，如沈从文、丁玲、周立波、韩少功、叶梦等。因此，由于上述观念的支撑，笔者对地方作家常心存芥蒂，不愿意触及。特别对于散文作者，以为只是十七年"散文三大家"杨朔、秦牧、刘白羽的翻版，或是港台散文家以及余秋雨等的模仿，因此，不想知也是有道理的。但一次重要文学活动上，笔者偶遇卢年初，得其书。诵读数日，百度引擎，朋友交流，终知其作与其人，于是为自己的短视而汗颜。卢年初的散文创作使我对常德散文家，有了全新的认识。毫不夸张，其创作水平已经不是小城乃至湖南能够承载。

　　卢年初不是专业作家，他的经历也不复杂。毕业于湖南师范大学中文系，他的前后毕业生中产生了不少作家，如何立伟、韩少功、骆晓戈、阎真、汤素兰等，这个群体可谓科班出身。先是担任中学教师，然后是教育行政部门官员，直到管理包括鼎城区 584 个村的乡村教育，再进入政府党政部门。他的生活简简单单，业余时间读书、写作、喝茶、会友，但不喝酒。不喝酒，也就少了生猛的朋友，自然也在创作中露出书生气质。业余时间，他兼职过常德作家协会主席，曾为常德文坛奔走呼号等等，为常德的文学创作、文学评论、小小说、诗歌等的推介起到了重要作用。他创作了长篇小说《沉浮》、散文集《机关》《带着村庄上路》《会见生活》与思考者三部曲等，作品多篇入选《百年中国经典散文》《三十年散文观止》等各种选本和多种教材。这些充分肯定了他的作品的质量和档次。而从他的作品中，我们嗅不到官员小说的气味，也感受不到教师创作的四平八稳之态。谈到他关于教育的散文，如陈思和所说："作者对教师的一般性格做了面面观：啰唆、斯文、独立、拘执、好胜、偏爱。我不知道这六个方面是否可以概括乡村教师性格的全部，但有一点很清楚，作者身在庐山，望着山中一草一木都生出感情，虽然他挪揄了教师的某些性格弱点，却充满了善意。"(1) 这是名家对卢年初散文的态度，明确指出了其散文的主体情绪和文字的把握艺术。

卢年初的散文创作深深踩踏在生活的土地上。生活之源在于他农村及乡村学校生活的经历，以及一直存留于心的对乡村的愧疚之态。在题材的选择上，很用心，用心到如沙海中淘金。学校的人事种种、机关的人事种种、乡村的人事种种，他并不泥沙俱下。他把生他养他的乡村，书写进散文，于是散文散发出泥土的芬芳。稻田、鱼塘、河沟、小山、羊肠小道、蓝天、雨水、柳树、稻穗……父母、兄弟姐妹、发小、邻里、亲戚、老师……队长、小学校长……一切都入散文来。《夏天的禾场》把禾场在比较中描写得那么清晰："禾场是农作物们常常光顾的地方"(2)，"孩子们在旁边等了很久，禾场一腾空出来，他们立刻乘虚而入……"(3)《收割后的田野》如流水般描述，养鸭人、水蛇、青蛙、稻桩成为收割后田野的客人，灵动了收割后田野的呆滞。这一切极富生活气息，与农村泥土草腥息息相关。在舒缓的笔调下，一个色彩斑斓、含义丰富的人生扑面而来。而其写官场、教师等的散文，处处起于生活平常事，也止于生活平常情。作为一名曾经当过教师与教育官员、行政官员的知识分子，他似乎永不会忘记大学时代学习的"生活是创作的源泉"，以及文学承载着对社会的责任。责任是什么？就是描述给人们的必须来之于生活，来之于身边，来之于过滤后的人事的筛选。只有现实生活才会亲切可攀，只有生活才会让他的散文有质朴的气息。在他的作品中，生活表现出对人生现实的独特认识，并集中体现其散文的自由本真的艺术创造，从中凸显作者反映人生现实的美学原则。读《带着村庄上路》，乡村的馥郁微风摇动

（1）陈思和：《水墨·序言》，中国青年出版社，2010 年版。

（2）卢年初：《旧事·夏天的禾场》，中国青年出版社，2010 年版，第 41 页。

（3）同上。

每一位离乡者的心旌，行者的行囊装着故乡的泥土、草木、田舍……读者的心中默念起乡村的方言土语，浮现离开前的人际欢乐与纠结，但作者始终没有，也不肯展演自己内心的煎熬，只是在徐徐述说中展演村庄画卷里应有的场景。这就是艺术创造。读完所有的散文，读者强烈感觉到生命的意蕴，存在于素朴而简约的生活中。这是鲜活的人生，让人们置身于20世纪90年代以来的农村与职场的特定社会环境。就像评论家们评价沈从文的散文，一切还带着"原料"意味，一切都近乎那个与人为相对的自然。于是，我们必然联想到沈从文。这种对生活的态度，自然是沈从文之风在沅水的流淌，在卢年初身上的延续、扬弃、蜕变。

卢年初散文的叙述成为其取胜的法宝。叙述的魅力，也是其散文得以被推崇的重要因素。理论上说，叙述态度、叙述语调、叙述节奏、叙述风格等等与作家个体密切相关；作家平时的生活习惯、生活阅历、知识涵养、说话语调也自然贯通其创作。卢年初的大学汉语言文学专业本科学习的经历、长期行政工作的历练、对生活细致的观察、说话不紧不慢的习惯等等，在其散文中读者可以真切感到。因此，他的散文让读者感受到一位知识分子的位置，他的根在村庄，他的精神还在宽厚待人的素朴中。而从文本看，"不管如何，爱一旦偏了，多少有些变形，不是大爱，而是小爱"[1]之类的语言，体现出叙述的态度，冷静客观，稍有情感评价；"一九九四年的那场饭局是场姗姗来迟的饭局"[2]"那一年转行，领我到办公室的是个姓马的局长"[3]之类比比皆是的表达则彰显叙述语调、叙述风格的个性化。叙述节奏轻快而舒缓，使得作品与村庄密切相连，农村图景随节奏展开，真实而可感，打破了汪曾祺式乡土散文的古韵挟带古风，打破了沈从文散文句式与节奏的崎岖。正是因为多向地运用叙述，读者们成了卢年初散文的忠实"游客"。

"笔淡而情浓，语浅而意深"是对卢年初散文艺术之一的概括。"笔淡"在作品中随处可见，他常用包含具体内容的实词，排斥华丽且程度较深的修饰词；不用欧式长句和古典辞赋语调，用简洁明了的陈述句。但在淡淡陈述中，他常表达情感，随处可见作者寄托在作品中的情感力量，包括有责任的知识分子的担当。有一篇作品写女干部，他把男女干部的关系写得传神而干净：女人是同事，是朋友，是值得帮助和信赖的人。而在很多作者那里，女

---

（1）卢年初：《水墨·偏爱》，中国青年出版社，2010年版，第71页。

（2）卢年初：《水墨·一九九四年的那场饭局》，中国青年出版社，2010年版，第30页。

（3）同上。

干部成了调味品。"一个家庭对于一个女人来说是前沿，而对于男人来说只是后院。不管任多大的官，她还是个家庭主妇，该履行职责的还得履行，不然，就会带来种种危机。"⁽¹⁾对女干部的身份鞭辟入里，有理解，有同情，没有讽刺和色描。如此，面对很多被物欲镂空向上精神的人们，知识分子的傲然之气常跃于纸上，读者只能在作品中读到清高之气浓郁、俗家之气淡然的作者了。同时，他的散文基本如同上面引用的文字的表达，即使语言所表达的内容很浅，但意义深远。比如《带着村庄上路》，没有华丽的句子，没有动感十足的排比，更没有曲折的枝蔓，但我们真切感受到村庄于作者而言，永远是痛，是等待，是期盼。

"文章要得法，也要有味"也是对他的散文艺术概括。有文以来，文章的章法一直被人重视，理论建树者、实践者均不计其数。本文上面谈到他的散文写生活、重叙述、追笔调，则得出散文只有个性独具才能溢彩流光的结论。因此，笔者判断，卢年初的笔是画笔，写出来的文章像一幅幅画。村庄里：袅娜的炊烟，行走在田埂上的牧童，溪沟游戏的小鱼，欢乐的禾场，亭亭的柳树……这一切就像一幅幅画，画里有人生，画里有人情。常常，平淡的内容容纳复杂的情感。有时，清隽的文笔，渲染忧郁的情调。同时，表面沉寂，表现作者内心生机勃勃，进而在画里展现知识分子不变的追求。而那些情感在《父亲与船》《向母亲致敬》中表达更为真切，表现一种骨肉亲情的真味。写父亲、母亲的文字，让人潸然泪下。这时，作者是在用心描写父母，用纪念文字表达世间什么才是孝。虽然逝去的一切不再，虽然苦难的经历也翻页，但引发人们人生感悟良多啊！有真味，作者才理解生活与生存，更理解自己的父母，也使文章亲情浓郁。很多篇章，莫不如此。细读细品，自然找到他的文章之法。

在此，我们不妨看看非学者的评价。其实，作家评论作家是点睛式的。王跃文在推介卢年初的作品《帷幄》时，用作家的艺术感进行评价："工作的重压和经历使人心理负荷不断加重，解决的主要办法是引导。卢年初的作品就是一剂很好的引导之药。作者用清朗简约的线条，把我们自己和身边的人勾勒得如此生动。我很喜欢卢年初这种淡若一湾清水的叙事，这让我想到中国艺术家喜欢的白描，有一种透明的质感与张力。除去了一切多余的色彩和繁复的夸饰，只留下朴素、本真和沉静。这是文学的上境，也是人生的上境。"⁽²⁾从引文看，王跃文以一位作家的视野，谈到作家与作品、作家与创

---

（1）卢年初：《帷幄·女干部》，中国青年出版社，2010年版，第58页。

（2）王跃文：《帷幄·推荐词》，中国青年出版社，2010年版，扉页。

作态度的密切关系，进而让读者看到了卢年初散文绽放的光芒。

　　行文至此，我们在卢年初散文创作中找到了文学生存之一种法则，但这种法则并非可以持续发展。当下，自媒体的涌现、融媒体的深化、经济的浪潮、收入的差异、人性的浮躁、社会的压力等，使人们对社会认识的距离偏差更大。特别在文学被自媒体与实用主义严重侵蚀的状态下，文学的影响力越来越弱的情况下，散文作者成了不屈的守望者。虽然退居一隅，散文仍然是不懈流淌的河流，但河里的水几处污染，几处深不可测，对散文的命运不能不是一种诘难。在许多散文里，我们读到晦涩、孤寂、灰色，读到文字的码砌和文质的简陋，读到散文作者迎合的百态和自赏的高调，因此，刻意表达的清高无法掩饰创作的平庸，散文前途充满忧郁。然而，悲观是没有前途的。文学发展，必须广泛推广"论道不着道，为文祛斯文"。卢年初的散文创作为我们提供了典范。

　　（作者系湖南文理学院教授，中国丁玲研究会常务理事，湖南文学评论学会副会长，文学博士。作品原载《文学界》2014 年第 10 期）

# 缤纷的"桃花" 斑斓的诗情

## ——谈彭其芳散文的意境美

### 张文刚

就这样走进一片"桃花"的掩映之中，到处是岁月和心灵绽放的花朵，到处是寻芳觅诗的眼睛。这是一片江南的"桃花"，也是一种文学的境界。在这个境界里，既有通向古典情怀的幽径，又有承载现代诗意的芳亭；既有空灵的抚之若梦的花瓣，又有真切的触之如诗的枝干；既有含玉吐翠的依依柔情，又有经风沐雨的铮铮铁骨。这就是我读湖湘散文作家彭其芳先生的散文最初的也是最美的感受。在散文创作成为作家个人的心灵独语或者成为思想碎片文化化石的今天，踏进这样一方花影摇动的诗化意境，枯寂的心间仿佛淌过涓涓溪流，升起缕缕幽香……

### 一、诗意美：人生境界的提升

可以说，彭其芳的散文深受古今以来散文中的"美文"一格的影响，特别是接受了"当代散文三大家"的诗意熏陶，最初的创作甚至未能走出"大家"的影子和气息。但是他毕竟在诗意意境的营造中找到了自己的美学追求。如果说当年杨朔们对诗意的刻意追寻是为了把诗意的光辉黏附到"时代"的画卷上去的话，那么彭其芳对诗意的发掘除了表现时代的主题外，更多的是把这一诗意融入"人"的心灵和精神世界。彭其芳的散文主要出现在 20 世纪80 年代以后。这时文学的目光在对昔日中国社会的狂欢和动荡进行冷静的审视之后，转而深情地投注到"人"的身上来，或者说从人的诗性的角度思考和表现一种理想的生活形态。彭其芳的散文就是在这样的文学背景下展开对美好的人生境界的追求。著名学者、作家林非在总结新时期之初的散文创作时说："我认为最近几年以来的散文创作无疑是有成绩的，总的发展趋势是健康的，这主要表现为满腔热情地拥抱着时代与人生，自然贴切地抒发着自己内心的体验与激情；追求真情实感多起来了，追求朴实和浑厚的生活气息多起来了，追求对于社会人生严肃和深沉的思考多起来了，追求思想境界和艺术表现的新颖独特性也多起来了。"可以说，彭其芳是新时期开始散文创作并富于"追求"的众多作家中的一个代表。

作家一双优雅的眼睛在蓝天碧水间搜寻，一颗诗意的心在青山白云间飞翔；然后突然静止，如风姿翩翩的蜻蜓悄然静止于花瓣。于是我们看到作家极写大自然的美以及美中的宁静之态，并把人的种种追求和人格精神投映到这一幅幅静美的画卷，从而交融成一种诗意沛然而又灵性灌注的意境。在《水府阁眺望》中写江湾村庄"宁静得像失去了自身的存在，与城市里的喧闹、浮躁的氛围形成了鲜明的对照"；在《静静的犀牛湾》中写宁静的江湾"流溢出尘世间少有的闲情之中的甜美"。在如此宁静的画境中再安放上人的活动，就立刻使人有了去尘忘忧、澄澈满怀的感觉。在《白鹭的节日》中，写静美的湖光山色之间人与白鹭的和睦相处，在人与大自然的琴弦上轻抚出悠扬的"和曲"；在《洞庭秋色赋》中，写人"对着高远的蓝天举杯，对着千顷波涛举杯"，在一种古雅的意境中酿造出淡淡的"酒香"。在大自然的怀抱里，人不仅恢复了自由天性，更重要的是从山水的个性中生长出超尘脱俗的优美人格。《世上有个野炊岭》借"青山的怀抱"拥抱人的纯真的理性："在这野岭上，没有大腹便便的对财产的占有者，没有佝偻着身子屈服于压力的奴婢，也没有行乞者，卖唱者，吆喝者。要说'穷'，大家都穷，穷得吃的尽在锅里；要说'富'，大家都富，偌大的青山任你拥抱，绚丽的美景任你去欣赏。"因为渗透了人的理性精神，这一方诗化意境在烟雨朦胧中便隐现出奇崛和伟岸。人与大自然的和谐交融，人在青山绿水间的飘逸和超脱，这是智慧的生存，也是诗意的栖息，同时又是文学穿越时间隧道的永恒追求。在彭其芳的笔下，因为有了现代社会的虚假、庸俗、浮躁等等世相和心态作为参照，人与自然从性灵到气质的契合便成了一种有别于传统山水文学所提供的人生境界，亦即不是在虚静恬淡中求无为，求无争，而是在诗境仙源里追求一种更充盈更有为的生命存在。

而当把这种大自然的诗意向着人的心灵延展时，我们又看到了一片特异的风景，这便是人的至诚至笃至善至美的心灵。假如说写人与大自然的浑然交融是为了展示人的性情和理性精神，那么作家写人的心灵的诗化则是为了捧出人性的优美风光和情感的丰富资源。《青青的茶亭》是一篇令人感动得落泪的作品，那棵生长在老家门前的古枫在盛夏里给过往的行人遮阴送凉，同时它也无异于是一汪情感的温泉，使那些在路上"挣扎的生命"感到神清气爽，因为在古枫下面奶奶开设了一座免费茶亭，奶奶把她的善良的德行像"茶叶"一样天天放在茶罐里让那些匆匆行客提神解乏，于是郁郁葱葱的"古枫"便成了奶奶慈善的象征，而普普通通的奶奶则成了传承中华民族美德的长青不衰的古枫。另一篇作品《清清的小河》也是通过一位女性展示人性的富含诗意的一面，如同清清的小河"在我心中汩汩流过"的是人间至纯至真的情感。同样外在的美景成了人的心灵的辐射。人的诗意心灵与大自然的融合，这是人类亘古不变的梦想。于是我们才从《边城》中听到沈从文对"人类最后一首抒情诗"的咏叹，从《菱荡》中看到废名对人的内心的微波细澜的捕捉。显然彭其芳也在开拓着这样一片点缀着人性花朵的"山水自然"，这样一方纤尘不染的心灵境界。

是优美的意境，也是诗意的人生境界。或者说是通过诗化意境的建构，从凡俗和尘世中提升人的生存境界。这样一朵鲜艳的"桃花"，引导着人的目光和心灵向着高处攀缘。作家的审美视野和文字血脉里弥漫着一派古典诗意的芬芳，他试图用传统的、典雅的美——自然的和人自身的美来丰富和修复现代人的生活和心灵。

## 二、理性美：哲理思辨的包容

桃花摇红，绿树生香。彭其芳的散文在缤纷的花朵之中暗藏着智慧的枝叶，在诗意的意境中也充满着理趣。著名作家王蒙曾说："在文学里头，智慧往往也是以一种美的形式出现的。一个真正的智者他是美的，因为他看什么问题比别人更加深刻，他有一种出类拔萃的对生活的见地，对于人的见地。这样的智者也还有一种气度，就是对人生大千世界的各种形象、各种纠葛，他都能站在一个比较高的高度来看待它。"应该说，彭其芳就是这样一位智者，他的散文作品充满了发现和思考。从卵石的身上"于普通中发现了特别，于平凡中见到了不平凡"（《一条璀璨的河》）；借助山里人那双明亮的眼睛"分出美丑、辨出真伪"（《悟道花岩溪》）；在烈士纪念碑和现实生活的比照中，发现了"伟大与渺小，高贵与卑贱的深深内涵"（《在烈士纪念碑下》）……这些富含哲理的奇花异草，如果掐下来都是平平常常的，但是生长在具体的"意境"中，和一定的人事组合在一起则意味深长，由此引发我们对生活真谛和生命存在的思考。散文作品中的这些智慧果使我们想到当代著名散文作家秦牧。秦牧在他诗意栖居的"花城"搭建了无数智慧的宫殿。

可以说彭其芳是深受秦牧创作的影响的，他在回忆秦牧的散文中说自己读过他不少作品，并感谢他的引导（《两江情》），可见他在秦牧散文世界中穿行的时候一双眼睛也镀上了智性的光芒。

也许更重要的是由此获得一种充满思辨色彩的思维方式，即通过巧妙的构思来营造一种富有哲理韵味而又情致深藏的意境。构思时，作家常从事物矛盾着的两方面切入。具体来说，他喜欢在"新"与"旧"的对比中拓宽意境的内在空间，在"动"与"静"的互补中展示意境的多种情态，在"小"与"大"的思考中揭示意境的丰富内含。

作家笔下有"新"与"旧"的系列对比：新街与老街，新塔与古塔，新亭与旧亭，新桥梁与古渡口……在新旧对比中，以旧衬新，用古旧的、苍老的背影来展示此刻如沐春风的生命轮廓，从而传导出历史的沧桑和生活的巨变，并继而引申出新生与衰亡、现代与传统等多方面的对比，思维开阔，笔势腾挪。于是诗化的意境不是在一个平面、一个向度上展开，而是有了立体感和纵深感，同时在对照和映衬中使人的充分的想象和联想也得以展示。

彭其芳的散文偏于写大自然的宁静之态，在"静"中体悟人生的自由和恬适、心灵的诗意和浪漫。但从整体来看，他又有一批作品是在"动"中构筑他的意境的。《天声》从长江的"慷慨激昂"中听到了三峡建设拉开序幕时"气壮山河"的声音，《葛洲坝抒情》从大型水利枢纽工程感受到"一种显示力度与意志的旋律美"，《柳叶湖上听桨声》在一派桨声的"感应"和"共鸣"中感受历史长河中的欢笑与叹息……我们发现，当作家侧重写人的生活情状寄托人生理想时渲染一个"静"字，而偏于写时代的变化进行社会写真时才带出一个"动"字。这样"动""静"结合，犹如在静美的湖光山色之中"飞来"一只沉勇的白鹭，整个意境在优美之中又多了一线壮观。

构思造境时，彭其芳往往小处落笔。一枚卵石，一处江湾，一只白鹭，一片桃花，一线溪水，一方翠竹……细细审视和把玩，慢慢品味和感受，写透它们的诗性和灵气，然后从这里扩展，向着"大处"探寻。桃花之中掩映着理想的梦境，翠竹深处生长着刚直的精神，宁静的江湾"找到了自己最合适的位置"，僻野的山岭让人恢复了"尊严"和"理性"。这种构思立意上"小"与"大"的辩证关系，使其散文既布局工巧，诗情浓郁，又境界高阔，胜景迭出。

## 三、气质美：湘楚文化的浸润

彭其芳先生生活在湘楚大地，他的散文无疑也浸润着湘楚文化的意蕴。

"以屈原为代表的湘楚文化精神的一个重要特征就是崇尚自然与幻想，在艺术表现上偏重于抒情，充满了浪漫情调。"彭其芳的抒情散文主要是对着大自然和历史人文歌唱，在浪漫气息中带有一脉湘楚文化的余香。沅澧流域兰芷的芬芳，桃花源里千年的梦境，洞庭湖浩渺的烟波，夹山寺古老的钟声……都在作家笔底酝酿出一种浓烈的含着文化芳香的氛围。与此同时，许多历史文化名人如屈原、范仲淹、刘禹锡、柳宗元等等也在一派诗化的意境中缓步登场，他们携带的诗风词雨、梦幻叹息和人格精神，如缤纷的落英化入春泥，发散出一种悠远的若有若无的文化气息。

更重要的是从这样一种意境中弥漫出来的湘楚文化的精神气质：进取向上，奋发有为，忧国忧民，经世致用。虽然在作品中只是一星半点的抒发和倾吐，但却让人触摸到一片芳草萋萋的精神高地。在《翠竹新笋》中作家这样写翠竹："那挺拔高洁的身姿，勃勃向上的精神，迎风摇曳的倩影，却另有一番情趣。"在《绿色赋》中作家在描写桃花源里深绿无边的美景后写道："我似乎感觉到自己周身奔流的血液里也注入了绿色的成分，使我精神焕发，步履更快，满怀信心地投身到四化建设事业中去。"在《夜宿珊瑚湖》《追求》等作品中作家写到普通人超越了自我的崇高追求。这一方山水的气息，这一方生民的精神，都深深植根在湘楚文化的深厚土壤中。正如作家在《招屈亭》中所表达的那样，"诗人的爱国之心，高尚之志，坚贞之举，正如生命力旺盛的种子"，在一代又一代人的心田"发芽、开花"。

不仅如此，我们还看到作品中包含着具有湖湘地域特色的民间文化风情。作家生活在水乡泽国，他把耳闻目睹的民俗风习连同他个人的真切感受写进作品，制造了一种乡情浓郁、诗味醇厚的意境。做年粑、劈莲子、捞鱼虾、摘野菱等种种日常的生活情景，被作家描写得极富乡土气和人情味，仿佛一幅幅风情民俗画在江南的墙壁挂了千年，使人感受到一种源自民间的清新别致的文化情韵。

对源远流长的湘楚文化的眷顾，使彭其芳散文的意境多了一种高洁的气质。这其实也寄寓着作家的一种生活理想。当现实生活中的人在物欲卑俗中变得浅薄、空虚的时候，当人的心灵在市井尘埃中丧失深度而变得平面化的时候，当某种人文精神和文化品格处在低迷甚至失落的时候，彭其芳先生借湘楚文化的余韵呼吸一种芬芳之气，体现一种充盈人格，一种精神力量。作品中的文化气质因此被赋予一种现代意义。

这样彭其芳散文的意境就具备了三个层次——第一层次：诗意美，对自然景物和人的身心交融的诗意观照；第二层次：理性美，透过自然景物进行哲理的思考和表达；第三层次：气质美，在自然景物、现实人生和乡土民情中发掘文化的潜质和内涵。诗意美，有如一片风姿绰约的桃花，让人流连不已；理性美，则如桃花背后挺拔入云的青山，引人寻奇探险；而气质美，就像青山间飘逸淡远的烟云，使人思绪绵绵。三者的浑然融合，构成了一种诗画并存情理兼具的意境美。

这样一种美的意境，远可从古代的"性灵派"找到渊源，近可从"三大家"找到范式。但毕竟彭其芳以自己的生活经历、气质修养和审美追求给他创造的散文意境注入了新的质素。从作家屡屡对童年趣事一往情深的记叙可以看出，他正是始终带着一颗童心的真纯、执着来看待自然和世界的，因而才有那么多诗的发现、诗的感悟。而从"乡野"走出来的他，黄土山冈、一望无际的原野孕育了他飞动的想象，虎渡河清澈的流水淘洗出他一双满含诗意的眼睛，而南楚之地"山川风物，皆骚人所赋"的丰厚的文化积淀滋润了他的心灵，因而他才能创造出这样美的意境、美的梦想。

我们的时代，我们时代的文学，需要这样一种美的"意境"。与其用单纯的理念和图式去征服人的精神，不如用美的"意境"去滋润和感化人的心灵，从而使人变得更纯净，更美好。从这方面说，彭其芳的散文有着其生存的现实的和文学的意义。我们有理由看重这样一位湖湘散文作家。彭其芳先生已出版《桃花源新记》《飞翔的梦》《桃花雨》等多部散文作品集，有相当一部分作品发行到海外，有数十件作品获奖。他的创作越到后来，越入化境。老树新花，祝愿彭其芳迎来创作的又一个繁花似锦的春天！最后让我把他在《白鹭的节日》中写给白鹭的赞语寄赠给他："你掠过长空的英姿，让人们看到了你拥抱白云的气概，读到了你写在天地之间的挚爱的诗行，同时也品出了你沉着、坚韧的性格。"

[作者系湖南文理学院教授，文学硕士，洞庭湖生态经济区建设与发展湖南省协同创新中心"文艺创作与评论"研究所所长。作品原载《湘潭师范学院学报》（社会科学版）2001年第6期]

# 浅谈曾辉散文的创作特色

敬炳安

新时期十多年来，曾辉同志连续出版了《八月雪》《财女》《情中情》三部长篇小说，最近又出版了长篇报告文学《七松魂》。1991 年 4 月 28 日、12 月 5 日，湖南作家协会创作研究室、湖南当代文学研究会、《文艺报》先后在长沙、北京举行了"曾辉作品讨论会"，与会的评论家、作家、编辑、新闻工作者对他的长篇小说、报告文学作品进行了充分肯定。但他的散文作品从未被提及。我认为这是一大遗憾。曾辉走上文学创作道路，是从写散文起步的。1973 年 11 月 16 日发表在《湖南日报·朝晖》副刊上的散文《金线银丝》是他的第一篇文学作品。他在初次尝到了创作的甜头后，就更加广泛地接触社会，走遍了全县四十多个乡镇，深入了解山区、平原、丘陵、湖垸的风俗民情，奠定了厚实的生活基础。因此，他的散文创作具有以下三大特色。

## 一、鲜明的时代特征

曾辉散文的立意讲求"以小见大"，从平凡细小的事物中挖掘出作者独到的见解、特有的发现来，因而他的散文富有深意和新意，给人一种强烈的新鲜感。他的《苗圃行》发表于 20 世纪 70 年代初期。从碧溪萦回的秀丽山村——澧县向阳苗圃场，说到响应毛主席"上山下乡"号召来到苗圃锻炼的六十多名知青；从向阳苗圃场的树苗与水旱虫害做斗争的场景，说到六十多名知青与旧的封建传统势力做斗争的经历；从树苗的培育管理，说到国家栋梁的培养，最后点明六十多名知青正是伟大社会主义祖国的一代新苗，他们正在祖国这个大苗圃里，沐浴着毛泽东思想的雨露阳光，吸吮着人民群众的丰富营养，茁壮成长，欣欣向荣。

作品的开头写自然的苗圃，然后以主要的篇幅写社会的苗圃。描写常小青这六十多名知青的茁壮成长，表现了艰苦创业的精神。这样，作者就捕捉住当时生活中常见、不引人注目的然而却是很有代表性的人和物，将其最本质的东西加以提炼、概括，然后用他艺术的笔为我们展现一幅优美的画面，描绘出感人的形象，揭示出其内在的深刻含义，抒写出一种"自得之见"来，富有鲜明的时代特征。

## 二、浓郁的湘北色彩

曾辉散文的取材很广泛，既有以写人为主的《访蒋翊武先生就义处》《访金石书画家黄继龄》等，又有以写事为主的《出门美景》《这块土地不属于愚昧》等，还有以写景抒情为主的《兰馥满园》《银花赋》等。无论是写人叙事，或是写景抒情，都极富浓郁的湘北地方色彩。

近代杰出的民主革命活动家蒋翊武先生，湖南澧县人，是辛亥武昌首义和湘鄂讨袁的主要组织者和领导者之一，被誉为中华民国的"开国元勋"。作为中国资产阶级革命派中坚持武装斗争的优秀代表人物，在摧毁封建帝制、建立共和、保障民国的革命生涯中，用自己的青春热血染就了我国近代革命斗争历史中光辉的一页。作家在辛亥革命武昌起义总司令蒋翊武就义七十周年前夕，带着烈士故乡人民对烈士的敬意，访问了烈士的就义处。瞻仰了孙中山先生亲笔题写的"纪念碑"，将蒋翊武先生的光辉事迹，像展示壮丽的画幅一样，展现在读者眼前，耳边仿佛响起了烈士当年赴刑场时慷慨激昂吟唱的诗作："当年豪气今何在？如此江山怒不平。嗟我寂冤终无了，空留房剑作寒鸣。"这就深化了《访蒋翊武先生就义处》的主题。

《访金石书画家黄继龄》不仅揭示了黄先生"学师之心，而不学师之形，得其神而遗其貌"的艺术功底，而且介绍了黄先生兼长中西绘画、熔金石、书、画于一炉的浑厚、朴实的艺术风格。并且明确指出：黄先生的作品之所以曾在北京、日本、法国多次展出，是因为黄先生的艺术作品，不仅是属于中国的，而且是属于湖南的。因为湖南澧县是黄先生的故乡，是造就黄先生获取艺术硕果的摇篮！

在《兰馥满园》里，作家开篇指出："兰江公园，坐落在烟波浩渺的洞庭湖畔，湖南省澧县城关镇南门外，这里是晚唐诗人李群玉的故乡，也是屈原到过的地方。《湘夫人》一诗中的'沅有芷兮澧有兰'的'澧'就是指的这里。"还特别介绍："兰圃里，最逗人喜爱的是澧兰，这是不可多得的珍贵品种。这种兰花，据说早在两千多年前就生长在澧水两岸，后来逐渐播及大江南北以及世界各国，由野生变为家育、盆植。"最后作者借游人之口赞美说："如今的农村像花一样美，乡村也有公园可供人们散心了。"

曾辉散文的构思是十分精巧的。它总是不一般化写自己的见闻，写自己感动的事和人，写自己的感受与对于生活的思索，作家总是扎根于湘北这块土地，从更广阔、更深沉的角度调动自己的生活积累和感情积累，以精妙的艺术形式表现丰富深刻的思想内容，让自己的作品具有浓郁的湘北地方色彩。

### 三、独特的个性特色

现代著名散文作家郁达夫说："现代散文之最大特征，是每一个作家的每一篇散文里所表现的个性，比从前的任何散文都来得强。……我们只稍把现代作家的散文集一翻，则这作家的世系，性格，嗜好，思想，信仰，以及生活习惯等等，无不活泼地显现在我们的眼前。"（《〈中国新文学大系·散文二集〉导言》）散文的风格，是散文作者在作品中所显示的一种格调和气派，也就是指作者以独特的方式处理题材、提炼主题和表现方法所形成的与众不同的艺术风貌。

曾辉散文大都有自己独特的艺术风格和特点。他在《我爱油菜花》的开头写道："我喜欢花，确切地说，我喜欢油菜花。这大概与出生在农村，家境贫寒养成的性格有关。记得少年时，每到油菜花盛开的季节，我总喜欢邀几个小朋友在油菜地里捉野蜂。每捕到一只，就把它装进小玻璃瓶里，看它东奔西突，听它嗡嗡唱歌。这些，有如城里孩子看电影、听录音机一样有味。但多半时候我是提着篮子拿着铲子在油菜地里挖菜喂猪，或是拌在饭里充饥。"然后他又从种油菜写到收油菜，从油菜花的观赏价值，写到油菜的经济价值。并且坦诚地表明："我爱农民，我是农民的儿子。我写的也是农民。我爱油菜花，因为它朴实、自在，像农民一样，没有一点矫揉造作之态。"结尾更画龙点睛地指出油菜花用"它自己平凡的一生，告诉人们生命的价值：活着给人快乐和幸福，死后也把营养留在人间"。最后作家情不自禁地高呼："我爱油菜花，我真愿变成一朵金色的油菜花。"作家将油菜花的价值与人的生命的价值联系起来，突出了散文的主题。全文如拉家常，亲切自然，意蕴深刻，个性鲜明。

在这里，作家通过油菜花充分展示了自己所处的时代特征与个人特征。而这种时代特征与个人特征的结合，就形成了独特的个性特色。

作家风格的形成是作家创作成熟的标志。因为风格首先要受到时代、生活环境的影响，这使每一时代都有每一时代不同的文风，并且风格又因人而异，个人的思想、经历、艺术修养会在风格中得到充分的体现。他在《银花赋》中更明白地表示："我爱银花，因为他很像自己。它不去冒充别的花，也不允许别的花冒充它。更不愿借助别的花显示自己的美，图其虚荣。"

"我爱银花。它不像有些花那么时髦。它不会撒娇，像农民一样，不求打扮，不去故意讨人喜欢。它一生只有一条宗旨：人民至上，全心全意为人民服务。我爱银花，因为伟大领袖毛主席曾经指示：'必须把棉花抓紧。'"

正因为作家的眼光敏锐，构思独特精妙，不落窠臼，所以才使人感到他的散文的思想性与艺术性结合得和谐得体，自然质朴，形成了强烈的艺术感染力。

曾辉散文创作的三大特色是一个有机的整体。鲜明的时代特征是主脑，浓郁的湘北色彩是骨架，独特的个性特色是血液，每篇散文都在这三者的结合上得到了完善的和谐的统一。诚然，作为一个主要从事长篇小说创作的专业作家，身兼湖南省常德市文联党组副书记、副主席的职务，还有很多行政事务和社会活动，他只是用了极少部分时间和精力写点散文，而我国散文创作这条历史长河又是那样的源远流长，散文界的天地又是那样的寥廓宽广，他散文中有些意境显得不够深远、幽雅，语言也不够形象、含蓄，原是在所难免，不足为奇的。

（作者系中学高级教师，湖南省作文导报社原社长。作品原载《曾辉作品评论集》）

# 潇湘禅心蕴茶清

## ——评张天夫的《天不在意》

### 刘 宁

距离沈从文写作《湘行散记》《湘西》的时间已经逝去 80 余年了，当代湘西已然发生了新的变迁。为了探究这片古老而崭新的神秘土地，我们走进当代湖南作家张天夫的《天不在意》所描述的文学世界里。于其中，我们感受到与沈从文的描述所不同的文学空间，领略到湘西北高山长河、往事风情，感受到这个地域的文化赋予作家抵达人类心灵深处的情韵，从而深切地体会到作家守护民族文化的精诚，以及崇尚东方主静文化的心灵诉求。

## 一、以湘西北为根

潇湘山水，数常德幸甚。常德不仅山有德，境内有德山，桃花还能艳出禅意来。而武陵陶渊明创造的桃花源，令人浮想联翩。至于美丽的夹山胜境展现出人间仙境，西部的壶瓶山有"湖南屋脊"之称。更何况石门出茶禅，溇水河产奇石。一隅湘西北傍山伴水间，山鸣翠羽鸟，涧流清溪泉。山川无言地感动着作家，张天夫的散文集《天不在意》就凝固成一轴长长的湘西北画卷，于此画卷里山川景物、历史人文、物产、社会现象纷呈；作家青壮年时期的往事浮现；甚或是在湘西北视野观照下的他乡人事弥漫。不言而喻，湘西北虽然是一片偏远、少人问津之地，但是，却是张天夫心中，是他创作的根据地，文思涌动的源泉，寄予着他丰富的人生感受，透显着他独特的人文地理体验。

而在这片秀美偏远的地域上，张天夫最爱的是夹山胜境，他曾经先后写下《夹山秋行》《再赋夹山》两篇文章。在他眼中，夹山的春天姿容淡雅，雨声变化多端，而到了秋天，夹山的红叶便飘飘洒洒，四处弥漫。"夹山的枫树不是很多，散落在山腰、洞底、路边，到了秋天很惹人喜爱。它们不学枫桥边的枫树如红颜女子，行客触一眼就乱了愁肠"，而是经过早霜一遍遍的浸染，秋雨一滴滴的敲打，叶片儿锻得透红，呈现出湘西北特有的风情。

自然，一个地域有一个地域的风景，一个地域也有一个地域的风土人物，这个"人物"便是壶瓶山。张天夫在《壶瓶独卧》《壶瓶山一月》等文中描绘出壶瓶山山色变幻、微妙神秘的奇观，其中一些片段写得非常精彩。"壶瓶山据说有七条溪河，百多条瀑布，常年都是飞瀑流泉。春夏已邈，秋又咨嗜，不肯掉一滴雨，可面前的溪河看上去还是少妇般的丰腴，翠泛泛的，憋不下去。"这样的壶瓶山着实令人荣辱皆忘，不免处于半睡半醒之间，于是，作者把自己的耳目借给山林，借给流水，听壶瓶山银弦独啸，看深峡急流掀石，不禁流露出一副独卧山中的姿态，放浪形骸于其中。如果说以上张天夫的描写勾勒出了湘西北独特的自然风景，那么将油菜花纳入写作视野，则是张天夫独创的一道人造风景。他从不同角度来观赏油菜花，想象中思绪飞扬，"我想知道油菜花是如何侵占洞庭湖的，继而又挟裹长江东去，用同样的金黄、同样的气韵，一夜之间刷新了金陵六朝古都和五千年吴越，及三千里江南……"故乡天下菜花黄，这是张天夫给湘西北的油菜花最大的礼赞，顺着溇水河寻觅过去，石门的山石让张天夫流连忘返。张天夫爱石成癖，写石、赞石成为他人生享之不尽的乐趣。显然，谈起湘西北的神秘，想着苗民的奇风异俗，沐浴着满月的光辉，张天夫的心灵世界五彩斑斓。

自然，描写山川景物是动人的，而故土的往事更堪追忆惦念。在张天夫的记忆里，那些逝去的岁月是母亲为自己做的鞋子；是"一堵堵青砖封火垛子墙，一栋栋发黑的板壁屋，悬在溇水河边，杂糅着拉成一条窄窄的不长不短的小街"。几百里长的溇水河从昌溪潭出来在镇头上分开叉，钳住一片高高隆起的点缀着芭茅的河洲，这是作者儿时的游乐场。而和一位老者坐在树下结绳记事，星空下无数盏马灯晃动，五亿中国农民的记忆便牢牢地圈在这根长绳上，也摇荡出自己那已经远去的如梦般的知青生活、青春岁月。

不是所有的地域都可以诞生文学，不是所有的作家都能将自己脚下的这片土地演绎得风姿绰约。只有拥有灵性的作家才可以创造出一个文学的地域。就此，张天夫凭借着自己的努力营造出了一个文学的湘西北世界。在这个世界里面流动的是他对人生、宇宙的观察和思考，蕴藏的是他对当代湘西北人生活样态和生命形式的感动和提升。

## 二、以茶禅入味

诚然，地域性写作应该呈现风景主义和风情主义，但是不能被它们所遮蔽。一个充满丰富文化内涵的地域更应该给予作家文化的滋养、精神的提升，从而使其能够创作出浑身上下散发这种文化的霞光流彩来。唐宋时期，湖南常德曾是禅宗南宗的重要发祥地之一。常德境内的沅水流域和澧水流域分治，沅水流域有朗州（北宋更名鼎州，南宋更名常德府），辖武陵（今武陵区、鼎城区）、龙阳（今汉寿）、沅江、桃源等 4 县；澧水流域有澧州，辖澧阳（今澧县、津市）、安乡、石门、慈利等 4 县。武陵县的德山是佛法最兴盛的地方，先后有 13 位高僧主持于此。南岳的石头和尚、朗州（常德）龙潭和尚、澧州夹山和尚、潭州报沩慈和尚等皆出湖南，而常德的夹山境地则是唐五代禅宗中的最富有代表性的地域。晚唐时期，高僧善会受其师船子德成偈语"猿抱子归青嶂后，鸟衔花落碧岩前"的启示，在澧州即今天的常德夹山主持参禅。到了宋代，圆悟克勤受寓居荆南而以道学自居的张商英之请，讲经说法于湘西石门夹山寺，其弟子将其《垂示》《著语》《评唱》等作品结集成《碧岩录》，此书乃"禅门第一书"。当年，日本留学僧人学成归国之际，圆悟大师亲书"茶禅一味"四字赠送于他，此后，"茶禅一味"思想流传到日本，成为日本茶道的核心理念。夹山和尚的"猿抱子归青嶂后，鸟衔花落碧岩前"偈语，至今仍悬挂在日本茶道场馆。

深厚的地域宗教文化赋予张天夫《天不在意》一以贯之的"禅宗思想"，给予了他"茶禅一味"的文心。《禅无思》《无心文章入禅道》《万水归宗》《中国哲学的法眼》等文，可以说篇篇浸透着禅宗思想，字里行间彰显着禅宗文化。在张天夫看来："禅是什么？不要沙弥们小心翼翼看师父的眼色，两位大德在万千汉字中拈出一个人人识得个个会写的'茶'字，告诉全世界的俗人，禅就是茶，把古今一个无以捉摸的东西，用普普通通一片草，泡出简简单单一碗水而澄清透明。"茶是南方的嘉木，以茶来弘法悟道则必须借助水，而水随物赋形，变化无穷，也可隐喻禅机，所以张天夫的《万水归宗》以水来讲"茶禅一味"思想肌理。在他看来，水从山顶涌出者，为龙井泉；从湖心涌出者，为白鹤泉；从市井涌出者，为白沙井。水幻化万千，又可以转为泉、雨、雪、雾、露等多种形式。这些形式使水呈现出了百味，而有了百味的水，才会有百色的茶，百色的茶又有百种饮法。或"被好看的女人用指尖挑起来，把杯子翻过来倒过去，一圈的人大气不敢出，做法事般盯着三根香慢条斯理地燃。等钟声落定，茶杯捧到面前，双手接过，不到三钱的一杯水，朝后一仰，一口吞了"，或是"拿出几只搪瓷杯，每只杯子中丢一把屋前屋后自采的山茶，从火上提下熏黑的铜壶，用滚沸的山泉水一冲、一泡，顿时，木板屋里就涨满了香气。这茶香不娇嫩，不枯燥，不似有似无，很厚重，很野气，喝进去苦涩滑过齿缝，满脑神清气爽"。

然而，不管如何，喝茶最终还在于心境，悟禅在于禅师，也在于诗家。张天夫由禅讲茶，由茶谈水，又在禅、茶、水中注入中国古典诗词的风雅。在他看来："诗是灵性的东西，不可凭学问写。类似佛门的禅，不立文字，直指人心。……无禅境者不可为诗。是好诗者，必入禅道。"张天夫的散文独到之处在于把禅心视为天地之心，无心之心，超越世俗烦扰，可又不离现世，一切在日常的生活琐事之中来达到对于本体的直觉领悟。于是，尤喜在与大自然的交感中，养育一种淡远的心境。《天不在意》的本意不就是在无思之中诞生的禅境？

### 三、以议论为神

作为楚人，张天夫没有走像沈从文那样以南方少数民族的巫神文化为主的创作路子，而是隐隐透露着屈子身上那种探索宇宙奥秘的清醒。指点江山、激扬文字，他没有余秋雨那般纵横捭阖的文化深论，也没有周作人的满腹经纶，张天夫就像是夹山禅宗文化浸泡下的一盏绿茶，楚文化熏陶下的一竿青竹。"这宇宙冬来秋去，生出万千变化。听见真率的蝉鸣，我无意生出些羞赧。"探索大千世界、探究人类心灵，展现宇宙浩瀚的丰富内容，张天夫的胸中藏有万千沟壑，能够感受到生命千姿百态变化的可能，目睹自然生物率性而热烈的运动。而这一切是奠定在张天夫细腻微妙的艺术感悟力中的，所以他写秋声、月食、溪水、明月、清风，表现与天同思，直抵人的心灵。他甚至不畏艰辛，不辞疲倦去寻找心灵可以停靠的物件，可是哪怕"走遍天涯，也没有找到一叶可以让心蜻蜓般静静歇脚的芦苇"。

然而，向内的心灵探索与向外的思想表达，又必然使得他的散文常常在写景状情之中夹杂议论，透显出思想的深邃性。"为英雄不易，作悲歌亦难。""呜呼！大悲出大贤，大悲出大治。"张天夫拥有阔大的胸怀和不受羁束的主体精神。他的散文化唐诗、典故、禅宗公案于其中，从梁武帝时的达摩祖师入笔写到禅宗创立时的情景；从贞观年间的岭南韶州曹溪写到六祖慧能；从禅宗文化知识写到以禅入诗的李白、白居易、王维、孟浩然。此外，张天夫的日常杂学知识还非常渊博，他懂得《花史》《花谱》，对于饮茶之道也颇为精通。他说："集露沏茶，古人常以此为乐事。露分春露、夏露。

春露逢大地回暖，阳气正盛，露水性温，用以沏茶可温脾胃。夏天昼热夜凉，热极生雾，露水性寒，用来沏茶可去暑火，养伏夏之颜。"又由于他历史知识丰赡，善于感物连类，所以能从老子的《道德经》说起，讲孔子乘坐浮槎于海上。独行汉水时，便把伍子胥、孙武纳入心中，在黄河渡口上，则思想起韩非子，荡扁舟时勾连秦皇岛，于成都，又想起诸葛丞相祠堂，于是，一切历史掌故文史知识张天夫皆能纳入文中，且运用自如。

以一言蔽之，张天夫的散文是东方主静文化的稚子。它是一剂清凉剂，为当今浮躁社会扫去污浊，它是一泓清泉，为焦渴、干燥的现代人心灵提供了休憩的港湾。是的，最动人的文学作品是来自对生命完整而深切的拥抱，我还在期待着，期待着张天夫能够继续本着既发挥对自然和生命的好奇之心，又将其付诸坚实的文字表征的精神，将自己的散文创作进行下去，从而开拓出自己文学生命的种种更大的可能性。

（作者系自由撰稿人。作品原载《常德日报》2016 年 1 月 9 日）

# 独上兰舟溯清流

——评谈雅丽的《沅水第三条河岸》

姚复科

　　谈雅丽是颇具实力的湖南女诗人，诗歌风格古典唯美。阅读她的诗歌，总有那么些句子让你怦然心动，宛然自己也会不自觉地沉浸到了她的诗歌之中。我们一起在毛泽东文学院进修的时候，她已经获得了一系列的诗歌大奖，我对诗歌是个外行，仅仅是读者而已，在她面前谈诗歌几乎没开过口。近日读到谈雅丽的散文集《沅水第三条河岸》，突然有了些心领神会的感觉。我一直认为诗歌更多的指向在于诗人个体经验的表现，主观化的成分居多，更何况当下诗歌创作求诸诗人内宇宙的表达和表现几乎是经验之谈。现代诗歌中的普遍客观现实的关照在作品中其实是有所制约的，在我看来诗歌的现实观照几乎只是一个药引子，或者说，诗歌这种现实关注方式，尤其是对一个地域的观照，相对于其他的文体如散文和小说而言，诗歌是否距离生活的表象会更遥远呢。更进一步，也就是说诗人要想用诗歌构建自己的文学领地，是否几乎枉然。当然这只是我个人的观点。此前，在谈雅丽的诗歌中当然也不时出现以沅水为背景的表达，但在我个人的阅读感觉中，那些背景在她强烈的主观色彩的诗歌中，只是一些幕后的陪衬。读者记住的只是诗人的主体形象而没有留下诗人所在的舞台的全景。这是个遗憾。这个遗憾在她的新近出版的散文集《沅水第三条河岸》中得到了很好的弥补。

## 一、第三条河岸是历史的也是精神的岸

　　河流只有两条岸，沅水的第三岸在哪里？我想如果你了解沅水这条河流，

了解这条河流的历史和人文，及这条河流上曾经行吟江畔的历代诗人，你会发觉这第三条岸同样是客观的，它是同我们的历史和精神同在的一条岸。我说这条岸是客观的岸，是物质的岸，在于这里的沅水自古以来维系着上千个大大小小的内河航运码头，是一条承载过大湘西万千民众苦难和哀乐的河流。那些船和水草至今还同三千年前的过去一样寄生在河面上，这里的烟火人间，这里的芸芸众生是沉甸甸的存在。我说这第三岸是历史的和精神的岸，在于这条河流有着自己的文化脉络，甚至有自己的文学的道统暗含其间。说到这里我想几乎又差点掉书袋了，我有点话痨。还是简单论述一下这条河流的特质吧，事实上，沅水是大湘西的一条自然分界线，在这里的湘西是巴蜀交界地，自古楚地巫风称盛，巴人则崇鬼慕仙，楚辞中的《山鬼》《涉江》《云中君》等瑰丽篇章产生在这里。这些瑰丽的诗篇也彰显着这条河流独特的地气。如果说这里真的有一条隐形的第三条河岸，我想谈雅丽不是路上的第一任行走的人。这条河岸的源头的第一位探寻者是屈原，还有人未到过这里，却神游过这五溪之地，那就是李白，他在《闻王昌龄左迁龙标遥有此寄》中明确告诉我们："杨花落尽子规啼，闻道龙标过五溪。我寄愁心与明月，随风直到夜郎西。"可见王昌龄也曾乘船路过这里，后又有杜甫、刘禹锡等。当然，后来的沈从文的《长河》，黄永玉的《无愁河上的浪荡汉子》无不是这清奇沅水催生的精品力作。这只是说明这一地域和这条河流存在这样一个文学的现象而已。这是文化交集、汇聚、碰撞、融合生成的独特地气。谈雅丽在她的序言中说得很明白。这本书的出版，是她长期诗歌写作后的自然得逞的心愿，这本集子里的文字和她游历的脚步一样，有点信马由缰，但是马蹄印迹重叠之处，踏出的是一条共同的路径，这就是文化的奇妙之处。

这里我要肯定地说，谈雅丽在这个散文集子中的文章具备一定的创新意义，正是作者深谙这条河流的内在的精神之岸，从而促成并开始了的一种创新，于是她尝试着实现这一个地域文化的再定位。于当下而言，我们的土地无疑已经为我们熟悉，土地的奥秘也不复存在。我们已经不可能创作又一个《桃花源记》。因为今天的文学创作要以传奇和神性的话语语境取胜已经成为不可能，除非你遁入一种幻觉的自言自语。当然这也是一种文学的方式。诗歌可以有《梦游天姥吟留别》，唐朝还有游仙诗，但至少散文没人这么搞过吧。不仅土地的神秘性不复存在，而且地域差异也在消失。而20世纪80年代后期这种地域差异尚未消失，比如那个时候，读贾平凹的《商州》系列散文，总让人耳目一新。我感觉自己对西北那边土地的了解，直到今天好像还在不时地为这些文章所左右。比如贾平凹写的面条长了，蹲在凳子上吃，比如写吼出来的秦腔，比如写冬天的冷，人在户外撒尿，刹那，尿液凝结了一座弧形的冰桥。那种写法和内容都会引起读者的好奇和兴奋。我想那肯定是基于一种信息闭塞所导致的认识差距。不过很可惜，如今我们打开微信，看看南北朋友的微信照片和文字，类似贾平凹文字中的这种新奇感，几乎消失殆尽。我们自己手上的素材几乎没有什么异质的东西，被更多的外地读者所陌生，所不熟悉、不了解的已经非常少了。随着信息交流的便捷，这种隔离而产生的认识差距，地域文化差距，还会越来越少。我们常常会发现在很大的一个范围内，人们所面对的生活内容及信息都是相差不远的。我们没有更新的故事讲给他人听。

我想谈雅丽也许认识到了这个地域差异消失的现象，所以她巧妙地在用自己个人的语调和自己的发现在书写情怀，在讲述故事。在这个讲述的过程中，她参与了对这方土地、文化和人的再次认识和定位。这无疑是个升华，也是必需的过程。这让她的文字可能具备一份真正的价值，这个语调和发现，也许在帮助她找到自己的听众和读者。

## 二、作家与土地之间再定位的实践

我们紧接着上面的话题，回到作家与乡土的问题上来，再反观谈雅丽的写作实践，也许才能谈出一点有普遍价值意义的话题来。就《沅水第三条河岸》中的作者和这条河流的关系而言，谈雅丽当然有足够的自信。她至少会认为自己对这条河流的认识相对许多域外的人而言，完全具备更多也更深入了解，甚至有一份与生俱来的痛感。我和谈雅丽一样生活在这条河流的流域之内，或者说这个客观的文化地域之内，我当然知道它的昨天和今天的各种各样的事件与历史。我甚至记得抗日战争时期，我们湘西新编的暂六师、暂七师喋血常德的抗战，也知道湘西土著部队的老家底一二八师从凤凰出发乘船而下，同样是从这条河流一去不返，至常德，至浙江嘉善一战下来，整个部队建制不复存在。于当下而言，我们当然对这土地的认识同样包括未来的诸多可能性，应该说我们比谁都心知肚明。20 世纪 30 年代沈从文的《湘行散记》和《长河》依然是关于这条河流和这条河流上民性的认识，由于伤时忧事，当时的战争紧迫，先生的文字中即便是掺杂了许多无可奈何的痛苦，悲观甚至一些偏执，但我觉得他眼见的世界是相当真实的认识。沈从文先生的高明在于他会从它貌似的熟悉中看出陌生，从所谓的一致里看出差异。最重要的是，作为这条河流的儿女，血脉中存在有关于它的深长浓厚的传统记忆，这是永远都消磨不掉的。我很窃喜的是谈雅丽也正在一点点靠近这种整体记忆。

就谈雅丽的《沅水第三条河岸》而言，虽然是一本散文集，但是作者的写作明显地具备着整体的构思，而不是随意的凑合。这从每一个小辑的标题可以看出，而每一辑的标题，也都是以一篇文章为标杆似的处理。第一辑水马出洞庭，第二辑江湖小词典，第三辑气蒸云梦泽，第四辑牧羊沅水岸。这样处理当然是好的，也说明作者的整个写作时期，心灵都能够自觉靠近这条隐形的河岸。而整体文章出来的效果恰恰足以证明这位诗人的内心是沉稳地驾驭着所有的文字。这是一个作家日趋成熟的种种痕迹。如果说文学或者地域的文化确实存在着道统，我想作为后来文学的开拓者也只能是一种无意识的、诡异的、不自觉的皈依，而不是刻意步人后尘就可企及。

记得在她这本散文集创作期间，我们有过一次短暂交流，谈及过历史上的"五溪"地域概念，我当时就对这些未曾谋面的文字进行了猜度，后来谈雅丽这一系列散文的整体表现果然不出我当时所料。这本书也无意识切合了这条河流的自身历史脉络。需要说明的是谈雅丽始终是以诗人的思考和感触在书写。她很少用客观的关照，依然以内心的投射在书写，但是她得力于乡土情怀的自觉内在的涌动，她文字的表象无一不具备了现实之下的沅水一切客观的存在，而从不游离。比如说《迷失在沱江的光影里》《我的江湖词典》等，"凤凰从来没有在时间流逝中消隐它神秘的气息"，这样的开头，每一个有写作经验的人都会心领神会，作者还会有客观的现实关注为主导来行文吗？显然，这是一个典型的内审观照之下的文字。然而，她通篇的行文始终没有游离现实之下的人物和景观，只是把历史的、人文的、内心的始终搅和在一起，于是"弥漫在古镇空气中看不见的忧伤气息，那是时间行走时留下的一道看不见的裂痕"。"我也不知道，什么时候，青碧的沱江水也为我的灵魂染上了苍凉的颜色。"这种文字的厉害在于，作者看到一条古老的雨巷子，看到一个买花的现代女孩，她也许会给你指出这个女孩头上的花环可能和屈原《山鬼》的"被薜荔兮带女萝""既含睇兮又宜笑"是一个模样，甚至可能还有"子慕予兮善窈窕"的情怀荡漾一下。而且在以诗人的眼光关照之下，这绝不是什么想象和编造，完全切合保留在心里的积淀，统一在地方民俗里的确切的真实。这就是我说的谈雅丽的语调和她讲述这片土地的种种"实情"的技法，她在用诗人的关照所得，又不留痕迹地将其楔入现代生活的板块中，这应该是她写作的一个特殊地方吧。

### 三、地域文化始终在传承和重建中更新

写地域性的散文有很多成功的先例，如前面说到的贾平凹的《商州》系

列，沈从文的《湘西》《湘行散记》等都是大获成功的例子。这两位大家显然都是写自己最为熟悉的故土，同时他们的作品存在于一个大时代背景的话题之下，尽管具体到每一篇作品，也不一定全是大叙事的写法，但整体呈现的依然是一个激烈变化时代的大叙事的宏观表达。这些都不是谈雅丽《沅水第三条河岸》所具备的特质，我没有怀疑谈雅丽不具备大叙事风格和实力，而是隐隐发觉了她正在接近一种心灵旅程的叙事表达。如果是，我想这是她阅读和行走的结果。

《沅水第三条河岸》可以撑起一个作者的整体形象，这个作者是个敏感的女子，她立足于乡土、历史和时代，开始了心灵的辨识或者是认知。这种认知是个性化的，不同于阅读所得，也不同于前人所见。事实上我更认同这样的表达更像是一条正途。我们面对的世界越来越相似，我们很难讲述不同于别人的故事，甚至喊不出区别于他人的语调来。那么我们去哪里寻找我们自己的文学标志呢？唯一不同的，也不可复制的是我们的心灵，是我们的思考，是我们独具魅力的心灵的感受。谈雅丽未必认识到这一点，但她的写作实践仿佛在向着这一点慢慢迈近。还有一种可能，就是她本身是个诗人，她习惯用诗歌的思维去观照一切。而我们知道，真正有很高艺术价值的文学作品都是依赖个性而存在。这里说的个性，有地域，有文化背景，更主要的一个因素是作者本人，而不是其他。作家的心灵世界，由这个世界做出的辨识和判断，就是作品的个性的根本。一个作家没形成自己的个性是不成熟的，一个作家丧失个性也就等于取消了他的艺术生命。如果从这个观点来看《沅水第三条河岸》，谈雅丽在地域性文化类别散文写作上处理是成功的，我认为作者不仅是完成了个人文学领地的雏形，也在各地域文化的构建和更新探索上，有许多可供借鉴和启发地方。我想这是比较中肯的评价。

据说不同土地长出来的同一种药材都有些微的差别，如同橘生淮南之说一样。地域同样孕育着自己的独特文化。大湘西的沅水流域在两千多年前属于楚国，地处当时的南蛮之地，楚国的文化显然与其他国家差异极大。历史上的楚国位居云梦大泽，遍地丛林，奇山丽水，民性自由和开放，特别能够产生雄奇瑰丽的幻想，许多关于楚国人的成语故事，其人物几乎不是傻瓜就是哲人。尤其是屈原的《楚辞》在外地人看来想象力大得不得了，简直荒诞不经，但其实这其中恰恰暗合着许多历史的客观存在。春秋战国时期正处于中国也是世界人类文化的具有强大启蒙意义的同一时期，是由启蒙走向理性成熟的关键时期。楚地的文化魅力，在于这里开创了中国诗歌浪漫主义的源头，其文化影响力是巨大的，绵绵无尽，直到今天也无法消失。

也有学者称湘西是最后的楚国，这在许多本土作家的内心也许是默默认同的。1982 年，沈从文先生刚刚平反不久，受邀请到吉首大学讲课，学校当时用苗族的开山迎宾鼓迎接他，老人一时忘情喃喃自语："楚音，楚音，这就是最后的楚音啊。"不禁泪流满面。这是原《芙蓉》主编颜家文老师陪同沈老的一次亲身经历，我认为这个细节更能说明作家暗含内心的文化认同是一种潜移默化，也是很难更改和掩饰的一种心理结构。

沅水作为大湘西的母亲河，于现实之下这片土地已经发生了翻天覆地的变化，仅就自然环境论，无边的丛林已大大缩小，在《庄子》里反复提及的云梦泽，也在一片片消失。我们这一代人的童年，爷爷奶奶挂在嘴边的故事很多，如今同样在消失。不过作为一种地域文化的存在或一种传统，它不可能一下断绝，它还会延续一个阶段。我这样说的目的，始终是在说明这种地域文化的客观存在，一个作家也许很难绕过这种存在。

如果我们作家置身于这样一个大的地域文化环境来对待自己的写作，我们就会有意识地从我们的内心世界做出一种判断，这是极大地有别于其他地方的认知上的选择。这一切会决定我们写作的内容，或者说一个作家的文学品质。感谢谈雅丽的《沅水第三条河岸》，我想我是在借助你的作品尝试叙说我的一些思考，但我真的很开心，这本书的很多实践在暗合我的思考。因此，我祝贺你，也祝贺我们的默契。

（作者系湘西州文艺评论家协会副主席，古丈县文联副主席，湖南省作家协会会员，中国少数民族作家学会会员。作品原载《桃花源》2016 年第 2 期）

# 《踏歌而行》序

未 央

戴志刚是来自我家乡临澧的一名青年才俊，他将他的第二本诗文作品集取名为《踏歌而行》，是有其深刻寓意的。全书分为"往事如歌""一路歌随""心歌轻吟"三辑，前两辑以散文的形式记录了他对亲情的眷恋、对故土的回味及对生命的思考，第三辑以诗歌的形式表达他对脚下这块热土及人情风貌的满腔热忱。时光如梭，岁月如歌。从乡下到县城，从军营到地方，从懵懂少年到热血男儿，戴志刚在努力着、奋斗着、收获着，一路踏歌而行。

这绝不是一部为附庸风雅而无病呻吟的作品集，而是作者一路踏歌而行所留下的一行行记忆与感悟。如果你静下心来，细细品味，便会得到怡然的文学陶冶，吸取丰富的人生营养，收获意外的人生教益。

让我们与作者共同来分享该书给我们带来的这份心胸旷达、生活舒朗的愉悦吧。

首先是细节描写吸引人。这是本书最成功的一大特点，基本上每篇文章里都有运用这一写作手法，值得我们广大年轻作者学习。如《年猪声里过大年》一文里，将农村杀年猪的全过程写得活灵活现："打开猪圈，师傅会先说一句什么话，应该是行话吧，记不清了，然后拍拍猪的身体，突然抓住一只猪耳朵，这时帮忙的其余人便一拥而上，揪耳朵的、抓鬃毛的、捧屁股的、扯尾巴的，如蚁拖虫。猪不甘就范，拼命反抗，体型大的肉猪更难制服，有一次甚至有人被掀翻掉到猪粪坑去的，但大家也不以为脏。拖猪的过程里，一路人笑声、猪嚎声，响彻院落，加上孩子们的惊叫、欢笑、鼓掌、跳跃，更增加了节日的欢乐。人多力量大，猪到底还是被众人七手八脚拉着抬着上了搁在腰盆上的门板，死死地被摁在门板上。杀猪师傅嘴叼尖刀，将猪后脑壳顶在自己的大腿上，待位置正确后，然后以一个极其职业而又潇洒的动作取下嘴中钢刀，双目凛凛，运足气力，以迅雷不及掩耳之势照着猪脖子隆起的那块槽头肉捅了进去，旋即便抽出刀来，血柱就随刀喷洒出来。"而在《赶集》里这样写道："到了那里，和他们打打招呼，便放了我，在一旁拴着的几头牛中间转悠着，不时拍拍这头牛的屁股，掰掰那头牛的牙口。我呢，就站在那些叫牛贩子的人身旁，非常稀奇地看着他们把手神秘地缩在袖口里，眼花缭乱地变换着互相拿捏的手姿，嘴上却说着与价钱无关的闲散话，一会儿工夫，似乎就做成了交易，互相递烟，各牵了对方的牛哈哈一笑便回了。"这些细微的、真实的、具体的、形象的、精确的描绘，让这一篇篇文学作品有血有肉、有声有色，读来津津有味，无半点枯燥的感觉。可以说，没有精湛的细节描写，就没有生动感人的艺术形象。作者只有紧紧抓住细节的最突出的感性特征、外表特征、动作特征，这些最容易具象化的特征，才容易吸引住读者的眼球。正因为作者在细节上特别注重精雕细刻，使得书中的父亲、母亲、儿子、杨癫子、冬草、秀姐等人物形象如此生动逼真，让人回味无穷。

其次是情感真挚感动人。戴志刚无疑是一个用生命写作的人。他的文学作品来自他的亲身经历，与他的做人、工作和生活密不可分。因此，他的这些文学作品，从某种程度上来说，带有一种不可复制的偶然性。如《儿子的眼神》一文，从儿子一次考试失败后的眼神，写到二十多年前自己同样的一次经历，"只一个眼神，便在儿子身上打开了一扇窗，如瞬间拉开的窗叶，我看到了儿子内心最柔软的地方"，体现了两代人对下辈的关爱之情。《安卧父亲病榻前》一文，则通过自己在父亲病榻前的"沉睡"这样一面镜子，照出伟大的"父母之爱"。这种借"镜"抒情的创作手法，在本书中还有好多地方，都非常成功。我个人尤其喜欢《八月的颜色》这篇所抒写的战友情，将八月的颜色比成血色，不仅非常贴切，还十分生动。当然，这也与我的从军经历有关。虽然，那些"把眼睛喝成血色，让歌声飘出血色，让生命永远充满激情的血色"的日子早已离我远去，读着这样的篇章，还是勾起了我那些难忘的记忆。

再次是意境升华鼓舞人。诗歌创作，我们特别讲究意象的提炼及意境的营造，散文美的灵魂也正在于意境，美的意境才能给人以美感。通过意象的选择来为文章的意境造势，是我们在创作时一贯运用的技巧，但怎么样将意境从一个高度提升到另一个高度，则需一定的功力。在这方面，我觉得戴志刚也有做得比较成功的地方。如《冬草》一文，通过一张轻轻薄薄的烟盒纸，记录了一个农村女人沉重的一生，读后无不令人唏嘘。《家乡有座土地庙》一文，则通过一座土地庙的兴衰，引申出中华民族几千年的道德精华——感恩精神来。诗歌《一块石头——瞻仰罗盛教陵园感》，又通过"石头"这一贯穿全诗的意象，诠释了"什么是价值／什么是榜样"。纵观全书，我还读到了作者对于"时间"的种种妙用。如"年，像个让人欢喜让人愁的幽灵，悄无声息地就来到了面前"（《年味》），"时间是个让人喜怒无常的雕塑家，用一把锋利的岁月雕刀孜孜不倦地雕饰着城市，雕饰着人，当然也雕饰着人心"（《三度广州》），"日子就像一条试纸，会随着不同的心境变幻出不同的色彩来"（《八月的颜色》），"箭速一般，一年就走到了最后的一天"和"岁月有时就像一条沟渠"（《岁末思绪》），"时代是个威风凛凛的大元帅／封你为打头阵的急先锋"（《临澧名人之：丁玲》）。在作者的笔下，"时间"是幽灵、是雕塑家、是试纸、是箭、是沟渠、是大元帅，这些独特的表现手法，增强了文章的艺术感染力，也让他的诗歌散文作品提升到一个哲理的高度。

　　以上是我在读老乡戴志刚就要付梓出版的作品集的几点感想。这个冬天确实有些寒冷，我一面烤着火炉，一面品读着他这些温暖的文字，内心暖意融融。这些有关亲情、乡情、生命的文字，是温暖的、明亮的，能触动人心的。当然，我们还不能称他的文章篇篇都已是美文，如在细节描写方面是否可做一些"去繁求简"的工作？可否选择一些更宏大的主题来加大作品的厚度与力度？在文章结构布局上是不是也可做一些新的尝试与创新？时间也是文学创作最好的养料，戴志刚在一篇题为《生命有盏梦想的灯》的演讲稿中如此写道："我希望每个人在一直前行的路上，都能提着一盏自己梦想的灯，照亮道路，也照亮灵魂！"

　　让我以同样的祝福送给他吧！

　　是为序。


　　（作者系湖南省作家协会原主席，一级作家。作品原载《踏歌而行》，作为序言）

# 行走，是一种姿态

## ——评王泸的散文集《嘉山傩韵》

李 琳

从 20 世纪 20 年代开始，国内外的一批著名专家学者诸如顾颉刚、钟敬文、魏建功、刘半农、钱肇基、路工及饭仓照平（日本）、李福清（苏联）等，都对孟姜女故事产生了浓厚的研究兴趣，孟姜女故事于是成为学术界的一个重要研究课题，研究成果之多可谓举不胜举。从日本学者饭仓照平的论文以及苏联汉学家李福清的孟姜女研究专著也可看到孟姜女故事在国际学术界受到的重视和研究情况。近些年来，孟姜女故事的研究又有了新的进展，王泸老师的新作《嘉山傩韵》从民间文学角度切入，将嘉山孟姜女传说置于孟姜女故事的历史系统和地域系统的交叉点上加于考察，并以嘉山孟姜女传说为中心，探溯它的渊源、流变及社会价值等重大问题，提出了许多新颖独到的看法。王泸老师以一个民间艺术工作者敏锐的嗅觉，40 多年来深入乡村，采访当地百姓，行走在乡间的小路上，获得了一般书斋学者不能得到的活态的孟姜女研究的资料。行走，是他的一种姿态，也是他多年来学术人生的总结。

这部长达 20 余万字的专著，是以人类学田野调查的方法和历史文献学的方法研究孟姜女传说的。该著把嘉山孟姜女传说放在其产生的历史背景与文化情境中进行了适当分析，放在历史的链条中做出了较客观的评价，"历史责任感"是该著对嘉山孟姜女传说研究的一维。就正如作者在后记中所说的那样，"文革"后，嘉山孟姜女傩文化的流传元气大伤，傩文化的传承人受到迫害后一个个心有余悸，纷纷改行，随着民间老艺人、老巫师的相继离世，嘉山孟姜女傩文化后继无人，优秀的民族文化遗产面临失传，正是在这样的情境之下，王泸老师才用三四年的时间完成这本《嘉山傩韵》，其中许多素材都是他"文革"前利用工作之便搜集、采访得到的，书稿写成后，又用几年的时间修改定稿，其中艰辛，大概只有真正做学术研究的人才能体味得到。而这么多年来一直支撑王泸老师走下去的，大概就是这种历史责任感了。"对家乡文化的热爱"是该著对孟姜女文化深层观照的另一维。王泸老师出身于书香门第，生于重庆，却从小长在津市，对津市的历史文化很有感情。1965年，当时还在荆河剧团当演员的他，就听过许多关于孟姜女的故事，后来又去孟姜女庙游玩，就萌发了考察、发掘、收集孟姜女传说的念头，从此一发不可收拾，他讲他在采访孟姜女傩文化时，时时处于一种亢奋状态。正是这种对家乡文化的亢奋，成了他研究嘉山孟姜女文化的巨大动力，也促成他完成了这本继《兰津芳韵》之后又一部研究津市孟姜女传说的专著《嘉山傩韵》。

综观全书，主要有以下几个特点：

第一，深入探讨了嘉山孟姜女传说区别于全国各地孟姜女传说的傩文化特性，书名《嘉山傩韵》正缘于此。孟姜女故事作为我国最为流行的民间传说之一，其源远流长，众说纷纭，而其流传的形式也是因地而异，因时而变。作为南派孟姜女传说的代表，湖南澧水流域的嘉山孟姜女传说和山东、陕西、江苏孟姜女传说为全国孟姜女传说四大流传地域。王泸老师通过查阅大量历史资料和地方文献，并举40年之力在当地百姓中搜集还在民间存活的与孟姜女传说相关的口头资料与民风民情，亲自奔赴陕西、山东、江苏、福建、贵州和广东等地进行实地采风，在充分比较之后，他认为，嘉山孟姜女传说自明代在嘉山广泛流传后，与当地历史文化相结合，受巫楚文化熏陶，深深地打上了楚巫文化的烙印，其最明显的特征就是嘉山孟姜女被奉为驱鬼灭妖的傩神，受万民顶礼膜拜。民国时当地百姓还傩愿时外堂都必唱傩戏《姜女下池》，因为他们信奉"姜女不到愿不了，姜女一到了愿心"，孟姜女作为傩神在当地百姓中的地位，由此可窥一斑。作者还着重探讨了孟姜女传说中的群体心理沉淀、远古礼俗的残存以及历史文化与地域文化，并对孟姜女故事中的某些荒诞、诡异的东西予以辩证唯物主义和历史唯物主义的理解。并通过对孟姜女故事中望夫、寻夫以及死后作为保护神造福于家乡等情节的论述，指出嘉山孟姜女传说异于北方或江浙等其他地区，与楚文化有着密切的血缘关系，带有独具魅力的楚俗湘味。

第二，保存了和嘉山孟姜女传说相关的许多珍贵的口传资料。孟姜竹、镜石、望夫台、藻井、孟姜鱼、恨石岩、盼郎渡等篇，是作者搜集的与孟姜女传说相关的风物传说，这些地方风物几百年来默默诉说着嘉山人民对孟姜女的同情与挚爱。作者在 20 世纪 70 年代中期就开始收集孟姜女传说的资料，他不辞辛苦，走遍了澧水流域的 9 条支流，收集了百万字的相关资料，被当地老百姓亲切地称为"收牛皮乱弹琴的王泸老师"。这些资料中尤为珍贵的是附录中的单本傩戏《姜女下池》和全本傩戏《孟姜女》。因为"文革"，嘉山已成一座空山，以往以孟姜女庙会为载体的绚丽多姿的傩文化及民风民俗早已不复存在，特别是传统庙会上最具特色的傩祭、还傩愿、唱傩戏《姜女下池》更是早已绝迹。作者认为：文化是一个民族的个性、灵魂，甚至生命，一个没有自己独特文化的民族，拿什么独立于世界民族之林呢？这些都促成了作者有意识无意识地搜集整理嘉山孟姜女文化。如作者自 1963 年无意中听到了当地老人们讲起民国以前嘉山孟姜女庙会傩祭场面的热闹、繁盛情景，在惊喜好奇之中作了一些记录，如今这些老人都已纷纷作古，孟姜女庙会的傩文化资料已基本失传。"文革"后作者又参加全国性的民间文学普查，深入乡村采访当地老百姓，对嘉山孟姜女文化进行了深入的研究，这些工作为后人研究南派孟姜女傩文化提供了最有价值的资料储备。

第三，从多角度阐释了嘉山孟姜女传说的历史渊源。如《移民迁徙与嘉山孟姜女》《李泌造新城与嘉山孟姜女》以及《"南长城"与嘉山孟姜女》等篇，从历史考证的角度展开论述，资料丰富翔实，论证确凿详明，这不仅体现在对孟姜女传说历史资料的详尽考证，同样也体现在对历史资料的深层比较。作者认为，嘉山孟姜女传说是与历代经济、文化中心的迁移紧密联系在一起的，应该从中国几次大的移民迁徙的大背景中去考察，唐时才子李泌任澧州刺史时修新城也必然带来文人对孟姜女故事的传播。作者还认为，20世纪末在湘西西部发现了修建于明代的苗疆长城与嘉山孟姜女传说在当地的发展传播有着密切的关系，正是这全长二百余公里的苗疆长城，孕育了带有浓郁楚文化特色的嘉山孟姜女故事。作者纵横捭阖、广征博引，典出有据，令人信服。作者"竭泽而渔"，却不满足于资料的罗列和前人研究成果的引用。而是凭着自己掌握的资料和前人研究成果，从文化沟通的角度进行更深入的研究，务使在重要问题上有所开拓，有所发现。而《望夫歌与嘉山孟姜女》以及《傩文化与嘉山孟姜女》则从民间歌谣与民俗活动的角度展开论述，展现了嘉山孟姜女文化的独树一帜与异彩纷呈、斑斓多姿。作者通过搜集至今还在当地流传的《望夫歌》，发现在湘西北鄂南广大民间流传了几千年的《望夫歌》与《孟姜女望夫歌》有着许多相似之处，由此推想自唐宋以后，发源于山东的杞梁妻故事，后衍变为孟姜女传说，流传到湖南澧州，当地广大妇女渐渐把望夫归的情感，嫁接和寄托在孟姜女身上。同时，在长期的故事传承中，一代又一代的澧州百姓，特别是受压迫、剥削的妇女，又在创造、丰富、完善孟姜女的传说故事，就这样，澧州孟姜女传说形成了自己鲜明的特色：望夫。这就是明代以前无典籍可考的澧州孟姜女传说在当地的民间基础。作者用至今还存活于民间的民间歌谣与民俗来作为佐证，令人信服。因为民间歌谣是民族独特性格的体现，民俗是集体无意识中民族文化的心理、民族精神的反映，民俗文化的特征首先是社会的、集体的，它不是个人有意无意的创作。澧州孟姜女传说正因为与古楚大地沅澧流域的民风民俗结合在了一起，才放射出独特的经久不息的魅力。

当然，任何学术研究都有其优长和局限之处，本书也不例外。如在全书体例框架安排上，作者重点突出了田野调查的第一手资料，并在对历史文献的考证下提出了自己独到的看法，只是有些地方缺乏更深层次的理论关照。但美国诗人埃米莉·狄金森有一段这样的诗句："假如我能使一颗心免于破碎，/我便没有白活一场；/假如我能消除一个人的痛苦，/或者平息一个人的悲伤，/或者帮助一只昏迷的知更鸟/重新回到它的巢中，/我便没有虚度此生。"一部作品，不论它是社会价值的追求，还是读者心灵的慰藉，只要留下真善美的足迹，便不必再苦苦纠缠于其白璧上的微瑕。钱锺书《管锥编》中引用八百多位外国学者的一千多种著作，其初衷就是"邻壁之光，堪借照焉"，我也希望能"借"王泸老师的"邻壁之光"，"照"我今后的学术之路，并在此祝王泸老师今后在学术的田野上愈走愈好！

（作者系湘潭大学文学与新闻学院教授，博士，硕士生导师）

# 形散神聚　意境深邃　语言凝练

——读王建国散文集《何处是故乡》

邓声斌

　　"五一"长假，我一口气读完了鼎城一中王建国老师的散文集《何处是故乡》。书中那一副副鲜活的面孔，一个个生动的故事，一道道亮丽的风景，一段段精彩的抒情和一点点深刻的哲理，时时在脑海中浮现，挥之不去，难以忘怀。

　　掩卷沉思，细细玩味，我逐渐梳理出本书的三大亮点——

　　一曰形散神聚。即人们常说的"形散而神不散"。《何处是故乡》分为《乡情篇》《触景篇》《感怀篇》和《育人篇》四个篇章，正是根据文章的题材与表现手法的不同而分类的。四大篇章所写的内容都是日常生活中司空见惯的现象，读来令人感到真实可信，亲切动人。每个篇章又包含若干篇散文，每篇散文都写得短小精悍，生动活泼，给人以轻松愉快，寓教于乐的感觉。

　　《乡情篇》中的第一篇，也是全书的开篇——《消失的牛角号》，写的是 20 世纪 70 年代以前，在广大农村普遍可以看到的"阉猪佬"吹着牛角号、走村串户、为老百姓阉猪的故事。全文以写人记事为主，通过人物对话发表精辟的议论，起到了画龙点睛、深化主题的作用。文章推出两个特写镜头：一个是"有一年夏天"，"阉猪佬"为"我家"阉"一头白色的小公猪"；另一个是"有一年春天"，他为"对门的七姑家"阉"一头小母猪"。两次阉猪的过程都写得非常详细而具体，生动而形象，读起来仿佛身临其填，如见其人，如闻其声。文章特别写到"阉猪佬"自认为"尽做缺德的事"，"畜生也是一条鲜活生命呀，我一刀子下去就斩断了他们的情根"，似乎有一种莫名的内疚与伤感。正因为如此，他每阉一头猪，就从地上捡一颗小石子作为记数的筹码，"等凑够了 1000 颗石子"，"就封刀改行"，可见"阉猪佬"也懂得珍惜爱情与珍爱生命，这大概就是我们常说的"普世价值"吧！文章没有贯穿全篇的故事情节，也没有天衣无缝的谋篇布局，仅以牛角号声为线索，把"阉猪佬"的故事，与作者的感悟串联起来。看似"形散"，实则"神聚"。本文及全书的奥妙之处，正在于此！

二曰意境深邃。王建国老师的散文，注重表现自己的生活感受，抒情性很强，而且情感真挚，颇能打动人心。

《变质的风景》是一篇写景散文。在描写景物的同时抒发作者的感情。文章先写 25 年前"我"在沈从文的《边城》中看到凤凰古老质朴、宁静典雅的景象，再写"2010 年 4 月，我终于踏上了这方神秘的土地，拜访了沈从文先生的故乡凤凰"。结果如何呢？"印象中的宁静和古朴看不见，扑面而来的是一股世俗的商业气息"，通过今昔景象的对比，表现出作者"深深的失望和无限的惆怅"。字里行间，隐藏着作者对当今旅游开发的忧虑和思考。

《花岩溪的月色》也是一篇写景散文。作者紧紧扣住"月色"二字展开描绘，时而明亮，时而朦胧，若隐若现，变化无穷，巧妙地抒发留恋于万籁俱寂、擂茶飘香的山野，而超脱于"浮华喧嚣"的城市的真情实感，达到物我皆忘的高度统一，使读者领会更深刻的哲理。

《那一年，他四十二岁》是一篇抒情散文。着重表现作者的思想感受，抒发作者的思想感情，文章采用类比的手法写了三个人的 42 岁，他们的处境不同，遭遇不同，结果也不同。陶渊明 42 岁，"不愿为五斗米向乡里小儿（郡府派来视察的督邮）折腰"，辞去县令不当，回归故里，荷锄耕种，写下了《归去来兮辞》及大量脍炙人口的田园诗，流芳百世。苏轼 42 岁，"被贬黄州……无官一身轻……得以耕种东坡，寄情山水"，创作了《念奴娇·赤壁怀古》、前后《赤壁赋》等传世之作，受到世人的景仰。"2013 年，我 42 岁"，作者自述从当小学教师起步，刻苦自学，勤奋工作，最后调到省属示范高中从事教育教学管理。笔者看来，这也算是完成了一次"华丽的转身"。然而，作者并不以此为满足，他以自己切身的经历，痛感"僵化的教育体制、形式主义、功利主义的教育环境早已使传道、授业、解惑的教师职业偏离了轨道，理想和现实越走越远"。他深深懂得："四十而不惑，42 岁，当是一个觉悟的年龄，一个清醒的年龄。"他要向陶渊明、苏东坡学习，"归隐田园也好，归隐山林也罢，大隐隐于市也可，其实是归于自己的内心，思考生命的意义……然后给自己减负，减去无休无止的欲望……积蓄精、气、神，真正为自己完成一次生命的勃发"。这是发自内心的感悟，是催人奋进的号角，也是对他 42 岁的期待与回应。

三曰语言凝练。亦即语言简洁质朴，自然流畅。往往是寥寥数语，就能叙述出事件的来龙去脉，描绘出生动的人物形象，抒发出激动人心的感情，阐释出令人信服的道理。《争抢的人生》只有短短的 700 多字，通过"我"的女儿在体育广场与孩子们争抢着荡秋千的平凡小事，深刻地阐明了一个哲理："愈是得不到的或难以得到的东西，我们争抢的兴致就愈高。"《学步》也只有 800 多字，作者用极其凝练的语言，通过一对老夫妻和一对年轻夫妇分别搀扶老人与孩子学步的日常小事，向人们提出了一个值得深思的问题：为什么只看到年轻的夫妇搀扶自己的孩子学步，而看不到他们搀扶自己的老父亲、老母亲学步呢？这个问题虽然隐藏在文章的深处，没有直接提出，但作者的良苦用心我们是不难体察到的。全文没有一句多余的话，也没有一个多余的词，其语言之凝练，可见一斑。

总而言之，《何处是故乡》以特有的散文形式，用深邃的思想、丰富多彩的内容、灵活多样的表现手法和凝练优美的语言，写人记事，说理抒情，达到了思想性与艺术性完美结合的境界，的确难能可贵。

（作者曾任常德市教委主任兼党委书记、鼎城区委宣传部常务副部长、区政协学习文教卫体文史委主任。大学本科毕业，研究员。作品原载《常德日报》2014 年 6 月 21 日）

# 缤纷四美桃花雨

——解黎晴先生散文集《桃花缤纷》读后

胡任之

　　读完黎晴兄的散文集《桃花缤纷》，忽然记起似曾读过或听过的四句话：

　　　　地以人传，人赖文著；文合时作，时助地饶。

　　意思是说，一个地方所以出名，往往因为这个地方出过杰出的人物；而杰出人物所以流芳百世，很大程度上是因他（她）的诗文。那些流芳百世的诗文，则一定是拜那个时代所赐；而这个时代又反过来决定了这个地方的繁荣昌盛。

　　桃源大约就是这样的一个所在。

　　谁都不能断定，没有陶渊明的《桃花源记》，就没有现在中外闻名的桃源；但谁也不能否认，假如没有陶渊明的那篇记文，宋太祖就不会因以析置桃源县，即使析置也未必以桃源为名；假如不是以桃源为名，文人们就不会创造出东方乌托邦式的理想国——世外桃源；即使有个什么源，也不会引来无数帝王将相、谪臣贬吏的流连忘返，为僻处一隅的桃源，留下3000多首（篇）灿若桃花的诗文、500多幅（通）臻于妙品的楹联、题榜与石刻……

　　历史没有如果，只有结果。

　　千百年来，古今中外，无数人踏访过桃源这块人间乐土，无数人为她留下不朽的诗文歌赋；而黎晴兄的散文集《桃花缤纷》，以其"缤纷四美"的亮丽色彩，一定会是百花盛开的桃源当代诗文歌赋丛中耀眼的一枝奇葩。

## 一美：至捷才情诗意美

自古以来，人们常常将散文与诗连在一起，所谓诗文一家、诗文一源。

和诗歌的以抒情为主、通过意境表达思想感情不同，散文以写实为主、通过图景表达作者的思想感情；但散文若没有了郁达夫所说的"散文的心"——作者情思的寄托点、情感的爆破点，情景、意境的交融凝集点——散文的诗意美，散文也就仅仅是一座没有灵魂的一些散乱文字的堆积仓库罢了。

打开《桃花缤纷》的开篇之作，看到题目《走在千古骚人的身后》，就引起读者的无穷遐想：谁走在骚人身后？当然是写作此文的人以及阅读此文的人了；那是一个怎样的骚人？自然是千古流芳的骚人。为什么是走，而不是跑？不是踱？短短的九个字，营造出一种古今叠印、人我一体的观照空间，烘托出一种历史隧道、人不绝途的浑蒙场景。透过题目，读者就会暂时抛却以往的阅读经历，跟着作者的思绪，重构并进入别有天地的"世外桃源"新境界……文章最后写道：

> 千百年来，行走在桃源山坎坷道路上的，为什么多是诗人？这条路，让人忧心忡忡，茫然四顾。但每逢曲折处，总有一朵或一树桃花鲜艳地盛开。开路人新辟的路，拓宽了狭窄的难以行进的泥泞，脚下不再有长长短短的迷途。走在通往桃花源的道路上，千万株桃林怒放一朵朵热烈的风流。

这是作者站在文化与历史、文学与人生、精神与故乡等多重交叠维度，对"万古桃花源，年年景不同"最富情感与诗意的解读。散文不是史学论著，不可能板着面孔说出这些大道理；但散文允许作者直接站出来，用各种方法向人们倾吐自己的情思和旨趣，对读者加以指点——只不过，这指点必须是富有情感和诗意的。如果把上述文字分行排列，何尝不是一段赞美桃花、歌咏家乡的现代诗歌小令呢——

> 千百年来，行走在桃源山坎坷道路上的
> 为什么多是诗人？这条路
> 让人忧心忡忡，茫然四顾
> 但每逢曲折处，总有一朵

　　　　或一树桃花鲜艳地盛开

　　　　开路人新辟的路

　　　　拓宽了狭窄的难以行进的泥泞

　　　　脚下不再有长长短短的迷途

　　　　走在通往桃花源的道路上

　　　　千万株桃林怒放一朵朵热烈的风流

　　《桃花缤纷》全集，类似于这样的文眼即郁达夫所说的"散文的心"——充满诗意的句子、段落，俯拾即是，有如串串珠玉充盈其间。这里仅举一例，更多的诗意美，且留待读者诸君各发其现、各美其美了。

## 二美：至深哲理境界美

　　关于文章的境界美，清代文艺理论家刘熙载在其著作《艺概·文概》中是这样论述的："远想出宏域，高步超常伦。""为文不难，有其胸次为难也。"

　　这里的"远想""胸次"指的就是文章的境界；而散文的境界，一般都寓于诗一般的哲理、警句之中。

　　如《五柳湖赏荷》这篇散文，按照一般的写法，沿着"见荷、观荷、赏荷"的思路，写出荷花的不同形质，至多再做一些拟人化的描摹，大体上就算一篇较成功的赏荷之文了。但本文突破了一般的写作窠臼，另辟蹊径，在写出了荷花的"只可远观、不可近玩"的高洁品质后，还写出了独具睿智的"弦外之音、文外之理"：

　　　　静静地谛听一朵朵荷花初绽的音响，感到——荷，自能顺应天地四时，长成一种卓然的高洁；人呢？难道不能永葆自然的纯情与高贵的节操吗？

　　写到这里，作者的笔触戛然而止，问而不答。在相对纯真的自然万物面前，人要冲破时俗与欲望的羁绊，像这一朵朵荷花那样永葆纯真，显然只是作者的一种奢望了。所以，就算有答案，但要劝早已习惯于岁月匆匆、红尘滚滚的人们，停下匆匆脚步、冲破滚滚尘埃，驻足于一池碧波，欣赏于一擎荷盖，有可能吗？作者不是道德家，散文没有说教癖；但以这样的笔触，轻轻一点，在读者的心中，难道没有留下隐隐的刺痛与静静的沉思吗？

我想是有的。

《行吟鬼柳与思屈亭》一文，写的是沅江边、桃源县尧河古渡旁一棵古柳与思屈亭的故事。这棵栽种于2200多年前的古柳，是如何地几度枯荣、几度沧桑，如何地超越历史烟云的遮蔽与人世变换的摧残；这座古亭如何地在屈原行吟至此时就已矗立，从此之后如何地拆拆毁毁、修修葺葺……如做翔实的考证，没有万儿八千字是说不出个子丑寅卯来的。

但在作者的笔下，用了不到1500字，既写出了屈原作为伟大的爱国者苦苦追求德政而遭受流放的厄运与末路之悲，也写出了鬼柳日日夜夜、年年岁岁不辞孤独冷清为屈子招魂的执着，还写出了古亭酷暑接纳路人歇脚乘凉的大度、秋夜欢迎知己对酒当歌的通情，以及惠及无伞路人、无家流丐的恩德。文章最后，作者满蘸浓墨、饱含深情，写出了对千古屈子、千载古亭的敬仰与礼赞：

> 思屈亭留给一辈辈后人的便是永不止息的启迪——过眼烟云的不过是个人的进退得失，与天地同重的只能是国家民族的荣辱沉浮。经受千百年来的春秋更替风雨沧桑，思屈亭仍然世世代代享受后人崇高的凭吊和香火的祭祀，这岂不是历史对中华儿女民族脊梁的灵魂——屈原，最高的奖赏和最美的评价吗？

大约，这就是散文的境界美的永恒魅力所在吧。

### 三美：至浓乡愁主题美

德国哲学家雅斯贝尔斯在《存在与超越》中写道："当代世界面临着历史连续性断裂的危险，所以我们必须审慎地把握以古建筑、古村落、古代文化样式等文化遗迹遗址形式存在的历史记忆，发现养育我们现代人的生命源泉。"

这里，哲学家提出了一个以"古建筑、古村落、古代文化等文化遗迹遗址"为表征的历史传承命题——乡愁：如果任由这些"乡愁的载体"毁弃、消逝、湮灭，那么，历史的断裂就会成为事实，我们就会毁灭自身，我们所置身的文化、精神世界就会变成一片荒芜。

中国几千年悠久的农耕文化，造就并留存着数不胜数的一道道美丽的风景。一座家族祠堂，一处世传祖居，一棵槐树下的千年古井，承载的是祖辈们在劳动和生活中产生的对忧乐、生死、婚配、祖先、自然、天地的敬畏与态度，叠印成的是大量的物质文化遗产和非物质文化遗产宝库，从而成为一代又一代生于斯长于斯的人们的哺育源泉、童年记忆与乡愁根系。

但是，随着社会转型的加快，特别是城市化、城镇化的快速推进和人口的剧烈流动，很多人的工作地点已经变成了他的第二故乡；这固然拓宽了人们的生存空间与文化视野，但也出现很多留守儿童、空巢老人，很多地方即使以文化的名义、经贸的手段再造了很多"风景"，也只不过仅是作为表演、旅游之用的复制场景而已，"乡愁"已是"融不进的城市、回不去的原乡"了。

这份面对"正在变得陌生的故乡"时说不出、回不去的失落心态与无奈情绪，就成了当代文明人心底那个最坚硬而又最柔软、最厚重而又最缥缈、最庄严而又最平常的情感痛点。这样，乡愁就不仅仅是一个哲学式的文化命题，而是当代文学艺术家们笔下永恒的主题之一了。

正因如此，翻开《桃花缤纷》全集，几乎篇篇都闪烁着"乡愁"的蒙蒙身影与淡淡愁绪；处处都凸显出桃源人从"不知有汉，无论魏晋"的渔郎时代走进朝阳大道、福地洞天的新世纪时的那一份精神自豪。甚至，只看集子的名称，也令人一下就可以触摸到桃花开过、落英缤纷的暮春时节，朋友古道揖别、回望尽是乡愁的千古感伤……

当看到桃源三塔（楚望塔、回风塔、文星塔）三阁（漳江阁、文昌阁、白佛阁）重修成之时，作者透过绵绵楚山白云笼罩下的塔影、清清沅水倒影中的阁图，看到的是桃源人精神家园的重建，所以送出"政治清明修塔，太平盛世筑阁"的礼赞，发出"承启先辈出生入死韧战苦斗的风骨，着意改造地球上的生命吧，桃花源中人"的祈愿（《五百里间楼第一，二千年后月当中——桃源三塔与桃源三阁》）。

打开《跨越千年沧桑的廊桥》这篇散文，会情不自禁地跟随作者，走进桃源西北角的牛车河镇，去看那座跨越千年沧桑的廊桥——殷家风雨桥。初见此桥，谁都会被它"迥异于以美妙风姿装点西湖残雪的断桥"的原始气质所震颤，为它"迥异于以执柳送别流芳千古风云的灞桥"的纯朴本真所倾倒。因为这座风雨桥，"不仅是避冰躲雪之所，歇脚栖息之地，更是让身与心、灵与肉快乐的天堂"；还是在"酷热的盛夏之际，繁忙的耕耘之后"，安抚山民们疲惫已极的躯体的天上人间；还是让"溪水蛙鼓响在耳畔、山风林涛吹在身上、丰收喜悦漾在梦里"，愉悦山民们的人间天堂；还是让"外地跋涉而来的旅人，歇一下长途走痛的脚板、喝一口桥头陶缸放置的凉茶、低头回想走过的蜿蜒曲径、抬眼瞭望前面遥远路途"的地方。

透过作者笔下的廊桥，分明看到的是一幅历史与现实重叠于桥边青烟、传统与现代碰撞于桥外深山、当下与彼岸交映于桥下碧波的"乡愁浮世绘"。

## 四美：至巧匠心剪裁美

一般文学理论教导我们，阅读、欣赏、评价一篇散文的优劣，大致可以从"形散神聚、意境深邃、语言优美"即散文的三要素入手；而如何评价一部散文集，虽没有绝对的通行标准，但也似乎可以参考"一篇评"的标准。所以，对黎晴兄的散文集《桃花缤纷》，从"诗意美、境界美、主题美"三个维度，给出了我的阅读心得。

可为什么多出来一个"剪裁美"呢？

作者在《桃花缤纷》后记中，有这样一段文字，不妨抄录如下：

> 这本薄薄的散文结集，是我从 20 世纪 80 年代中期以来，在发表诗歌的同时所揭载散文的一部分，总共发表散文、散文诗、游记和随笔大约在 600 篇（次）上下。在全国 31 个省区市以及宝岛台湾、珠江口畔的国际都市香港和濠江波涌的南疆佳丽澳门，都曾多次登载我的文学作品，全国 380 家以上的报纸、刊物和出版社容纳了我，扶持了我，培养了我……

据此，我对《桃花缤纷》的文集容量、文章内容、篇章结构做了一个大致统计分析后，做出了"至巧匠心剪裁美"的评价：

第一，《桃花缤纷》文集容量为 54 篇，与作者发表的 600 多篇数量相比，54 篇显然是作者的精选、得意之作。这是作者作为桃源本土作家，向家乡及家乡读者群所奉献出的最精致的 54 朵"桃花"，体现了作者对家乡的热爱与对读者的敬畏，所谓"卅载奉甘饴，篇篇如宝玉"。

第二，《桃花缤纷》全部 54 篇散文内容，基本属于吟咏桃源历史人文、山川风物、田园故乡的范畴，显然也是作者精挑细选的结果，不是敷衍应景的裒辑之作。

第三，《桃花缤纷》由"桃源境界"（18 篇）、"沅江沧浪"（18 篇）、"武陵佳致"（18 篇）三个板块构成，其中深意，足见作者的至巧匠心：

"桃源境界"板块，笔墨重点放在桃花源风景名胜区主要的知名景区景点上。这是桃源所以称为"地理桃源"与"精神桃源"的奥秘所在，是作者赋写家乡桃源的立足点与出发点：没有了"桃花源"，桃源就只是个地理标志，由此附着的一切精神层面的东西将消失殆尽，既不会有"人间仙境、世外桃源"的美誉，也不会有"桃花源里好耕田"的遐想了。

"沅江沧浪"板块，作者的视野专注于桃源人视之为母亲河的沅江一水、沅水一带。这是桃源所以称为"渔郎之乡"、桃源人所以称为"灵醒之人"的文化性格所自，是作者借以远瞻先贤、高歌家美、后继殷望的抒情平台：没有沅江的滋润，当年行吟泽畔的屈子就不会有"沅芷澧兰、君子美人"的比赋，沈从文的《湘行书简》也不会给"沅江白帆"与"后街风雅"留出偌大的篇幅。

"武陵佳致"板块，文集的触角则超越桃源僻壤的束缚和沅江河岸的逼仄，深入到湖湘文化重要一隅的旧之朗州、今之武陵，用善卷德山的古雅、朗州司马的柳叶，为僻壤桃源的小县历史借由沅水的激荡而冲入洞庭、汇入长江，进而融进中华文明的版图，找到一个恰如其分的链点，增添一抹昂扬自信的底色。

所以，我用"至巧匠心"，为《缤纷桃花》添上最后一美！

三十七年前，那时我二十三岁，正在沅江之滨的一个小镇中学做语文老师；因为一份名叫《鹭鸶洲》的文学小刊的牵引，认识了七八位如黎晴兄这样的文学青年。自那以后以至于今，我与这些文学青年的关系，借用一句古语形容，就是一种"相见亦无事，不来忽忆君"的淡水之交。

三十多年来，当年的文学青年大多告别了当时为之梦绕神牵的文学之梦，融入平凡的红尘生活之中；但黎晴兄是个例外。他不但坚守着自己的文学之梦，而且还守出了自己独有的一片文学天地：荣誉齐来，著作等身。

去年6月初，黎晴兄刚刚退休，约我和熙华兄到他的居所饮茶，送我们一本他的新作《桃花缤纷》；因为天已炎热，收到文集后就束之高阁了。

庚子年到来，我终于有时间详读其大作。其间琐事纷扰，断断续续，直到人间遍是桃花开的四月，才读完；合卷之时，记下了四句打油诗读后感：

三十七年旧梦惊，读君新作愧无名。
缤纷四美桃花雨，忧乐千方故土情。

写完四句打油诗，好为人师的老病又犯了：借"缤纷四美桃花雨"为题，开始为《桃花缤纷》写起了书评。忽然记起"医不叩门、师不顺路"的古训，开头的文章停笔了；不是矫情，只是怕惹避之若浼之嫌。

5月上旬，黎晴兄寄我一篇有关他的文集的评论文章，并请方便时"也来一篇"。于是，这篇文字终于完稿了。

文章千古事，得失寸心知。

的确，写成一篇文章是不容易的，何况结成一本集子呢？其中的艰辛，真的只有作家自己知道；而要领略《桃花缤纷》全集文章的美妙，不被评论的溢美之词所囿，最好的办法就是三个字：读书吧！

（作者系桃源县楹联家协会理事，中国楹联学会会员，中华诗词学会会员，毕业于湖南师范大学中文系）

# 桃花源里"原生"的魅力

## ——序楚天之云散文集《乌云界下的日子》

### 杨亚杰

一

楚天之云是以诗集《回归原生态》在"桃花源诗群"丛书中亮相正式登上常德文坛的，他的亮相在我看来具有非同寻常的意义。

一是因为常德诗群既以"桃花源"命名，有桃花源里土生土长的诗人在里面自然底气更足一些，第一辑丛书里就有李富军、冯文正和楚云三位桃源籍诗人；二是因为他的诗"以故乡桃源的山水为背景，宣扬生态精神……传达了对人生状态的独特思考，有一定特色"[1]；三是他不仅仅代表他个人，而且还代表着"桃花源"腹地文学团队的影响和方向。常德市诗歌协会 2010年 4 月成立，9 月他就和张惠芬等诗友一起创办桃花源诗坛，他当版主、管理员；2011 年 8 月，他提出"桃源新诗群"概念，倡行原生态诗歌创作；2012年 1 月举行《回归原生态》首发式，之后，他又担任了《桃源诗刊》总编、微信文艺平台"高举阁"阁主，发掘团结桃花岛主、田桃源、楚冰、飞跃、向伟、黎志勇、李安军等文友诗人谈艺写诗办刊，一支桃源文学劲旅，把文坛搅得风生水起。

实话说，他给了我这个渴望找到知音一起来构建"桃花源诗世界"[2]的

---

（1）引自 2011 年大众文艺出版社出版"桃花源诗群"丛书，程一身所写总序《桃花源里可种诗》。

（2）可参阅杨亚杰《我心中的桃花源》一文。

人一种非常及时的呼应，真好哇，桃源就该有这样的人！

## 二

应该说，其实他是从网络上冒出来的，出书前就有点影响了，比如，他仗着占据桃花源天然地理优势和效仿陶渊明喜好饮酒的性情优势，把新湘语诗人七窍生烟吸引过来，还赚了篇"说快乐"[1]，让我这个也在老庄"新湘语诗歌"旗下快乐地"说"过的人感到兴奋，要知道，我的《和一棵树说说话》就是被评论家说成是以"新湘语诗歌"为主体的诗集的[2]，老庄本来就是桃源人，你想想，这些人，这些事，是不是有着某种共同的"诗"的缘分？那是 2012 年到 2013 年间，当时潜意识里我是把他当作狭义上的诗人看待的，因而他的第二本专著《梦回桃花源》就直接被我忽略掉了。可他找到"诗散文"这个文体证明了这批作品的存在理由，将其出版了，让我看到他温和表面下的倔强、自信和独立，这反倒让我格外欣赏起他来。

时隔五年后的今天，他又要出书了，这回干脆丢掉"诗"字，就叫"散文"了，是每篇千把字的系列散文，五十来篇，命名为《乌云界下的日子》。这回我不敢有丝毫怠慢，认认真真拜读一遍，然后第二遍，甚至三遍，时间拉得很长，长得都有点离谱了。

这是一部记录 20 世纪 90 年代作者在桃源乡村教书生活经历的散文集。我好奇，这个桃花源本土诗人想要表达什么呢？把书读完，我发现，他还是那个"回归原生态"的诗人，还是那个"梦回桃花源"的诗人，他不过是换了一个方式写他心目中的"诗"罢了。在他自然、随意的讲述中，有着太多容易被忽略的从真实里原生的意味，这些意味连在一起，便有了桃花源里"原生"的魅力——

首先是原生的桃源语言，带来愉悦感。他采用了原汁原汤的桃源方言，以一种不慌不忙的语速"讲述"那些日子，桃源话特有的口吻、声调和韵律拨动心弦，像方言中的叠词"茶茶一喝起，火火一烘起"之类，称呼上与普通话不同的"恩妈"之类，那些偶尔夹杂安化语音的桃源话"冇得"等等，都让人备感亲切，跟普通话写作带来的效果是完全不一样的。

---

（1）七窍生烟：《和楚云说快乐》（序），载《回归原生态》，熊福民著，大众文艺出版社，2011 年版。

（2）陈集亮：《诗意的蝶变》（序），载《和一棵树说说话》，中国文联出版社，2012 年版，第 2 页。

其次是原生的桃源风物，带来安宁感。湖南常德境内的桃花源风景区是东晋诗人陶渊明笔下所述"桃花源"原型、后人所称"世外桃源"真迹的地方，乌云界是桃源南部的一座起伏绵延的大山，地理位置紧邻桃花源风景区，那里的风物随着"日子"的讲述被有滋有味地展示出来，产生一种和喧嚣而急躁的网络世界截然不同的安宁感，让人真有置身桃源中，不想烦心事的感觉。我发现我被楚云在网络上的热闹"骗"了，他其实是个安静的人，一个地道的桃花源中人，他用心体察着桃花源的魅力想要讲给你听，比如他的被桃源风物喂养的这些清苦而有诗意的日子。

第三是原生的桃源故事，带来悬念感。读者最关心的讲述者"我"的故事是有悬念的，如很早就出现了"丈母娘"，却不是真的，真的丈母娘一直没有出现，一路写来那些性格各异的女孩，究竟哪个是他的女朋友呢？叫你去猜。不仅如此，从第一篇"进山"讲到马王溪名头大，马王就是东汉的将军马援，一直到最后一篇"刘老树"和他背后那些默默站立了若干年的茶树，涉及那么多人，明里暗里有多少故事？他是不可能都完整讲出来的，但他用"我"的生活轨迹细水长流地剪切出了闪光的部分，这就产生了红线串珠的效果，且这些珠光是相互辉映折射的。

第四是原生的桃源诗意，带来鲜活感。那被作者讲出的部分都是有意味、有诗意的部分。行文中不经意间露出的诗意，常常如春光乍泄，令人怦然心动。如《莲花灯》里"此时已经是深秋了，枫叶火红起来，让我恍惚，觉得这不是叶，而是他内心放出来的花"，接着讲认识了女孩阿娇，后讲到看灯会把人的莲花灯弄得不亮了，最后给阿娇一幅书法，写的竟是徐志摩的《沙扬娜拉》一首，前后意象连起来，颇有意味，最后腾起盎然诗意；书中还有不少在讲述中夹带出的诗，如他的《夏日也曾桃花开》、田桃源的《走过铁匠铺》以及和建伟互赠的吉他诗等等，都很好地呈现了诗意的原生性，特别自然入心。

第五是原生的桃源文化，带来历史感。比如《老街》里讲到那时的澄溪是水上要道——"郑家驿沙坪的各种物产的进出运转都得靠这条澄溪，尤其沙坪的桐油茶叶特产经沙坪古镇装船而下，至郑家驿老街歇脚，然后出澄溪，入沅江，下至桃源常德乃至更远的地方"。令人想到沈从文笔下的常德，想到久远的过去；《茅坪，或曰毛坪》里讲到当年常德大血战，把人带到炮火纷飞的年代；《娱乐》里讲到原始的造纸工艺，那是楚云练毛笔字的诱因，还有写诗、对对子、下棋、弹吉他等等，都是当地环境的影响，这种影响不仅是地理的更是文化的，如他的初中语文老师吴老师，经常在报纸上发文章；忘年交南先生的故事令人感叹唏嘘，去世多年了，幸有《莲桥诗稿》《莲桥文集》存世；文友金峰家房前屋后尽是橘子树，对话讲到屈原："他的诗风拂遍湘楚大地，他的兰芷芬芳千百年来一直喂养着我们。""吾将上下而求索！让我们以此共勉吧。"

## 三

以上只是我的个人所感，结合了对作者创作心理的揣摩与猜测，我不想就此书说此书，而是把他前后的创作和对桃源文学的整体推动连起来看，觉得颇有深意在。

他公开发表的第一篇作品就是散文诗《寻访渊明》，表达了他对陶渊明创造的"桃花源文化"的心灵感应和传承意愿，诗的结尾，他对渊明说："携一壶好酒，在那菊花盛开的季节来，让我们来个'举杯邀明月'，来个'高举寻吾契'，你说好吗？"这不就是后来微信文艺平台"高举阁"的心理起因吗？同时，我想到评论家张文刚教授对桃花源诗群的解读[1]，他认为桃花源诗群首先是地理的，其次是文化的，第三是诗性的，楚云的创作实践恰恰与之相吻合，能见出深厚的文化渊源和底蕴哺育的文化胸襟和诗歌梦想，仅楚天之云这个网名就透露出一种携历史而穿越至今的大气与灵动。

我所说的"桃花源诗世界"，应是众多文艺家共同追求的文化理想，是自然原生的有特色、有诗意的各类文艺作品构筑的文化大厦，是相对于"景点桃花源"而言的"心中的桃花源"。楚云正是用他的创作实践与文学活动构建着这样的桃花源，这部散文集就是桃花源里的一树鲜嫩水灵的桃花，我希望看到更多这样的桃花，各自烂漫而又相互辉照……

当然，不同的读者会读到不同的东西。有人会读到教育，有人会读到爱情，有人会读到生态，有人会读到命运……您会读到什么呢？

（作者系常德市文联原副主席，文学创作二级。作品原载《乌云界下的日子》团结出版社 2018 年）

---

（1）见 2012 年中国文联出版社出版"桃花源诗群"丛书，张文刚所写总序《桃花源诗群的生态化抒写》。

# 寂寞催生的五彩果实

## ——漫谈《寂寞迫使我成为自己的挚友》

陈集亮

《寂寞迫使我成为自己的挚友》（以下简称《寂寞》）是万晓红的一本文化随笔集，也是他的第一部专著。一个年过半百的半老文青，出了这么一本书，原本也不值得大惊小怪。问题是这本书居然在他的家乡安乡及他的朋友圈里成了畅销书！今年3月出了第一版，1000册，很快销售一空。家乡与外地的许多朋友怂恿着要出第二版，6月底出书1000册，7月初由他20多年前的学生在安乡县城举办了一次签售会，数以百计的人冒着暑热前往现场，当场签售了一多半，剩下的没几天也是卖得一本不剩。一时间，在安乡的大街小巷里，处处有人议论"寂寞"。一本书，让安乡人似乎过了一个"读书节"。

万晓红到底是个什么人？这本书到底有什么样的魅力？

笔者知道万晓红这个名字是在1993年，当年在安乡籍作家李超贵的长篇报告文学《中国农村大写意》的后记里看到过。那时的万晓红在安乡县委办工作，为李超贵的创作提供后勤及通联服务，还承担了个别章节的初稿写作。当时笔者在湘西工作，还以为万晓红是个漂亮的女孩子。大约在2000年，此时我已回到家乡常德五六年了。终于在一次去安乡采访的时候，认识了想象中的"漂亮女孩"，却原来是一个方面大耳板寸头的汉子！此时万晓红已是安乡县委宣传部分管新闻的副部长。此后有过几次交道，但并不知悉万晓红居然一直是个"文学青年"。及至今年看到他的新作之后，才知道他当过老师，后来得遇贵人才改行进了机关，而文学梦一直在心底的角落里摇曳不已。一个有着文学梦的男人，一个20世纪80年代中期就在省级文学刊物发表过文章的资深文青，在机关里写着程式化的公文，又怎么不会寂寞呢？

寂寞，是人人都会罹患的"疾病"。有人就说过："寂寞是一个人的狂欢，狂欢是一群人的寂寞。"有些人，寂寞之后还是寂寞，不过发呆而已。有些人，会借烟借酒借牌来排解所谓的寂寞。万晓红则不同，他在寂寞时把自己当成了挚友，游弋在往事中，游弋在书海里，游弋在音乐中，游弋在对现实生活的思考里。这种游弋，化成了他笔下的文字，结出了五彩斑斓的果实。

《寂寞》一书，展现了作者万晓红知识面的宽度。万晓红出身农村，小时候能够看几本连环画都是一种奢侈。也不是什么书香门第，文学艺术的先天基因估计也不怎么多。但他热爱学习，从小读书就非常上心。20 世纪 80 年代初期进入大学校门后更是一番恶补。不论中西，不论文学哲学，不论音乐绘画，只要能够看懂的书都看得很认真。广泛的涉猎，在大学时代就让他脑洞大开。这种对于书籍杂食的状态一直延续到现在。所以，今天呈现在我们眼前的《寂寞》，作为一部文化随笔，涉及了文学、音乐、影视作品、水乡民俗、社会心理等多个层面，一管生花的笔指哪写哪，如同一匹野马狂奔在毫无遮挡的大草原。他的影评，曾经在很长的一段时间里成为安乡居民的观影指南；他关于欣赏音乐的，尤其是关于交响乐、小夜曲之类的鉴赏文章，连地道的音乐老师都佩服不已；他的《安乡的小酒》之类写安乡乡风民俗的文章，让不少羁旅他乡的安乡游子为之激动甚至落泪。

《寂寞》一书，体现了作者万晓红思想的深度。作为一名资深的读者，也是一个在文艺评论的园地里耕耘了近 30 年的评论作者，我已经不容易被那些花花绿绿的文字打动。我固执地认为，一部文学作品好不好，最要紧的一条是能否为读者提供一些新的观点或者说法，是否能够让读者沿着作品的余味继续思考。万晓红作品中许多的想法或者说法，我个人认为是有些新意的，较有思想深度。比如在《乡愁是一种高贵的痛苦》一文里，万晓红对故乡做了这样的表述："所谓故乡，不过是祖先们流浪的最后一站，却也是我们开始流浪的第一站。"说实话，看到这句话，我有一种被什么东西击中胸部的感觉。我们都有自己的故乡，我们都知道故乡和祖先和我们自己有着切不断的联系，但如此诗意也如此哲理地表述故乡，至少我是第一次看到。这句话看起来简单，包含的信息却十分丰富，祖先的迁徙与守望，我们的牵挂与向往，社会的变迁与人口的流动，眼前的苟且与诗意的远方，稍微用心去想象，我们可以想得更多。比如《最好的风景》一文里，有这么一段："有人说最好的风景就是你头顶的那片天空。真的是这样吗？我躬身自问，低首阳光灿烂的青岛城市广场，我只看到自己的影子。"俯仰之间，奇思顿出。万晓红未必没有注视过头顶的天空，但在那一刻，他竟然看到了自己的影子。由此我们可以联想很多，关于天空与大地，关于自己和自己的影子，关于外界与自身，关于理想与现实，等等。在万晓红的作品里，这样的例子还有不少。诸如"思想是一位沉静的美人""寂寞迫使我成为自己的挚友"之类，广博的知识加上丰富的经历，一旦进入一个喜欢思考的大脑，必然会结出一枚又一枚思想的果实。也许不一定好看，却能够为读者或者听者打开另一扇窗子。

《寂寞》一书，显示了作者万晓红情感的浓度。对故乡、对亲人，万晓红是那么一往情深。感人肺腑的亲情，在万晓红的作品里有着情思绵邈的表达。比如《长兄如父》一文，万晓红写到了他的大哥。从小失去父爱的万晓红，看到大哥就如看到父亲一样。第一个苹果是大哥给的，第一支钢笔是大哥买的，许多的第一次，都来自这位从少年时代起就勇挑重担的大哥。尤其是看到他的大哥给弟弟妹妹们的表态时，我的眼睛竟然湿润了！"今后我们几个兄弟姐妹中，不管是谁家遭遇困境，除了你们自己的能力能够应付下来的之外，百万下的费用我全包！"在当今这个物欲横流的社会，很多人被金钱蒙蔽了眼睛和心灵，如此坦诚而忘我的亲情，怎不令人感动呢？

当然还有很多，比如文体的多样化，比如语言的诗意与修辞的丰富，比如观察社会的眼光，等等。一个年过半百的男人，一个挚爱文学的资深文青，公开展览自己的寂寞，我个人认为值得关注。也许他有些寂寞的内容，正好也是我们自己的寂寞。

（作者系《常德日报》资深记者。作品原载《常德日报》2016年9月7日）

# 最难绕过是"情"字

### ——余小英散文印象

### 夏惠林

记得最初引起我关注余小英的文章的是她那篇反映 20 世纪 80 年代农村因包办婚姻酿成一位花季少女自杀悲剧的《花殇》，我的感觉是，到了那个年代，居然还有如此事情发生，那位我仅仅在《兰草》上"认识"的超市员工又是一个什么样的人呢？她为什么会关注这样的事件呢？

后来，我便找来《兰草》上她发表的几篇文章细细研读，写出了一篇读后感，为什么说是读后感呢？因为那就是一篇读后感，绝不是评论什么的，虽洋洋几千字，但大多是引用她的文章以支撑我的谈不上观点的观点而已。

再后来，小英要出书了，她找到我，叫我给她写点什么，我实在推辞不过，因为这时候我已经认识了她，也知道她是我高中时的恩师张自阶老师的儿媳妇，于情于理，都是应该的。于是便有了附在那本《濯缨梦溪》书后的《素手绘风俗　真情寄笔端》的"狗尾"。

## 一、字里行间情谊满满

读小英的文章，首先感到的是"情"溢于字里行间。她以女性特有的细腻观察表现出了人们在极为普通的生活中有意或无意中显露出的深深的感情。

先说爱情。以她写她父母爱情的《生命的伏击》为例。

一般来说，以往农村夫妻间往往很少当面说什么爱情的，甚至很多人在结婚前不仅没有谈过恋爱，甚至连面都没有见过，都是"父母之命，媒妁之言"，即使有，也极少如有些狗血电视剧里头的现代青年乃至中年甚至老年男女一样，把不知是真是假的"我爱你"三个字挂在嘴边，但经过多年的磨合，有了真正的爱情之后，则常常在不经意间的语言与行动中表现出来。记得李準的小说《李双双》与由小说改编的电影《李双双小传》中男主角孙喜旺就有一句很有名的台词："我们是先结婚后恋爱。"

小英在文章中是这样表现她父母的爱情的：

> 实际上，父亲与母亲经常吵架。吵完架后，母亲就会躲在一边悄悄流泪。父亲则坐在一边闷头抽烟。在争吵的事件上，他们各执己见互不退让，但我能感觉父亲是有悔意的。有时候，他会闷不作声地去铺晒稻草，砍巴茅，打腰子（将稻草扭成绳子，用来捆草把和木柴），或是浇菜。在平静的日子里，他是不大主动做这些的。他一边笨拙地表达歉意，一边喊我们搬这个拿那个，做出一副"威风凛凛"的样子维护自己作为一家之主的形象。这个时候的母亲，大抵是气消了一大半。她开始起身给鸡喂食，端着撮箕屋前屋后啾啾啾地直叫唤，嘴角噙着一丝不易察觉的笑。

那父亲装模作样"威风凛凛"的样子，那母亲嘴角噙着的"一丝不易察觉的笑"，乍看似冷战，细品实真情。小英就是抓住人物这种不易为人所察觉的细小表情，再现了特定人物（农村夫妻间）真正的爱情。

再如：

> 他们吵架后往往好几天不说话。这期间，他们的交流基本靠喊。母亲喊：屋上的瓦要捡了；田里要打农药了；米坛里没米了。她一边喊一边咳嗽。那咳嗽亦真亦假，带着些微的娇嗔。父亲听到后，就会乖乖地去捡瓦去打农药或是挑一担谷去集市上打米。他们心照不宣地保持着吵架后的这份默契且乐此不疲。

一个词，"乐此不疲"，表现出了多年夫妻间经磨合而形成的不足为外人道的默契，简直是神来之笔，看到这里，我相信，很多人都会像我一样忍俊不禁。

> 母亲很快病倒了。她整日恹恹的，吃什么都没有胃口。父亲从镇上抓来中药，用土钵一餐一餐熬给母亲喝。但母亲并不见好转，躺在床上一日一日萎靡下去。父亲开始学着种菜，喂鸡喂猪，学着给我们洗衣做

饭。他用拿篾刀拿锄头的手笨拙地做着母亲做过的一切。很长一段时间里，我们总将父亲喊成母亲。我们喊他炒猪油饭吃；喊他给我们钉扣子；喊他给我们讲故事；喊他半夜起来给我们舀凉水喝。

其实，在普通人那里，爱情就是这一半对另一半的责任与义务，绝不是像有些作品里所写的那种故作娇嗔与忸怩作态。这位父亲这时候的表现，不是爱情还会是什么呢？在儿女们看来，父母亲就是一个整体，多年后，当小英用手指敲下键盘的时候，我想，她一定在自己的脑海里常常浮现当年的情景，所以，才会惟妙惟肖地表现出那时候的此情此景。

再说亲情。看看她怎样写她的外婆吧（以《背叛者》为例）：

> 外婆已经很老了，脸上的皮软软地垂着，手背上布满了褐色的斑点。她常常穿着宽大的黑色衣服在屋子里走来走去，像只黑夜里的蝙蝠，呼吸中的腐朽气息浓烈而刺鼻。母亲生病后，外婆在我们家住了很长一段时间。她像母亲一样喂猪喂鸡、侍弄菜园，给我们炒棉油饭吃。外婆是一个能把每一件事都做到极致的人，她扎的草把不大不小，烧起来火苗子噌噌直往上蹿，她种的菜绿肥红瘦，中间不见一根闲花野草，她喂猪喂鸡会将时间掐得刚刚好，不饿着它们也不胀着它们。

这样的一位老人，在她的生活中是一个矛盾体，一方面，她"能把每一件事都做到极致""扎的草把不大不小""种的菜绿肥红瘦""喂猪喂鸡会将时间掐得刚刚好"，而另一方面，她又"像只黑夜里的蝙蝠，呼吸中的腐烂气息浓烈而刺鼻"。所以——

> 无论她怎样代替母亲做着一切，她都是我避之不及的光线。因为，在我眼里，外婆也是属于黑暗的，即使站在太阳下，她身上的黑暗部分也能让我惊心动魄。我甚至不停地想象外婆完全融入黑暗的样子，那空旷而又质实的黑暗，会不会将外婆腐蚀得发丝不剩？那时候的外婆，是躲在我们家的房梁上，还是回到她生活了一辈子的家？

又喜又怕，这就是她对外婆亲情的真实表现。

> 外婆首先发现我内心的叛逆因子。我惊讶于一个古稀老人怎么会有那样一颗敏锐的心。她曾以她一生的宝贵经验，反复告诫我作为一个女

孩子家应有的本分。这个本分在外婆那里是包含很多准则和教条的，它可以细化到走路、吃饭、呼吸、打哈欠。她说，女儿家走路要轻要稳，目光要看前面，不能左顾右盼，吃饭要安静，少吃菜多吃饭，筷子不要老伸向别人面前的菜碗里，打哈欠时要用手遮住嘴部……外婆出生于中资人家，从小接受过良好的传统教育，她将这种教育毫无保留地赠予了母亲，几十年后，她又想通过这种教育来改变她的外孙女。不得不承认，我今天所谓的斯文举止，除了一半来自自我约束，另一半便来自外婆的言传身教，她那些闺秀似的行为准则，早已潜移默化地影响了我。但当时，外婆这种理论教育就像生锈的齿轮，十分聒噪难听，她宽大的黑色衣服像是一片死亡阴影，使我一度害怕到恐惧。我开始逃避外婆，也开始逃避家乡。外婆敏锐地感知到我内心的变化（这一点，我不得不佩服血缘的奇妙性），她开始用苍老的、生了锈的声音来回唠叨，她说人在哪里出生，他的根就扎在哪里，算你逃到天涯海角，也总有一天要回来的。

一个出生在旧时代又在新时代生活了多年的老人形象就这样展现在人们的面前，作者对她是又爱又怕，爱的是老人言传身教给予她潜移默化的影响，怕的是那黑色衣服代表的"死亡阴影"。老人是矛盾的，"我"也是矛盾的，所以，虽有割舍不掉的亲情，"我最终还是逃离了她"。

在小英的笔下，父亲是脾气暴躁的，母亲是恬静的，哥哥是温和的，妹妹是乖巧的，当然，这些大抵也只是人物的某一个方面，而人往往是立体且多面的，比如父亲，虽然脾气有些暴躁，但在小儿女面前，却也是有"软肋"的，请看：

> 父亲性格粗暴，对子女从来不懂得温存和妥协，整个一块糙木疙瘩。这样一个木疙瘩，戏剧却成了他的软肋。他见我也要去看戏，好像从田螺里找到了一块宝玉，高兴得只差没把我举到头顶去。
>
> ——《戏迷》

一个人物的另一面就这样显现出来了，这位父亲的确有其可亲可爱之处。

这样的地方还有许多，写母亲，写父亲，小英文章中有很多地方都是可圈可点的，限于篇幅与时间，当然，更主要的还是本人的能力，就不一一赘述了，大家可以慢慢品读体会的。

## 二、思念贫瘠苦难的故乡——心中永远的痛

作为一个生于农村又长于农村，但终于摆脱了农村生活的"背叛者"，小英的心里是矛盾的。

> 我对家乡的感情一直都是复杂的，我既深爱着它，又深恶痛绝它的一层（似应为"成"——笔者）不变。在我眼里，它和外婆一样，老态、僵化却又布满教条。婆媳关系永远是水与火，男人永远是女人的天，贫穷则是年轮，成为不能扭转宿命。在这里，男人耕种、喝酒、骂女人，女人只能柔顺地抵着墙根洗衣、做饭、喂鸡喂鸭。如果听到响声，她们就会跳起来，慌急着给男人端茶送水；孩子们长大后，则必须遵从父母之命媒妁之言，嫁娶一户父母心中的好人家。这是家乡的生命密码，它具有神性的权威，从祖祖辈辈手里一路传来，从来不曾改变过。秋天，风吹着村子，树枝咯吱咯吱地抽打着瓦楞，一些树叶掉在屋脊上，然后被风吹起，旋转一番后轻轻落进泥土里，一个季节便算是终结了，继而便是漫长的冬天。我一直认为，我的家乡是属于冬天的，它沉郁、肃杀、充满腐烂的气息。它似乎被季节忘记了，也被时代忘记了，它和外婆一样，也已成为黑暗里的一部分。这让我时常惶恐不安，它总让我想起在黑暗里死去的外公。
>
> ——《背叛者》

在小英的笔下，她的"家乡是属于冬天的，它沉郁、肃杀，充满腐烂的气息"。这是一方面，似乎一无是处。但是，还有——"一场雨后，土地松软起来，母性的情怀开始从它的内部悄悄苏醒"。"地是祖宗一代一代传下来的，传到父亲这一辈已经很肥沃了，一锄头下去，全是松软的黑土。锄头飞快地翻挖着，春地与锄头碰撞的声音缠绵而激越。挖到一些潮湿的地方时，会有锈色的汁液从里面渗出来，带着某种暗示流向两边的垄沟。那是春地的阴柔之水吗？没有人去触碰它，也没有人去议论它。它似乎隐含着某种超自然物质，诡异，神秘，却又庄严神圣，看它一眼，似乎都是一种不可赦免的亵渎。村民们向来迷信，他们相信这是冥冥之中神对一切生命的启示！"

（作者系津市教育局教研室原副主任，中学高级教师）

# 在"怀乡"中重获人的整体性

## ——读秦羽墨的《风中有声》

马新亚

乡土是中国人的精神根系所在。因为它一方面联系着作者独特的童年经验、审美感受，另一方面则通向民族文化精神在内的中国人的集体无意识。如果说"归宁安居"体现了士大夫阶层由来已久的，向着故乡的内心冲动的话，"离去"—"归来"—"再离去"的现代文学情节模式中所蕴含的现代知识分子的漂泊者宿命则以分裂的情感状态再次印证了乡土在中国人精神世界中重要位置。时至今日，"乡土文学终结论"以及相关的论争不绝于耳，但不可否认的是，乡土资源仍是一个拥有挖掘空间的巨大宝藏，它会在不同的历史时期给人们不同的想象与启示。在众多的湘籍散文作家之中，秦羽墨就很好地汲取了乡土资源的养分——在不急不缓、张弛有度的文字中传达了他独一无二的个体经验；在零星琐碎、直观感性的素材之中凸显了他对现代人的精神宿命的叩问。《风中有声》就是这样一部力作。该文发表于《广西文学》2017 年第 7 期；《散文选刊》2017 年第 8 期转载；同时入选《中国散文年度佳作 2017》（耿立主编）和《2017 年中国随笔精选》（中国作协创研部选编）。

《风中有声》中的抒情主人公"我"来自贫穷的乡村，经个人奋斗到城市生活，但时刻心系故乡，始终无法融入城市的滚滚红尘之中，可谓精神的漂泊者和文化上的流浪汉。"我"所代表的这类人物与秦羽墨之前所写的《草木经》《蛇群出没的村庄》中的抒情主体属于同一精神谱系——他们天真敏感、孤独执拗，又生活在相对单纯而闭塞的环境之中，还没有被庸常生活所同化和改造，因此那些被压抑的无处倾诉的情感就形成了一股充沛的势能，这股势能赋予他们洞悉世事的敏锐触角和神秘近巫般的穿透力，尽管是靠童稚或边缘的视角呈现出来的。《风中有声》就从人类听觉的角度出发，写出了风的灵性，以及自然与命运的神秘性。

风是自由的，它有不羁的性格。风又是神秘的，"像一个迷失道路的人，你不知道它最终走向何处。很久以前有人在风中喊过你，可他的话走到一半就被吹散了，你没能听见，多年后的某一天，因为另一阵方向相反的风，那句话又被吹了回来，当你捕捉到它时，喊你名字的人已不在人世，惊恐之余，你只能将其视为神谕"。风是一股神秘的来自外界的力量。它无处不在，却又无影无踪，它会将人们之间的对话吹散变形，使之成为"流言"，也会使人们未曾发声的心底之音在一瞬间消失于无形。很难用世俗层面的伦理道德来解释它的存在，更不能用现代理性来判断它的价值，从象征意义上来讲，它就是自然，是介于"天道"与"人道"之间的中间物。扎根于土地上的人们，就是通过自然界的风雨雷电、草木荣枯、潮起潮落、月圆月缺……来获得某种神谕，用以平衡"人道"中的不公，使安身立命成为可能。但这种安身立命也绝非意味着富贵显达、现世安稳，而是意味着一种苦乐随缘，信天委命的放达与超脱。因为在很多时候，风中之声向人们传达的是来自自然的无言的哀戚，置身于天地之间的人，也唯有用不争，来回应自然。例如，民办教师英琪，多才多艺，会唱山歌，性情欢快，和蔼可亲，是一名深得学生爱戴的好老师。然而，命运的风暴却使他的人生航线偏离了方向——村里的小学忽然被取消，有正式编制的老师可以转到其他学校教书，可英琪还处在代课阶段，没有资格让国家安排退路。如果村里的小学迟一两年解散，英琪就可以顺理成章地转正，过上他该有的平稳的生活。可命运的风暴偏偏就出现在事业的关键节点之上，不早也不晚，不可预见也不可挽遮，让人唏嘘不已。与英琪的悲剧相映衬的是他父亲的同样多舛的命运——在部队的职位比英琪高，还当过通讯员，能写一手好文章的父亲因为家庭成分的原因，在部队没有提成干，最后不得不返乡务农。父子两代人都不是浑浑噩噩的平庸之辈，然而却在时代风暴的裹挟之下被迫沦为"零余者"和"边缘人"。时代风暴对人的命运的毁灭性打击以及人在命运面前的惶惑无助，印证了"天地不仁，以万物为刍狗"的古老名言，而两代人悲剧命运的叠加，又暗含着作者对线性历史发展观的否定。

风是一种来自外界的不可抗拒的力量，它席卷一切，冲毁一切，也成就着一切。不是吗？封闭孤寂的村庄，放学路上山口的诡异阴森的大风，在催生主体逃离欲念的同时，也将外界的喧嚣与杂芜一并隔离，赋予主体以超越庸常的感受力，使他得以反观自我，倾听到内心最深处的声音。而那些年，

"来自不同方向的母亲的呼唤，一直是我心灵深处最能依仗之物"。

因为母亲的声音能够回应"我"内心深处的渴望，并带给"我"一种柔性的力量，借以对抗外界的碰撞、撕裂与疼痛。母亲的声音，是"我"童年生活的一束亮光，而父亲的声音，却是"我"童年生活的一道阴影。他声音大，隐秘，犹如平地惊雷。也许正是这种与四周环境不相融合的突兀之感和暴戾之气，加大了父亲与"我"之间的距离，反过来也可以说，正是父亲与"我"以及周遭一切的距离与隔膜，才使他不得不用最大的音量和最简单直接的方式，将声音传递给彼此隔绝的内心。父亲的声音对"我"来说就是一种威压，这种威压形成了成长历程中的一种难言的隐痛，燕子不肯到"我"家筑巢的隐喻，就再次凸显了这一伤痛之深，也寄寓了"我"对"家"的原初的理解与想象。成长中的伤痛无法愈合，但父亲毕竟是"我"生命的来处。他常常说："我们活着，并不是活得不够久，而是没把该干的事干完，还不配去死，我们被一些事耽搁了，就像一堵墙挡住了风……"对于这一观点，"我"并不十分赞同，但父亲天性中的执拗孤高与达观坦荡，已经渗透在"我"的血脉之中，他的不经意的话语之中所流露出来的对生的执着，已然成为"我"走出山村的信念，尽管是以不自觉甚至反叛的方式出现的。"我"与父亲的真正和解，是在父亲生病之后。当身体日渐衰弱的父亲如秋后枯叶一样即将与大地融为一体的时候，"我"对父亲的怨气瞬间消散在风中，与父亲的声音、"我"的怨气一同消散于风中的，还有日渐颓败的乡村。生命的来处，就这样默默地消失了，取而代之的是城市的"车马喧嚣、歌舞升平"。对于这些同质化的声音，对于这些可以由理性通约的现代文明，"我"还是选择充耳不闻、视而不见。"我经常站在城市边缘，一个人静静地闭上眼睛，竖起耳朵，最大程度打开内心的窗户，希望捕捉到一点关于故乡的消息"，因为乡村之声向"我"呈现了一个开放、完满、独一无二的本真性世界。与其说"我"活在自我的世界中，不如说"我"活在一个已经被人们淡忘的天人合一的齐物世界中，活在一种聆听天籁的单纯喜悦之中，活在一个有来处、有根系的生命体系之中。

尼采在《偶像的黄昏》《作为教育家的叔本华》中反复陈述了这样一个事实：现代社会是一个文化被连根拔起的时代，人们以匆忙为遁词，用知识、理性、名词的外壳将自己严严实实地包裹起来，拒绝成为真正的自己。而人之为人的本真性的东西，或言人的整体性，不能靠抽象的逻辑推理来把握，它其实就存在于个人真实的生命体验之中，因此"必须先成为一个活生生的人"[1]，时刻葆有初次见事物的眼光，才能重获人的本真性。毫无疑问，尼采在这里强调的是个人独一无二的生命体验，他力图在生命哲学的层面上构建人的整体性。牟宗三在《说"怀乡"》一文中也对现代人的生存状态做出了这样的概括："现代的人都太苦了。人人都拔了根，挂了空"[2]。为什么"挂了空"呢？因为那种令"老者安之，朋友信之，少者怀之"的前现代社会的文化基础已经分崩离析，而新的安定人生的思想以及制度还没有建立起来，人们身处这样一个文明崩塌、新旧不接的废墟之上，生命怎能不"挂空"呢？显而易见，牟宗三强调的是思想文化的重要性，他力主"为天地立心，为生民立命"的生命之学，并将之作为构建人的整体性的基础。由此可见，同样是描述现代人的生存状态，同样是重构人的整体性，中西文化的侧重点还是有所不同的。但过分地强调这种文化之间的差异，也是徒劳无益的，因为中西文化本身就处在不断的碰撞交融之中，特别是西学东渐以来。因此现代乡土散文中的"怀乡"，是涵盖了以上的两个层面的意义的。我们生活在一个同质化的年代，教科书对历史的抽象、概括、简化，各级新闻媒体对公共意识的无限复制，宏大叙事对个体感知的钝化、遮蔽、遗忘，正逐渐侵蚀着人作为一个生命体的整体性、连贯性、唯一性。那么，怎样才能将真实的个体经验融入写作呢？弗吉尼亚·伍尔夫曾经说过这样一段话："回忆给了我们对于分离最敏感的理解——回忆就是与我们自己分离，好像是隔着一道海湾与我们的以往和我们的现在相对。"[3]也就是说，"回忆"是一个节点，一个契机，它使人暂时从那个庸常状态下的、被公共意识和社会性所支配的那个"我"中疏离出来，获得了一种反思自我、反思存在的有效审美距离；"回忆"可以打通过去、现在、未来，使自我获得生命的整一性与连贯性。对个体来说，童年经验携带着最鲜活、最原初的生命感受，它是独一无二，无法复制的。因此，乡土散文作家对童年空间的不断开掘，本身就隐含着追寻生命本体性的意向。沈从文的湘西记忆，汪曾祺的高邮记忆，刘亮程的沙湾记忆都是乡土散文史上不可复制的风景。然而纵观近几年的乡土散文，就会发现这样一个通病：在书写家乡的山山水水、民俗文化、人情百态方面，散文作家往往缺乏写作的耐心，他们再也不可能像前辈作家那样，一笔一画、一针一线地描摹故乡的风景，将自己的独特感受以一种从容不迫的语调传神地表达出来。这就使得当代乡土散文尽管数量不少，但让人过目不忘的少之

---

（1）尼采：《作为教育家的叔本华》，译林出版社，2014年版，第24页。

（2）牟宗三：《生命的学问》，广西师范大学出版社，2005年版，第2页。

（3）瞿世镜：《伍尔夫研究》，上海文艺出版社，1988年版，第299页。

又少；尽管地理学意义上的故乡千差万别，但真正写出地方风味的佳作并不多见。在文体识别度普遍不高的散文堆里，秦羽墨的《风中有声》算得上是一部让人耳目一新的佳作。作家并没有架空自己的家园情怀，而是从自己的生命感受出发，动用各种感官，将一个有质感、有活力、声音丰富、色彩绚烂的故乡塑造了出来。相信假以时日，秦羽墨的湘南记忆一定可以成为当代乡土散文中的一道标志性的风景线。

（作者系湖南省文联文艺创作与研究中心助理研究员，文学博士。作品原载《南腔北调》2018 年第 9 期）

# 读《一个人和一群人》

龚爱民

　　《一个人和一群人》是我看过的明亚所有稿子中最好的一篇，发表在2012 年《作品》杂志上，年底获得由《作品》杂志社和龙岗区文联联合举办的"'作品龙岗杯·七彩人生'文学奖"银奖。我看着她从《张家界日报》副刊版一步一步走出去，她提升了，进步了。她的进步让我刮目相看，也让我有一种惊惧的感觉。也许再等段时日，我怕要向背而望她了。她在写作上的那一股韧劲，领悟力，冲刺劲，以及爆发力，都是大家所不能及的。

　　以前，我老是在学明兄面前说：苟富足，勿相忘。现在，我也该对明亚说这句话了。

　　从我对《一个人和一群人》的理解和角度来看，我就用两个关键词来说说——"刀锋"与"鸡蛋"。

　　所谓刀锋，我指的是文字。语言之于作者，其实就是一把刀，或刀锋。刀锋要经常磨，才锋利，才快。要想语言的刀锋快，像剃头刀一样快，吹发即断，削铁如泥，就得经常读和写。其实写作的诀窍就是多读多写，并在多读多写的过程中用心体会，日积月累，厚积薄发，在这样的过程中，要有意训练对文字的一种敏锐的感受力，使感受力变得越来越敏锐，这样，语言这把刀才会越来越锋快。这样的过程，就是磨语言这把刀的过程。如文章开头的描写："一个事件，一个人，一群人，浩大的声势，粗糙的细节，密匝、繁复、吵闹、错位、晃、颤——他在调换电视频道时不小心从晚间新闻里看见了自己，夹在混乱的人群当中，整个人惊惶、苍白、褶皱，像硬笔书写的破折号，真正的破，折……"这些密集紧促的长短句，就像晴空万里时突然一声凌空棒喝，同时把一个个底层小人困窘的命运推到读者面前，牢牢地抓住读者的心。

再往下读："她抓着扶手不放。一个八九岁的孩子钻进人群，他泥鳅一样溜上车。这孩子是大胆的，小眼睛愤怒地瞪着，充满童真的仇恨。像母亲一样，他也应该跟父亲紧紧地绑在一起，他们是一家人。城管的声音突然高出很多倍，一些骄横的推、拉、拽、罩着一些懦弱的躲、避、睪。年轻时髦的女记者扛着笨重的摄像机左冲右突……"一个事件掀开一个家庭在强大势力面前极端的无助和无奈，并赤裸裸地被跟拍，让人仿佛置身其中而心存悲凉。在语言到达的生存细节面前，一块破碎石头带来的生存压力和被高层盘剥的命运，更曝光了底层小人物与命运抗争的艰难和恐惧。"他长时间地蹲在那里，骄阳似火的初秋，他感到了一种浸入骨髓的冷。后来，他开始审视起这堆断裂的石块——灰黑的碎花混合物，表层细腻、光滑，像女人的腹背。而裂开的内部，粗糙、断层、变异，即使碎了，它也坚硬、冷漠、傲慢，不可通融，像这个城市。它被委婉说出的价值软暴力一样将他侵袭。""他将一块尖刺般的石头抱在怀里，它已经不是石头，而是烙铁——它将他的弱处烫伤。""然而只要他一蹲身，他就会看见自己成了父亲，汗、脏、臭、软，腰身畏缩，血液板结，它们毒一样将他灌溉。他心里闪着悲恨的亮光。"……在这样的表达里行走，就像有大大小小若干锤子一锤一锤敲击着人的良心，揭开生活表层的细腻光滑，里面何尝不是粗糙和坚硬的结构？人生的路走起来，何尝不是明亚在文中写的"啊，那些熟悉短促的街道他怎么也走不完，它们长，灰，虚拟，陡峭"？

一个作者的语言感受力到了锐利的程度，写作时，才会最快最准最精地找到他自己所需要的富有表现力的词语。词语找准了，表达得才到位精准，才会刀刀见血，让人感觉到疼痛或直入内核……总之，我这样说，是欣赏明亚《一个人和一群人》的刀锋一般的语言。

我所说的她的刀锋般的语言，还有另一层意思，那就是本文的语言的批判性。这样的语言就像一把剔除腐肉和毒疮的快刀，刀刀都切中我们的社会或城市的肌理，刀刀切中要害，刺疼我们的社会或城乡已然麻木和见怪不怪的神经系统。让人感慨，让人心疼，让人惊悸，让人沉思，让人不平，让人愤怒……贾平凹说，能准确表达人情绪的语言便是好的语言。明亚的语言，不仅仅是淋漓尽致地表达了她的情绪情感，同时还带给读者多维的情绪情感。显然，这还不是用一个"好的语言"评价就可以了事的。

再说"鸡蛋"。

所谓鸡蛋。我是在引用日本作家村上春树的一句话："在一面高大、坚固的墙和一只撞向墙的鸡蛋之间，我将永远，站在鸡蛋的一边。"春树所强调的是一个作家的立场问题，人情关怀的问题。

在《一个人和一群人》中，显然作者就是一只鸡蛋，一只与生俱来就富有悲悯情怀的鸡蛋。当然，作家的立场是可以自由选择的，她完全可以站在墙的一边。但是，春树又说了："假如有一个作家，他，不论出于何种原因，书写一些站在墙那一边的作品，那么究竟这些作品还有什么价值呢？"明亚在文章的结尾有力地讽刺了这一事件揭开的生存的内幕和现实虚伪。她这样写："晚间新闻里，新闻主持人用职业性甜美的声音说，这次城市市容整治活动取得了历史性的好成绩，城管文明执法得到了老百姓的积极配合，这个城市将会呈现出一派整洁和谐的新气象。他看不见天空中那轮小而亮的白太阳。他于黑暗中返回。"读到这里，文章是结尾了，然而生存的困境和忧伤永远走在虚拟而陡峭的道路上。

最后，我再引用春树的一段话来夸夸明亚："我写作只有一个原因，就是为了使个体灵魂的尊严彰显，并且闪闪发光世人可见。"

"《一个人和一群人》是城市小商贩们发出的呐喊，作为被侮辱与被损伤者，她有太多的话要说，她把这些话语变成密集而急促的短句，像子弹一样一颗颗崩出，从而形成了她独特的叙事风格：精准、丰富、芜杂、锋利，像一株劲风中疯长的野草。"这是明亚获奖时的授奖词，正如我读这篇文章时的吃惊而震撼一样。

尽管明亚的这篇文章很长，我还是不惜版面编到了这期的《澧兰》副刊上，作为对她成长的祝贺和激励。由于种种原因，我没有时间写更多的评论，只把这篇文字作为编者按。

其实，有她的锋利尖锐的文字在，再多的评价都是多余。

（作者曾系中国作协会员，《张家界日报》原编辑，张家界市原作协副主席）

# 诗画，诗意，诗情

## ——刘绍英散文《烟雨花岩溪》赏析

谌志惠

　　散文是一种历史悠久的古老文学体裁，现代文人曾将其称之为"性灵小品"，现代作家周作人称之为"文学发达的极致"，著名电影剧作家柯灵则言其"文学虽小道，确是探测内心的窗口"，它"发乎性，近乎情，丝毫勉强不得"。

　　细细品读刘绍英的《烟雨花岩溪》时，会很清晰地体悟到作家真正读懂了"性灵"内涵，并在创作中实践了散文"发乎性，近乎情"的创作原则。

　　毋需美丽言辞、高深术语、精妙言论，只因与作家自小同饮澧水，共听澧水号子，同受一方山水滋养，感到与作家的文字那么贴近，那一脉书香中，仿佛听到一股从心底流淌而来的清泉叮咚叮咚的声响，就那么随意自然真实地流进心田，带来一掬久违的甘甜，装点一份久违的感动。

　　作家的文字是清甜瓷实的，且香醇迷人，仿佛一入口便已融化沁人心脾，让你情不自禁地深深迷醉。在文中第三段她写烟雨里的花岩溪，把溪水形象地比喻为"飘逸的绿带"，可谓精巧别致，令人拍案。"绿带"二字，不禁让人遐想出花岩溪那潺潺流动的溪水是何等的清澈透明纤尘不染，同时又那么地充满了生机和活力，"飘逸"二字活灵活现地展现出花岩溪所在地烟雨迷蒙云雾缭绕似真似幻如仙境一般，于是溪水恍如飘飞的仙女般摆动她婀娜的身姿。曼妙的是接下来一个"把座座群山揽入怀中"的"揽"字，它当有"一字立骨"之效。这里没有写群山环绕的绿水，让花岩溪静静躺在群山之中，给人以小鸟依人之感，而是写虽如娇羞女子般的花岩溪却有着"宽阔胸怀"，有着"刚劲手臂"，它也有阳刚男子般的雄伟、大气、豪壮，而这一切通过容万物于胸怀的"揽"字得以传神展现。物虽有形,但这一"揽"字却神韵尽显,足见作者独运的匠心。

第四段作者逐层写出花岩溪周围的景致,层层叠叠铺排着的绿树、羞羞答答开放的山花、丛丛楠竹掩映的农家小院、拙朴的木质小楼、悬崖峭壁下悬挂的大红灯笼……给我们展现了一派清幽静谧的山水田园风光,如诗如画,让人油然生出对东晋大诗人陶渊明"结庐在人境,而无车马喧"的田园牧歌式生活的向往。有人曾评价刘绍英的小说是诗境小说,着意营造清新淡雅恬静致远的诗化艺术氛围,使人一洗尘俗,神清气爽。《烟雨花岩溪》正是一首诗,一丝弦,弹奏出美丽的音符一串串;也是一幅画,那"层层叠叠的绿",那"万绿丛中醒目的一点红",那"似朵朵玉兰在树梢竞相绽放,白了山林的层层鸥鹭",那"一色拙朴模样的农家山庄",那"林中斜洒的微雨",那"缭绕的白色雾霭",不正构成了一幅色彩分明、景致动人的山水画吗?

去过花岩溪的人不少,也许在匆匆来去里,美丽多情的花岩溪,被人毫不经意地忽略掉了。感谢作家,她拾捡起了这份遗憾。当她把花岩溪那么鲜亮明艳地端到人们面前时,我们不能不深深自责对它的漠视,对它的无意,对它的忽略。是的,大自然对每个人的恩赐是相同的,但并非每个人都具备洞察自然的习惯和本领。歌德说过:"我逐渐学会熟悉自然,就连那些微小的细节都熟记在心里。所以,当我要运用自然景物时,它们就随叫随到。"正因善于彻察自然,善于审视细节,歌德才成为一代文学巨匠。刘绍英若没有那份细微的观察,没有那份体物入微的描写,缺乏那份细心的体验与感悟,是写不出这种美艳端庄的文字的。除如诗如画的美丽动人外,《烟雨花岩溪》还有那浓郁的诗意,飘逸的诗情,无不深深地感染和打动着你。

大量叠词的运用,显示了刘绍英十分注意词句的音韵美,极力构建散文的"诗化",增添文章的诗意美。如在描摹各种景物时,她用了大量的叠音词加以模拟。像群山"座座",溪水"清清",绿树"层层叠叠",山花"羞羞答答",楠竹"丝丝",白鹭"婷婷",玉兰"朵朵",白色雾霭缭绕的湖面"影影绰绰",这些叠词读起来韵味醉人,平添珠落玉盘叮咚清脆的音乐美感,让人想起李易安"寻寻觅觅,冷冷清清"的婉约幽怨,重温朱自清"曲曲折折的荷塘上面,弥望的是田田的叶子"的清新自然美景。文中还有两句,一是"我想,今夜,我会赖在他的怀里,喜滋滋地做他的新宠","喜滋滋"一词把作者陶醉于花岩溪清纯古朴的喜悦心情表露无遗,给人一种喜悦荡漾出胸怀的感觉。另一处是"船儿伴随着桨声咿呀,那镜面被点点击碎","咿呀"打碎了山的寂静,仿佛空谷传语,"点点"一词,让我们想象那粼粼波纹一圈圈回旋，和着桨声传荡开去。就是这些叠词绝妙的运用，造就了回环往复、连绵不绝的语势和耐人寻味的浓醇诗意。

载着浓醇诗意，作者使飘逸事情流淌在字里行间，不加雕琢，不着铅华，却顿显超凡文字功底和脱俗的文学才情。

第二人称表达方式，跳跃着作者对花岩溪掩饰不住的满腔激情。"我是以最缓慢的节奏靠近你的"，"你朦胧的身姿，在雨里雾里更加神秘地撩拨得我就这么义无反顾地扑向了你"，开篇花岩溪笼罩着神秘的面纱，如神秘女神撩拨起人的不尽情思，能让作者义无反顾地扑向"你"，可见"你"是多么迷人，同时也让作者在心中不停咀嚼花岩溪的美。登白鹭台写那群白鹭，在作者心中泛起波澜，更叫人浮想联翩。"你从什么地方来，歇息在此不再跋涉？是花岩溪的溪水留住了你，还是层层的墨绿吸引了你，你这历来喜爱孤独的尊贵客人？！"一连串的疑问盘旋、激荡在作者心中，同时一个感叹句又把作者对白鹭的无限敬意宣扬到极致！而一连串"你的"运用，仿佛作者与白鹭对话，进行心灵交流，愈发衬显出白鹭的尊贵。这一系列文字怎不是作者"发乎性，近乎情，丝毫勉强不得"，从心底自然迸溅出的情感火花呢？王安忆曾在《情感的生命——我看散文》里说："散文的情节是原生状的，扎根在你的心灵里，它们长得如何，取决于心灵的土壤有多丰厚。"在《烟雨花岩溪》里，有着丰富养料的心灵土壤，如："我没有躺下来，生怕就此惊扰了山林。""我停下脚步，就这么痴迷地望过去。""我内心被这些灵动的呼唤感动着，被这些轻盈的精灵震撼着。""这样的景致，这样的夜，定要喝上几杯山酿的米酒，在微醺里，一夜缠绵有梦，梦里的意境，如那姓陶的先生，读书耕作，尽享自然。"如没有一分恬淡的心境，一份从容的意态，一份淡泊的追求，试想，这样的文字，又怎么能真真切切自自然然随随意意地澎涌激荡而出呢？

读刘绍英的散文《烟雨花岩溪》，心灵受到了一次次浸润洗礼，花岩溪，让人忍不住想脱下鞋子，用赤裸的双足甚至心灵去舔吻它的泥地，缠绵于它的梦中，观赏诗画，品味诗意，孕蓄诗情，伴那群婷婷的白鹭添一缕尘世的温馨。

（作者系津市市一中语文老师）

# 因为信仰　辉耀人间

## ——略谈李万军《因为信仰》的英雄形象塑造

苏永延

　　托尔斯泰在《安娜·卡列尼娜》的第一句话写道："幸福的家庭都是相似的，不幸的家庭各有各的不幸。"这道出了一些人们习焉不察的规律。如果把这句话用于文学创作的题材上，也是一样管用的：描写不幸远比描写幸福来得容易，且常常会引起人们的注意，因为幸福、快乐这些内容都是大同小异，难以令人动心。同样的道理，描写英雄比描写小人来得困难，因为英雄的境界大部分是相同的，很难翻奇出新，能引发人们共鸣的自然更少了。这类题材的作品确实很难写好。当然，如果从文学史的角度来看，十七年时期乃至 20 世纪 80 年代初，涌现出大量描写英雄人物的文学作品，这是极为罕见的，其中主流意识形态的价值取向起了至关重要的作用。自 20 世纪 90 年代以来，文学创作题材的选择自由化、多元化了以后，写英雄人物的作品陡然锐减，反映不幸、阴暗或丑恶现象的作品如过江之鲫，即使偶有英雄人物出现，也大都是"残缺"的英雄：不是有些傻气，就是有些偏执，或者带着某些匪气、痞气……仿佛不如此就不是英雄似的。究其实，这与社会上盛行的一股"消解崇高""拉下神坛"的文学创作潮流有着密切的关系，在市侩的眼里，只能出现市侩式的英雄。这些"残缺英雄"的形象一多，自然给人的感觉是世上无好人，世风日下、人心不古便成为当今社会的标配。

　　当然，世情乃至道德的恶化，并不能完全归咎于文学创作，但文学创作在一定程度上固化和恶化了社会道德的败落，这也是事实。现实生活中，其实并不缺少美，也不缺少英雄，所缺少的正是发现美和颂扬英雄的眼光和相应的舆论氛围。如果社会上多一份对善与美的赞赏，多一份对英雄义举的弘扬，恶化的社会风气也会渐次澄清，新时代风清气正的道德重建也将大有可为。如果从这个意义上来看李万军的新作《因为信仰》，就会发现这是一部十分沉实厚重的力作，对弘扬社会主义核心价值观和扭转社会风气将起着积极的作用。

《因为信仰》是军旅、公安作家李万军的一部长篇报告文学作品，追记"全国脱贫攻坚模范"王新法的生平事迹。王新法是石家庄公安局的退休民警，自发来到没有任何生命交集的湖南石门县南北镇薛家村支书驻，倾其补发的工资共计64万元，作为扶贫的启动资金。从2013年12月底算起，至2017年2月猝然离世，前后只有三年多的时间，却给薛家村带来了翻天覆地的变化。一个无权无势、资本缺乏的花甲老人，凭什么能起到这么大的影响力，甚至引起石门县的轰动，乃至成为全国的模范人物？作家所要宣扬的正是王新法的精神境界，那就是"高尚""纯粹""有道德""脱离低级趣味""有益于人民"，严格地讲，这个精神境界是套用了毛泽东《纪念白求恩》里的一些结论。不过，这些结论用在王新法身上，并无不妥。大而言之，一切具有崇高信仰和道德修养的人，都具有这些共同的优点与境界。在此，本文并不想讨论这方面的问题，主要是探讨作家所塑造出来的主人公是一个什么样形象的人，以及用了哪些方法。现就这两个方面谈一点自己的感想。

报告文学与小说不同，它不能虚构，尤其是关键的人、事、物都必须是真实的，只是在写作手法上可以灵活运用文学的表现手法。这既是写作上的优势，也是写作上的挑战。作为主人公，王新法是英雄无疑，但英雄的性格特点又是千差万别的。作家在文中努力抓住王新法的这些突出的性格特点来塑造人物，丰富完整地呈现出王新法的性格层次，那就是胸怀开阔而又心思细腻、执着坚忍而又灵活变通、刚毅豪爽而又温情体贴。这些性格特点奇妙地在王新法身上组合起来，一个踏实、刚毅而又细致的英雄人物渐次清晰地浮现在读者面前。

王新法是一位英雄，同时他又是一位平凡的人，英雄业绩也都是由平凡的事逐渐累积而成的，同样是平凡的事，有的指向凡夫，有的指向英雄，二者的差别就在于它们的境界。大凡成为英雄的人，不仅能看到自己的利益得失，而且能注意到更多人的利益，并让多数人获益。也就是说，他们是胸怀开阔、境界高远的凡人。这一点在王新法身上体现得尤为突出。王新法从军期间，从普通的工程测绘兵做起，一点一点地进步，后来成为原兰州军区第19军的军区级射手，历任侦察排长、代理连长、连职参谋等，一路走来，自己除了潜心钻研业务外，还努力提高更多人的业务水平。当他在测绘班当副班长时，只能影响几个人；当他成为排长时，坚持让一个排的战士努力学会种种不同技术门类的技能，如测绘、潜水、防化等诸多技能，真正做到一专多能。当他转业到石家庄公安局工作之后，出于强烈的责任感，向市委领导写信反映情况，提出改善市区公交的安全措施……"位卑不敢忘忧国"，他所处的位置级别虽低，但他以强烈的主人翁意识考虑问题，善于从全局来发现问题和解决问题，这种开阔的胸襟和视野，正是他成为英雄的基本素质。当他决定到石门县薛家村支书驻扶贫后，经过一段实地考察后，他拟出了四个三年计划，为薛家村的长远发展绘制蓝图，虽然他未能看到薛家村的最终变化结果，但他在村庄扶贫的三年间，薛家村确实如他的设想发了巨大的变化，村民的思想也有了脱胎换骨般的飞跃。

视野开阔、胸襟远大的人在社会上确实很多，但关键是要将之落实到每一个细小的实际活动中去，因此，这就需要细腻的心思和踏实苦干的精神来做保证，否则只是志大才疏、有言无实的花架子罢了，王新法的可贵之处就在于落实。在部队期间，他发现战友花有瑜与钟书真军医存有暗恋而苦于不能表白时，他毛遂自荐，充当起二人爱情的牵线人，成就了一段美满姻缘。这种细腻的心思体现在他生活、工作的方方面面，如修汽车、抓扒手，甚至是救儿童，乃至后来的学贺顺勇的样子去捕捉野蜂发展养蜂业等，无不处处体现王新法的这一优长之处。细致、踏实是迈向成功的基础，视野、心胸是迈向成功的指导，缺一不可。二者的密切配合，相得益彰，使王新法无论在哪个岗位上，都能发光发热——甚至在狱中也能得到同狱罪犯的敬重，殊为难得。

王新法的人生充满着大起大落的跌宕起伏，是什么支持着他度过人生漫长的灰暗时光，一直熬到他重见天日的那一刻？这与他执着坚忍而又灵活变通的性格有关。执着坚忍是一种非常优秀的精神品格，这种特性，既有先天的因子，也有后天训练的结果。王新法成为团级射手，再后来成为军级射手、军区级射手，期间经受了无数次的锤炼。射击考验的是人的精神与心性，要时刻保持着一颗坚忍不动的心："泰山崩于前而色不变，麋鹿兴于左而目不瞬。"不为外界的任何事物所打动，这是作为神枪手所必备的心理素质。这种素质，不仅使他始终坚持自己作为共产党员的信仰，更重要的是即使他身受诬陷，含冤入狱，蒙难近 24 年，始终没有怨天尤人，改变初衷。在这 24 年中，虽然他不断上诉，却不曾动摇自己对党的忠诚与信仰。他坚信自己是无辜的，终有一天会得到平反的。每次出外上访，他都穿着以前在部队服役时的旧军装，时刻以军人的标准来要求自己，当然也以军人的身份向信访部门表达自己正确的诉求。平反后扶贫期间，他依然穿着迷彩服，还特地设立"共富军人团队"作为薛家村的扶贫机构。解放军被人们称为"人民子弟兵"，他们来自人民，又服务于人民，王新法的执着，就是对这一信念的坚定认同，是真正做到了心行一致，非常难得。24年的沉沦岁月，把一个风华正茂的年轻军转干部，摧折成年近花甲的老人，其间所经历的心痛与苦难在他眼里，皆如轻烟般淡然消散。丁玲自20世纪50年代蒙难之后，经历九死一生才得到平反，她转述了一句话，"哪个庙里没有屈死鬼呵！"[1]就把此间的苦难轻轻抹去，20多年的苦难，她不是没有痛苦，也不是没有怨气，但是她并没有把它们当成压在自己身上的沉重负担，而是把它们彻底放下，坚持做自己认为有意义、有价值的事，其精神与信仰的坚忍实在令人动容。王新法与丁玲自然不是同一级别的人物，但他们对信仰的坚定都是一样令人赞叹的。

坚定执着是优秀品质，但凡事皆有度，当它过了头，就会变成偏执。王新法对自己的冤案平反抱有信心，但他从不偏执，而是善于变通灵活。他被捕入狱，开除公职与党籍，一夜间变成社会的闲散人员，并没有自暴自弃，而是积极寻找适合自己能力的职业，从最早的搬运工干起，到成为货车司机，乃至成立工贸公司，这一切都是为了谋生而已，其目的是为雪冤做准备。这就是他善于灵活变通、审时度势的处世方式。同样是上访，有些上访的人变成了专业户，生计则不管不顾，潦倒不已，上访是活着的理由，变成本末倒置了。王新法在处理生计与个人名誉方面则尽量做到了兼顾，这种辩证的处世哲学还体现在他扶贫工作时，为了做好请72位烈士遗骸回家的工作，他在坚持自己的无神论思想时，还尊重当地土家族的祭祀仪轨，按所在地区的民俗习惯办理，把这件事处理得十分圆满。君子有所为有所不为，王新法在坚定原则与事务变通上做得很出色，不被眼前现象所迷惑，具有洞穿复杂现象的能力，这就是其过人之处。

鲁迅曾有诗云，"无情未必真豪杰，怜子何如不丈夫？"这句话非常深刻地揭示英雄人物性格多姿多彩的特性。王新法为人处世有着刚毅豪爽的一面，又不失温情体贴。曹魁志曾是王新法属下的班长，转业后回到家乡任村支部书记。在20世纪80年代中期，曹看到许多人都纷纷外出经商致富，于是动了心思，想辞掉职务下海经商，但这个想法很快就受到王新法的严厉批评，指出其不能只图个人发家致富而放弃集体利益。战友情是可贵的，但义与利的取舍更为可贵。王新法的严厉批评，使曹魁志最终打消了个人的想法，继续选择为集体奉献。严厉、直率正是王新法刚毅性格的体现。他面对困难

---

（1）丁玲：《我这二十多年是怎么过来的》，《丁玲全集》第8卷，河北人民出版社，2001年版，第95页。

不屈服，对不正确的想法敢于直言，这就是其刚毅性格的一面。在狱中他并没有消沉，而是妥善安排好自己的工作，交代妻子做好家庭哪些方面的准备，仿佛他并没有入狱，还依然在工作。此外，王新法兄弟二人在公交车上勇斗群偷，以寡敌众毫不畏惧；在薛家村开山辟路，身先士卒，甚至在关键工程面临危险时，写了一个类似遗嘱的决心书，声明："如果不测，由我自己承担，绝不给他人添责。"这是何等的勇往直前的精神！在他的精神鼓舞下，参加工作的村民也纷纷在上面签字、捺指印，为了这改天换地、为后代子孙谋利的事业，使他们面对困难无所畏惧。刚毅的力量，其来源并不神秘，正义与无私的精神，将为一切从事利益大众的人们提供永不枯竭的动力。在家人生活方面，王新法又体现出温情与体贴，关于如何宽慰家中老人，甚至考虑到为女儿婷婷生日拍照片留念等细节都做了细致的交代。王新法冤案得到彻底平反后，他带着家人回到家乡灵寿县的父亲坟前，以一纸无罪判决书作为最大的献礼，并播放歌曲《祭春秋》来表达心志，告慰父母的在天之灵，千言万语，皆在这略带悲壮而又不失温情的细节之中，令人动容不已。这种铁汉柔情不仅在困难时期如此，当他决定只身到薛家村扶贫时，临出发前还特地为怀孕的女儿买好两箱苹果，因为婷婷爱吃苹果。从这些细微的行动中，我们看到，英雄在日常生活中，展现的不仅是高大刚毅的一面，更有作为丈夫、儿子、父亲等诸多角色所具有的体贴与关爱。

人们总是或多或少地带着某些好的品质，而作为英雄的王新法，则具足了以上诸多优良品质，并落实在实际行动中。英雄的品格不是靠说出来的，而是靠干出来的；它不是自封的，而是需要得到人们自发认可的。如果有人处处以英雄自居，那么可以肯定他不是沽名钓誉，就是离败坏不远了。

为了写好王新法这位英雄人物，李万军在创作上也颇费思量，调用了他长期以来的生活积淀，并辅以巧妙的剪裁与感情抒发的调控，并通过语言风格的变化，使之成为一部耐人寻味且激动人心的力作。

王新法的事迹不仅感动了石门县的百姓，而且迅速获得中央有关部门的重视。李万军并不满足于写普通的报告性文字，他经过数月周密调研，采访了与王新法有关的数百位人士，从早年的战友，一直到石家庄公安局的若干同事，尤其是石门县、南北镇、薛家村的大大小小的人物，上至官员，中有普通干事，更多的是村民们的回忆，积累了大量丰富翔实的材料，所以材料的真实可靠性是这部作品最突出的特征。真实是报告文学的生命，但报告文学的真实与感人之间还有许多路要走。作家采访的事例越多，材料越丰富，这样的作品越会有真实动人的力量。从这部作品来看，真实可靠可以从两个角度来看：一是材料的原始性质，作品中引用了数封王新法在狱中写给妻子的信，以及王新法本人写信给石家庄市委的建议信、给中央巡视组王京山书记的信、薛家村的规划蓝图，尤其令人震撼的是盖有许多村民签字和手印的"生死状"等，这些都是属于"硬货"，蜻蜓点水式的采访根本达不到这些效果。其二是场景、氛围描写及体验的真实性，这是最为考验作家创作水平的一关，作家与王新法一样，都有过从军、从警的生活经历，所以在描写军旅生活时，给人以特别亲切、细腻的味道，这是作家在不知不觉间，于作品中融入了自己的生命体验，尤其是测距排除哑炮和测绘演习场所的描写，给人以身临其境之感。至于描写王新法在公安局工作时的经历，对作家来说，更是轻车熟路，游刃有余。

文学创作虽有艺术真实与生活真实之别，但一般来说，艺术真实没有生活真实的依托，往往是空中楼阁，经不起细致推敲的。当许多读者被大量戏说、穿越、诛心之类的创作败坏胃口之时，坚持实实在在体验生活的文学创作道路，始终是永葆创作活力的不二法门。否则，才高终有耗尽时，只能靠虚搭的架子来维持门面，难有长久而深远的艺术魅力。

王新法的一生不是很长，在他身上发生过的事情却有不少。如何剪裁事迹，框架布局则显得十分重要。在这方面，作家以凝练而巧妙的手法，将王新法的生平事迹与不同时代的生活气息、社会氛围完美结合起来，形成了一个色彩斑斓而又鲜明突出的人物画卷。为了突出主人公的形象，作家采用三个高潮的创作格局来组织材料。在《序曲》部分，劈空描写村民争着以最高规格厚葬客死异乡的王新法，随后又转入县级的葬礼介绍，这给人留下强烈的印象和感情冲击力：一个无任何上级机构委托，自发驻村仅有三年多的"名誉村支书"，何以深受人们的敬仰？这是全书的关目，吸引着读者不断追寻。第二个是军旅生活介绍，作家不从王新法的童年写起，而是从王新法成为测绘班长入手，完美准确地测距排炮，一出场便先声夺人，崭露峥嵘，随后则是王牌神枪手、侦察排长、连职参谋，一步一个脚印，都留下他光辉的业绩。第三个高潮是突然从王新法的人生低谷写起，他因敲诈勒索罪而含冤入狱，详细介绍其灰暗然而坚忍的人生。每一个高潮之间，又有大大小小的波折，如第二章则有不白之冤—狱中自白—上访维权—工作对象—推动再审—法庭申辩—不忘初心等诸多转折，一个接一个地推进，使"蒙冤"到"雪冤"从峰回路转到柳暗花明、水落石出，应该说作家在情节的设置上很注重生动、曲折、感人的艺术效果。

薛家村扶贫三年经历是王新法人生最辉煌的一段，但如果把它放在纵横捭阖、风云激荡的大时代潮流里看，在一个小村庄修烈士陵园、开山辟路、修桥诸如此类之事，是很难有令人心潮澎湃的感动力量的，作家巧妙地把笔触延伸到薛家村独特的自然环境、神秘的土家族习俗、淳朴重义的村民，营造出一个个富有鲜明地域色彩的湘西山村画卷，让人们在欣赏这些奇特壮美画卷时，又看到它是如何一步步去掉千百年来的穷根重负，走向轻快明媚的未来的。建陵园、修公路、造桥梁这些工程，不可避免地涉及征地难题，作家详细地介绍了王新法如何用春风化雨般的耐心与诚心，将这些困难逐一克服，表面上看起来很简单的一件事，深入下去则涉及许多人的切身利益，只有善于平衡小家与大家、自我与集体的关系时，才能得到妥善解决，突出了王新法过人的智慧及崇高的品德力量。而这一切，都与作家凝练而巧妙的艺术手法安排分不开的。

在文学创作方面，关于作家的个人情感如何把握，始终是评论家争论的焦点。意见相左也甚多。如 20 世纪 80、90 年代盛行的"新写实主义"小说，就是以作家不流露情感作为创作追求，但并不是说这种写作方式就是最好的方式，也有许多作品证明，作家流露感情的作品是很好的作品。问题的实质就是关于感情抒发与艺术效果是否相得益彰。对此，李万军对个人情感的处理是倾向于直接抒怀，但在不同的行文阶段，感情时而沉静，时而激昂，依作品的情节发展节奏而呈现出变化起伏的状态。从写作意向来看，歌颂类作品是比较适于用激昂情感抒发的方式。如《序曲》开头，就引用了臧克家《有的人》和一位薛家村村民的诗歌，这其实就是一个强烈的间接抒情，对王新法的精神进行升华，确立其崇高的地位，感情表达比较直率。在描写王新法从军生活的事迹时，作家的个人感情表达比较少，相对来说比较沉静。涉及王新法冤案时，作家在努力客观叙述案件的时候，还会忍不住表达自己的情感，发表或针砭或歌颂的意见，如王新法被强行定性为"勒索罪"时，作者说道："在个别领导的协调下，王新法硬是被'坐实'了莫须有的'敲诈勒索'的罪名，令人发指，可笑至极！"这种愤慨表达，如被压抑了许久的火山喷发一般，虽然用语不多，却也酣畅淋漓。当王新法苦尽甘来，终得平反时，作家写道："在王新法的前半生，他遭受了屈辱，但始终不忘初心；他亏待了家人，却善待了社会；他流干了血泪，却赢得了人生的春秋。"对他不吝赞美之词。作家的爱憎与价值取向鲜明坦荡，无私无畏。

在描写薛家村的扶贫工作时，作家糅合了山歌、改编歌曲及填词等诸多方法，力争把看起来枯燥、琐碎的扶贫工作写得活泼，这一点类似于古代的说书，每到一个关键点时就来一段诗词歌赋，或为渲染气氛，或为转折过渡，或为抒怀写意，而作家对王新法的赞扬之情也随之高昂起来，在文末用一首诗来作结："你还欠我一个握手／一个微笑／一次碰撞／一阵唠叨／还有一碗苞谷烧"……情真意切，淳朴直率，融汇了人们对王新法依依不舍的思念和崇拜之情，把感情表达推向高潮。应该说，在感情的节奏控制上，作家很好地做到了内敛与激昂的辩证统一，既为塑造人物形象服务，又达到渲染读者情绪的效果。

文学作品要以语言取胜，赢得读者的心。作家善于用不同的叙述语言来控制写作节奏。《序曲》部分，作家以崇敬的心情来开篇，在语言上则以庄重为主，许多"一语成谶""青山不老，英名长存""难见车来车往，但闻百里悲声"这些用于特定场合的语言，衬托了本节庄重沉痛的情感氛围。在第一章记叙王新法军旅生涯时，语言以明快、幽默为主，如介绍王新法早年生活，用"游走"来诙谐介绍其不稳定的生活状态；调侃其喝酒水平不高，用"干啥啥行，就是酒量不行，且屡学不成"；甚至用"狼狈"来形容王新法与花有瑜这两位战友之间的亲密关系，他为花有瑜谈恋爱打前站，当联络员，两人合作，可真是一对"狼狈"。诸如此类的例子还很多。因为这是王新法人生得意之时，所以语言表达则产生相应的调子，颇有轻松活泼的味道。第二章写王新法转业到公安局后因事被捕入狱，不断申诉的经历，语言则变得枯涩、沉郁。特别是介绍庭审过程中的记载，全是法律术语和枯燥的辩驳，从阅读感受的角度上来看，是不太好的。但也许是出于作家的意图，或是写作背景的原因，只能这样处理了。王新法冤案长达24年，作家虽是公安系统的人，但要深入采访石家庄公安局有关人员，皆无功而返，对当时的公安局局长杨一言、市政法委书记艾建民，这两位关键人物均以"（化名）"加以标注。可见，在揭露社会阴暗面的时候，作家也面临着一股无形的压力。枯涩难读的语言，或许是作者有意为之，或许是条件限制，但不管怎样，这种语言特点又与王新法灰暗苦涩的人生低谷是相应的。第三章的语言则以淳朴活泼见长。许多民谣、乡村谚语、地域特殊用语如"霸蛮"等词，不仅富有强烈的气息，又衬托出王新法善于迎难而上的勇气与智慧。

从总体而言，《因为信仰》不仅塑造出了扶贫英雄王新法的形象，而且通过书写他的工作历程，绘出一条十分清晰的扶贫道路。一般来说，扶贫工作是由政府或某些机构出资扶持，皆不求回报，纯属"输血"型扶贫，至于被扶者是否脱贫、是否发展，是不计较的。这种做法虽有一定效果，但成效良莠不齐。有些被扶者不久之后又返贫了，此类现象屡见不鲜，犹如中医所称"虚不受补"的道理是一样的。因为"输血"型扶贫只在于除贫之"象"，而没有除贫之"根"。王新法的扶贫略为不同，他成立了一个"共富军人团队"，注入毕生积蓄64万元，与薛家村委会进行合作。这类似于民间小公司的经营模式，有盈利则团队与薛家村共同分享。当然，盈利不是目的，只是一种手段，是检验这种"造血"型扶贫模式是否成功的一个重要指标，如果能够回本、盈利，说明模式是成功的，才有进一步做更大事的可能，为更多的人谋福利。此间一切活动均由村民共同努力，所以"造血"型扶贫模式不仅仅是去贫之"象"，更为村民去贫之"心"，通过改变民心来切断人们心中的"贫根"，如果全国有成千上万此类"造血"型扶贫的机构，何愁不脱贫呢？

《因为信仰》所颂扬的王新法的精神，不仅仅是一种新的扶贫精神，更重要的是在新时代的环境里，一种利人利己价值观的体现。王新法虽然有着雷锋的精神，但他又不是雷锋，他代表着就是这样一种新的价值观的境界。他身上的精神，既联系着传统的底蕴，又通向遥远的未来，自然就会光照千古。

人以文显，文以人传。作为扶贫英雄的王新法，他将因李万军的生花妙笔而为天下更多人所熟知，声名远扬；《因为信仰》也将因传颂王新法的崇高精神境界而泽被天下，辉耀人间。或许数十年后，当扶贫不再是人们谈论的话题，淡出历史舞台时，王新法可能依然是未来世界的传奇，因为无私奉献、慈悲大爱的精神是永不过时的——毕竟，每个人心中都有一股向善的原动力，社会也因此而生生不息。

（作者系厦门大学中文系副教授，文学硕士、博士。作品原载《丁玲文学》2018 年第 2 期）

# 用一棵树摇动一片森林

——评徐虹雨长篇报告文学集《大山里的小黑板》

周碧华

　　教育的本质是爱，世上相关论著汗牛充栋，但止于反复论证。

　　也许笔者阅读量有限，当读完长篇报告文学集《大山里的小黑板》（吉林文史出版社2020年版），眼前一亮，全书没有一句高深的论述，而是一个个生动的故事，这些故事串联起来，便让读者轻松地领悟到了教育的本质。

　　这些故事围绕义务送教这条主线展开。常德市石门县皂市镇岳家铺村15岁少女杨帆是皂市镇中心学校8年级学生，2016年确诊为格林－巴利综合征，不得已休学在家。皂市镇中心学校9位教师轮流义务送教上门，风雨无阻……

　　如果仅仅是讲述这样一个故事，或许这本书的意义就是宣传了一个先进典型集体，人们获得的就是一次感动而已。但著者徐虹雨在完成对该典型集体的新闻报道后，她发现了新闻背后隐藏的更大的价值，她必须把这个价值挖掘出来，从而使这个义务送教的故事升华其意义，从平面化叙述演变为立体式解读。

　　从这部书的篇章结构即可看出著者的匠心。第一章：希望的课堂；第二章：传承的课堂；第三章：温暖的课堂；第四章：觉醒的课堂。希望—传承—温暖—觉醒，其间存在着内在的逻辑关系，并由几组关系并联然后层层递进。杨帆与送教老师的关系，送教老师与前辈或父辈的关系，走入社会的人与老师的关系，教育界同行与送教行为的关系。这几组关系从不同层面和侧面丰富着教育的本质：爱。

　　在第一章中，杨帆休学在家后，一度产生了迷茫和失望，送教老师的到来，如一盏灯，照亮了这个无助少女渴求知识的眼睛，让她重新燃起人生的希望之火。"只要你能坚持这样，我们就送教上门"，送教老师对杨帆的鼓励，虽然简短，却是生命对生命的承诺。每周四，送教老师往返 20 多公里山路，总是在预定的时间出现在倚门而望的杨帆的视线里，冰雪天亦不曾耽误。历史老师胡寒松的母亲胯骨摔折，卧病在床，2017 年 12 月第三周，轮到他送教，正准备上车，母亲将大便拉在床上，需要更换衣服，此时，送教车已发动，他只能焦急地向正在上班的妻子求助……物理老师覃和平说："因为愿意，所以无悔……我愿意每周多花几个小时，送去知识，点亮孩子心中的希望之火。"9 位送教老师能克服重重困难，杨帆对这一特殊的课堂充满了信心。

没有一分加班工资，没有一分交通补助，补课课时不算工作课时，9 位送教老师的动力从何而来？著者在第二章中安排的故事，实际上是回答这个问题。送教老师江慧慧和胡寒松的父辈都是老师，戴琳深受中学老师寇纯翠的影响，他们曾经沐浴过爱的教育，又自然地将爱传承了下来，并传递下去。因此，这大山里的课堂就是一把火炬，一把传承的火炬，"长大后我就成了你"，送教老师就是前辈优秀教师的缩影，并正影响着杨帆，让杨帆长大后又成为像他们一样有爱的人。

在第三章中，著者用一串串感恩的故事来阐释爱的教育是温暖的，杨帆在一篇日记中写道："长大后，我一定要做他们这样的人，让世界充满爱，充满力量，充满阳光和希望。"教师节来临时，杨帆和妹妹为老师们每人准备了一份礼物：一朵康乃馨，一朵莲花，一只千纸鹤。这特别的礼物，足见老师们的义教行动深深地影响了杨家姐妹的灵魂。该章不仅仅撷取杨帆感恩的故事，还列举全国道德模范提名奖获得者田工、苏州律师龚晓春、某银行负责人向国洲等人读书时，是如何得到老师的关爱并影响他们一生的故事，从侧面说明温暖的课堂足可温暖人的一生。

从结构来看，这部书如果到第三章结束，似乎也是可以的，因为前两章讲义教过程，第三章在述说感恩，紧紧围绕义教一事来展开。但著者并不满足于此，曾在媒体工作过的徐虹雨敏锐地意识到，9 位教师义教充其量只是体现了一种教育的意义，如何让一块小黑板"悬挂"在大山之外让更多的人仰望并从中受到启发？于是便有了该书的第四章"觉醒的课堂"，该章列举了各学校负责人或老师从义教故事中获得的思想升华。皂市镇中心学校校长杨万庆说：真没想到，我们学校义务送教小分队的故事，如一颗小石子，在全国教师行业激起了不小的波浪，并且让整个行业重新解读职业荣光与职业道德。而杨帆的母亲，一位村妇女主任，在家庭负债累累的情况下依然帮助村里三位贫困户，她说："老师送教上门，不仅改变了孩子，也改变了我，他们不仅给我的孩子上课，也给我上了一堂课，我要延续老师们的奉献精神，把村里的工作做得更好。"这种觉醒是有一定的时代背景的，一个时期以来，全国各地存在不同程度的老师有偿补课现象，而石门大山里的课堂是一面镜，一面觉醒的镜，照出了平庸与伟大的差异，于是就有了省市教育主管部门下发的严禁有偿补课的相关文件，就有了教育部部长陈宝生为义务送教小分队的题词。

最好的书都有最睿智的结构。一本结构层次分明的书，就像一栋美丽的大厦一样，各层都有其存在的价值与意义，各层又保持了一定的独立性。《大山里的小黑板》无疑具有最睿智的结构，"爱"是整栋大厦的有力框架。德国哲学家雅斯贝尔斯曾说："真正的教育是用一棵树去摇动另一棵树，用一朵云去推动另一朵云，用一个灵魂去唤醒另一个灵魂。"9位义务送教的老师是用9棵树去摇动一棵树，用9朵云去推动一朵云，用9个灵魂去唤醒一个灵魂，并最终摇动了一片森林、推动了整个云层、唤醒了无数的灵魂，这部长篇报告文学集的意义当然就非同一般了。

（作者系常德市文联党组成员、副主席。作品原载《湖南日报》2020年5月29日）

# 常德德山山有德

## ——周友恩《德祖善卷》书评

汪 苏

　　信息社会越是繁荣，读者阅读的开卷受益与否，越是值得商榷。然"大学之道，在明明德，在亲民，在止于至善"。这句《大学》中的经典语言，正为周友恩先生《德祖善卷》所印证。《德祖善卷》是一本修身养德的历史传记性佳作，该书对于考证和记载上古高士善卷的生平事迹具有里程碑式的意义，不仅如此，《德祖善卷》根据善卷的故事传说和历代文献的记载和解释，对于中华民族文化的核心"德"进行了立体多方位的提炼、解释和印证，为当代人了解传统文化核心思想提供了可供讨论的蓝本，尤其是给大众认识中华民族文化的精粹"德"打开了一个窗口。

　　周友恩先生用专著研究上古高士善卷的"德"，是不折不扣的第一人，也是寥若晨星的中华道德源流探索者之一。

　　令我震惊的是，该书的写作参考书就多达 186 种，包含正史、杂史、方志、类书、宗教典籍、考古发现等，可谓旁征博引。周友恩先生是用生命在写作，在这个知识大爆炸的年代里，像他这样用近 20 年时间收集材料，爬梳考辨，反复锤炼，呕心谱写一本相当学究的"德"著，实在相当少见，为人钦佩。周友恩先生是专职文化工作者，格物致知，博学睿思，披沙拣金，苦心孤诣而作《德祖善卷》，其求真的品德，严谨、求实的态度和潜心研究的科学精神有善卷美德遗风之浸染，是大量文化工作者和知识分子的榜样。

　　《德祖善卷》从善卷的历史文化地位、主要生平事迹、个人素质、与同时代高士的比较、对中华文化的重大影响、道德内涵、广大地域影响等七个方面阐述德祖善卷对中华道德文明做出的历史性巨大贡献，为当今社会主义精神文明建设提供难得的历史正能量。

《德祖善卷》研究的是 4300 多年前的道德人物——善卷，是全新的工作，解决的是该领域的主要问题，需要做的工作是收集到尽可能多的史料，归并整理，辨真伪，找联系，出观点，成体系。如《列子》里有善卷的记载，但是否可靠？现代学者一般都以为《列子》为魏晋人伪托列子所作的"伪书"，一般研究中国哲学史的学者基本上不重视《列子》。但他发现，《列子》中关于善卷的记载被《太平御览》引用，《太平御览》引用的资料是很可靠的。

善卷之德是本书的核心。善卷的重义轻利、谦让、重生、修身、知止、轻名务实、敢谏与善谏、逍遥、就利辞害、勤劳、中庸、顺应时势、不降节、耿直、教化、心意自得、使贪廉懦立、果敢，是中华道德的主干和源头。这也是周友恩研究中华道德源流最重要的成果。周友恩认为，"德"是人类的精神钙质，不可或缺。

上海大学中文系原主任邓牛顿在认真阅读《善卷评传》后说："在道德严重缺失的当代中国，高扬善卷的精神，为民族精神建设做出了重要贡献，也为湘人争了光，巩固了常德在中国精神史上的地位，泽益乡梓，可敬可赞。"

历史学家、湖南省社会科学院历史研究所原所长、湖南省炎黄文化研究会原会长何光岳阅罢《善卷评传》，欣然提笔写下一句感言："善卷精神永存，崇德永葆民族！"

"常德德山山有德，长沙沙水水无沙。"相信有很多和我一样的人，对于这句无韵诗中关于德山有德的问题难解其意。在阅读《德祖善卷》之前，我曾一度认为该诗多半为湘人自诩之言，我曾经多次登上德山，领略过德山并不出奇的风光，更有一种身在山中不知有山的感觉。然《德祖善卷》确实授德解惑，使人了解到德山悠久的历史文化，和善卷以德显名的生平，为"常德德山山有德"找到了最有支撑力的依据，德山即善卷，善卷乃德山，二者浑然一体，难以分开。给人以启迪，催人以奋进。仔细思量，正是有高士善卷的德显，以及在此基础上经过历代文人学士记录、提炼、解释和加工，形成的关于善卷的故事传说，关于德山的文化气质，关于"德"的文化探讨，最终沉淀在中华民族文化精粹的骨髓中，蕴藏在德山有德的传说中，经过千百年华夏族繁衍生息，德山之德岿然挺立在沅江南岸，一朝闻风，便返照谱写在诗墙洋洋洒洒的历代名人佳作之中，赋予了万米长堤常阔高深的精神内涵。这方面确实要感谢《德祖善卷》，它使得地方文化的研究上升到了民族历史精髓的高度，带给人一个全新的境界。

常听到满世界的"德"飞"德"舞，但"德"到底是什么？人们经常利用道德来教导他人，但细究起来，"德"到底是什么，确实能说清楚的人并不多，甚至我们每每能听到有人抛出"道德太虚了"的言论，实在是令人惭愧。《德祖善卷》以德的解释为线索，历数历代文人学士的智慧，对德进行了多个视角的阐释和讨论，使人对于"德"产生了比较清晰和全面的认识，也在某种程度上，将德文化的研究范围从先秦孔孟时代向前推移到了上古尧舜时代，并具备了相当全面的视角，这实在是一个巨大的进步。

《德祖善卷》在语言上深入浅出，以比较通俗的方式向读者解释了善卷的生平和历史记载，使上古文学诗歌比较晦涩的感觉不复存在，只是这样的语言特色在部分地方显得作品不具备中肯的味道，但作品为我们提供了开放的环境和讨论的蓝本，对于我们了解德山、善卷、德文化做出了巨大贡献，相信读者读后能有颇多受益。

（作者系湖南文理学院文史学院副教授，文学硕士。原载《武陵学刊》2016 年第 2 期）

# 桃花源诗群的生态化抒写

张文刚

诗歌，这昔日高悬在我们头顶的气势壮观的瀑布，已落地潜隐为心灵河床上的涓涓小溪。在经历了太多的诗歌旗号、口号和争辩之后，诗歌走向了静寂与平和，回归了常态与本真。桃花源诗群就是开在诗歌春天的一树寂静的花朵，以其蕴藉、谦和的姿态，热烈、深挚的情感，明亮而略带忧伤的色彩，在心灵和大自然的春风里驻足和歌吟，呈现出一种生态化抒写的诗性智慧和审美取向。

桃花源诗群至少可以从三个方面解读。首先，桃花源诗群是地理的。这群诗人行吟在"沅有芷兮澧有兰"的湘西北，北枕长江之虹霓，南拥桃花之斑斓，东含洞庭之波光，西执凤凰之彩翼，在这天然的诗歌版图里写诗，饮酒，做梦。是他们在抒写诗歌的图腾和密码，是诗歌在抒写他们的足迹和追寻。其次，桃花源诗群是文化的。深厚的文化渊源和底蕴成就了这群诗人的文化胸襟和诗歌梦想。陶渊明的《桃花源记》是一个庞大的具有隐喻意义的文化符号，它不仅上下连接起在这片土地上生长和游历的诸多才情卓异的文人奇士，捧出了一串串璀璨的文化珠宝，而且诗化、美化了这方传奇的山水，使之成为后世者羡慕和向往的仙界福地和精神家园，同时召唤、激发着一代又一代文人墨客浪漫而诗意的文化想象力和表现力。正是在这种精神血脉的流注和贯通中，桃花源诗群展示了自己既具有共性又富有个性的风采。再次，桃花源诗群是诗性的。"桃花"是这群诗人笔下一个共有的诗性意象，它以明亮、斑斓的色彩和温暖、和谐的内涵在其象征的意义上渲染出诗人内心的向往和眷恋，拼贴出一幅幅春意盎然、和谐共生的图景。桃花源诗群是一个具有地域特色并打上了某种文化、审美胎记的诗歌群落，是当今诗坛一个不容忽视的诗歌现象。

桃花源诗群的骨干成员主要有庄宗伟、龚道国、罗鹿鸣、张天夫、刘双红、杨亚杰、邓朝晖、谈雅丽、余志权、余仁辉、冯文正、唐益红、章晓虹等人。在此之前,生活于斯而诗名鹊起的周碧华、黄修林等人所倡导的"新乡土诗"应该说是桃花源诗群的前身。我这里不对桃花源诗群做全面的评析,只从生态化抒写这个角度进行一些梳理。

一

表现和谐是桃花源诗群生态化抒写的一个重要特征。生态的最高境界是和谐。自然生态追求的是万物和合、各得其所,生命生态追求的是人与自然、人与人的相融相通、诗意相处,心灵生态追求的是平和宁静、涵纳万象。可以说,一部中国诗歌史就是一部诗学意义上的生态史。农业社会自然生态的原始静穆,民风民俗的淳厚,心灵的单纯和唯美,以及由此激发出来的诗意想象,滋生了早期诗歌的生态化描写。那些吟咏山水、抒发性灵的诗歌大都是表现和谐生态的典范之作。随着时间推移,自然生态在工业文明、城市文明的包围中发生种种改变,社会生态、政治生态被置于中心话语地位,诗人也开始从对自然的歌唱转为对政治、革命和主流话语的关注。从新诗取代旧诗,一直到 20 世纪 80 年代,诗歌在整体上都保持了一种政治书写和英雄主义、乐观主义精神,生态如同在现实生活中一样,在诗歌描写中也遭遇了冷落,甚至被放逐。正如有的学者撰文指出的:"20 世纪 80 年代以来,中国自觉意义上的生态诗歌创作由萌芽、发展逐渐走向繁荣,形成了相当规模,产生了越来越大的影响。"[1] 当 21 世纪人类吹响生态文明的号角,诗歌也必然拨动诗性生态的琴弦。正是在这个背景下,桃花源诗群关注并表现生态和谐与和谐生态。这种和谐,既有自然生态的和谐,也有人与自然、人与人的和谐,更有人自身心灵的和谐。

诗歌永远是大自然和人类心灵的知音,甚至可以说,诗歌就是用文字的符码砌建的一方诗性的自然空间和心灵空间。唯其这样,诗歌写作才成为"诗意地栖居在大地上"的方式之一,成为一种最具有体验性、灵性也最具有诗性的话语活动。桃花源诗群的诗人,用各自的理解和表达方式抒写着"桃花源胜景",以及人游走、拥抱、销魂于自然万物中的那份自在和惬意。经历

---

(1)田皓:《20世纪80年代以来中国生态诗歌发展论》,《湘潭大学学报》(哲学社会科学版)2007 年第 2 期。

了漫长的"高原之旅"回到故乡并一脚踏进"桃花源"的诗人罗鹿鸣，其长诗《屋顶上的红月亮》，一改他在青藏高原时期雄浑、冷峻、滞缓的风格，变得朴素、纯粹、亲切，仿佛现代版的诗歌《桃花源记》。《桃花源记》中的"仿佛若有光"在罗鹿鸣笔下浸润、放大为故乡"灵魂的光芒"：乡村弥漫出来的纯净之光、人性之光与红月亮的神性之光相融合，召唤着过去甜美的记忆并漂洗着一个现代人的疲惫的灵魂；对美、爱、自由、明亮和静谧的赞美与眷恋，羽毛一般舒放出诗人的心灵之光。由此诗人的心灵和村庄、红月亮相走相亲、相融相谐，呈现出一片大和谐与大智慧，印证了"生存就是一片大和谐"这个至上的真理。是一个久远的令人备感亲切的乡村童话，更是一个现代工业文明社会到来之后的叫人越发珍惜的寓言。"生态"的意义也从"童话"和"寓言"中得到深层次的体现。当诗人把"高原"赋予他的那份厚重、坚韧和对生活的信念，以及城市经历带给他的那种焦虑和忧思，与乡村叙事、乡村抒情结合在一起的时候，实际上他是在追寻一曲记忆中的生态梦想，并渴望延续、放大这曲梦想。罗鹿鸣的诗歌感性中有理性，诗思飘逸腾挪，意象新奇跳转，往往于铺叙中熔抒情，在抒情中含哲理。

罗鹿鸣写诗正如他喜欢摄影一样善于"取景抒情"，"镜头"伸缩转换，胜景迭出，情感充沛。另一个久居"桃花源"的诗人龚道国则擅长"写意抒怀"，在看似对大自然的随意点染中表达着内心的诉求。他的组诗《赏桃记》《松雅河记》在对桃树、桃花、河流、泥土等意象的吟诵中，反复渲染、求证并赞美着一个大主题，即"和谐"。"花去果熟／香散甜聚。一棵桃树终其一生／在内心里安居，在枝叶间轻移"（《一棵桃树》）；"我看见草牵着草／相互扎根。叶子叠着叶子，一片厚实穿着／另一片厚实，爱抱着爱，安身立命"（《亲爱的大地》）。这是一种淡泊自守、相依相亲的景象和境界，是写景，更是写心、写情，写一种大自然与人类的生态理想和生态守望，追求并体现了一种"自然心灵化，心灵自然化"的艺术表达效果。其诗情有一个酝酿、积蓄和爆发的过程，往往在平淡的描写和叙述中出其不意，用具有穿透力的语言点化和升华，把表象引向深入，把疏松拉向紧密，把平淡推向高潮。这不仅仅是一种表达的功力，更是一种诗性智慧的结晶。

桃花源诗群中两位颇有才情的年轻女诗人谈雅丽和邓朝晖，诗风较为接近，都习惯用清丽的语言、优美的意象、舒缓而有张力的节奏来抒发作为女性诗人的那份细腻、微妙而内敛的感情。她们都喜欢对着自然和自我言说，那种自言自语的从容表达，那种心灵的感悟和精神的触摸，那种诗意瞬间的定格和日常细节的渲染，那种移情于景、心物交融的内在化抒写，使她们的诗歌具有一种气定神闲的姿态，一种优雅纯净的抒情气质，一种超越了简单的具象和表象的思想深度。她们在神秘、和谐的大自然面前袒露自己的心灵，表现心灵的和谐；更重要的是表现心灵如何摆脱孤独、寂寞、恐惧、世俗而走向和谐、宁静和愉悦。这个心灵超越、精神升华的过程，得之于自然万物的启悟和救赎，得之于对生命、青春和爱情的感悟和认识。表现经由沉浮、挣扎而抵达心灵的和美与平衡，较之于直接表现心灵的和谐与自洽更加富有动感，也更加艰难。"我身陷入暗流与漩涡的双重包裹／却不惊惧这泥沙俱下的水域／我将近于渔火，相似于渔港码头的一丛芦苇"（谈雅丽《夜航船》）；"那一晚后，我们越加慈悲，善良／因我们听了一夜的水语／这一夜的水语就是命运的救赎／永不停息的爱和宽恕"（谈雅丽《蓝得令人心碎的夜晚》）；"就像我，就像我们／在每个夜晚不安的河水中／感觉自己在微微地下沉"（邓朝晖《夜晚》）；"我安心于自己栖息的枝头／对于曾经激烈的内心／也已宽恕"（邓朝晖《安居》）。犹如锦缎上的丝线，这样的句子遍布她们诗歌的缎面，以其细腻、柔韧和绵长刺绣出女性诗人困惑中的清醒、窘迫中的坚持和内心的富有与宽厚。

这样描写和谐生态的诗人和诗作还可以列举出很多。张奇汉的"村庄"诗歌在"写意画"似的神韵中描绘出了一幅恬静和谐的生态乡村图；宋庆莲的"乡土"诗歌在"梦呓"般轻灵的诉说中表达了对大自然、生命以及爱情的感悟和感恩；刘双红、杨拓夫的"故乡"系列诗歌有一种岁月变迁中与故土灵息相通的亲近感、负重感和疼痛感；李富军的"桃花"系列诗歌在抒写大自然的清新诗意的同时富含一种历史文化的斑斓和厚重；彭骊娅的"抒怀"诗歌往往在新奇的想象和比喻中打开纯朴、浪漫的心灵之旅，把传统诗歌中的美丽、原初、消逝、等待、叛逆等主题演绎得富有现代感。

## 二

以一种平常的心态和放低的姿态写作是桃花源诗群生态化抒写的又一特色。赫舍尔指出："正确认识人是正确理解人关于世界的知识的前提。我们的一切决定，无论是认识上，还是道德上的或美学上的，都取决于我们关于自己的概念。"[1] 就生态构建的本质意义上讲，人与自然的关系，亦即人如何看待、对待自然以及如何看待自身的位置和作用，是至为重要的。只有尊重、善待乃至敬畏自然，也只有去掉人类自我中心、自我膨胀的意识和观念，才能构建和谐的自然生态和社会生态。这种生态观念反映在诗歌创作上，就

---

（1）（美）赫舍尔：《人是谁》，贵州人民出版社，1994年版，第18页。

要求诗人在对待写作以及对待生活的问题上，不刻意抬高、炫耀写作者的身份，"不做作，不卖弄"，秉持一种平常的心态和谦恭的姿态，俯下身子，贴近生活，化平淡为神奇，融凡俗为诗意。就中国新诗创作来看，曾经不少诗人是以精神领袖、社会拯救者和担当者的身份来写作的，夸大了自身和诗歌的作用，疏离生活而据守心灵之一隅，架空内容而醉心于语言文字之游戏，结果导致诗歌的"水土流失"，出现营养不良、精神贫血等症状。那么新诗在步入新的生态文明时代也面临着诗歌观念的调整，在写作者心态和身份的转换上，桃花源诗群很有代表性。

在诗歌旅途一直匆匆"赶路"的女诗人杨亚杰，曾出版《三只眼的歌》《折扇》等多部诗集，最近又将近年发表的新作拟结集为《和一棵树说说话》。我曾为她写过诗评《从"抒情"到"书写"》[1]，认为在她的笔下，诗歌还原为生活的诗性描画和勾勒，还原为童年、乡村、普通人的视角和表达方式，从细节、情境到语言和叙述风格，都弥漫着朴素的诗意。这一点在她近年来的写作中体现得更为鲜明和彻底。她写日常生活，那些微小的毫不起眼的场景、事件和人物，被她有滋有味地书写着，传达出来的也许是一点小感觉、小情趣和小启示，但又分明蕴含着作者的大敏锐、大思考和大智慧。而当她描写身边或记忆中的那些大事件、大场景和大人物时，她又能还原出一种生活的现场感、亲切感。她写诗，她也是在用诗歌来生活、思考和对话，用生活的语言写诗，用诗歌的情怀生活，在她身上，诗歌和生活几乎是叠合的。这是一种诗歌观也是一种生活观的体现，在这种状态中诗人的写作是惬意的、快乐的，生活是幸福的、满足的，心灵是和谐的、滋润的。还有什么比这些更重要呢？初读她的诗作，有点像看一壶"净水"，清澈、透明，似乎看不到什么；续读她的诗作，有点像看一泓小溪，清澈透明的下面招摇着一些"水草"，静卧着一些"卵石"；再读她的诗作，有点像看一条江河，清澈透明的只是语言的浪花，回旋的则是深长的意味和韵味。这是一种追求，也是一种境界。

在抒写日常生活的同时，把写作的眼光和立足点放低，这是桃花源诗群诗人们生态化抒写惯用的策略。放低自我，缩小自我，温良谦让，是对他人的友善和尊重，对事物规律的理解和遵循，对大自然的聆听和敬畏，是一种生存智慧；是为了从大地、泥土、一切普通的事物和底层人物的身上获得一种启迪，汲取一种力量；同时也是为了寻求一种生活的恰当位置，一种内心

---

（1）张文刚：《从"抒情"到"书写"》，见杨亚杰诗集《三只眼的歌》，远方出版社，2003 年版。

的和谐感、满足感和愉悦感。冯文正的《农民工兄弟》《远去的补碗人》《我骄傲的橘子》，龚道国的《在低潮处闲居》《亲爱的大地》以及组诗《祖国，我看见你》，邓朝晖的《低语》《野菊花》《尘世之外》，谈雅丽的《船娘》《北小河》《方圆百里》，熊刚的系列诗歌《铺路工》《架线工》《泥水匠》等，诸多作品，在平凡和朴素中提取诗意，从僻野之地和生活底层发现纯粹与崇高，或娴静，或奔放，或朴拙，或绚烂，或贮满幸福和沉醉，或满怀赞美与感恩，营造了一种和乐、静美的氛围，描绘了一方人与自然、人与人诗心相通、诗意共处的生态家园。

## 三

　　审视和反思是桃花源诗群生态化抒写的又一维度。对自然万物和人类自身的审视和反思是构建生态文明社会的一种内在批判动力。只有审视和反思，才能发现人类在走向文明的过程中付出了怎样的代价，在和自然的关系上还存在哪些问题和不足，从而调整我们的观念和前进的步伐。作为诗歌，在生态化的抒写方面既要表现并赞美和谐、诗意、谦恭的一面，又要具有一种思考的深度和批判的锋芒。桃花源诗群的部分诗人在写作中具备了这种审视、反思和批判的勇气。余志权的城市系列组诗，就直接审视城市生态，包括物化生态空间、文化生态空间和人际关系生态环境等，表现城市的扩张和掠夺，乡村和农民"被城市化"的痛苦和无奈，幽默和讽刺之中有一种悲凉和愤激之情。章晓虹的诗集《城市飞鸟》有相当一部分是写城市生态的，写城市的车轮、高楼、霓虹灯、酒杯等种种物象，意在表现城市的拥挤、灰暗和遍布的欲望陷阱对自然性和人性的压抑、摧残；这种表现是在湖泊、森林、荷花、飞鸟等大自然优美的意象的参照和衬托下完成的，因而隐含的"城市生态批判"和"乡村生态向往"则一目了然。张惠芬歌吟绿色自然、健康自然的诗歌，剖析了现代人身上的某种"病痛"和"颓废"，寄予着对人的心灵生态的关注。陈小玲的诗歌表现自己在城市里的孤独、迷茫、忧郁以及"无处可逃"的窘境，渴望心灵的抚慰和精神的救赎。唐益红的诗歌是关于流逝、燃烧、忧虑和救赎等主题的表达，在对时间、人生特别是爱情的审视和反思中，有一种希冀打通古今、融汇万物的气势和怀抱，有一种决绝的姿态和超拔的气质，有一种紧张感、尖锐感和疼痛感。与另外一些女性诗人那种平和温婉的表达不同，她是激烈的、奔放的、燃烧的，她想用这种方式拒绝平庸、浅薄和循规蹈矩，希望抵达内在、自我和深刻。正如诗作《我希望我的衣衫是我的马》所表达的那样，希望生命包括爱情被一匹野性的"能点燃出火焰"

的马所包裹，在自我心灵的搏斗和较量中冲出"危机四伏的暗夜"。这种奔腾的、燃烧的情感，是一个现代诗人对自己生存的环境冷静观察、体验和思索的结果。

作为一个诗歌群体，桃花源诗群除了文中所说到的诗人之外，还有一批人数可观的诗歌作者，较为活跃的有张一兵、胡诗词、黄道师、刘冰鉴、刘浩、彭淼、汤金泉、戴希、杨孚春、张奇汉、张晓凌、谭晓春、麻建明、海儿、谢晓婷、曾宪红、张庆久、聂俊、肖友清等，还有张文刚、肖学周、夏子科、佘丹清等一批评论家正在参与其中。近两年，这个群体在《诗刊》与澳大利亚《酒井园》等诗歌刊物频频集体亮相，在《人民文学》《诗刊》不时获奖，在诗坛的影响正在日益扩大。尽管如此，我认为现在桃花源诗群还没有形成自己共同的诗歌主张和观念，诗人之间在艺术表达、抒情方式和所达到的思想深度等方面还存在较大的差异。目前，就我所接触到的诗作来看，从大的方面讲，诗歌在如何把握和处理俗与诗、显与隐、散与聚、言与意、情与理等关系方面还有所欠缺，有时呈现出某种"生态失衡"的状况。就具体的方面讲，有些诗歌描写和铺叙太多，沿袭传统而缺乏创新；有些诗歌较为单纯明朗，而淡化了应有的厚实和深刻；有些诗歌有意象有佳句，但没有一种完整感和场域的气息；有些诗歌善于表达内心的感受和情绪，但没有放进更多的光和影、更多的气象和胸襟；等等。这些都是值得今后在创作中加以注意的。正如龚道国在诗歌《一棵桃树》中所写的："让一种站立向上下用力／向下去的，一脚踩进了土／扎向深处，坚持着隐蔽和挖掘"。启示我们诗人在创作中"上下用力"，向下，深入生活，贴近泥土，亲近自然；向上，加强修养，陶冶性情，训练诗艺。唯其"上下用力"，桃花源诗群才会像春天斑斓多姿的"桃花"一样，繁花似锦，生机勃勃，美不胜收。

（作者系湖南文理学院教授，文学硕士，洞庭湖生态经济区建设与发展湖南省协同创新中心"文艺创作与评论"研究所所长。作品原载《文艺报》2011年8月22日）

# 生命的重写

## ——昌耀与其"早期诗"，兼论"昌耀体"

王家新

一

在一个关于"新诗百年"的访谈中，访谈者一定要我说出几位最欣赏的诗人，我说出了昌耀，并这样给出了理由："昌耀的贡献不像冯至、穆旦那样全面，但在他的精神、语言和音调中都有一些很高贵的、苦难也不能磨灭的东西，仅仅一首他的《良宵》，就足以让我感到羞愧。"

的确，在昌耀的诗中，最感动我的就是这首《良宵》了。像我这样的写作者，以前读昌耀的诗并不多，对他的创作也缺乏全面研究，人们所称道的他的一些代表作如《斯人》《划呀，划呀，父亲们！》《慈航》等，虽然有它们各自的意义，却未能把我完全抓住，或是在我看来还存在着一些问题。但是《良宵》这首诗，我不仅一读就喜欢，而且一个卓然不凡的诗人从此出现在了我的面前。可以说，这是我与昌耀的第一次真正意义上的"相遇"（虽然在 1996 年的一次诗会上，我们就曾见过）。我读到的《良宵》，是在百度、豆瓣等网站上的通行版本，现照录如下：

放逐的诗人啊，
这良宵是属于你的吗？
这新嫁忍受的柔情蜜意的夜是属于你的吗？
不，今夜没有月光，没有花朵，也没有天鹅，
我的手指染着细雨和青草气息，

但即使是这样的雨夜也完全是属于你的吗？
是的，全部属于我。
但不要以为我的爱情已生满菌斑，
我从空气摄取养料，经由阳光提取钙质，
我的须髯如同箭毛，
而我的爱情却如夜色一样羞涩。
啊，你自夜中与我对语的朋友
请递给我十指纤纤的你的素手。

网上的这个版本没有写作日期，但从开头及内容来看，似为诗人的早期之作。如是，这首诗就更珍贵了。仅就这一首诗来看，诗人没有辜负苦难命运的造就，这不仅为那个时代的"空谷足音"，而且至今闪耀着对我们的语言、对我们的"汉语诗歌"很珍贵的一些元素。

但是，当我通读由诗人自己编定的《昌耀的诗》（人民文学出版社，1998 年版），却发现《良宵》一诗有些差异，我们现在来看《昌耀的诗》中的版本：

## 良　宵

放逐的诗人啊，
这良宵是属于你的吗？
这新嫁娘的柔情蜜意的夜是属于你的吗？
这在山岳、涛声和午夜钟楼流动的夜
是属于你的吗？这使月光下的花苞
如小天鹅徐徐展翅的夜是属于你的吗？
不，今夜没有月光，没有花朵，也没有天鹅，
我的手指染着细雨和青草气息，
但即使是这样的雨夜也完全是属于你的吗？
是的，全部属于我。
但不要以为我的爱情已生满菌斑，
我从空气摄取养料，经由阳光提取钙质，
我的须髯如同箭毛，
而我的爱情却如夜色一样羞涩。
啊，你自夜中与我对语的朋友

请递给我十指纤纤的你的素手。

说实话，我本人更偏爱网上的版本，因为《昌耀的诗》中这个版本的第四至第六句铺排过多，有"过度修辞"之嫌，也减弱了诗的力量。此外，网上版本的"这新嫁忍受的"看似不通畅，充满歧义，但也更强烈，带着诗人内心的战栗，它其实也更为"昌耀化"。我不知网上的这个版本是否和昌耀本人有关系，或纯属他人删减、改动。为此我曾向昌耀生前的好友、《昌耀评传》的作者燎原询问，但也没有结果。看来我们只能以《昌耀的诗》中的这个版本为准，虽然我宁愿《良宵》一诗就是网上的那个样子。

由此我才注意到了昌耀诗歌的版本问题。我因而也特别注意到《昌耀的诗》中该诗的落款："1962年9月14日于祁连山。"这也是本文要侧重探讨的问题所在：该诗及昌耀其他的早期诗，真的如诗人自己的落款那样，是写于那个年代吗？它是否系原作或旧作修改？甚或完全是后来才新写的？为此我也询问了燎原，一切都没有明确答案。我们只知道1986年昌耀自己编选的《昌耀抒情诗集》中并没有这首诗，它是后来才出现在《命运之书》（1994）和这卷《昌耀的诗》中的。

## 二

而燎原，作为一个昌耀研究的专家，当然比我更早注意到这个现象。昌耀生前共出版过六部诗集：《昌耀抒情诗集》（青海人民出版社，1986年版）、《昌耀抒情诗集·增订本》（青海人民出版社，1988年版）、《命运之书》（青海人民出版社，1994年版）、《一个挑战的旅行者步行在上帝的沙盘》（敦煌文艺出版社，1996年版）、《昌耀的诗》（人民文学出版社，1998年版）、《昌耀诗文总集》（青海人民出版社，2000年版）。燎原指出人们对昌耀的研究，大都是以这些诗集，尤其是以《命运之书》《昌耀的诗》《昌耀诗文总集》为依据的，"但当涉及如何看待昌耀早期的诗作——亦即他20世纪50、60年代的诗作时，我们却通过相关资料发现，除了写于1957年、导致他成为右派的《林中试笛》（两首）外，收入昌耀诗集中所有的早期诗作，都并非当年的原貌，都存在着1979年之后不同程度的改写；另外，即使他写作于1979年之后的诸多诗作，在收入此后的几部诗集时，也存在着改写甚至是不断改写的现象"⁽¹⁾。

历史上很多作家都是"修改型"的，但像昌耀这样几乎全面改写和重写自己旧作的诗人，却很罕见。而这，不仅给从文学史的角度研究一个诗人带来了挑战。

问题是怎样来看这个现象。首先，昌耀对自己是异常苛刻的。除了能修改的旧作外，他几乎完全抛弃了他曾在 50 年代发表的其他一些作品，如人们在一些老杂志上发现的他的组诗《高原散诗》、组诗《鲁沙尔灯节速写》、《弯弯山道》等，那些作品除了艺术上稚气，在本质上和那时的主旋律诗歌并无区别。而有些诗人，可能对此的"处理"不一样。如多卷本《牛汉诗文集》（人民文学出版社，2010 年版）中，就保留有一首诗人在早年的歌颂斯大林的诗，据编者刘福春讲这是牛汉本人坚持要收入的。而我能完全理解，这不仅和牛汉先生一贯的拒绝遗忘、拒绝粉饰的立场一致，他还要以自身做证，让人们记住过去的那个年代。

而昌耀呢，他对早期一些作品的否定也体现了另一种决绝。昌耀是在 1979 年 3 月平反之后，从流放地回到青海省文联的。他刊发于《诗刊》1980 年第 1 期的长诗《大山的囚徒》，是他重返诗坛的重要亮相，此后他进入了一个创造力勃发、思想和艺术都走向成熟的时期。虽然在"归来的一代"中，昌耀属于较年轻的一辈（比如公刘、流沙河、邵燕祥、孙静轩等都比他年长），但他同样面对着怎样对待自己早期的问题。正如我们看到的，在这方面他几乎比任何人都更为苛刻。在他的后期，他真的如茨维塔耶娃在其伟大的组诗《书桌》中所写到的那样："你甚至用我的血来检验 / 所有我用墨水写下的诗行……"

而这，已不只是一个仅限于在艺术层面上完善自己的问题。我所看到的是：对于自己的早期创作，除了否定外，昌耀所做的大幅度和彻底的修改，完全体现了他重写自己一生的意志和决心。或者说，他要重塑自己作为诗人的形象，以对一生做出一个交代。他不仅是重写原有的旧作，他还要把那个一直带在他身上的年轻的苦役犯出来重新开口说话，这就是我们看到的那些落款为 50 年代、60 年代，实则明显写于 80 年代以后的一些作品（这可能也是燎原未能明确指出的）。昌耀是一位视诗为生命的最高和最终形式的诗人，他要留下一个他自己可以接受的一生，也是一个可以面向未来的一生。纵然

---

（1）王清学、燎原：《昌耀旧作跨年代改写之解读》，《青海社会科学》2008 年第 3 期。此外，燎原在其《昌耀评传》（作家出版社，2016 年版）十一章中也有"被改写的旧作"一节。

这给文学史研究带来了困难，甚至让老朋友们也感到扑朔迷离。但在我看来这就是昌耀。他最终要奉献的，是一部他心目中的也是他用全部生命铸就的"命运之书"，而非一部面目混乱、良莠不齐的全集或选集。

好在自 80 年代以后，进入创作旺盛期的昌耀精力充沛而又敏锐，在多年的准备和磨砺之后，思想和艺术都臻于成熟，他不仅获得了重审过去的历史眼光，有了自觉、坚定的美学追求，也有了对他的生命进行"重写"的语言和艺术功力，以把他的现在和过去都纳入如燎原所说的"有方向性的写作"中来。以下，我就结合一些具体作品，看一位诗人是如何在一种新的视野中改写和完全重写他自己的。

三

以下，我们来看昌耀自己编定的《昌耀的诗》。这是首次在全国性的权威出版社出版一部对自己一生进行总结的选集，昌耀想必十分看重，每一首诗都落有写作日期，带有"编年史"性质。全书四百余面，早期诗选了1955—1962 年间的十五首诗，1963—1979 年间是空白（包括 1979 年复出后发表的《大山的囚徒》也未选），该选集以 1980—1998 年间的诗作为主要内容。

从所选十五首早期诗的文本本身来看，除了两首带有"档案"性质的诗《林中试笛》（昌耀在该选集后记中引证过其中一首）和一些被抛弃的作品，昌耀几乎以自己成熟期的风格和笔力修改和重写了全部的早期作品。有些虽注明了某某年"初稿"这样的字样，但其修改使其明显有了"质的变化"。它们都不是局部的修订，而是整体的刷新和改变。

因此，它们的性质应是"重写"，而非一般意义上的修改。早期的昌耀，作为一个有才华的年轻诗人是无疑的，1954 年他就在《河北文艺》发表以抗美援朝为主题的组诗，这是他首次发表诗作。按照昌耀自己的说法，那时他的"诗运是亨通的"，而在这之后，他作为"放逐的诗人"也没有离开过诗，而到了 1979 年复出之后，正如燎原所说"一个 20 出头的青年人和一个经过人生苦难磨砺的 40 多岁的中年人，在人生感受、情感基调和美学趣味上，已绝对不可同日而语。所以，此前的那些旧作，已无法以原有的面目原封不动地出现；都必须在考虑到旧作既有时空信息的前提下，施之以现时艺术尺度的打磨修改，乃至改写或重写"[1]。

<hr>

（1）王清学、燎原：《昌耀旧作跨年代改写之解读》，《青海社会科学》2008 年第 3 期。

这当然是一个合理的解释。但问题是这些标有写作日期的早期诗，如《鹰·雪·牧人》（1956 年 11 月 23 日于兴海县阿曲乎草原）、《踏着蚀洞斑驳的岩原》（1961 年）、《荒甸》（1961 年）、《这是赭黄色的土地》（1961 年初稿）、《猎户》（1962 年）、《良宵》（1962 年 9 月 14 日于祁连山）、《峨日朵雪峰之侧》（1962 年 8 月 2 日）、《凶年逸稿（在饥馑的年代）》（1961—1962 年于祁连山），等等，无一能找到它们的原稿或当初发表时的原样，这就是说，它们并非通常意义上的"旧作"。它们只有一种可能：取自诗人流放时期的"诗歌笔记本"。据燎原讲，诗人也的确保存有这样的笔记本。但从文体风格和文本的成熟度来看，那些保留下来的断片或残稿，如果有，也并不足以构成这些早期诗的"初稿"。因此，这些诗集中的"早期诗"，在我看来在本质上大都属于昌耀在 20 世纪 80 年代以后的作品，属于他对自己早年生命的重写。

如标有"1956 年 11 月 23 日于兴海县阿曲乎草原"的《鹰·雪·牧人》一诗：

> 鹰，鼓着铅色的风
> 从冰山的峰顶起飞，
> 寒冷
> 自翼鼓上抖落。
>
> 在灰白的雾霭
> 飞鹰消失，
> 大草原上裸臂的牧人
> 横身探出马刀，
> 品尝了
> 初雪的滋味。

这首诗兼具古典诗的精髓和现代诗的质感，和 20 世纪 50 年代那种流行的"边地风情诗"包括昌耀自己在那时已发表的作品有了质的区别。它有一种寒彻而动人的美，句法也是昌耀后来才惯用的文言句法，如"自翼鼓上抖落"等。诗人早年去过阿曲乎草原，可能也记下过类似的印象，但从句法、意境和意象的惊人创造上看，它完全属于"重写"的作品。

这种"重写"，当然首先是从那个时代的诗歌模式和陈词滥调中摆脱出来，以重新熔铸"独属于他的诗歌语言系统"（燎原语）。再如标明写于

1961 年的《荒甸》一诗的最后三句"而我的诗稿要像一张张光谱扫描出——／这夜夕的色彩，这篝火，这荒甸的／情窦初开的磷光……"像"光谱扫描""情窦初开的磷光"这种语言和意象，恐怕只能出自诗人在 20 世纪 80 年代以后的"灵光一现"。且不说"光谱扫描"这类新词，把苦役犯们在荒甸上常见到的磷光，和"情窦初开"联系在一起，由此创造出一个新奇、惊人的意象，在那时真是难以想象的。

而标注有 1961 年的《踏着蚀洞斑驳的岩原》一诗，则完全是昌耀在 20 世纪 80 年代以后的语言文体风格，他自己在 20 世纪 50、60 年代也有过的那种高亢的"投身火热生活"的诗风完全不见踪影了：

> 踏着蚀洞斑驳的岩原
> 我到草原去……
>
> 午时的阳光以直角投射到这块舒展的
> 甲壳。寸草不生。老鹰的掠影
> 像一片飘来的阔叶
> 斜扫过这金属般凝固的铸体，
> 消失于远方岩表的返照，
> 遁去如骑士。
>
> 在我之前不远有一匹跛行的瘦马。
> 听它一步步落下的蹄足
> 沉重有如恋人之咯血。

诗中的一些感受，可能出自他当年作为"放逐的诗人"的经历，但该诗作为一个语言整体，则完全体现了诗人后期那种经历了岁月磨砺的凝重、峻峭和陌异的诗风。诗一开始"踏着蚀洞斑驳的岩原"，即显示出一种如同化石般坚硬、苍凉、斑驳的语言质地，"斜扫过这金属般凝固的铸体，／消失于远方岩表的返照，／遁去如骑士"，极其凝重而又玄奥高古，"沉重有如恋人之咯血"，也有一种椎心之疼和文白交杂的句法张力。一个那个年代的年轻诗人，无论具有怎样的禀赋，都不可能写出如此"老到"的诗的。显然，这种重写完全置换了全诗的"修辞基础"，诗人把他的早年挪到他现在才奠定的语言基础上来了。

更比较明显的"重写"，是一首在 20 世纪 80 年代比较被人注重的《高车》。这首诗在《昌耀抒情诗集》中注有"1957 年 7 月 30 日初稿 /1984 年 12 月 22 日删定并序",但从第三部诗集《命运之书》起,该诗只保留有"1957 年 7 月 30 日初稿"的落款。

但是,这是根据 1957 年 7 月 30 日的初稿所修改的一首诗吗?燎原曾找出数首昌耀当年描写青海风物的诗相对照,但并无本质的联系。"高车",其实就是青海的大木轮车,这是诗人在后来才给出的新的命名(燎原也曾指出在昌耀的诗中有不少独特的"命名",如把二牛抬杠的木犁称之为"琵琶犁":"美丽的琵琶犁有如惊蛰的甲虫扒开沃壤 / 在春雪里展翅……"[《山旅》])。在 20 世纪 50 年代,诗人可能曾写过大木轮车,但"1984 年 12 月 22 日删定并序"的这首"高车",却具有了质的不同:

是什么在天地河汉之间鼓动如翼手?……是高车。是青海的高车。我看重它们。但我之难于忘情它们,更在于它们本是英雄。而英雄是不可被遗忘的。

从地平线渐次隆起者
是青海的高车
从北斗星宫之侧悄然轧过者
是青海的高车。

而从岁月间摇撼着远去者
仍还是青海的高车呀。

高车的青海于我是威武的巨人。
青海的高车于我是巨人之轶诗。

显然,《高车》这首诗体现了昌耀后期才明显具有的那种"把大地提升为神话和史诗"的创作试图。它来自早年的印象,但属于 20 世纪 80 年代的诗学追求。它的带有"新古典"性质的文体,也不是 20 世纪 50 年代的那个年轻诗人所能具备的。

而由九个片段构成的《凶年逸稿(在饥馑的年代)》,因注明"1961—1962 年于祁连山",已被一些教科书视为昌耀的"早期力作",认为它"摆脱了 60 年代的通行模式",这样的教科书要求学生"与同一时期的诗歌如'政治抒情诗'等进行比较,以领会昌耀诗歌创作的独特性。……在大多数有类似经历的作家停止创作的时候,昌耀不仅坚持创作,而且保持了良好的创造力，并没有因为时代或经历的酷烈而丧失发现诗意的能力，或降低诗歌创作的水平"[1]。

但是，作为诗歌文本，这首诗同样不可能是写于那个年代。标题中有"逸稿"的提示，但是，从现有的样子来看，这也不可能是被保存的或被找回的残稿，而是风格成熟、文脉贯通的作品。从它惊人的标题"凶年逸稿"到副标题"在饥馑的年代"，从"中午，太阳强烈地投射在这个城市上空／烧得屋瓦的釉质层面微微颤抖"这样的精微感受，到诗中一些明显的政治隐喻，从全诗统一的老到成熟的风格到"啊，美丽的泥土……／生活当然不朽"这样一个不无反讽的结尾，等等，都不可能是在那个年代写的。

人们是不可能完全摆脱那个年代的制约的。燎原也曾指出，如果和昌耀同一时期写下的诸如《鼓与鼓手》那种和时代的高亢基调相吻合的集体主义抒情相比较，更可以判定它们并非出自同一诗人同一时期的作品。《凶年逸稿》中那种对饥饿年代的曲折书写、反讽的语调和对谎言的嘲讽，都到了触犯禁忌的程度，应该说，那时的昌耀还没有这样的思想勇气，即使他冒出了一些大胆的念头，也不可能表达得如此老练和成熟。实际上，在那个"因饥馑而恍惚"的年代，它给人们造成的也只能是"痴呆"——这是苏联女诗人阿赫玛托娃在写到她自己的时代真相时常用到的一个词。

因此，作为"一首完整的诗作"，《凶年逸稿》不可能成形于那个年代。燎原显然也指出："一个不可忽略的关节是，这样一首重要的诗作，直至1988年《昌耀抒情诗集·增订本》出版时，尚未收入其中"。这就意味着，昌耀到了很晚才着手整理他"不甘轻易放弃"的那一批残稿碎片，"于是，经过审慎的权衡思考后，便采取了一个一揽子处理的方式，在'凶年'这个统摄性题旨下，将这些断章碎片集合起来，实施了一次使之一体化的深度加工整合。因此，直到1994年，它才在昌耀新出版的《命运之书》中亮相"。

但是，燎原这样解释，也只是出自他的"猜想"。昌耀的诗歌笔记本上是否留有一些"足够的"和《凶年逸稿》有关的"断章碎片"，这仍是一个很大的问题。而我的"猜想"是：这首诗只能视为诗人对那个年代的追忆，对他在那两年间一些饥饿和劳役经验的提取和历史审视。他也只有拉开时间和空间的距离，才能使"过去"清晰地得以呈现。因此，很可能并没有那些"断章碎片"（如果有，也不会充分），但是，只要有了"1961—1962"这样的"记忆码"（"Remembering Datas"，这是法国哲学家拉巴尔特在谈论策兰的大屠杀记忆时运用的概念），他就可以将他的记忆片段调动起来，并

---

（1）燎原：《昌耀评传》，作家出版社，2016年版，第302页。

统摄为一个整体。所以最后我们只能说，昌耀的这首重要诗作，是对那个"饥馑的年代"的追忆、见证、哀悼和纪念。他在祁连山下劳动营里那些痛苦的日子不能白白度过。"说吧，记忆"，这是纳博科夫一部作品的名字，而我认为这也正是《凶年逸稿》这部作品的产生。

　　同样，就文本而言，落款为"1962 年 9 月 14 日于祁连山"的《良宵》一诗也不可能写于那个年代。据传记材料，1958 年，昌耀在打成右派后被遣送到湟源县日月山下劳动改造，被一位叫贡保的藏族人所收留。贡保全家人对这个戴罪的年轻书生甚善（"良知不灭的百姓"，见《慈航》），贡保的二女儿甚至爱上了他。三个月后，昌耀因顶撞当地领导被带往看守所，成为镣铐加身的囚犯。1962 年，经过三年管制劳改，他被释放，安排在祁连县劳教农场就业。1965 年，他重新找到贡保一家。贡保临终前也嘱托儿女把昌耀当作亲人和兄弟相待。1973 年，昌耀与贡保的三女儿成婚，入赘贡保家中。昌耀 1980—1981 年间创作的《慈航》曾特意写到了"良宵"（见第 10 节"沐礼"），描述了那场按藏族风俗所举行的神圣婚礼，该节的第一句为："他是待娶的'新娘'了！"

　　因此我认为，《良宵》并非写于 1962 年（就事实上的"良宵"而言，也是后来很晚的事了），而很可能是诗人 20 世纪 80 年代初创作长诗《慈航》的副产品。只不过在这首短诗中，角度变了，那首带叙事性质的长诗中的男主人公变为了一个孤独的抒情诗人："放逐的诗人啊／这良宵是属于你的吗？／这新嫁娘的柔情蜜意的夜是属于你的吗？……"良宵、新嫁娘、柔情蜜意的夜，但都和诗人在 1962 年的真实处境无关。他作为"大山的囚徒"仍在祁连山下被管制劳动。因此，对"良宵"的描述只属于想象，或起因于对过去爱情的回忆，或纯粹出于孤独中对爱的想象和渴望。据传记材料，1958 年在贡保家的那些日子里，贡保的二女儿尖尖的确很愿意和昌耀好上，等到诗人后来鼓起勇气去贡保家求婚，尖尖却在母亲的安排下（那时贡保已过世）与舅舅家的表哥成婚。这一定会成为诗人生命中持久的疼，因此，该诗的前面都写得极美，也很动情（"这使月光下的花苞／如小天鹅徐徐展翅的夜是属于你的吗？"），但也正如有人所说，这不过是"'生之痛'与'文之悦'的象征交换"[1]，"放逐的诗人"也只能以这种动情的爱的想象来抚慰自己苦痛的灵魂。

　　但是这首诗之所以重要，在我看来，更在于它远远超出了一般意义上的爱情诗。如果说标注为同时期创作的《凶年逸稿》侧重于对时代的见证，

---

　　（1）张光昕：《昌耀 15 周年祭："无产者"诗人的人生恶疾》。

《良宵》则转向了诗人自身的命运，"放逐的诗人啊／这良宵是属于你的吗？……"这样的开头，不仅确定了诗的音调，也使该诗一开始就具有了生命对话的性质（而这种对话，究其内里，不过是一种自我对话），一句"放逐的诗人啊"，把写这首诗的人和千百年来诗人的根本命运联系在了一起，也正是这种认知，唤起了一个不甘于沉沦的灵魂。从屈原到杜甫，中国历代流放诗人都有一种带有"自叙传"性质的"咏怀"传统，阿赫玛托娃在她最艰难的时候，也写有"我们神圣的职业／已存在有数千年"这样的震动人心的诗句。而《良宵》一开始对"放逐的诗人"这种身份的认领（它已超出了最初"大山的囚徒"这类描述），不仅确定了自身的性质和命运，也将自己归属到更伟大的那一类。

也正因为这种归属，诗人接下来一连来了一个干脆的"不"和三个"没有"："不，今夜没有月光，没有花朵，也没有天鹅"，对浪漫的想象做了否定，再次回到一个放逐诗人的真实处境。只不过紧接着的"我的手指染着细雨和青草气息"，却又显示了否定之中的肯定，尤其是一个"染着"，具体而又动人。诗人承受着放逐和劳役，但他并没有诅咒，因为他知道诗人的天职是赞颂，因为他同时也在成为高原之子、自然之子，这使他有可能接受大地的全部赠予：

> 但即使是这样的雨夜也完全是属于你的吗？
> 是的，全部属于我。

在这样的问答中，是一个诗人自信、顽强、不无豪迈的回答。一个对命运的全部馈赠能够从容接受和回报的人才可以这样回答，一个能够承受苦难的更高傲的诗人才可以这样回答（这和诗人后来所写的《致伯约》一诗一脉相承："不要诅咒，地必长出荆棘和蒺藜"）。正因为如此，接下来诗人会这样描述自己：

> 但不要以为我的爱情已生满菌斑，
> 我从空气摄取养料，经由阳光提取钙质，
> 我的须髭如同箭毛，
> 而我的爱情却如夜色一样羞涩。

经历了难以想象的生死磨难（对此可参见《昌耀评传》），却又能在古老而新鲜如初的空气和阳光中获得新生，其语言也具有现代的新鲜质感，如

菌斑、摄取养料、提取钙质等（显然，这也是在后来才可能出现在诗人笔下的语言）。"我的须髯如同箭毛"，这种自我描述多少有点出人意料，但又出自必然。在昌耀那里，其实一直有一种对"力"的追求，也只有一个野性的、强悍的自然之子可以与命运抗衡，也才可以和他要创造的一个苍劲、野莽的诗性宇宙相称。在一篇创作谈中昌耀就曾这样说："我欣赏那种汗味的、粗糙的、不事雕琢的、博大的、平民方式的文学个性……是永远蕴含有悲剧色彩的美……我厌倦纤巧。"[1]

而接下来却又有了转折，"而我的爱情却如夜色一样羞涩"，这种夜色般的羞涩与深情，这种难以表白的萌动的爱，不仅显现出强悍生命的内面和诗人本质上的某种"脆弱性"，也给下文做出了铺垫：

> 啊，你自夜中与我对语的朋友
> 请递给我十指纤纤的你的素手。

就这样，在一种想象的生命对话中，"被动"的回答最后化为了主动的祈求，而这不仅强化了全诗的情感和愿望，也显现了最终的神秘：这个"自夜中与我对语的朋友"是一种怎样的存在？没有面容，也没有身份的点明，我们听到的只是黑暗中的祈求："请递给我十指纤纤的你的素手。"

这最后一句，显然出自中国古诗中的"纤纤擢素手"（《古诗十九首·其五》），而用到这里再妥帖不过。这是成熟时期昌耀对古典的纯熟化用。那么，全诗最后这个渐渐显现出来的对话者，我们已可以更多地揣摩了：这不仅是一位柔美的带着友情的对话者。她可被视为命运的安慰者，但也可被视为"作为汉语诗歌的缪斯"。全诗由放逐生涯中对爱情的想象，最后转向了这种对诗人命运的更高吁求。

显然，这样的诗只能出自一个成熟时期的诗人对自身命运的重写。很可能，正是按照某种"应该有"的逻辑，诗人作出了这首诗"1962 年 9 月 14 日于祁连山"的落款。

而这是可接受的吗？是的。布罗茨基也曾谈到如何确认阿赫玛托娃一些作品的时间落款问题。阿赫玛托娃的诗歌一般来说都有时间标注，而这恰恰是"一个比较混乱的问题"："她总是从生活中的各处汲取。我记得，（她的）桌子下面有一个隔板……阿赫玛托娃有在这个架子上胡乱摸索的习惯……她也会用笔记本记录各种各样的片段……很可能是在翻阅这个笔记本的时

---

（1）昌耀：《艰难之思》，《飞天》2000 年第 1 期。

候，她发现了一些时间相对久远的诗句，然后她可能会说这些诗句'冒了出来'……纯粹从文体来看，是难以确定她诗歌的写作年代的。"对此，布罗茨基举出《为什么我们的世纪比以前更糟》一诗，落款是1919年，"不过事实上，很难说它写于什么时候……它可以属于任何时代"。"你可以找到踪迹的是那种感伤的年代感，也就是，她情绪的辩证和发展。在这方面，她达到了最大的深度。但在许多情况下，事物从最初就出现在了她的脑海里，而它们的精神却应该属于更晚些的时代。"[1]

昌耀的绝大部分收入诗集的"早期诗"，我认为也正可以这样理解："事物从最初就出现在了她（他）的脑海里，而它们的精神却应该属于更晚些的时代。"而这受益于他在20世纪80年代"归来"以后所达到的不同寻常的勇气和成熟。这种生命的重写，使未来跳入过去，也使早年所萌动的一切得以"在一夜间成长"。这种重写，使生命得以更新，也使诗人的全部写作被纳入一个新的"现代性"的方向（对此我还会在下面谈），使他的全部创作生命成为一个有其自身发展逻辑的整体。纵然这给文学研究带来了一些难题，但这就是昌耀：生命被赋予必须完成。

## 四

昌耀对其"早期诗"的"重写"，已构成一个不容忽视的现象。除了燎原外，我想还会有更多人注意到这个现象。而我之所以从这个角度来解读昌耀，是因为情况比人们所看到的更复杂和隐秘，其动因可能也更为深刻。此外，这种"生命的重写"，也需要和昌耀后来的写作及整体追求更紧密地联系起来。

在中国当代诗歌史上，昌耀最重要和独特的，在我看来，是他形成了一种独异的和他的生命和美学追求相称的文体，如果挪用诗人西川对他自己的一个说法"西川体"，我们可以称之为"昌耀体"。正是这种"昌耀体"使昌耀和他的同代诗人明显地区别开来，成为一种独特的强有力的语言存在。也正是以这种"昌耀体"，昌耀对其"早期诗"进行了重写，而重写的目的之一，也是为了把早期盲目的写作纳入这种自觉的美学追求和语言铸造中来。

"昌耀体"的明显标记，首先来自与汉语言传统资源的接通，由此带来了汉语本身的血质、底蕴和调性，带来了文白之间的句法张力，形成了他那时而苍劲恣纵、时而雍容华贵、时而高峻幽秘的文体风格。

---

（1）Solomon Volkov: Conversations with Joseph Brodsky, The Free Press, 1998。

昌耀 1936 年生于湖南常德一个大家族，常德本来就是一个具有深厚历史文化积淀的所在，昌耀从小受到传统的私塾教育和良好的文字启蒙。他十三岁当了文艺兵，十五岁参加抗美援朝，受伤后转回河北荣军学校培训，得以继续读书，后来来到青海，在文联从事文学编辑工作。即使在劳教期间，他也读了《毁灭》《铁流》等苏联小说，歌德、聂鲁达、洛尔迦、勃洛克、希克梅特等外国诗人作品，还有《古文观止》《文心雕龙》等古典文学。

而这些积淀在生命和文化记忆中的传统语言文化元素和资源，在 20 世纪 80 年代被唤醒，并被昌耀有机地整合进了他的写作和语言文体之中。20 世纪 80 年代的中国大陆诗坛本来就有一种"文化热"、一种"史诗风"，台湾诗坛以"文白相融"为显著语言特征的诗也适时介绍了进来。昌耀的年轻同乡张枣的《镜中》（1984）就明显体现了对"新古典"的追求。但是对昌耀而言，这一切好像是从他的童子功和文化基因中自然而然带出来的。即使对卞之琳这样的学贯中西的大家而言，也还存在着一个"化欧""化古"有时化得并不够到家的问题。但是在成熟期的"昌耀体"中，古老的用词、意象和文言句法的引入，不仅被重新赋予了生命和节奏，而且显得突兀而又自然，比如在本文引证过的那些诗句，再比如"雪堆下面的童子鸡就开始／司晨了"（《雪。土伯特女人和她的男人及三个孩子之歌》），一个"司晨"，一下子使诗的上下文都发生了某种奇异的变化，而又显得再好不过。

当然，昌耀某种程度上的"文言化"仍是自觉的（这在他的晚期诗作中也愈来愈明显，有时也显得过重，或过于涩滞），好在这与他人生的历练、内在的秉性、美学的追求都十分相称。或可说，也只有经由这样的文体，才能显现出他独特的语言风貌和生命本身的质感。

同时，"昌耀体"的熔铸，还和他对青海历史人文地理和多民族交杂的语言文化资源的自觉吸收有重要关系，"我从白头的巴颜喀拉走来。／白头的雪豹默默卧在鹰的城堡，目送我走向远方"（《河床》）。昌耀是因为对神奇西部的向往而自愿来到青海的，20 世纪 50 年代因诗罹难前，他曾参与青海民歌的收集和整理（据燎原《昌耀评传》，"花儿与少年"这种命名就是昌耀给予的），到日月山下劳动改造后，他被藏族贡保家所收留并最终成为其"义子"，这种自我与"他者"的相遇和交融，也使他这个汉族知识分子发生了重要变化，最起码如燎原所说"获得了一种通灵式的，与大自然进行秘晤私语的诗歌能力"[1]。当然，昌耀诗的主体仍是汉语言文化，但却多了一份神圣感、仪式感，他的诗人身份，多少还有了一种古老祭司的意味，而

---

（1）燎原：《昌耀评传》，作家出版社，2016 年版，第 183 页。

这是其他汉族诗人不曾具备或很难具备的。

与此同时，如同西部的神话历史、民俗民风、宗教信仰，青藏高原的山川地理气候、动物植物，还有与西部历史地理相关的边塞诗（如岑参的奇崛、悲慨）、20 世纪 80 年代诗坛对"史诗"的宏大追求，等等，也都明显作用于"昌耀体"的形成。或可说，昌耀的语言的地质学、考古学，正好对应于青海一带古老的或雄奇或苍凉或险峻的山川地貌，这些甚至在我们以上举证过的《踏着蚀洞斑驳的岩原》等被重写的"早期诗"中即可见出。

而这种种元素、资源和矿藏，都被有机地整合进了"昌耀体"中。让人佩服的，正是他这种沉雄博大的生命吐纳和语言整合功力。在一次访谈中，昌耀自己这样说过："我的诗是键盘乐器的低音区，是大提琴，是圆号，是萨克斯管，是老牛哞哞的啼唤……我喜欢浑厚拓展的音质、音域，因为我作为生活造就的材料——社会角色——只可能具备这种音质、音域。"（昌耀《宿命授予诗人荆冠》）

这里，我想还需要指出的，这种"昌耀体"的形成，同样受益于中国新诗对"现代性"的追求。这可能是很多人没有意识到的一点。昌耀 1979 年"回归诗坛"的年代，正是多年的文化禁锢、思想禁锢被打破，一个民族的精神创造力被重新唤起、开放的、充满了思想激荡的年代。在多年的中断之后，人们又恢复了对"现代性"的追求，文坛诗坛甚至兴起了"现代主义热"。昌耀有幸赶上了这个伟大的年代，他的创造力不仅被激发，他也以他的方式加入了这种对"现代性"的追求。比如说他对"新奇"的艺术探求，他对多种表现方式和样式的尝试，他作品中激情与知性之间的张力，他化用古典而又十分敏感于现代语言材料的运用，等等。也只有如此，他的创作生命才得以被刷新。这就是为什么他深受传统洗染，堪称"文明之子"，而又丝毫没有那种传统文人的士大夫气。总之，与"归来的一代"中那些只停留在"伤痕文学"和"批判现实主义"层面的诗人相比，昌耀的诗显然更多地具有了"现代主义"的性质。这也是他的诗能够被年青的一代所接受和认同的一个重要原因。

其实，昌耀很早就对"现代诗"有一种本能的敏感，在 20 世纪 50 年代他就曾试着去学习洛尔迦的诗，如落款为 1957 年 7 月 25 日的《边城》一诗，就是一首明显的洛尔迦式的诗：

　　　　边城。夜从城楼跳将下来
　　　　踯躅原野。

——拜噶法，拜噶法，
你手帕上绣着什么花？

（小哥哥，我绣着鸳鸯蝴蝶花。）

——拜噶法，拜噶法，
别忙躲进屋，我有一件
美极的披风！

夜从城垛跳将下来。
跳将下来跳将下来踯躅原野。

　　模仿的痕迹很重，不过也显示了一个年轻诗人的敏感，相对于 20 世纪 50 年代诗坛的整体面貌，也显得很清新、另类。昌耀在《昌耀的诗》中选入了这首诗（从文本的稚嫩来看，我猜想这可能是少有的一首保留有原稿的旧作，并且是诗人后来改动得较少的一首诗），既显示了早年的某种艺术可能性，又作为对他的诗歌青春的纪念。

　　但是，昌耀在 20 世纪 80、90 年代的创作，又超越了任何主义。他回到了一个更坚实的自己，回到了"诗言志"这个中国诗的根本传统，同时他又"从空气摄取养料，经由阳光提取钙质"，保持了高度的艺术敏感和强劲的整合能力。80 年代是他创作的最佳时期，通过新的创作和重写旧作，他展开了宏大的美学追求，也真正体现了如奥登所说的一个"大诗人""持续成熟的过程"（奥登认为这正是和一般优秀诗人的区别）。当然，他受益于时代对他的激发，但也带上了明显的问题。他在 80 年代的一些作品过于昂扬，但内在蕴藉不够。90 年代以后日趋内敛，思想深度加深，也更多出现了反讽的调子，但不是那样遒劲有力（尤其是大量的散文诗，削弱了"昌耀体"那种特有的章法力量）。凭他的艺术功力和晚期对人生的至深体验，他本可以写出更多更重要的作品。但死亡过早地带走了这位诗歌赤子。

　　但不管怎么说，诗人留下了他最好的诗，也留下了他呕心沥血所锻造的"昌耀体"。这种"昌耀体"不仅是语言文体和个人风格意义上的，它不仅包含了诗人的全部追求，也会对中国诗歌的建设、对年青的一代的写作产生激励和诸多的艺术启示。年轻的诗歌批评家张光昕在他那篇《昌耀15周年祭》中就这样动情地讲："昌耀的一生，走完了中国 20 世纪里大半个时代征程，在赞美了那么多的'父亲们'之后，他自己也终于成了我们的父亲。……

他的诗会留下来，留在中国人的语言中，变成这种语言的一部分。它让我们的生命愈益丰富，让我们的灵魂在语言中接受沐浴、建构、焚烧和吐纳的多重体验……"[1]

而我在写这篇文章的同时也在读燎原的《昌耀评传》，文章写到这里，《昌耀评传》也翻到了它的最后一页，诗人的传记作者最后引用了尼采的一句话，我愿在这里再次引用：

我爱这样的人：他创造了比他自己更伟大的东西，并因此而毁灭。

（作者系中国人民大学教授，著名诗人，诗歌评论家。作品原载《文学评论》2019 年第 2 期）

---

（1）张先昕：《昌耀论》，作家出版社，2018 年版，第 261 页。

# 未央的诗

周　实

好多年前，说起未央，有人曾问：他是谁？

是呀，是呀，他是谁呢？现在的人对这名字确实有点陌生了。但，若说起电影《怒潮》，有人还是知道的。还有《怒潮》中的插曲，那首情深义重的《送别》："送君送到大路旁……"也一直都有人在唱。这个电影的剧本初稿就是未央先生写的，写于1959年。

未央先生是个作家，未央是他的笔名，他本名叫章开明，生于1930年，现在已满91岁，湖南常德临澧人。他写诗歌，写散文，写小说，但我们说到底还是说他是个诗人。他的诗以本色示人，我记得的，有五首。

第一首《祖国，我回来了》："车过鸭绿江／好像飞一样／祖国，我回来了／祖国，我的亲娘／我看见你正在／向你远离膝下的儿子招手／／车过鸭绿江／好像飞一样／但还是不够快呀／我的车呀／你为什么这么慢／一点也不懂得／儿女的心肠／／车过鸭绿江／江东江西不一样／不是两岸的／土地不一样肥沃秀丽／不是两岸的／人民不一样勤劳善良／我是说／江东岸——／鲜血浴着弹片／江西岸——／密密层层秋秸堆／家家户户谷满仓／我是说／江东岸的人民／白天住着黑夜一样的地下室／江西岸的市街／夜晚像白天一样亮堂／祖国呀／一提江东岸／我的心又回到了朝鲜前方……"

第二首《枪给我吧！》："松一松手／同志／松一松手／把枪给我吧！……／／红旗插上山顶啦／阵地已经是我们的／想起你和敌人搏斗的情景／哪一个不说／老张，你是英雄……"

第三首《我的良心》："举起手来／否则／我要杀死你／你也许是密西西比河上的农民／像我是长江南岸的农民一样／你受尽痛苦和欺压／像我的过去／生活得不如一条牛马／那么，举起你的手走过来／我会告诉你好多好多的真理……"

第四首《驰过燃烧的村庄》，此诗不长，请允许我全诗引用："那天 / 我去送一道紧急的公文 / 鞭着马 / 驰过燃烧的村庄 // 忽然 / 一个被火烧着的 孩子 / 向我滚来 / 马受了惊骇 / 前蹄腾空而起 / 是什么命令我 / 跳下马 / 用 大衣裹住那团火 / 我滚在雪地上 / 像石滚滚下山坡 / 我的孩子 / 你的村庄 / 已被强盗们烧成灰烬 / 你的爹娘 / 再不能来听你的哭笑声 / 我的马啊 / 你疯 狂地跑吧…… // 在地窖里 / 我把烧伤的孩子和公文 / 一块儿交给了首长 / 首 长的左手抱着孩子 / 像抱着全人类的爱情和仇恨 / 首长的右手签公文的收据 / 签下了 / 我们千万战士誓灭强盗的决心。"

这四首诗，前三首写于 1953 年，后一首写于 1954 年。只有第五首《假 如我重活一次——一位长者在弥留之际的思绪》写于 1980 年，发表于那年的 《诗刊》第 9 期，时间距前四首已经 20 多年。此诗较长，曾获第一届全国诗 歌奖，我摘一段："假如，假如我重活一次 / 我要像修订一本书那样 / 把我 的一生修订一番 / 有的地方 / 我要整段整段涂掉 / 有的地方 / 我要推敲增删 / 而大部分地方 / 我将完全保留 / 一字、一句、一个标点…… // 假如，假如我 重活一次 / 生命的书页 / 往下就得改改添添 / 什么时候 / 我开始从轿车的小 窗里 / 观望新的时代 / 什么时候 / 我和街坊邻居 / 隔开了高墙深院 / 我的耳 朵 / 只喜欢报捷的锣鼓 / 我的眼睛 / 不爱看紧皱的眉眼 / 什么时候啊 / 我只 关心数字、文件和权力 / 对人——同志 / 熄灭了感情的火焰…… // 假如，假 如我重活一次 / 我要像修订一本书那样 / 把我的一生修订一番 / 工作上的过 错尚能容忍 / 最悔恨是对别人看不顺眼 / 这一个——有能力而脾气太怪 / 那 一个——脾气很好但又缺乏才干 / 他——只啃书本不问政治 / 她——太讲究 穿着打扮 / 纯而又纯的金子何其少 / 洪洞县里无好汉…… // 假如，假如我重 活一次 / 我的心胸会开阔一点 / 我会明白在我的周围 / 大都是我值得信任的 自己人 / 而敌人——确实少得可怜……"

未央的诗是质朴的，质朴得就像记记重锤，锤在你的心尖上。当时的老 诗人何其芳就曾撰文这样说过："在我所读过的描写抗美援朝战争的诗歌中， 要算未央的《枪给我吧！》和《驰过燃烧的村庄》给我的印象最深了。读后 使人不能忘记，这是古今中外的好诗的共同之处。难得的是它们的特点突出。 这种特点用一句印象式的话来说，就是它们里面好像有一种火一样能够灼伤 人的东西。"

是的，他的感受是真切的。未央以平常的口语入诗，让口语成了诗的语 言，让你在读他的诗时，看到那些普通的白话是怎样的变得神奇，爆发出了 诗的力量。这是需要内力的，需要很强很大的内力。这内力发自他的心，发自他心中所怀的爱，发自他心底所有的善。正是这些爱与善，使他憎得也极其鲜明。

"假如，假如我重活一次／我仍愿有那苦命的童年／喷香的野菜／使我懂得饥饿的滋味／破旧的单裤／使我领会三九的严寒／我的书——大地／我的学校——人间……"

是呀，人难得的是保持本色，无论写诗，还是做人。

（作者系湖南省出版集团信息中心原主任、编审。作品原载《羊城晚报》2021年3月30日）

# 赶鸭子下河的那个少年

## ——读《于沙诗选》

### 王农鸣

赶鸭子下河的那个少年，是于沙先生的一句诗。在我看来，诗人虽已年近七旬，发表诗作 2000 多首，却依然似赶鸭子下河的那个少年。这样说也许荒谬，也许正确。

集四十年诗作精华于一册，每一首诗都是那个少年的足迹，除了少数穿了鞋子留下的足迹，都是赤裸着双脚行走的。

诗人喜欢单纯，世界却很复杂；管你怎么复杂，诗人还是要单纯。于沙先生的诗是单纯的，这单纯便是不管风吹雨打，他照样赤足赶鸭子下河——他要追求一份真实而欢乐的生活。与先生交往 20 多年，这一直是令我熟悉而惊讶的奇迹。尤其是在那坎坷的岁月里，他对诗与生活的热情叫人无法不受鼓舞。"克服困难是我们的职业"，20 世纪 50 年代他这样歌唱；"扬起高帆，摆开大橹／八百里湖面任我行走！"20 世纪 60 年代他这样歌唱；他一直不停止歌唱，哪怕被下放到了遥远的山区。

在《于沙诗选》中我依稀找到了答案，当然这个答案首先也是个问题。人生的欢乐与痛苦的标准很多，而且一些人的标准不停地修改和变异；对于有些人，昨天的欢乐到今天已变成痛苦；而对于另一些人，昨天的痛苦到今天已变成欢乐。我在《于沙诗选》中依稀找到的答案是，他的标准一直没有修改和变异，当年的痛苦依旧是痛苦，当年的欢乐依旧是欢乐。正如他的诗句所作的诠释那样："童年的故事是卸不下的行李，伴着人生走完最后一个驿站。"他为何不修改和变异他的标准呢？"风筝和鸟的飞翔／不同点是／一个随心所欲／一个任人摆布"，原来如此乎？我禁不住穷追下去，他凭什么深信自己年轻时选择的标准是正确的并坚持不予修改和变易呢？《诗选》的答案是：他的血液中始终流淌着中国传统文化，再具体点说，就是他故乡常德纯朴的乡村文化。这实在值得今天的年轻人，尤其是那些因无知而瞧不起自己民族传统文化的年轻人深思。请听诗人于沙是怎样地歌唱理想吧："有它，无它，不一样／有它，像船儿有桨／能漂滩，能斩浪／无它，像一只花公鸡／只知为觅食奔忙／有它，即使天黑下来／也看得见光亮／无它，纵然在大晴天／眼前也一片迷茫／它的名字叫：理想。"于是，不难理解，张志新们能在黑暗中化作内电横空，而王宝森们却在阳光下蜕变为蛀虫被捉。如今，有些人觉得谈理想很滑稽，可人若是丢掉理想而变成一只成天为觅食奔忙的花公鸡不是更滑稽？

其实，人类明白事理并不难，难在始终依事理做人。诗品即是人品，于沙先生的诗像他的人一样，热情奔放，朴实无华，痛苦与欢乐都是真实的，这便是它们存在的价值。"最早知道春江水暖的不是鸭子，是赤足赶鸭子下河的那个少年"，赤足赶鸭子下河是一幅真实美妙的生活情景，也是诗人自己近 70 年的生活情景；他这样生活，这样歌唱，他就是他自己歌唱的那个赶鸭子下河的赤足少年，这样说错了吗？

（作者系《文艺生活》杂志社原副主编。作品原载《文艺报》1995 年 9 月 22 日）

# 胡丘陵长诗的命名问题

程一身

　　21 世纪头 10 年，胡丘陵连续写了 4 部长诗：《2001 年，9 月 11 日》（2003 年 1 月写，2008 年 11 月改）、《长征》（写于 2006 年 10 月 13 日）、《2008，汶川大地震》（写于 2008 年 9 月 29 日）和《拂拭岁月：1949—2009》（写于 2009 年春节）。其中，《拂拭岁月：1949—2009》为《拂拭岁月：1949—1999》的扩展版，将起初的新中国 50 年扩展成新中国 60 年，其主体部分于 20 世纪完成，1999 年由湖南文艺出版社出版。就此而言，《拂拭岁月：1949—2009》是书写时间最早、定稿最晚的长诗，而且由于它采用了编年体的开放结构，仍可继续扩展。这四部长诗选择的都是重大题材，其中《长征》属于历史题材，可以说它既是红军艰难的突围史，更是人类意志与生存极限的较量史。其余三首均为当代题材，体现了诗人用诗歌处理重大现实的尝试。《拂拭岁月：1949—2009》可以视为《长征》的续篇，但包含着历史的中断或跳跃；《2001 年，9 月 11 日》与《2008，汶川大地震》是一对姊妹篇，这两部长诗真实地呈现了现代灾难的残酷场景，并在一种末日来临的处境中对人类的命运展开了追问与深思：究竟谁是人类的真正敌人，是人本身还是某种潜在之敌？这些作品无疑形成了中国新世纪新诗的一座连绵峭拔的丘陵：其视野开阔宽广，其气势跌宕起伏，其高度令人仰视。凡此种种造就了这些诗的分量与厚度，值得深入探究。本文着重探讨对这些长诗的命名问题。

　　迄今为止，对胡丘陵长诗的命名呈现出混乱状况，主要有"第三代政治抒情诗""后政治抒情诗""新政治抒情诗""史诗""大诗"等不同的名目。这些命名当然各有道理，但也体现出论者对这些作品的认识差异。因此，清理现有的命名便构成了胡丘陵长诗研究的首要问题。

将这些作品命名为"政治抒情诗"的论者显然占多数:"第三代政治抒情诗""后政治抒情诗""新政治抒情诗"等。不可否认,胡丘陵身为地方官员的政治身份对这种命名构成了潜在的暗示,论者顺理成章地借助作者的身份命名了他创作的诗歌,这种命名显得非常自然,也很保险。而且,作者选取的重大题材以及诗中体现出来的政治倾向显然也支持这种命名。但同样是"政治抒情诗"的命名,却出现了"后""新"与"第三代"的差异。我对一切以"后"或"新"命名的论断不以为然,原因只有一个:这只是一种严重的依附性说法,而非真正的命名。从根本上说,"政治抒情诗"才是命名,在它前面加个"后"或"新"与其前身区分开来,这至多算依附性说法,无论论者以此强调连续性或差异性,都不足以显示命名能力。在我看来,这种几乎全然无效的命名癖体现了现代研究者的创新焦虑:只有创新的强烈愿望,却无创新的真正能力,便热衷于给研究对象起个"新名字",以此区分于此前的研究者,从而显示自己的创新能力。这种糟糕的学风所及,使不少研究者丧失了古人对前辈谦逊的继承态度。在某种程度上可以说,这是过于强调创新的副作用。就此而言,我欣赏谢冕先生的文章题目:"走向成熟和机智的政治抒情诗"。他径直沿用了前人的命名,并针对论述对象做出谨慎的添加,以突出其新特点,从而保证了判断的有效性。

相对来说,"第三代政治抒情诗"这个判断把论述对象放在历史序列中,做"第一代""第二代""第三代"的排列。像"走向成熟和机智的政治抒情诗"一样,它强调的是继承性,或本质的相似性,只是在不同时代里呈现出某种新动向,以此做代际区分。就此而言,"第三代政治抒情诗"比所谓的"后政治抒情诗"具体一些,在命名上也有可持续性,换言之,可以有"第四代政治抒情诗""第五代政治抒情诗"之类的说法。更重要的是,它无追"新"逐"后"之弊。试问一句,"新政治抒情诗"或"后政治抒情诗"之后该叫什么呢?在"新"的前面再加个"新"或在"后"的前面再加个"后",或交叉使用,如"后新思潮"?

另一个使用较多的称谓是"史诗",持此论断的主要是蓝棣之和陈超。蓝棣之是胡丘陵访学时的导师。他把《2001年,9月11日》称为"现代史诗",把《拂拭岁月:1949—2009》称为"后政治抒情诗"。陈超把《长征》称为"灵魂史诗",以强调其抒情性。把《2001年,9月11日》称为"新派时事诗歌":"总之,在我看来,这应算是一部'新派时事诗歌'的成功之作，不仅是意味的成功，也是艺术的成功。"<sup>(1)</sup> 言"时事"而非"政治"，这显然是更符合作品实际的论断。这个命名让我想起杜甫的"三吏""三别"，可谓古代最成功的时事诗，一组从细部切入时代的见证之作。陈超未集中评论《拂拭岁月：1949—2009》，他在评论《2008，汶川大地震》时所拟的题目是"撼动心灵的智性哀歌"，仍在强调其抒情性。并在该文中把这批诗称为"个人化的现代时事诗"："……他那些处理重大社会历史文化题材的长诗如《拂拭岁月》《2001 年，9 月 11 日》《长征》等，语境开阔，细节扎实，有自己独特的融现实主义与现代主义于一体的措辞方式。……我以为，就个人化的现代时事诗写作而言，胡丘陵堪称少数翘楚之一。"<sup>(2)</sup> "个人化的现代时事诗"显然是对"新派时事诗歌"的发展。从"新派时事诗歌"到"个人化的现代时事诗"，未变的是"时事"，"现代"尤其是"个人化"这两个限定词增强了命名的准确性。从根本上说，"个人化的现代时事诗"从属于"个人化的历史想象力"。陈超认为"个人化的历史想象力"是指"诗人从个体主体性出发，以独立的精神姿态和个人的话语方式，去处理我们的生存、历史和个体生命中的问题。在此，诗歌的想象力畛域中既有个人性，又有时代生存的历史性"<sup>(3)</sup>。可以说，胡丘陵的这些长诗恰好符合陈超的这个论断。从个体主体性出发，独立的精神姿态，个人的话语方式，这些胡丘陵都做到了，而且处理的都是人类生存和历史中的大问题。由此可见，陈超回避了"政治抒情诗"之类的传统概念，体现了他的命名能力。在我看来，陈超的批评非常贴近胡丘陵的作品，应该是目前的胡丘陵长诗批评中最准确有效的。但用"时事诗"来界定胡丘陵的这些长诗也有泛化倾向，未能突出其本质。而且，"时事诗"显然侧重于叙事，与陈超本人强调的抒情性也有所冲突。

值得注意的是，胡丘陵也是一个理论素养深厚的批评家。考察胡丘陵本人的陈述与相关研究者的论断，不难看出某些微妙的裂隙。"有人将这些诗称作'后政治抒情诗'，有人称之为'新政治抒情诗'。孩子生下来了，名字让别人叫去。我想，别人之所以如此称呼，或许是为了在'后新思潮'面

---

（1）陈超：《心灵对"废墟"的诗性命名》，载《走向"大诗"的可能》，胡广熟编，中国言实出版社，2013 年版，第 20 页。

（2）陈超：《撼动心灵的智性哀歌》，载《走向"大诗"的可能》，胡广熟编，中国言实出版社，2013 年版，第 162 页。

（3）陈超：《先锋诗歌 20 年：想象力维度的转换》，载《个人化历史想象力的生成》，北京大学出版社，2014 年版，第 10 页。

前为政治抒情诗正名；或许是为了不再使政治抒情诗还原颂歌的职能，回到那令人伤痛的、诗人丧失自我的时代。"[1] 这里显然体现了作者对研究者理解的同情。与其说这是对"后政治抒情诗"之类说法的肯定，不如说是对"政治抒情诗"的更新。

胡丘陵对史诗大体上也持类似的更新态度。在《2001年，9月11日》的跋中，他写道："这一切并非'史诗'的诱惑，而是一些东西憋在心里作痛，不写出来就不得安宁。当然'史诗'并非我个人的渴望，文字叙述本身就是个人心灵被撞击的历程。"[2] 无论是"心里作痛"，还是"个人心灵被撞击"，都可以解释胡丘陵诗中强烈的抒情性。就此而言，"灵魂史诗"这个命名比较准确，诚如陈超所言，其长诗不仅是抒情性的，更是个人化的。而个人化正是增强其抒情性的重要原因。如果说这里显示的是作者对"史诗"的回避或躲闪的话，在《长征》中，胡丘陵分明把史诗作为自己的追求目标了，并将其定位为"生命史诗""精神史诗"和"汉语史诗"三个层次：

> 长诗《长征》区别于同一题材的传统叙事诗歌，也区别于传统的政治抒情诗，它展现生命在不同环境下的生长或消亡，力求写成一部生命史诗；
>
> 长诗《长征》将以长征的主要事件和人物为线索进行写作，但区别于传统的英雄史诗，它更多的是深入不同人物的心灵世界，力求写成一部精神史诗；
>
> 长诗《长征》将以现代诗的特殊肌质、构架、严密的细节呼应及个人独立的异质融汇的话语去穿透人类历史上这一独特的事件，充分体现现代汉语诗歌的气质与魅力，力求写成一部汉语史诗。[3]

选题报告中拟定的这些目标表明作者是雄心勃勃的，既要区别于传统的政治抒情诗，又要区别于英雄史诗，并在艺术性上确立了很高的标准。在我看来，"生命史诗"对应着以人为主体的叙事，"精神史诗"对应着深入人

---

（1）胡丘陵：《一次精神的历险》，载《走向"大诗"的可能》，胡广熟编，中国言实出版社，2013年版，第54页。

（2）胡丘陵：《长诗〈2001年，9月11日〉跋》，载《走向"大诗"的可能》，胡广熟编，中国言实出版社，2013年版，第178页。

（3）胡丘陵：《长诗〈长征〉跋》，载《走向"大诗"的可能》，胡广熟编，中国言实出版社，2013年版，第228页。

心的抒情，"汉语史诗"对应着动人心弦的艺术感染力。尽管作者在这里流露出疏远政治抒情诗、亲近史诗的倾向，但这几首长诗本质上却是抒情的。《2001年，9月11日》和《2008，汶川大地震》是地道的抒情诗。因为事件本身均非延续性，而是瞬间性的，实质上就是轰然一撞、陡然一震，这就很难在叙事的维度上展开。尽管《长征》与《拂拭岁月：1949—2009》以叙事为基本因子，但由于作品深入人的心灵世界而生成了抒情品格和沉思倾向，可以说它们具有抒情性与智性交融的特点。因此，我倾向于把这四首诗归为抒情诗，但并非政治抒情诗。

说到政治抒情诗，首先有必要讨论一下政治。政治有狭义与广义之分，平常所说的政治是狭义的政治，或者说是官场政治；广义的政治指的是日常政治，如家庭政治，父母对子女的管教，夫妻中一方对另一方的支配，如此等等。就此而言，我不太认同詹姆逊那种"一切事物说到底都是政治的"泛政治观。因为政治属于人际关系，而非"一切事物"本身。日常政治是普通人之间的相互关系，官场政治是阶级与政党之间的斗争与和解关系。我相信即使在革命加恋爱的现实中也仍然存在着比较纯粹的爱情。说到底，日常政治即使存在，也会淹没在亲情爱情当中。书写此类对象的作品只能称为亲情诗或爱情诗，而非政治诗。"政治抒情诗"中的"政治"指的显然并非日常政治，而是官场政治。

胡丘陵的这些长诗尽管也存在着政治倾向，但程度并不相同。如果说《拂拭岁月：1949—2009》的政治性比较鲜明的话，《2008，汶川大地震》就几乎没有什么政治性。老子说："天地不仁，以万物为刍狗。"在地震中，毁灭人类的大地就是养育人类的大地，但并不能把大地视为人类的敌人。值得赞赏的是，胡丘陵没有把地震政治化，而是写出了在灾难中无辜被中断的众多生命，以及种种血淋淋的现实。像"9·11"这样的事件，貌似国际政治争端问题，还涉及民族矛盾和宗教冲突，但政治只是表面，从根本上说，它仍是人性问题，那种不惜牺牲生命以完成复仇的恐怖活动，以及由此造成的人类前景，构成了该事件的核心。在这首具有全球化视野的作品中，作者以寻常之词提炼出了深沉的诗意："将毁灭的方向，当成 / 回家的方向""生命和使命，同时撞上 / 美利坚，美丽而坚固的大厦"。"毁灭"与"回家"在汉语里竟奇妙地并置在一起，而且"毁"与"回"同音；"生命"与"使命"的并置更精彩：这不是两条命，而是一个携带着使命的生命。"美利坚"被拆解成"美丽而坚固"，结果却是美丽被撞毁，坚固被击碎，可谓叹息难抑、感慨弥深。尤其精彩的是，此诗用标点符号做小标题，一个令人震惊的"！"，一个引人深思的"？"，如此等等，一连用了6个标点符号。这些符号不是单纯地玩形式，而是恰切而精到地传达并强化了内容。我认为这是此诗最有创造性的地方，应该是汉语诗歌中以标点符号作为题目的首例。

毋庸置疑，在这四首长诗中，政治性最强的是《长征》，《长征》游移在政治性与人性之间。在部分章节中，作者甚至把人性置于政治性之上：

> 将军们在两张不同的地图上
> 指点着这同一山石头
> 于是，两种不同颜色服装的尸首
> 为了这一山石头
> 躺在这石头上
> 不同的领章帽徽
> 流出的，竟然是同一种颜色的血液 [1]

这是《长征》第三节《阵地》的片段。按照马克思主义的观点，政治是存在于人类社会中的阶段性事物，也是终将消失的事物。换句话说，人性比政治性更永恒。就现存政治来说，完善的政治可以维护人性，拙劣的政治则是反人性的。战争是政治的极端形式，显然是反人性的，对它的解构源于对人的同情。正如作者所说的："多年的追求，我渴望形成这样一种诗歌样式：既直面现实，紧贴时代，具有思想和道德深度，又解构意识形态的写作方式；既有大生命大灵魂的历史载力，又有个人人格的独立与坚韧；既有传统文化优秀成分的衍生，又有现代意识的观照；既运用'先锋'写作语言，又能为大众所解读。" [2] 可以说这是胡丘陵对自己诗艺的全面总结。其中的"意识形态"基本上就是"政治"的别名。作者把它作为解构的对象，这不是盲目的冲动，而是因为在他心目中存在着比政治更硬的标准，那就是人。在一次访谈中，胡丘陵说："作为一个诗人，我可以'不为五斗米折腰'，但是为了老百姓，五升米我也'折腰'。" [3] 在这里，以民为本的政治实践与以人为本的诗歌创作合二为一。与其说这样的诗是政治抒情诗，不如说是人文抒情诗。就此而言，胡丘陵的这些长诗并未突出题材的政治性，而是有意消解

（1）胡丘陵：《胡丘陵长诗选》，人民文学出版社，2009年版，第39—40页。

（2）胡丘陵：《一次精神的历险》，载《走向"大诗"的可能》，胡广熟编，中国言实出版社，2013年版，第56页。

（3）柳宗宣、胡丘陵：《诗歌，为什么对我重要》，载《走向"大诗"的可能》，胡广熟编，中国言实出版社，2013年版，第233页。

其政治性。从这节关于"不同颜色服装"与"同一种颜色的血液"的描写中，我倾向于把这首诗的题材视为"重大现实"，而非政治事件。用"重大现实"涵盖或取代"政治事件"的理由是，这些描写中体现了非政治或超政治的倾向：它不是对战争的歌颂，而是对作为战士的人的哀挽。

按洪子诚的《中国当代文学史》，"政治抒情诗"这一概念的出现，大约在50年代末期或60年代初。[1]可以说，这个概念的提出源于当时歌颂新中国的强烈需要，它是《在延安文艺座谈会上的讲话》确立的"政治标准第一、艺术标准第二"这个原则下促成的诗歌与政治的联姻，也是对长期以来存在于中国诗歌里的"文以载道"传统的激活。用这个概念追溯中国古代诗歌，可以说存在着两种准政治抒情诗：一种是屈从式，此类写作主体一般是官场的成功人士。所谓的"文以载道"本是官方的要求，逐渐变成写作者的迎合式本能，并成为中国的一种文学传统。所以，古代诗人总是自觉或不自觉的官方屈从者。像王维做到尚书右丞，是唐代官职最高的诗人之一，因此《王右丞集》中有不少"应制"之作，什么"愿将天地寿，同以献君王"，什么"太阳升兮照万方，开阊阖兮临玉堂"，如此等等。如果他后来未淡出政治，可能也就是一个为政治唱赞歌的御用诗人。另一种是偶尔独立式，这类写作主体往往是官场的失意者。屈原的《离骚》是自传式抒情诗的典范，有一定的政治性。他因"忠而被谤"、才德出众反被流放流露出对楚王的怨恨与愤懑之情，但并未背叛，甚至他的自杀与楚国灭亡也存在着直接关系。正如范仲淹概括的，屈原及其他诗人大多"居庙堂之高则忧其民，处江湖之远则忧其君"。

胡丘陵显然是独立的，他既不屈从，也不迎合，他的写作是出于表达内心激情的需要。从表面上看，屈原也在面对时代发言，但他始终是所属阶层中的一员，这是专制社会权力渗透的必然结果；而胡丘陵生活在民主社会里，其独立性为古人所无。作为地方官员，尽管也有压力，尤其是政治方面的压力，但他注重以诗歌抵抗"现实生活中的压力"，力求在政治与诗歌之间达成平衡："因为我平常接触的政治太多了，天天就是那个政治，我就是要回到我自己的心灵上来，这是我创作的一个动机。"[2]回到心灵，这正是造成其作品抒情性的成因。在这些长诗中，他根除了那种代群体立言的写作方式，写出的是个人面对重大现实的真切感受，发出的是自己内心的声音。尽管诗

---

（1）洪子诚：《中国当代文学史》，北京大学出版社，1999年版，第74页。

（2）胡丘陵：《胡丘陵长诗〈2001年，9月11日〉研讨会发言摘要》，载《走向"大诗"的可能》，胡广熟编，中国言实出版社，2013年版，第226页。

人未以第一人称书写，但他是共和国 60 年、"9·11"事件、长征、汶川大地震这些重大现实的见证者（主要通过书籍、电视、互联网等文献资料），并和它们进行了广泛深入的对话，写出了这些有感于心、有益于人的厚重诗篇。我注意到，胡丘陵特别看重自己的第一感受，为此他甚至拒绝修改："这个心灵的东西只有那个时候写出来，我怕修改之后会把原始记录修改掉。"也许只有从这个角度出发，才能更好地理解他对自己作品的定位："我个人的追求，不是想写一首政治抒情诗，也不是现代史诗，我当时的追求是想写一部人类的精神史诗。尽管这个事发生在 21 世纪，但我认为是 20 世纪人类的一个终结，我仍然把它看作 20 世纪的一个事件，只不过是这个事件为我多年来渴望要写一部大诗找到了出口而已。"[1] 谈到《2001 年，9 月 11 日》这首诗时，胡丘陵明确否定了政治抒情诗和现代史诗，而把"人类的精神史诗"和"大诗"作为自己的写作追求。相比而言，我认同"精神史诗"，它接近陈超概括的"灵魂史诗"。把这种全球视野与人类关怀兼具的作品称为"大诗"似不如叫作"精神史诗"。据我所知，"大诗"是海子的用词："诗有两种：纯诗（小诗）和唯一的真诗（大诗），还有一些诗意状态。"海子在这里所说的"大诗"其实是对纯诗的否定，当然也是对自己正在创作的《太阳·七部书》的命名："但这一次是在中国，伟大诗篇的阵痛中！"[2] 这是他在《太阳·断头篇》代后记里的话。由此可见，海子所说的"大诗"指伟大的诗，其实就是史诗的别名。胡丘陵似乎很看重"大诗"，他把王万顺的文章《走向"大诗"的一种可能》作为自己评论集的书名。

　　按通常的说法，政治抒情诗的代表人物是贺敬之和郭小川。但郭小川是个复杂的诗人，他以政治抒情诗人著称，但也写了一些表达自己独立思考和个人困惑的诗，这些偏离政治抒情诗的作品曾遭到批判。就此而言，作为新中国诞生时期的产物，政治抒情诗的高潮已经过去。但只要政治还存在着，政治抒情诗就不会终结。不过在郭小川之后，继续沿用"政治抒情诗"这个名目是不明智的，把它用在胡丘陵的这些长诗上尤其不符合事实，因为胡丘陵的这些作品既非代群体立言，也不是颂歌。所以，"政治抒情诗"以及加上某些修饰语的"政治抒情诗"事实上已不能涵盖这些作品，更不能显示其特质。

---

（1）胡丘陵：《胡丘陵长诗〈2001 年，9 月 11 日〉研讨会发言摘要》，载《走向"大诗"的可能》，胡广熟编，中国言实出版社，2013 年版，第 225 页。

（2）海子：《动作（〈太阳·断头篇〉代后记）》，载《海子诗全编》，西川编，作家出版社，2009 年版，第 1035、1037 页。

同样地，史诗也不能准确地涵盖这些作品。按黑格尔的意见，史诗在内容上是"一个民族的'传奇故事'"，在写作上则"按照本来的客观形状去描述客观事物"。[1] 很显然，胡丘陵的这些诗并不符合黑格尔的史诗观。在谈到史诗的发展史时，黑格尔认为"只有在希腊才有完备的或正式的史诗……所以史诗和雕刻都在希腊原始时代达到过去没有人超过，将来也不会有人超过的高度完美"，"中国人却没有民族史诗，因为他们的观照方式基本上是散文性的……他们的宗教观点也不适宜于艺术表现，这对史诗的发展也是一个大障碍。"[2] 且不说胡丘陵的这些诗并不注重民族性，单从客观叙事上来说就不符合。"精神史诗"与"灵魂史诗"中的"精神"与"灵魂"都是在强调主观性，这切合胡丘陵长诗的实际。正如黑格尔所说的："与史诗对立的是抒情诗，抒情诗的内容是主体（诗人）的内心世界，是观照和感受的心灵……"[3] 把胡丘陵这些抒情诗以其对立物"史诗"来指称显然是不妥的。就此而言，准确命名胡丘陵的这些长诗并非易事。

结合前面对《长征》的分析，我认为可以把胡丘陵这些长诗称为"人文抒情诗"，以区别于"政治抒情诗"。顾名思义，"人文抒情诗"就是具有深切人文关怀的长篇抒情诗，它以重大事件为题材，以个人的视角切入，以强烈的激情渗透，具有宏阔的视野，能够呈现人类的生存境遇和前景，在书写中始终坚持以人为本的人道主义立场，对政治与道德等伤害或抑制人性的因素均持超越态度，以最大限度地促进人的自由与幸福。正如诗人不无奢侈的祈愿：

> 让地球村庄的人们
> 都欢聚在和平的树荫下
> 共度一回

[作者系湖南文理学院教师、副教授。作品原载《世界文学评论》（高教版）2016年第1期]

---

（1）（德）黑格尔：《美学》第三卷（下），朱光潜译，载《朱光潜全集》第16卷，安徽教育出版社，1990年版，第92、100页。

（2）（德）黑格尔：《美学》第三卷（下），朱光潜译，载《朱光潜全集》第16卷，安徽教育出版社，1990年版，第158—159页。

（3）（德）黑格尔：《美学》第三卷（下），朱光潜译，载《朱光潜全集》第16卷，安徽教育出版社，1990年版，第92页。

# 胡的清诗歌片论

叶延滨

在读到胡的清的诗集《有些瞬间令我生痛》（百花文艺出版社，1995 年版）以前，我对胡的清诗歌创作状态印象不深，还没能把她从众多有才华的女诗人中区别出来。读了这本诗集，给我较深的印象，但我对诗人胡的清缺少了解，只能算一面之交，更不知道她的身世和经历，所以，拙文就只好从文本出发，就诗论诗地谈我的看法，不当之处请诗人和读者原谅。

第一句话，这本诗集是近年中国诗坛上少有的好诗集，是值得读者一读和评论界注意的作品。胡的清的诗集让我们必须把她作为一个"个别"现象来研究，就是说它已经让我们的视线跳出了前几年"女性诗歌"的美学和社会学的范畴，胡的清的作品以其鲜明个性，表明了"这一个诗人"的存在。作为这一个诗人，我在阅读其作品的时候，又感到她存在的"背景"，这个背景对于她是重要的，许多有才华的诗人由于缺少一个背景，最终夭折，在女诗人中，这个现象更多。她们往往具有性别特征，以区别于男诗人，但她们和男诗人一样，要成为一个独立的诗人，还应有一个背景。胡的清诗歌显示出两个重要背景：这是一个生活在开放时代的女诗人，她的视野开放，她的生活圈子较广，她的诗透出了一个变革时代的气息；另一个就是这是一个有开放地位的女诗人，她是职业女性，她有独立人格，她有欢乐和新的苦恼。上述两个背景提供展示了一个新的人生，中国女性心理与情感方式的新"特区"——在美学意义上的特区女性。这无疑是值得关注的诗歌新视野，作为诗人的胡的清已经为这方天地提供了许多艺术品，走入她的艺术画廊，让观者在艺术享受的过程中，也有自己的发现。

胡的清的诗歌作品，首先给我们以鲜明的个性。这个性，不是传统女性的阴柔之美，也不是妇女解放与个性解放主张者的反叛不羁。胡首先是一个本质意义上的诗人，一个以诗来思考，用诗来观察，眼中有一个被常人忽略了而她将其展示出来的诗世界的人。换言之，她以奇特的想象力，将人们熟视无睹的俗世界，言说为一个诗世界。小诗《听雪》不长，全文引出："从高处飘落的／记忆的碎片／模糊了我的嗅觉／／我听见／羊吃青草的声音／冷冰冰的小牙齿／吞噬着／黑夜黑发的我／／留下大段大段的空白／被记忆的碎片填满"。这是解读胡的清方式的一个小例证，不同常人的独特方式，不是观雪，而是听雪，而且还用了嗅觉，三种感官出现，并且迅速转换，这是一。不同寻常的联想，从下雪到羊吃青草，从寒冷到羊冷冰冰的小牙齿，从雪片到记忆的碎片……这是二。特别是二，这种联想似乎是危机四伏的，此物与彼物之间几乎没有通常意义上的联系，也就是我们习惯的相似与类比，它们之间好像是两个天体，互相只有微小的引力，这个引力使它们在这一点上相连，这一点被诗人找到了。诗人就是在创造一个全新的世界，在词与词之间，让世界发生新的关系，从而在这关系中，我们也发现一个与众不同的诗人，分享诗人创造的快乐。下面我们再从一首写电梯的诗，看诗人是怎样把世俗得让我们麻木的都市日常生活，变得风趣而让人忍俊不禁，这首诗的题目是《豆子的旅行》：

> 高楼林立
> 高楼靠电梯进行消化
> 有了电梯以后
> 我们才知道
> 消化也是有刻度的
> 每一层楼便是一个分格
> 我们不那么情愿地
> 被卷进了高楼的消化系统
> 像几颗没有嚼碎的豆子
> 在肠胃里面相遇
> 多少有点儿尴尬
> 因为距离太近的缘故
> 几乎看不清对方
> 脸是一张白纸
> 任你涂鸦
> 但每一个人都警醒着
> 稳操胜券地

把握着适当的刻度
将自己排泄出去

　　当诗人用另一个方式来展示我们习以为常的都市生活时，我们也悄然地被诗人征服着。当然从本能上说，我们拒绝征服，我们用反问来抵抗："难道我们就是豆子，难道我们在城市中就这么不足道？难道生活就是一张白纸般任人涂鸦的脸？"这种反抗是诗人期望的，它是陌生的审美中产生的思考，在这种思考之后，每一个读者都有选择自由，拒绝进入胡的清的诗世界，还是进入她创造的这一世界。

　　我选择进入她的诗美世界，与此同时，我也就选择"承认"她对世界的体验。就上面那首诗而言，现代人的无奈、自嘲、反讽、幽默透出的人生境遇是一种全新的体验，她对俗世界的调侃，让人感到诗人所取的观照、远离、独行的姿态。她的另一首诗《楼上楼下》比较鲜明地表现了诗人体验方式的"现代性"："訇地一声 / 摔下 / 一只玻璃杯子 / 在楼板上 / 砸碎了 / 极薄极脆的睡眠 // 楼下的石英钟 / 指着 / 凌晨三点半 / 在此时刻 / 任何一点响动 / 都带有 / 可疑的性质 // 没有别的声音作注脚 // 楼上的那只杯子 / 就这样 / 自暴自弃地 / 结束了自己 / 决不肯将 / 任何人 / 任何事 / 牵连进去 // 百思不得其解 / 楼下的 / 石英钟 / 以极其痛苦的 / 走姿 / 一针一线地 / 缀补着 / 漏洞百出的 / 睡眠"。这里对人生的诠释无疑是现代的，作者以她的才华，在一首小诗中完成一部言情小说的过程。与此同时，在我说出"言情小说"四个字的时候，也表明了我的另一判断，作为现代诗人的胡的清从其诗篇里可以感受到传统在她身上印下的"古典情调"。现代生活让诗人在大都市中感到许多荒诞许多无奈许多人生的尴尬，但诗人无法以彻底反叛的姿态游戏人生，因为传统文化在她精神中的那份对人的关怀，使她的现代性少了一些潇洒，多了几分情怀，诗人在《音乐酒吧》中，写出了这种现代与古典的境况：

将周末之夜 / 挖空了一小块 / 满耳的聒噪声中 /
你注意没有 / 桌上的餐巾纸 / 这失血的苍白 / 坚
守着 / 小方位的 / 静谧

　　用一块白餐巾与五光十色的酒吧对比，来表现现代与古典"共处"的际遇，也许有人会说是否太低沉了。其实这首诗的价值，恰在一种"坚守的弱者"的那份悲壮。如《交通警察》也从另一个角度，写出了诗人现代与古典掺和的复杂情调："……车辆从四面八方 / 呼啸而来 / 屏声静气地 / 穿过他的肠胃／抖一抖／黏糊的感觉／漏网之鱼似的／逃散开去／／当／间或的胃痛／袭来／他垂下手臂／棒子指向地心／……但这时／所有的车辆／一律负载着／他的疼痛"。

胡的清的诗有许多地方表现出对他人和社会的关怀，这种关怀是许多专注于表现自我的女诗人所缺少的。当然，胡的诗作也和其他女性诗人的诗作一样，常常流露出自怜与自恋倾向，这大概是女性诗歌的基本特性之一，男性多向外张扬，女性多走向内心世界，而胡诗却有不少移情于外部世界的"怜爱"，这使她显出难能可贵的大气。这样，许久以来，女性在表现爱情主题时总是自任主角的那种"自白"，在胡的清诗歌中有时成为一种现代的冷静"告诉"，由此少了浪漫，多了深刻，如《险情》："兑了水的爱／盛在瓶子里／皮肤一样薄的／瓶子／比烟易碎／像醉汉的影子／跌跌撞撞／前后左右移动／迎面的物体／一概采取／回避的态度／走着／走着／醉了酒的瓶子／有意无意地／想撞上什么／我不说／结果会怎样"。这是地道的现代体验，像一杯苦涩的咖啡，但作者旁观的黑色幽默里，我们看到了女性世界无法改变的命运的夜色。

胡的清的传统性，是血液里的那种，可以用各种得体的装束，使她成为现代人中的一员，但是那种忧郁和伤感，使她的诗歌始终在这样的情绪中，揭示人生。《晚间新闻》里被谋杀的女人，《往事》里那个在冬天小巷里找不到出路的小女孩，都是"社会性"的题目，但诗人写出一种悲剧美，让我们感到"伤感"成为她的诗美因素了。这不是一件好事情，但忧郁的确左右着胡的清诗歌的艺术魅力，使作品在淡淡的愁绪中，展示悲剧性的人生主题，请再读《往事》："小巷很近／从后院走出去／往事也很近／／太阳伸出手臂／抚摸南面的墙壁／冷得缩回去／／戴风帽的小姑娘／踅来踅去／找不到去路／／刚才她的影子／被阳光按住／哭湿了一条街／／脸是张遗失启事／谁愿意／领她回家／／擦身而过的人／踩不出／丁点儿响／／她看见一群狗／追咬着自己的影子／猖猖而去／／太阳又伸出手来／抚摸北面的墙／墙上写着'打倒×××'／／戴风帽的小女孩／打了个／很响的喷嚏／／把太阳／吓了一大跳／躲进云层去了／／往事很近／推开后院的门／听见嘤嘤的哭泣声"。

这是我很喜爱的一首诗，30年前，我也有相似的体验。我觉得这首诗是诗人一幅自画像。她在如此小的一首诗里写出了一个时代，这是极不容易的才华。这是一首忧郁的诗，但不沉闷。这个小女孩一生也许走不出这条小巷，这不是雨巷，是冬季太阳下的小巷。从这首诗中，我感到诗人女性意识中的悲剧感，是开放性的，与时代、与社会是相通的。"你的悲剧是性格的悲剧／这样如痴如醉地／玩味你扮演的角色／其中也有某种快感吗"，这是胡诗《悲剧的诞生》中的诗句，答案是，如果与时代，与更多的人的关系，玩味自己的角色又是新的人生悲剧。诗人的《题萧红照》《自梳女》都表现了在这一命题上的反思。值得一提的是，诗作《乌桕树》给我们提供了一种新的"女性意识"文本。

《乌桕树》是一首不长的作品，也是一首"女性宣言"："看见那一棵乌桕树了吗 / 山那一边 / 连石头也不会生长的 / 硬土坡上 / 红得醉醺醺的乌桕树 / 高举起生命之炬 / 焚烧 / 晚秋的大片荒凉 / 你感到它的热量吗 //"。请注意诗的下半段，诗人写道："请别靠近我 / 让我证明 / 我也是一棵乌桕树 / 无须扶持 / 无须陪衬 / 只要有阳光空气 / 就能够生存 / 而且挺美"。读到这首诗，我们不禁想起舒婷的《致橡树》，那是与橡树并立，相互扶持，互相映衬的女性爱情追求，它是表明女性平等意识和平等爱情观的诗作，曾产生巨大影响，是浪漫主义的作品。而这首诗进一步表明了中国女性意识的强化，是"无须扶持，无须陪衬"独立精神的呼喊，是"只要有阳光空气，就能够生存，而且挺美"的自信，这是特区土地上开放的花，美而且健康。从人格力量而言，这是胡的清诗歌精神的脊骨。

胡的清的诗歌在今天给诗坛许多清新的景观，比如语言、意象、语态、写作姿态等，相信会引起批评界的注目，我在这里只是作为一个诗人，对一个有才华的诗人，表示我的敬意，并谈出我向她学习的收获，不能算完整的文本解读。

（作者系《诗刊》主编，中国作家协会全国委员会委员。原载《诗探索》1997 年第 1 期）

# 静水流深，内含"神采"

——龚道国诗歌印象

王士强

　　龚道国的诗宁静、细致、沉稳、从容，他往往从较小的切口进入诗歌，看似平常、平淡，但却能够抵达人们通常所看不到的地方，有新见、有内在性，从而平中见奇、余韵悠长。读龚道国的诗，让我想到"静水流深"这个词，他的诗往往不"重大"、不尖锐、不激烈，恰如缓缓行进的水流，但其深层却未必不是波涛汹涌、壮怀激烈、剑拔弩张的，其诗歌是有内在的张力的，有内涵、有意味，呈现出的是一种宠辱不惊、淡泊宁静、含蓄蕴藉的境界。如其新著《神采》（作家出版社，2013 年版）的名字所示，他的诗歌也是有内在的"神采"的，而且可谓是"神采奕奕"，它是对日常生活的一次重新发现、一次照亮、一次唤醒与提升。

　　龚道国的诗所面对的更多是"自然"而不是"社会"，自然万物自足、原生的存在是他孜孜以求、魂牵梦萦的，其实质则是对健康、野性、活泼的生命形态的歌赞。在《一棵乡土的枣树》中，他写道："我喜欢这种枣树的枣子，乡土的枣子 / 和许多好食物一样清脆，野气横生 / 它是它自己的基因，自有原流的血性"，这种枣树是真正原生态的，没有经过"杂交"、"嫁接"、修剪、整形，这其中自然也涉及了他的艺术观、人生观："就是这样，一棵枣树携裹前世今生 / 出乡关，越城镇，过河上岛，入园扎根 / 忽略过杂交的手，嫁接的手，忽略过 / 市侩的手，甚至园艺的手。让我们知道 / 真正的艺术是没有艺术。真正的自己 / 是自然而然的自己。"真正的艺术是没有艺术，真正的自己是自然而然的自己，这庶几可代表龚道国的诗歌观念和人生理想。去除形式感、去除观念先行、去除标新立异哗众取宠，追求一种自然而然、无为而无不为的境界，是龚道国诗歌的重要特点。《枣树下的我们》中写道："辩证法随处可遇，我们反复温习／过去读书是为了不再种地，现在种一点地／是一种休息。当初以为干净的生活／就是不染泥尘，现在知道不接地气／一切可能失真。"他的诗也是接地气、有现实感的，其根源是脚下的土地，有着泥土的气息："……我们弯下腰，放低双手／屋子之东辟为菜地。菜薹刚过豆荚又挂／黄瓜，苦瓜，辣椒，以及西红柿／它们味道迥然，姿色各异，却相处如一／正如孔子、庄子、孙子并不相识／却聚在我这里，排出团队的秩序／他们甚至亲密无间，有时叠拥一起"，这其中所体现的自然万物、人与自然之间的和谐状态，在龚道国诗歌中大概是具有某种原型、本体意义的。大而观之，在龚道国的诗中，人与自然、人与世界、人与人、人与自我之间的关系，均是和谐、平等、融洽的，这自然是一种充满诗意的、完满的状态。当然，应该看到，这本身也是一种"理想"、想象，正是因为其现实中的不在场，才需要在文字中一再申明、强调、表白。

　　之所以做出此种选择，另外的原因则是源自一种不满、拒绝、疏离、对抗，具体来说便是对于现代化、现代文明的审视与反思。现代性固然有着诸种好处，但同时也带来了对人本身的压制、异化、工具化，造成了诗意和诗性的匮乏与丢失。龚道国的诗很少对现代社会、现代文明的诸种弊病"正面强攻"，而更多是在反方向上书写一种理想、诗意的状态。龚道国的诗早期被归为"新乡土诗派"，其诗中确有不少前现代、乡土文明的因素。但实际上，"乡土"本身恐怕不能涵盖其诗歌追求的全部特征，龚道国并不是希望退回到乡土、拒绝"现代化"，而是以之为坐标发现某些珍贵的、有价值的东西，揭露社会现实和现代性进程中的某种缺失和弊病，寻觅和发扬生活中已然流失的诗意。也就是说，前现代、乡土文明并非目的、归宿，而更多也是一种手段，其所要抵达的是一种类似于道法自然、天人合一、物我一体的状态。在《泥巴》中，他正面写到了"城市"与"故乡"："现在行走松雅河畔，也与城市无关／与广告牌，红绿灯无关，与王婆卖瓜的商场／人满为患的酒馆，无水无泥的水泥无关／在城里我的裤管干净，一尘不染"，继而，他写道："我在松雅河畔行走，发现我的裤管／实际上渴望一些泥巴，渴望找回大地／朴素的亲密。从布的母亲，那些棉／找到一些根须。从棉的母亲，那些泥土／找到某种血缘。"龚道国的"乡土"写作，更多是从物欲纷繁的现代场景中抽身而出，直面自我、直面人生而做出的选择，它不是一种逃避，而是一种拒绝；不是一种软弱，而是一种骄傲，它是有内在的依据、根基的。诗歌在这个意义上正是找到自己、保持自己、发现自己，如他在《诗这种文字》中所说："诗歌为我洗去倦怠，洗出清新，甚至让我能够置身于变故迁徙的境遇安然定神，找回平心静气的自己。""诗提供沉静的方式，提供思索的道具，让人从事物的多面找到阳光的因子，从事物的纵深找到宽广的力量与博爱的精神。爱自己，也爱他人，爱事物之中总可以找到的可爱之处。"

龚道国的诗歌在总体风格大致平稳、一致的前提下，有着不同的侧重，面貌各异，堪称丰富，有的富有现实情怀，有的充满出世之思，有的侧重情感性、伦理性，有的接近"纯诗"，有的在形式方面比较"散漫"，接近散文化，有的则比较考究，形式意识明显。他的《熟悉》严格意义上属于一首爱情诗，但其表情达意的方式却很别致，由"爱"到"熟悉"的转变其中包含了情感生活的诸多真谛："我熟悉她走路风沙沙的样子。我说喜美／你能不能走慢一点，更女人一些／接下来是她气呼呼的样子，我也熟悉""当初我们说出爱时，却常常／行走在陌生的路上，走出陌生的样子／现在好了，她用的是我熟悉的样子／来回扫荡，那么一以贯之／清除了陌生的根源，虬枝，碎叶／以至我们不再说爱，而说熟悉"，这样的书写是充满在世情怀和伦理性的，非常感人。而《石头在水里》则写得富有禅意："石头在水里，水让你所看见的／是一种停顿。水让你看不见水／只看见有一种坚持，盘坐在那里／／石头在水里，幸福被看见是水做的／水把快乐的鱼咬在石头的缝隙里／水把深爱的天空拴在石头的脚趾上／水甚至用它细小的流动，搔着石头的痒／／水也像一件轻纱衣，薄如蝉翼／水把自己穿在石头上／水让你看不见水，只看见重量"，作者犹如老僧入定，在寻常中写出禅思、哲理，耐人寻味。《圣母院的钟声》则是写对文明的坚持，对自由的向往，写出了一种极具普遍性的处境与追求："就此冥想。走进一幅幅油画，一座座／神雕，一串串故事。一次次接近／圣母的微笑，感受一对大乳的温暖／记住你永远是个孩子，一个洗耳恭听／永远长不大的孩子，一个洗心革面／朝着自由的方向，不断奔跑的孩子"。总的看来，龚道国的诗内在都是有"神"的，这种"神"是其诗歌的内核，也是其诗歌的灵魂，正如其在《心有微光点亮神采》中所说："我们穿越困苦的那份平静，不辱内心的那份追求，以及寻找与心相谐的那份执着，不时闪出神采的光亮。这种感觉同样是艰难的，却又是欣喜的，它在揭示内心通向幸福和美的种种迹象。""我发现，我们置身的事物总有一种神采蕴含其中，让人可以拨去浮尘，找到内心的认同，抵达美好的沉静，能够从中获得身心之适，风骨之韵，气闲之境。我把事物之中找到的神采，记在诗歌里。"这种神采，是心灵的微光、诗性的回响，是生活、生命之美丽与精华所在，同时它也是一种超越性力量，为存在本身提供意义与价值。诗歌，对于龚道国而言，既是记录这种"神采"的一种方式，亦是追求、寻觅这种"神采"的一种实践。

　　诗歌对于每一位真正的诗人来讲都可谓是一种修炼、修行，龚道国的诗如静水流深，自然而然，表面平易而内含"神采"，已经达到了一定的水准和层级。在此基础上继续前行、不断攀升，其诗歌的未来一定是更为可观、值得期待的。

　　（作者系天津社会科学院文学研究所副研究员，《诗探索》特约编辑）

# 杨亚杰诗歌的人生况味和寓意

张文刚

一

　　杨亚杰最近辑成一本诗集，名为《三只眼的歌》，此前，她已出版诗集《赶路人》。作为一个在诗歌旅途匆匆赶路 20 余载的女诗人，不论文学的季节如何变换，蛙声四起绿荫匝地的夏也罢，蝉鸣疏落雁横寒空的秋也罢，她始终怀抱生命和诗歌赋予她的激情，奋然前行。这注定了她的寂寞和孤独。不单文学之景观斗转星移，而且整个社会的生态环境和精神领地也烟笼雾罩。诗意早就在常人的路上失落。不少人睁大"两只眼睛"，把功名和利禄当作人生至上的追求。一个从《诗经》以降被诗意熏蒸了数千年的华夏古国，"飞流直下三千尺"的激情和怀抱也日见消瘦和空落了。在这样的背景下，杨亚杰手持一面灌注古典诗意的镜子，映照心灵的姿容和生活的脚步，就显得更加难能可贵了。

　　作为诗人，当在常人的"双眼"之外还睁着一只美丽的"诗眼"；作为人类，当在日月两只巨眼的眨动之中还睁开虹眼、雨眼、雪眼、星眼……岂止是"三只眼"，而应当是无数只眼。宇宙之与人的精神遇合而诞生无限诗意，就在于人类有这样无数只尚未关闭、永远也不会关闭的"眼睛"。在写"三只眼的歌"之前，杨亚杰在人生和诗美的路上就已经开始四面搜索，八方寻找，诗歌因此而呈出一种内容和情感上的丰富性。她用一只眼瞩望"理想的国度"，这里有大海和花朵、自由和圆满；她用一只眼打量"灰色的影子"，这里有坟墓和陷阱、寂寞和伤痕；她用一只眼直逼"媚态的笑脸"，这里有树的距离和路的迷宫，有"一旦相逢／握手就见血痕"的感慨和忧愤。她写了理想、现实和人生境遇，不是那种单纯的轻灵小唱，也不是那种一味的阴郁感伤。生活的光色和心灵的感应被转化为一种富有时代感和现实感的主题。但这些诗歌大多是诗人苦思冥想的结果，有些诗作可以说是为着某一题旨或情思而幻想与激发出来的。也就是说尚缺少真切的生活体验和唯我独有的创作视点作为支撑。于是就免不了追赶并融入诗歌潮流和审美时尚，个性也就随之湮没在"沿途"的绿荫和繁花之中。虽有时"女性意识"也赋予诗人一种特别的眼光，写出了像《仪式完毕之后》这样一些好诗，但同样未能超出同时代诗人的歌唱。敏锐、清醒、大胆、目光的多维度扫视和思维的多向性出击，分明开始了一次艰难的孕育。

## 二

《三只眼的歌》诞生了。杨亚杰的诗歌个性和才情就从这里开始显露。以个人的生活和情感经历作为线索，用"天部""人部"和"地部"来结撰，在叙事中抒情，在抒情中寓理。还是那份内在的激情，却能平淡出之；还是那些平常的意蕴，却能找到贴切的载体。不再单纯是梦中的幻异之景和心中的美丽意象，也不再纯粹是人生表白和愤世嫉俗的情怀。诗歌还原为生活的诗性描画和勾勒，还原为童年、乡村、普通人的视角和表达方式，从细节、情境到语言和叙述风格，都弥漫着朴素的诗意。已经开始体现出一种可贵的独创性，从诗歌命名到整个诗意建筑，从诗体样式到语言表达。而更令人思索的，还是"三只眼的歌"中的寓意。

"一只眼的歌"命名为"天部"，从出生写到走出家门，遭遇"大海"。所有的天真、单纯、神秘、渴望在大自然的天光云影中都被摄进"一只眼"中；这"一只眼"便如露垂悬着黎明，如花盛开着春天，如月朗照着夜空。这一只眼是向上的，仰望着蓝天白云、月色星影，正如幼年站在"小背篓"里："你的下巴搁在／篓沿　正好让眼睛露出来／陆地上绊脚的石块／污秽的水坑　正好看不见"（《小背篓》）。童年是美好的、快乐的、是一尘不染的。"天底下"就是自由的家，"石头"是亲密的朋友，"大雪"是美丽的情怀，而"流星"则飘忽着神秘的遐想。那些写给母亲、哥哥的诉说亲情的诗，那些写给蓝花花衣、悠悠纺车的托举清纯和至真至善的诗，那些写给割谷、摘毛栗的歌唱劳动和成长的诗，那些写给板壁屋、棉梗火的表现古朴和温暖的诗，既是诗人的真实、美好的记忆和一生享用不尽的财富，又聚合、延展为人所共有的童年情结和乡村情怀。因而这些诗歌能让所有充满自然天性和真趣的人感到亲切、温馨。"天"的力量是不可阻逆的，宇宙鸟语花香和社会的天风海雨注定同时融进人生的道路。杨亚杰用相当的篇幅描述了20

世纪中期那一段特殊岁月的奇异景观和精神现象，而同样是以"一只眼"烛照当年自我的真诚和单纯，以及那份生命的疼痛感和幸福感。

"两只眼的歌"命名为"人部"。那只对"天"仰望和歌唱的眼睛在"密密匝匝的人群里"显然不够用了，于是在生活的镜像前睁大两只"辛苦的眼睛"，仰视也一改为平视甚或火辣辣的逼视。从日月汲取灵光的那只"天眼"依然在，依然有那么多美的瞩望和流连。这主要体现为自我在人生路上的渴求、守护和追寻：对知识和人生价值的强烈渴求，对自信、自尊和美好人格的小心守护，对命运前景和心灵归宿的苦苦追寻。作为普通人，作为诗人，作为女性，那种"傲世出尘"的风骨，那种"奋然前行"的姿态，是尤其令人感佩的。而这一切就注定了她的孤独，灵魂里的孤独。因为当她用"另一只眼睛"打量众生时，人的虚伪之象、平庸之态、欲望之火使她感到难堪、羞愧而手足无措。小时候的背篓、那个桃花源中的世界不复存在了。这是一种更真实更残酷的存在。对此诗人有一种冷眼旁观的清醒和透彻的认识。因而诗人的孤独是一种获得精神超越之后的孤独，是一种"美丽的孤独"。

"三只眼的歌"命名为"地部"，蕴含的内容更为丰富。"天"给人以幻想，"地"才是生命的依托。天荒地老，万物归一。一切都向着地沉落和遮藏，"地"于是穿通物质的外壳而成为一种灵性灌注的象征体：历史、现实、生命、灵魂、自然、文化……浑然而成灵息的寓所。诗人睁开"三只眼睛"、睁开无数只眼睛向着大地俯瞰和突进。这是深入自我内心和事物本质的一次全方位的透视。写长江、泰山、未名湖、圆明园一类名胜古迹，不单是赞美和感叹，更是把自己摆放进去，表现山水对自己精神的孕育和灵性的激发；写绘画、音乐、舞蹈、戏剧一类艺术大地上的奇葩，思考的是生命的燃烧和灵魂的痛苦；写那些沉淀地心深处的伟大的人格和不朽的诗魂，是为了铸造和提升自己以及民族的灵魂。同时也描写了大地上平凡的事物、平常的心态，甚至也描写了丑陋和罪恶。这一切都获得了生活的原生气息和厚重的历史感与现实感。

三

《三只眼的歌》有叙事的框架，但并非叙事诗。叙事是零碎的、细节式的，提供的是抒情、感悟的背景或线索；而"天、人、地"三维组合的宏大结构和宏阔视野，又把事件和情境纳入一种哲学思考的范畴；每首诗由两节构成，加上标题就成三处风景，与"三只眼"暗合。这些都是杨亚杰苦心经营后的独创。绚烂之后对平淡的回归，虽也接受了第三代诗歌和新写实小说等文学潮流的影响和启示，但又不是简单的模仿。实际上是诗歌逐渐融入了诗人生命的本真状态，成其为一种朴素而带有诗性的生活方式，于是就有了从有意而为之的刻意"抒情"到自然而然的随意"书写"，从匆匆"赶路"的激情奔涌到俯仰宇宙的从容表达。这也是顺时而动的一种诗歌策略。商业、浮躁的时代容不下太多的抒情，人们需要的似乎不是情绪的野马而是心灵的港湾，得以在紧张和劳累之余放松和休息，这时候诗歌最好成为清茶而不是烈酒，成为随手可触的平常之物而不是遥远的海市蜃楼。20世纪90年代的诗歌发生的整个精神个性的改变，就是对激情与崇高的远离而对平淡与凡俗的贴近。

杨亚杰的诗歌显得生活化、朴素化，但又不乏骨子里的激情和血脉里的火焰。她用平凡习见的事物和场景做成湘西的一只"小背篓"，而把自己染过梅香浸过溪魂的心放在背篓里，用永远的童真编织梦想；长大的、成熟的是她的"眼睛"，是那一双歌哭与共的"肉眼"和那一只自在如风的"诗眼"，是从超越世事纷争洞若神明的"天眼"，到回归生活感悟众生的"人眼"，再到追根溯源化入悠悠诗魂的"地眼"，这是从天性到人性和神性的延续与深化。是众多的"眼睛"使诗人打开了自己的心窗：是个人独有的体验，也是历史风雨和时代情绪的表达；是向着记忆的搜寻，也是对着现实的逼问。这就与当年盯着天空高呼"我不相信"和守望内心"和梦对话"的诗人不同，也与当年睁着两只尘俗的、欲望的眼睛穿行在个人的衣食住行或意识幽冥中的诗人不同。作为女性诗人，也有对女性心灵、生存和命运的关注，但又不是带着固有的性别意识含泪泣血的诉说和呐喊，更多的是以"普通人"而非女性身份介入生活，观察与思考、潜泳和奔走，甚至有时候那份冷静的烛照、恍然后的豁达与大度更带有几分男人气质，这就有助于她更完整更深入地走进事物的内心、触摸生活的本质。正如华兹华斯所说："诗人是以一个人的身份向人们讲话。他是一个人，比一般人具有更敏锐的感受性，具有更多的热忱和温情，他更了解人的本性，而且有着更开阔的灵魂。"

在诗歌精神和诗歌艺术上，她接受前人的影响比较多，也比较杂。一个"多眼"并置、前瞻后视的诗人当然不会安于守着哪一家哪一派。杨亚杰的诗歌有浪漫气息、现实情怀，也有现代主义诗歌的眼神；她接受了古典诗歌和新格律诗派的影响，又受到早已被中国诗人尝试借鉴运用的十四行诗的启示；她诗歌体现出来的入世精神以及对多种技法的综合运用，明显有七月诗派和九叶诗人的风度，而内心激情的漩流和对日常生活、平常心态的靠拢，则可看出当年舒婷一代的姿态和第三代诗人以降诗歌的面孔。值得引起注意的是，广采博纳也可能导致个性的消解甚至丧失。作为诗人，不仅要在纷繁驳杂的生活中"守着自己",在艺术精神和艺术个性方面也要"守着自己"。

用"一只眼"的单纯和天真守望过去的岁月和心灵的天宇,用"两只眼"的敏锐和澄澈打量人生的旅途和人事的沧桑,用"三只眼"的神秘和超然深入事物的本质和生活的真谛,就会在"赶路"的短暂一生,从容自在,俯仰自如,怡然自得,虽然可以不必是一个诗人,但一定是一个充满诗性的人。杨亚杰的诗歌给人的哲理启示就在这里。

[作者系湖南文理学院教授,文学硕士,洞庭湖生态经济区建设与发展湖南省协同创新中心"文艺创作与评论"研究所所长。作品原载《湖南文理学院学报》(社会科学版)2004 年第 5 期]

# 一座城市和一个诗人

庄宗伟

一座城市和诗人是什么样的关系？一座城市的旁边，往往会有一条河流，诗人就是这河流上飘荡的风帆。一座城市无论多么拥挤和喧闹，总有几块幽静的地方，诗人就是那地方的丛林花草。一座城市无论多么富丽，如果听不到诗人的吟唱，将是多么了无生气。

诗人用自己的灵性，使城市具有了活力。

我要说的一座城市，就是常德。我要说的一个诗人，就是余志权。

余志权是我认识多年的常德诗人中的一个。

他就像一棵树一样，在太阳和月光的照射下，让自己的影子，固执地穿过城市的街道，并且在有风的夜晚，发出哗哗的声响。那声响，就是那一行行颇具灵性的文字。

我已经离开我的故乡常德整整20年了。常德是一座具有诗意的城市。在遥远的过去，它具有浪漫的平民的气质，这种气质孕育了屈原、刘禹锡这样伟大的浪漫诗人。但是今天，这种气质正在逐渐消失。取而代之的是一种经世的文化气息，是城市对乡村的扩张，是浓郁的商业氛围，这当然有碍于诗意的表达。

在我以为诗人都偃旗息鼓的时候，突然，我听到了一种异样的声音，那是诗人余志权鼓捣出来的。

余志权是从乡下走到城里来的，带着一颗诗人的清醒的心。

在繁忙的工作之余，他或文或诗，亦庄亦谐，表达着对城市生活的感受。作为诗人的余志权，他所有的文字，差不多都是一种痛苦的呻吟，都清晰地透出现代人对当下生存环境的深深的焦虑。

在《城市已无丰收可盼》这首诗里，他这样写：

城市吞食着乡村
乡村包围了城市
乡村以招安的形式归顺了城市
城市的镜子不仅挂在屋里
还镶在墙外
用来放大客厅
用来放大蓝天
城市除了人还是人
没有牛马
城市人无牛马役使
城市人只有人役使人
城市到处都是文字的标志
显示自己的文化
城市已退化到了万事都需要明示
成了一个弱智的地方

"乡村以招安的形式归顺了城市",这是现代化进程中诗人独特的感受。这里,一个乡下人进城后的忐忑不安,表达得多么微妙。果然,这种招安,并不能使乡村真正地依顺。"城市人只有人役使人",一种深深的失望,使诗人陷入痛苦,并且愤怒。

在另一首诗《城市没有学做人的地方》里,他这样写:

城市有电脑培训班
有驾驶培训班
有英语培训班
就是没有做人的培训班
城市没有学做人的地方
作家有写作的计划
商人有发财的计划
官员有当官的计划
城市没有做人的计划
一群麻雀集聚在两棵树的枝头
叽叽喳喳

早晚快乐地讨论着如何做鸟
…………
城里的阳光没有了庄稼照看
便到处游荡
没有一件正经事
把城里烤得滚烫
城市人忙着搬屋
搬了一处又一处
房子越搬越大
不知何时
才能找到自己的家

　　一群麻雀可以"早晚快乐地讨论着如何做鸟",可是在城里,却"没有学做人的地方"。城里人"房子越搬越大"却"不知何时才能找到自己的家"。这种无家的漂泊感,是城里人的通病。诗人也当然感同身受。

　　诗人是敏感的。当现代城市文明无情地荡涤乡村诗意时,诗人感受尤深。抒情王子叶赛宁就曾是19至20世纪之交俄罗斯乡村和自然的最好的歌手。当现代文明侵入时,他的目光始终注视着充满诗意的乡村、港口、小城、河流、森林、草原和湖水,写下了一首首忧伤的诗。诗人余志权也是敏感的,但他不是叶赛宁,他把目光从乡村、港口、小城、河流、森林、草原和湖水那里移开,只关注城市,同样写下了一首首忧伤的诗。也许是一个现代人的责任感,使他终究没有选择逃避。

　　从叶赛宁到余志权,我们看到了诗人心灵的轨迹,在广阔的蓝天里,画下了一道更悠远、更深刻的弧线。

　　余志权仍然寻找着城市里的诗意。他的散文《草园》系列,以朴素的文字,记录心路历程的同时,讲述着一个个城市与乡村和谐交融的故事,篇篇堪称美文。

　　好多人都不明白我当时离开机关的动机,以为我是见异思迁,却不知道是因为这个草园的缘故。也许是人多,在机关里,常常看到的是一些人无缘无故地没事做,一副闲而无助的样子。其实,大家手里没事,心里都有事。几年、十几年乃至要退休了,手里还没捞个真正的事情。日子就这样荒着,久而久之,机关里的人相互都懒得往来。一支烟、一杯茶,各自在默然中好像在等待着什么,就跟乡下在墙根晒太阳的老人一样，吧嗒着一根旱烟袋，每天看着太阳从东走到西，等着回家。

可那些荒芜了的日子不可能再来了呀！

庆幸的是我终于走出了机关。没想到的是，机关与草园没有一箭之遥，我却走了十年。现在，我只有以一个庄稼人的理念，来打理这个草园，不让房子尘封，不让园子荒废，不让我的日子荒芜。

——《草园》

一个现代人终于没有被城市这条巨大的贪食蛇所吞食，这是诗歌的胜利。

不久前，我又到了常德。常德已经是一座很美的城市了，看上去就像一座花园。在这座花园里，住着诗人余志权和他的同样爱诗的朋友们。

也许一座城市因为有了诗人，而有幸了？

（作者系《湖南日报》集团《文萃报》原社长。作品原载《芙蓉》）

# 洪大和声中的沅水号子

——略谈周碧华地震诗的文学价值

余仁辉


对于 2008 年那场汶川大地震，凡是有血性的人，都会以自己的方式表示一种痛悼、悲悯。在大自然的伟力面前，个体的力量是相当有限的，但只要成千上万的个体集结在一起，那力量就足以笑傲河山。

地震不仅检验了一个党的执政力，一个民族的凝聚力，同样，也检验了一个群体的创造力。这个群体，就是地震诗的创作者。继 1976 年天安门诗歌运动之后，国人心中共同的诗歌因子被催发了，诗情有如长江之水，奔腾不绝。这是中国诗歌史上的一个奇观。"地震诗歌"，它以创作群体的全民性，表现主题的集中性，思想内容的丰富性，传播范围的广泛性等，卓然自立，必将写入当代文学史。

作为新闻工作者，职业性的敏锐使周碧华在第一时间做出了反应，而作为一个诗人，灾难的震撼容不得他思考自己的表达武器，最快捷、最有效的载体还是他曾经钟情的诗歌。

周碧华的地震诗是受难者的悼词，更是抗争者的赞歌。在地震中，受难最深的无疑是学校。也许是因为曾经当过教师，周碧华的地震诗深切关注着校园里的青春。"比花朵还鲜艳的年龄／植入冰冷的废墟／谁把世界的声音收走／谁把老师和同学的笑容碾碎"（《谁在地狱点亮太阳》）。死亡，对一般人而言都是遥远的事情，而在灾区，死神就像随意吹来的一阵风，这阵风扫过，就带走了一个个鲜活的生命。书本、粉笔、黑板、篮球场，飞扬的裙裾、激扬的歌唱，这一切美好的图景瞬间化为废墟。诗人含泪写道："多想你们从废墟中重新站起／哪怕开放的是一朵朵带血的微笑！"（《悼四川死难师生》）这是饱含着期待的祝福，在那些日日夜夜，地底下每一丝生命的脉动，都会让救援者欢呼。生命在灾难面前多么脆弱，而意志却在与死神抗衡，"死神可以拧断钢筋却无法折断／她思想的翅膀／手电筒的光是黑夜里未熄的太阳"（《谁在地狱点亮太阳》）；纵然离去，生的眷恋永恒，"那支笔是幸运的哟／与你的手一起构成最壮美的景致"（《那只手，那只笔》）。在钢筋混凝土构成的地狱里，青春在萎缩，梦想在凋零，花儿一样的少年，遭受最致命的一击，然而笑容仍在，意志不灭，希望永存。周碧华把最美好的、最惨烈的、最痛楚的几个矛盾元素一起融入诗中，产生了令人震撼的艺术效果。

周碧华的诗歌，善于在一种宏大气势的裹挟下，以精微的细节打动人。他以前所写的关于湖湘地理、人文的系列诗歌，比如《忧伤的洞庭》《涉江》等都有这样的特点。

他的地震诗，同样把宏观与微观一起纳入视野。"谁将大地撕开谁将山峦推倒／那瞬间的轰鸣像太平洋海啸"，是对这一事件的整体观照。深刻的思想、丰富的情感藏在细节的褶皱里，他对细节有着深刻的把握。

汶川地震中，感人的故事不计其数，他用诗性的直觉，抓住了几个经典细节。他的地震诗抛弃了空乏的抒情，以细节为根须，深深扎根于那坼裂的土地，因而拥有强烈的感染力。他写在废墟下打着手电筒看书的孩子，写至死也不肯松开笔的学生，写背着已逝的爱人回家的男人。

这几个典型的画面，是为全国人民所熟知的感人场景。周碧华深入挖掘了隐藏在其中的真与美，唱出了动人的咏叹调。如那首《爱人，搂紧我》，对细节的描摹和心理的刻画入木三分，著名诗人雷抒雁评论道："反复出现的'搂紧我''别松开'是生者对死者无望的絮语，强烈表现出人们在突然到来的灾难面前的无奈。这一切构成了对生死不离的爱情的颂扬，一咏三叹，让人心潮难平。"

在地震诗中，周碧华突出表现了他的人民性与责任感。作为诗人，他曾说过要撤退的，在20世纪的最后一年，他以《逝去的雪》与诗歌女神做过一次总结性的告别。那告别是痛楚的，也是决绝的。然而，一场地震，重新震开了关闭的心扉，激活了幽深的止水，周碧华以四首地震诗宣告了他的回归。

他不能容忍诗歌这一艺术王冠上的宝石蒙垢，看不得假诗之名惺惺作态的伪诗人。这从他的诗体特征可窥一斑，他的地震诗质朴自然、晓畅易懂，属于适合朗诵、适合传播的那种。我曾多次浏览他的博客，每一首地震诗的点击量当时就达到了3万次之多，最高的达20余万次，这不能不说他写出了这个时代的心声，因而获得了广泛的认同。这在当代纯文学作品阅读量中实属罕见。他的地震诗先后被上百家媒体转载，50 多种选本录用。中国第一部地震诗评论集《汶川地震诗歌漫谈》（陕西人民出版社出版，2009 年版）两次评论他的诗歌；《那只手，那支笔》选入中央一套大型节目《我们》，由作者亲自朗诵；湖南卫视大型晚会《五月的烛光》由名演员朗诵他的《爱人，搂紧我》，催人泪下。国内目前有关地震诗的评论，一般都要提到周碧华的地震诗，他的地震诗引起如此高的关注度，在常德当代文学创作中也并不多见。

周碧华的地震诗，量少而精，可谓篇篇含血泪，字字蕴深情。与绝大多数地震诗作者一样，强烈的使命感使其有了无法遏制的诗歌冲动，但他们也许没有想到，涓涓清泉竟聚成了"地震诗歌"的洪流。他的地震诗，如同具有湖湘风韵的沅水号子，在竞发的千帆中，成就了别具一格的风景，最终汇入一个民族在大灾大难面前自然生发的洪大和声。

[作者系常德市委统战部副部长，湖南省作家协会、湖南省诗歌学会会员。作品原载诗集《用雪捂热一个词》（文汇出版社 2017 年版）]

# 论诗人历史踪迹与诗歌刻痕

## ——诗人罗鹿鸣的诗歌地理图景

### 刘君君

诗人罗鹿鸣有两个故乡:"第一故乡"湖南,"第二故乡"青海。较之普通地域诗人,罗鹿鸣承载了更为丰富的地理文化意识和历史意识,湖南与青海在中国诗歌史上,有着异常重要的诗歌史意义。罗鹿鸣背后是悠久的诗歌历史文化资源,依托着古今中外的重要诗歌传统。从古典到现代,从南方到北方,从陶渊明到昌耀、海子,从中国到西方,皆为诗人脚踏的多重路径。

鹿鸣诗集《一江诗情入洞庭》呈现出第一故乡湖南留给他的重要精神财富,同时侧面揭示出其所命名的"桃花源诗人群体"的重要特征,这是具有典型地域特色的乡土诗歌:与土地、稻田、湖泊、青蛙、鱼、亲人等南方质料密不可分。罗鹿鸣的日常书写极为贴切地唤醒了读者潮湿的南方乡村经验:"春雨透明的声音落下来 / 池塘便腆起了大肚子 / 欲望也不断膨胀 / 浑浊的眼睛 / 是上头田里的流水 / 弄脏的"。《池塘四季》,罗鹿鸣调用诗人丰富的想象力,将"池塘"譬喻为"大肚子"。鹿鸣诗歌中,其生活化的譬喻随处可见,"深夜,几声蛙鸣 / 跳到城市中心 / 像一把锋利的镰刀 / 割倒一片夜的沉静"。诗人高超的诗歌技巧和简练的语言风格使其乡土诗歌在同质化的南方乡村经验书写中未流于俗套。

肖学周在《跋:诗歌中的桃花源》中说:"近来,罗鹿鸣有意倡导'桃花源诗群',单从命名来说,'桃花源诗群'要比新乡土诗更有意义,因它源于对传统文化与当代创作的整合。从流派的意义而言,中国乡土诗最早的代表人物可追溯至陶渊明,而陶渊明正是'桃花源'的建构者。作为中国诗史上的一流诗人,陶渊明不仅写了充满隐逸精神的闲适诗,也在诗中表达了他对事业无成的焦虑，以及超脱生死的艰辛之路与达观之情。"肖学周敏锐地捕捉到罗鹿鸣有意将湘籍诗人的身份建构和命名追溯于陶渊明。"桃花源诗群"的指称和命名正是诗人有意为之的行为，这是与中国古典伟大诗歌传统的续接。陶渊明作为中国田园山水诗的典型代表，其闲适冲淡、素朴率真的文风影响了后人。罗鹿鸣描写的乡土题材诗歌某种程度上是对古典诗歌传统的吸收中所结的果子。

鹿鸣称此时段写作为诗歌创作回归期（2007—2012），《一江诗情入洞庭》写于2011年，鹿鸣也被称为"归来者诗人"。对于这个时期的创作特点，他如此说道："我写了大量乡村题材的诗歌，这类诗，透彻着自然清音，回旋着心灵况味，反映出人生的诗化境界，既承传了我在青藏高原时的怀乡之作的余韵，又做了发扬光大。"必须指出的是，除了陶渊明，不得不提湖南桃源县另一诗人昌耀，昌耀在中国新诗史上某种程度可算"异类"。昌耀人生经历过特殊年代，但其诗歌话语却不被主流政治话语和革命话语所裹挟，昌耀诗歌语言是从诗人生命中自发生长出来的，呈现出强烈的生命意志和历史感。

罗鹿鸣的诗歌历程和人生轨迹与昌耀、海子存在某种同构关系。燎原说纵观罗鹿鸣的诗歌历程，"其中所显示的，大都是激情的理想主义情怀。是伴随着他不断挑战自我的人生履历，对于自己的诗歌励志"。"与同代人一个明显的不同之处在于，罗鹿鸣步入社会的人生起点，既有较明确的自我设计，也带有某种程度上的冒险性。"这种判断大体是准确的。冥冥之中，青海成为罗鹿鸣的第二故乡。诗人毕业主动选择了德令哈。"姐姐，今夜我在德令哈，夜色笼罩／姐姐，我今夜只有戈壁／草原尽头我两手空空／悲痛时握不住一颗泪滴／姐姐，今夜我在德令哈／这是雨水中一座荒凉的城"。"德令哈"在海子《日记》中成了神圣的西部小城，青海在鹿鸣笔下则充满异域边疆经验，他在诗集《围绕青海湖》中勾勒了"众神篇""众水篇""众景篇""众物篇""众城篇""众情篇"大的脉络。

从这组诗歌脉络可窥见诗人的诗歌格局和大诗意识。鹿鸣《围绕青海湖》部分诗歌吸收昌耀、海子以来的祭祀传统，这也是诗人作为巫师／祭司的自身祭祀传统，与西部边疆固有的宗教文化相呼应。《天空之城与殇歌》是宗教祭祀文化的典型代表。《天空之城与殇歌》分为十部，由"死亡、出发、天葬台、天葬师、解剖、鹰鹫、食尽、砸骨、天堂、天堂之后"组成。全程记录人死亡之后的仪式感，在丧失生命之后，通过宗教仪式的净化，生出对生命本身的敬畏。《围绕青海湖》出版于2015年，大部分诗歌写于2013年之后，对于这一时期的创作，诗人自称为诗歌创作专注期（2013年至今）。

"去年以来，我的诗歌创作带有了明显的创作诉求，力求超越自我，有意识地增加了一些自我物化、陌生化、隐喻化的创作方法，加强诗歌的弹性和张力，增加灵性与质感，这与我的工作变动和诗歌感悟有关。"

鹿鸣这一时期的写作突破了诗人生活经验的书写，诗人在异域体验中，诗歌题材更为广阔、宽大，创作方法多元化，与之前的南方经验细腻绵密的情感表达有所区别，他吸收了西部粗犷质朴风格，既带有中国古典以李白诗歌为代表的浪漫主义传统，又有边塞异域风情，同时吸纳了昌耀诗歌中厚重的历史感和海子青春写作的忧郁。

对于罗鹿鸣喜欢的诗人，在杨延春的专访中，诗人提到他的诗歌前辈："大学时代喜欢过李白、王维、苏东坡、李清照、杨炼、顾城、余光中、艾青；喜欢过雪莱、拜伦、普希金、惠特曼、波德莱尔、纪伯伦、马雅可夫斯基、叶芝、艾略特，最喜欢泰戈尔；之后，喜欢昌耀、海子、洛夫、彭燕郊、欧阳江河、匡国泰、起伦、聂沛、张执浩、梁尔源、刘年。还有外国的帕斯、洛尔卡、黑塞。"（《杨延春先生对罗鹿鸣专访》）我们从这一串古今中外的名单中不难考察罗鹿鸣的诗歌谱系和诗学来源。在历史的纵坐标轴上和文化地理的横坐标轴上，诗人既喜爱李白、苏东坡的中国式浪漫主义，也欣赏雪莱、拜伦、惠特曼的西方浪漫主义，既高举杨炼、昌耀厚重的历史意识，也接纳波德莱尔、艾略特的现代主义……通过这一系列前辈诗人的考察，我们不难看出诗人罗鹿鸣开阔的诗歌胸怀和多变的美学风格。

需要特别指出的是，鹿鸣不仅是一个继承传统的诗人，也是一个具有独创性的诗人，鹿鸣诗集中多次提到了"鸟"的意象，这是罗鹿鸣重要的诗歌特征。"麦子""马"的意象成为海子的特殊诗歌符号，同样，"鸟"也成为罗鹿鸣诗歌的重要符码。尽管，在古典诗歌中，"鸟"曾是一个重要意象，陶渊明、王维等诗人写过鸟，新诗传统中，郭沫若也写鸟，但"鸟"作为意象出现频率如此之高，意义如此繁复和突出的还是在罗鹿鸣的诗中。

关于"鸟"的诗歌，鹿鸣写下《鸟人》《看鸟的人》《一只鸟的苍茫》《鸟岛》《关于鸟与鸟岛》《王冠的鸟岛》《三块石》《这一切都付之于飞翔》等。笔者注意到对"鸟"的书写，罗鹿鸣至少从 2011 年就开始了，《鸽群，飞越城市》《燕子》《风筝》《一只鸟》，这一时期的诗歌书写大致停留在写物阶段，在第二时期的书写中，"鸟"不仅仅是被注视的物，还成为情感寄托的对象："对于鸟类而言 / 是家乡徒具虚名 / 还是徒具虚名的远方 / 这一切，都付之于飞翔"。第三时期的代表作主要是《鸟人》："我们，是一群鸟人 / 没有翅膀，却能 / 飞翔于尘世 / 偶有风的托举 / 兼具芦苇梢头的 / 摇摆沉浮"。《鸟人》写于 2015 年，不知诗灵感是否来自 2014 年亚利桑德罗·冈萨雷斯·伊纳里图的电影《鸟人》。诗中，"鸟人"已成为"我""我们"抒情主人公形象的自我显现，象征诗人渴望返璞归真，追求自由的精神。

诗集《光芒与洪荒》收录诗人从 2013 年到 2015 年的部分诗歌，算是罗鹿鸣的回归之作。他说道："我在 2013 年 7 月底，深入藏地进行了为期 20 多天的穿越，经甘南、甘孜、从昌都入藏，行程 5000 公里；2014 年 9 月中旬，我又从林芝入藏，环西藏旅行 8000 多公里，时间达一个月；2015 年 8 月上旬，我重回青海流连 20 余日，在号称三江源的玉树，我的足迹遍及黄河、长江、澜沧江源头，实现了我精神与肉体在青藏高原的双重回归。"在罗鹿鸣的诗歌中，我们看到他的诗歌疆域与诗歌胸怀随着人生经历的丰富而不断扩张，写作题材和创作手法呈现多样性。

从历史的时间轴来看，诗人不同时期诗歌写作带着历史的明显刻痕，诗人自己分为活跃期、沉静期、回归期和专注期。本文重点梳理了诗人回归期和专注期诗歌风格的流变。诗人不同历史时期的诗歌风格让我们大致窥见中国 20 世纪 60 年代出生的诗人的人生轨迹和时代印记。

新批评家们认为诗人必须承载历史意识，诗人不只是拥有他那一代人的知识图景，而且拥有整个传统文化的思想背景，也就是说，诗人位于传统与当代中间。罗鹿鸣的诗歌书写正处于这样一个位置：他站在传统与当代之间，在对中国古典诗歌传统和中国新诗传统的双重吸纳中，与自身生命经验、时代经验进行融合转化，从而显现出厚重有力的诗歌思想，开阔宽广的诗歌胸怀和素朴真挚的诗歌风格。

（作者系清华大学博士研究生）

# 中国诗人的担当和超越

## ——我看华海的诗

杨亚杰

　　2005 年 4 月初，我收到了寄自广东清远的诗文集《一个人走》，在此之前我在《诗刊》上发出了一则出版诗集、愿与诗友交流的信息。我因此知道了在同一块土地上、在并不遥远的"岭南"，有一位名叫华海的诗人"多年来一直持文坛外个人写作姿态"，"把孤独视为精神的天空和海洋"在"一个人走"。他出生于 20 世纪 60 年代，毕业于某师范学院中文系，做过教师、电视人，后在机关任职的人生轨迹，让我备感亲切。我的第一本诗集《赶路人》表达了同样孤独的选择和强烈的道路感，我们的人生轨迹极其相似，这给我带来了温暖和喜悦。当时在我的心目中，他跟我一样，是一个选择了"爱诗就享受诗"的生活方式的普通人，或者说是一个白天好好工作，夜晚默默写诗的"无名"诗人。直到今年 3 月的一天我又收到了他的研究专著《当代生态诗歌》和登载了他的新诗赏读文章的一叠《清远日报》，这种印象才开始改变。我发现他跟我是不一样的，他"爱诗"，但他不是一个停留在"享受诗"层次的人，而是一个有担当意识的人，是一个发现文学有"两只眼睛"，"一只沉醉于梦想一只直面现实"，而选择了生态诗歌写作和研究的行动者，他强烈的知识分子的社会良知、持续的诗歌激情、开阔的"世界公民"的视野，令我刮目相看。随着对他诗文的认真阅读和思考，一种发自内心的敬意油然而生。我发现他有一颗鲜活的生态诗魂，他创造着颇具个性的生态诗境，他倡导着颇具"前沿"性的生态诗观，他由听从心灵呼唤，到理性的自觉，到不断用文学靠近理想，实现了由"一个人走"的担当到"悄悄集群"的超越。这在"反道德、反文化"的"先锋流行诗"（借用陈超的命名）热闹着的当今中国诗坛确实是非同一般的"这一个"。我们不是常问"诗人何为"吗？华海的选择是一个值得肯定和研究的范例。

## 一、生态诗魂："天地间不倒的腰杆"

诗人的担当凭的是诗，华海有一首诗，名为《诗人的笔》：

> 笔胆里贮满／乌黑乌黑的忧患／在那些鄙夷的目光里／只是萧萧秋雨中／一支瘦的竹竿／也有人劝你弯弯腰／眼前便是春光明艳／迷醉中打几个酒嗝／后花园里便会盛开／闲适的菊花／可你总是用凌厉的笔尖／纵横指戳，在／三寸白纸上／吐尽一生肝胆／就这样，你把自己挺成了／天地间不倒的腰杆

我以为这是华海"这一个"诗人一颗生态诗魂的"自画像"。这颗灵魂对人类面临的生态危机有着强烈的忧患意识，满贮着对污染和谐而洁净生态的人类"文明"行径的无比痛恨，爱憎分明，疾恶如仇。文章写到这里，恰好收到他的一条短信："《无极》无法无天之极，典型地暴露了人类中心主义的自大、虚伪和卑鄙，文艺界应该感到悲哀，文明人的文明常常叫人类蒙羞。"这更加深和印证了这种印象。而选择用笔来担当，他又是那样的义无反顾，始终如一。他不惜孤独地承受"鄙夷的目光"，决不"弯腰"讨取"眼前"的"春光明艳"，也不浑浑噩噩地在迷醉中贪图"闲适的菊花"，而是用"凌厉的笔尖"在"三寸白纸"上"吐尽一生肝胆"，他那挺成"天地间不倒的腰杆"的诗人的笔的形象，体现了一个有社会良知的中国知识分子的尊严和气节。

从他《一个人走》诗文集的多篇作品里，我们不难发现他的这种具有某种悲壮感的选择，完全听从的是心灵的召唤，缘起于他对纯洁、美好的自然与生命的强烈的爱。比如他在《不会融化的雪》里就说："我是有一种与生俱来的雪缘的，雪的清纯雪的梦幻雪的悲壮，年复一年，覆盖了我三十年的生命。"就像"乌黑乌黑的忧患"很容易让我们联想到一系列生态污染的情景一样，这里"雪的清纯"让我们想到完美的自然生态，"雪的梦幻"让我们想到他对自然生态之美的感悟和他的诗，那么"雪的悲壮"呢？则和前面说到的义无反顾的选择挂上钩来，"雪地上的脚印像白纸上的两行黑点平行地延伸……没有脚印不变成路的"，这不就是诗人的笔、诗人的灵魂吗？记得一位友人说过：一个人最重要的就是他的哲学。华海"这一个"诗人的哲

学就是"诗化自然"的哲学，这个哲学在高度发达的物质文明正在危害人类自身、更多的国人追逐权力金钱物质享受，而诗人们多沉浸在个人情感宣泄中的背景下，显得尤其可贵。

## 二、生态诗境："心有感应，大风就起了"

华海的诗乍看起来，并没有他那颗诗魂那样显得有力度，浮躁的心很难感悟他的诗；也没有他的诗魂那样显得个性鲜明，单个的诗混在众多写大自然、动植物和山水的诗中，并不容易一眼就认出来。但他的诗却是有个性的，是他生态诗实践自然生成的结果，是"这一个"诗人的艺术，如同大海孕育的珍珠或宝石，美在天然，具有持久的魅力。

华海的生态诗境，是一种"不动声色的美，来自压迫和打击中的坚韧程度"，宁静而幽远。

> 走向泉水的源头　野草／拥向脚踝　触摸依依归来的／感觉　屏息静听的刹那／一种温馨的光芒　从林间／平静而坚韧地穿越……
> 隔着这座山岭　在巨大的／投影下　悄然翻看岁月书简／蝴蝶飞舞　在那半空中／布设奇异的迷阵　隐隐地／心有感应　大风就起了
> ——《起风》

读这样的诗，你得把心"沉"下来，把所有的感官打开，才能跟随诗人的脚步，走向泉水的源头，感悟到"一种温馨的光芒""平静而坚韧地穿越"，这是大自然充满了生机的宁静之美。由"走向""拥向""触摸""屏息"一系列的动来写没有都市喧哗的自然之静，动静在对比中和谐；"隔着山岭""翻看岁月书简"体会在社会历史的背景下自然的幽深淡远之美，是一种生命与生命的对话，只要"心有感应，大风就起了"，哪怕蝴蝶"布设奇异的迷阵"哩。诗人引领我们在诗境中与自然生息相通，这是远离自然、居住在钢筋水泥混凝土房子里的人在现实中难以悟到的。在物竞天择的自然进程和人类改造自然以服务自身的社会进程中，那些具有持久生命的美是一种穿过"压迫和打击"的坚韧，在柔和的外表内潜藏着顽强的韧性的刚毅。上述动与静、近与远、刚与柔（其实还有快与慢、多与少等等）的对立统一呈现着丰富而又和谐的生机勃勃的意境。

和别的诗人偶有所感写下一两首有生态诗特征的诗不同，华海几乎是在他所有作品中都不自觉地贯注了他的生态诗魂，这种一以贯之的自然"外化"，构成了他生态诗境的原生性和丰富性。比如在他的散文中随处可见这样的句子：

> 雨，伸出小手指，轻轻叩击我心灵的门。
> 那么，你猜：雨的小手指是什么样的呢？
>
> ——《秋雨寄北》
>
> 日月让你看了正面之后又会转到背面。
>
> ——《回过头来看秋月》
>
> 歌哭人生总是从一朵纯粹的花开始。
>
> ——《水仙花开》
>
> 它是有生命的，是海底盛开的花，是雪白浪花的结晶。
> 它在千万年的沉静中，在海底幽深的梦幻里，生命的花枝始终没有萎谢。
>
> ——《海珊瑚》

这完全是诗性的。雨雪风霜、日月星辰、动物植物都是有生命感觉的，随时参与构建华海的生态诗境。

将华海的诗集中起来看，则不难看出：华海的生态诗境，是一种生生不息的美，既有着中国古典诗歌传统韵味，又有着现当代诗歌精神的风姿，澄明而生动。

在《当代生态诗歌》里，附录有华海生态诗19首，其中4首以《澄明之境》（组诗）为题发表于《诗刊》2006年2月号上半月刊。毫不夸张地说，这些诗是有震撼力的，当然我只说我受到的震撼：在霜迹里，我"听到像是胸口／又像来自大山深处怦怦的心跳"（《霜迹》），很长一段时间里没有听到这种声音了。雨后，"溪口的水涨了半尺　白鹇站在旁边／看一枝蓝色小花　微带忧郁的／神情　如笼着梦的幽秘"（《雨后》），这让我回到一个梦境，在那个"梦"里，我失踪了，为了一朵幽蓝的野花。我才知道，原来只有月光的触须才可以"伸进淡蓝色梦的边缘"（《月影》）。"森林的气息　在不自觉中／深入骨髓　伸出无数细密的小手／抚慰肉体包裹的柔软灵魂"（《山气》）。这哪里是梦呢？这"自然的澄明之境"如此真切，淤积在心胸的泥沙仿佛一下子被滤掉了，我感到自己也"站成一棵树　在透明的风中／抽枝长叶　聆听大山／各种各样的声音"（《和鸣》），这些声音碰撞着、回荡着，形成丰富多彩的和鸣，在这和鸣里，我看见了生命的火焰在愉快地燃烧、升腾！我感到我的渐趋麻木的感官和灵魂苏醒了。在宁静而澄明的喜悦中，一列乌亮的铁轨赫然闪现我的眼前，仿佛凌空而起的"两枝箭／尖锐地射向自然的深处／嗖嗖地　突然感到寒气袭来／感到最后被射穿的／却是我们的后背"（《铁轨，穿过风景线》）……我的心疼痛了。喜悦而疼痛，这就是华海的诗给我的感受。

我不是诗歌理论家，不想在这里总结华海生态诗的形式技巧特征。我只想说从华海的诗里我们可以悟到大自然的气象万千，中国诗歌中"物我交融""天人合一"的境界，同时还有外国诗歌里的浪漫主义气息、现代主义眼神、西绪福斯式的悲剧情怀。要强调的只有一点，那就是华海明白自己的血管里流的是"中国血"，因而他尤其注重中国思想文化传统的继承、创新与发展，比如在关于生态诗歌的对话里，他就指出"我国山水田园诗歌应当成为当代生态诗歌一脉相承的诗歌传统资源"，"是否具有现代生态观念是检验一首诗是不是生态诗的标准"。"喇叭状的中国喉咙"里，"五千年血的积蓄／在躁动着大风暴阵痛的痉挛"（《中国血》），华海的诗不是"游戏"的结果，不是心血来潮的兴之所至，而是极其细致的生命体验，是中国诗人血管里流出来的有生命的"语言"，构筑着大海一样浸染广阔而含蕴深厚的世界。

### 三、生态诗观："千万颗爱心升起来"

构筑大海一样的生态诗歌世界，其实是一个梦想，是诗人华海建立在科学发展观基础上，以积极姿态参与和谐社会建设的切入点。华海在《当代生态诗歌》的后记中说："生态危机和困境已是我们不能不直面的现实。生态问题关乎人与自然的未来命运和终极关怀，人类必须做出改变，否则，生态环境还将进一步恶化下去；人类必须……彻底反思和调整工业文明的积习，重新建构人与自然和谐发展的关系，创造伟大而美丽的生态文明。"生态诗歌在这一转变过程中，怎样才能发挥独特的作用，并成为时代的一个精神向度，正是诗人华海尝试探索的课题。他认为有意义的写作是心灵的沟通，也是对社会的发言："必须由个人立场、个人姿态介入当下公共社会。"

华海是个头脑清醒的行动者，他的"介入"方式除了诗人的敏感还有智者的聪明。他以生态诗歌文本的收集和评论打开一扇"天窗"，"请大家说话"，他认为：要改变长期以来人类对自然压迫、掠夺的文明模式，改变"人类中心主义"的自大和虚妄，首先应从热爱大自然，建立新的"大地伦理"关系开始。因为热爱，一切才趋向完美，爱存在于人的灵魂中，"千万颗爱心升起来"，才能将满天繁星熔铸成一轮新的太阳。于是，他用评论的方式从百花齐放的诗坛"请"出了闪烁爱心光辉的一批生态诗作，慧眼识珠式而又创造性地集合了一个星光闪烁的生态诗歌方阵，以方阵前行的脚步声来唤醒更多的爱心。

华海的生态诗观是前沿的，是"这一个"诗人诗学理念成熟的标志。据南方网报道，华海的《当代生态诗歌》是我国首部生态诗歌研究专著，从该著四辑诗文的命名与集合，我们可以找到华海关于生态诗特点的科学归纳与阐释。对应第一、二、三辑"危机的警醒""自然的体验""和谐的梦境"三个标题，正是华海所指出的生态诗值得关注的三个特点：批判性、体验性、梦想性。在这三辑里，华海从诗歌文本入手，条分缕析实践了他的生态诗理论构建。而这种构建得益于他的"世界公民"意识、诗人主体意识和人性善德意识。"世界公民"意识使他能够站在全球范围和全人类的立场观照当前世界，思考人与自然的新关系和全球生态危机，并由现代生态文明观出发，对现实进行批判；诗人主体意识使他能够感悟到诗歌语言背后的内蕴，以诗思的触角探入诗的灵魂，和诗人一起融入自然，与自然平等对话，实现自然体验的多种可能；人性善德意识体现在对和谐梦境的憧憬上，"和谐的梦境"是让千百种声音自由歌唱的"心灵的天堂"，指向人与自然相应相和、相济相生的理想境界，那种对生命的敬畏、尊重和热爱即是人性的大善大德。第四辑收录的是华海与朋友关于"生态诗"的对话和"知音"们对华海及其生态诗的短评，题为"诗意的栖居"，表明了华海自觉选择的精神生活方式和意义，以语言重构理想的自然，重构诗意的"家园"，使自然和精神在艺术的境界里得到升华、融合。其实，指向生态诗歌的对话，也是一种"诗意的栖居"，朋友的评论则表明他所做的这一切得到了响应，精诚所至，金石为开，事实证明：华海的生态诗观是有价值且可推行的。

华海是孤独的，他以写作抵御和消除心灵的孤独，这孤独是"先行者"的孤独，远离世俗尘垢，亲近自然和万千生命。他用文字寻找知音，以知音的心有灵犀实现自己的担当。他就是《喊山》里的樵夫，让山的声音跳出优美的弧线，牵出了"许多声音"，他成功了，他找到了知音，以心有灵犀的"悄悄集群"实现了对个体力量弱小、生命短暂的超越。当然，这种超越不是完成时，而是进行时的，不是封闭式而是开放式的，将在对农业文明纯朴的自然之美"回归"的同时，疗治工业文明给自然和人类造成的伤痛，建设高度发达的与物质文明相适应的精神文明，以实现对人类生活环境和质量的提升；生态诗歌的阵容将不断扩大，整体水平将不断提高，生态诗观也将在实践中不断丰富、完善。

"穿透一切的／只有时间、意志和阳光"，华海"这一个"诗人的担当和超越，启示我们重新审视自己的角色定位、价值取向和精神向度。他是一面镜子，让我找到了共鸣的快慰，看到了"爱诗就享受诗"的局限，他充满主动性和活力的"介入"姿态是更有价值的选择。我将调整好自己的精神向度，在享受创作的快乐中实现自己"这一个"的担当与超越。

[作者系常德市文联原副主席。作品原载《华海生态诗抄》（大众文艺出版社 2006 年），后入编《绿色之门——生态与诗歌暨华海生态诗歌国际学术研讨会论文集》（太白文艺出版社 2008 年）]

# 回归乡土：医治乡愁的灵丹妙药

罗鹿鸣

## 一

认识黄飞跃是在我卸任常德市诗歌学会主席的那次会议上，会场门口，我见到几个人或坐或站在一张条桌边，桌上摆着一摞书，面对着已会散人尽的空荡。见我走去，他们一个个热情招呼，并一一向我做介绍，我由此认识了黄飞跃与楚冰。黄飞跃长得结实高大，他正与重病在身、头上还留着打针针头与小白胶管的诗人楚冰卖书，他们准备将剩下的书打包带走。我立即对他俩说，这些书你清点一下，我全买了。于是20多本由他们主编的《中国2014年新诗选》全部成了我的收获。回到长沙之后，我陆续将这些书送给诗友们，并宣讲黄飞跃与楚冰，他们与疾病做斗争，坚持诗歌创作，还与熊刚一起创办《桃源诗刊》，用节衣缩食甚至治病省下的钱办刊，还编选这本全国性的诗选，做了许多诗歌公益事情，这种爱诗情怀、崇高品德让人肃然起敬。

## 二

今读黄飞跃关于家乡黄家湾的诗歌，感觉他像一头脱缰之牛，既不受新诗规则（本身也是文无定法）的约束，也不受村干部"官身"的约束，在田野里信马由缰，在乡亲中穿插迂回，在伦理、法制与人情世故里优哉闲逛，目之所见，皆能成诗。他的诗是从乡土里采摘出来的，带着雨露的清爽、新鲜，带着泥土的芬芳、朴素，带着乡党的率真、坦白，甚至直击现场，像诗体现场新闻，将乡村公事、私事、农事、畜事、情事绘声绘色，讲述给我们听。对父母、对亲戚、对同学、对乡亲，莫不充满赤子之爱，甚至寡妇偷情，在他的笔下都没有愤怒，没有道德的审判，与他所做的"村官"明辨是非、惩恶扬善、风清气正的责任显得不很相称。但他有的只是人的关怀，从人性的角度给予宽容。他只管言说他的土地与乡亲，只管对现实秉笔直书，置一个"诗人"的身份与一个"村官"的身份于不顾。说的都是口语、人话，写的尽是生活、本真，读之亲切自然，乡情浓郁，让人痴笑而醉。

> 心里头有一匹放纵的野牛
>
> 跑出来
>
> 偷吃了春天
>
> 有花开，交给蜂
>
> 有好的树杈，交给做窝的雀鸟
>
> 有果熟，留给，秋天与冬天
>
> 我什么都不要
>
> 土地不空闲，只要人间
>
> 枝繁叶茂
>
> ——《一个农民的愿望》

黄飞跃的家就在桃花源里，诗中到处充溢着一种陶渊明"采菊东篱下，悠然见南山"的境界。荷尔德林的田园牧歌是一个可以栖居肉身与灵魂的乡村，希尼不断挖掘的父亲也是可以刨出血源与命运之根的劳作。而黄飞跃所描写的对象——黄家湾，却正是一个现代化进程中逐渐凋敝的家园，有一种向死而生的悲情，一种无奈的寄身之所，在他平缓舒畅、自由洒脱的诗写中，时有泪花糊人眼，有一种不是挽歌的挽歌意味，他竭尽全力地想以文字的方式保住那无可奈何花落去的时光与亲人。"人辛勤地劳作，却诗意地/安居在这大地上"，他再也没有荷尔德林这种轻松愉快的心情来面对周围日新月异的一切。是的，就像荷尔德林所言："人在屋里，在广大的天空下，/除了命运与忧虑，一无所有。"黄飞跃所面对的父老乡亲，连同自己，都是一无所有者，而这种一无所有，却不能被视为财富与权力的一无所有。我们都是命运的穷光蛋。他在"黄家湾，种桃，种李/种春风"，他在为自己的村庄立此存照。

在作品里，黄飞跃摆出一副乡村诗人的架势，与乡村、乡情、乡土死磕，每一首诗都散发乡村生活的气味，那些野草闲花、池塘沟渠、山坡荒地、稻田薯土都飞舞着乡味浓郁的蜻蜓、蝴蝶般的诗歌。一起长大的发小、撒了糖的蒿草粑粑、父亲母亲、妻子女儿、叔叔伯伯、娭毑、智障人、蚯蚓、麻雀，在他的字里行间，都是款款情深。即使是写忠烈的诗歌，也柔中带刚，充满柔情善意。

> 白色的鹅卵石，铺就的小路
> 蜿蜒向山顶
> 我们落脚，要轻一点
> 石头会很疼
> 每块石头，都是一块忠骨
>
> 说话也轻一点，松针会落下来
> 每一枚松针
> 都是，视死如归
>
> ——《河洑山抗日纪念地》

　　质朴、通俗、口语化、素描法，都是黄飞跃诗歌的特质。不论是《庄稼人的心思》《黄家湾的路》《我在黄家湾等你》这样的优秀作品，还是乡村场景一类的《乡村集市》《山村理发师》，还是真挚感人的《樱桃》，虚虚实实，拓出一片诗的意境来。"木格子窗户上的剪纸花／或是鸟或是蝶／或是腮边的云朵"，没有一分矫情，没有一丝虚伪、虚骄，青山从不伪装，绿水永葆纯真。像土地一样坦白、山茶一样清芳。这就是黄飞跃的诗歌质地。他的诗是一曲乡村恋歌，是一幅乡俗民风的图画，爱父母乡亲，即使是乡村的丑事，也被写出一种美来，让人恨不起。没有刻意雕琢修饰，更没有故弄玄术。如他对摆渡的老汉，只几笔白描，便将他简单机械的生活活灵活现地勾勒出来，表露出那种日常生活的闲情逸致。

> 他的船，除了装抽旱烟的老爹
> 穿印花布的村姑
> 有时也装三几只小羊羔
> 散窝的猪仔，空闲时候
> 也装蓝天与白云
>
> ——《渡》

一个山水田园、花鸟虫鱼、蓝天白云的形象，在黄飞跃的笔下萌生出诗人的冥想与梦想，甚至长出思想情感的枝枝叶叶，结出一串串诗性的果子来。我们也能从他奇思妙想的言辞的惊异中，触摸到喜悦的花朵，看到了溪流般有序行进的时空、浪花。从一个农民的身上、从一个村干部的身上、从一个诗人的身上，我看到了这三位一体的愿望，看到了有时会给你一种"片词只字使我止步不前"的力量。

三

梦想，它是现实之外的一次逃逸，可以安抚魂灵，掩盖现实的窘境，逃避心灵的痛苦。黄飞跃的作品中，用词造句很少有梦想的成分，都是从大自然里摘取的质朴而新鲜的叶子与果实，使语言呈现出一种生机勃勃的力量；偶然出现的梦想词汇也被虚无缥缈的云朵带到了远方。本来，梦想是可以为生活润色的，也能给日常生活一种润滑，甚至于起到掩饰痛与苦的表情的作用。黄飞跃没有借助梦想的翅膀飞跃，而是扎根于泥土，用诗歌给自己的心灵搭建安心立命之所。"感时花溅泪，恨别鸟惊心"，他的情感，全与家乡的山山水水、花花草草融为一体，以强大的精神力量，驱除本来虚构于心中的苦恼，打开柴门，呼吸来自大自然的欢愉的空气。虽然黄飞跃很少在诗中进行梦想，但他的诗却孵化出一种境界——一种"具有诗意的梦想，能赋予我们所有的世界中最美好的世界"（法国巴什拉语）。他不是在梦想中得到生活的温馨，而是在直面生活、直面人生时，给我们一方清凉与滋润。那种田园牧歌的回响很好地化解了生活的龃龉与龌龊，让我们在激流汹涌的河流边仍然能够找到一片片宁静的河滩。

黄飞跃是这样写他的家乡的：

> 看山？
> 我有一点惭愧，我不敢邀你
> 它们有些平坦，有些驼背
> 两两相对守，默默无闻
> 不过，这时候，又暗暗想起
> 落日下的
> 父亲，母亲

——《母地》

从他的诗里，我们看到了一棵乡村之树的年轮、肌理、质地。它成长的艰难，它摇曳的风采，它收获的喜悦都让我们备尝其味。乡村记忆、生活憧憬、人性情感、泥土气息、乡土观念、底层呻吟，交织而成的山岚晨雾，弥漫在一首一首的诗歌里，慰藉着诗人坎坷的人生。他的诗是我们回归乡土的还魂药，是一剂医治乡愁的灵丹妙方。

当然，我也看到他的一些诗太随意，太老实；或内容空泛，形式单一，语言过于直白，或有些松散、拖沓，如果更简约、凝练一些，将增色更多。

## 四

我曾在一次诗会上做过关于"乡土与诗歌"的发言，引申到黄飞跃的诗集上也大致不会离谱。"一花一世界，一叶一乾坤。"黄飞跃的作品，从第一本《我在春天等你》、第二本《泥土边沿的风声》、第三本《黄家湾》，再到这本新书，他以不同的视角、独特的思考、多样的手法，折射出内心对桃源大地、家乡人文的诗性光芒。《乡村中国》《江村经济》《岳村政治》《中国农民调查》《乡村国是》等著作是从经济结构、政治层面、宗族文化、乡村变迁、"三农"困境等视域进入乡土，或入木三分，或精雕细刻，或条分缕析，都颇具真知灼见。而从黄飞跃的作品来考察，不论是家国情怀还是儿女情长，不论是绘景描物还是抒情达意，都具有一种浓烈的乡土味道。

我们今天谈"乡土与诗歌"，不是讲农村、农业、农民的"三农"问题，也不仅是乡村、乡亲、乡音、乡情问题，而是以"乡土"寓意我们的"精神之根"，是一种"根情结""根文化"，是从肉身到灵魂的返璞归真，类似于宗教上的"皈依"——不忘初心、回归初心。从全国全省来看，诗作者仅有少部分农民诗人，而绝大多数都是城市诗人，这些城市诗人中大多数又是走出农村的城市人，形象的比喻是农村与城市的"两栖人"，他们不仅有物理上、地域上的回归需要，而且与城市生城市长的诗人一样，都在寻找精神家园、心灵故乡。这种精神还乡甚至是人类与生俱来的禀赋。

而诗歌是还乡的一种奇特方式，那些附着情感、思想与想象力的文字，以千万种形态魔幻般满足内心的渴求，抵达乡土的内核，完成还乡的旅程。然而，我在一句诗里感叹："回不去的是故乡"。不仅故乡物是人非，曾经让我们出发远行的源流也痕迹难寻，青山绿水不见了，溪流清泉泯没了，池塘淤塞，院落颓圮，这些外在场域和景物让我们前进的脚步异常沉重，而那些朴素的乡情、友善的乡邻、宗亲的纽带、乡规民约的约束、忠孝仁义的习念更是在现代化的潮流中分崩离析。面对乡土的种种现实困境，我们借助诗歌回乡既是最经济的选择，也是最浪漫的自慰。

## 五

桃源因雪峰山与沅江而山雄水壮、田园秀丽，孕育人的本色与灵气，桃源又因文化底蕴绵厚、学习气氛浓厚而熏陶人，使之人才辈出，人杰地灵。所以，桃源是一个盛产诗人的地方。抗战诗人陈辉是现代诗人的优秀代表，高原诗人昌耀是当代诗人的巍峨高峰。这些年来，我认识的好几位桃源诗人，都是悲悯中绽放出诗情的歌者，在重疾缠身的情况下不忘初心，坚持诗歌创作，颇有成就。李富军、肖友清、楚冰这些桃源的诗人们，像凄风苦雨中的艳丽桃花，在他们生命力最旺盛、创作力最强劲的时候零落成泥。

如今，黄飞跃作为村主任，他从诗歌的梦想里开小差出来，在现实中建筑自己的梦庐。他呕心沥血筹建的乡村图书馆开放在即，从全国各地筹捐的2万多册图书已经到位，他现忙碌着做书架、整理分类图书的事情。我衷心希望这个图书馆成为村民们的精神家园，成为"三农"的精神高地，也成为黄飞跃放飞梦想的惬意天地。在此，我希望黄飞跃能够挣脱病魔，战胜苦难，一生健康平安，创作出更多更优秀的诗歌，扛起一方家庭的天空，撑起一片诗歌的蓝天。

（作者系湖南省建设银行企业文化专家，法律硕士，湖南文理学院兼职教授。作品原载《武陵学刊》2019年第5期）

# 诗心悲悯仁慈，诗意爱，光明

## ——刘金国诗歌阅读记

张绍民

诗人刘金国一直在用心思考人生、生命的本质，他的诗歌有着自己广阔的人生面对。首先，诗人诗心悲悯、仁慈；其次是他对生命敬畏热爱；再者他提供了美好阳光一样的温暖、照亮；第四其思考的视野非常广阔，关注的范围巨大，体现了他对生命空间的高度参与：既有从上而下的鸟瞰，又有让内心重新回到云上太阳的光明境界。

诗歌的种子也是人生的种子，那是光给予的一粒粒甘泉作为源头而来的种子。诗人把它们播种，就是让心中的真理、良知、爱、光明，长出来，让人获得温暖。一颗诗心，满含悲悯仁慈，就有了对天下苍生的关切；一个诗人的诗歌与民同在，与民同呼吸，诗歌就有了芸芸众生的呼吸与滋味。

## 一、诗心仁慈悲悯

《我等狗娃花开》是一种现实生活里的等待与盼望，盼望一种希望。实际上，是诗人对底层、对民众的生存表达的深度关怀。为读者的写作，为苍生的写作，于是就有了众生的期待——我很喜欢这首诗歌。

《我等狗娃花开》是一首在忧伤里展开的无比令人亲切的童年歌谣。"在乡村 / 到处都是狗娃花 / 一到秋天 / 漫山遍野开得洋洋洒洒"交代了底层生命的草根性。诗歌在起兴之后，叙事——

"妈妈外出打工 / 说狗娃花一开就回来 / 我信 / 因为妈妈习惯叫我狗娃"。

"尽管妈妈一直没有回 / 尽管等了两个春夏 / 但我信 / 因为乡下的狗娃已经长大"。

花开是归期，然而归期是伤痛，普通的鲜花展开留守儿童的成长伤痕。诗人具有深刻的同情心，对留守儿童的关注表达了悲悯之情。

《搬运工》是对现实人生芸芸众生的普遍写照，是集体照，也是独立照片。诗人对普遍的人生，对众生有提炼的概括，有整体性的写照，都是对人的存在的普遍之爱。这首诗具有典型的浓缩能量："一生下来就不停搬运 / 搬来红蜻蜓，搬来五子棋 / 搬来爱人，搬来孩子 / 搬来柴米油盐酱醋茶 / 搬来欢乐、痛苦、忙碌和空虚"。

诗歌勾勒出了肉身沉重与劳碌的辛苦，劳动是祝福也是诅咒。人成为人的肉身自己沉重的负担。

"把日子一个个搬来 / 又把日子一个个搬去 / 搬到山穷水尽 / 搬到月明星稀 / 最后把自己搬进土里"。

苦海搬运人生，诗心仁慈，有爱而为。

## 二、诗歌助人，为爱奋斗

爱惜众生，也体现在爱惜光阴。诗人睿智地提醒人们爱惜光阴，是更好地爱生活、更好地为生命的幸福而奋斗，用时间为值得的人生而努力。诗人刘金国的《抓不住时间的七寸》很好地描绘了此世的时间特性。诗歌很好地、形象生动地描绘了这个世界时间——

"觉得有声音，有形状 / 甚至有动作 / 觉得什么也没有 / 像是远来近去的天籁 / 又像是死去活来的潮汐"。

把时间的抽象性，用具体的绘画与修辞来进行有力的说明，很贴切。时间有死去活来的特征，这是诗人得到的真理的启示，就像芸芸众生都会死去，而那些获得永生的人会复活，这在自然里面得到普遍暗示，春天里，复活的种子复活了冬天死去的枯枝。

在《世界那么大问题那么多》中："不用无限放大不用无限缩小 / 只不过一个小小我 / 像一棵树挺立 / 站稳大世界里的一个小角落"。

这首诗是他的一种思考，追求一生成为一棵树，让人生成为走动的树，让老去的树如同冬天的枯枝死掉，让新我成为复活的嫩芽成为生命树。

诗歌悲悯苍生，不要虚度人生，快乐时光，在于人生有正确方向，方向对了，人生就对了。《捉月光》是一首跟随人生记录人生的月光记号："从春到冬 / 从黑夜到黎明 / 不管天早天晚 / 不管天晴天阴 / 那冷冷的、暖暖的、淡淡的、红红的月光 / 总能触动心灵"。

月光是对黑暗的不屈服，这让人意识到在人性的黑暗与漫漫长夜之中，依旧有崇高位置的光把人从黑暗里提出来，提到高处，提到高于尘世的地方，要进入高于黑暗、战胜黑暗的地方。

### 三、诗歌对人的救赎

诗歌是人对抗死亡的武器。《救赎》一诗在抒情之中，对人生的本质进行了深刻描绘："蝴蝶把自己交给花朵 / 季节把自己交给鸟鸣 / 村庄不老，鲜活于梦境 / 月光尚在，映亮浮生"。

诗歌在这里的这种类比暗示了人需要外在的生命来完善。芸芸众生，在村庄，在世上，都只是浮世绘，都只是过客，都只是暂时的存在，需要对自己进行救赎。那么，一个人如何进行救赎？

"我把自己交给远方 / 走过荆棘、走出丛林 / 走向山高水长，走进海阔天空 / 不停地把逃避与放弃清零"。

诗人高度关注人的存在。《我只求上苍赐福》是一首在人力很无奈、人很有限的情况之下，祈祷生命的主宰、祈祷天上的力量给予灾难中的人帮助的诗歌。

这首诗的注释写道："2017 年 08 月 08 日 21 时 19 分在四川阿坝州九寨沟县附近（北纬 33.2 度，东经 103.88 度）发生 7.0 级左右地震，震源深度 20 千米。兰州、成都、重庆、绵阳、西安等地震感强烈。"

"地震、瘟疫、战争 / 所有带灾难的字眼 / 从字典中消失 / 所有的日子徐徐而来 / 缓缓而去"。诗人的胸怀何等可贵。诗心慈悲，其言美善；诗心悲悯，其言为苍生之心。

### 四、诗歌助人光照社会

诗心唯爱，诗心唯光，诗心在诗人代言生命光明的核心之下，说出人所需要的光。《向太阳讨要力量》是一首很光明的、具有光明性的诗歌，这首诗看到了生命的源头的光源是多么宝贵："反复冷过的 / 或在暗处待得太久的 / 或者梦很长的 / 特喜爱阳光，尤其是黎明传递的晨曦"。

人性的黑暗需要光，才能把黑暗一扫而光。看那黎明的晨星，带来曙光，带来光明，让人性长夜的深渊全部毁灭。"一定要生活在高处 / 思念发酵时，便于最直接表达 / 越靠近太阳的生命 / 生长越有力"。

所谓生活在高处，就是要求灵魂生活在有光源的地方。《神性的光芒》写出了人需要的光的本质。人离开人的源头本体就成了无本之木无源之水，恢复人在源头的位置，就是源头把人找了回来。这首诗具有对光的敬畏："树叶纹路，动物毛发 / 一条河流走向 / 一座山坐姿 / 每一个事物都有自己的场"。宇宙有自己的规律，宇宙、万物、自然有自己的秩序。万物互相效力，一切的存在，那些美好的存在，都来自最初的生命恩典与恩赐。

"相互吸引，相互排斥 / 相互端详 / 随时在滋滋拔节地生 / 或悄没声息地亡"。诗人有着冷静的思考——

"不过看不清 / 笼罩在头顶神秘的光 / 石头也发的光 / 正是一种存在的力量"。人要成为光那样的人，人要成为盐那样的人。诗人的诗歌给社会带来光亮，带来春风如光流淌。

## 五、诗歌立起一座终极精神城池

诗如春风，奔波万里，只为播下光的种子。打赤脚的风在水面撒种，一粒粒活水的种子，成为收获成熟的庄稼。刘金国是一位写风写得很好的诗人，写了好多以"风"作为关键词的诗歌。

《与风谋皮》一诗很具有创意，风有皮肤，风的皮肤是春风那该多美好，孩子的皮肤如春风，那该多美好。

这首诗开始是对人生的审视："不比多年前 / 那时年轻气盛 / 跌倒了大不了爬起来 / 拍拍灰尘 / 多大的事儿 / 即使头破血流 / 好了伤疤就会忘记痛"。

人在少年青春的时候，有斗志，有激情，有黄金时光的春风吹拂。青春年少都是生命恩典的好时光。诗人有宽阔心境："不比的理由其实简单 / 再美的风景已近黄昏 / 偶尔的磕绊 / 或许带走小命 / 不如不争 / 想发脾气认准对象发 / 对着空气牛吼三声"。人有无奈的时候，可以对着空气吼几声，内心的阴霾一扫而光。

此外，诗人还具有发现秘密的能力，比喻的秘密是一种新鲜的美，是发现之美，把隐藏的美说出来。《风的骨头》把风最秘密的美说破："把春风十里打包 / 至少可以堆成一座山 / 里面激情荡漾 / 忍不住 / 就会喷出火焰"。诗人的想象力，能让人超越，进入精神的美里面，实现局限的现实所不能的美好："一直误会她内心很脆弱 / 很柔软 / 没想到她也能生出骨头 / 生出气节 / 生出胆"。

春风的骨头是什么呢？春风的骨头就是那些冬天的枯树枯枝，春风就像它们这些骷髅、骨头重新长出来的肌肉，就是白骨返青，复活，重生。

《捡起一根北风》则是一首对《风的骨头》的补充与呼应。"弯下身子／像捡起一根枯枝／捡起一根北风／拿在手／感受来自北极的风流""这跌落在地的北风／像极了鞭子／心冷时能拿来出气／也可贴在胸口／增加暖度"。

复活就是让灵魂复活，让心复活，让人具有了永生的精气神。诗人的比喻具有新鲜的创造力，让人耳目一新。

《记住耳边风》这首诗写母爱，却显示了诗人的创造力，他善于把陈旧的人们习以为常的写出新意，写出爱，一切都放在爱里面，就有了诗歌的宽阔。

"母亲的叮咛像风／不爱听了／就从耳边吹过""吹了几十年／想表达的东西／一次比一次多""被焐热的句子大同小异／注意身体／好好生活"。

接下来，写得很具体——

"必须得存贮几个／冷时再取出来／暖暖心窝"。

朴素的语言，是最深刻的。他把母爱、母亲的唠叨，写成春风，化解了唠叨的厌烦，这也是对母爱如春风的博大情怀的赞美。

有爱就有慈悲，有爱就有光，有光源就有远行。怜悯再造新城，慈悲生城，一首又一首好诗，连成一座城；一根根光线，编织一座永恒光城。在《走过一座城》中，诗人强烈地用这个世界的城与终极精神之城进行对比，呼唤灵魂永生精神的生命何等迫切："很想驻足看看霓虹／看看霓虹灯下的倩姿／有没有某个人或某个事物／曾激起心灵的潮汐"。

诗人呼唤："转个弯／或许能逆转起伏的命运／不求享受人造风景／但愿立起一座精神城池"。诗人追求永恒的终极精神城池："从城南到城北不过十里地／辨不清东西／有人一辈子没走进来／有人一辈子没走出去"。

慈悲遍地，成为好城风光；爱心如光，温暖全城民心。

## 六、诗歌提供精神活水

好诗如水可洗心洗灵魂。诗心从真理深处来，这样的诗人，这样的诗歌带着光的能量，让人阅读的时候，犹如获得光的活水。

《用春水洗洗》写得很形象——

"只等一场春雨来临／与那些刚刚露头的小草／含苞欲放的报春花／正在返青的柳条／还有从南飞来的大雁／痛快地洗个澡"。

"先洗头，让脑子清醒／然后洗身子，让皮肤不再干燥／再洗洗口耳鼻

眼，洗洗脚／最后洗洗灵魂／这样从上至下，从里到外／就有了春天的味
道"。

春天的雨水，是希望的雨水，是转折的雨水，是复活的雨水，给枯枝、
给种子解渴、洗礼，复活成为一片绿。人的灵魂得到洗礼，有了永恒之春的
味道。

诗歌如水，如光；好诗如好水，如好光。好诗是用来洗心的，好诗是用
来清洗灵魂的。好诗如麦子，一粒麦子落在泥土里，就会生出更多的麦粒来。
真正的诗心慈悲，是具有复活的希望，诗歌可以成为现实情感的粮食。

《风吹麦田》一诗展开了对麦浪、麦田的美好描绘：庄稼熟了的时候，
镰刀就要来收割了——"吹啊吹，那被绿色惯坏的春风／一拨又一拨／翻过
太阳山／在柳叶湖边打了一个盹／麦子就黄了／向上长出个性的麦芒"。春
风睡一觉，麦地就变成了黄金流淌，春风的梦里流淌出来的黄金，成了令人
惊喜的金色大地。"一直以为只习惯存在于江北／存在于某个影视片／存在
于某次大脑分泌出来的想象／不想在太阳驻守的山下／一方麦田开始随风走
向／没有终点的远方"。

看到眼前的麦浪，他心里有新鲜的麦浪被光的种子更新，他心里有光的
种子来自崇高。好的诗歌提供粮食，提供好的心灵场所，就像这片金黄的麦
浪带给诗人的感悟。

诗歌的创作最终是要为灵魂找一个远方的归宿，其实所谓远方很近，就
在我们身边，就在我们心上，让心上有了光源，就有了我们，有了最好的归
宿。

刘金国的诗歌在不同书写、不同具体内容的表达和题材广泛创作等方面，
都是紧紧围绕真善美，从来没有离开过诗歌的种子，因此，他长出来的诗歌
都具有粮食风景的品质。这样一位诗心慈悲、关注民生、目光在芸芸众生尤
其是在低处生活的人们身上进行关注与给予明亮的诗歌精神的好诗人，其诗
歌可谓：诗在民生身上暖，诗心多从悲悯来。

（作者系自由撰稿人）

# 一位新闻人的诗意人生

侯立兵

　　我不是诗人，却有幸与诗事、诗人结缘不浅。何以言此？一则缘于参与编撰常德诗墙诗词丛书十余载，结交了一批擅长旧体诗的前辈诗人；二则缘于在高校宣传部门任职多年，结识了一位与我年龄相仿的新闻界诗人，那就是文正先生。

　　诗律一体，好的诗歌与音乐一样都是生命的律动。中国古人论诗之发端难逾"缘情"与"言志"二说。细品冯诗，感觉其中万缕情、千般志大抵寓于三种意象之中：童年、乡村、孩子。这实为三种挥之难去的情结。作为诗人的同龄人，也有儿时在贫困乡村生活的经历，我对冯诗所蕴含的情感极易共鸣。《童年那些玩意儿》中的抽陀螺、跳房子、滚铁环、打弹弓等游戏很自然地将我带回 20 世纪 70 年代的童年，那影像恰似些许发黄的黑白照，模糊却真切，简单而难忘。难忘童年，自然难舍那山窝里的故园。那隔年开花的油茶树、骄傲的橘子、猩红的杜鹃花，还有家乡的老屋，无不以原始而执着的生命力牵扯着诗人的灵魂；牵扯诗人灵魂的还有那轻摇蒲扇的外婆、月下磨镰的父亲、母亲挥动棒槌的背影、油茶花般白嫩的三姐、端坐火塘扳着十指数九的老爹……乡土乡物刻骨铭心，乡亲乡情魂牵梦萦，与其说这是散落在诗歌中的动情因子，不若说这就是融入诗人血液中的细胞。这是诗人的力量之源，更是生命之源。诚如《想起那条水》："这是我爱上的河流／……沿着这条水逆流而上／就可以触摸到生命的源头"。

　　与上述三种意象关联，诗人于有意无意之间隐构了一种"对话"机制，潜在的问答牵引着诗歌内在"情""理"的演进。此种对问的祖源大抵可回溯至屈原的《天问》。潜心品读，大致可以梳理出三组对话平台：一是父辈——"我"——"孩子"三代之间的对话；二是现实与历史的对话；三是城市与乡村的对话。在《古城墙边，和孩子注视一块带弹洞的墙砖》《鸟笼》中，阅历丰富的父亲与懵懂纯真的女儿对话。在《远去的补碗人》中，诗人与"父亲母亲的年代"对话，"我妈口气很淡：/那些送去补的，都是念想。"就这样，诗人与流走的光阴对话，与转换的空间对话。作为一个赤脚走出山沟的孩子，他在城市里打拼，生命的根却留在山里，"我一直带着这样的体温/奔走在城市街头"（《泥窝潭乡的场期》），"在喧嚣的城市"里，"我"想"放置一张安静的书桌"，想找回"坐在乡间老屋的感觉"。我们生活在一个制造的时代，生活在富裕都市中的人们却失去了清新的自然，于是人们开始在城市里炮制人工自然。山里的杜鹃"以火的形象燃烧，以火的形象熄灭，足以让一个季节灿烂无比"，而城里的杜鹃"被钢筋水泥压缩着""不分季节"，即使"我轻易找得到满眼的杜鹃，但总担心找不到/最简单的春天"（《山里的杜鹃·城里的杜鹃》）。在诗人看来，这些被刻意制造的自然无法让人们找到心灵的归宿与诗意的栖居。诗人以一种独到而宏阔的"边际视野"来观照人生百态和大千世界，他站在时间的边际来俯视历史、现实与将来；他站在城市与乡村的边际来反思"城市化""工业化"带给人类的利弊祸福。

冯诗"缘情"却并不囿于独抒性灵，冯诗"言志"却不拘于一己小我，以文化为诗是其闪亮的创作个性。文化是个宽泛的词，这些年经常被人滥用，几近玄虚了。然而，文正的以文化为诗则是可以着实的。《〈易经〉第二十六卦（大蓄）》是以学问入诗，其间蕴含了诗人对国学的独特领悟；《木匠谭师傅的记忆》《泥土·中国历史》《与一块古瓷片结缘》《正视布达拉》则是以中国历史入诗；《想象·一只白鹤》《读史·春申阁怀古》则是以地方史入诗。《木匠谭师傅的记忆》通过一个家庭叙事折射三十年来中国农村的沧桑巨变；《与一块古瓷片结缘》从一片盛乐古城的古瓷片遥想鲜卑拓跋氏辉煌的历史片段。这些题目看似很小，昭示的却是史诗性的大主题。正是由于史性思维与诗性思维有机融合，使得冯诗在某种意义上成了历史的诗化，抑或诗化的历史。

无独有偶，诗化的图志也是冯诗以文化为诗的另一重要表征。《诗集》第三章大抵属于以地理入诗的作品，在这里读者可以跟着诗化的地图去享受旅行的惬意。这幅色彩斑斓的诗化地图异常辽远，然而其中最闪耀的莫过于云南、西藏、武陵三大版块。对武陵山水的钟爱缘于诗人的故土情怀，自不待言。《彩云之南》《感悟西藏》两组诗，则是诗人"快乐行走"西南中国时的深度感悟。诗化的历史、诗意的图志让诗气磅礴、诗境辽阔。

诗如其人，其人如诗，诗境辽阔还得益于诗人的秉性与胸襟。作为诗人，他没有孤芳自赏的清高和穷酸。作为媒体人，他又没有盲从与市侩。他在喧嚣的世俗中闹中守静，始终坚守着那缕诗情、寻觅着那份诗意。"他不是纯粹的文人"，但也"偶尔在文学的草原上放纵奔腾"（《记者·一种生活状态的表达》）。记者与诗人两种身份相去较远，虽然也会有矛盾困惑的时候，但总体看来文正先生在其间却游刃有余。以悲天悯人的诗人情怀写新闻，便有了爱心的广博。以新闻眼光来洞悉社会人生，更增添了诗歌的敏锐。诗人不仅深爱着尚在乡村的同胞兄弟，更深切地关注着"农民工兄弟"这一广大群体；不仅深爱着自己的掌上明珠，更深切地关爱着中国农村千百万留守儿童。不难发现，农村、土地、留守儿童、农民工等这些新闻热点问题时常被纳入诗人的创作视域之中。

诚如诗人曾用的笔名一样，他在诗歌与新闻之间"快乐行走"，那种轻松、自由与惬意，比照一下时下某些所谓文人或文化人的尴尬与局促，又怎么不令人佩服与羡慕呢？时下，搞批评的不搞创作，玩绘画的不懂文学，弄书法的不会诗文。人们习惯以专业细分的各种小圈子来作为狭隘、自闭的借口。试看当今高校文学院里那些以汗牛充栋的论文论著自居的学者们，又有几人能诗、几人能文呢？

（作者系广东第二师范学院教授，中国社科院文学所博士后。作品原载《常德日报》2012 年 2 月 23 日、诗歌集《远去的补碗人》）

# 用自己喜欢的方式，向生活致敬

## ——试述余仁辉诗歌中的乡愁情结

### 唐益红

就像诗人余仁辉在他的诗选集《良宵》自序中写到的："假如把这个选集的诞生作为创作生涯的一个节气，我以为'小暑'是适宜的。天气尚未达到最热的时候，果子也还挂在枝头胆怯地闪耀。我的诗歌也一样，抽穗灌浆，将熟未熟，似乎给我这个不太勤劳的农夫带来对丰收的无限憧憬。"

在小暑这样一个特别有仪式感的节气里，我与这本诗选集意外相遇，静心品读余仁辉诗选集《良宵》。

这是怎样的一种惊喜。诗人余仁辉在庸常平凡的生活之外，带给我们诗意的沉醉。他的诗歌洗去了我们一身疲惫，带给我们自由的驰骋。是的，只有在诗歌里，我们才变成了一个高尚的人，一个纯粹的人，一个脱离了低级趣味的人，一个自己能够自由支配自己的完整的人。

诗人余仁辉通过对故乡的审视和对话，抒写出了他自己的乡愁，凸显出了他作品中旗帜鲜明的故乡情结，刻骨之爱深入骨髓，在字里行间行走，使得乡愁主题得以有效地延伸，并成为他诗歌创作中独特的标志。

他的故乡腊树湾，虽然现在已经不叫腊树湾，被改名成莲荷塘，却是他永远的精神故乡，他灵魂的栖息之地。而他就像《飘》里面的郝思嘉一样，每每都是这样，只要到腊树湾走上一走，他的心灵就会归复到平静与安详。

我是去过他的老家莲荷塘的，我也曾走过他们祖祖辈辈生活的腊树湾的山路。那个地方，也像极了我小时候的我的老家，也是有山路弯弯的小村子，也有一路生长的女贞树，有雪白浓郁的弥漫花香。

在每个人心底，我们都有一个最依恋却最不能回头的故乡。我们成年后，故乡改变了模样，变得让人不敢相认。所以，当我读到他写的《从腊树湾到莲荷塘》《忘记了》《召唤》《回乡偶书》《哪里是我打马归去的村庄》《弥留》《后山》等作品的时候，会情不自禁地跟着战栗，我也曾像他诗中那样近乡情怯："此时寒风正盛，我又似潜入深夜的贼，要偷回久违的乡音熏制冬藏。"

在他心中，腊树湾已经成为心中永远铭记着的渴念。小小的村庄里裹着他的欢笑与忧伤，虽然现在甚至连名字都已经被修改为莲荷塘，可是，那里依旧是他的故乡，树杈上安放着他的童年，记忆的血水一日浓过一日，他心中的那些地名清也湾、麻条巷、余家冲依然清晰无比。那些湾、巷、冲，都是南方乡村熟悉的旧时称谓，即使它们在现在的乡村版图上消失了，但它们的模样一直固守在他的心底，喊一喊心里备觉得亲切，喊一喊心灵才得到慰藉。童年的玩伴、母亲老屋的屋檐、沉默的路标、老去的二叔、立在水库边的一座小学……这些熟悉的过往早已经无迹可寻；还有衰老的父亲，在这座乡村小学当了几十年校长，腊树湾、莲荷塘始终牵挂在他们心里。我也认识他的父亲，他的父亲，与他一样的均是至情至性之人。乡村是中国传统文化的根基所在，是中华民族的灵魂和血脉所在，古老的乡村，古老的文化，古老的民风，千百年来，中国传统文化在这片沃土上得以代代传承。中华民族的优良品质在他们身上得到体现：好学、笃学、纯善、诚实、守信……这是个体对道德思想、生命价值观的坚守。

熟悉的场景、压抑不住的乡情，可以想象，当他们离开了熟悉的生活环境，来到城市，心中的割舍不下的那种眷恋，乡情、乡音、乡亲如此让人不舍。所以，诗人每隔一段时间就会回故乡来看看，寻找那些随着时光流逝后已经渐行渐远的熟悉乡村景物，寻找那些已经衰老快要消失了、抑或正在衰老的亲人和乡党。乡情、乡愁、诗情不由自主流露于诗人笔端，所呈现的，既有真切的思念、极致的体验，又有忧愁鲜明的乡愁辨志。

余仁辉诗歌中的乡愁主题是盛大的，诗性思考是深刻的，内心的情感起伏是五味杂陈和无限眷恋的。在诗歌《那是不够的》中，他勇敢地向读者敞开了他的胸襟。在第一段中，他看见的是"一树梅花"，但他离开得太快，还没有与之握手、对视；在第二段中，他看见的是"一片梅"，仅仅陪伴了他两个月，花香就凋落；在第三段中，他"又看了很多的梅"，就如和故乡、恋人，仅约了一场童年的游戏、仅喝了一道清浅的白茶、一杯红酒。这三小段连续性的铺排，这三小段执着于细枝末节的描绘，都是在黎明破晓前的前奏，是引吭高歌前的轻缓过门，所有的这三次与梅的相遇，"其实这些都是不够的"。

真正的高潮部分放在最后一段，那里有他克制而内敛却其极具辨识性的习惯用语和构建方式；那里有他对美好生活的憧憬，有深情款款爱的告白，有感悟人生后的深邃温柔；最后一段是点破阴沉气氛的高亢声音：

> 我来到这人间，就要看更多的好
> 就要遇见更多纯美的灵魂
> 就要盛开更多的春天
> 我来到这人间，就要动更多的情
> 亲人们啊，我来到这人间
> 就要和你们填满更多的痴心
>
> ——《那是不够的》

多好哇，我们来到这人间，难道不是为了与更纯美的灵魂、更美好的春天相遇吗？难道不是为了活得真诚、痴心、美好吗？

这些既炙热浓郁，又舒缓细致的情绪与他以往的创作风格相比，有了不同，是他潜心沉寂几年后，在诗歌创作上的瓶颈突破。展现的是他在第一部诗集《时光散落》之后，历经思索和顿悟之后的坚定步伐和极具鲜明特色的个性写作。

这表现在遣词造句的构建上，他珍惜每一个词语的表现力，不浪费一字一墨。有人说过，诗歌艺术的表达方式是冷静的艺术，在于克制，在于收敛，在于素材的甄选，在于用心提炼出金子般闪光的诗句，并让读者与之共舞。诗人余仁辉的创作就是属于那种情感深沉不宣泄不闹腾，却别有一番克制内敛的审美特征。意象的嵌入都有与之对应的情感起伏，他用情感深伏的姿态抓住了生活的根须，在机缘巧合的阳光雨露滋养下，生长出他自己的枝繁叶茂。

正如《回乡偶书》中散落的那些蕴含深意的词语："石拱、溪流、野火、炊烟、稚子、少年、静夜、蛙鸣、荷花、荷叶……"对于故乡，他所表达的，有时是一段童年记忆，有时是一种中年后的情愫，但它们都有着细密的纹理，木石般的质感，我们仿佛一眼看到了诗人的生活轨迹以及长大成人后的心境："我的江湖已载不动酒 / 在某一个清晨的鸟语里 / 想起低吟的岁月 / 我只要两岸青山 / 一苇孤舟"。他深谙见意就收的妙用，含蓄之中微露出一点点暗示，让读者不由自主地探寻去体会。而他所表达的生命体验，既是诗人个人的，更是读者共同的："谁最终搀扶谁走向故乡。"

这首短诗虽然仅仅只有十几行，但它所呈现的时间跨度却很大，所围绕的场景很多，充分显示了诗歌这种体裁的非凡力量。

诗人余仁辉用极简单的词语句式，含蓄的意象，暗藏的意蕴，及时捕捉到了自己在平凡生活中一闪转瞬的直觉，找到了诗歌奇妙之处的进入点，他将瞬间化为永恒，用诗歌的语言表达着对故乡深沉丰沛的怀念；他摆脱了那种羞羞答答的文人式创作、行吟状态，点燃了自己内心的火焰，做到了风乎舞雩，随风而舞；他做到了随心所欲、收放自由的书写。可以说，诗人余仁辉以崭新的面目出现在我们面前，真正做到了放开，真正做到了心与身、心与手合一。

知乎上有一句话是这样说的：你的气质里，藏着你走过的路，读过的书和爱过的人。

诗歌何尝不是这样。在诗人余仁辉的乡愁主题作品中，我读到了他对故乡深沉的爱，读到了岁月赐予他的贵重礼物——沉稳、低调、勤奋，宁静、平和。这几年，他一直孤独地思索、读书、创作，并不急于发表。那些随灵感而至的诗句在他脑海中不由自主地生长，就像一株青檀之树，树的生长是缓慢的，木质却是质密坚固的，经得起光阴的质问。诗歌让他心上有光明，让喧腾安静下来，让他的每一个平凡的夜晚都变成充满诗意的良宵。

对一个诗人来讲，不断地超越自己，不断摆脱以前的创作模式，才能进阶到另一个诗性与个性共融的新境界。诗人余仁辉近几年的创作与思考，已经证明了这一点。

这种创作状态，其实是一个好诗人最好的状态：拨开事物内部隐藏的奥秘；发现更好更美的世界；抒写自己独立的思考。

他写诗，就是用自己喜欢的方式，让自己心里高兴。

——这是一个普通人，对生活最好的致敬。

（作者系中国作家协会会员，湖南省诗歌学会理事，常德市诗歌协会副主席。作品原载《常德日报》2019年7月14日）

# 神秘的诗、单纯的人

—— 漫谈谢晓婷和她的诗歌

陈集亮

　　谢晓婷说是要出书，嘱我给她写序。我不是诗人，只是偶尔写点打油诗而已，怕写她的序不好，很想回掉这份差使，建议她是否找个真正的诗人来写。但她首先就堵死了后门。"亮儿老师，你了解我些，就是你写，我谁也不找了。"这种不容置疑的口气也只有她这么无遮无拦的人才会有。我只有勉为其难。

　　知道谢晓婷写诗歌和写诗歌的谢晓婷，是 20 世纪 90 年代末期的事。而和谢晓婷相识，则是 2000 年年末的事了。大约是那年秋末冬初吧，当时常德市文化局和常德市文联的几位领导谈到常德的诗歌创作，有人说谢晓婷写诗很有灵气，可是两年没有消息了。于是有人提出写一篇《寻找一位诗人》的文章，结果我当时供职的常德日报生活周刊果真就发了这篇文章。不久，谢晓婷就来到了文联。那年年底，好心的领导为了谢晓婷的生计，要谢晓婷到报社当见习记者，我们有幸当了几天同事。作为一个文学女青年，她抽烟喝酒全套都会，不了解她的人还真有可能见了咋舌。大约我自己是烟酒齐全的瘾君子，对此算比较宽容的吧，所以她听同事们喊我小名"亮儿"，她就喊起了"亮儿老师"来。这一喊就是 10 来年。

　　就我的了解而言，应该说，谢晓婷算得上一个真正的诗人，和诗人有关的很多正面的负面的东西她大多都有。有诗人的奇思妙想，有诗人的疯疯癫癫，有诗人的喜欢漂泊，有诗人的浓厚的故园情结，有诗人的不顾生计，有诗人生活中的单纯和文字中的复杂……朋友多的饭局，喝酒可以喝得眼睛血红步履踉跄；为了远方朋友的一声召唤，她可以背起简单的行囊就带着一张火车票的钱走向远方；如果是自己比较关心的朋友，不管是男是女，喜欢给别人的衣服拍拍灰，以至闹过一两出令人笑翻的绯闻……

说她像女巫，是指她的诗歌里常常散发出非常神秘的气息，很多想象和文字匪夷所思，看了她的诗歌，很难相信她是一个读书不是太多且家乡有些偏僻的乡下女子。她的诗歌，有的缠缠绵绵如泣如诉，女性意识很强；有的则大开大合天马行空，仿若一个侠气十足的男儿。她的诗歌产量不是很高，但写一首像一首，而且极少有重复自己的意象和文字的情况。在某一个网吧或者酒吧，在行进的列车上，往往就是她灵感喷发的时候。她的创作常常是在迷狂状态进行的。不知她诗歌中的神秘气息是否与此有关。她甚至以《女巫》为题写过一首我无法完全理解的诗歌。这里不妨照录：

> 女巫的裙袂在风中飘扬
> 我们因此拥有了头发
> 带着头发远行
> 一边走，一边抚摸
> 一泻而下的柔情
>
> 没人告诉我歌声能持续多久
> 没人告诉我水温，以及
> 爱情的属性
> 女巫的爱情将魔咒解开
> 我们因此拥有了眼泪
> 一边走，一边细数
> 滚圆的安慰
>
> 打开内心的河流
> 蒙昧像水草一样甜蜜而温软
> 走过去，走过来
> 理由一样地存在
> 这
> 不是我要的生活
> 不如：
>
> 在某个午后

> 燃一棵香烟
> 乘坐黄金丝缕
> 回到我鼎盛的唐朝
> 回到唐朝的明月
> 回到太平公主——
> 《长相守》的韵脚

或：

> 远行
> 必须有一次徒然的远行
> 戴上昆仑奴五彩的面具和公主
> 忧伤的爱情
> 远得没有回程
> 女巫的马灯和罗裙
> 将驱散她邪恶的母亲

若干人物、若干典故、若干意象联袂而来，让人有喘不过气来的感觉，但你不得不承认那种神秘的诗性与诗性的神秘值得玩味。她的诗歌中运用通感的时候很多，这也可以佐证她身上的"巫性"色彩。比如《家乡》，她把不能遗忘的地方叫作家乡，在家乡可以像牛一样咀嚼窗外大捆大捆香甜的月光。月光可以论"捆"，月光可以"香甜"，这用实证的物理学和化学知识是无法解释得通的，在诗歌中却称得上"无理而妙"。

她的"巫性"还表现在她对自己所处的社会环境和心境有着独特的解读。比如《一些事情》：

> 一些傲慢傲视着另一些傲慢
> 一些孤独孤立着另一些孤独
> 一些人莫名其妙地悄悄离去
> 一些人又软软地草尖一样降临
> 一些云就那样飘远了
> 一些雨就这样落下来
> 一些花儿辞别树，红颜老于昨
> 一些泥土隆重而固执地沉默

一个地方住了那么久还是觉得陌生
一个从未谋面的人却把我的一生束紧
一个是注定要迟到的我
一个是不愿意久等的你
一生就这样错过
一世就注定了寥落

一把刀锈在铁匠手中
一只鸟躲入云丛
一句久未说出的话
一开口就被风吹走
一些来不及完成的事情
一辈子浸泡着歉疚
一些早晨重复着另一些早晨
一些黄昏埋葬了另一些黄昏

这首诗歌，有当年朦胧诗的一些况味，也有着狄金森式的有些病态而忧伤的哲理意味。这种对人生的另类解读有时候让人有恍然大悟的感觉。一些惯常的事物或者情绪一经诗人有意或无意的组合，那种整体的诗性就凸现出来。

在诗歌中神出鬼没的谢晓婷，在诗歌中常常显出"巫性"的谢晓婷，在现实生活中却常常显得像个儿童。我常开玩笑说她是个永远长不大的小女孩。她敏感，敏感得有时为一句生活中常见的玩笑话和别人翻脸；她爱憎分明，毫无世故气息，喜欢的人她可以用身上最后的 10 元钱请你喝啤酒，不喜欢的人敬酒给她也可能遭到她的拒绝；她像小孩一样想做什么就会去做什么，压根儿不考虑后果。像云彩一样飘荡着，谁也不会知道她下一站会去哪里。作为诗人，这些个性可以理解。作为一个需要在社会生活中立足的成年人，确实有值得商榷的地方。诗歌要坚持写下去，生活也得一天一天过下去，希望谢晓婷理解"亮儿老师"的苦口婆心。

（作者系《常德日报》资深记者）

# 空无之镜与梦幻般的真实

## ——胡平诗歌风景管窥

彭明波

　　诗人熊焱在他的《现代诗歌写作如何创新》一文中说："一个优秀的诗人，应该具有敏锐的观察力、丰富的想象力和准确的判断力，能透过现象看本质，能通过外表抵达真相，超越浮光掠影的外在描摹和蜻蜓点水的浅尝辄止，在细致入微、鞭辟入里的不断挖掘中呈现出个人写作的独特性，呈现出主体的、面目清晰的自我。"胡平的诗语言平实，多用口语写作，但又不同于一般的口语诗。他摒除了生活直录式的平庸，游离于日常琐屑之外，以其透视般的目力凝视自然，审视自我，观察他者和世相人生。他总是保持一定的距离，保持自己游离的姿态。无论是观察他者、观察世相，还是观照自然乃至观照自我，他都可以随时地游离或植入，并借此看见不可见之人、不可见之物，想到不可想之想，思至不可思之思。正因为这种游离"物外"，反观自身的艺术直觉，使他在长期的智性诗写过程中，不断深入开掘，抵达思想的纵深。用平易的语言表达丰富的意涵，而又不时在字里行间显露智性光芒，这是胡平诗歌写作的难度和风格的独特之所在。

　　胡平曾经说起，比之特朗斯特罗姆的深度意象，他更喜爱辛波斯卡的"口语+深度意象"。攀登有不同的路径，但是都可以到达诗歌的顶峰。胡平在用简单的语言表达对严肃主题的思考这一层面，比较接近于辛波斯卡的诗写风格，然而在他的诗歌中，也有少量的象喻写作，譬如早期的一首《春天》："春天发生很多奇妙的事情／万物用力，大地自内向外涌动／一些事物从无到有／／枯死的枝条泛绿，嫩芽儿／像雏鸡的嘴啄出树干／一粒隐藏于黑暗的种子／顶破泥土／／睡眠中的婴儿／不知不觉长出乳牙。不小心窗外／就绿了，冷不防山坡就红了 // 我手中的苹果，正一寸一寸 / 回到树上，回到一片叶子的底部 / 以花朵的形状潜伏下来"。陈仲义说："象喻写作就是通过有限的意象化途径，切近无限的精神底蕴。"《春天》一诗用感同身受的表现力，写出了生命之中一些"奇妙"而又自然的事物和现象带给我们的愉悦和欣喜。该诗意象新颖，想象奇特，并且有空间的拓展，尤其是诗的最后一节，在诗意的联想中，更有时间的回转，一种基于错觉或幻觉的书写，具有超现实主义的特质。之所以引用这首早期的诗作，是因为笔者认为，虽则胡平后来的书写较少象喻写作，而多基于语感写作的思性追索，但是他主要的诗写向度，大抵都能从这首诗中看出端倪，例如他所热衷的对"空"（空无、虚无）的"不可言说之言说"，以及他的诗作中无论是自我审视还是观看他者，常见的一种超现实的、梦幻般的生命体验。

在诗人的笔下，房子是空的（《空房子》），椅子是空的（《空椅子》），一切都消失了（《消失》），消失为《空》，消失为《虚无》。这些对"空"的言说，有中见无、无中生有，无即是有，有还是无，实则是一种矛盾修辞，一种生存悖论。"空房子"是一个象征的容器，但容器本身就是一种存在，并且"在很久以前，那个拉窗帘的人 / 离开房间，不知去向"，这里的"空"与"满"、"无"与"有"，不仅是空间性的，还是时间性的。"空椅子"本身也是一个"实体"，它的"空"只是针对人而言，没人坐就"空"着，有人坐就"满"了。"我站在它旁边 / 看着它 / 仿佛它就是真理 / 立在自身强大的场域中"，这种基于智性的思考和观照，不是靠近它，而是在实际上"远离"它，只有"远离"它，才能看到这把"空椅子""真理"一样地存在，"如此肯定，绝对"，并且"不容围观者有丝毫的质疑"。

而"无中生有"也是诗歌创作的一种构思技巧和结构模式，身为诗人的胡平自然熟谙此道。从这种意义上说，写诗就成了对存在的《虚构》："为什么不虚构一个人呢？一个爱你的女人倚在身边 / 容颜羞赧，面色潮红 / 冬天，太阳刚好，炉火正旺 / 深翠的苹果摆在桌上"。什么都没有，但是我们在诗歌中可以创造出生命中所有的美好，在"虚构"与现实的反差中，思考人生的意义，从而得到启示，并且做出最好的选择。这似乎有弗洛伊德所说的"白日梦"之嫌了。事实上，胡平这首《虚构》并非停留在这一较浅的层次，而是一种逆推，先是特写，而后近景，最后是一个中远镜头。从虚构的"爱你的女人"到虚构的"一座庭院"，再到虚构的"另一个自己"："为什么不虚构另外一个自己？ / 风日清和的晌午，你吹着口哨 / 行走在回家的路上"。诗歌不只是写给自己，更多的是写出一种普遍意义的"存在"与"虚构"。唯有展开了的风景，才是诗意的风景。胡平对于这类"无中生有"的虚构模式，还有相反的、更深刻的理解，譬如《消失》："没有人曾经到过这里／没有人曾经来到湖边／面对满湖的静水，坐下来／没有人想到用镜子来形容它／没有人想起这面镜子／面对镜子，没有人想到里面的真实／没有人想把自己乌黑的头发／重新打湿，晾干，湖水淹死了／一些孤独，死去的孤独／像安静那么完美／整个下午，只有一些风来到湖边／只有一些野草坐在岸边怀念／只有一些小鸟在林子里痴痴地叫／从早到晚，没有半点疲倦"——这样空灵的场景，仿佛诗人从未来过，一切都未发生，却又有一个叙述人在言说，在想象，并且连同"一些风""一些野草"都在和他一起怀想、怀念，而"一些小鸟在林子里痴痴地叫"，它们没有叙述人在"叙述"完了之后或许会有的"半点疲倦"。

除了以上对于有无、空满、虚实的思考追索，胡平的诗写还有一个重要倾向，那就是超现实的、梦幻般的生命体验。如《练习死亡》："他掏出手枪／瞄准一个人，一个他认为／背叛了自己的人／他在心里喊：一，二，三／他扣动扳机，一颗透明的／子弹，朝那个人飞去／一个和他一模一样的人／仆倒在地，溅起的灰尘／被风收走。他扔掉手中的／木头手枪，走上前去／将自己认真搀扶起来／'幸亏不是一颗真子弹！'他想"。"背叛了自己的人"，往往就是自己；而"溅起的灰尘／被风收走"，这是只有在梦中才会出现的情景——无意识的梦，或许比有意识的"布景"更为周全。

胡平对日常生活中的场景进行生发和抽象的能力，尤其值得重视。他的《开会》一诗，是一种"日常的虚空"，从写实般的场景中抽离，抽象，"此刻，我的大脑完全空白／我在发表演讲／我想，我可能真的走错了地方"，"开会"是常有的事，发言者的发言也是常见、常听的事，但是我们都知道，绝大多数的会议和发言都只是形式，也正因为其形式特征，才可以被勾勒，被抽象。荒诞不是为了荒诞，而是为了反思。

胡平对"空无"之物的观照，和他超现实的、梦幻般的生命体验，也包括那些对个体自我在历史想象中（比如《睡婴》）、在自我追寻和"彼此"指认中（比如《一个人在后面叫我的名字》）、在群体的藏匿与发现中（比如《坏人》）的凝视与游移，很容易使人联想到拉康的镜像理论。拉康的镜像理论关注的是人类生存的内在世界与外在世界的微妙而深刻的联系，而胡平似乎有着这样一面无形的镜子，用以观照自我、他者、社会和自然。他此前有一部诗集命名为《镜像人生》，也在事实上证明了诗人很早就对主体意识、观看方式和现象世界有着深刻理解和高度自觉。

（作者系自由撰稿人，中华诗词学会会员。作品原载胡平著，颜海峰、石永浩译双语诗集《空房子》，作为序言之二）

# 生命是诗　诗是生命

## ——读陈辉《十月的歌》

邹永常

谨以此作纪念卫国捐躯的烈士们

——编者

他含着笑容，倒在我们的身边。
他的手上，拿的是枪、手榴弹
和诗歌。他年轻的一生，完全
投入了战斗。为人民、为祖国、
为世界，写了一首崇高的赞美词。

——田间《十月的歌·引言》

打开陈辉诗集《十月的歌》，展现在我们眼前的是壮阔的华北平原，是华北平原上"黄黄的天，黄黄的地，黄黄的大麦粒"，是"响当当的拒马河"和"长在河边上的红高粱"。扑面而来的是抗日战争的硝烟烽火，是"闪电似的奔驰在河岸上"的抗日健儿们的"红色马队"。鼓荡在字里行间的是作者那颗像"大风暴似的"激荡火热的心。

陈辉，十八岁，从湖南投奔延安。这个"个子不高，身体有点瘦弱，但性格活泼、健壮"的年轻诗人，满怀着火一样的热情，投入了民族抗战的血与火的斗争。他一手拿枪、一手拿诗，浴血在华北平原上。正如他在《我的志愿书》中所说："在极残酷的斗争里，我举起诗的枪刺，我要把我的生命，我的爱情，燃烧得发亮，一直变为灰烬——永远为世界、为人民、为党而歌。"

1944 年 2 月，共产党员陈辉，经过了五年多血与火的战斗，给我们留下了一万多行诗歌，在他 24 岁的时候，"为共产主义事业，流尽了自己的最后一滴血"，他倒在了华北平原抗日战争的硝烟里。以自己的鲜血，年轻的生命，为人民、为祖国，写下了最后"一首崇高的赞美词"。

晋察冀，八路军开辟和创建的敌后抗日根据地，是战火中新生的土地，是人民的希望和寄托所在。诗人对晋察冀进行了热情的颂扬："那是谁说 / '北方是悲哀的' 呢 / 不 / 我的晋察冀啊 / 你的简陋的田园 / 你的质朴的农村 / 你的燃着战火的土地 / 它比 / 天上的伊甸园 / 还要美丽 /……每一条山谷里 / 都闪烁着 / 毛泽东的光辉"（《献诗》）。

诗人热爱晋察冀，是因为晋察冀是中华民族的希望所在，所以，在诗中诗人热爱晋察冀和热爱祖国是一致的："祖国呵 / 我是属于你的 / 一个大手大脚的 / 劳动人民的儿子 / 我深深地 / 深深地 / 爱你！""你以爱情的乳浆 / 养育了我 / 而我 / 也将以我的血肉 / 守卫你啊"（《为祖国而歌》）。

对边区、对人民、对祖国炽热的爱，对敌人、对侵略者刻骨的恨，凝成了一行行燃烧的诗句，成了陈辉诗歌的主旋律。"今天，我像一个流浪人 / 挑着自己的歌 / 踩过北方的沙砾 / 不敢留心看你 / 那被敌人烧毁了的房屋 / 那被敌人踏过了的黄土 / 我怕这颗愤怒的心 / 跳出我的胸膛"（《过车庄》）。"当我……从平原走过 / 望见了 / 敌人的黑色的炮楼 / 和那炮楼上 / 飘扬的血腥的红膏药旗 / 我的血啊 / 它激荡 / 有如关外 / 那积雪深深的草原里 / 大风暴似的 / 疾驰而来的 / 祖国健儿们的铁骑……"（《为祖国而歌》）。

诗人生活在阶级斗争和民族斗争的最前哨，血火交迸的生活造就了他，因之迸发写诗的激情。而作为时代的战士和歌手，他更因斗争的需要而写诗，自觉地为人民、为祖国、为斗争而放声歌唱："生活——革命 / 人民——上帝 / 而我的歌呀 / 它将是伊甸园门前守卫者的枪支"（《献诗》）。所以，他在诗中热情地讴歌党领导下的边区人民抗击日本侵略者的、可歌可泣的悲壮的斗争，真实而炽热地记下了这场人民战争的艰苦壮烈。正如他自己所说，他要"把新的血的战争的现实写入诗里"（《十月的歌·引言》）。

《红高粱》是一首两千多行的叙事长诗。它真实地记叙了在 1942 年空前残酷的反"扫荡"斗争中，一群年轻的武工队员，怎样英勇地斗争和壮烈地牺牲。

长诗生动地刻画了史文东——作者的战友，晋察冀人民的优秀儿子的英雄形象。这是一个生就一副既纯朴又可爱的"黑紫色的脸，黑紫色的大手大脚的"、不愿做亡国奴的、19 岁的年轻的领导者。他那"灰蓝色的眼珠"总是"闪着蓝色的活泼莹莹的光",表现出愉快开朗的情绪。他那"浅蓝色的眼珠""永远,永远闪出快乐的光辉",这光辉,照在战友们身上,就是勇气,就是力量。他"是一个连枪子也不怕的共产党员"。可是,这一棵"红高粱",终于在战斗中倒下了。他死得很壮烈,血珠子洒了一地。史文柬的血洒在高粱地里,高粱倒在史文柬的身边。史文柬的血染红了土地,今后,将会生长出更多的红高粱……诗人用他饱蘸激情的笔,讴歌战友,激励人们。正如他自己所说,他"要用火星一样的句子,大风暴一样的声音,炸弹炸裂的旋律,火辣辣的感情,粗壮的节拍,为斗争着的世界而歌"(《十月的歌·引言》)。

陈辉,把自己投入到民族解放战争的风暴里,同群众结合在一起,战斗在一起。他的诗从火热的斗争生活出发,感受生活,抒发情感,可以说,他的诗充满了真实、火热、奔放的政治激情,是用自己的鲜血和生命写成的。

陈辉的诗,在质朴无华的素描里,将中华民族这一场人民战争的勃勃英气,通过具体的形象,极动人地表现了出来。在《为祖国而歌》中,诗人把抒写对象意象化了,并做了以主观抒情为连缀的组合,而且意象的构成又十分细腻、贴切,感情密度大。如写祖国的可爱,诗人用北国农村的场景做意象:"在八月的禾场上 / 把竹箫举起 / 轻轻地 / 轻轻地吹 / 让箫声 / 飘过泥墙 / 落在河边的柳荫里""有如我的家乡 / 那苗族女郎 / 在明朗的八月之夜 / 疯狂地跳在一个节拍上"。诗人把对祖国的热爱,借这些具体、贴切、细腻的意象表达出来,并深深地打动了读者的心。再如他写在敌我交界处,望见了敌人黑色的炮楼,和那炮楼上飘扬的血腥的红膏药旗时,他的血愤怒得激荡了:"有如关外那积雪深深的草原里 / 大风暴似的 / 疾驰而来的 / 祖国健儿们的铁骑"。诗人从对祖国强烈的爱和对侵略者刻骨的恨这个基点出发组合意象,焦点集中,形象具体。

把欲抒之情紧紧地依附在具体形象上,再把如实的活动客观地呈现出来,这种情是具体的,富有客观性的。例如《一个日本兵》,作者写一个日本兵,被打死在中国的土地上,而他的母亲则在家乡的屋门前,垂泪盼望着儿子的归去。通过这些客观的描绘,作者抒发了对发动这场侵略战争的日本军国主义者的控诉。这场战争带来的灾难不仅是中国人民的,也是日本人民的。世界的劳苦大众应该团结起来,反对共同的敌人,反对这场战争的发动者。而《回家去吧》这首小诗,作者只是如实地描述了一个少年,由于扛不动枪而不让他参军打仗。这个少年跟着部队不肯离去,泪流满面而恋恋不舍。天黑了,战士们都苦苦劝他回家去。作者未发一句政论,但是人民积极自觉地投入抗日战争的动人场景跃然纸上。在这里，作者采用直观性抒情方式，而用这种方式所构成的形象结构则比较单纯；诗旨也就明朗，不玄虚。这是一种单层次的结构，是一种简朴。然而，却并不因此而缺乏丰富联想的内涵。就是说，它通过各个具象从不同角度来强化焦点上的感情，使得这一脉感情能够集中具象物所发出的光束，能在读者的心胸中更炽烈地燃烧起来。命名如《守住我的战斗岗位》，作者就是选用单层次的形象构成——月光下的田野、山峦、水，月光下的故乡、城墙、家，月光下独倚在门边叹息的母亲，月光下嘶叫的、奔向远方的延水。作者从不同的侧面，写出了祖国的可爱，以此来聚焦自己那一腔爱国的深情和战斗的决心，写得丰富而充满激情。

多侧面单层次的形象结构适宜于作气势盛力度强的一类感情的抒发，这是能有强烈刺激效果的，能使感情突入读者的心灵。这种结构形成了陈辉诗歌集中、强烈、明朗、单纯的效果。

陈辉的诗，抒情的特征是质实。这种质实使他偏重于使用直观明示型意象。例如他写祖国的可爱："当我抬起头／瞧见了你／我的祖国／那高蓝的天空／那辽阔的原野／那天边的白云悠悠地飘过／或是，那红色的小花／笑眯眯地／从石缝里站起／我的心啊／多么兴奋／……有如我的家乡／那苗族的女郎／在明朗的八月之夜／疯狂地跳在一个节拍上"（《为祖国而歌》）。祖国在诗人的心目中，是"高蓝的天空""辽阔的原野""天边的白云""从石缝里站起的小花"以及"美丽的女郎"和"明朗的八月之夜"等构成的。这些意象是引起作者爱国之情的直接感知物构成的直观型意象。以此来展示祖国，是一种明示，虽没有多少奥妙，却使人感到祖国在诗人的心灵中是十分具体的、贴切的、可亲可爱的。同时，也激发了读者的感触与共鸣。

当然，陈辉诗中也有意象较为含蓄复杂的。例如《一只眼》描写日军残酷地杀害了一间房子里的五个负伤的战士和七个农民，并焚烧房子，毁尸灭迹，最后只剩下一只眼睛，充满了仇恨，凝望着东方。还有诗中反复出现的"红高粱"，这些都是象征的描写，但形象仍旧具体，喻义也很清楚。在《为祖国而歌》中，写抒情主人公看到平原上敌人的炮楼和炮楼上的红膏药旗时，他愤怒得浑身血涌，于是他用了一个结构复杂的意象：写血的激荡像抗日健儿疾驰的铁骑，是在积雪深深的草原上、疾驰而过的，又像大风暴似的，有好几层关系交叠在一起。在组合上有一定的叠加倾向，但总体没有变形，还是平易的。

陈辉说："我的歌声是自由的，海燕般的在暴风雨里飞翔，任何形式都不能束缚它"（《我的志愿书》）。作者满怀着自由奔放的激情去写诗，这种激情也就必然表现为一种自由奔放的形式，没有某种固定的格式，自由潇洒,长短不拘。有的诗行,只有一个字,也有的诗行,长到十九个字;有的诗节,只有两行三行,也有的诗节,长到二十几行;有的,他采用楼梯式,如"十月／劳动者的／火把／刀枪／铁锤。／十月／奔走／战斗／歌唱"(《十月》)。有的,则又十分整齐,如"那花儿呀／红的是忠贞／黄的是纯洁／白的是爱情／绿的是幸福／紫的是顽强"(《献诗》)。

为了抒发强烈的感情,为了渲染鼓动的气势,陈辉的诗,比较讲究节奏。他受田间影响较深,有些诗显然是学习和模仿田间的鼓点诗写成的。例如:"火花／在炉子里／闪亮／火星／满屋子飞扬／呵!铁匠／你看他／赤裸着／褐黑的／胸膛／挥动了铁一般的臂膀"(《铁匠和他的刀子》)。"月光下／烈焰在我心里／燃烧／延水／像一条闪光的带子／在远方／吼叫／我握着枪／守着我的／战斗岗位"(《守住我的战斗岗位》)。这节奏,像鼓点,一声声,打在读者的心上,铿锵,有力,嵌入读者的心里。

陈辉在诗中,喜用排比叠句和重复回环的格式。这种写法大多是用来渲染一种氛围,突出某种旋律,造成一种气势。在《夏娃与亚当》中,他用排比来讴歌那个战斗的年轻的区长:"你是火,你是刀,你是剑,你是枪／你是闪电,你是暴风雨,你是海燕／在残酷的斗争里高高地飞翔"。而在《铁匠与他的刀子》中,诗人则六次重复了"火花／在炉子里／闪亮／火星／满屋子飞扬"这节诗,从音节上、形象上,生动地再现了这位铁匠为抗战日夜赶造武器的高昂的热情。在《麦草上的梦》中,诗人用排比的诗行,抒写了人们必胜的情绪和对美好未来的乐观:"人们,在笑／房屋,在笑／锅台,在笑／孩子,在笑／太阳笑得滴下眼泪／月亮笑得歪了脸子／星星笑得跳在一起／人们笑得抱着肚皮"。正是这种必胜乐观的情绪,鼓舞着人们去勇敢地投入战斗。"十月——胜利／十月——光明／十月的人民／咆哮着／向着法西斯蒂"(《十月》)。显示了人民对敌人的仇恨与力量,而在音节上,则自然给人一种力的节奏、一种排山倒海的气势。

陈辉的诗,不仅有急流直下、一泻千里的气势,而且在朴实的描绘中,注重创造优美的意境,以婉约的笔调去表现金戈铁马的生活。例如《姑娘》一诗:"三月的风／吹着杏花／一瓣一瓣地／一瓣一瓣地／在飘／在飘呀／姑娘／坐在井边／转动了辘轳／用眼睛／向哥哥说话……哥哥／哪儿去呀／哥哥／笑了一笑／背着土枪／跑向响炮的地方去了"。作者从一个姑娘的视角,去反映战斗的生活,在战斗的激情中却揉入了缠绵的情丝,在战争的浓云密雨中创造了一个杏花飘香、柔情蜜意的独特境界。轻松明快的节奏,诗情画意的描绘,细腻含蓄的感情,构成了一个和谐优美的境界,但蕴含的却是血火交迸的严酷战争生活。

　　有时，诗人也用重复来造成一种回环的婉约效果，形成一种柔美的诗味，轻快，明丽："也许明天／我会倒下／也许／在砍杀之际／敌人的枪尖／戳穿了我的肚皮／也许吧／我将无言地死在绞架上"（《为祖国而歌》）。通过反复咏唱，表达了一种为国捐躯的勇气，渲染了一种悲壮的气氛。这段诗，表现的是悲壮慷慨之情，但作者连用三个"也许"，特别是一句"也许吧"感叹凝重，充满婉约的韵味，寓慷慨悲壮于柔美之中，更其动人心弦。

　　五十年前，陈辉卫国捐躯，献出了年轻的生命，离我们远去了，但他给我们留下的这本充满激情，浸染着战地硝烟、散发着泥土气息的诗集《十月的歌》，如同他闪光的生命，闪耀着不熄的光辉，生命是诗，诗是生命。

　　（作者系湖南文理学院中文系教授。作品原载《理论与创作》1995年第3期）

# 背对红尘梦幻空花

## ——读向未诗集《春天的宽恕》

韩作荣

　　向未是僧人。读一位青年僧人写的诗，未开卷之前便有一种梵音入耳、黄卷青灯、晨钟暮鼓、木鱼游于禅堂、经文长诵于口的心理准备；该是另一个世界的诗章。当我陆续读罢这部诗卷，我的感受却是既在意料之中，又在意料之外——这是一部充满禅意的"心经"，又是挣脱羁束的真人的作品。或许，这是诗人的天性使然，诗本身便具有形而上的意味，与禅境相通；而诗这源于心灵的真实情境，有着真切感受、真知灼见，逼近真理蕴含的艺术，亦是自由的心灵任意的表达，该是打破束缚与戒律抵达更高境界的创造。故在我看来，禅与诗皆重悟性，得道高僧即是真正的诗人，真正的诗人亦是未入空门的高僧，因为诗的本质，常常是靠虚无来撑持的，诗境也是禅境。

　　我说这样的话，并非一上来便将向未推为高僧、大师，而是想说，向未的写作走的是一条禅诗合一的创造之路，是诗抵达高层次的途径，假以时日，随着他对禅与诗的深入理解，或许能如佛教传入中土而发展为独有的"禅"一样，能开创出与他人有别的富于禅意的中国新诗来。

　　我不知道向未为何遁入空门，只是从诗中得知他是从小失去母亲，靠一条扁担挑起人生重负的农人子弟。在贫苦中挣扎的底层经历，让他如瓜子一样被人嚼碎，"哀莫大于心死"？还是因为难以言说的失恋，让其"坐在一颗泪上成佛"？不得而知。然而，从出家人不打一句诳语的自白与描述中，即使背对红尘、双手合十，仍看得出年轻的僧人虽剃去乌发，无形的烦恼仍藕断丝连。复杂的心绪，矛盾的心理，令"出世的心愿总是玄机重重"，所谓"你的伤在我的痛里／你的痛在我的伤里"，是带着难以割舍又不得不割舍的内伤和疼痛走出家门的。因而，诗人的泪滴穿了暗夜，于黑夜中体悟到夜的深度，那隐匿了半空的钟声、回荡暮鼓沉重的咒语，孕育了笑、泪、呼喊与呻吟的黑夜是如此静好而又难挨，却颇有意味；而白日的光明却是一种屏蔽，是没有底色、没有深浅、没有味道的，这样的感受，无疑是其独有的理解。

当"一朵花的容颜承受不起阳光之重"，而隐身于粼粼秋波，诗人是抬着酒窝里的沉醉去拜佛起身而背井离乡的。然而，背后的呼喊却将其背影折断，"空门放大绝情就真空了／我的背影在你日落的地方下沉"；于遁入空门的怅惘、抑或"绝望成蛹"之称，"你看我的远方让死亡死亡"，这是否定之否定，或许，离开"你死我活"般的爱欲，是无奈与不得不如此的选择，才能"让死亡死亡"，才是一条活路吧，所谓"空门的空不会伤害空门的门"，这样的诗虽未涉及具体的情境与出家的来龙去脉，却以禅悟之心概括了这一切，于"绝望成蛹"的束缚封固之中，诗人的眼中乌鸦已与淑女等同，一样工丽婉雅地啼唤，那些"落叶下陈旧的心事／在睡前成霜"；又于秋雨中"湿润地拒你于千里之外！／就算我参透三世，／我也不会禅定在你心门口；／就算我不参透三世，／我也会匍匐在净土法门前"。从这样的诗中，正足见其尘缘难断，融于一体、难以分割又不得不分割的，是他伤亦是自伤的感受，为了"让死亡死亡"的抉择，是撕裂般的有着疼痛感的诗行。

诗人的情感纠葛，或许与秋有关，与菊有关——"我是属于秋的，属于菊的，／原来你一直在月光的秘密里为我生长；／当粗犷的沉默接近你躲躲闪闪的静时，／你用盛开的金黄支付我一生的委屈与芳香"。一朵秋日的野菊，绽放了诗人的小小幸福，甚至贯穿了他一生的委屈与芳香，可见其重要。诗人写菊的诗不止一首，《有些伤痕伤好了痕会在》一诗中，当诺言成为谎言，痴心潦倒，"玉人吹笛／秋菊侧身泣"，这哭泣的，也是秋日之菊。而《菊别》——"满山的风扑在我的怀里，／呜呜地告诉我菊要永别了；／秋风脆弱得真像一个受了委屈的孩子，／我安慰说菊是秋头上的一朵花，／冬来了秋去了，一行菊香向南方！／明年秋魂归来时，／菊一定会装扮成我坐禅的模样，／她轻咳出的淡黄一定能绽放整个山河大地的幻想"。看来诗人眼中秋菊的意象是惊心动魄的，是秋之魂，是她，也是他，似与其生命幻化为一体。

是呀，一个"灵魂手持莲花"的人，爱从未开始故分手亦无终，只能将爱寄托在来世。或许，拒绝是为了彻悟，生而转世为弥勒，乾坤袋装得下天下仇怨，笑看人间之悲欢。于是，花事被风吹散了，满眼韶华，发似雪；被伤害之后，面对一朵花的谎言，倒成为慰藉自己的良方。

然而，"来生的承诺一如一座空城"，承诺可能就是谎言，呼吸之间，

"死后最大的意义莫过于肥沃土地"，佛前所谓的"六道轮回"，"从人堕落到畜生仅一步之遥／从畜生到变人需要无数次轮回／饿鬼就住在男人的心上／地狱隐没于女人的眉心""死亡，有可能新生而后从头开始／也有可能永远遗失自己"。说的似是佛道轮回，其本质亦是世道人心，对人生的理解和洞悟。故诗人称中国式做人"就是三分聪明七分呆"，于是，诗人让梦，补充醒；让醒，延续梦；在梦与醒之间，受戒、忏悔；于佛前清洗自己，亦让其"诗境站立成一部经文／只要你一念起，我就空旷清凉"。

诗人是在"四十不惑"时进入一种丰润晴朗、绕过眼前功利之境界的。心奉尘刹，背对红尘，一个人什么都没有了，可他还有自己。当诗人跑成一团白狐的幻影，成为脆薄的霜花；或感叹自己像一粒尘埃，只是个符号；一个没有家的僧人，他的家就是自己的身体。于是，才有了"我看你时柳绿桃红／你看我时辽阔无边"的感受。

其实，一个真实的有悟性的诗人，即使是僧人，也是个怀疑论者，对于无解的命题亦有自己的疑虑。在《背对清明，反观自己》中，他却发问："究竟有没有一种修行可以构筑未来的花叶／究竟有没有一种功德可以赎回过去的罪业"？在《归宿》中则指出："没有归宿，坟墓便是最好的归宿／但是坟墓里没有来生，只有腐烂"！僧人似已过了"山不是山，水不是水"的第二重认知状态，复又进入"山还是山，水还是水"的更高的境界。所谓"浊世之痛毋需爱的表白"，所有的人在阳光之下没有分别，都是人。"谁都不过是一粒尘土又归于尘土""我已经一无所有就应该一无所求"……

可是从另一个角度着眼，无欲无望、无悲无喜，四大皆空、六根清净，大抵只有死人才能做到。作为一个诗人，如果没有内心情感的波澜，没有鲜活的生命、命运的悲欢，又怎么可能有诗？故在诗人的另一些诗中，又有"逃亡半世／还是没有逃过自己的掌纹／别后相逢／繁花谢尽春去"的命运之叹；"缩在千山万水身后／禅房里的日子又冷又硬"的孤独寂寞的感受；甚至有《你走了，还回来吗》这样的"锁住自己却锁不住月光，月送往事上床"，人去空空，泪眼问烛光的梦境；可当于禅房的梦中醒来，只有木鱼的响声，而人也同这日夜不闭眼的木鱼一样，腹中疼痛，苦夜之悠长……惆怅之夜，一地清凉；看到雪的泪花，顿感整个世界都不再坚硬；灵魂的歌哭如流云般没有声音，所谓"月入禅时千峰冷，情到伤时泪不流"，"只有凋谢的花才会一瓣一瓣从花心丈量到红尘的距离"，可见其伤痛之深，凋败之哀，以及心态之复杂。面对悲怨的眼神，即使"没有你的城就是空城"，荒芜成废墟，他还是不敢离去，想让离弃者回心转意之时，"能来这里找到久违的记忆"……或许，这是一厢情愿的"暗恋"，水一样清新，而从身到心的一念之间，"空灵的梵音无法偷袭欲望的精彩"，而他，只能仰望天空，让"慈悲的阳光用泪水照耀河山"。

看来，学佛参禅是不能太执着的，"有执着就有杀性，有杀性就有／争强好斗的心，而参禅需要柔软心"。所谓佛心就是慈悲之心，结善缘之心，有一种幸福即是苦难。难怪在遭遇地震之时，僧人向未情愿代替人与畜生先死十万次："就让我在地狱先粉身碎骨""天为慈父，老天，众生如有得罪，我愿代为受过；／地为慈母，大地，子孙不孝，请惩罚我吧！"这是何等的大慈大悲之心……

诗人是自由的、纯粹的、内心干净的，或许，对于参禅，也不必太过执着，执着就是一种束缚，为禅所缚，仍非大境界。诗人于深山古寺之中，是处在这样一种自如自在的情境之中的：

> 霞落
> 鸟鸣轻
> 佛前一盏长明灯
> 照亮天地
> 静

只有五行，十七个字，都是与自然与神灵同在的诗意的栖居，心无滞碍，又多么干净。这是大境界。

[作者曾任《人民文学》主编，中国诗歌学会会长。作品原载向未诗集《春天的宽恕》（2013年长江文艺出版社出版）]

# 生命漫游者的水世界

聂 茂

作为丁玲的故乡，沈从文和周立波的近邻，常德文脉兴旺，能人辈出。21世纪以来，这里激情洋溢，诗情盛开，一批女诗人脱颖而出，谈雅丽、杨亚杰、邓朝晖、唐益红等人都发表了一批高质量的诗歌，参加过《诗刊》社"青春诗会"的也有好几位，形成了中国诗坛特有的"桃花源女性诗群"的现象。

在这批诗人中，谈雅丽出身书香家庭，从小学习古典诗歌。虽然，她是进入21世纪后才开始进行新诗创作的，但由于起点高、悟性强，很快取得了不俗的成绩，近年来在《诗刊》《星星》《花城》等刊物发表了大量作品，入选多个选本并获得多个有分量的奖项：2011年获得首届"红高粱"诗歌奖；翌年诗集《鱼水之上的星空》入选"21世纪文学之星"丛书，由作家出版社出版；2013年获得华文青年诗人奖，同年她的散文集《沅水的第三条河岸》入选湖南省重点文学作品扶持；2014年斩获湖南省青年文学奖；2016年，她的诗集《河流漫流者》[1]入选湖南省文艺人才三百工程扶持项目，由湖南师范大学出版社出版。

读谈雅丽的诗歌，一个突出的感受就是具有"水的灵性"。女性跟"水的灵性"有着深刻的内在逻辑，"水的灵性"跟悟性和个性有关。所谓水灵灵的，所谓似水柔情，所谓晶莹剔透的，讲的都是水的灵性。诗性有时候就是水的灵性。现代诗歌里有随性、有任性、有脾性，唯独少了水的灵性背后的诗性和神性。诗人随俗、随意的结果是，诗歌中到处充满了钢筋水泥的气

---

（1）谈雅丽：《河流漫流者》，湖南师范大学出版社，2016年版，本文在分析过程中所引文本皆出自本书，不再一一标注。

息，充斥着情欲肉欲的味道，充溢着无尽的愤怒哀怨，于是我们看到太多的欲望，太多的喧哗，太多的浮躁，就是鲜见令人耳目一新、充满水的灵性的诗歌。谈雅丽没有辜负她的名字，她是这种诗歌创作氛围中的异类，清新雅致，殊为难得。本文主要从诗集《河流漫流者》出发，从人性的闪光、水的欢喜与美的聚合、情感里的小春天等三个维度来深入探讨谈雅丽这个"生命漫游者"的水世界究竟是一个什么样的世界，她精心营造、孜孜以求的书写天地究竟有着怎样的精神境界。

## 一、人性的闪光

北岛说："诗人应该通过作品建立一个自己的世界，这是一个真诚而独特的世界，正直的世界，正义和人性的世界。"[1]谈雅丽正是这样的一位诗人，生于湖湘大地，长于沅水旁的她对水有一种特有的真挚情感。她走过的每一寸土地、游过的每一个地方都有水的影子闪烁，同时也有情的瞬间喷发。读她的作品，要静静俯下身来，方可听到她诗歌中水的声音，情的韵致，善的歌吟。

水的意象贯穿谈雅丽的文字，清澈透亮，触面如花。诗人透过她的诗歌给读者营造的是一个水晶宫般的世界图景，闪烁着人性的光泽。让诗人关注的，不是"荡漾蓝色伤感的"的河水，就是"万物蕴藏其中"并拥有"澄碧瞳孔"的柔和大江；不是南半球那"在山巅亮出嗓音"的温情大海，就是东岸那"涌起漩涡又长风吹袭"的海际线；不是"水汽与灰尘的碰撞，凝成微小的晶体"，就是"在群山之巅，溇水不急不缓"。她是一个河流漫游者，凡是有河流的地方都可能存在她的足迹与她的诗歌。她从故乡走到了他乡，又从脚下的黑土地走到了文化上的精神母土，世界之大，水是她最大的牵挂与留恋。她笔下的水像是晶莹剔透的宝石，没有一点点瑕疵，不含一丝丝杂质。在文字的背后，似乎存在一种对自然的皈依与对水的敬畏，也许是因为她追求美、发现美、感悟美并且创造了美。一句话，水是美的。阿拉伯诗人纪伯伦说："美——就是你见到它，甘愿为之献身，甘愿不向它索取。"[2]水在谈雅丽的眼中是美的化身和生命的滋养，这是诗人一生求索而不知疲倦的原动力。也是因为水的宁静澄澈与诗人的心志相称吧，而现世的污俗无处不在，于是诗人远离尘世的喧嚷，躲开不堪的争竞，更愿意转身向水诉说，

---

（1）北岛：《在天涯》，三联书店，2015年版，第4页。

（2）袁行霈：《中国诗歌艺术研究》，北京大学出版社，2010年版，第112页。

从水的坚韧与沉默处习得另一个世界，从而创造一个属于自己的世界。

　　然而，谈雅丽的诗歌通常不是单纯意义对于水的属性的叙述，而是穿插一系列朴素自然的景物意象群。关于意象群，袁行霈先生在《中国诗歌艺术研究》一书中有相关的表述："诗的意象和与之相适应的辞藻都具有个性特点，可以体现诗人的风格。一个诗人有没有独特的风格，在一定程度上即取决于是否建立了他个人的意象群。"[1]西方诗人如聂鲁达、埃利蒂斯以及里尔克等人对于意象群的选择与构建都是精心考虑，往往体现诗人对于虚拟世界的向往或对于现实世界的反叛。而对于中国诗人谈雅丽来说，意象群并不杂芜或凌乱，而是围绕一个中心进行多层面、多维度的虚拟与想象，其风格则是建立了一系列与水相关的意象体系。例如：江风、河风、波涛、浪花、青草、湖水、水鸟、小船、码头、水乡……这些意象群往往与动态抒情写事构成和谐一致的画面，显明是对自然美的痴醉。这种叙写是诗人在与沉水的亲密接触中的独特发现，她的心也因为河流的枯与盈而发生改变。谈雅丽曾经说过，在她欢喜悲伤无聊时，她就会去河边走走，一去就觉得生活敞亮了。她甚至想：沉水那么清澈，永远不会枯竭，永世在流动，但却永远不是同一条河流，她觉得自己也要像河流一样，要保持那样纯真的心。

　　探寻河流，与河流亲近，其实就是精神寻根。谈雅丽把寻根途中的所思所想，运用细腻丰沛的叙事艺术和合理想象充分表达出来。例如，诗歌《江水微蓝》《南湖秋光》《江瞳》《南半球的海水》等等，都对水的意象进行了充分而直接的阐释。特别是在《一江春水》里，谈雅丽更是直抒胸臆："我欢喜和你坐于小船，在沉水飘荡／仰头见水府阁，当日我们求签于此／如今脚踏清澈之河，眼望神圣／我欢喜你的摇橹声，说话声，唱歌的走调的／那枚高音"。借沉江而写人，又借人来写沉江，将自己内心洋溢的爱和情感的荡漾表达得十分充分，以至于盼望"和你蘸着满河的蜜／划出一尾漂亮的弧线"。沉江在诗人看来是神圣的，其中的一切都充满了诗情画意，携带着理想、信仰和梦境。"河风大，我为你加衣送暖流／一簇浪花跳至手心，阳光水色衬托你／皎皎轻笑"。写沉江，是把人的情感置于宏阔的视野下。同时，把人放在沉江的关怀对象上，使人的想象不再脱离于客观实际，也使沉江更加人性化和充满人情味。其实，在诗人笔下，不只是沉江之水，连水上的一切都充满了情意，河风、阳光与沉水不分彼此，诗人不再把这个情景当作想象，而是与灵魂融为一体。

---

　　（1）袁行霈：《中国诗歌艺术研究》，北京大学出版社，2010年版，第76页。

## 二、水的欢喜与美的聚合

如果从意象群的构建来分析《一江春水》内在的情感逻辑，我们能够清楚地看到，诗人选择了感情深厚的故乡沅水为诗歌的底层背景，来叙写"我和你"坐船听沅水声音，为你加衣送暖，看你指点江波，与你共赏花岸，发现平常事物美的一次同游，由"水、小船、河风、浪花、阳光、渔夫、新芽、岸花"等意象形成一个意象系统，合而为一成为一个美好的动态画面。但诗人的重心不在画面，这样的画面仅成为诗人叙事的依托，幽静澄澈的沅水上，与那位自己的心上人求签、摇橹，看云卷云舒，赏花开花落，这样惬意的日常生活叙事让人不禁产生一种深深的沉醉与热切的向往。诗人情感表达中的"欢喜"是对景的欢喜，也是对人的欢喜，然而却更是对自然美的欢喜，沉浸在自然创造的平常事物当中，而产生一种宗教崇拜式的感恩之情。诗歌中的这种抒情式叙事是作者孩童般澄澈心灵的另一种具象化的表达。生活在市场经济快速发展的现今社会当中，遥想并且践行着这种陶渊明式"采菊东篱下，悠然见南山"的个人生活追求，不失为一种超越性的人生境界。

诗人的这种境界，与中国古典诗学所追求的"以意造境"相契合。司空图的意境说讲求立意和造境，如果说诗人为读者营造了一个以水为主要事物的境，那么其立意又如何呢？诗人的立意，我认为是立足于对水深刻旷远的思考。自古以来，中国人讲求以柔克刚，而柔之至者谓之水也。诗人选取这样的一种意象一方面是对水的深深情感，另一方面也是对中国古典文化的传承。

立足于民族文化的厚重土地，深刻地理解关于水的意义的命题，在这部女性诗歌中较为常见：《蓝色河汉》思考世界的变化哲学；《有如水草》探索事物的矛盾性存在；《翻阅白水河》解析无声自在、与世隔绝也是美的逻辑。诗歌《一滴水》也同样存在这类关于世界与人生的思考，诗人这样写道："这江水的任何一滴水 / 都来自碰撞 / 水汽与灰尘的碰撞，凝成微小的晶体 / 雨点和土地的碰撞，清亮的身体漫过草地、稻田 / 水滴与水滴的碰撞 / 一些水融合，一些水瓦解 / 一些水消失，一些水飞升 / 掉落在树叶，草尖"。

一滴清亮水珠成了诗人思想喷发的源泉，引发了无尽的遐想与思考。大千世界，每一个人何尝不是一滴小小的水？而江水就是由一滴滴小小的水珠聚合而成的，探其究竟，水滴是两种不同的事物——水汽与灰尘的碰撞凝成的一体。雨点与土地的碰撞，岸与岸的碰撞，水滴与水滴的碰撞，飞升的水滴与空气的碰撞，降落的水滴与树叶、草尖、花瓣的碰撞。水滴与孤独的人的碰撞，用其纯净安慰受伤的人；水滴汇聚的碰撞，用其力量奏出悦耳的旋律。碰撞在诗歌中是张力；碰撞在人生中是命运在敲门。

"一片颤动的花瓣上／没察觉到这种变化／地球喧哗，一滴水静静守着一个孤独的人／只有江水亘古流淌，发出异样的／舒服的声响"，诗人观察水，体悟水，描写水，呈现水中有真意之态，向读者阐明世界是万物碰撞的结果，没有独一存在的完美个体，碰撞融合产生变化，变化产生美。

"碰撞"这一动态性的词具有力度美，使人产生无限的联想。由物触及人，物人相分而又合一，最终到达永恒的存在状态，也是谈雅丽诗歌的特色。在这首诗歌当中，由一滴水到一个孤独的人，最后是亘古的存在者——江水。这是诗人对生命的思索，碰撞而后的聚合才是恒久的，才是美的。

爱美是人的天性，发现并书写美是诗人的责任。作为一个热爱生活、重视情感的人，谈雅丽把沅水视为她秘密情感的营养系统。她去过沅水大部分乡镇、绝大部分支流水网，因而称为"河流漫游者"。她没有宏大叙事，更关注身边一些细小的事情。一个温暖的眼神，一个会心的微笑，都会让她感动。她希望自己能成为与河流亲密无间的诗人，用诗歌书写身边的父老乡亲，用笔描绘他们的生存状态、生活变化，记录他们的命运，想用诗歌这种纯粹的个人力量完成现世的微弱担当[1]，这是一个人的心灵旅程，一个渴望内心安宁的人对于生命意义和美的发现的追求与思考。

### 三、情感里的小春天

实际上，谈雅丽的诗集《鱼水之上的星空》和散文集《沅水的第三条河岸》都是与沅水息息相关的，这两个文集之间是互补关系，或者说有着克里斯蒂娃意义上的"文本互涉"。在诗人的脑海里，她有一个明确的观念，那就是："每一个人都是一个孤独的小宇宙，一千种人有一千种不同的生活和念头。"问题是，这个小宇宙，如何用不同的生活和念头去充斥、修补与填满，如何表现它的色彩斑斓，诗意纷呈？

谈雅丽找到了一个字：情。情不自禁，情动于心，情切意真，皆是一个字：情。因此，情的合奏、情的和鸣、情的奔涌与内敛均内蕴于她的诗歌文本。刘勰在《文心雕龙》中用"情动于中，而形于言""万趣会文，不离辞情"等来说明"情"是诗歌创作的必要前提。谈雅丽是一个情感洒脱者，又是一个情感依赖者。她的诗歌是其丰富人生体验的真实描画，内中充满了对

---

（1）向迅：《谈雅丽：河流漫游者》，湖南作家网，2017年8月9日查询。

人与物的真挚而热烈的情感。整部诗歌多是对事物的细腻刻画，对细节的精致呈现。她是一位真性情的诗人，对待亲情的谨守，她记录亲情，回忆亲情，她小心翼翼地拿出"和母亲一起打板栗"的愉快片段，渴想与父亲一起的"青葱时光"。对待爱情的悉心，她观察爱情，理解爱情，她渴望"发明一个比爱更爱的词语"。

亲情是一种沉淀，一种厚重，一种心灵深处的归宿。诗人善于采用多种修辞手法与温馨质朴的笔调来刻画真切细腻的亲情。生活中的点点滴滴，记忆中的童年趣事都成为她的叙述对象，平添真切之感；选取日常生活中的意象进入诗歌，例如头发、树、小煤炉、芝麻茶、小城等，拉近了作者与读者之间的距离。

《长天秋水》一辑中汇聚着诗人与父母亲的点滴与陪伴，情感抒发真挚感人。诗歌《和母亲一起打板栗》《熬制蜂蜜的时光》《与父书》《忽忆旧事》等都充分彰显了这种真情。以《小春风》为例："父亲渐白的头发越来越像春雪中的武陵山，雪越落越大——/ 就要盖住山顶，满满遮蔽我们一起度过的 / 青葱时光"。诗人采用"小春风"这一具有创新性的词来形容父亲的白色头发，父亲渐渐地衰老，花白的头发就像雪中的武陵山，白色覆盖了绿色，衰老覆盖了年少，雪花占据了优势，将父亲向年老推进了一大步。父亲白发的滋生与雪花的飘飘洒洒构成了严密的同质对应关系。这种充满诗意的"陌生化"的言语表达是作品的出彩之处。

此外，在结构上，诗人采用一种时间跨越式的叙述方式，在"文本时间"上短短的几行，却涵盖了几十年的"故事时间"，从"我"发现的第一根小春风，我记得屋檐下的冰，"一条小路通向田野和学校 / 记得父亲将六岁的我背在背上 / 阳光下，我第一次发现他后脑勺 / 有一根闪着白光的小春风"。到现今满头的雪花飘飘，诗人只描述了结果，没有对中间过程有任何的叙述，却给读者留下了较大的想象空间。可想而知，几十年的时光，父亲为家庭的辛勤操劳、忍耐奔波，他背负了怎样的压力一步步走到今天。诗人虽是针对父亲的某一个小小的特征进行叙写，却表现了最质朴的情感，可以引发强烈的情感共鸣。

对待爱情，她渴求"比爱更爱"。恩格斯曾指出："人与人之间的，特别是两性之间的感情关系，是自从有人类以来就存在的。"[1]在漫长的人类发展史上，这种互相爱慕的情感是否得到了升华？诗人谈雅丽渴望爱的提升，

---

（1）恩格斯：《路德维希·费尔巴哈和德国古典哲学的终结》，人民出版社，2014年版，第45页。

爱是一个很难真正到达的精神境界，但她超越了本来的高度，转向比爱更爱的境界。她在诗歌中苦苦追求的爱是平淡的相互持守，是温情的彼此关照，是默默无声的思念，是寒风中的问候，是悲痛时的陪伴，比爱更爱，似乎离她更近了一步："距离收到你的第一张明信片／又过去了几年，我在那张水蓝色的纸上／写到了白云，减肥茶，却只字不提对你的想念／包裹会在很久后到达，有的已丢失地址／有的遗失寄信人／有多少夜晚醒着，数着星星，念想的都是你"。

在《比爱更爱》这一辑中，诗人采用一种书信性的表达形式，以第一人称"我"为叙述者进行情感的抒发，不断地回忆，不断地书写过往的时光，用灵魂撞击灵魂，寻找比爱更爱，寻找人世间的至爱，更加真切。叙述者自顾自地书写悲伤，又显得那样云淡风轻。"我不提对你的想念"，但却"想的都是你"。"我"写下"你若安好，便是晴天"，但是可想而知，苦苦的等候又怎能是晴天，必定是泪如雨下的情状。这是一种苦苦的寻求，是一段痛并快乐的旅程。"信笺时代早成过去／我愿在古老的灯下，慢慢写下这一行字／'你若安好，便是晴天……'／亲爱的，亲爱——／我触摸到了那个比爱更爱的词语"。比爱更爱，就是默默无声、苦苦等待，像水一样细腻，像水一样漫长，像水一样澎湃，像水一样淹过头顶，却又像水一样默然，柔软，温情，润物无声，刻骨铭心。诗人体会到这爱情的真谛，但却愈加悲苦孤独。

谈雅丽的诗歌显示了很好的古典诗词的精神底色。因为，在她看来，古典诗词原本就是现代汉语言中的瑰宝，现代汉语诗可以在诗句操作台面上享受着更多切、削、刨、铣的修辞张力，语言可从以前的晦涩，转而呈现更为光洁、圆润、剔透的一面，在扬弃古典诗歌的形式、语言、音韵、节奏的同时，诗歌创作要努力保持美好的情操、语言的凝敛诗性，以及源自内心的感发力量。[1]谈雅丽是这样想的，也是这样追求的。谈雅丽不仅仅写小我，写个人情感，写日常生活，她也关注时代，关心国家和民族这样的"大我"，她写下了《黄昏大巴》、《虚构的荒原》（组诗）和《四十四床的日日夜夜》（组诗）等一批作品，这些文本都是诗人对现实观察、思考、反思和追索的结果。

沈从文说："我学会用小小的脑子去思索一切，全亏得水。我对于宇宙认识得深一点，也亏得是水。"[2]对于诗人谈雅丽来说，亦是如此，亲近

---

（1）谈雅丽：《流淌在沅水的古典诗歌情结》，收入林莽编著《2013中国年度诗歌》，漓江出版社，2014年版。

（2）沈从文：《湘行散记》，江苏人民出版社，2015年版，第71页。

水，描写水，思索水，这就是沈从文所说的"情感的操练"。水是其诗歌创作的精神支撑，也是其思想的不竭外部动力。而内在的情感是其文学创作的直接源泉，直抒胸臆地描写亲情和爱情，从日常生活的小事着笔，趋于跳跃性的笔触，使其情感抒发自然产生无限的张力，从而引发读者深深的共鸣。

总之，谈雅丽诗歌追求诗性的世界，或漫游，或飘忽，或驻足，或留恋，凡此种种，其实都是在对水的感悟中实现精神的自我救赎，它成了读者物质丰盈之后人格升华的营养钙片。诗人把这种诗性的闪光寄寓水中，作为生命之源。水是包容的象征，它或流动，或静止，或温柔，或狂暴，但在谈雅丽这里，这些都是美在不同时刻的精神彰显。上善若水。生命如水，起于沧浪，止于至善。谈雅丽为人如此，谈雅丽的诗歌亦如此！

（作者系中南大学文学与新闻传播学院教授、博士生导师。作品原载《星星·诗歌理论》2018 年第 5 期）

# 《流水引》：自我流放、田野调查与新诗经验

杨碧薇

早在 20 世纪 30 年代，眼光独到的马尔科姆·考利便看出，格林威治村的文人和艺术家都有一种"通过流放而获得拯救的思想"。这里的"流放"，首先是个人意义上的：作为现代单子社会里的一种个体行为，自我的"流放"是为了实现自我的"拯救"。这种独特的自救方式，对于在现代性围困中寻求出路的写作者来说，无疑是一剂良药，接受过它治疗的人不计其数：海明威、达希尔·哈米特、E. E. 肯明斯、亨利·米勒、杰克·凯鲁亚克……

文学无国界。当代汉语诗人邓朝晖，也出现在"自救者"的谱系中。在组诗《流水引》序言里，她隐秘曲折地阐释出这种动机："有一个夏天，心里非常烦闷，想走得远一点又苦于没有时间……于是，短暂的旅行开始了。"面对某种无力化解的困境，求生意志从低处扑腾而起，鼓动诗人离开居住地，游荡于沅江两岸，路过一个个连放大的地图也疏于去记录的地方：懂蒙、尧古、塘豹、浮石烟、惹巴拉……她说："我是因为被逼仄的生活逃到这里。"逃也好，避也罢，她并非一无所获。一种田野调查式的新诗书写经验，漾着浓厚的流放气质，在她笔下有了越来越清晰的面貌。

## 一、热衷于展示小镇与乡村的生活画卷

田野调查，又称田野考察、田野工作，兴起于人类学领域，现已成为人文学科中被广泛使用的研究方法。邓朝晖不是人类学家，更不会将诗歌写作简单地等同于田野调查，然而，她在《流水引》中使用的写作方式，却与田野调查一树两花。

《流水引》以沅江为线索，外写河流，内写人。河流部分，邓朝晖不厌

其烦地描写沅江的支系渠水、沅水、辰水、酉水、洪江……写人时，一写自己，二以女人为主："穿解放鞋的女人大脚走过／阳光下的禾场""一个小旦有齐腰的长辫""大肚子女人只会做冷若冰霜的七杯茶"。有意思的是，对邓朝晖的诗进行整体观察，会发现其诗风是中性的：就诗作本身来看，很难判断出作者性别。伍尔夫认为，人的头脑里有男女两性，诗歌也应该有其父母双亲。我这样理解她双性同体的创作观：真正优秀的写作者，不会将视野拘囿在性别范围内，当他／她超越性别维度去思考更本质性的问题时，其言说必然呈现出中性特征。邓朝晖的诗是双性同体的，但她在观察人时，还是下意识地停留在女性视角。这就好比在大街上，女人们总会对同性的衣着、妆容多留意几眼。这种不经意的滑漏，倒是缓和了流放时难以避免的内在紧张，软化了诗歌的质地，使其更靠近流水的品质。

列维·施特劳斯认为，行走不只是空间的转换，"也是时间与社会阶层结构的转变"，"还使我们在社会地位方面上升或降低一些"。当邓朝晖把自己流放到沅水之滨时，陌生化经验也覆盖了她原有的社会属性。她与另外的世界发生联结，"我们相互打量／像一个王国打量另一个王国／／我们是一棵酸枣树上结出的两枝"。在对视中，人的社会差异靠边站了，诗人获得了对世界更深层次的把握。因此，邓朝晖孜孜不倦地按着快门，要留住并证明这种难得的把握。她擅长记录场景："彩条裙，白布带／羞涩的头颅埋在阴影里""玩独轮车的孩子端起饭碗／牙屯堡小镇陷入晚餐的安详／铃声响起，火车站的栅栏拉开／一只背包急匆匆奔进安检"。荒木经惟指出，布列松摄影的中心概念，是抓住每个"决定性瞬间"，但他拍"漫步东京"系列时，"单看每一张照片都是不完整的。比起以单张照片决胜负，我反而是让这些照片都成为动态的影片"。邓朝晖的"拍摄"方式显然与荒木经惟相同：她并不采取聚焦式构图，更不会刻意捕捉决定性瞬间，而是对沅水流域进行全景式记录。《流水引》就像连帧的照片，宜将其中每一首诗接在一起看。

本着田野调查式的精神，《流水引》最生动的元素仍是人文。她写侗族的萨岁、土家族的梯玛神歌、苗族的蛊毒；写伶人、守渡人、传说中的盘瓠大王……她尤其热衷于展示小镇与乡村的生活画卷。"我们经常把我们最高的价值，不论是物质的还是精神的，和城市生活联想在一起"，但邓朝晖用文字恢复了小地方的尊严，她不贬低也不抬高它们的价值，只是体谅、挖掘并呈现出它们本来的价值。

## 二、不停地行走，她选择了漂泊不定的流放

写到这里，可能仍会有人将《流水引》中的田野调查式书写等同于或约等于地域写作／地方性写作。其实二者有明显的区别。在地域写作／地方性写作中，诗人立足于一个不动的坐标，将自己对这片区域的发现记录下来；他们对地域的观察，是静态的观察。昌耀、叶舟、沈苇、古马，以及新近提出的"江南七子"是这类写作的代表。而在田野调查式的书写里，诗人始终不停行走，边走边发现、边发现边记录，其坐标是移动的，对地域的观察是动态的。

《流水引》既有田野调查的情怀，又不失诗的敏感。它最大的意义在于：在对沅水流域进行广角拍摄的同时，还时时刻刻关心着人的精神世界。里尔克说："我有一个内在的精神世界，对它我却一无所知，"邓朝晖的流放，就是要克服这种无知。移步换景的景观变迁里，她先是敏锐地抓住了永恒不变的事物，比如时间，比如流逝。那个迫使她做出最初逃亡决定的对象"你"，则被辐射为更大的所指："我怀念你如一条河流""想到你／山峰巨大／楚地空无"。接下来，她深入自己的精神世界，反复省察自身，发现"其实挣扎已没有意义"。最后，她将秘密的失败与伤痛锁入抽屉，走向自我救赎："她只做简单的饭食／不杀生，少吃肉／敬畏两岸众生""波平如镜亦可了此生"。

个人精神与情感的历练，平衡了外写河流内写人的双线结构，保证了《流水引》的诗性。田野调查有可能带给新诗的危机，就这样得到化解——它能成为给新诗锦上添花的方式。现在，我桌上的这本《流水引》，感情充沛又处处节制，繁复灵异又不失质朴清新。而诗人对沅水流域地理、历史的想象与认知，已与自身命运扭结在一起，很难再分出你我。

最后，让我们把目光聚焦到沅江。沅江，是长江的第三大支流，发源于贵州云雾山，经湖南常德汇入洞庭湖，其流域横跨黔、渝、鄂、湘的众多县市。在《流水引》里，经现代汉语的拉伸与修饰，沅江仿佛有了绵绵不绝的穿越时空的力量。它还带来这样的启示：今天，新诗日常经验的匮乏是一个越来越显明的问题。而自我流放与田野调查式的策略，可能会有效地补足经验的缺失。当然，这不是终点。百年来，新诗始终保持着开放、探索与活力，它的种种实践正像是一场又一场的田野调查。新诗的姿态，就是古老中国迎接现代性的姿态；艰难与渴望，还会继续交织下去。

马尔克斯说："多年以后，我为了认识自己，过了一段漂泊不定的生

活。"多年后，邓朝晖也可以说，为了救赎自己，她曾选择了漂泊不定的流放。愿那时的她已风轻云淡，愿彼时沅江，秋色静穆、天空高远。

（作者系中央民族大学文学博士、北京大学艺术学院艺术学博士后，讲师。作品原载《文艺报》2017 年 10 月 13 日）

# 沅江女儿的深情歌吟

## ——读《张惠芬诗选》

### 苗雨时　王之峰

　　张惠芬出生于20世纪60年代，湖南桃源人，中学教师，作品常在《诗刊》《星星》《诗选刊》《散文诗》《诗林》《湖南文学》等刊物发表，曾获"湖南诗人"2009年度优秀作品奖第一名，2014年获《散文诗》"中国校园作家"银奖，并出版《张惠芬诗选》。诗人主张，新诗创作应打破常规，颠覆词语原有的脉络，重新组建诗歌新世界，诗表达个体生命的心灵史。她的诗仿佛来自阳光馨恬的山野，清辉俏舌下的荷塘，言语清润，纯净质朴中不乏人性的灵慧，弥散一种婀娜、浪漫的气息，能让人感觉到生命情感的热烈、自制与内倾，呈现一种整体的有机性和贯通的生命体征。

　　诗人自知：我是女人，洗衣，做饭，打扫卫生，相夫教子，是尽一个女人的本分；我是教师，上班，为人师表，教书育人，履行的是教师的天职，楷模人类灵魂，高尚自我情操。她每天微笑着与人打招呼，微笑着对待人和事，然后收获亲情、乡情、友情、爱情、师生之情。这个山的女儿，有大海的梦，她幻想自己的"24小时之外"，在"现实生活的每一个角落"，因平凡事物的触动和感悟，能抓住瞬间的"审美"闪电，在语言破碎处灌注美、思想和真理，唤醒"良知"的"意外"，"重新做一个诗人"，用开阔的"历史的想象力"对抗现实。她博爱天下，将母性的慈心、仁厚的"大容"融入为人师的大爱教化；她谨守着稚气与雅意，忧患"当你老了"，用沾满白垩的手掌抚摸"稻茬一样的时光"，思念自己放飞的那些"小小少年"。她在发现与审美的开放性互动中，用梦想浣洗现实，置身于我在、诗在的高蹈中，实现肉体延续思想的诚实，祈福桃源"大地平安"。

## 一、诗歌的朝圣者

诗人宣称：24 小时之外我有自己的领地，我是自己的国王和王妃，有一片完好如初的河山。在天堂桃源山水的滋润下，她于诗有自己的主张，目标定位在体察身边，写作方式以探索求多变，通过更多的细节和意象融合，表意、达境。她想信"小世界在大世界中以隐喻的方式存在"，倾心赤子之心演绎生活本身的矛盾，通过诗，对个体生命开展肯定与修正。在《朝圣者》中，诗人完成了对诗歌精神的皈依，一个柔弱的女子成了盗火的天神，她欲用心擦亮大地上每一片土地，每一座高山：

> 圣火永在前方
> 需要十指与大地相扣
> 用身体的电流接通大地的电流
> 需要用五尺身躯
> 丈量人间到天堂的距离
> 需要熄灭一切该熄灭的欲念
> 天高路远
> 需要用心擦亮每一片土地，每一座高山
> 这样，才有可能取得一粒
> 永生之火

诗人有一位叫"天风"的朋友，天风和海子是同龄的诗友，一起喝过酒，握过手。诗人就爱屋及乌，天真地想，"天风也是海子留给世间的遗物，就像海子用过的麦子，亚洲铜，德令哈的夜色"，所以，她就想，握握天风的手，"握天风的手，就等于握了海子的手，就等于'我'也成了海子留给世间的遗物。这多么好，先死去，然后再活过来"（《海子遗物》）。这是一种痴迷，是近乎信仰的诗魂传递和接力。在纪念昌耀 72 周年诞辰时，诗人写下《在诗人墓前》，完成了高尚的生命之间的相互寻找，实现了一次自我的回归和植入，即诗人所说"先死去，然后再活过来"的生命升华。这样就可以理解"如果可以从头再来"，我将"扬起一张春风的脸"，是担当，是献身。在和一群叫"诗"的人在长沙相遇时，诗人怀着"形容词似的心情"，写了《2014 年 1 月，与长沙有关》，诗在路上，人在途中，我们被"过去时"牵绊，又被"将来时"所指引，寻找与被寻找、照亮与被照亮，都在诗意中发生。诗人喜欢诗人之间的友谊和梦，享受诗人间梦幻般的相互瞩目与问候，此情此景，便是诗经的"呦呦鹿鸣，食野之苹。我有嘉宾，鼓瑟吹笙"之境界，美轮美奂、仙乐飘飘，忘我，忘情！

## 二、地平线上的种植

诗人张惠芬是一名优秀的人民教师，是为梦插上翅膀的人。爱岗崇业而自足的人格，为其一生赢得尊严和敬意。诗人把一堂语文课描述为播种就会发芽的农耕。诗集中一首把阅读带回童年的是《地平线》，为此，她当感恩自己的被启蒙者——天使。当诗人上课时说起地平线，由于高耸的大山长期遮挡着孩子们的眼睛，他们只有迷惑，只有"一个孩子异想天开：/ 老师，我知道地平线在哪里 / 此刻我看见他两手平伸 / 摆出了一个 / 飞翔的姿势"（《地平线》），诗人目力空间与精神场域的相互拆解，洞穿的是虚拟梦境。一个孩子两手平伸，摆出了一个飞翔的姿势，会让所有目光向上，想飞，是山里孩子的一种生长激素。也许，今后，飞不是高度而是一种远方，这就是所谓的启智之道，是塑造生命，在理想中实现对太阳的托举。审美效应更多地来自师德中母性的慈爱仁怀。《暗香》写被同学们叫傻凤的 15 岁小凤，在一个下雨天去食堂的路上，悄悄为她撑伞的小事，一把伞，让她的头顶忽然开了一朵花。这就是诗人的理想，众生平等下的爱和爱的相互支撑。也许仅仅就是由此，诗人理想，"我要建一所房子"，"我要建一所房子。有童话那么大，有孩子们的梦那么高"（《我要建一所房子》）。这不是杜甫的"大庇天下寒士俱欢颜"而是揽天下英才，教化为己任的责任担当，让天下充满爱。诗人感思 30 年的从教生涯，"稻荏一样的时光"撒播在 6 岁就认识，16 岁爱上，22 岁走进的"这片土地"——讲台，如今，这片土地在夕光中遍地金黄，稻子颗粒归仓。致 118 班全体学生的《幸福的事》，"一想到我的爱还在生长，还在开花，还在青春的血液中与四面八方的春风汇合，就是一件多么令人幸福的事"。十年后一定有一首很老的诗在这里等候许多新鲜的诗，从远方归来。诗弥漫着馨香、恬适，意境澄明，适度地表达了温柔敦厚的师德师教与幸福，留下的依然是带有母性温度的嘱托和祝福。

## 三、乡土地理，山水教育

"当我踏上这片土地，你的拥抱 / 让我看见了我的前世 / 是的，那时我们一定是亲人 / 一定相约今生"。庄子和郭象开拓出来了"山水既天理"，大自然是座象征的森林。诗人常移情到故乡的风物，意义在诗句之外伸展。沉浸在家乡的万物中，通过自己而存在的动态美和静态美的蒙太奇切换，重新命名家乡，获再生之感。"我是农民的女儿，会把祖国放在油灯下"，当诗人是一个孩子的时候就这样"热爱祖国"，简单、忘我，一切源于血液中嫡荫，没有理由不爱。诗人能在一朵朵茶花里找到一个"白马渡"的村庄，"白马渡"作为一首首诗的心脏，它们在"我"的视线里，"先是矮下去，之后升起来"（《乡村日子》）。矮下去因为我们在长大，升起来是因为我们发现，唯有故乡，才是我们隐形的翅膀。"山到了最高处将看不见山／比如此刻，我只看见我和我的远方"（《山行：乌云界》），这是只缘身在最高层的困惑，也是欲穷千里目，更上一层楼的境界，山清水秀，人与自然互为影像的指涉，在心中并峙，使人与自然的相互释义，交相呼应达到一种超然的形而上。境由心生，境达情满。而更超拔的是《东阳湖的水》中，"这里的水可以站起来"，不但是天人合一的"通灵"，更是在弘扬一种人格魅力。潜意识隐喻象征到自我，诗的结构的重心在人的灵魂。读来读去，让我产生一个想法，在桃源必须写诗，不写诗就是一种精神资源的浪费。这里"人间四月天"，艳阳啊，蓝天啊，青山啊，绿水啊，让诗中有画，画中有诗，色彩唤醒知觉的通感，到达浑然相忘的想象无限。风景就是情感，诗人需要经过多少天问与轮回才能抵达。诗人从家乡的未名河写起，依次桃江、资水、沅水，极目远方的是塔里木河、额尔齐斯河。最令诗人魂牵梦萦的是孕育中华文明的黄河、长江，这条条江河走着走着就结满果实，走着走着，一晃，就不见了，成了母亲。山川河流承载着民族的精神内涵与自强的灵性意识。诗言及物，物寓情生。家乡风物，家乡阳光、家乡月色、家乡的小小的身子小小的唇的胡椒，家乡的板栗、野刺莓、八月瓜、春笋、桑葚、金樱子、杨梅、沙田柚，家乡的我从三十度锐角的劳作里找到的地枇杷的火焰和甘甜，诗人不厌其烦的罗列，可看成是喷涌。源自心中的爱和欣赏，诗人寻找家乡的美，为天地万物的美立象尽意，吟咏丰富的视觉意象为性情，抒发情绪，让自己开成一朵"我不走了"的桃花，飞成一只相思鸟，因为只有"在故乡，我的羽毛是干净的"（《在故乡》）。

## 四、诗人有结庐在人境，悠然见南山的安逸之美

《桃花源的菊》抒情达意是古人"仁者乐山，智者乐水"的人文情结，是对陶渊明古诗意境的拓展。诗人说桃花源的菊是一个既熟悉又陌生的人，意象私人所营，象征公众所识。"桃花源的菊没心没肺地开／让一个人的秋

天，有些不知所措"，这就是人文的"菊花"，有一种隔世的美，将文人节操的飘逸、散淡，寄托隐于物形，内涵获得极大，瞬间飞扬了意象之美。借助古人表达的是诗人的处世态度，一种生活节奏、个人涵养的基调。在"杜鹃路某个下午"喝茶、聊天，与某人讨论人生，思想人生之外的远方，时光静静流动，没有什么事情发生，如果说有什么意外，那我只能说，"今天的阳光，真好"，诗与美是对生活的补偿。诗意的虚空会重新打量和净化世界，在谦恭下发现和享受生活中的安适、恬淡，达到物我相忘的缥缈。"一杯茶与一杯茶相对而坐，茶香浸泡彼此的心，之后，各自余香缭绕"（《有这么一个上午》）。这是个人世界的欣喜、爱、包容，完成道家的无为，实现人与自然、人与人的同契相合。在致W的《风轻轻吹》中，她写到"我该怎样才能把一只雁的灵魂／搬到纸上"。这就是诗意亮点，妙境天成。这不仅仅因为诗人善良、多情、悲悯、重义，还因为她体内的能量来自一棵大树的暗示。"临江。江水悠悠／隐约的渔船／白鹭起落／岸柳和水面在一扇窗子的情思里／挥霍两个人的时光"（《江面，或者静物》）。"石头是静止的／石头不关心石头以外的事情／乌篷船是静止的／船上的鸬鹚、渔火带着渔歌早已离开／可能已融入生活中的某一缕，或一滴／桥是静止的。桥上的行人／不会关心桥的心事／远山是静止的。远山在水中很远／流水还探不到它的消息／流水，仿佛也是静止的"，状物肖神，兴发思远。物象顶针、横移、衍生、转换，传递情感空间的变化，由境生情。线性的铺展如豆荚，动静虚实空间的交错，节奏感觉的韵律，让人享受和谐的惬意，犹如身临其境。在《我死之日》，诗人明志怀远，"我会选择一片宁静的水域／最好是无人经过的一小片海／退掉身上所有羽毛，面朝东方／如果有风追来／请告诉它，不要吹乱我的头发"，可以看出一个人的生死观和态度，一种高蹈、凌然。

## 五、大海情结的梦幻自由与空纳万物的冲淡旷远

诗人曾用笔名"浪花"寄情明志。她和外边世界的关系是海与盐，"明天"去深圳的理由仅仅是因为"据说那边有海"（《明天去深圳》）；她亲情中的波澜维系是海，"姐姐，知道你带着海而来"（《姐姐》）；她生活的停靠是海，"有一种温软，一种激情，在海时间，当你置身于这片海水，你会看见所有疲累都被浪花浸泡，滤出温情和纯良，滤出宁静、辽阔的光阴和语言，介于苦和甜之间"（《海时间咖啡馆》），大海，苦咖啡，思想和无奈的现实之间到底能耦合出什么色彩的哲学的伪足，是让黑更黑，还是让酸变甜？诗人的爱情、青春都是海。海，被有光的日子打开，"那一年我们

在海边行走，第一次尝了海水，我带回一片海"（《波光》），海，约等于爱，隐喻在海枯石烂的誓言中；她对海的阅读，让我们明白，一个温顺的女人"嗓子里的波澜"来自何处；海寓意无限，海象征永恒。海让诗人获得了人生的丰富。现代化的生活给每个人一条密径，牵挂着灵魂的朋友，让人与人、山川与大海、英雄与美女，跨空间自由沟通，虚拟想象，拒绝真实。"第一次想你的时候／我是你的女儿／从里尔克的海到海子的海／其间，历经了腥和咸／历经了海浪的排山和温软"，此处关乎灵魂和梦想。"海风在吹，山风也在吹／比目鱼在游动。山坡上，一只怀孕的山羊静静地吃草／一排排海浪涌过来，亲吻旅人疲惫的脚／田野的犁头，泥土翻卷春天的浪花／大海与大山／一个在潮头望了望／一个在自己的肩上，望了望"（《手机里的大海》）。此处，海关乎个性、独立、自主与尊严底线。她已经不再是海的女儿，她，就是大海！

## 六、爱，如果爱

女诗人娜夜说：爱情是人与世界关系的一种隐喻式书写。张惠芬在《写情诗的理由》中不无张扬地说，"得把发疯的理由说出来／得疯给一个人看"，考量"疯"的正常与非常规，其实这是本性，是人生必逢的盛宴。"你来不来，我都在"。是一种闺怨，一场花事，关乎幸福，她省略了那些隐藏在心中的潮水，将痴情与执拗写到快意淋漓，却霞光鸿影。《时光的味道》的图像是生病的妻子，"疼痛科二十八床"，她的世界归于白：白墙，白屋顶，白床，白大褂……在肖形比赋中一切陷于"白色恐怖"的深谷，诗人心中兴起的"病房意识"思考到人间生与死的劫。因为牵挂，"我的疼痛，与疼痛没多大关系"，我牵挂的是"这一年，母亲安好，儿子安好，你安好这已足够"（《大地平安》）。这样的女人被丈夫娇宠着，爱怜着，一句"乖乖地吃饭"，蚀魂销骨，这些诗句，完成了爱情到亲情的自然嬗变。好女人是春风的脸，诗人是一朵女人花。个人阅历和知识谱系坚挺了诗人的自信与高贵。尽管终有一天都会垂垂老矣，形容枯槁，只有"一节枯枝握住另一节枯枝"（《当你老了》），描写爱情的黄昏，她的比喻、转喻和拟人，则无疑会让人想到叶芝等人的诗，丰富联想引发的意义空间，互训、互文的通感耦合，维系在想象的藤条上，得以延续光大，提升意境。"爱"让人痛恨，"爱"让人柔软，"爱"让人揪心。"如果爱。一个让人憧憬的语词／我会想到许多与爱有关的雨水／阳光，火焰，或前世今生，乃至幸福的伤痕／／如果，爱——让我想想／多好。一个假设／足以毁掉许多人一生的利器和锋芒"

（《你住的地方有个好听的名字》）。正因为如此，焦虑和不安也会见缝插针，"我"已和春天一起把自己打开，"如果可以从头再来"，我拿什么来爱你？"我"和春天几分相似，是春天把一条路"走出满目秋色／那些山花啊，已开出羡慕"（《爱人，我把你的生日放在花岩溪》），诗运用拟人、转喻、通感和音律结构变化，把情感的弦拉长。爱人啊，"如果爱是一个人一生的痛／你是不是累累伤痕中甜蜜的刺"（《如果，爱？》），这里就有了责怪、娇嗔、包容和安享的愉悦。这不仅仅是爱的复杂性罗列，爱恨交织才为爱情平添趣味，活出丰富和色彩。这也就容易理解在假设生命只有最后三天的前提下，诗人果断地说：第一天，我要给我的亲人，第二天，我要给我的诗歌，"最后一天……是的。这最后的，一天／我要给你，请你带我／去一个有山有水尘世烟火找不到的地方／抱抱我，别说话，我要／在你的怀里，缓缓，把这个世界关闭"（《如果生命只有最后三天》），读到此处，我们有理由相信，爱情是最好的解药，当一个人一生的寄托有凭，相许的终身无憾。诗不悲厌不戚戚，平淡的气势中有一种从容、孤傲和达观。一首诗的生命体，依存语言或在诗外。就像诗人所说"让天空，回到天空"（《无题》）。

## 七、诗生活

王小妮说：诗，是现实中的意外。诗人平行于生活。在《旧照片里的四个女生》中有她们18岁的记忆，怀春、冲动的季节，世界万物涂着梦幻的色彩。诗人回溯青春，介入今天，放弃技术性感情。情感纵向铺陈直接从有我之境到无我之境，榫接现实空间和艺术审美空间，情动于中而形于言。"那时我们长在泥水里，与五月的阳光赛跑"。朴素情感沉淀在生活中。语境缘于情真意切中固定在适当的词。诗人思考，诗艺借助什么，实现什么，启示什么。其将来自经验和理性沉思，来自环境长期的浸润所获得的话语自觉在诗中建构出诗形。《聚会回忆录》，仿佛迟到的列车从少年一直开到中年，这一页是红、紫、黑、蓝……诗人看见阳光雨露，梦里潮起潮落，伸手可及的"你的三角，我的圆"，情感结构在生活的现场，一切着我之色彩。迷离在物我皆忘的混沌，移情在以我观物，侧身到以物观我，实现了物象对立的拉伸，沉醉。"我们在纸上又走了一圈"，飞墨留白的高度概括之后，是一种反讽和失落泡沫或期待。这里色彩、声音、物件、空间证物一一出现，妄想复原了一个时代的"你的三角""我的圆"，言外之意打开并呈现，尽管"三角""圆"在公共视域司空见惯，但延伸进个人经验与情感走向，只有诗人说得清楚。诗中文字的音韵有绘画的高光作用，聚焦感觉。

如果说诗人是钻石，生活就是切削术。"我生活在乡村，乡村于我就是我的现实。"诗人念念不忘的是在母亲身边的日日夜夜，"在母亲身边，真好"，多平常，像一泓溪水，但它来自大山深处，纯洁是因为历经了磨难。人间的血脉亲情，因爱传递。诗人在给母亲洗脚时，"凝望母亲，我只看着母亲脚上苦瓜藤似的青筋"，"苦瓜藤"涵盖了母亲一生的苦难历程。在《春意在鸟鸣中吐露》中，她礼赞给自己送花生、罗田板栗树苗的父亲，感情定格在被"花生与树苗的重量／压弯了那个下午"，而镜头对准树苗已成林的现在，呈示前人栽树，后人乘凉的恩泽。每到收获季节，"我就对儿子说，我们和这些板栗，都是外公结出的果实"（《倒叙的光阴》）。情于物中化，尽精微，致广大，脉脉温情生生不息地绵延、递进。在《母亲的棺木》中，以一种神学的言语及物象，不放弃原型象征的情感色彩，复苏个体生命意识的悲剧意识，呈现诗人看见的"一种死亡，诠释另一种死亡"的生动，此时此刻，生命似乎是一种接力，在草木、山水与人中传递，此所谓"野火烧不尽，春风吹又生"的欣欣然。诗人借喻神性力量获取美的暴力，抵达词的裂变与诗的聚变，获得感性的饱满与舒展，让情绪感染力达到巅峰。有一种只有死，才能证明生的软暴力。"你说五十年真像一场梦／醒来时，发现自己已成废墟"（《子宫癌患者》），诗人敏锐的个人化、女性化视角，增值语言活度，唤醒了身体里沉淀的风声与潮汐。这就是那个"我痛时，会把自己藏起来，躲到伤口里去"的人。

人在桃源，帝力于我何有哉！此为生命之幸！

祝福桃源县写诗的朋友！

（苗雨时，著名诗评家，廊坊师范学院中文系主任，教授。王之峰，中国地质科学院物化探所高级工程师，诗评家、诗人）

# 面对现代化和都市化的沉重思考

—— 品读谭晓春诗集《纤绳吻过的勒石》

吴昕孺

澧县是晚唐才子李群玉的老家，有北宋诗人范仲淹的少年求学之所。这条文脉与秀美的澧水交相辉映，让"九澧门户"不仅阔远丰饶，而且弦歌不绝。要知道，唐代时湖南尚属"南蛮"，是贬臣逐客的重要流放与发配地，本土诗人寥若晨星。湖南三诗人李群玉、齐己、胡曾齐聚于晚唐，可见湖南的文化开发之"晚"，而出生于808年的李群玉在三人中最为年长，他去世第二年齐己才出生。可以这么说，李群玉是湖南本土不说第一也是最早的著名诗人之一。

> 柳暗花香愁不眠，独凭危槛思凄然。
> 野云将雨渡微月，沙鸟带声飞远天。
> 久向饥寒抛弟妹，每因时节忆团圆。
> 饤餐冷酒明年在，未定萍蓬何处边。

在辗转与无常中依然保持着这种深情和清雅，让人不得不惊叹，世间拥有诗人，他们能从庸俗、刻板又祸福相依的日常生活里探索诗意，呈现自己的浪漫情怀和独特风致，真是这个世界的福气。

澧县才子谭晓春为李群玉写了一首《一千年后的悼词》，这既是两位同乡诗人相距1200年的隔空对话，更是澧县文脉的一次承接与发扬：

敬挽一片兰草

> 解密你所有文字的悬崖
> 以西南方言的腔调
> 读你千年的诗经
> 唯嘶嘶水竹
> 与那冷峻月色
> 遥相呼应。北望的神采里
> 弥漫着唐朝的流云

　　我喜欢晓春用"悬崖"这个词来形容李群玉的文字。其实，任何优秀诗人的文字里都有一片悬崖，它既是险境，又是风景，愈是崔嵬的险境，便愈是非凡的风景。像李白和杜甫的诗，"笔落惊风雨，诗成泣鬼神"，皆与鬼斧神工无异。

　　"遥相呼应"，这才是本诗的主旨。"敬挽"好比田径接力比赛中的交接棒，晓春生为澧县人，对家乡的热爱和对文字的痴迷让他意识到自己身上的使命，他主动去"接"李群玉手中那根诗歌的接力棒，相信长眠九泉之下千余年的诗人一定异常欣慰：只要有"呼应"，再"遥"都不是距离。

　　"北望的神采"昭示着当代诗人的自信，"唐朝的流云"隐含了历史的风雨与烟尘。晓春在"悼词"中如此为前辈诗人盖棺定论：

　　干瘪的身躯，远离家乡 / 唯独剩下苦涩的一段政治柔情 / 校书郎啊，你把一块璞玉 / 琢成清丽骨骼 / 澧水流域为血脉，澧阳平原为肉身 / 疾疾，行走成天地间 / 一抹亮色……

　　这一段对李群玉的评价极为精当，将文学与政治、远方与家乡、苦涩与清丽冶炼成行走在天地间的"一抹亮色"。其实，我觉得这何尝不是晓春的一种自我期许，他的血脉里早已流淌着屈原曾行吟过的"澧兰之江"，他的身体里早已横亘着史前文明密集、襟江带湖的澧阳平原，他要做的就是将故乡深厚的文化底蕴、纯朴的乡情民俗、迷人的自然风光，置入文字熔炉，锻造出能行走天地间的一抹亮色来。

　　这就难怪，晓春在澧县那个县城里，他写出的诗歌与一般长期在县城、乡镇生活的诗人有很大的不同。那些诗人的乡土气息更浓，更注重随处可见的乡村风物，更喜欢歌颂和咀嚼伦常亲情，而晓春的诗行里，满满都是历史的况味、先祖的身影和时代变迁的悲欣交织。

这是很有难度的。这是诗人对诗歌技艺和自我局限的挑战，值得嘉许。晓春的这本诗集，我只读到一首纯粹的亲情诗《一语父亲》，但整本诗集读下来，通过那些沿着诗人内心节奏滚落而下的珠玉般的字句，我能感受到诗人对家乡这块土地深沉的热爱：

鸟从山崖飞出，群山被压低
翅膀的弧线，提取夜色
水中的船，像叶片飘忽

——《纤绳吻过的勒石》

田塍边，重重野菊
死守大地的秘密
这些贴近灵魂的尤物
在古老而轻灵的乐音中
舞成雪的飘羽

——《冬日辞》

黑夜的碎片落在白天里，组成文字
一边落下雨水，一边哭泣
爱与恨的光辉，在小花中吻遍田野
在死亡中更快地生长
于是乎，稻谷的稻字，应运而生

——《天下稻之源》

澧水的襁褓，养育着
一枚嫩茶：
敢爱，敢恨，敢照耀
生活……禅茶一味，江湖半亩
茶之芬芳，皆为
饱读过一片绿叶的哲学

——《茶语》

有一天，一双沉重的手拔掉一块块黑斑，和杂草
给古城墙下定义
一千米的自豪感
成了永不枯竭的，粮食

——《守望的人》

一个孩子

睁开了黎明一样的眼眸
一串串葡萄
省略了贫穷的日子

——《村口》

周国桢出生在牌楼旁
千顷良田静穆——
路过的人吹响口哨，俯仰之间
多年后的一天
爱恨情仇，喜怒哀乐
已一并没入永乐江……米塑，这非遗的丝绸
铺满唯美的婚床

——《指尖上的舞蹈》

这时候，少男少女和爱情
从炊烟那边走来
几只蝴蝶在我的耳朵里穿来穿去
一片柔美的沃土
成就了一切不可能的事情
和不能公开发表的情事

——《驼背的高粱》

看得出，晓春在语言表达和意象经营上下了不少功夫，而且颇有心得。我个人认为，其中当然包含着诗艺上的追求，同时更有深刻的人生思考。

他在一个有着迷人景色的、名叫青泥潭的水乡小镇，度过自己快乐的童年生活。当他怀着理想，不断成长，从乡井进入城市，却发现，那个有着几百年高龄、安静得不打扰任何人也经不起任何人打扰的小镇，已毁于一旦。由此，他带着伤感与疼痛开始了自己的诗歌创作之旅，他想为见证那些正在消逝的人和事，并为已经逝去的人和事"招魂"。

于是，他要写那些被纤绳"吻"过无数次的勒石，写那段"紧紧抓住流水的声音"的皮影，写亮出"暗红舌苔"的庙宇，写"看着泪与梦的必然"的历史的冷眼，写"从童话里翻身"的先祖，写恍若"洞庭湖的一片衣角、长江的一条皱纹"的故乡小河，写"看飞鸟擦伤月亮"的手工艺人，写能隐隐听到"车轮和马蹄胶着的古典交响"的涔阳古道……从古典到现代，从乡村到城市，我们获得了巨大的便捷，却又陷入深深的困惑和迷茫；我们不断解决物资匮乏的老问题，却又不断产生精神荒芜的新问题——从晓春的诗作中，我常常能体会到一名从乡村走出来的诗人，面对现代化和都市化的沉重思考。这种思考，既承继于李群玉清奇的骨骼、遒健的诗风，更是范仲淹"忧乐思想"在当代的激水扬波，其意义与价值不可低估。

或许，作为每一个人都视为灵魂归宿的家乡，最大的悲剧莫过于：世界上最纯净的事情都葬身于此。

我与晓春并不相识，也从没去过澧县。由我来为这本诗集写序，这无疑是一个很大的硬伤。但承蒙著名作家水运宪先生热心牵线，我沿着这本诗集的一行行诗句，抵达了澧县，"见"到了晓春……

（作者系湖南省诗歌学会副会长，湖南教育报刊社编审。作品原载诗集《纤绳吻过的勒石》，2019年2月由团结出版社出版）

# 清歌如月触天真

## ——读戴奇林诗集《想念家园》

张乐朋

**一**

戴奇林是我的老师，我在学校就读过他的诗歌，这本诗集里收录的，就有几首是我以前读过的，展读之际，熟悉的题目，熟悉的诗句，盎然在目，恍惚时光倒流，20多年前和20多年后的阅读感受交相叠映，诗歌里保持的诗人所特有细腻婉约和清新秀美的风格，竟如陈酿，令我心醉。

简便起见，我还是先从记忆和感受最强烈的《猎人的孩子》开始，这首短诗留给我的印象最深刻。

> 为了一个圆满的愿望
> 他跑出了密密的森林
> 去看那个不被树枝划破的月亮
> 当他发现父亲说的那只玉兔时
> 才想起没带猎枪

戴奇林的诗歌画面感一直很强，他早期的一些作品给我留下深刻印象，原因就是诗歌生成的意境，意境转化成的记忆是不能磨灭的。辑入《想念家园》的这首《猎人的孩子》，当年就写在学校的黑板报上，戴老师还自己配了一幅粉笔画。20年后再读，依然为之倾心，诗情与画意，宛然一幅拓印诗行之间的梦境，糅合了童话和神话的氛围，营造出一个静谧、幽深的意境。

诗歌的笔调清新简约，勾勒了一个有关寻觅和迷失的幻境：生长在密林深处的孩子为了一睹完整圆满的月亮，独自跑出密林，他看到满月，却后悔没有带来猎枪。诗歌以它动触天真的情味取胜。美始终和现实保持着距离，孩子在满足了愿望之后，又多出一种新的迷失，患得患失，怅然若失，仿佛有迷茫的雾霭，也从我们的眼前和心底以及心底慢慢滋长出来，并且突然领悟到人性的缺憾：人们千方百计追求完美，等他终于看到了，却发现它不可企及，甚至无法击碎。从必然王国到达自由王国，却发现自由的外面，还包裹着更大的必然。

这首诗歌的一、四句采用了并置句式，使得表达的效果隐约婉转，"一个圆满的愿望"，是萌生自孩子的心底，这轮月亮应该是嫩绿的；他看到的"那只玉兔"是"父亲说的"，应该是来自古老的"嫦娥奔月"传说里的那轮金黄的月亮；只有那轮"被树枝划破的月亮"是现实的，也是最不完整的，按照丛林的气候特征，它应该还是朦胧的。——月亮的形象因为诗意的表述而交相掩映，衍生出丰富的层次和内涵，寥寥五行诗歌，犹如密林一样深邃曲折，甚至在不同的月光照耀下摇晃动荡起来，一个静态的场景描写，立即生成了三个时间维度的动画世界。"言之不文，行之不远。"看来，一首诗歌要存活，必须具有自己的生态，第一要紧的，就是诗句要有特色。

戴奇林的诗歌，非常讲究传统诗歌中的意象和意境的创设，他善于将情思塑造成优美可感的艺术形象。《甲板上的树》就极具代表性：

> 当你的海魂衫再也拍不出波浪
> 你的飘带再也测不出风向时
> 甲板上我们只有站成一排树了
> 一排海风无法吹动的树

这些在叙述和描写中完成的诗句，读起来非常洒脱，感受性很强，令人过目难忘，诗句把情感熔铸在形象之中，形象又将感情定格在庄严的一瞬，表述成了最关键的崇高导向。读到这首诗歌的时候，我已经离开学校参加了工作，当时是偶然从《人民日报》看到的，"甲板上的树"一下就植入我的记忆，成了海军的替代，这种替代，又何尝不是一种具有普遍审美意义的"风骨"的象征呢？后来，每逢在电视屏幕上看到中国海军出访或外国来访的镜头，看到水兵在甲板上列队，我就会条件反射，想起这个诗题。我认为，写出好诗，就是在雕塑荣耀。

戴奇林注重发现、挖掘和提炼生活中那些美的元素，通过描写抒情的手段，汇集成美好的诗意。《岁月如歌》一辑，其中的诗歌如《砂型之梦》《我是锻工》《我是青年教师》《他的名字叫青年》等，就是诗人对青春的礼赞和生活的歌吟，诗歌不乏热血涌动和青春激情，现在看来，依然能感到洋溢其间的浪漫和乐观，富于理想和意兴遄飞的朝气。广而言之，这些诗歌也是对劳动者的赞美。类似的诗歌，除了劝慰和遣兴，像陶渊明的《归园田居》，垂怜和悲悯，像白居易的《观刈麦》。诗歌似乎无法使劳动者解脱苦难，这几乎是一个物理现象，或者社会现实，古今中外，概莫能外。这不是诗人的局限，而是现实使然，同时也见证了那个时代的诗歌风气，诗人长期从事青年团工作，从知人论世的角度来分析，从诗人的生活经历而言，它们是烙印，也是脚印，是前定，回避不了，抹杀不掉。

## 二

诗人葆有的赤子之心，使诗人对母亲的诗唱，如天风时至，在诗歌的丛林上空反复回旋，《看母亲晒谷》《走过花生地》《细米粉》《瓜园》，恰似树欲静而风不止。《游子吟》的余韵，犹如天籁，响彻西风，一千多年来，回荡不息。除了上面的几章，在《想念家园》里，错落散布着多首思亲念母的诗歌，如《布谷声声》《山泉》《母亲的歌谣》等。

> 总想把头上的白发
> 弹成棉花
> 铺在儿子的寒衣里
> 霜雪打在儿子身上
> 冷在母亲心上
> 总想把脸上的皱纹
> 纺成纱线
> 缝在儿子的鞋底
> 坎坷碰在儿子脚上
> 疼在母亲心上
> 总想把头眼中的泪珠
> 串成项链
> 挂在儿子的颈上
> 幸福降临儿子身上

## 喜在母亲心上

### ——《总想》

　　这首诗歌由三个小节构成，从形式到内容，都符合一咏三叹，往复回环，形式看似简约，但诗人的发现并不简单，其中最富诗意的安排，是三种感觉的转义，母亲将儿女"冷""疼""喜"的感觉，转义为一连串的动作，母爱就是默默无私的付出："白发／弹成棉花""皱纹／纺成纱线""泪珠／串成项链"……转义使息息相通的母子之情得以外化，在读者的心灵深处引发共鸣的涟漪。诗人在创设意境方面所做的努力，真可谓苦心孤诣，子忧亦忧，子喜亦喜，于简约的诗歌结构之下，建立了一套复杂的相互牵系的感情共享系统。

　　赤子之情拓宽的河床，便是对故乡和家园的眷恋和思念，于是，乡情构成诗集的主旋律。我在诗人的博客上看到诗人拍摄的故乡小城的照片，山明水秀，风光旖旎。在第一辑《山水乡情》中，就收录了诗人大量的故乡的歌吟，从诗歌的分题《启蒙》《恩泽》《父亲的农具》《母亲》《想念家园》《还乡》，以及《山里人》《民歌》《对水的认识》等，可以看出诗人的成长史，或许还能看出诗人的禀赋和造化。

　　我始终觉得，造物主本身就是诗人，他的诗篇就是高山流水，茂林幽涧，繁花碧空，花香鸟语。造化钟神秀，诗人脱胎于这样的山水之间，耳得之以为声，目遇之皆成色，心有感触，诗歌亦如影随形，所以，这一辑诗歌非常性灵，佳句迭集："桶是空的／眼睛是满的／真想一头扎下去／做只井底之蛙"（《桶是空的》），把游子对故乡的感情纠葛写得格外别致，动人至深。"我拍着西瓜／听西瓜熟了没有时／母亲正拍着我／她说顺藤摸瓜时／总摸不到我／种了一辈子西瓜／也没把月亮种圆"（《瓜园》），用物语表乡情，用母语诉思念，形象逼人，语感自然圆熟。"犁铧是一面镜子／挂在农舍的外墙上／把父亲的一生照亮／……／父亲用犁铧和土地交谈／每一声吆喝都很锋利"（《注视犁铧》），这不是咏物诗，而是克制着情感的抒情诗，犁铧是父亲的缩影，又是自己人生的明鉴，不图展示自己的辛勤劬劳，父爱就是这样的格言：不言而教，不怒而威。

　　"家园"之于诗人，正是这样一条潺潺不绝的情感溪流，由此而言，这些表达思乡和倾诉亲情的诗歌更加纯粹和深邃，印证了一方水土养一方诗人的说法。"河水，大口大口地／从我的鳃网滤过／流过去的是水／留下来的是河"（《鱼微笑着游过来》），诗人把他内心蕴含的乡情化作一条江水，于尺水微澜的篇幅，激荡出涌动不绝的情思。

戴奇林诗歌具有肌理细腻、情愫滋润、意象贞洁、节奏舒缓等特点，也许是精心打磨之故，在安置诗眼时，他对动词的力量和速度都做了降解，比如前面提及的《总想》，"缝在儿子的鞋底"的"缝"，远不及"纳"字提神带劲儿。但在组诗《大瑶山》里，我们还是体会到"气蒸云梦泽，波撼岳阳城"的宏大气象，在《山洪》一首里，诗人这样描写：

> 不管你多么凶猛
> 因为你是瑶山一年一趟的火车
> 沉默得发痛的石头
> 才会跟着你
> 让短暂的生命轰隆隆成你的车轮
> 棱角磨光了还等在河滩上
> 等待你再次奔腾

奔放狂野的诗句往往具有原始的生命力，能给读者的心灵带来巨大冲击，对读者的阅读感受形成重载。《大瑶山》正是《想念家园》的骨骼，是诗人感情巍峨的雄起。不过诗人没有采取固守的态势，没有蓄积自己的奔放感情，而是追求突围和释放，"波浪形的岩层如远古的海诱惑他们／大瑶山，你不是山你是一群封闭的岛／你的尽头一定是海，海一定很宽阔"（《山》）。

诗歌的阅读，有时真是充满了误读的可能，《大瑶山》的三章《山》《水》《路》，中间贯穿了诗人的忧患和沉重的思考：从向往外面的世界、萌发"走出去的欲望"始，"把憋得发痛希望扎成一张张木排／冲出去冲出去冲出去"（《山》）；到挣脱故土的束缚，虽九死而不悔地冲出群山，奔向大海，"只一根竹篙就绷成一支响箭／祖祖辈辈的希望就这样生死未卜地射出去"（《水》）；最后是归依和懊悔，"路修到哪里树就砍到哪里／树再也遮不住爬满青藤的木屋／我们孤零零地站成一排消息树""大瑶山啊，你险些毁于我们那个美好的愿望／迈出门槛的一步你付出的代价太大了／你还能成为我们的家园吗""大瑶山啊，我们要重建家园的时候／才发现锄头永远不如斧头锋利"（《路》）。

三章《大瑶山》，循循思无邪，而且是思大于诗。我认为《山》《水》《路》，可以理解为冲动、行动、回归，当然，回归不是回到起点，而是沿着认识论的哲学螺旋，上升到一个新的高度，达到这个高度，方能对造物主的诗篇重新审视和理解，和自然达成和谐。诗人只能通过自己的心灵史，来论证自在文明和现代文明的分野，阐释一种肉体可以享受但心灵无法承受的得失成败，这就是《想念家园》的情感风暴的旋涡核心，是怀乡的钟声不敲自震的声源。

三

诗人的操守，反映在他的诗歌里头。这是我在阅读戴老师诗集的时候一直思索的一个问题，即使是普通读者，也可以从他的诗歌里看到一条清晰的底线，那就是道德。应该说，诗艺的底线可以比道德的底线低下，我们可以随手抓来一些"流派"来证明此言非妄说，但戴老师坚守在他的尺度上，不号叫、不颓废、不荒诞，他的诗歌的内容选择性很强，从中看出诗人审美的情趣和清洁的精神，诗歌可以折射出诗人洁身自好注重修养的面貌。当然，境界说也是一个限制，不过，寄托情怀的取与舍，也是一种诗艺"取道"的一个法门，它是一个诗人的价值取向和情操，总之是不矛盾。戴老师在邮件里说，20 世纪 90 年代之后，他的诗歌渐渐写得少了，除了和他从政有关，我想这也是无可无不可的事情，标本式诗歌日益式微，"欹斜以为美"标准使诗歌变得庸俗不堪，因此，姑妄置之，倒也不失为智者之举，古人不是说过一句"智者无不知也，当务之为急"的话吗？

不喜欢荒诞派风格的米沃什曾说，"今天加害于我们的荒诞事物，首先是人的作品。文明并没有满足我们对于秩序、对于清晰透明的结构、最后对于我们本能地理解为'事物之合宜'的一切的需要"。同样，我推崇戴奇林的诗歌，是因为他愿意在诗歌里保持"清晰透明的结构"，结构要成立，根基必须要正直，所以，我愿意衷心祝福生活在凡尘里，从人生的露天矿坑中取出诗歌宝石的诗人。

（作者系山西文学院专业作家，中国作家协会会员）

# 爱情土壤里疯长的诗

## ——鲁小平诗集《泪弹心香》读后

彭其芳

　　在《爱的呢喃》还在街头巷尾慢慢浸润开的时候，诗人鲁小平又推出了新的诗集《泪弹心香》。这是一部厚重的完全写男女之间恋情的诗集，是男女相恋时情感纯真的声泪俱下的至真的倾诉，是一部有着较强的艺术感染力的抒情浓烈的爱情诗的长卷，是东方古典式的缠绵温柔而又含蓄绵长的爱情生活的集中写照。

　　爱情，是永恒的写作主题；爱情，是永远没有完结的戏；爱情的故事中也有"你我他"……古今中外，曾上演了多少震撼人心的爱情喜剧和悲剧，曾演绎了多少人为之倾倒的千古绝唱，一个"情"字压弯了多少人的脊梁！中国，爱情诗生长的土壤肥沃而厚积，因此也是爱情诗生产的大国：《诗经》时代的爱情诗含蓄纯真，汉代的爱情诗韵味悠长，南朝乐府里的爱情诗哀怨凄恻，唐宋时代的爱情诗一咏三叹……古代经典的爱情诗，其基调是哀怨、凄婉，诉说不尽那深宫高墙内的寂寞孤苦，诉说不尽男女相别后的离恨别愁，诉说不尽封建礼教束缚的哀怨悲痛……

　　小平写的爱情诗，受古代经典的爱情诗影响很深，现试从三个方面来探讨：

　　小平写的爱情诗，抒发的多是离愁，一股忧伤的情感在诗集里溢漫开来。

　　读着他的爱情诗，使我想到了汉朝卓文君写给她的丈夫司马相如的词："……百思量，千系念，万般无奈把郎怨……百无聊赖十依栏，重九登高看孤雁，八月中秋月圆人不圆……"；想到了南宋唐琬写给曾是她丈夫陆游的词："世情薄，人情恶，雨送黄昏花易落；晚风干，泪痕残，欲笺心事，独倚斜栏……"；想起了北宋李清照写给丈夫赵明诚的诗："……莫道不销魂，帘卷西风，人比黄花瘦。"这三位女诗人相去甚远，而都一样被爱情折磨，看孤雁，踏落花，望月亮，万般无奈的情感无寄托，孤独的人儿空把良辰美景虚度。小平在他的诗集里，虽然写了相亲相爱的那份幸福，但更多的是写了"分手"后的那份无法排解的忧伤和失恋后的那份无法发泄的痛苦。在诗里行间，真诚的情感在奔放，因爱而生的愁苦也在流淌，似乎也听到了"我"信誓旦旦的洪亮声音和"挽留"不住对方时的无奈叹息。他写道："你就这样一去不回／让我饱受别离的伤悲／西风漫卷我回天无力／朝朝晨露是我相思的泪滴……"（《等千年》）；"如果有一天你偶然想起／就到秋天拾一片落叶／那叶片上有我斑驳的泪滴……"（《徘徊》）；"……将思念化作雨滴／飘在你多情的天空里……每一滴雨里都有我满足的叹息"（《温柔的雨滴》）。他就这样像古代的女诗人一样写得含蓄、温柔而极富有诗意。在物欲横流、唯钱是图的今天，一些传统道德被歪曲，一些正统关系被颠覆，一些经典著作被恶搞。因此也就有"露水夫妻"，有"一夜情缘"，有"朝娶夕离"的"快餐"，甚至有"钟点房"的"拥有"，怎么会有小平笔下的那种缠缠绵绵，那种甜甜蜜蜜，那种忧忧伤伤。对比之下，诗集《泪弹心香》，就显得富有魅力，富有思想的深度而富有教育意义。现在有些人也写爱情诗，但大都不如小平写得如此之多，如此明朗易懂，如此情真意切。充其量，那是些"无病呻吟"，是些不能抵达人心灵的肤浅之作，是晦涩难懂的文字游戏。在我读了《独舞》一诗后，简直快掉下眼泪了。全诗只有两段，共 14 句，而且每段的句式也一样，字数也大致一样，有一句收尾的话，还重复着，而深深的内涵却在语言之外，是那样有力地震撼人的心灵。读读吧！

捧一束月光
做一件漂亮的衣裳
今夜无人喝彩
我是自己的新娘
起舞吧夜还很长
人们都把自己关在快乐里
我要一个人跳到天亮

抓一片云彩
乘着清风去看月亮
今夜无人做伴

我是骄傲的女王

起舞吧夜已迷茫

没有时间再独自感伤

我要一个人跳到天亮

从这首诗里，我们可以想象到一位失恋人在极端痛苦之时所选择的那种发泄忧愤的独特方式——跳舞。诗中的她简直快为爱而发狂了，为爱而悲号了，在无人慰藉、无人理解、无人陪伴的独舞中，她只能选择无奈的开脱："我就是自己的新娘"，"我就是骄傲的女王"，怎一个"情"字了得！

小平如此厚重的情感表达，得益于他从古典诗词中学习来的"比""兴"手法。

在古代爱情诗词中，诗人最常用的是借物抒情咏怀，或形象生动地自比。比如《诗经》里写道："关关雎鸠，在河之洲。窈窕淑女，君子好逑。"如王维写道："红豆生南国，春来发几枝？愿君多采撷，此物最相思。"还有如"花自飘零水自流，一种相思，两处闲愁……""打起黄莺儿，莫教枝上啼……""青青河畔草，绵绵思远道……"等等。对于世上万物的借用，对于形象生动的自喻，在诗集《泪弹心香》里俯拾皆是，这就增强了诗歌艺术感染的力度，婉转含蓄，耐人寻味；如果少了这些，就显得直白流俗，空泛苍白，色淡语乏。如他写道："我愿变成一颗流星／划过夜的沉寂／为你绽开瞬间的美丽……我愿变成一条小溪／越过激流险滩／投进你温情的海洋里"（《拿什么来爱你》）；"我把你放在心里／你凝结成一颗冰／我将你握在手中／你却融化成一滴泪"（《难言》）；"你的眼里跳动着激情的焰火／我是一只奋不顾身的飞蛾"（《爱的湖泊与沙漠》）……还有如"今晚的月亮好大好圆"时想到的，还有如喝咖啡时想到的，还有如"我是一株玫瑰"想到的，还有如他看到大海、月亮、彩云等想到的，都写得入情入理，形象生动，随手拈来，为我所用，无不彰显语言的艺术魅力。

精练而生动的语言表达能力，也是小平从古典诗词中吸取的丰富营养。

从《泪弹心香》里，我们可以探索到他从古典诗词中借鉴引用来的十分精练而生动的语言，有"根"可寻。如他写道："多少次要开口挽留，多少次欲语还休""多少话儿含在心里头，哪堪人比黄花瘦""想起古道斜阳鹭舞蝶飞""等你漫天的黄沙马蹄碎""往事随风去／岁月已悠悠""奈何花开花落／明媚鲜艳能有几个秋""给我一点自由的空气／让我在风中独自沉醉……"由于这些语言提炼得相当精当，所以他的每一首诗，语言的意蕴很厚重，语言的抒情色彩很浓艳，虽明朗而不失婉丽，虽伤感而不失庄重，且对仗工整，排比自然，押韵恰到好处，形式美与内涵美达到了和谐统一；一般是前后两段，十多句，长短句配合，朗朗上口，极有节奏感，富有音乐性，实际上是等待插上翅膀飞翔的歌词，是宋词元曲风格的延续和发展。现在《文艺报》辟了个专栏，叫《学经典》，倡导人们去继承几千年不断积累的祖国的优秀文化遗产。从这部诗集看，小平学习经典著作是做得很好的，注重阅读，灵活运用，融会贯通，珠联古今。文学的第一要素是语言，语言是文学的主要工具。所以作家孙犁说过："从事写作的人，应当像追求真理一样去追求语言，应当把语言大量贮积起来。"小平诗集中的语言做到了准确、精练、生动。

综上所述，小平写的《泪弹心香》爱情诗集，在风格上、在手法上、在语言上，都深受古典爱情诗词的影响，融古通今，自成一格。虽是写的爱情，但无男女之间的床枕之欢，没有打打闹闹的低级趣味，更没有吸引人眼球的感官刺激。一点忧伤，几许悔恨，也是情感发展产生的，算不上什么"情绪消极"。可见这是一部思想性与艺术性结合得好的作品，可以带回家中给女儿看，可以在《激情广场》上当众朗诵，可以做电影的主题歌。同时这些爱情催生而疯长的诗，也深深地弹拨着我的心弦：我也曾为心上的人儿终身守候，我也曾把爱着的人儿的生命一次次地"挽留"，怎奈油干灯灭，瓜熟蒂落，春水东流，心疼我的人儿已无语远去，千呼万唤，她就是不回头，抛下我独守空楼，暗自伤神，伴着孤灯泪长流……

（作者系常德市文教科原调研员，《桃花源》杂志原副主编，副编审）

# 管窥翦伯象的诗歌世界

## ——以诗集《坚守十一种维度》为例

### 宁荣生

从世界文化史来看，中国文人是一个非常特殊的群体，他们有着自己群体独特的雅文化的话语体系，形成了与君王将相、普罗大众都不一样的历史文化传承。中国文人的雅文化体系中，尤其推崇一种人生价值取向，即魏晋以来所谓的名士风流。所谓名士，最初指在野的不羁的文人，后来也包括了亦官亦儒的文化精英，如苏轼，这时候强调的是一种精神风骨，至于是身居庙堂之高，还是处江湖之远，并不重要。这些人往往有着高洁的情操，令世人惊艳的才华，以及不受世俗约束的洒脱个性，在文化审美上极尽风雅，在生活情调上讲究闲情逸致。

中国文人的名士风骨自近代以来，被频繁的战乱、社会制度的更迭以及商品经济的迅猛发展等诸多浪潮冲击得狼狈不堪，几无立足之地。然而，却始终有一少部分文人，始终坚持着这种风雅传统，艰难而骄傲地存在着，难能可贵。

翦伯象先生骨子里就是一个典型的中国文人，中国士大夫雅文化的精神特质是他的诗集《坚守十一种维度》[1]最重要的精神内核。

### 一、翦式诗歌格调：温暖在怀，温情脉脉，温润而泽

中国文人向来以儒家文化为最主要的精神支柱，而儒家文化以仁为核心，

---

（1）翦伯象：《坚守十一种维度》，光明日报出版社，2012年版。

轻名利而重大义，以积极入世为己任，以胸怀天下为抱负，体现在文学上则为追求中正之美，崇尚大道之义。

鄢伯象先生的诗歌创作态度是庄重的，写诗对他而言绝非游戏敷衍的行径，而是一种神圣的行为，是探索人生意义、实现自我价值的心路历程。鄢伯象先生的诗歌从内容上看，拒绝像当下某些写作者只往阴暗面钻，迷恋丑恶现象的描摹，即所谓不写人性写兽性的低俗变态的写法，鄢伯象先生的诗歌格调是阳光的、温暖的，是积极向上的，无论写情还是写景、写人或写事，都传递出生命的正能量。以他的咏史诗《涯门炮台祭》为例：

> 安息吧，铜铁英灵
> 我将用你镀亮我的诗句
> 一代一代传递
> 名叫爱国的船桨和船帆

诗中拳拳赤子之心，炎黄子孙之情，温暖在怀，感人至深。

从鄢伯象先生的诗歌中，我们甚至可以勾勒出他人生的成长轨迹——不断求索、不断充实、逐渐成熟的过程。鄢伯象先生的童年，应该也经历过那个时代整个国家和民族的艰辛，然而，在他描写童年的诗歌中，却总呈现出一种温情脉脉的暖色调，我们看不到他有丝毫对贫穷的抱怨、对苦难的愤懑，他童年每一份经历都化作了他人生的财富，对父母对家乡，只有珍惜和感恩，只有深深的怀恋，却又不沉溺其中。所以，在诗集"维度三"中，他动情地对家乡宣告："我是乡烟的胎记。"他对自己从事的职业也是满腔热忱，绝不把工作当作是为生计所累的负担，所以他会在诗歌中满怀感情地描绘他生活的校园，苦口婆心地对他的学子们说教，饶有兴趣地描写他的同事们，这一切都表明了他对生命的热爱，彰显了他积极向上的人生态度。当他因工作需要到印尼支教时，他想到不是自己个人，而是自己所代表的国家，想到自己是来自大航海家郑和的家乡，是堂堂中华文化的传播使者，立即有一种使命感和责任感由心而生。于是，又有了诗集中的"维度六"——"漂洋过海：我是来自郑和家乡的使者"。这种使命感和责任感，在当今诗人身上已不多见。鄢伯象先生这种精神，可以看作是中国文人自古以来"达则兼济天下"的人生抱负的体现。儒家要求个体实现自我价值的过程就是修身、齐家、治国、平天下，放在当今时代就是一种社会责任感、一种人文关怀。

鄢伯象先生的诗歌世界中，社会生活总呈现出理性而有序的状态，人和人之间一般都是温情脉脉和睦相处，可以说，发现人性之美，表达人性之美，是他的诗歌中最重要的元素。比如，他笔下的爱情，基本不会有死去活来的痛苦，总是那样的甜蜜温馨，唯美动人。在《晚点的风景》中，爱情是一幅美丽的油画，女子倚窗而望，窗外盛开着灿烂的油菜花。在《终身恋人》中，爱情是一杯美酒，喝下去就是一辈子的陶醉。哪怕是失眠，哪怕是思念，都因爱情而变成幸福的煎熬。爱情能让婚姻超越平淡，一次吵架，居然要写一首诗来表示道歉（《拌嘴后给妻子写诗》），这种浓情蜜意，又岂是凡夫俗子所能企及的境界？俗话说得好，怕老婆是因为爱老婆，翦伯象先生更是白纸黑字地表明决心，家是一条船，妻子就是舵手，而他则愿意永远追随在舵手身后，颇有点肝脑涂地，万死不辞的意味，又像是口说无凭立字为证的情人间的海誓山盟（《妻子是舵手》）。另外，他对于亲情、乡情、友情的描述，无一不是情真意切，感人至深，传递的都是正能量。

《礼记》将君子比德于玉，称其"温润而泽，仁也"。翦伯象先生诚如是也。我想，并非翦伯象先生没有领略过爱情的伤害、友情的背叛，或者世态的炎凉，只是他愿意将这些负面的情绪从心灵中轻轻拭去，只留下人世间的美好。

## 二、翦式诗歌空间：趣味哲理，文化哲思，生命哲学

魏晋以来中国文人崇尚"名士风流"，能被称之为"名士"者必须要有品行、有学识、有才华方可，尤其敢于藐视名利，追求个性自由，他们往往热爱各种文化艺术，常常沉迷于大自然山水之中。名士们往往是一些性情中人，他们的"价值观及人生观就蕴含在欣喜与感慨之间"[1]，歌咏的背后暗藏人生趣味哲理。他们的生活情趣其实可以用八个字来概括，就是"琴棋书画，风花雪月"。

翦伯象先生热爱音乐，有着嘹亮的歌喉，夫人弹琴，先生高歌，就是他们生活的常态。翦伯象先生擅长围棋，甚至还玩出了哲理来，在他的诗歌《闲侃围棋》中，黑白棋子成为人生和岁月的象征，的确，人生何尝不是一局没有机会悔棋的棋局呢？诗中写道：

> 我捧着花白的生命
> 用最后一枚圆润的光阴

---

（1）杨忠辉：《简论〈世说新语〉中的名士风流》，《开封教育学院学报》2011年第2期。

> 收取最后一粒单官的时候
> 究竟能围住
> 多少目实空的人生

以围棋来总结人生，别出心裁。作为现代人，鼍伯象先生当然并不只是亦步亦趋地追随他的前辈，他也有现代人的新花样。比如，他还踢足球，在他的诗中，足球变成了一个可爱的孩子："憋着一肚子气／等待一只脚抚摸"。他也玩台球，小小球桌在他笔下又成了人生的舞台，球与球之间就像人和人之间一样，彼此碰撞，冲突或迎合，合作或背叛，划出各自的人生轨迹。

鼍伯象先生也继承了古代名士们寄情山水、钟爱大自然的传统，非常热衷于漫游名山大川，从九寨沟到张家界，从北国风光到南国山水，从印度尼西亚的多巴湖到阿尔卑斯山下的乡村小镇，无一不留下了鼍伯象先生浪漫的足迹和优美的诗篇。诗歌《与多巴湖对话》就属于这类题材，在诗中，鼍伯象先生把多巴湖比喻成了一个美丽的少女，而他则变成了一个多情的少年，如醉如痴地倾吐着内心的爱慕，分明演绎了一场两情相悦的人湖之恋，颇为动人。当然，鼍伯象先生作为一个学者，他的旅行更是充满了文化的意味，让山水风光凝聚了文化哲思。比如《在穿越马达山》中，马达山之旅成了一种文化的印证：

> 你遗世独立沉思了近千年
> 无人洞悉你在想什么
> 我用中华文明的梳子
> 翻阅你一页页仿宋体的山峦
> 在历史的拐角处
> 找到了似曾相识的基因化石

不过，我还是更喜欢他对中国传统诗歌题材风花雪月的抒写。比如月亮，在中国文化中月亮有着非常独特的意义，月圆月缺，月升月落，种种自然现象都已升华成为生命的写照和生命哲学的凝结。对于月亮，古往今来多少大诗人曾经孤独地凝视过它，吟咏过它，李白的月亮、苏轼的月亮打动过多少人的心。鼍伯象先生的《对月自言自语》又有了他自己的新意：

> 月光翻窗而入

> 苍白的微笑，如同
> 浑身湿漉漉的忧郁
> …………
> 银灰色的乡愁
> 是一封没有邮票的信
> 月光无法将它邮走

这是多么美的意象，多么美的联想！让人在另一个境界中感受到了"海上生明月，天涯共此时"的况味。

又如，《谁吵醒了秋凉》化用了"却道天凉好个秋"的意境，令人欲说还休。又如，《旅途听雨》的悠悠情思，让人想起了"小楼一夜听春雨"的绮梦。还有《梁祝里的蝴蝶》，用象征的手法描述了中国传统文化绵绵不绝的传承：

> 两只古典的蝴蝶
> 扇着民乐的节奏
> 从一千四百年前款款飞来

这些诗篇都有着浓浓的中国传统的诗词的韵味，令人回味无穷。翦伯象一生浸淫宋词研究，深得其中精髓。

魏晋以来中国诗人特别喜欢流连于大自然，钟情于风花雪月，用诗歌展示着他们的风雅，践行着中国文人独特的生命哲学。中国士大夫的闲情雅致绝非旧时代文人穷极无聊的玩意儿，它其实代表了中国人高尚的精神追求和极高的审美品位，在庸俗文化泛滥的今天，自有其高屋建瓴的引导作用。

### 三、翦式诗歌美学：微醺、节制、中和

孔子曾经提出过一个美学标准，就是"乐而不淫，哀而不伤"。简单的理解就是，快乐和悲伤都不应该过头，过头了对人对己都是一种伤害。李泽厚认为中国没有"酒神精神"，儒学的特征是"理知不只是指引、向导、控制情感，更重要的是，要求将理知引入、渗透、溶化在情感之中，使情感本身例如快乐得到一种真正是人而非动物本能性的宣泄"[1]。这就是儒家哲学

---

（1）李泽厚：《论语今读》，三联书店，2004年版，第98页。

里的凸显理性的中庸之道，反映在美学中就是中和之美。翦伯象先生认为写诗如品酒，不宜放纵，最好是微醺境界，怡然自得，悠然自乐。由此可见，翦伯象先生诗歌的情感表达方式就是非常典型的"乐而不淫，哀而不伤"。

翦伯象先生从事诗歌创作时，总是在控制着情感，有节制而不放纵。在诗歌中，他的爱情温馨浓郁，但绝对看不到如烈火一般的热情，看不到如黄河奔腾般放纵的情感。以《终身恋人》的一节为例：

> 如果恋人是酒
> 我就是酒徒
> 如果你是我的恋人
> 我将终身把你窖藏

诗中把爱情比喻成酒，但我估计这酒的度数不会太高，不会像烧刀子一样烧喉咙，而是一种微醺的感觉，而这种微醺的感觉，据说却是酒徒们最迷恋的滋味。很多事情都是这样，因为有节制，所以才会长久，人生往往如此。所以，翦伯象先生会多次用平淡的水来比喻爱情，在《幸福的水》中他写道："水的呼吸很亲切／水的质地很柔弱／水的思想透明单一／诗意洋溢了水的一生"。在《你是一杯水》中他又写道："喝一口你／我便醉倒了""天下之水何其多／唯此一杯世间独有"，这不就是"弱水三千，我只取一瓢饮"的另一种表达吗？俗话说，柔能克刚，而天下之柔莫过于水者。老子云："上善若水。"诚哉斯言！

翦伯象先生这本诗集中也有一些略带悲情色彩的作品，但是这种悲伤也是被过滤了净化了的悲伤，绝不至于失控。比如在诗歌《儿时的山村在哪儿》表达的对童年的思念，对童年记忆被现实破坏的失望，情绪是低落的："房屋很高大／月亮很憔悴／小溪已断流／儿童叫不出姓名／窗子上的童谣惨遭夭折"。但这种低落的情绪还是相当克制的，不至于出离愤怒。又比如他在《母亲与竹背篓》一诗中写对母亲的怀恋，这种题材最容易眼泪泛滥，可是他却写出了娓娓道来的感觉，淡淡的伤感，浓浓的温情。正如诗中所写"质地粗糙的岁月／被母亲浆洗得九分可口"，再艰难的岁月，有母亲的庇护，又怎么会苦呢？可是，母亲也会衰老，"母亲是冬天里的一株桃树／果子摘走了／只剩一些牵挂"，这又是一个非常经典的意象，母亲以树的形象伫立在我们心头，永远翘首张望。谁言寸草心，报得三春晖？这首《母亲与竹背篓》应该是这本诗集中最动人的诗篇之一了，只因真情流露。所以，诗人其实也无须刻意去修饰自己的情感，顺其自然，不失其真。

对于诗歌的情感表达，历来有两种态度：一种强调直抒胸臆，如烈马、如飓风；另一种推崇含蓄内敛，如林中之修竹、如庭院之深深。这二者当然并无高下之分。翦伯象先生属于后者，往往要等情绪沉淀下来之后才酝酿动笔，情绪中正平和。

中和之美其实也体现了中国古代一种世界观，即认为宇宙天地分为阴阳二元，阴阳调和才是最和谐的。古人云，过犹不及，所以应该适度。体现在诗歌创作中，情感表达就要平和含蓄，遵循理性的引导和规范。在这方面，翦伯象先生做得非常得体。如同其为人一样，"文质彬彬，然后君子"[1]，孔夫子不我欺也。

## 四、翦式语言修辞艺术：陌生化、虚实态、尝试性

文学是语言的艺术，而诗歌在各种文体中又以语言精练而著称。一个优秀的诗人必然是一个语言大师。翦伯象先生的诗歌非常注重语言的锤炼，拒绝大白话的口水诗。翦式语言修辞艺术主要体现在这几个方面：陌生化、虚实态、尝试性。

俄国形式主义文学理论专家什克洛夫斯基提出了关于文学语言的"陌生化"理论，简单地说，"陌生化"就是指打破语言的常规和习惯，追求新鲜的甚至奇异的语言，给读者带来新奇的阅读体验，从而加强文学语言的感染力。而要实现"陌生化"的效果，就必然要大量运用象征、隐喻、比兴、拟人等修辞手法。

翦伯象先生的诗歌中这种"陌生化"写作的例子，可以说是俯拾皆是。比如《晚点的风景》中"爱情见机行事／因人逗留"，诗句中爱情被拟人化了。"见机行事"本来是一个常用语，但把"见机行事"的主体设置为爱情，就打破了语言的常规，非常突兀而醒目，读者想不注意都难，实现了"陌生化"的效果。接下来"因人逗留"又是仿造"见机行事"而生造的精妙词语，前后呼应，巧妙对仗，令人拍案叫绝。又如在《思念的魅力》中他写道："爱情是根自私的阳光／专程晒红一朵春天"，在这里爱情被比喻成了"一根阳光"，喻体和喻旨之间远距离异质化造成的效果就是阅读的奇特感，而"晒红一朵春天"又是通感的运用，与"春风又绿江南岸"有异曲同工之妙。又如"菊花睁圆了媚眼／从玻璃那端／勾勾地瞧着我"（《菊花茶》）等等，诸如此类语言的创意在他的诗歌中几乎每一首都有。

---

（1）孔丘，孟轲：《论语·孟子》，内蒙古人民出版社，2008年版，第73页。

从另一种角度来说，翦伯象先生这种语言技法的使用，其实也达到了化虚为实，化实为虚的效果，达到一种虚实态的饱和。爱情这种虚的人类情感被他转化成一个人、一杯水，或者一丝阳光，即化虚为实。而他在《在路上猛地遇见你》中写到"我喷吐满屋的思念"，则是一种化实为虚的写法，把"喷吐的烟雾"虚化成了无形的"思念"。其实，文学形象的表达本来就具有间接性的特点，文学家不可能像画家一样直接把画面呈现给受众，只能提供语言，然后依靠读者自己的想象去完成。正因为如此，所以文学又能超越绘画，在虚实之间自由转换。

翦伯象先生在诗歌语言上还做了非常可贵的与时俱进的创新尝试。诗歌也许和我们这个时代已经有了隔阂，当我们从古典文学中随便摘录一些词汇，比如"杨柳""扁舟""青云""萧瑟""惘然"之类，这些词语一摆在我们面前，立刻就给读者呈现出诗意盎然的审美意象。而现代工业文明产生的词汇，比如"飞机、大炮、火车"等等，无论怎么罗列，都让人觉得毫无诗意，归根结底是词语背后所代表的冷冰冰的物质现实。然而，翦伯象先生却试图从现代工业文明的话语体系中寻找诗意的元素，从而让诗歌与时俱进，不被边缘化。他的这种努力也收到了一定的成效。最典型的就是他的《你是一株向日葵——致邑大2011级新生》这首诗，他在诗中写道："在黎明旁回车／将秋色做成压缩文件／用金黄的圆形邮票／寄给太阳"。诗句中"回车""压缩文件"等词，都是电脑产业的术语，却被他赋予了诗歌韵味，巧妙而精确地表达了自己的思想，具有鲜明的时代特色，让人看到了诗歌在工业文明中继续生存下去的希望。

语不惊人死不休，说的就是翦伯象先生这类诗人。"二句三年得，一吟双泪流"，翦伯象先生想必是痛并快乐着。

翦伯象先生在诗歌领域默默耕耘数十年，在诗歌与学术之间徘徊，自称用诗歌走路，用诗性恋爱，堪称已将诗歌融入生命。关于他诗歌的成就，也许我们无从评判，可是，我们至少可以这样表述：有他这样的写作者存在，有千千万万像他这样的写作者存在，诗歌才会一直伴随着我们，永不消亡。

[作者系五邑大学文学院教师。作品原载《五邑大学学报》（社会科学版）2013年第4期]

# 诗，生命的书写

## ——读章晓虹诗集《城市飞鸟》

熊福民

　　自读诗写诗以来，我越来越认为，诗是文学形式中最高最美的，也是最难的。写诗是一件痛苦而快乐的事情。我们的生活本来也就是这样痛苦并快乐着。而诗是可短可长，极具灵性的东西，很活泼，表现人生活的呼求生命的状态自然是迅即而恰当不过的了。

　　人之所以为人，在于其具有人性。其实人身上是有兽性的。写诗的过程就是消除兽性，提升人性的过程，是一个提升生活品质，是一个修养生命的过程。生命的高度是诗歌的高度，诗歌上的提升很大程度决定于你的修为，即所谓"功夫在诗外"。

　　我们为什么写诗？可以说是生命的需要。痛苦，忧伤，兴奋，激动，很多东西在心中激荡，不吐不快。吐出来，并且给人美的享受，给人以人生的启迪，给人以热爱生命的能量。于己无损，于他于社会有利，多么美好的事情啊。

　　但是，写诗的千千万，写好诗的却很少。这是为何呢？这自然有技巧的问题，但这不是根本的问题。根本的问题是我们用心去写没有，是不是用整个生命去写。

　　所以，我说的"诗，生命的书写"有两个意思：一、诗写的生命，写生命的磨砺、挣扎、奋斗、执着、宽容、慈悲、关爱等，歌颂生命中的真诚、善良、美好；二、诗要用生命来写，写诗是一辈子的事情，一定要有耐心爱心。对于诗人来说，诗歌的脚步就是生活的脚步、生命的脚步。生活的脚步让我们扎根世俗热爱人间，生命的脚步让我们的灵魂走向崇高，走向随心所欲不逾矩，享受生命创造的欢愉。

　　因一次机缘，在去年的冬季，在瑞雪纷飞的平安夜。我有幸结识了常德极具名气的女诗人——常德文联杨亚杰主席，邓朝晖女士，谈雅丽女士，常德诗歌协会秘书长、《深度》杂志主编高玲女士和章晓虹女士。然后有幸得到章晓虹女士的诗集《城市飞鸟》。

　　我们一起把酒言诗，其乐融融。这个平安夜，我和烟诗人就落在了杨主席安排的文苑宾馆。在宾馆里，杨主席、烟诗人、常德文理学院教授程一身，我们兴致勃勃地聊了好久。然后，躺在床上品读《城市飞鸟》。

　　到现在，《城市飞鸟》这本诗集，我已经品读近两个多月了。越读越觉得好，觉得要为它写点什么。这本诗集让我对"诗，生命的书写"这一命题的正确性更加具有信心。

　　品读《城市飞鸟》，感动于字里行间的真情真爱。这本诗集，就内容方面讲，以爱情亲情、生活的感悟为主题的诗作很多，描写爱情的诗作感觉占的比重更大。这些爱情诗，有的很清纯很灵巧，比如"屋内相思的我，却嫉妒了／空有两只轻柔的拳头，却不能／雨点般地捶在他心上"——极具情态，写出来少女对爱人的思恋，我们可以想象她与爱人见面之后的娇态。"雨点般地捶"，那种速度那种捶之切爱之深。这是章晓虹早期的诗作。爱情是快乐的，也有忧伤的时候。当爱人不在身边，爱情便成了等待。诗人为此写了很多的诗作，如《爱人，你在远方》——"你在远方的时候，我便不能再湖边徜徉""我不能让满湖的波纹／窥视了我的美丽。我如花的容颜／只能为你而开放"——写出女子对爱人的深切想念和对爱情的专一。等待中忧伤不可以避免，我们的诗人对我们说《不要因为你的远行而忧伤》，说《让你溜进我梦的长袖》甚至大胆地说《跟我走吧，情人》。这些写得热情而直接，呈现了湘女火辣辣的情感。早期的诗作是率真的大胆的，也有写得委婉的，"虽然你把根扎在了南国／却把梦寄给了远方"（《雪的影子》），也有写得质朴的，"我固执地挽着／你的手臂，踩着很响的脚步／走在你的身旁"（《一只耳朵到另一只耳朵》）。这里同样写出了对爱情的专一执着。

　　爱情有喜悦、忧伤。也有揪心痛苦的时候。《婚礼》是想象的婚礼；《你的声音恍若隔世》——"心中的痛被时间之水挤压了这多年，已转化成一个小小的癌细胞，扩遍全身""我的心就如树底下／扯得七零八落的月光""你是一把温柔的小刀／锋利却甜蜜地割去我／一块块自由"，这些诗句也是一把把锋利的小刀，将读者割得生痛。更让我们揪心的是，面对情感的痛苦，诗人这样写道："一人独处／便有哲人沉缓的声音／在耳边低语／离开他吧　孩子　在你的面前／看你如剑的双眼／我的耳朵失聪了"（《天鹅之死五》），理智输给情感，痛苦的情感就那么走了下去。

有人说，写作史也是诗人的生活史、心灵史，这话肯定有它的道理。在这些诗作中一定有诗人的影子，没有真情实感写不出这么感人揪心的诗歌。一个爱情史，也就是生命的成长史，而诗歌便是刻骨铭心的印记。

诗作也写到了亲情，如《4月4日写给父亲》。这是章晓虹女士优秀诗作之一，属于写得比较晚的作品。写此诗的时候她应该做了母亲吧。生活中太多的沧桑让诗人沉淀下来，语言自然洁净沉缓，放弃了修饰语：

> 我挑了4月4日这个忌讳的日子上路
> 我要不带任何物件的，独自面对你
> 午后的风在林子间逗留，对你，我不曾有过
> 细腻的描述，我也不能说出
> 任何的虚妄。身边那棵小树的
> 叶片就是你的手掌，叶脉里
> 藏着某些固定了的命运

没有华丽的语言，没有细致的刻画，却有着一种穿透肺腑的力量，让我们感受她对父亲的敬爱与怀念。这首诗应该是她青年步入中年的代表作品之一。

还写到了亲情和爱情的矛盾。这也是很多人可能遇到的问题，纠结而痛苦的一件事情。诗人是这样描写的——

> 父亲用爱织成一根绳索
> 挽住我纤纤的手，你把温柔
> 化成一只小鸟，在我的身旁
> 轻轻吟唱
>
> 父亲和你是两条
> 永不汇合的河流
> 我就淹死在一汪爱流之中

生命中有很多这样难以取舍的事情。爱有时真的难以避免伤害。几句话，一个彷徨痛苦的形象如在眼前。

人生有诸般苦，怎样走过生命的旅途？诗人在生活中执着地追求着真情，

一点一点地感悟着人生。我们读诗，我们也在其中看到自己的影子。诗人感悟着，形之于诗。我们读诗，要用之于生活。

上下求索中，一个《电话》"让心底陡生凉意"，"二十年后那些热恋中的甜言蜜语／何时已被时光之手／丢入海底深处"，诗人终于明白了《美是一种想象》，由"看不透的命运之网里／我宁愿插上想象的翅膀"的消极遁世，转化为"让季节学会承受重量／让人生学会接纳简单／未必不是一种幸福／未必不是一种释然"的坦然超脱。诗人在诗作中呈现的生命历程、生命感悟何等珍贵，这是一种痛苦后的涅槃。至此，诗人走出了小我，转向了大我。诗人的诗歌由此走上崇高，诗人的生命由此走入高贵。

诗歌永远是生命写作！

《城市飞鸟》诗集的好，不仅仅在于其展现了对真情的执着，对生活的感悟，对人生的促动，更在于它渗透了诗人对都市和乡村的思考。这里面有着诗人对都市骨子里的拒绝，对乡村无限的向往。

都市是现代后工业文明的象征，而乡村是农耕文明也可以说是绿色生活的象征。这二者谁优谁劣？

诗人用诗歌形象地给出了她的思考。

诗集《城市飞鸟》这名字就是取自她的同名诗《城市飞鸟》。那么多的诗，为何单单选中了这个诗名？我想是大有深意的。第一，章晓虹在后记中说，她从小在城市长大的，她就是城市的一只飞鸟。第二，这是更重要的，诗人的父亲来自乡村，最后长眠于乡村，诗人从小的意识中想必觉得自己就是纯朴的农民的孩子。我们还是用诗歌说话，在《城市飞鸟》一诗中，诗人这样写道——

"一只鸟在城市的上空盘旋
白颈红冠象征了她的身份
羽毛的光泽告知她来自森林"
——很明显，这是来自乡村的鸟

这只鸟在都市的感受是什么呢？
"光想的梦想被往来的车轮碾碎
霓虹灯里的每一个歌手
都是一个持枪的猎人"

都市处处有危机存在着。这只飞鸟感叹：在都市，为了"获得所谓的自尊／那一份优雅　那一份淡远／从此永远失去了",最后"在晨光中飞鸟哭了／露出绝望的神情","城市里只留下　羽翼／滑过的声音"。

与此主题相似的还有一首《深陷在城池的荷花》——

诗中第一节写道:"一只含苞欲放,粉嫩珠圆的荷花／从乡村的小池塘出发……穿一身洁白的衣裙,来到城市的繁华"。第二节里悲叹:"城市眯一只眼,审视她的袅娜／坚硬的混凝土,滋生出欲望／让这支来自乡村的植物／如何安放"。

乡村的荷花在都市里能否生存?能否依旧保持乡村的清纯?第四节给了我们答案——

> 一支荷花就这样深陷欲望的城池
> 交错的酒杯里流动的液体
> 隐约呈现出处女的艳红,她用目光
> 触抚了那片悲凉,然后
> 别过脸去

用场景说话,让我们感知里面的一种无奈与心酸。"别过脸去",此句极妙,给人回味的空间。

在《走过那座海边的城市》一诗中,诗人也写出了面对陌生的城市的那种恐慌——"长长的队伍,等待一辆蓝色的士的来临／不知他们是被带到一个个温暖的窗口／还是驶向一座座落寞的酒店"。

在《乡村一直对我如此陌生》诗中,诗人写道:"然而我的迷惘来自一个个／小小的十字路口,太多的选择／让我徘徊、彷徨,以致不能前行"。写出了城市的迷惑之多,找不到方向之感。我曾经也有过这样的感受,我去长沙,我就感觉我是一只迷失方向的鸟儿了。每个路口都是那么的相似,你无法给自己一个坐标。

而"遥远的乡村——一条羊肠小道,就通向某个明确的村庄／通向某个炊烟缭绕的农家"。从都市和乡村的对比中,我们不难看出诗人的态度了。

诗人看透了都市繁华背后的荒芜。那么该选择怎样的生活呢?离开都市吗?不现实。那么就只能是身在红尘,心归自然了。所以在《城市飞鸟》诗集中,诗人也有着很多的描写风物的诗。

有组诗《梦秋》"远离城市氤氲　醉倚片片芦苇／这时秋意袭来　最后的骄阳／把心中对爱的澎湃／泼洒于枫叶缀满的枝间"充盈着温暖热爱。

有《田野里的紫英花》"却见田野里的紫英花一个劲地疯长／在满坡的

绿草里偷偷地张望"极有情趣。

有《狗尾巴的春天》"纤细的身子顶端，高高飘扬着／一道道毛茸茸的弧线，淘气的风／把它冲撞得左摇右摆，无须播种／也无须收割，仅仅站在田间岸边／长久地仰望蓝天"一份随意淡然。

更有组诗《逆江风情》《柳叶湖恋歌》写出了人与自然和谐美景。

一个诗人的真正成熟是他心灵的回归。诗的高度永远是生命的高度，而生命的高度体现在思想的高度。《城市飞鸟》可以说已经踏入了思想的高度。这就是诗中表现出来的回归意识，寻根意识。我们人类的家园在哪里，心灵的家园在哪里，城市还是乡村，是现代工业文明还是天人合一的绿色和谐？是都市的冷漠还是乡村的淳朴？

从诗人的诗作中，从以上诗作赏析中，我们不难看出诗人的求索过程。面对生活情的伤，爱的伤，诗人坚持着爱，固守着生命的赤诚。这期间有苦闷有彷徨，有借助于梦想或宗教，但最终诗人走过来了。从小我走了出来，关注他人（如《心硬如刀》中对酒吧女的关注；《在抗日烈士墓前》对历史对英雄的关注；为儿童写下《童年的小脚丫》等诗歌），热爱自然，坦然地面对《人生的风雨》——"让人生的风雨一点一点地飘"。

论文本，寻根意识最明显的诗歌便是《乡村一直对我如此陌生》一诗。此诗放在第一辑，是诗人后期作品。

对于这首诗歌，我很赞同《芙蓉》杂志主编龚湘海在序言中的评价："小小的十字路口"，这么简单的意象真是写尽了人生选择的艰难。

我想，晓虹要在这里表达的，不是对于乡村的陌生，而是对于城市的陌生，是心灵深处对于纯朴的无限皈依与对后工业文明的本能拒绝。

"乡村"在这里已不再是感性意义上的乡村，更是一种精神家园。那里存放着我们对于美好事物的全部想象和奢望。

而我要着重指出来的是最后一节，这应当是这首诗歌的主旨，正是这最后一小节，鲜明地体现了寻根意识——

乡村一直对我都如此陌生
但我经常攀着神秘的阶梯达到它的屋顶
因为我知道这里的每一个生命
都结出果实，每一片土地
都孕育生命

我们每一个人都源自乡村，城市只不过是乡村的孩子。我们的根在乡村，有根才生长开花结出果实。

"土能生万物，地可发千祥"，我们怎能不回归乡村，回归生命的家园？

古人耕读传家，我们现代人呢？是不是要活学活用？

生命离不开泥土，诗歌离不开生活。《城市飞鸟》真诚地飞翔着，拍打着生命的翅膀，飞向高远。期待每一位写诗的人都用生命来写诗，写生命的诗，直到把自己写成一首诗，刻印在人的心中，吟唱在人的嘴里。

（作者系常德诗协副主席，常德散文家协会副主席，《桃源诗刊》总编，汉语言本科毕业。作品原载《丁玲文学》2019 年第 3 期）

# 张小平诗集《一抹冬绿》之《序》

朱传世

　　小平给我一部诗稿的电子版，200 多首诗歌，虽然只显示在电脑屏上，却如搁在我的心里，沉甸甸的。这沉甸甸的，不是文字，而是一颗热爱生活的心，是一种与万物为友的精神负荷，是对人类自身及其环境的大爱。

　　心、精神、爱都是有分量的，对于诗歌如此，对于今天诗歌的命运尤其如此。中国是诗词的国度，我们是唐诗宋词熏染的后代，但中华儿女快要没有诗性了。我们自己都在怀疑：这难道不是一个没有诗的时代吗？

　　诗心见诗性。世俗的生活往往容易夺走人们的诗心，人一不小心就会沦为生存的奴隶，即使还有足够的钱支付未来，可是我们似乎认为永远不够，因为贪心和忧患心一直在作怪。贪心是人类的劲敌，它夺走了人用来思考的宝贵时光。忧患心倘不系于家国之忧，也就变了味儿。我辈虽曰凡夫俗子，但凡俗之外，还是要关照他者、触摸良心的。小平的诗歌记载的都是凡尘的俗事与俗物，但从他的心底流淌出来，却别有风度，因为他看见了事物的心，于是，这些风物在俗世里也放出了光彩。如果没有基于诗的关照，又怎能照见它们的内心呢？小平在世俗的生活里保留了一颗与生俱来而被大多数人抛弃掉了的诗心，所以他写出了生活的诗，自然的诗。

　　诗歌是精神的结晶。诗作者把自己作为灵长类的身份矮了下来，以平等的身份，与万物打招呼，谈心，聊天。他看到了生活中的它们和它们的生活：柴米油盐，谈情说爱，婚丧嫁娶，吃喝拉撒……这些，人有，万物也有。平等是身份的认同，人不愿意与物为伍，认为这样玷污了人之为人的身份，所以人都愿意把自己装扮得高贵一些。其实，这叫忘本。人是从哪儿来的？我们处在什么中间？如果往回倒，我们就没有必要装。我们从母亲那儿来。母亲是什么？母亲是最大的自然，母体就是自然的典型环境。母亲十月怀胎，我们一天也没有离开自然。所以，人首先是自然人。正如一位作家所言，人是自然的一部分，人在自然风景中。既然如此，与万物为友，便是人类的基本精神。可惜，人在社会化过程中，把自己的自然本性和精神本体都化掉了。小平诗歌中的意象，拥抱万物，这是以万物为友的精神照耀出来的诗。

诗歌因爱而孕育。爱是什么？爱是主动的关照，是积极的互动，是把光照进任何一个他者或他域。不爱是什么？是视而不见，是听而不闻，是麻木不仁。诗歌王国里的诗人少了，不是因为基因的问题，而是因为爱心丧失。小平的每一首诗，都是爱孕育出来的，无论赞美还是批评，无论写实还是幻想，即使是那些字斟句酌的诗行，也是爱文字爱出来的。他爱冬天里"稻桩下的棒儿草、野蒿"，所以写出了别人发现不了的《动人的绿》；他爱"大旗高擎，捍卫江湖"的残荷，所以他歌颂别人不屑一顾而的确"曾飘动裙裾，为生命成熟而舞蹈"的"秋荷"；他爱人类的朋友大雁、鸬鹚、画眉、飞鸽、孔雀、鹦鹉、鸳鸯、布谷、春燕……所以他决心用诗歌为之诉说。

面对万事万物，没有人驻足，没有人回首，没有人抚今追昔，没有人长吁短叹，大家都在岁月的长河中淘金，将身子深深地埋下，哪怕水已没膝，身已半埋，谁还会在人生的长河中淘诗呢？当人与物有了距离，当人把事看淡，我们大概就开始远离诗歌。而亲近诗歌的路却是这样的：礼物如宾，格物致知；郑重其事，事必关己。就是这样的态度，作者的笔下，花能解人语，草能通人性，树能达人情，木能成人形，鸟兽虫鱼呈其逼真，物态世相尽收眼底，取譬设喻，嬉笑隐忍，兴观群怨诸般功毕。更难能可贵的是，兴之所寄，至情至理；观之所察，揆情度理；群之所聚，通情达理；怨之所指，援疑质理；热烈处，高歌；冷静处，凝思；浓酽处，粉饰；平实处，淡抹。

读着小平的诗歌，不由得深深地怀念这片生我养我的土地，也不由得想起了白居易的诗句："白发满头归得也，诗情酒兴渐阑珊。"离开家乡二十载，虽然还未到白发满头的境地，但总感觉这诗情酒兴是要寡淡得多了。沅澧两水，本是养育楚才的地方，屈子的足迹曾羁留大地，宋玉的辞赋曾游吟长空，当代的文小姐武将军丁玲女士、主持开国大典的革命家兼教育家林伯渠先生就是这方水土养育的伟人。今者小平的诗歌，确如冬天里的一抹绿，"直面风吹，霜侵，雪压／伴着枯萎／把收割后的空旷抚慰"。这片土地曾经诗情勃发，至今诗情不奄，深感欣慰。又从诗歌的注脚中得知，小平还是三人行文学社的成员，他们经常利用节假日外出采风，竟是令人大喜。隋代王通在《中说·问易》中曾警示："诸侯不贡诗，天子不采风，乐官不达雅，国史不明变，呜呼，斯则久矣，《诗》可以不续乎！"我不断想象他们采风的情境，想着想着我仿佛回到了《诗经》的时代，看到了一群摇着木铎的才子，行走在春三月的江南，叮叮当当中飘出一集又一集风雅的故事。真的起风了，那是江南的诗风！

（作者系北京教育科学研究院教研员、课程中心课程室主任，北京市学科带头人，教育部国培专家）

# 深情唱响主旋律

## ——品读《涂林立诗集》

### 汪　苏

在作家学者圈子里厮久了，我始终对多数官员的创作有着空洞流俗的成见。真的感谢涂林立先生的诗集，给了我一个全新的认知。涂林立先生的诗集值得掩门闭窗细细品味，慢慢咀嚼。

涂林立先生长期工作在湖南常德市疾病防控中心基层一线，我们萍水相逢，相识的时间并不长，但经过朋友的介绍和推荐，经过我们近距离的攀谈，了解到他是一个阳光洒脱、认真务实的基层领导干部，身在疾病预防控制中心的他，经常深入群众，勇于从事群众一线工作。他多才多艺，亦诗亦歌亦咏，娴于谱曲，精于书法，一般都是大家心目中的主唱和中心。更重要的是他旷达的胸怀和坚毅的性格经常能安抚受伤的心灵，带给大家必胜的信念。他涉猎广泛情趣高雅，热情洋溢，既有浪漫主义的情怀，又具备务实奋进的精神。年过半百的他，已经看淡了人世的浮名与繁华，更在意的是生命的厚重与内心的丰盈。捧读着涂林立先生的诗集，我感到了沉甸甸的分量，这是一颗赤子之心的燃烧，这是一朵绚丽生命之花的绽放，这是一个经历岁月的有趣灵魂的沉淀！我在震撼之余，备受感动和感染。

### 一、大气磅礴的诗情和恢宏壮阔的取材

涂林立先生的诗品一如他的人品，情趣爽朗，气势恢宏，大气磅礴，催人奋进，时时处处回响着时代的主旋律。涂林立先生的诗大多是心中充沛饱满热情不由自主的倾泻。涂林立先生早年从军于西北边陲，苍茫壮阔的祖国

大好河山、豪情壮志的军旅生活锤炼了涂林立先生乐观坚毅的精神意志，反映在他一行行具有边塞精神面貌的军旅诗歌里，展现出气势磅礴的画卷。这些题材的诗歌思想内容极其丰富，时而抒发渴望建功立业、报效国家的豪情壮志，时而状写对为国捐躯的将士们的缅怀，时而惊叹描摹边地绝域的奇异风光和民风民俗。其中，关于抒写"一零九国道"的组诗就是这种精神的体现。这一带有记事风格的抒情组诗从多个视角凝视着"一零九国道"这一人类路桥史上的奇迹，彰显出祖国的伟大和中国人民的奉献精神。其中《天路》通过谱写"一零九国道"的伟大借以歌颂为修筑天路而牺牲的四千多名边防战士的英勇无畏，表达了诗人对战友的深切怀念！《离别》则是通过追忆刻画一个亲人送别战士戍边的情形，再现了一幕幕感人至深的画卷，父母亲人、故乡、边疆、回忆以及眼前的此情此景，这些具有蒙太奇特色的手法用诗歌跳跃性的节奏把抒情和叙事完美地结合起来，展现出强烈的艺术张力。《呼唤》和《倾诉》两首长诗则是分别通过母子二人相互对立统一的口吻，直抒胸臆地迸发出母亲对失去儿子的切肤之痛和烈士的英灵对母亲的回应和安慰。诗歌感情浓烈、悲怆椎心、催人泪下、感人至深，在直达胸臆的血和泪中表现出千万个为修筑天路而做出巨大奉献的中国家庭，从而表达诗人对中国劳动人民尤其是边防战士的礼赞和感念。以及后期诗作《贺兰山》《千年镇远》《纳木错断想》《重逢》等，在穿越时空的交错中抓住民族脊梁，展现民族雄浑，表现出壮美和崇高的风格，这种诗歌暗合涂林立先生的个人气质，具有易于朗诵吟唱的革命英雄主义特色和爱国主义情怀。

涂林立先生转业回乡后，长期在基层工作，在平凡的岗位上克勤克俭、乐观进取，感染和影响了他身边无数的朋友、亲人和同事。他的诗歌，瞬间变成了他手中的利剑，用以抨击丑恶，弘扬正气，赞美伟大祖国在经济文化建设中展现出来的壮美历程。发表在《中国文艺报》上的诗歌《时代》，就是这样的佳作，诗歌透过祖国悠久的历史、瑰丽的山川、历历在目的英雄人物以及多灾多难的发展历程，再现了新时代下中华民族伟大复兴的必胜信念，唱响时代主旋律。

　　　那是一面面旗帜／点亮了前路的光芒／那是跨越风云的歌赋／那是深嵌史册的华章
　　　于是　这样的一队人／肩扛华夏的大义／肩扛誓言和信仰　举眉向前／紧挽五十六双臂膀／走向辉煌
　　　于是　我在一个崭新的黎明／抿一口甜美／笑对远方

## 二、强烈的现实主义精神和丰富的艺术给养

诗人涂林立的现实主义赞美诗不仅有大气磅礴的时代赞歌，更有在本岗位务实奋进开拓创新的现实主义写照，他在疾控中心工作的过程中，写下了许多基层疾控人的奉献之歌，诸如《幸福疾控人》等诗歌，经谱曲后在全国传唱，并通过网络多媒体广泛流传，成为疾控领域的咏叹调。

在时代主旋律的大潮之下，涂林立并未受制于政论文学比较刻板的格式，他的诗歌还吸收了文学界各种杂家的专长使诗歌展现出强烈的艺术气息。

> 夏日的这座城市 / 那条被称之为江的河 / 显露着少有的低调 / 那座被称为城市氧吧的山 / 也熄灭了绿色的风骚
>
> 夏日的这座城市 / 燥热几成了单一的色调 / 高温挤压着惬意和欢笑 / 热浪奸淫着城市的思考
>
> 夏日的这座城市 / 富人们在机器炮制的低温里逍遥 / 穷人却为有机会挣到高温补贴而奔跑 / 富人的纠结　穷人的辛劳 / 井然地把这座城市写照
>
> 夏日的这座城市 / 夜幕里弥漫着汗臭和歌谣 / 品牌的清洁剂喷射着香气 / 没有除却异臭 / 倒是染艳了歌谣
>
> 夏日的这座城市 / 愿望总是淤塞在胸口 / 心愿俨然被等待取消 / 伺机出逃的思想 / 却总被钢筋编织的高楼扑倒

这段《夏日的这座城市》极具批判现实主义精神，它将城市化过快产生的各种矛盾通过传统文化流失、独立思想受损、人文主义关怀缺席等现象，通过一种反现代主义的情绪表达出来，给人强烈的感染力，使诗歌的艺术性张力达到了极高的层次，令人刮目相看。

湖南省十佳编辑，湖南日报报业集团主任记者汤江峰先生曾经在涂林立先生诗集的序作里写道："涂林立先生是一位被严重低估了的诗人。"我也深以为然，涂林立是位未被发掘的实力派诗人。他经常在主旋律之外，开辟一块全新的土壤，来展示自己高超的现代主义诗歌造诣。那首《五号楼四层的过道》就是学者型文人赞不绝口的佳作。

> 放大的号啕 / 将宁静归入异样 / 缩短的视觉 / 豢养着幕后灰色的狼
>
> 干花蜷缩墙下 / 结存无奈与忧伤 / 碎裂的花瓶抛弃主子 / 栖身他乡
>
> 一阵阵椎心滑落在窗下 / 一步步腾挪凝结着暗伤 / 躁狂与抑郁耗损了整个冬天 / 留了最后的气力 / 指望在走廊尽头 / 撕扯出一指光亮 / 供

我明日取暖

这首诗着实值得琢磨，玩味，实在是具有超现实主义情怀的佳作。诗中仿佛是在描绘一种景色，记录一串情绪，刻画一种感觉，寄托一种希望，又好像都不是，而标题"五号楼四层的过道"又给人一个思考的方向，又不止于一个方向。这实在是诗人通过探索人的潜意识心理，去尝试突破现实的思维逻辑对人的约束，尝试探索诗于人的潜意识的重构，并打开艺术与思维的大门。

### 三、浓郁的乡土情结和湖湘文化气息

值得一提的是，涂林立在唱响时代主旋律，注重诗歌艺术性思想性张力的同时，作为湖湘作家，他有意无意地受到地方文化特色尤其是湘西北文化的熏染，从而使他的诗歌表现出些许的"沈从文气息"，在诗作中，我们常常能感受到清丽、淡雅、古朴的乡土情趣。那些缅怀亲人、描摹风物、眷恋故土和刻画小人物心境的题材，都融合了白描写景的慢节奏艺术手法，让诗歌展现出鲜明的湘西北文化特征。《芦絮心语》《故乡的河流》《凭祭外婆》系列等都是这种风格的具体流露。他在那首令人记忆犹新的《修车老人》中写道：

走出除夕的微笑 / 挂满新年的雪花 / 佝偻身躯 / 双眼　凝集一生的气力 / 锉出路边的 / 第一缕霞
满布老茧的双手 / 抡起大锤 / 一下　一下 / 将岁月的枯荣　砸下
雨水沿着满脸的沟壑 / 流动岁月的佳话
夕阳西下 / 在晚来的光影里 / 照见我的汗颜 / 出落你的无涯

诗歌主题关注弱势群体，却用赞美和对照的方式，在写景的白描中抽象出诗歌的思想和灵魂，给人无尽的思考和情感的共振。

涂林立的诗歌风格是多样的，思想是深邃的，情趣是高雅的，视角是丰富多彩多维的，意象是层叠交错的，这正如他多姿多彩的人生。他把自身的才华横溢融入诗歌创作中，细腻入微，又不落窠臼，着眼乡土，也表现时代潮流，批判现实，也超越现实，这正是涂林立诗人诗集的魅力！

（作者系湖南文理学院文史学院副教授，文学硕士）

# 处处诗意处处诗

## ——韩霆先生诗集《蝉鸣》读后

王　锐

## 一、美在发现

"情人眼里出西施""别人的金窝银窝不如自己的草窝"，说的都是人与美之间的辩证关系。

美，其实是一个人在一时一地对一景一物的直观感受。心绪佳时，目之所及，处处皆美景；心绪愁处，身临胜地，美景亦凋敝。

或美或丑，景物一直在那儿。

或美或丑，心绪总是在变化。

有无可能，无论风物如何，映入眼帘的都是美妙美好呢？当然有，没读过《桃花源记》的，与读过《桃花源记》的，游览桃花源后的感受一定是有别的；没读过《岳阳楼记》的，与读过《岳阳楼记》的，登临岳阳楼后的胸襟也一定是迥异的。《桃花源记》引领四面八方游客恍若进入世外桃源的梦境，《岳阳楼记》凭空增添了普通百姓忧国忧民的情怀。这就是经典古文"先入为主"的无穷力量。

你我可以从一篇篇经典古文中获得美妙的享受。

你我可以从一篇篇经典古文中触摸美景的存在。

韩霆先生最新出版的诗集《蝉鸣》就是明证。

## 二、近处的诗意，远方的美好

在韩霆先生这本诗集中，那一首首诗歌穿越十多年的时光纷至沓来，将一处处我或多次踏访的、或曾经到过的、或未曾涉足的风景推送至我眼前、灌注在我脑海、印刻在我心里。这些或美丽的地方，或平凡的景物，或不经意间的感悟，经由韩霆先生笔下的魔幻，呈现给你我的，都是近处的诗意、远方的美好。

韩霆先生曾经长期担任县级文化部门负责人和县文联主席，后又担任县政协文史委主任，家乡物什既是他的诗心成长之养分，宣传家乡也是他的工作职责之使然。因此，对家乡风物尽情抒写就是他生活工作中的应有之义。"我惊讶地在这里徜徉／我的梦里水乡／婀娜的晨雾／摇曳的酒旗／在鸡鸣鸟语中徐徐荡漾／飘逸的垂柳／雍容的紫薇／簇拥着排排红瓦黄墙／江南的天上宫阙／应是我的丰裕水乡……我惬意地在这里徜徉／我的梦里水乡……我幸福地在这里徜徉／我的梦里水乡……"（《梦里水乡》）。新农村建设中"安乡县丰裕示范片"经过几年的努力打造，已改变过去的容貌。今年家乡举办以"水韵安乡，情归'荷'处"为主题的盛大荷花节，我有幸受邀参加，充分感受了丰裕示范片的美丽、大气、富足和洋溢在村民脸上的幸福。韩霆先生的这首诗写于十年前，我猜想他可能只是偶然的机会涉足此地，甚至不无怀疑之念。一旦抵达，先前所有的犹疑均烟消云散，美丽的乡村缭乱了他的眼神，却唤起了他不抒不畅、不吐不快的浓浓诗情。平凡的水乡在他的诗句里呈现出不平凡，常见的风景在他的遣词中显现出不寻常。

"茂密的森林咆哮着／丰美的草地奔驰着／电闪雷鸣中／划过道道石标的寒光……越过环壕土围／背负苍穹／躬耕垄上／阡陌间挥动的石镰／收割一片金黄"（《我站在汤家岗上》）。今天的汤家岗，只是坑坑洼洼凹进去的一大块田地，普通得不能再普通，平凡得不能再平凡，就搁置在黄山头的脚下，镶嵌在湘西北的边缘。但也正是汤家岗，把中华五千年的文明前移了近两千年。距今六千多年前，汤家岗这块土地上就出现了人类生活的痕迹，有各式各样的白陶、彩陶被后人们陆续发掘。诗人给我们呈现的是他的奇思妙想，也是他的还原能力，森林、水草、田垄、石镰，还有不期而至、亘古未变的电闪雷鸣，远古先辈们活力十足的生活场景既在诗人的词汇中闪闪烁烁，又在今人的面前历历在目。如果哪天，安乡县果真新建了汤家岗博物馆，完全可以以这首诗为脚本制成动感十足的声电光影，实景再现远古先辈们的生活劳作。

《观荷》《偶遇紫薇》《冲凤峪洗礼》《刘弘墓前》等，家乡的物什在他的笔下既锈迹斑斑、摇曳多姿，又生机盎然、生气勃勃。当然，诗人对家乡的礼赞并不止于此，在他前两本诗集《秋望》《湘北诗雨》中就有多次呈现。

## 三、屐痕处处，又诗意盎然

这是我对韩霆先生诗文的感受和感佩。他不只是随意描绘风景，还贯注了个人思索思想在里面。"追求真理的人们／从世界各地走向这里／精心地梳理思绪之后／便是虔诚地一拜"（《谒韶山·故居》）。我曾数次到过韶山，多次走近走进毛主席故居，每次到韶山的心境一如诗人描绘的模样，总是在心底默默地拜谒。"几缕熹微的阳光／挤破厚重的云雾／漏落苍茫大地／用生命和理想／点燃燎原星火"（《谒韶山·韶峰》）。在这组作于2003年的组诗《谒韶山》中，诗人的睿智穿越时空直抵当下。每一次到韶山，就是一次精神的洗礼；每一次近故居，就是一次初心的重塑。我曾听过一句话：无论我们走得多远，都不能忘记来时的路。十多年前，诗人已经标记在他的诗句中。今天，中华儿女更是以誓言和行动进行坚定阐释。

诗人足迹所至，是否都曾留有诗句？我不敢妄自猜测。若果真如此，却最是值得我羡慕的快意之事。偶尔到过一些地方，遇见一些美景，下笔时或墨水枯涩，或笔力不逮，总是有心无力，只好一次次作罢。在这本诗集中，我发现诗人有的是不懈坚持，有的是文思泉涌。"一旨诏书／我匍匐于你的脚下／威仪的旌旗／瑟瑟发抖／不容分说／我做了你温顺的臣民／置身林海／只有一种欲望／微风拂动／阳光漏落／绿色的太阳／在指尖滚动／雪松、云彬、白桦林／三国争雄／我在其间游说／都是上宾"（《木兰围场》）。进入某个历史场景，再回到当下进行评说，词句的转换游刃有余，诗歌的张力充分展现。在历史感中"瑟瑟发抖"的"我"，却在今天游历时"都是上宾"，我触碰到了一丝轻微的诙谐和嘲讽。其实历史中的正襟危坐都会随着时间流逝而灰飞烟灭，唯有文化才是恒久的传承，一如今天的木兰围场，皇权威仪不再，游人谈笑风生。"溯江而上／追寻你的踪影／原来你深藏在云贵高地／历史的云烟／当今的美誉／交织成斑斓的网／扑朔迷离"（《镇远古镇》）。镇远古镇，曾经的交通要津和货物中转重镇，如今已随着陆路兴盛水运衰落失去了往日的荣光，却如待字闺中的纤纤少女，深藏云贵高原一隅，不抱怨，不喧嚣，只把时光静静地守候。记得那年我们抵达古镇时正值梅雨季节，小桥流水，青石板路，青山如黛，曲水畅流，江面江岸，一片迷蒙，我只是沉醉在这美景中，满脚泥泞，了无诗心。不料时隔多年以后，诗人的词句竟能准确抵达我的心扉。郑板桥有字曰"难得糊涂"，指的是芸芸众生之一种。而景物，有时也是"难得糊涂"的，一如这"扑朔迷离"的镇远。《湘西》《黄果树瀑布》《厦门之旅》《泛舟沱江》《再向井冈行》等，我领略了诗人发现美的眼睛，也体会了诗人传递出的正能量，阳光正直又满怀激情，这是诗家之幸，也是风物之幸。

在行旅的诗集中，偶尔插入闲暇时的冥想也一定会增添更多的趣味，如同小说中的旁逸斜出，枝枝蔓蔓，既很丰腴，又富弹性。韩霆先生这本诗集也没让人失望，在小憩的时光中，让思想开一会儿小差，让思绪再飞一会儿。"哨声响起／妻子的手臂／漫过长长的堤垸／将流浪的心／拽在／温顺的皎洁月光下／做一场关于春天的梦"（《流浪的心》）。流浪的心应该是飘飘欲飞的风筝了吧，妻子的手臂还只是"手臂"吗？那不就是一根牵着风筝的丝线，你的心流浪多高多远，这根丝线就有多长多绕。

美，无处不在，关键要有一双发现美的眼睛。

诗，无时不在，关键要有一颗展示美的诗心。

《蝉鸣》虽小，声音洪亮，点燃天空，生动大地。

[ 作者系湖南省作协会员，本科学历。作品原载《常德晚报》2018 年 3 月 21 日，诗集《蝉鸣》（中国言实出版社）第二版录入 ]

# 意象、意境、意蕴：中国诗美的传承

## ——读黄福皆诗集《挂在睫毛上的沅水》

### 彭安平

　　黄福皆是当代富有激情的桃源诗人，他的诗歌创作与中国传统文化如儒释道和地方民俗有着密切的联系，其诗歌同时还吸收和创造性地运用了大量中国古典诗歌的元素，注重表现真性情，具有中国诗歌的传统美。

　　他说，诗，作为一种文学体裁，它承载着与生俱来的使命，那就是诗的目的是端正人们的性情。诗人，首先必须要端正自己的性情，然后观照周围，大至自然社会、人情世故、爱恨情仇，小至一朵花、一片叶、一缕霞光、一声埙响，与它们浑然一体，便能积聚天地之气充实心灵，然后，才能自然而然地厚积薄发。

## 一、意象美

　　黄福皆的诗歌具有意象美。意象的理论在中国起源很早，《周易·系辞》已有"观物取象""立象以尽意"之说。"意象"一词是中国古代文论中美的一个重要概念，著名意象派诗人有李商隐、李贺等。

　　黄福皆以为意是内在的抽象的心意，象是外在的具体的物象；意源于内心并借助于象来表达，象其实是意的寄托物。

　　如他的《雨中春树》："雨中春树 / 雨中春树 / 雾霭负气缠绕 / 一片积雨的青云 // 鸟声在一滴雨水中 / 坐化成这个季节的精灵 // 谁在守巢里的爱情 / 谁在空中盘旋 / 为一个梦打底稿 // 鸟语的语法是不规则的 / 曼妙的旋律错误百出 // 树的枝枝丫丫里 / 长满初吐嫩芽的鸟声 // 这刻，风儿止于轻雷的呵

斥下 / 天光腐蚀，树影斑驳 // 早知这样，我不愿是我 // 回想起那年的遭遇 / 只有一株树，长在记忆里 // 撑起哑哑的春天"。黄福皆的这种中国传统诗歌的寓情于景、以景托情、情景交融的意象艺术处理，勾画了雨中春树里的精灵——鸟在守望爱情，而我却回想起了那年的遭遇。

中国传统诗学一向重视"意"与"象"的关系，亦即"情"与"景"的关系，"心"与"物"的关系，"神"与"形"的关系。如刘勰指出，诗的构思在于"神与物游"，谢榛说"景乃诗之媒"，王夫之说"会景而生心，体物而得神，则自有灵通之句，参化工之妙"，王国维所谓"一切景语皆情语也"。移情于景，存心于物，凝神于形，寓意于象，实际上只是中国传统诗学关于诗的意象手法的不同表述。

## 二、意境美

黄福皆的诗歌具有意境美。意境，是指一种能令人感受领悟、意味无穷却又难以用言语阐明的境界。它是形神情理的统一、虚实有无的协调，既生于意外，又蕴于象内。意境，王国维在《人间词话》中提出了"境界"说，王文生在《论情境》中提出了"情境"说，于永森继王国维后提出并建构了"神味"说诗学理论。

黄福皆认为意境就是诗歌的境界、图景、场景、情景、画面和环境，也可以是回忆，也可以是心中所想，实际却达不到的场景。他说，诗歌的意境是作者的心境和感受，如"感时花溅泪，恨别鸟惊心"就是这个道理。

如他的《雪韵》："大雪封山的日子 / 江南束手就擒 // 白屋，柴门，犬声 / 却不见夜归人 // 整个清一色的夜晚 / 只有一把吱吱叫的小陶壶 / 煮着长江与老酒 / 风干了的唐宋往事 / 嚼起来脆脆的 / 用以佐酒，很香 // 北风不是归来 / 只是路过 / 因此很肆虐 / 围剿那株最敏感的消息树 / 而春无半点消息 // 孤舟上钓雪的老者 / 已不仅仅是存在 / 而是一种风景"。作者化用唐朝刘长卿《逢雪宿芙蓉山主人》和柳宗元《江雪》的意象勾勒了一幅江南雪景图，说明了作者善于吸收和创造性地运用中国古典诗歌的元素。

又如他的《谷雨》："春雨生百谷 / 东风染江岸 // 初生的浮萍在水面上 / 怯生生把春弄乱 // 布谷鸟吵吵嚷嚷 / 为凋谢的花儿鸣不平 // 但落花纵然有意 / 春光却凛凛无情 // 粼粼渌水涨满田畦 / 远远的地平线流香四溢 // 柳丝钓嫩月 / 蜂蝶数老花 / 一春的农事犁了又耙 // 闹哄哄的春去也 / 只有采茶女不经意地 / 留下一盏春 / 让天下人品"。黄福皆将意象组合起来，就构成了意境；他将春雨、东风、浮萍、布谷鸟、落花、春光、田畦、柳丝、蜂蝶、犁耙、采茶女这些具有季节感的意象组合在一起，就构成了一个宁静、伤感、春去的农村生活意境。意象是具体事物的，意境是具体的事物组成的整体环境和感情的结合，情寄托在景中，景中有情，情景交融。

意境是诗人的主观情思与客观景物相交融而创造出来的浑然一体的艺术境界。诗歌创作离不开意象，意象的选择只是第一步，是诗的基础；组合意象创造出"意与境谐"的诗的意境才是目的。

### 三、意蕴美

黄福皆的诗歌具有意蕴美。意蕴就是文学作品里面渗透出来的理性内涵。读他的诗集《挂在睫毛上的沉水》，伴随着意象在脑海的形成和语音节奏感的刺激，已经使人产生了一定的美感，但是如何突破意象表层去体悟诗的意象内蕴，即诗的意蕴，是鉴赏黄福皆诗歌的重大课题。我学习后觉得黄福皆的诗的意蕴包括季节美和禅意美。

#### 1. 季节美

北纬 30 度的中国属于亚热带季风气候，是世界上四季最分明的地方，而分明的季节变化孕育出了黄福皆强烈的季节感。独特的地理环境养育了黄福皆对自然纤细敏感的感受性，特别是层次分明的四季风物造就了黄福皆丰富的季节感。

翻开传统诗歌，像《诗经》、乐府、唐诗、宋词，有许多有季节感的诗歌。打开《诗经》，一股清凉的自然气息随即扑面而来。这是因为，对于生存在上古时代的人来讲，依照季节的变化而生产劳作是一件最为自然的事情。《诗经》里面有一首《豳风·七月》，就记载了人们应时而动的情景。

一年有四季，四季有二十四节气，无论是身体还是心灵，黄福皆都可以对这些季节变化具有敏锐感觉并用诗歌表现出来。

如他的《立夏》："花瓣凋谢时 / 风都成绿色的了 // 阳光闪烁在地平线上 / 水漫进我的瞳仁 // 鸟巢长在枝丫上，地重天轻 / 生命的重量只有夏日能传承 // 一场淋漓的雨后 / 蚯蚓慢行 / 蟋蟀轻鸣 // 谁的目光如魅 / 挑逗起暧昧的下弦月 / 和初夏夜交媾 // 四周是万物受孕的呻吟 // 水生、卵生、化生、胎生 / 夜空挤得满满的 / 连梦境里也住满新生命 // 可惜茫茫无垠的月夜 / 只有一颗长满童话的绿星星。"这首诗体现了传统的万物并育的思想，具有典型的季节美。

人是有情的动物。自然界的一切变迁无不触动着黄福皆的心。对一个有着强烈季节感的人来说，季节的渐次交替，牵引着他的生命。

## 2. 禅意美

黄福皆喜欢安静，善于思考。其禅意诗的共同点是空灵、静谧、清淡，有禅的意味和禅的机趣，读起来有趣、有味，可反复品读。比如他的《桃花魂》："水做的女子／含化在桃花蕊里／又被蜜蜂采了去∥爱诞生在三月／那片桃树林中／桃花因此在白云下／绽放甜蜜的伤痕∥千万里之外，月下花前／爱是花开的声音／流连于天地之吻∥留下无数粉红的吻痕／羞红的桃花人面／依然还在得意地浅笑／三十五洞天门内的春风∥化不开的淡淡禅意／如桃花红遍四十六福地∥等老了的思念／还没等到那女子／从箫声里走出来∥一片念经声／唱空了迟来的烟雨／依稀看到女子和花／结伴而去∥谁还在桃川宫前／痴痴地数飘落的花瓣／花与人，梦与魂／在时空中交错／错得多艳美∥人的痴，花的怨／伴沅水东去／只有月光追到天边／其实此时花的红颜／已移植在大家的心田∥以佛的不住相／长呵护心中念"。

这首诗妙在其构思和语言。经他巧妙构思和机智而隐喻的语言运用，把一个"人面桃花"的主题，演绎出了新的意蕴，出人意料，别出心裁，且语意单纯而又丰饶。

黄福皆有着大胆的想象力，又有着极准确的把握意象与意境的能力，所以，他的诗句既机智、新奇，又鲜活、自然。循着情思、哲思与禅思，他合情合理合意地把诗引向了新的境界，一步一步地体现了诗句在意象、意境、意蕴之间的次第过渡。这样，他的诗句显得丰满贯通，流畅生动，很好读，很吸引读者。

黑格尔说，美是理念的感性显现。艺术的内容就是理念，艺术的形式就是诉诸感官的形象，黄福皆很好地把这两个方面调和成为一种自由的统一的整体。

（作者系中学历史高级教师，湖南报告文学学会会员，湖南师范大学本科毕业。作品原载《常德日报》2018 年 6 月 2 日）

# 用诗歌重塑自我的强大心灵

## ——试析唐益红组诗《狂澜之声》艺术特色

老　槲

　　13 年前，诗坛伯乐周所同老师在湖南常德曾经见过一个略显青涩、似乎营养不良的姑娘，如今的她已出落得丰采神俊、成熟秀美了。这不仅是指唐益红其人，对她一组新作《狂澜之声》而言也恰如其分。她曾被诗人谈雅丽称为"火焰的歌者"。诗人、评论家雍人曾将她的诗歌创作誉为"一种唯美主义的行走"。现在，那一种激情、渴求、战栗时而划过黑夜，但已不再如烈焰腾空，而是变得像春天的沅江一般开阔，平缓，雄浑，尽管仍不时有微澜乍现。

　　唐益红已将在第一部诗集《我要把你的火焰喊出来》中那一部分高亢、激昂、奔泻的情绪，那一种灼热的力与躁动，用力按进了水里，又通过第二部诗集《温暖的灰尘》使之消解释放，而在最近的这组新作《狂澜之声》中，对世界的观察视域更加开阔，对现实生活的多元化感受进行了诗性的探索。情感饱满，语言节制而富有张力，词语把从前那一种青春的火热、春天的怒放、夏日的炙烤转换成秋天里辽阔的洞庭湖平原，诗歌情绪在低缓起伏、珠圆玉润、沉稳内敛中得到有力的释放。

　　这一组作品貌似是作者在游历山西、陕西等北方地域间的行吟之作，又像是怀人寄人之作，处处闪烁着布满苔痕的旧时光与探索的发现："万物中都深藏不为人知的秘密／它们的存在提醒着我们忽略的曾经"。她将诗意的目光投向了四处行走的地理中，由此奠定了开启她如山川奔流般的创作新走向和新风格。虽然这组诗歌的标题仍显狂野、虎劲、生猛，但作品里中的那种锐利、激越有了很大改观，好像正午的太阳一般，逐渐降下了身段，变成下午四五点钟的太阳，由如日中天一般的高悬、耀眼，变得更为接近大地、接近现实生活，变得更为温暖而绚烂。

与她以前抒写的作品稍做对比，这种爱的灼热与疼痛已时过境迁：她把原来那种"暮色沿着山岭移动像某个男人的背影"转换成了"我喜欢这些细小的事物／它们发着光，像秘密一样明晃晃地存在／——让我们不敢直视"。

我们还可以从她营造的语言，从她关联的词语呈现出来的声音与形象中，找到她当初观看的最初路径，并与之共振；如果再仔细地解剖、剖析，我们也许更能够发掘她诗歌的秘密内核，不难看出，其中匿伏着她一贯的一脉相承的主线——对现实沉静的探究，对生活深情纯粹的热爱。这源于她善良而容忍的人生态度，她总会对自己受到的伤害不嗔不怒，总会让境由心生的笑意荡漾在与人的交往之中，好像已经练就了一副弥勒佛的面容与肚量，习得了"一笑泯恩仇"的真经。在苦难碾压与生存不易的现实中，依然能保持着这种向上、向善、向美，让人不得不惊叹她内在心灵的强大与韧性。

普希金认为爱情不是肉欲："情欲的欢快啊，你算什么？怎能比真正的爱情和幸福，那种内在的美的欢乐？"相遇是一种自然而然的邂逅，是一种开枝散叶结果的依序而行的进程；离别是一种并不凛冽的秋风带走的缘分。不管她作品指向的客体是谁，我们都能感受到那种依然如故的真情、柔情、热情，那种爱的执着与坚定仍一如既往。

具体从整组作品的风格来分析，她已使先前那种偶尔得见的沉静、从容、饱满、丰盈、深幽的品质得到了极大的拓展延伸、发扬光大。那种高蹈、高昂、高亮的仍显年轻气盛的句子，只在个别地方存在，如："黄沙掩上来，阻止不了它们／罡风吹过去，拦不住它们／即使是快要消亡了，也死不肯认输／抹着眼泪合着哭声，叫一声，应一声"（《细小的事物中藏着不为人知的秘密》）。

这种淡定与安静，是几番经风沐雨的结果。说明作者已从不顺利的苦难中泅渡到希望的彼岸。她这一只能从不如意的生活中抽离出诗意的"荆棘鸟"，不再像堂吉诃德一样与大风车进行着格斗，她的翅膀扇动的是一股宽容和煦的温暖之风，穿越的是美如秋菊的淡定绚丽之境，在她的诗歌里不再有戾气有戾声的呐喊与哭泣。

现在，唐益红的诗歌创作也进入了通往美的欢乐的甬道。这种爱的从容，从过去的那种"一片枯叶落下去的声音／也都是沉静的，缓慢的"，到现在经过苦修而得来的大智若愚的沉稳致远：

我把河流收匿在我的笑容中

就像所有的营盘洲都会被无数的河流冲刷

却永远不会藏敛波涛一样

河流可以将它们带走

河流可以将它们一一安抚

河流可以将它们一眼看尽


我也有的　我也有过这样的河流

一条小小的沅江

之前，曾经是我全部的力量

现在，我是力量的全部

——《我也有过这样的一条河流》


　　在过往的苦修中，她用诗歌重塑了自己强大的心灵，她在精神的冈仁波齐峰下转山，俯下身子，仆倒在通往诗歌殿堂的圣地之上，坚毅地匍匐前行，留下的拖痕是那么迤逦而深刻。

　　幸好有诗歌能承载她的眼泪，这就是诗歌带给她的力量——给予她沉淀过后的清澈，给予她观察世界新的视域。

　　我不怀疑痛苦出诗歌，悲愤出诗人。"有多少春天会比春天更荒凉／就有多少荒凉会比荒凉更荒凉""我们去等待另一场雪吧／静静地等待另一场铺天盖地的热忱"（《另一场雪》）。

　　而她的这一组诗歌更像是与远处的读者进行着的一场娓娓动听的倾诉、交谈，听者或在远方，或在身旁，或在天际，或在心房，或是真身，或是幻象。具象是谁并不重要，重要的是有这么一个"听者""读者"，能足够安静地听着，或偶尔参与交谈，进入彼此相通的诗境、情境和心境，与作者的审美产生和鸣共振。

　　"那个从细雨中走过的人是干净的／当他每天走过逼仄的空巷／当他终于追上孤独的星辰／绝望的青草因此也长出了翅膀"。这是相敬如宾的精神伴侣，同时也是审美同行的诗歌驴友。

　　人的一生，难以持久地活在激情里。黑格尔说过："没有激情，一切都是完不成的。"我们可以看到作者已将激情掌控自如，使其不至于喷发、自伤。"亲爱的歌者，风轻轻吹着我们／我听到了你越来越缓慢的深情／至暗的沙哑合着轰轰的鼓点声／去年的旧时光紧紧挨着亲爱的啤酒瓶"（《亲爱的歌者》）。我是一个不会喝啤酒的人，现在连白酒都戒掉了。我还是羡慕那种与情人在一起喝着啤酒，被款款的温情所陶醉，被对视的目光所融化的情境。

作者是一个非常直爽、坦诚、虔心追求真爱的人，不喜欢隐秘的、藏着掖着的表达："明晃晃的爱，明晃晃的不爱／从最初的沉稳到最后的加速度／我喜欢你经过暗藏的波澜时一路的飞驰／我喜欢你远望山岗时毫不忌惮的目光／——与任何一条大江相比／你也毫不逊色"（《我喜欢的事物都是明晃晃》），"我想说的是，在一年中最好的时候／要与阳光下的这些芬芳相遇／你看，连植物都与我们一样／身体里盛满了多汁的甘甜"（《一年中最好的时候》）。在这里，都是直抵自满、得爱、称心的抒情，是一种活在当下幸福里的芬芳自溢。

在《狂澜之声》中，"因为看得见那块可以预见的阴影／怀抱春风的人负罪前行"。读者不一定想象得出"怀着春风的人负罪前行"是一种什么样的形状，但却能让最后两句——"来呀，我们来仰望各自的天空／来呀，我们来加重这夜色迷人"，所感动，所唤醒，这种感动和唤醒让我们沉默的人生变得有所思、有所感、有意义。

即使是伤心，累累伤痕也如风被吹远了，怨恨也是"我的爱浅薄、无知／只够我自己一人啜饮"。"一根白发快速褪转为青丝／一道伤痕重返昨日的沉默／其实这一切　都还没有来得及实际发生／只是此时的我，手捧着丢弃的这一截水袖／不知道该如何放置"。这种内心深处的慌张与惶恐的情绪，在诗歌文本得到淋漓尽致的表现，以至于等同于夜莺的歌唱实乃暗夜的专属专享。

英国诗人奥登写怀念叶芝的诗歌，有一句"把诅咒变成了葡萄园"。我看，唐益红也是能化剑为犁，将恨变成爱的人："这里的每一条河流都怀有一颗壮士之心／用尽了毕生的豪情／这里的每一条道路都已有了断腕之意／暮色裹挟着他们／在每一个春天都留下相似的背景""我目送的落日缓缓下沉／更多暮色正在埋葬更多的人"（《这里的每一条道路都有断腕之意》）。正因为有了强大的心灵，她看到的和感受到的也就同时有了另一番别样的风景，一种豁达的生与死的主题经常出现在她的诗句里：

> 风声在逼近　奇迹会降临
> 光阴里打坐　木头在修行
> 每一次的穷途末路都有咬紧牙关的时刻
> 每一个夜晚都有真相大白前的屏气凝神
>
> 与侏罗纪时代隆隆作响的风声相比

它有咬碎记忆的牙齿

它有吞没黑暗的喉咙

它有困于岩浆的疼痛


我不知道有多少疼痛

已经化成了坚硬的心肠

有多少柔软已迁往异国他乡

但至少现在

它的头顶上还顶着一顶崭新的黎明

——《木石之盟》


这一组诗中，还有多处提及生命与死亡。据唐益红言，近年来，她四处行走，经常通过移步换景的身体之旅探究北方汉民族的发源地，开启了地理书写的模式："以旅程所见触及灵魂，所有的风景都带上了内心的色彩，同时也暗示了对自我和人生的某种超越性。"（刘波语）

当她途经山西时，坐在高铁列车上，远远地看到北方的平原上经常会出现有一些坟，显露在空旷的沃野上、在村路旁，堆砌成圆形缺口，这些坟与生者，与家园、大地共存着：


当我们来到洪洞县

人人都带着悲戚的倦容

像那些走远了的人又返程

眼中总是闪现出这些司空见惯的事物

每一座坟冢之上必有高过它的墓碑

每一座墓碑之后必定列队着一层层新坟与旧坟

像一种仪式，又像竖起的一道路标

指示着我们的去路

也暗掩我们尘土飞舞的一生

——《在洪洞县》


这是诗人观看死亡的物化形状之后的感慨。她用独特的眼光，在司空见惯的平常事物中，足够理性地发现了隐藏的规律和感知——那些"指示路标"所形塑的，那些缺口和土封所代表的。

众所周知，明朝时候，中原汉族人被迫进行了大规模的人口大迁徙，从土地肥沃的中原地区迁往湖南、江西等地，亲友家人在洪洞县大槐树就此生离死别，从此迁往全国各地，分茔各地。洪洞县大槐树是他们心中的圣地、根本之地："问我祖先在何处，山西洪洞大槐树。祖先故居叫什么？大槐树下老鸹窝。"

　　然而，作者以《在洪洞县》作为这首诗歌的标题，如果是单纯意义上的仅此而已的思考，那还不能列为一首好诗。接下来，她将她个人感官的主题进而升华到汉民族，以及人类的生死的大主题上来。她感叹人生终将回归于尘，也深深地同构于我们所有人依赖的命运机制，将生与死主题一路升华。

　　当她重新回到洪洞县大槐树下，仿佛是重新回到先祖出发的地方，"像那些走远了的人又返程"，生与死、离与别的情绪无限充斥着她的心。这时候，她感到这就是诗歌自身本来的存在，好的诗句就这样在词语中被召唤出来：

> 要让一个过客有一个过客的样子
> 像游子一样诚诚恳恳地跪，像婴儿一般撕心裂肺地哭
> 不断堆积的黄土，并不能遮蔽所有的过往
> 而民间的那一部分，恰好能指认出它的口型
>
> ——《在洪洞县》

　　好诗应该是螺旋般婉转上升且有层次的，作者通过这样一层层的推进，不经意地道出事物本然的关联——那些容易被我们忽略或无从领略的事物，她用独特的意象——"这些显露在绵软大地之上的圆形缺口啊／我深信这就是春天该有的背景"——将生与死的行进主题推陈出新，我们领略到的不仅仅是文学意义上的审美，还有更深层次的人生思考、历史的况味。

　　山西中条山曾是抗日鏖战的疆场，成千上万的战士壮烈牺牲。"那些名字啊，是一束不被束缚的光／最终会回到存在的时候不存在／不存在的时候布满痕迹的荆棘丛中"（《那么多人的名字》）。我们从这些诗里可以看出，作者的诗歌作品大多为一气呵成，辎辏而下，言约义丰，见识了疼痛可以成长为坚强、小爱可以成长为大爱、伤痛里可以长出希望的奇迹，也见证了一个用诗歌重塑强大的心灵的成长过程。

　　唐益红组诗《狂澜之声》显示了近期来，她对诗歌的缜密思考和文本实验。如果能坚持自己的追求，始终保持着这种孜孜不倦的写作状态，我相信，唐益红的诗歌道路会越走越远，她用心血凝结成的诗歌作品会越来越成熟，心想事成，直到"在激流的山涧中牵出一匹白马"。这匹白马是有生命的也

是有个性的，是具象的也是抽象的，是象征的也是个人化隐喻；它具有"不可摧毁性"，是每个人心中用爱与恨、生命的底色与亮色铸造的有特殊意义的象征。

普吕多姆说："这些诗，只为你心中的夜而作，一旦被人读到，它就黯然失色。"这些只为共振的读者暗通款曲的妙语，轻轻拨动了读者的心弦，也常常成为自己的催泪剂。在某一天某个时刻，若被心有灵犀的读者读到，触动共振的调频，将是不可言喻、不可言说的美好瞬间。

在诗歌中，真正能听得懂作者内部的声音的人寥若晨星，知己更是凤毛麟角。"有人在十万亩菜花之上吟哦／时而仰天，时而泪流满面／／你有你的黄金打造的楼宇／我有我的春光十里蜿蜒如径"（《黄金打造的楼宇》）。尽管因他人落泪，仍保持自己的侠骨柔肠，守住属于自己的春光。不管是臆想的也好，相处的美好时光也好，都让人感到时光无情，空间不再，忐忑难安。

朱光潜先生在《诗论》里表达了一个观点："每一首诗，犹如任何一件艺术品，都是一个有血有肉的灵魂，血肉需要灵魂才现出它的活跃，灵魂也需要血肉才具体可捉摸。"

唐益红最近创作的这组作品，已不再局限于个人的情感，更多地倾注人间的大爱于字里行间，她保持着她灵魂中的真性情、真血肉，将生与死的主题、现实与社会的冲突转为诗性的思考，并以文本的形式呈现给读者，以实写虚，以有形写无形，精练而生动，如哀伤的河流上空传来天籁般的歌声，大风呼啸掠过布满白雪的大地，同时也掠过开满红梅的诗意山谷幽径，让人为之一振。

就像陆游词中所说，零落成泥碾作尘，只有香如故。

（作者系中国作家协会会员，诗人、作家。作品原载《诗歌世界》2019年第2期）

# 诗歌因疼痛而庄严，诗人因悲悯而崇高

——微品杨拓夫短诗六首

吕本怀

　　这六首诗，最大共同点在于题材都与留守儿童有关，作者说："关于留守儿童的那些疼痛，我不能放大，也无法缩小。我唯一可做的是让自己的诗与他们一起疼痛，最好替他们疼痛，若是可能。我想为那些永远坠入黑暗的孩子点亮一盏永恒的灯，想为在冬天抱着自己的颤抖取暖的孩子送去一根火柴，我也希望在六一儿童节这个阳光明媚的日子给那些尚处阴暗的孩子送去一丝光亮与暖流……"由他写下的这段话，不难感受到作者面对现实"既不放大也不缩小"的理性，更不难感受到他面对这个特殊群体时的悲悯。

　　要想成为一个真正的诗人，其他方面或可商榷，但悲悯情怀决不可缺；一个没有悲悯情怀的人，是不可能也不配成为一个诗人的。这六首诗里所呈现的留守儿童，有的来自他的身边，有的则离他很遥远，但不管远近，他一直都在关注着，并为这个特殊群体写下了将近百首诗；他不是处在云端俯瞰，而是设身处地将自己当成留守儿童里的一员去感受，正是这种换位让他的诗有了真实与真切，从而也能够让读者感同身受。

　　在《小羊倌和他的小羊羔》中，他先将小羊倌与小羊羔进行对比，此刻小羊羔正在充分享受着母爱，"一会儿钻进妈妈怀里／一会儿亲吻妈的嘴"，而小羊倌却"赤着脚"，"裤子张裂两条大大的口子"，由此不难感到这肯定是一个没妈的孩子；然后他将小羊倌与其他孩子进行对比，"风带着草香味穿过，你空着肚子在草地上躲躲闪闪／陪饱食的小伙伴，捉迷藏／她们的语言只有你懂／一声吆喝就唤来一片云／游戏过后，你抱着一束菜花、在石头上睡去"，如此细节最能充分表明"有妈的孩子像个宝"，而"没妈的孩子像根草"。

诗中多重而鲜明的对比具有足够的张力，从而形成对读者心灵的震撼；同时，人们不禁要问，这孩子的爸爸妈妈到哪去了？他显然处于义务教育法所规定的受教育年龄段，却为什么不去上学而在放羊呢？诗人在此作了留白处理，给读者留下诸多悬念，并能因此引发读者更多的思考。

《望》里的那个孩子，为等妈妈回来，常登上村边那个最高的山头，却一次次失望而归。"云朵是上不去的／星星更高远／天梯是虚拟的"，如此表达似乎有些冷酷，但他这样对孩子说，是不忍心他小小年纪一次次登高望远。或许他感到像这样说可能太让孩子失望，于是，他在下一段中仿佛给了孩子一点希望："望一次，山峰就会矮一点／望一次天涯路，会缩短一程／望到梦里／妈妈就回来了"。但在明眼人看来，这其实是不切实际的安慰。真相与安慰之间形成对比，从中不难感受诗人面对孩子"望"时的煞费苦心。"最害怕的事是醒来／阳光太强了／你只能看到／自己瘦瘦的影子"，这诗的结局符合中国留守儿童一年甚至数年难以看到父母的事实，虽然有些残酷，连孩子的梦都被粉碎，但这更能引发留守儿童父母的舐犊之情，也更能引起整个社会对留守儿童生存现状的关注。

《还你一个有妈的名字》则进一步表达出诗人想为"留守儿童"摘掉"留守"的强烈愿望，就表达而言，它与《望》互为补充：《望》所呈现的主要是一个孩子，而这首诗里所呈现的则是一个庞大群体；《望》有具体细腻的细节，这首诗则主要是抽象的愿望表达；《望》的特色主要在客观呈现，这首诗则主要在主观抒情。值得指出的是，这两首诗尽管在表达方式上有着较大区别，但诗人对留守儿童生活状态的关切始终如一，希望留守儿童早日回到父母身边的愿望始终如一。

《杨六斤记》中的诗歌主人公，"天生命苦／营养不良／五岁丧父／六岁、母亲弃你远去"，父丧母弃，注定这个孩子从此将与苦难、思念结伴，诗人着重呈现了他吃草的人生："你还不会种地／无米、无菜、更无肉／饿了就上山拔草根、掐草叶／别人吃是苦的／你吃是甜的／你吃草如羊羔吃得自然、吃得安静"；"你的命叫黄连／却比黄连味重／神农尝百草用了一生／你尝百草用了六年／神农为了救人／你为了活命／吃草呵，吃草／一吃就是六年／一吃就吃到了十二岁"。诗人曾很明确地告诉我这是一个真实的故事，这个孩子就生活在广西。不知他是否还有其他亲人，也不知当地有关部门是否了解这个孩子的生存方式？此情此景实在令人难以置信，却在我们这个时代真实地存在了六年，这该是怎样一种莫名的悲摧？幸好，"妈妈和弟弟突然出现／你们再也不会分开／温暖来了／花朵开了好多人为你们鼓掌""桌上有了肉味／锅里有了米香／一家三口、天天／有了笑脸／杨六斤，你终于把野草还给了牛羊"。于国人而言，大多喜欢锦上添花，而不愿意雪中送炭，杨六斤从 6 岁到 12 岁的这 6 年里，要是有人对他多一点关注，要是有关部门对他的处境有所过问，他是不是可以更早一点结束自己的吃草生涯，早一点将野草还给牛羊呢？

关注、关爱自己的孩子只是动物的本能，关注、关爱他人的孩子，尤其关注、关爱远在天边的孩子，才能体现出灵魂深处的悲悯，具有这种悲悯才算得一个真正意义上的人。杨拓夫无疑就是一个具有悲悯情怀的诗人。他正是不断地向读者呈现留守儿童生活环境的恶劣，不断地呈现孩子想与父母在一起愿望的迫切，以期引发个体、社会、政府对这个特殊群体的关注，以便让孩子都能回到父母身边，力争让留守儿童成为一个历史名词。

杨拓夫长期将关注与关切给予留守儿童群体，而他自己的孩子并非留守儿童，由此可以看出他是一个真正意义上的人，而他作为一名诗人"让自己的诗与他们一起疼痛，最好替他们疼痛"，他用一首接一首的诗替孩子们向社会与政府呼吁，力争他们的头顶也能悬挂一些光明与温暖。当然，杨拓夫在这类诗中不免表现出难以改变的纠结与失望，但他决不放弃，一如既往地揭露真相。

诗评家林荣曾说："当诗人能够感知到某种力量，而觉得很难将其完美地客体化、可视化，这时诗人和读者就有了'崇高'感，当然，这里的'崇高'并不是某种道德优势，而是当面对生命、生活和社会中的纠结与复杂，那种难于言说的、静默的庄严感。"我以为杨拓夫在写这几首诗时，一定有着如他所说的纠结与庄严，我也相信读者在读这几首诗时，一定也与诗人一样感到纠结与庄严，其纠结来自现实的一如既往、难以改变，其庄严则来自对留守儿童现状非改变不可的强烈心愿。

（作者系湖南省作家协会会员，湖南省诗歌协会理事，中学语文高级教师）

# 论易顺鼎的诗

李达轩

易顺鼎（1858—1920），湖南汉寿县人，与黄遵宪、丘逢甲并称为晚清三大爱国诗人。他从小遍学汉魏六朝、唐宋元明历代诗歌体式，凭自己的旷世奇才，傲视古今，别树蘪蘫于诗坛，一生留下诗歌近万首。"其性灵若神珠，其光气若龙剑，其英华若琼树之花，若天机之锦、若日若星若霞若雪"[1]，为时人所倾倒。中年以后推崇温、李，在湖湘学派中别树一帜，被称为湖湘"别子"，与近代著名诗人樊增祥并峙为诗界两雄，在文学史上有着重要地位。

易顺鼎生活在太平天国运动至民国初建时期。内忧外患，生灵涂炭，更朝迭代，流离转徙，壮志难酬。在求仕与求名中，在"济天下"与"善其身"中，他时浊时清，亦醉亦醒，给我们留下了复杂的心路历程和庞杂的文学作品，他走过了与许多士大夫知识分子不同又相同的道路。

一

易顺鼎的诗歌创作，大致经历了以下几个阶段：

第一阶段从 1867 年至 1893 年，前后包括 20 多年时间。在这一阶段里，易顺鼎在出世与入世的矛盾中徘徊求索，足迹遍及十数行省，闱运不通，官运亦不通，留下了几千首瑰丽无比的诗篇。

易顺鼎在这一阶段里所走过的道路，可概括为"求仕—失望—退隐"三部曲。他禀承庭训，幼时奇慧，15 岁时，便将他 9 岁以来所创作的诗词，辑

---

（1）《琴志楼编年诗集·樊樊山布政书广州诗后》。

为两卷，名曰《眉心室悔存稿》刻印行世。两年以后，他只有 17 岁便中为举人。当时的易顺鼎可谓青春年少，踌躇满志。在他的诗歌中，充满了对前途理想的憧憬以及报效国家的决心，同时，也表现了对祖国山河的赞美和对生活的热恋。《寄陈大伯严南昌时方应秋试》《慢感四首》（1873 年）都是这样的篇章。但易顺鼎乡试之后却仕途坎坷，远不如 17 岁以前这么一帆风顺。从乡试后开始，他五上京师，参加礼部考试却屡试不第。他的弟弟易顺豫反而轻而易举地通过礼部考试中为进士。此时的易顺鼎从开始心怀凌云之志到心烦意乱、苦闷彷徨，从满怀求仕的热望坠入了失望的低谷。他的诗歌也从过去想匡时济世、施展自己的雄才大略变为怀才不遇的满腹幽怨。几年的奔波，特别是寓居北京，他更加清楚地看到了上层社会的腐朽和官场的黑暗。为了排遣心中的烦恼，他竟出入歌楼妓馆，《山塘冶春词六首》《盛园春游遇雨》便是其代表作。"词人末路似夫差，销尽雄心付馆娃。从此皈依妆阁畔，饱听柔橹送年华。"这既是诗人当时心境的写照，也是诗人当时生活的写实。他的老师，也是他父亲的好朋友王闿运，曾写信告诫他："……乃至耽著世好、情及倡优，不惜以灵仙之姿，为尘浊之役、物欲所蔽，地狱随之矣！"然易顺鼎认为"有生之乐，当复如何，而乃处之骚然，若不能以终日"[1]。易顺鼎经过几次会试之后，已经精疲力竭。他似乎彻底厌倦了官场，即使因举孝廉得到了刑部山西司郎中的职务，他也不满意。后改官河南候补道，时间不长，他便弃官不做，"随父到苏州任所，与郑叔问、张子苾、蒋次香（文鸿）等创立吴社联吟。歌弦醉级，一时颇盛"，潜心于文学创作。后又到处漫游：他先是入浙，拜访诗僧寄禅，同游普陀山，切磋诗艺，接着登庐山，在庐山三峡涧筑琴志楼奉母居住，打算终老其间。这一时期，他写下了大量的山水诗，在诗歌中表达了自己远离尘世、独善其身、向往自然、皈依山林的志趣。"倦飞心事鸟知还，却对孤云意自闲。种菊家邻陶令宅，哦松官寄皖公山。吟多莫遣霜侵鬓，别久惟凭月照颜。他日匡庐期结社，万山深处屋三间。"这首诗，便道出了他这一阶段诗歌的主题。

从 1867 年至 1893 年，前后 27 年时间里，除《眉心室悔存稿》外，易顺鼎留下了《丁戊之间行卷》《摩围阁诗》《出都诗录》《樊山沌水诗录》《吴篷诗录》《蜀船诗录》《巴山诗录》《锦里诗录》《峨眉诗录》《青城诗录》《游梁诗剩》《庐山诗录》等 12 个集子。在这 12 个集子里，他以入世始，以出世终，在流离转徙中，夹杂着他渴望与失望的心灵衷曲，掺和着他蓝天展翅与埋于蓬蒿的绝唱与哀叹。在种种矛盾与痛苦中，在纵情声色到纵情山

（1）易顺鼎：《自叙兼友人》。

水的无可奈何中，让我们窥见了晚清社会一个才情横溢的知识分子的内心苦闷与满腹愤懑。

第二阶段从 1894 年到 1911 年，即从甲午海战到辛亥革命，前后包括 10 多年的时间。在这一阶段里，易顺鼎投身于轰轰烈烈的挽救民族危亡的斗争，并出任广东、广西等地的道台。生活的变化使他一扫过去遁迹山林甚至想终了尘世的消极思想，庄严神圣的爱国激情在他的胸臆间回荡，这激情又化为雄奇瑰丽的诗章。这一时期，是易顺鼎诗歌创作中最辉煌的时期，同时也是他人生道路上最辉煌的一幕。

易顺鼎奉母居庐山三峡涧，不幸母亲病故。他只得回湖南汉寿料理丧事，准备结庐守墓，3 年后一死了之。但中日矛盾加剧，黄海海战即将爆发。这时，他收到他父亲易佩绅的信，要他墨经从戎，报效国家，以尽大孝。易顺鼎毅然从湖南汉寿起程，赶赴南京，投奔到两江总督刘坤一帐下。易顺鼎似乎找到了施展才华、报效国家的机会，因而志气高扬，笔力苍健。他随刘坤一北上督师，又只身南下，四渡海峡，支援刘永福的台湾抗战。不幸清廷腐败，他回天无术，不仅宝岛台湾陷于日寇铁蹄之中，西方列强也在我国争夺霸权，清政府割地赔款，耻辱重重。易顺鼎只得发出慷慨悲吟。《四魂集》中的许多篇章，都是这一时期完成的。《四魂集》包括"魂北""魂东""魂南""归魂"四个集子，附有"魂海"集。为什么要以"魂"字为集名？易顺鼎慈母已故，魂归冥府。他丁内艰，转战沙场，当时国魂已失，满目疮痍。易顺鼎为中华民族大声呼号，要人民"操吴戈兮被犀甲""援玉枹兮击鸣鼓"，重振我们的民族精神。此时的诗歌，"满纸皆泪，几不复著一笔墨痕也"[1]。"宝刀未斩郅支头，惭愧炎荒此系舟。泛海零丁文信国，渡泸兵甲武乡侯。偶因射虎随飞将，苦对盘鸢忆少游。马革倘能归故里，招魂应向日南洲。"他描摹现实，追怀历史，仰慕古人，讥刺时政，抒发自己的凌云壮志。轰轰烈烈的反帝爱国运动，在他的笔下得到了逼真、生动的表现。此时的易顺鼎正如安史之乱时的杜甫，他的作品是诗亦是史，在他一生的诗歌创作中有着重要的地位。

甲午、乙未以后，易顺鼎曾受张之洞之聘到西湖书院任教。后又任广西右江、太平思顺、广肇罗阳、高雷等地道台。在任期间，他试图革新地方政务，在政治上有所作为。开始时曾踌躇满志地赋诗"新诗欲赋贺梅子，他日应呼易柳州"。他对当地的文化建设，也曾作过一些努力，但总体说来成就不大，以致中途被岑春煊所劾罢，后易顺鼎亲自上清廷申诉才得以复官。在

---

（1）王以敏：《〈四魂集〉序》。

两广任道台期间，诗歌上的成就主要表现在山水诗方面。他在 50 岁前后，留下了《罗浮》《天童》两个集子。其诗意象开阔、挥洒自如，时出奇句奇字，与他的《四魂集》一道熠熠生辉。

在这前后 10 多年的时间里，易顺鼎除《四魂集》外，留下了《魂西集》《魂南续集》《庐余集》《丘南集》《岭南集》《甬东集》《广州集》《高州集》近 10 个集子。其诗雄浑苍凉，气魄宏伟，意境高远，技巧娴熟，代表了易顺鼎诗歌的最高成就。

第三阶段，从 1912 年至 1920 年前后将近 10 年时间，易顺鼎经历了清廷覆灭、民国初建的历史事变，宦途已穷，华发满鬓，他仍一度出任袁世凯政府的印铸局长，试图有所作为。但好景不长，袁氏崩溃，易顺鼎无论是志向还是诗才均已失去了青壮年时期的锐气。他住在北京，一方面与南方的诗友唱和，另一方面出入歌场舞榭，与失意的官僚、顽固的遗老和文人组成寒山诗社。他与诗友文友一起，品茗、品酒、品诗、品戏，过着悠闲的名士生活。此时的诗歌，多是些酬唱游戏之作，不仅与当时《新青年》和"文学革命"的主潮相去甚远，甚至与他青壮年时期相比，也相去甚远了。

上述三个阶段，既是易顺鼎思想发展的轨迹，也是他诗歌创作中互相联系又各具特色的三个片段。从以上粗疏的勾画里，我们能看到易顺鼎的诗歌有些什么特色呢？这是下文要讨论的问题。

二

易顺鼎，虽然其诗歌呈现出阶段性和跳跃性，但在总体上我们不难看出其共同点，这便是：在思想上表现出了鲜明的矛盾和兼容性，在艺术境界上呈现出了时空的广阔性，在艺术风格上体现了多样化的融合。这一切，构成了他的诗在晚清诗坛的独特面貌。

思想上的矛盾和兼容性，如前所述，首先表现在易顺鼎在半个世纪的创作生涯中，由于外在生存环境的变化而产生思想上的变化。这种变化相互对峙、相互矛盾，有时甚至产生大幅度的跳跃。但其内在联系却是非常紧密的。

纵观易顺鼎一生，他走过了一条"才子—隐士—志士—名士"的道路。易顺鼎幼时有神童之称，连慈禧也知道"五岁神童"易顺鼎的大名。易顺鼎则对自己的才华充满自信，常自诩为"张梦晋后身"。然而，易顺鼎的"才"，是抒情写意、俯仰啸傲、喷珠唾玉的"诗才"，而易顺鼎却误以为是经天纬地、安邦定国、济世安民的"治才"。由于对自己"才"的理解的错觉，也由于封建时代普遍对"才"的理解的误导，导致了易顺鼎对自身命运、生存状态的苦闷和惆怅。当这种苦闷和惆怅随着岁月日渐加重的时候，便开始了对既定人生目标的怀疑。由怀疑而否定，于是思想上前后的矛盾便出现了。但是，对理想前途的渴望与失望，对人生境界的追求与失落，就像一股千回百转的山泉，到悬崖则飞瀑流湍，遇到沙渚则化为暗流，所以易顺鼎久试不第便归隐庐山，黄海一役便墨经从戎，观察右江则壮志凌云，清廷败绩则沉湎歌舞。

如果说这种矛盾性在易顺鼎50多年的漫长岁月中不足为怪的话，那么，在易顺鼎同一时期的诗歌中得到明确的表现而且表现得那么鲜明，就值得我们深思了。易顺鼎的诗歌在同一时期往往表现出迥异的思想面貌，这样的例子比比皆是。1883年，在易顺鼎25岁的时候，他在《渡滹沱作》中写道：

> 惊沙上下如奔梭，马前已是滹沱河。
> 明明白日忽走匿，暗暗黄云相荡摩。
> 一舟争渡语声乱，半饼分食饥肠和。
> 舆人解鞍坐平地，篙师理楫冲寒波。
> 鸦过天边作鹓鹣，马浮水面为鼋鼍。
> 但闻郎当车铎响，那似欸乃船舷歌。
> 平生游踪忽怅触，到此奇气难销磨。
> 汉家中兴惨澹处，尚思跃马横雕戈。
> 英雄成功信有数，天意启圣知无他。
> 男儿报国身手在，神州入望疮痍多。
> 安能瑟缩短檠底，笺释恶池与亚驼。

这首诗，抒发了自己身处险恶环境仍不忘报效国家，塑造了一个披发仗剑、豪气冲天、知难而进、舍生忘死的抒情主人公形象。这时的易顺鼎似乎忘记了自己的生存苦闷，而将社会忧患放到了首要位置。但是易顺鼎在《独饮秦淮桥上酒楼作歌》中却写道：

> ……小谪乾坤二十年，狂歌江海三千里。百金宝剑千金裘，却向秦淮看春水。此时亦不乐，此时亦不哀。浮云变灭何有哉，六朝招我上楼来。英雄儿女同一杯，人生万事皆游戏。嵚奇自写胸中意，何况江南多怪事。君不见，卢家湖，天子生前不如妓；君不见，蒋家山，酒人死后能为帝。

这首诗，感岁月无情，人生苦短，带着深深的对生命本体的忧思。他要把握生命的每一瞬间，尽情地享受人生的欢乐。与《渡滹沱作》相比，主旨是大相径庭的。他在《光孝寺访虞仲翔祠作》中，对虞翻（仲翔）不会谄事孙权而遭受谪戍，表示无比激愤之情，"岭表孤忠亦可哀，生无媚骨莫言才"。但他在《杂诗六首》里却说："夏王趋时弃履簪，愚士介节安可守？"他"应官两载便归田，出本无心处亦然"，但却"辇下陈书瞻北阙，尊前说剑指东倭"（《述怀三首》）。他隐居庐山，追慕陶潜，却又以屈原自况，"五柳先生何许人，三闾大夫胡至此"（《次韵答督部孝达师》）。可以说，易顺鼎一生的各个时期，诗歌中都存在着复杂多元的矛盾变化。这种复杂的矛盾，反映了易顺鼎作为失意苦闷文人的精神面貌，执着追求、逍遥浪漫、矛盾苦闷、疏狂旷达，表现出了很强的兼容性。正是这种兼容性，造成了易顺鼎诗歌审美意蕴的丰富性。

艺术境界上时空的广阔性，使他的诗"軼荡淋漓，闳而弥肆，如散花天女，信手拈来；如万里黄河，泥沙并下"[1]。这种时空的广阔性一是表现在易顺鼎一生遍历祖国名山大川，他将自然山水、人生百态与历史空间多元组合，从总体上呈现出境界的阔大与恢宏。樊增祥给易顺鼎的《魂西集》题词曾这样说道："行箧少书，独吟无侣，驿墙败粉，尘案昏灯，上马行吟，下车录稿，非真有功力者不如藏刀为善矣。……实甫（易顺鼎字）行千万里路、读万卷书，才与境皆足以相发明，当今之时，如此才吾见亦罕矣！"易顺鼎的创作生涯中，有许多日子是在这种"驿墙败粉，尘案昏灯"中度过的。或为功名，或为职守，再加上他本人好游名山，常破车瘦马、孤篷断桨，天涯海角、萍踪无定，然易顺鼎的诗才诗情并不因旅途困顿而减，相反，描摹山川、追怀历史、抒发情怀，一地为一诗，一地集一诗，在总体上给人以视野开阔、胸襟博大之感。

然而更重要的是易顺鼎在诗歌的具体构思中，常思接千载，视通万里，天上人间，现实历史，滚滚涌入笔端。他在叙事写景的诗歌中并不拘泥于眼前景物，而是充分调动想象，或运用比喻等手法，在空间上进行铺陈；或将眼前景物与历史人物和事件联系起来，使之形成纵向的、深厚的艺术境界；或插入神话传说，使诗歌形成虚实相映的意境。他在怀古述怀的诗歌中，常注重空间上的开拓。由于他幼禀庭训，继游师门，富才而锐学，功力深厚，在这类诗歌中，常将甲地的历史人物和事件与乙地的历史人物和事件联系起来，或将同类的几个历史人物和事件联系起来，抒发自己的感慨，造成物象

---

（1）《琴志楼编年诗集·程伯葭序》。

丰富、境界阔大的立体感。他游广东罗浮山曾留下一首《游白水门观瀑布作歌》，劈头便是这样的奇句："织女下天苦无路，乱踏银涛作梯去。麻姑复恐沧海干，借水去救扶桑树……"他让织女、麻姑、龙王、鲛人一系列神话人物奔入画面，上至天庭，下至沧海，空间何等旷阔！接着写"我"衣带飘飘，伫立其间，神思飞越，展开了纵向的开掘。从太古开始，羲轩夷惠屈宋庄列，思绪邈邈，远接几千万年，以下写瀑布以云为源，以天为根，上接银河，又由银河展开想象，把神话人物和历史人物交融在一起：玉女、太乙，张骞、杜陵。再将笔锋从历史神话转到现实，仍从空间上拓展：潇湘洞庭、碣石日本。最后笔锋错杂如花间彩蝶，时空交错，朱笔点点如夜空流萤。作者所创造的艺术境界，也正如他诗中所写的那样："上至九天下至九渊，吾不能见其首亦不能见其尾；前有千古后有万年，吾不能知其终亦不能知其始。"这种时空的广阔性使易顺鼎的诗意象高远、境界开阔，是一般人所难企及的。他"蓄一腔热血，感激奋发，吐为惊天泣鬼淋漓放纵之文，致令读者掀髯奋袖为之悲泣！"[1]正是这种深厚壮阔富有立体感的艺术境界，加强了他诗歌的感染力。

艺术风格多样化的融合，使易顺鼎的诗歌如山中云霓，变幻莫测，美不胜收。易顺鼎"平生所为诗，屡变其体"[2]，自屈宋以下，陶谢王孟李杜韩柳元白苏欧陆杨无所不学，无所不精。其风格，或豪放，或婉约。他既有《宿邯郸走笔作歌》《罗浮游归将去》《黛海歌》中的豪迈放歌："何不赐臣三尺上方斩马剑，使得便宜从事入海直剑天"，"何不赐臣雕弓彤矢射天狼，惨绿妖星坠空响"；又有《山塘冶春词》中那婉转细腻的描摹："柔槽千枝柳万枝，金昌门外水如脂。春波不是无情物，半照眉痕半鬓丝。"他的诗歌，其体裁，或古体、或近体、或歌行、或小调。他有时用古体，用以抒发羁旅之中的心情和描写沿途景色："春田布谷鸣，茅屋老农起。似劝远行客，归与勤四体。……晓风清梦魂，斜月澹行李。"（《高卓镇晓发夕宿桃源县》）但有时却一气呵成，一天之内创作出格律谨严的近体诗几十首。《金陵杂感十二首》《自黄州至润州江程览古绝句十首》《壬辰初春由沪至浔入庐山绝句二十二首》《无题十二首》《雪中独游邓尉元墓宿圣恩寺还元阁得绝句三十二首》都是这样的篇章。他有时用歌行体引吭高歌，如《吴门仲秋月夕被酒与诸友狂走市上作歌》《大人十六夜望月敬和》《登匡庐绝顶歌》《庐山听泰西妇弹琴歌》。有时则用民歌小调，如《子夜鬼歌六首》："侬

---

（1）王以敏：《〈四魂集〉序》。

（2）汪国垣：《光宣诗坛点将录》。

卧秋坟中，如在空房里，呼郎郎不闻，白杨风四起。"刻画了一个执着于爱情、满腹幽怨的女子形象。《巴陵竹枝词》："岳阳女儿能驾船，三篙两桨数文钱。与郎要赌神前咒，撑到洞庭王庙边。"则将洞庭水乡的民间风情摄入诗稿，别具风味。他的诗，其笔调，或粗犷、或细腻，或直露、或委婉，或典雅、或诡谐，随景拈取、随物置换、随情而移，兴之所之，笔之所至，无不随语成韵、自然天成。

纵观易顺鼎的诗歌，我们似乎知道他师承了哪一宗哪一派，然却不知道他究竟师承了哪一宗哪一派。而易顺鼎本人实则"率其坚僻自是之性，骋其纵横万里之才，意在凌驾古人于艺苑中，别竖麾纛，于是益新益奇益工益不复蕲合于古之法度"[1]，他从事诗歌创作，上自屈宋，下至唐宋，广泛师承，融会贯通，博采众长，傲视古今，其多样化的融合，形成了他诗歌的独特面貌。

## 三

易顺鼎的诗歌在晚清诗坛呈现出这样的面貌，这是与他特定的个性气质、人生经历以及家庭环境的熏陶分不开的。而这一切，又深深地打上了时代和历史的烙印。

易顺鼎生性洒脱不拘，狂放旷达，胸襟博大而豪迈，既有傲视诗坛的气概，又有淡泊尘世的心境，他所追求的是那种极度自由、内心与外物高度融合的人生境界。正如他在《伏日酷暑过金陵宿陈兄伯严草堂歌》中所描述的那样："不知何者为学道，何者为忧天，何者为豪杰，何者为圣贤，何者为富贵，何者为神仙，何者为出世，何者为入山。"这种自由不羁、飘逸不群的性格在他的诗歌中打下了深深的烙印。他的近万首诗中，那气象万千、笔挟风雷的气势，那如山中云霓、变幻莫测的手法，那淡远如辽阔晴空、激愤如海底怒涛的情感，无一不是他心境和性格的外化。

易顺鼎体质羸弱，青壮多病。"束发历九州，未知行路难。将壮颇多病，倦游思旧山。"由于他生长湖区，从小患有风湿重疴，又有肺结核等病，外游发病，死而复生几次。每次大病之后，匡时济世的雄心便削减一层："百年任须臾，万事付等闲。存殁若一致，随遇我所安。"(《马牧集馈遇疾几殆书报故人》)因而，寄情山水，想远离尘世，淡泊名利，不为利禄所累，这便是人带病之躯的自然要求。在庐山结庐隐居，在汉寿结庐守墓，虽有种

---

(1)《琴志楼编年诗集·樊樊山布政书广州诗后》。

种复杂的原因，但身患重病，身心怠倦，不能不是其中的重要原因之一。

易顺鼎丰富的人生阅历，大大地丰富了他的视野和诗歌创作的题材。易顺鼎的经历富有传奇性。他曾两次为"王"。第一次是在他5岁的时候，其父易佩绅作为清兵统帅带领一支部队与捻军大战于川陕之间，易顺鼎与母随军辗转奔波，在汉中城，易顺鼎母子俩被20万太平天国部队围困达半年之久。后汉中城破，易顺鼎在混乱中被掳入太平天国启王梁成富军中，被梁成富收为义子，被人称为"小启王"，后被僧格林沁的部队救出才与家人团聚。第二次是在《马关条约》签字以后，他竭力支持台湾民主自救，并在台北沦陷的情况下奔赴台湾，支援刘永福抗战，深得台民拥戴。在原"台湾民主国总统"唐景崧内逃以后，台民拥戴刘永福为"台湾民主国总统"时，拥戴他为"副总统"，并将文牒和印绶送达他的手中。这些被他的朋友们戏称为两次为"王"。除此以外，易顺鼎五上京师，屡试不第，两次丢官，无可奈何；两次隐居，想求得内心的宁静。他曾两次登泰山，六年时间遍游庐山胜景并在其中居住一段时间。另外，衡山、峨眉、罗浮、天童及苏杭汴梁等风景名胜都留下了他的足迹。每到一地，便与达官贵人、硕学鸿儒、禅师道士、歌妓馆娃广泛交往，因而他的诗：其内容，视野开阔，题材丰富；其体式，变化多端，美不胜收。

易顺鼎的创作，得益于良好的教养和家庭环境的熏陶。他出生在湖南汉寿一个儒将家庭。父亲易佩绅出身贫寒，以军功官至四川、江苏布政使。他博通经史、工于诗文，与郭嵩焘、王闿运交游颇深，有《函楼诗钞》《函楼文钞》《函楼词钞》传于世。其诗如其人，豪爽有风骨。易顺鼎母亲陈氏，是河南长垣县令的女儿，古诗文功力深厚。易顺鼎姊妹四人，从小在父母的影响下，受到了良好和宝贵的启蒙教育。姐姐易莹，别名"真一子"（即真正一个儿子之意），多才多艺，既能诗又能琴，才华绝伦，不幸早夭；妹妹易瑜，是卓越的女诗人和画家，曾有《湘影楼诗集》刊印行世；弟弟易顺豫，晚清名进士，官至江西吉安府知府，早年与兄易顺鼎及程颂万结湘社于长沙蜕园，对酒高吟，骊珠先得，倾其侪辈。易顺鼎生长在这样的家庭环境中，不仅从小遍学经史子集及历代古典名著，更难得的是常常兄妹在一起，互相学习，互相砥砺，互相唱和。他们住在汉寿城南的庄园里，常一家长幼几口，或对月赋诗，对酒当歌；或各住一楼，用彩鸽口衔诗笺往来飞去而酬唱；或结伴郊游，即兴为诗为文，互比高低。我们从易顺鼎的诗歌中，能够看到许多受到他父亲易佩绅影响的诗篇。有人把易氏一家比作宋朝苏氏父子，不管其准确性如何，但我们至少可以说不是没有根据的。正是由于良好的家庭环境的熏陶，使易顺鼎幼时便有神童之称，为以后的创作打下了坚实的基础。

　　易顺鼎的诗，更是时代和环境的产物。清朝末年，政治腐败，易顺鼎时运不济，仕途多舛。政治上压抑的心境使他的才能更向诗歌方面发展。同时，历史和时代在他的诗歌中打下了深深的烙印，时代造就了诗人。他的《四魂集》，准确地反映了中日甲午海战、戊戌维新运动前后中国的社会、政治面貌。当时国内尖锐的阶级矛盾以及民族矛盾深深地震撼着满腔热血的易顺鼎。他的诗，句句是诗，句句亦是史。他对外国列强之骄横贪婪、祖国山河之破碎凋零、朝廷大员之颟预误国、民心思汉之热情涌现，无一不做了详细的描述。他从儒家的"仁""义"立场出发，在国难当头的时候，不惜以生命去实践儒家的道德观念，为维护国家和民族的尊严赴汤蹈火，在所不辞。在诗歌中，又准确地将这一历史和时代的面貌反映出来。他秉笔直书，刻画尖锐、泼辣，甚至讥刺，痛骂当朝皇帝和宰相，何等痛快淋漓！《四魂集》作为易顺鼎诗歌中最瑰丽的篇章，正是历史和时代造就的结果，是时代哺育了诗人。同时，诗人又能准确地把握历史和时代，反映了时代和人民的心声。

　　在易顺鼎创作的时代，正是黄遵宪、夏曾佑发出"诗界革命"口号，大力进行诗歌改革并卓有成效的时候。虽然从易顺鼎的诗歌中，我们也能看到一些新的句式、新的体式、新的意境和气息，他本人也和黄遵宪有过一些交往，但总体说来，易顺鼎对于诗歌改革发展的趋向是缺乏敏锐目光的。他在这样一个轰轰烈烈的时代却和时代赋予他的机遇失之交臂，这不能不使我们为一代大家而惋惜。

　　（作者系湖南文理学院原副院长，教授。作品原载《求索》1995年第5期）

# 生活之乐与情性之真

## ——读石成林《故在诗草》

莫真宝

近读石公成林《故在诗草》，品味字里行间流露出的坦荡襟怀与深情厚谊，仿佛置身于秋日阳光之下，清爽、舒适而又温暖。公之诗，以退居林下的日常生活为主要内容。生活境遇的遽然变化必然带来情绪的波动，如果说，公甫退休时，偶尔泛起心头的，是"空有壮心人退后"（《自羞》）或"唯有老心同雁鹜，尚余豪气共杯看"（《又赠友人陈君》）的可贾之余勇，或者"势友曾多交早绝"（《退休三载诗六首以纪之之三》）的不平，还有"春深何故反凄凉，旧事应忘偏不忘"（《自愁》）的难以放下的心情，甚至不得不以"何必徒为归去哀"（《丁酉小雪作》）、"往事乱麻应快斩"（《年末春初纪作其二》）来强自宽慰的迷思。

既然已经退居林下，就不能长期陷入这种迷思。幸运的是，后辈的成长使他感受到生命延续之乐："天意不随人意转，老生多为晚生欢"（《老有乐四首其四》）。淡化功名利禄之思使他意识到安宁生活的可贵："老年唯重是悠闲，万事看开断悒颜"（《老有乐四首其一》）。自由自在的生活状态，更是获得精神自由的良方："遮掩心裁早过去，直抒胸臆已无妨"（《信步常德诗墙》），"所求所爱难如意，自在自由方可仪"（《山中所叹》）。逐渐习惯了"柴米油盐皆不缺，自娱自乐自无违"（《懒床》）、"山道有花常不败，寒门无锁可时推"（《春月》）的日常生活，便最终获得"物早知生灭，时时皆可安"（《晨起即景口占》）的生命体悟，一个"安"字，道出了彼时精神之乐的本真状态。

身心融入大自然，给熟视无睹的自然景色以审美观照，这是石公走向精神之乐的重要途径，又是安顿自我生命存在的有效方式。"流急偏多鱼跃出，山深不阻鸟飞来"（《乡居黎明枕上口占两首其二》），"岩谷晨风花吐蕊，溪桥晚照鸟飞低"（《二月》），"武陵堪醉鸟虫鸣，三月山川多妙声"（《初晴有句》），等等，都是把目光转向家乡的风景。《秋游武陵郊野》云："红林不舍拥霞晖，小室虽寒翠木围。卧看松篁知己晚，生怜鸟雀自由飞。霞明司马楼云绕，雾散孤峰塔气威。十月秋兰何地品，太阳山上最芳菲。"司马楼、孤峰塔、太阳山，皆为"武陵郊野"之胜地。

在石公看来，自然景物不仅可以娱目，还可以作为修性养气的道具。如《山中偶感》所说那样："此身唯合被山囚，乐在其中性气修。"景物的凋零递变，正如人生的进退一样平常："梅林翠叶花前谢，柳岸苍丝霜下残。"（《谩斓有吟》）"花开一树为何景，万物能涵方是春"（《说春》），有此涵容万物之心，则在职勤勉，退休亦自当怡然。从枯萎凋零间发现丰润与生机则是永葆精神之乐的奥秘，正如《思秋》中间两联所说："霜风遍折花和草，秋水偏肥鱼与虾。柳岸衰枝悲柳色，梅林落叶候梅华。"结句"闲对江云踏软沙"，暗示心情由此而平静，行动由此而自适。《奇思》则囊括山水之乐而言，其云："山中有乐在知山，草木通情共笑颜。信步柳堤聊解暑，植蔬江渚只消闲。荷池蜂蝶喧声聒，汀岛凫鸥翼影娴。假若老身能共蠹，自由来去绿云间。"以散步来解暑，以植蔬为消闲，见荷池蜂蝶群飞，水岛凫鸥翔集，不禁突发奇想，想象自己能与蝶鸟共舞，直欲融入自然而"物化"。可以说，在石公眼中，走近自然景物的过程，即是获得精神安宁的旅程。故诗中的自然景物并不是孤立的存在，往往和人的活动紧密相连，是"对象化"的景物。

石公尊重朋友，珍视情谊，集中赠友、怀友，与朋友聚饮、下棋、远足的诗篇，所在多有。相聚之乐，相候之诚，相别之思，都令他心醉神迷。

相聚之乐自不待言。《客至赠作》云："常扫柴门未染埃，鹊声连片送朋来。偏钟煮字复同钓，因得投机频举杯。春尽夏风荷叶出，曲终圆月笑花开。吾于尘俗情缘尽，扶醉浮槎上九垓。"好友相聚，吟诗（煮字）、垂钓、赏景，乃至酣饮沉醉，自然乐在其中。相候之诚，最能反映期待朋友驾临时的微妙心理。"小径孤翁扶杖立，疏林双鸟踏枝陪"（《候友顿作》），路口翘首盼望友人的剪影，林间多情相"陪"的双鸟，组合成一幅极具感染力的候人画面。"几回门动疑轻扣，数次云过作远观"（《闻老友中风不能赴约悲作》），心情之急迫自可想见。聚散本无常，相别之思更是频频出现在石公的笔下。如"柳绿双溪春未去，莺鸣夷望夏迟来"（《寄好友熊君》），以互文的手法，描述双溪口、夷望溪的清凉可人，向好友发出踏青的邀约。

《豪怀并寄好友》则想象与好友重逢时的狂态，酒酣耳热，折芰荷以为舟，浮槎万里，直达蓬莱！不唯狂态可掬，亦且想象奇特。石公对人情对友朋的珍视，固然有游赏宴饮的世俗享乐与情感慰藉的成分，但石公思友之诗，并不只是停留在生活之乐的层面，如《述怀》云："为仁羞说力难任，持正焉容俗气侵。……男儿有志青冥接，朋友知心雨露临。"珍视的是朋友间志同道合、"仁以为己任"的仁者胸怀。

石公诗中的精神之乐、自然之乐、人情之乐，是互相融合的有机存在。石公精于七律，很少作其他体裁，故常在颔联、颈联对仗处着意经营，以景物点染情思，并从中获得精神与情感的双重乐趣。如"草上蜇虫随雨歇，江中白鹭向林翻"（《寄大才友》）、"叶落紫荆又冬到，花开梅树在春先"（《赠一阳生日家宴诸友》）等友情诗，便是如此。"夕阳将落人同老，明月初圆雁正回"（《噩梦自解》），于日沉人老之际，接以月明雁回，生生之机不息。"山中树色彩云染，水下鱼腥钓竿随"（《霜降日见群雁南归》），一种淡雅和平之气如春天里的微风拂面而来。《偶成》是《故在诗草》中少见的五律，则微露禅机，富于形上之思。诗曰："虫响何曾弱，枝头鸟不稀。山寒生玉露，市闹助阴机。道理非常理，知微实不微。闲身早无寄，故在岂能违。"细品此诗，自能体会到一种参透自然与人生的大自在、大欢喜。

元代理学家吴澄在《王友山诗序》中说："夫诗以道情性之真，自然而然之为贵。"石公之诗，多半不假修饰，如风行水上，自然成文，深得"自然而然"之三昧。

（作者系中华诗词研究院学术部副主任。作品原载《中华辞赋》2020年第5期）

# 穿古越今书天地

## ——读杨传向的诗

张乾东

常常在和一些诗友们聊天的时候，说到诗大家很惯性地就想到是新诗，很少会有人把几千年的国粹古诗词纳入自己所认同的"诗"当中来。在"新诗主体论"占尽"天时地利人和"的今天，古诗词真被人们彻底遗忘或者说正在逐渐边缘化吗？答案是否定的。笔者通过这些年的观察，发现喜欢古诗词的人不仅没有减少反而在增多。许多写新诗的人，随着年岁的增长，反倒是新诗写得越来越少，古诗词写得越来越多。现在各地的诗词学会如雨后春笋般拔地而起，势不可挡。这里笔者不想去探讨古诗词队伍为什么越来越壮大，这个答案最好由那些学识浅薄，但自认为除了自己写的东西叫诗，别人的东西就不叫诗的"新诗人们"去回答。古诗词的繁荣令我们深感欣慰，杨传向便是不断壮大的古诗词队伍中近些年来崛起的一员。他的诗歌吸纳传统精髓，古为今用，注重意境营造，情景交融，使读者能触摸、能赏玩、能倾听、能目睹、能与之共悲欢。

读杨传向的诗，给我印象最深刻的是他强烈的爱国主义情操。他的创作中，表现爱国情感的诗歌作品十分丰富。在笔者看来，有着爱国爱家情怀的诗人，才能创作出真正感人肺腑的作品。古往今来、古今中外那些被人们永世铭记的诗人，没有哪一位不是以伟大的爱国主义情怀著称诗界，我国的屈原、杜甫、李白、陆游、艾青、梁上泉等，国外的普希金、波德莱尔、泰戈尔、聂鲁达等，无一例外。

杨传向对养育自己的美好家园有着深深的依恋之情。"澧州物宝衍文明，人类兴盛始战耕。河水年年丰稻谷，城堞夜夜守强弓。六千岁月书经史，十万烟云撰血荣。遗址绵缠昔日景,点滴都是古今情。"(《城头山怀古》)祖国的悠久历史、辉煌文明、优良传统都勾起作者内心自豪的情愫。"揽山携海莽昆仑,关堡重重铸梦魂。烽火千叠驱怨骨,战旗万杆换王君。时迁日月阴山暖,景易风光塞北春。亘亘长城今异旧,炎黄血肉弟兄心。"(《长城一》)这首诗,我们则体会到杨传向对祖国各族人民和骨肉同胞的亲和感。"拒关守隘护乾坤,万里长城碧血魂。龙骨串山腾海角,雄风贯日锁残云。秦时岁月金瓯意,汉代流年华夏心。烽火边疆今患烈,神州猛志卫国门。"(《长城二》)这首诗里,作者对中华民族无论在昌盛之际还是危难时刻所表现出的强大生存能力,自信无比。"国之耻,亟待雪。出法纪,拳如铁。耿怀民生愿,骨风刚烈。拨乱反正绝垄断,乾坤旋转消冤孽。望中坚,策马履新途,从今越。"(《满江红·致新政》)祖国蒸蒸日上,对维护民族的荣誉和尊严,作者毫不含糊。这种爱国情怀在杨传向的文字里时刻跳跃着,我们深受感染。

中国自古以来就是一个农耕社会,人们在乡村安居乐业,和谐共存,传承着中华民族上下五千年的文明,乡村是绝大多数人生命的起点,也是"叶落归根"这一生命夙愿的最终栖息地。古往今来,家园的山山水水,总是激发起无数诗人的创作灵感,为它吟唱出一首首动人的歌谣。"更轻云缀空,鹊鸥翔戏。紫霞飞,幻成迷绮。向晚烟,寻访农家院,张灯夜酒,竟是陶潜意。"(《锦缠道·稻浪风情》)字里行间都流露出一种赤子情怀,家乡的青山绿水,民俗风情让每一个人魂牵梦萦。"门前柚树正芬芳,偏令哀思引泪汪。昔坐花中怀放乐,今无慈母甚悲伤。"(《念慈母》)"分手趸津头,芳舟卧水流。青山烟带泪,岸柳絮飞忧。云路思南岭,归程盼澧州。再添一盏酒,醉意刻乡愁。"(《送友》)而根植于乡土的亲情和友情,读来总是那么柔软而细腻,杨传向笔下的亲情和友情是和生命交织在一起的,字字带泪,行行浸血,有很强的感染力。

从自然纹理中提炼人生哲理,是杨传向诗歌的一大特色。作者写梅、竹、菊、兰、松、油菜花、落叶等自然之物,托物言志,通过对自然万物的描绘,来表现自己的志向和意愿。"待到落英香野陌,他花趁暖盛姿妍"(《蜡梅》)、"毓秀舒纨执翰管,镜华锁月弄笙簧"(《兰花》)、"悟得文武张弛道,沙场闺阁总有缘"(《竹之性》)、"胸怀鸿愿泽天下,酿就冰洁碧血情"(《菊之义》)、"凌空五岭小高山,俯瞰平原窄大川"(《松之神》)、"浩荡生机新万户,乾坤锦绣岁方荣"(《油菜咏》)。作者非常善于观察生活,并融入生活,采用比喻、拟人、象征、夸张、暗示等写作手法准确地展现出所咏之物的品性。每首诗读来都显得贴切自然,没有丝毫生硬的感觉，基本都是一气呵成，很好地掌握了"物品"与"志向"，"物品"与"感情"的内在联系。

一个诗人或作家，不能只沉浸在自我神话中不能自拔，一个人的眼界是有限的，只有紧扣时代脉搏，关注现实生活，他才能创作出真正打动人心的作品。太空探索、海军崛起、打工一族……大到国家项目，小到平头百姓，都被杨传向纳入作品之中。"西昌日照暖芸窗，华夏春风抚紫幢。万象更新承盛世，九州交泰续国纲。科学遂梦蟾宫月，赤子结缘广宇郎。且带嫦娥开异域，振威抒志焕沧桑。"《庆嫦娥飞天》关心国家的命运和前途，我们每一个人都应该具有责任感和献身感。"蝉断潇湘月伴霜，岭南却罩暖秋妆。飘红流绿虽诗意，但少寒梅雪韵香。踏野常观南土好，月圆每望北方伤。愁思万缕乡魂系，梦里潸然泪渍裳。"（《打工心情》）作者的诗笔也触及了当代最大的人群"打工族"，和谐社会是多元化的，社会最底层的打工族背井离乡，常年忍受着乡思之苦，思亲之痛，作者感同身受，一句"梦里潸然泪渍裳"道尽打工世界的无奈与辛酸，让我们内心久久不能平静。生活是诗歌创作的不竭源泉，不论社会如何变迁，人类如何发展，只有关注现实生活、反映人民群众的心声的作品，才具有强大的生命力。

杨传向以穿古越今的豪情书写着天地，上下五千年在他笔下流转，字里行间都是乾坤的朗朗之音。而他的眼睛是向下的，真正做到了深入生活，注重实际，也正因如此，他的作品思想性、艺术性有机地融合在一起，一股股正能量从他的诗歌中散发出耀眼的光芒，温暖着每一个读过他诗歌的人。"击节高歌蹈足舞，音稀和寡嚣尘上。世俗冷暖竟勿知，只向浮沤独自享。有耳不染是与非，无嘴去道堂而皇。余愚难解此钓翁，垂钓乾坤孜孜忙。"（《湘江钓翁》）作为一名时时与祖国人民同呼吸共命运的诗人，杨传向这名钓者，一定会用他诗歌垂钓出更多的乾坤；相信在他及他同行们的执着追求下，中华古诗词很快就会绽放出一片更加蔚蓝的天空。

（作者系中国诗歌学会会员、重庆市作家协会会员、中国作家记者协会副秘书长作家。作品原载湖南作家网）

# 石头城上凤凰鸣

## ——罗周其人其文

盛和煜

一

前几天在上海看见罗周，我说："你变得明亮了。"

她很高兴，觉得这句话准确道出了她现在的状态。

我也很高兴，为自己用词独特。还有，阅人之明。

初识罗周，是在大前年。江苏省文化厅让我们几个"编剧大佬"给他们各个剧团的主要演员与青年剧作家讲创作，签订合作意向。开会时我心里有点不爽，一个学术会议，却处处透着官场做派，不好玩。快散会时我高兴了，因为汪立人兄让我读到了罗周的昆曲《春江花月夜》。

罗周站在我面前，穿一件黑呢短大衣，把自己包得严实。我问了她几个问题，她一一作答，语气与其说是不卑不亢，不如说不咸不淡。我便明白，因为《春江花月夜》，许多老师、前辈都兴奋、激动、惊叹，都问了她相同的问题。回答得多了，她便没有了兴奋、激动，只有不咸不淡。

我就问她写过长篇小说没有？她说写过。我又问她写作速度一天多少字？她说顺手的话一天一万余字。我请她将她的作品再发两部给我，她说好。

没多久，收到了她的话剧《春秋烈》与歌剧《一江春水向东流》。

我将这几部作品给我一个心高气傲的学生看，她只说了半句话：老师，你知道，我本来是从不嫉妒别人的……

好多年前，长安大戏院约我写一个京剧《霸王别姬》，我弄了个自己很得意的大纲，还写出了第一场（相当于序幕）。后来，由于各种原因，定金都化成水了，剧本也没能往下写。再后来，长安戏院又催促起来，我就想到了罗周，把大纲和第一场给她寄去，讲了一些我的想法和大致要求，请她续写。说是续写，几乎是要她单独完成整个剧本。

没多久，剧本完成稿寄来了。我真的是很惊讶，因为续写的难度比她自己原创大多了，因为极少有编剧能在规定的时限内交稿。还有，除了《春江花月夜》，我并没有看过她其他的戏曲本，看着《霸王别姬》的文辞，我只有一个词来形容，星汉灿烂！（就在写这篇文章的时候，我又读到了几个她的剧本，还是只有一个词来形容，星汉灿烂！）

决定将一部以盛宣怀为主角的40集电视剧交给她写。

一定有人会叫起来，戏曲界编剧，特别是青年编剧，本来如凤毛麟角，你却把她弄去写什么劳什子电视剧，挖墙脚也不是这么个挖法吧？

我呢，是这样想的，电视剧来钱快，40集写完，罗周可以挣一大笔钱，以后的日子就可不必为稻粱谋了，就可以专心致志写戏曲本了。这个想法呢，俗是俗了一点，但实在，不虚伪，对不？记得我刚开始写电视剧本时，他们教我怎么写，我在心里冷笑：我还用得着你们教？可后来，真发现不同的艺术门类有不同的写作规律，人家说得真有道理，这才渐渐收敛了狂谬之心。他山之石，可以攻玉，戏曲界到了这步田地，真的不要再夜郎自大，自欺欺人了。

从要她写电视剧到今天，快两年了吧？她只拿出一个9万字的分集大纲和5集剧本。咱们的投资方居然不催不急，说要往精品上奔，也算是一朵奇葩了。于是，这期间，罗周鼓捣出七八部舞台剧，而且拿这稿酬买了车买了房——戏曲编剧有这能耐？这期间，听说她还当上了剧目工作室的副主任——我有点喜欢江苏省文化厅了！

二

2011年10月，我在上海戏剧学院给全国青年剧作家研修班授课，讲评三个剧本：管燕草的《寻画记》、余青峰的《李师师》，再就是罗周的《春江花月夜》。

燕草的剧本，故事讲得好，这在当下戏剧、影视都忽视或缺乏讲故事能力的情况下特别难能可贵。不足之处是作者太想表达自己的主观意念而不是故事本身产生的意念。

青峰的剧本，结构老到，文采斐然。我给他的建议是七个字："逆着想，停下来写。"也就是偏不往别人想得到的方向去写；再就是重要关口要停下来，不要急着写下面的情节，而要把正在写的地方写深写透，写出一波三折，一咏三叹。听说青峰现在名气蛮大了。放心，我不会劝你夹着尾巴做人，那是猴子的事。人生得意须尽欢嘛！

讲罗周《春江花月夜》，颇费了一些踌躇。

我知道她听了太多称赞，而她也当得上这些称赞，但我却不想重复这些称赞，否则，要我来讲评何用？

说了几点看法：

（1）这是当代青年知识分子向母语文化致敬的一个文本。

戏曲是我们母语文化——汉语的精髓，千百年以来，它是我们民族历史的、哲学的、价值观的教科书。可是，现在的广告商和媒体，娱乐圈与评论家，谁都可以瞧不起它，谁都可以作践它……石头城上，天低吴楚。蓦然间，一声凤凰啼鸣，其声清亮，其姿优雅；闻者观者，莫不动容。我想，这就是罗周的意义，这就是《春江花月夜》的意义。

（2）这个文本表达了一种古典情怀。

很难给古典情怀一个定义，曲水流觞、醉里挑灯看剑，都算吧，这也是一种感觉。我主张编剧，特别是戏曲编剧，都要培养、具备这样一种感觉。

读完这个本子，有点感叹，有点惆怅。罗周说，好多人都是这样。我听了，顿时觉得心里很温暖，被知己温暖。

我又问罗周主题是什么？她回答，人面对宇宙时的一些思考。是呀，"江畔何人初见月？江月何年初照人？"这情景，这问题，是很能让人心地清凉，思绪飞升的。

（3）如果这部戏投排，我建议让演出适应文本，而不是让文本适应演出。

很多人会反对我这个建议，我也说不出个子丑寅卯来支持这个建议。我只是怕适应演出需要的修改，会破坏它独特的品质。一件国宝级的青铜器你不能擦去它的锈斑吧？

（4）如果我来写这个本子会怎样？

如果我来写，不会像罗周那样一本正经，我会多一些调侃，多一点机锋，多一点禅意，这和苦难有关，和阅历有关。但是，这个话等于白说，我连昆曲的曲牌都弄不清楚，国学底子比罗周博士差得远了去了，又怎么写得出来？

## 三

可是，罗周是叫我"老师"的呀！得，教你一招吧——

这篇文章的题目本来叫"凤鸣菊坛"，雅，贴切。

想想，还是改成了"石头城上凤凰鸣"，奇兀，瑰丽！

会有人不服气：你把罗周比作凤凰？当然，人中之凤。

罗周自己也不满意：老师小觑罗周了，我之志向，岂囿于石头城上？那好哇，到时候老师再给你写篇文章："一声凤鸣惊海内！"

做人要中庸，搞艺术要极端。

罗周同学，以为然否？

（作者系中国内地编剧、制作人。作品原载《剧本》2014 年第 1 期）

# 跨越生活的铁门槛

## ——由黄士元创作《嘻队长》想到的

郭汉城

　　1985 年秋天，我在长沙参加中国戏曲现代戏研究会年会，第一次看到了常德县花鼓戏剧团演出的《嘻队长》。这是一出反映当前农村新形势、新问题的喜剧：寡妇月秀嫂家里死了牛，春耕发生了困难，嘻队长为了帮助贫困户解决困难，把自己新买的牛借给月秀嫂使用，与私心很重的妻子满堂客发生了矛盾。该剧通过满堂客怀疑丈夫与寡妇有不正当关系，月秀嫂的妹妹二打卦又怀疑嘻队长串通老婆故意欺侮、坑害她的寡妇姐姐等误会纠葛，引发了观众们不断的笑声。该剧歌颂了自己富也要帮助别人富的社会主义思想，批评了只想自己富、不管别人穷的自私自利思想，这对农村由于进行经济体制改革而在人们生活上、思想上都引起巨大变化的今天，无疑意义巨大。

　　这部戏的成功，不仅如上所说，把农村日常生活中常常可以遇见的人物、事件、纠纷，以及与此有关的人们喜怒哀乐的感情活动，与体现社会主义前进的历史趋向的农村改革密切联系起来，赋予了这些日常琐事以时代色彩和社会意义，还在于在总的历史趋向制约下，人物按照各自的目的去行动的时候，也严格地按照人物性格逻辑的规定。因此，剧中每个人物都是具有鲜明个性特征的活生生的人，而不是时代精神的苍白影子。人物与人物之间冲突的社会意义，也体现在性格冲突之中，既没有抽象的性格冲突，也没有脱离性格冲突的社会意义。

　　关于这部戏创作上的成就，在这里不想多说，还是让观众自己到剧场中感受更为亲切一些。我倒想说说作者，或许更有助于对剧本的理解。提起黄士元这个名字，观众未必很熟悉，但他的作品告诉我们，他是一个有着深厚生活根基的人。事实上，他在创作上的成就，在很大程度得益于对农村生活的熟悉。黄士元同志出身农民，十四岁念完高小后就参加农业生产劳动，插秧、割谷、打鱼、摸虾、修水利、挑大堤、建筑道路、防汛抢险等各种活都会干。他参加农村各种活动，留心各种事情，帮农民办事，替群众分忧，广泛结交农村各阶层的人作为知心朋友，所以知道人民的疾苦，了解人民的思想。他为了更多地了解乡土民情，更广泛地熟悉各种人物，还在自己家的门口搭了个凉棚，吸引群众来聚会聊天。由于他深深地知道农民的心，也就产生了对农民深深的爱。他在《嘻队长》中写的人物，如嘻队长、满堂客、月秀嫂、二打卦、黄兽医等，都是他天天在生活中接触的朋友、同事和乡亲。他不但充满深情地写了嘻队长、月秀嫂、黄兽医，而且对满堂客、二打卦这样的人，虽对她们的缺点有所调侃，但调侃中也带着喜爱的成分。正是因为熟悉生活，所以才能写出《嘻队长》这部作品。

在熟悉各种生活的过程中，掌握群众的语言有特别重要的意义。语言是显现人物心灵的窗口，是揭示人物丰富、复杂精神状态的有力武器，它是区别人物性格的重要标志。语言是最有民族性的，它包含着一个民族在长期发展过程中积淀下来的生活和斗争的智慧结晶，因此，学习、掌握人民群众的语言，就成了创造具有民族风格、民族气派作品的必备条件。黄士元同志之所以能把《嘻队长》中的人物写得栩栩如生，与他非常熟悉农民的语言是分不开的。比如，嘻队长这个人物，大家都知道他怕老婆，实际上，他那是软磨硬泡，迂回曲折，最后还是要让老婆按自己的意愿办事。他十分得意，说这就叫大丈夫怕老婆怕得有水平。这样的话，只有嘻队长这样的人物才说得出来。又如满堂客参选干部时说："大家莫吵，大家莫闹……那些叫花子烤火只往胸前扒的，不管是党员，还是社员，都给我拿筷子夹出来！"这不是活脱脱的一个快口利嘴的厉害女人的声音吗？我想，这些生动、贴切的性格化语言，绝不是作者凭空想出来的，而是存在于生活中的。不熟悉生活，就不可能掌握这样的语言。

一个剧作家，必须熟悉生活，这是铁门槛，跨不过这道铁门槛，休想取得成功。但只有生活还不够，还必须有深刻的洞察生活能力和丰富的想象能力，缺乏这些能力，就不能把生活中感受的零散、偶然性的事情，提炼、创作成为完整统一的艺术作品。比如说，在农村生活中，女人吵架呀，寻死呀，等等，这都是常见的事情。《嘻队长》中也描写了这些事，但作者并不是照样搬来，而是根据人物性格及关系，充分展开想象的翅膀，把原来带有悲剧因素的生活材料，变成了双上吊、三敲铜盆等非常有趣的喜剧情节。当然，话还得说回来，作者之所以能充分运用自己的想象能力，还必须靠生活的诱发和对生活深刻认识的指导。

目前在戏曲创作队伍中，像黄士元这样有根基、有才能的中青年作家各地都有，而且有一大批，这是戏曲未来的希望，我们应该十分重视他们，爱护他们。

（作者系中国艺术研究院副院长，著名戏剧理论家）

# 箫心含蕴，剑气高扬

## ——刘京仪剧作的美感形态

张文刚

读罢刘京仪的戏剧作品，总使我们想到两样古色古香的东西：一箫一剑。这自然叫我们忆及晚清诗人龚自珍的诗句："气寒西北何人剑？声满东南几处箫"（《秋心》）、"怨去吹箫，狂来说剑，两样销魂味"（《湘月·天风吹我》）。刘京仪的剧作虽没有像龚诗那样反复出现箫与剑的意象，但无处不渗透着箫之气韵、剑之精神。箫，哀艳幽怨，"忆之缠绵"；剑，悲壮崇高，"触之峥嵘"。作者将二者融会贯通，构成一个"箫心剑气"的审美世界，一个充满矛盾而又自成一体的艺术境界，一个民族的理想人格和精神象征。我们用"箫心含蕴，剑气高扬"八个字来概述作者的审美追求及剧作美感形态，想必是恰当的。下面从四个方面予以分析。

## 一、题材开掘的深邃美

对生活进行高度抽象化的艺术处理，从而使作品带有一种寓言的美学性质，这是刘京仪剧作在题材开掘上的一个特点。刘剧中的某些作品，从形象入手，经过逼真的提炼和惊人的想象，使美丑善恶典型化，人物形象类型化，矛盾冲突炽热化，进而在具象中抽象，在形象中隐指，达到寓言的审美效果。大型神话歌剧《黄河与月神》，将古代许多散存的神话故事组接成一个神幻奇异的艺术世界。它给人的不是离奇古怪的刺激或者童话般的美好安慰，它昭示的是正义与邪恶、高尚与卑劣的斗争，从而歌颂了造福人类的"伟力"和"圣洁"。而歌剧《昨日的芬芳》虽然取材于现实的真实，但除了女主人公秦矜外，其他人物连姓名也没有，只是一种符号和象征。剧作者立意不在塑造一群性格完整的人物，只是为了通过人物构成的生活画面证明一个真理：光明正在并且必将战胜黑暗。经过巨大的概括和抽象，作者笔下的题材灌注了一种普遍恒久的意蕴，因而消除了古今界限，古代题材被赋予了现实意义，现代题材也充满了历史的回声。

对现实生活的表现，融进时代和人生的哲理内涵，这是刘京仪剧作在题材开掘上的另一个特点。时代生活有回旋的暗流，也有激浪的奔涌；人生价值在其实现的过程中有逆境的悲叹，也有顺境的欢歌，更有摆脱逆境而走向平坦的慷慨苍凉。于是才有后来居上时的超越（《后浪》），秀才落榜时的奋起（《落榜秀才》），秦矜囹圄中的歌吟（《昨日的芬芳》），这些无不闪烁着哲理性的光辉。正如法国诗人博纳富瓦的哲理诗《不完美是一种突破》所启示的：真正的艺术是永远不完美的。现实生活也是这样，只有由一种不完美，打破了旧有的完美的凝固性，艺术或者生活才会得到新的发展。剧作者在对现实生活的表现中，正是抓住了这种"不完美"中的哲理性，努力发掘一种使人生臻于"完美"的力量、梦幻和豪情。

我们看到，在刘剧的题材空间，充满着一种"箫心剑气"的矛盾统一的审美效果。箫心，是忧伤情绪的内化，而这种忧伤的情绪，又来自历史与现实的某些缺陷，来自人自身心灵中的弱点，来自优美的失落和美丽的损毁；剑气，则是崇高精神的外扬，它蕴藏着正义、美德和真理。作者意在借由剑气对箫心的穿透，发掘丑恶中的美善，黑暗中的光明，冬天里的春天，记忆中的芬芳。

## 二、女性形象的意蕴美

作者爱写女性，把女性写得缠绵悱恻而又刚烈豪放，写得低回婉转而又诗意盎然。"借脂粉以抒翰墨，托声歌以发性灵"。在女性身上无疑折射了作者的生命、理想和追求，因而带有浓烈深挚的抒情色彩。但作者不是单纯抽取女性身上的诗意，相反，她喜欢把女性放在困厄的处境中塑造，放在激烈的心灵冲突中刻画，从而发掘女性形象丰富的意蕴美。

作者常常把女性置于困境中表现，表现她们在生存的困境、事业的困境和爱情的困境中的内心真实与人生走向。这样一方面展示了社会环境给予女性的深刻影响，另一方面也揭示了女性性格的复杂性与多样性。分化就从这里开始，女性被推向两端。一端徘徊伤感，无力自拔，在某种观念的束缚中一任消沉或者红颜自毁；另一端挣脱忧伤，走向新生，在改变人生处境的过程中完成自我心灵的调整和重塑。

作者特别喜欢在情理的激烈冲突中刻画女性形象。情与理在不同时代和不同情境中，具有不同的含义。作者笔下女性形象的情理冲突主要有两种类型：一是在情理冲突中高扬"情感"的旗帜；二是在情理冲突中讴歌"理性"的力量。就前者而言，情，已不是汤显祖的"情不知所起"，而是情出有因。但在生活中特别是在历史生活中的女性，这种"情"又不得不受到某种"理"的检验和禁锢。这样就导致了女性内心的困惑和痛苦。冲突的结果，是最后"情"突破"理"的枷锁，使人的合理欲望得到肯定，个性得到张扬。《黄河与月神》中的月神，尽管深爱黄河，但最初也心念"天规"不敢妄动。在情与理的冲突中，情愈转愈深，愈转愈奇，最后为了圣洁的爱情和人类的安宁，月神做出了惊世骇俗的抉择。在历史故事剧《夫人令》中，徐夫人由"礼教攸关不自由"，到挣脱礼教的束缚，和至死钟情于她的妫荣举行"婚礼"，其情如火山爆发，使人不敢逼视。作者这样把握情理就高出了传统戏曲对情理的处理。传统戏曲以追求教化作用为指归，"不关风化体，纵好也徒然"，因而它一方面亮出人物火辣辣的情感，另一方面又往往把人物的情感投入冰冷冷的理念之中，在伦理道德的微笑之下是人性的痛苦呻吟。就第二种类型的情理冲突来看，理，已被赋予了新的内涵，成了理性、理智和某种开放的怀抱胸襟；而情则牵涉到个人的利益、命运和喜怒哀乐。在情理冲突中，个人琐碎的欲望纳入理性的广阔视野，使人生由此进入一个庄严崇高的境界。

把女性放在外部困境和内心冲突中表现，就写出了人物性格的丰富性和复杂性，从而摆脱了戏剧创作中的"理想人物模式"，使人物冷峻中存诗意，温柔中含刚厉，呈现出一种"箫剑并存"的复合美。不仅如此，我们如果把作品中的女性形象放在纵式序列上审视，还会发现女性形象的真实美和流动美，并从中看出时代生活的演进和深刻变化。

### 三、内心观照的悲怆美

刘京仪不是像一般女性作家那样写一种淡淡的忧伤，一种单纯的生命感悟和冲动；她写的是一种积淀着巨大的社会历史内容的忧伤，一种深哀剧痛。她对生活的感受敏锐、细腻，对人生的看法辩证、深刻。在艺术创作中，她不习惯于那种拘谨的描写、琐碎的絮语和苍白的抒情，而是笔力健举，气势汪洋。经历的坎坷，生活的磨砺，锻造了一颗忧愤深广的心灵。"转轴拨弦三两声，未成曲调先有情"。这种情，熔铸了她个人的感受和体验，又超越了她个人的感受和体验，从而浸润扩大为一种悲怆的情调，使人初触之伤痛无极，再触之悲壮昂奋。

难怪作者爱写悲剧。《昨日的芬芳》写美的蒙难，哀感顽艳；《天黛郡主》写崇高的毁灭，悲痛欲绝；《夫人令》写真情的陨落，肠断魂销……作者写悲剧，不是写到悲剧为止，而是多方面揭示悲剧产生的原因，特别是暗示了悲剧背后的光明前景。这样悲剧就不显得神秘，不是让人"恐惧和哀怜"，相反使人在悲剧诞生的一瞬看到了规避或者挽救悲剧的出路，并产生一种渴望变革现实处境、变更人自身的强大的"力量和激情"，人因此变得纯净和崇高。

作者善于运用丰富的艺术手段来制造悲怆气氛，归纳起来主要有以下几个特点：一是由喜入哀，愈增其哀；哀乐相生，婉转推进。二是不协调中写悲怆，在文势跌宕中制造情感高潮。《昨日的芬芳》中"诗和皮鞭"并举，《夫人令》中"死亡和婚礼"同台，让人触目惊心，神驰魄动。三是梦境的插入，使幻美中更添哀愁。梦境，在其剧作中是作为现实的一种美丽的补充，是一种短暂的自我精神安慰。人物往往因情成梦，因梦生悲。四是系"扣"解"扣"，在急转直下中，悲伤骤起，石破天惊。"扣"，在刘京仪的剧作中，不仅制造悬念，使故事曲折，更重要的是使情感逆转，气氛突变。五是"剑"影森森，"泪"光点点，英雄气长，儿女情多。剑与泪这两个意象不断闪现，开辟出了壮美与优美互补并存的审美空间。剑，穿云破雾，正人勘己，成了某种象征，使悲怆的境界扩大；泪，是人物"萧心"的外化和冷凝，它为我们打开了人物心灵的秘密，使我们看到人物情感深处的孤独、矛盾和忧伤。

总之，作者写悲怆，虽有"凄凄惨惨"之状，但无"冷冷清清"之迹；虽有"小桥流水"之声，但更多"大江东去"之象，她是婉约中有豪放，从一管长长的洞箫中吹出铜琶铁板的苍凉，故而梗概多气，铮然作声。

## 四、唱词涵构的诗化美

刘京仪戏剧作品中的唱词除了具备形象性、动作性、时空性等一般特点以外，另一个显著的特点就是它的诗意性。我们读她剧本中的唱词，不仅读出了人物性格的变化和差异，读出了情节的发展和波澜，重要的是读出了节奏、韵味和意境，读出了情感。

唱词的诗化美首先体现在它的形式上。其剧作中的唱词既有古典诗歌的工整、凝练、含蓄和典雅，也有现代新诗的自由、清新、洒脱和奔放；既有短句、长句的参差错落，也有联章形式的铺排叠用。体之新旧，句之长短，声之缓急，皆服从于情感的表达。

唱词的诗化美还体现在它的意境上。作者喜欢用色彩忧伤的字词作为情感的基调，喜欢用典型化的景物作为情感的寄寓，喜欢用排比铺张的手法增强情感的气势，喜欢用暗喻、象征、对比的方式开辟情感中的哲理。因而唱词所构筑的意境哀艳中有风骨，蕴藉中有寄兴。

从唱词中可以看出作者具有相当深厚的古典诗词的修养，具有兼收并蓄融汇出新的艺术胸襟和才能。同时从唱词中我们也进一步体会到"箫心剑气"的高度融合。作者笔下的唱词：既有哀怨，又有刚清；既有舒徐，又有紧张；既有端丽，又有潇洒；既有情思，又有理致。就好像王国维在论述元杂剧时所说的那样："彼但摹写其胸中之感想，与时代之情状，而真挚之理与秀杰之气，时流露于其间。"

箫心含蕴，剑气高扬，这是刘京仪剧作的美学品格。这种美学品格，是作者心灵与人格的体现，更是我们民族精神与命运的写照。我们古老的民族，在它生存和奋斗的过程中，有过多少灾难与忧患、不幸与悲伤，同时也有过无数的挣扎和反抗、崛起和希望。一手执箫，一手仗剑，才是我们民族的真实形象。作者用驰骋开阔的审美视野，丰富真实的艺术表现，沉雄深挚的情感力量，诗意盎然地再现了这一形象。作者所高扬的是那种使我们民族生生不息的创造精神、奋斗精神、牺牲精神和乐观精神。箫声万缕断肠时，剑气一道惊魂来。作者在她的艺术世界里，或弄箫开始，舞剑结束；或箫中吹剑，剑中藏箫。箫音袅袅，剑气英英。出发点是箫，着眼点是剑，让人在侧耳听箫之时，怦然心动，猝然情摇，仰望长天，拔剑而歌。

（作者系湖南文理学院教授，湖南省文艺评论家协会理事，湖南省文艺理论与美学学会常务理事，洞庭湖生态经济区建设与发展湖南省协同创新中心"文艺创作与评论"研究所所长，文学硕士。作品原载《戏剧春秋》1992年第 4 期）

# 接地气　续传统　写人生

## ——再评汪荡平的戏剧创作

佘丹清

　　这篇文章，可以说是对汪荡平戏剧文学的再评价。之所以说再评汪荡平的戏剧创作，是因为张文刚在他的长文《搭建"凡尘"与"诗意"间的平台——汪荡平现代戏剧作品分析与思考》里，已经非常系统而精准地评析了汪荡平的戏剧。他认为，汪荡平的作品的主要价值在于引发人们对现代戏剧作品审美定位的思考。而在细读汪荡平的作品之后，笔者认为，"接地气、续传统、写人生"是其创作突出特征，也是他的作品深受人们喜爱，并得以远播的原因。也就是说，作品的自身艺术表现与感染力把他的作品推向了艺术的高峰。为此，我们的论断成为张文刚表述的问题的补充与强调。

### 一、接地气：描摹时代，展现世俗生活

　　汪荡平的创作，起步于中国一个极其特殊的年代——"文革"期间。这个时期对他的创作肯定是一场历练，特别是现代京剧的被推崇，给文学爱好者找到一种写作描摹方式。我没有考察此时期汪荡平的生活经历，此处也只是根据作者介绍的"70年代开始创作"进行的一个推断。20世纪80年代，可以说是中国现代戏剧的春天。现实主义的、现代主义的、荒诞的等等现代戏剧不断搅动着人心，无疑激发了汪荡平的创作热情。湖南人民出版社出版的《汪荡平剧作选》，是汪荡平30余年创作的重要收获。

　　剧作家汪荡平在常德当代剧坛的地位举足轻重，也就是说他是常德乃至湖南、中国当代非常杰出的剧作家之一。他的《桃花汛》《紫苏传》《世纪

风》的晋京公演和获奖，充分显示了其作品的艺术价值之高。可以说生活经历、深入生活，避开书斋创作，促成了他的创作成功。文艺创作受大众喜爱，关键在于他描摹时代，展现世俗生活，让作品真正接地气。

他的作品更多地展现与时代共进的问题。《青橄榄》《离婚也精彩》等展现改革开放后变迁社会中的百姓生活与态度，特别是把一场离婚写得那么富有人情味。历史剧的创作脱开了人们一贯借古喻今的方式，细细表现了人物生活，即使《蒋翊武》这种表现革命人士的作品，也是生活气息浓郁。

展演世俗生活，除开贴近时代、表达普通人的生活外，还有一个重要方面，就是符合身份的民间俗语与方言的大量运用。

在形式上他怎样接地气？在于贯通生活，他在现代剧作中大量使用了常德有生活气息的方言土语，用于对话之中，体现浓郁的常德特色和地方特性。关于地方语言给文学的魅力，作家周立波是突出代表，在20世纪40至60年代引起广泛争议，"方言写作为什么会引起争议""如何看待方言写作"等问题被热烈地讨论着。作为回应，周立波这样说："要不是采用在人民的口头上天天反复使用的生动活泼的、适宜于表现实际生活的地方性的土话，我们的创作就不会精彩，而统一的民族语言也将是空谈，或是只剩下干巴巴的几根筋。"这些话当然有些偏颇，即太绝对化，但终究说明大众语言来自广大群众的语言，群众喜闻乐见，接上了地气。从全国视域上看，土语的存在在阅读和传播上都会产生困难，也可以说是民间最原始的语言，交流的活力已经不够；但它具有顽强的生命力，能够很恰当地表述和摹写一些东西。《桃花汛》《雨荷》《青橄榄》《离婚也精彩》《世纪风》等作品中的对话，引用了大量方言与民间俗语，如"莫聊骚""莫扯邪"等，表现了世俗生活的乐趣。《雨荷》《青橄榄》等中的人物语言，由于使用了大量的方言俗语，具有浓郁的地方特色，也正是构成戏剧能够让地方民众喜爱的重要因素。同时，语言在交流中得以相互渗透。因此，大刘、憨胖、丑丫头等能够运用政策性的语言，如使"引进""经济警棒""辩证法""下岗"等新名词成了口头禅；而童干部他们，也喜欢说"精打光""结了秋北瓜"等常德方言。一些词汇虽然外乡人不太懂，但它们却是能够恰当表达意思的最好选择。

众所周知，方言口语和普通话是两个不同的语言系统，一个具有民间性，一个具有现代性。汪荡平的选择，正好让他的戏剧在语言因素上排进了独具特性之列。行文至此，我们形成这样一种思路：不仅从其现代戏剧创作"取巧"形式看，而且从文学关注民生出发，他的创作仍然具有强烈的共时和历时意义。把握生活，把握身边，永远是创作生命力凸显的砝码。

## 二、续传统：寻找源泉，扬弃戏曲艺术

中国现代戏剧有一个重要时期不能避开。1957 年 7 月文艺界和全国一起开始"反右"；1958 年开始"大跃进"，周扬发表《戏剧一定要表现新的群众时代》的讲话，毛泽东在党的八大二次会议上提出"无产阶级文学艺术应采用革命现实主义与革命浪漫主义相结合的创作方法"。此前，现代戏剧家田汉在 1956 年 7 月、11 月于《戏剧报》分别发表了《必须切实关心并改善艺人的生活》与《为演员的青春请命》，认为党和政府应该关心艺人生活与工作，使他们各得其所。在这样复杂的背景之下产生多部历史剧，诸多的假想必然产生。也就是说，一个历史人物要在现代背景下附具新意，尺度就很难把握。这样观念的相互抵牾成为必然，而更多地关涉作家的个性与追求。

回到汪荡平的历史剧创作，我们不难发现，浪漫抒情的个性气质是沟通"诗人"汪荡平与主人公心灵的重要因素，而饱满的情感、诗意的辞藻、抒情的独白，又是剧作洋溢着浓浓的诗情的根本原因。由于汪荡平的诗意抒情继承了戏曲审美的主观表现原则，它就具有其独特的风采。这就与外国戏剧强调在矛盾冲突的尖锐中揭示人物情感不同，汪荡平更注重在矛盾冲突的背景中去展示人物的心灵历程。过去，中国戏曲不大注重再现事物的实在面貌，而是更多地强调感物咏志，将开掘人物的情感世界放在首位。《紫苏传》等围绕着紫苏步步近冤展开冲突。《紫苏传》更多的是以情绪去结构剧情，在剧情结构中突出人物在特定情境中的思想活动，以情感的发展牵动剧情的发展。《紫苏传》的高潮不是紫苏的悲剧命运，而是在剧中展现的紫苏为人带"春天"引发的真挚情感的奔涌和抒发。

中国传统戏曲艺术对汪荡平影响深刻。但很多作家在初期模仿中，会把借鉴的东西变成一种固定模式，进而制约自己创作的创新。无论是历史剧还是现代剧，汪荡平借用多种戏曲艺术形式，如花鼓戏、音乐剧、汉剧等，让表达形式多种多样。因此，强调艺术的继承，不追求人为而霸蛮的技术突破，是汪荡平对传统艺术的继承态度。

## 三、写人生：提升精神，演绎悲欢离合

我们引用田汉的话语："从眼睛看到的物的世界，去窥破眼睛看不到的灵的世界，由感觉所接触的世界，去探知未来的世界。"以此去考察汪荡平的戏剧创作，可以找到新的理由。由此，我们的评判是，浪漫主义比其他创

作方法具有更新、更实在、更深入的表现人生的特征。由于这种观念的引入，浪漫主义对汪荡平的戏剧思想产生了很大的影响：一是在并不理想的社会中找到具有诗意的东西，使其思想出现唯美主义倾向；二是重主观、重抒情使汪荡平在早期的剧作中蕴含浓厚的诗意；三是汪荡平吸收新浪漫主义使其作品紧抓"爱"的主旨，进而显现一种现代人文观念；四是浪漫主义使其剧作在人物塑造上重抒情而轻心理刻画。当然，这些，无法剥离他的作品中溶解的浓厚的现实主义的成分。

由上述分析可知，浪漫主义可以推动人的激情，激发精神的提升。汪荡平的汉剧、花鼓戏、历史剧等接近生活，描写生活。在他的作品中，无不表现为一种生活的基调，展示社会生活的变迁。《桃花汛》《雨荷》《青橄榄》《离婚也精彩》《世纪风》等不是给人提供一个演出的剧本，而是寄托一位剧作家的内心情感，以此传递一种精神。这种精神，张文刚把它称为一种普遍的意蕴，一种超越时空的魅力，一种向上的自在的精神。《世纪风》给人们展示的是在社会变革时期，人生的十字路口的一种艰难抉择，《桃花汛》舒展着改革的春天的画卷……

汪荡平的剧作为地方文化发展提供了重要的史料支撑，他也为繁荣常德文化做出了重要贡献。当今，日益变化的社会生活需要展示，人们也需要艺术的补养，艺术家的责任与担当意识必须延续。汪荡平们面临底层、面临发展的社会，责任依然。

（作者系湖南文理学院教授，中国丁玲研究会常务理事，湖南文学评论学会副会长，文学博士。作品原载《艺海》2014 年第 7 期）

# 周志华剧作的守望品格

## 夏子科

 志华君《自画》诗云:"人到壮年不见壮,仕至七品少乌纱。半生写戏不做戏,两本薄书慰年华。"样子不免谦恭、拘谨,内里倒也颇显风骨、极尽苍凉:为了戏剧,我们卑微地活着;为了戏剧,我们尊严地活着。

 "两本薄书",即 2002 年出版的《周志华喜剧选》和 2012 年出版的《县长与老板》,收录作者从艺 30 年来的大戏、小品、曲艺等戏曲剧本代表作。30 年戏曲创作,让人看到的是艰辛和不易——和当代中国戏曲本身戏剧性步履和谐一致。而令人感佩的是,他没有选择逃逸,始终守望在戏曲写作园地,三十年如一日。正是这份难得的坚守,透现出凝重和苍凉意味。

 这是一份厚实的大地守望。

 周志华戏剧根植现实,关注民间,整个写作深接地气。大体来讲,《从头再来》《红橘情》《清官巧断家务事》《获奖归来》《我们村的退伍兵》等作品展现的是新世纪背景下新的乡村生活场景;《县长与老板》《冤家路宽》《审贼》《手机变奏曲》《电话搞定》等一类作品则显然是以同普通大众密切关联的生活现象和较普遍的社会问题为表现对象的。

 在一个时期的城市游走和异地闯荡之后,今天的乡村已然是个明丽、纯净的世界,尽管流动的日子依旧缠绕着各种各样的生活矛盾。《从头再来》中的"夫"与"妻"终于认识到"城里长不出乡下的苗",此时,儿女、家才是最可靠的生命港湾。与这种家园召唤相呼应,乡村生活从各个角度和侧面显示出自身固有特色:橘子丰收后的滞销、姐妹之间的房产纠纷、文化活动的冷清、"留守"人员的生存、领头致富的退伍兵李建军等等"人民的好公仆"的付出和努力。从中凸显的,是一种立足大地的担当精神。

 无疑,大型戏曲《县长与老板》《冤家路宽》是倾心竭虑的代表作品。

前者以安康县县长余启礼所体现的民众意愿为聚焦点，以民营企业天成集团并购破产企业——原县机械厂事件为中心，通过并购过程中不同诉求之间对立、冲突、调整、转化的演进轨迹，真情、真实、自然、合理地展示了由县长与老板，县长与工人，县长与家庭亲人，县长与同事、朋友，县长与上级领导等等广泛社会联系而构成的复杂生活情态，流贯、跳脱着为人民代言的可贵品质，袒露、表述着一种立足大地的民间情怀。《冤家路宽》取材新颖，视角独特。一段时间，城管部门在艰难谋生的小商贩眼里简直就是"土匪"，是冤家。事情当然是因为占道经营的不法行为引起的，但作品思考和探求的却是"为什么执法者常和百姓斗"这样一个深层问题，而作者所站立的是一种清晰的民间立场，体现出强烈的民本情怀。

以揭示现代畸变或病态现象为主的那一类创作，体现的是一种立足大地的问题意识与批评姿态。现代大戏《何枝可依》提出的是环境污染问题，化工公司的短期行为与环境检测站所代表的长远利益，其实已经是关于时代发展的某种象征图示。反腐倡廉题材的几部戏大多采用喜剧化手法，告诫那些为官的儿女应该谨记一个朴素的道理："最大的孝顺是让父母安心、放心。"讽刺小品《常回家看看》，用夸张语言巧妙批评了长不大的"啃老族"；因为奇志、大兵的出色演绎，化妆相声《审贼》一时之间不胫而走，几令大街小巷随口成诵。

这又是某种特殊的价值守望。

狄尔泰在《我们时代的历史哲学》中指出："我们这一代，要比以往受到更大的推动去试着探索生活的神秘面孔，这面孔嘴角上堆满了笑容，但双眼却是忧郁的。"所以，呈现在我们眼前的生活，远不像初看起来的那样简单。

其实，"夫"与"妻"最后的价值抉择，既是一种实践意义的返乡，更是一种精神、灵魂层面的"回家"，其表达的，是亘古绵延而来的"乐土"期待，是"田园将芜"的深深忧虑。由此可以看出，现代民工潮背后真正暗涌的，是萦绕不去的"弯弯的忧伤"和摆脱贫穷、建设家园的执着、倔强。同时，我们也深深理解了，《获奖归来》中，为什么草坪村支书陈大耳家境并不宽裕，居然还要自掏腰包"修水库，修村路，通电又通水"；为什么在"乡村冷落人心散"的危机面前，又准备自己出钱办乡村文化站。

也许，有人会诟病创作中的这样一种诗性态度。然而，正所谓"山月不知心里事"，诗性，恰恰是家园形态的最高凝结。本质上讲，诗性源于苦难。诗意如醉，是超越，是飞升，是看轻煎熬，是抖落沉重。与其说诗性价值判断、诗化价值选择是一种生命实践，毋宁说是一种固守、一种召唤。这样的固守和召唤几乎贯穿周志华所有剧作，也就是说，对于生活矛盾与生命沉重，其处置态度是灵动轻盈的，即令那些问题剧，对于具体缺失和丑陋也往往进行着某种喜剧式的消解。正因为如此，我们才能在剧作中更多地体味亲情、友情，感受诚意、良善，看到明丽、纯净。我们欣赏县长余启礼的智慧、品格和怀抱，还有常法官、王乡长、陈支书们的朴素情怀；我们赞许城管干部韩笑的人民立场，以及吉康、汪苔儿、绵队长们的内心操守；我们感动于生命旅程中相互体谅、彼此搀扶、一路前行的姐弟情、姊妹情、夫妻情、同事情；我们甚至震撼于税务干部燕姐面对粗暴和侮辱所表现出来的那种近乎自我受难式的庄严、神圣。

《何枝可依》《孝女和"孝爹"》《亲密敌人》《电话搞定》《常回家看看》等剧作表明，诗性的固守与召唤本身也在表达某种对抗：以智慧对抗无知，以圣洁对抗丑陋，以良知对抗腐恶，以信仰对抗贪欲。人类生存其中的远远不是一个尽善尽美的年代：精致的手机传输了太多不满，似乎不骂点什么就不见深刻；豪华的小车承载了太多野蛮，似乎不骄横一点就不能显示存在。人类被过度物化、被严重宠坏，亟须自我拯救。这样看来，环境问题就决然不是一个单纯治理自然的问题，人有病，天知否，问题的根本恰恰在于人心的治理。桃花村的鱼死了，并不显得特别不堪，"塘水枯了海不干"；报社记者方雨的灵魂被污染了，这才是真正可悲的事情——谁说的？人心倒了，就真的难以扶起来了。

（作者系湖南文理学院文史学院院长，教授，文艺评论家。作品原载《艺海》2014 年第 9 期）

# 评电影剧本《翦伯赞》

夏子科

电影剧本《翦伯赞》的创作，是周星林教授在创作电影《辛亥元勋》之后的又一次成功艺术实践。

一

首先，这种成功，表现在剧作者（们）对历史人物及其所处时代的准确解读与精当把握方面。剧本创作人员和艺术表现对象之间，表面看来，他们分属不同的生命时空，是毫无关联的两个群体，而实际上却因为某种谨慎的精神穿越、酣畅的历史对话，最终达成了心灵的契合，实现了价值或意义的勾连。这样的表述也许显得有些抽象，我们不妨从剧作本身出发作进一步说明。比如作品的创作意图或者价值意义问题。关于创作立意，作者明确表示："1940 年，翦伯赞携夫人到重庆后，在周恩来的直接领导下以著名史学家和中共地下党员的双重身份，一方面著书立论，一方面对爱国民主人士做了大量的统战工作。本片再现了翦伯赞在重庆期间传奇而光辉的革命历程。"可见，作品意图是要截取一段历史，集中展现一个特定的时代和历史文化所应有的发展趋势，以此凸显那个时代的翦伯赞作为一名党员战士，作为一名历史学者和教育专家的精神高度与生命情怀。因为不是凭空杜撰，不是主观捏造，而是在详细占有和解读材料、在尊重和还原历史本来的基础上去把握人物、展开对话，所以，这样的创作意图最终得到了很好的实现，并从而赋予整个作品深远的历史意识和厚重的认识价值。具体来讲，这种历史意识和认识价值主要表现在两个方面：其一，是对历史人物翦伯赞及其历史贡献做出了恰如其分的定位与评价；其二，是通过塑造历史人物群像、再现历史生活场景给予人们以深刻的艺术启示。在人物定位、评价问题上，有论者曾经指出："影片的戏剧矛盾冲突不够鲜明强烈……给人感觉较散、较淡，似乎只是翦伯赞的一段生平事迹的铺叙，结构上没能形成强烈抓人的戏剧性展开，主题上没能上升到应有的历史性高度（比如民国时期大时代背景下知识分子的内心冲突与抉择等等）。"初看起来，这样的批评似乎很有道理。一开始，我也觉得颇有同感，甚至在看到翦伯赞与陈立夫对峙、交锋的时候，很有些责怪他为什么只表现出一种姿态上的强硬，而不能作为一名思想者、一名马克思主义史学家勇敢站出来对陈立夫那个"唯生论"予以痛快淋漓的驳斥，抛出一句"我对唯生论没有研究，不能乱写"，就草草收兵、匆忙退阵了。但是，随着理性的介入和认识的加深，上述这类评价的狭隘和简单就渐渐暴露出来，就越来越看到剧作者们的艺术苦心——他们不能硬往上拔着自己的头发脱离地球，他们只能"瞻前顾后""戴着脚镣跳舞"，他们，才真是一群绝顶聪明的人，是他们，回归到最人间化的"散""淡"岁月、下潜到最真实本然的历史长河，直面灵魂，叩问本质，"有理、有利、有节"地完成了对历史人物的恰当定位和评价。

二

除了对于历史的准确解读和精当把握，剧本的成功，也表现在清晰鲜活的历史人物形象以及形象所特具的时代内涵和文化意义方面。全剧实际出场人物有 20 多位，大致可以分为 5 大类型。一是翦伯赞和他的家庭成员群体，包括妻子戴淑婉、次子翦天聪、长子翦斯平等；二是翦伯赞直接接触和自觉接受领导的党的领导群体，包括周恩来、董健吾、毛泽东等；三是与翦伯赞携手并肩的同事、战友群体，包括章伯钧、陶行知、郭沫若、邵力子、柳亚子、侯外庐及爱国学生帕丽札等；四是翦伯赞所结交和敬重的国民党内民主进步人士群体，包括覃振、王昆仑、冯玉祥、鹿钟麟、李宗仁等；五是翦伯赞不得不面对和展开必要斗争的国民政府官员、右翼势力代表陈立夫、孙科以及一帮特务、流氓打手等等。这样的一些群体共同演绎了复杂的历史风云，映射出清晰的时代面影。就戏剧美学类型而言，这一情形表明，电影《翦伯赞》既不能算作悲剧，也不能算作喜剧，更不是什么现代剧、荒诞剧，而只能是一种相对整饬和严肃的正剧。按照一般教科书的观点，所谓正剧最大的特点就是"体现历史进步或代表真善美的人物（势力）在与代表邪恶、反动、假恶丑的人物（势力）的冲突或斗争中，最终占据主导位置或取得胜利"，其实质就是"历史的必然要求在经过有效的斗争后终于得到实现的冲突"，这与恩格斯所指出的悲剧实质（历史的必然要求与这个要求实际上不可能实现之间的冲突）是不同的。然而，正如歌德所说，理论是灰色的，唯生命之树常青。所以，教科书的这一理论还是存在很大一个漏洞："历史的必然要求在经过有效的斗争后终于得到实现"，也就是进步与倒退、正义与邪恶经过较量、冲突之后，进步力量"最终占据主导位置或取得胜利"，这种皆大欢喜的结论过于强调了当前结果，却淡化了过程的艰辛，同时也忽略了芜杂现象背后的历史必然和未来趋势。电影剧本《翦伯赞》恰恰在体察艰难、强化冲突和表达必然方面避免了这种简单。对此，我们可以通过一个细节来加以证明。国际反侵略协会越南分会主席胡志明被张发奎扣押在桂林，党秘密指示翦伯赞要通过寻求帮助"全力营救"。几经周折，后来找到了孙科办公室，却被这位"太子"虚与委蛇送出了门："覃副院长，翦先生，二位慢走；公务繁忙，就不远送了。"仅此一处，便显得意味深长，蕴含着丰富的文化能指，只要稍作停留、稍加聆听，就不难发现先前提到的所谓"鲜明强烈"的"戏剧矛盾冲突"。试想，在孙科那样一类"精致"的利己主义者、滑头的"甩手掌柜"和阴损无聊的政客面前，翦伯赞——心地纯净无邪、灵魂洁白如雪、勤勉诚实的一介书生，会有着怎样愤懑而凄怆的悲剧体验，同时，又会因为更清晰地看到了历史进程中的某些本质而有着怎样无悔的文化信念和前行步履！

三

我们说剧本创作是成功的，其成功还表现在艺术表现技巧的娴熟和无处不在的创作机智方面。就表现技巧而言，相信我们都已经看到了插叙、倒叙、蒙太奇、叠化等等一类手法的运用，而整体来看，最具匠心的应该是它的结构，或者说翦伯赞形象在整个剧作中的艺术作用。据北京大学张传玺教授回忆，翦伯赞曾经这样说过：历史史料就是散在地下的一大堆古钱，应该有一根绳子才能把它们串起来，这个"钱串子"就是马克思主义的辩证唯物主义和历史唯物主义。剧作中的翦伯赞本人恰恰就是这样的一根"钱串子"，由他的生活行止与精神轨迹，"串"起了一个时代和一段历史，有效地实现了对翦伯赞及其所处时代历史本然状态的最大可能还原。其中，起主导作用的就是前面提到的翦伯赞精神高度与生命情怀。他是一个既能立足当下，又活在信念中的人。立足当下，使他拥有了那些艰难的日子；坚守信念，则使他最终站立在了日子之上。翦伯赞，正是凭借着马克思主义唯物史观的引领，把"自己"真正融入了时代，而这也就是剧本的结构意义之所在。剧本所体现的创作机智同样具备一定的结构功能，这样的机智和功能潜藏在具体的艺术细节之中。比如对时代背景的交代，较常见的做法是直接通过文字或者图片、档案资料粗暴地硬塞给观众，比较起来，《翦伯赞》剧作的做法就显得颇具创造力、想象力。镜头带领我们注意到翦伯赞手中报纸上一则新闻："国军九十七军朱怀冰部近日进攻太行山区。"就这样，一张报纸、一个标题，便立即触发了人们的相关历史记忆，完成了背景交代。再比如"全力营救"胡志明的结果交代。经过多方斡旋，最后只得通过李宗仁去请蒋介石帮忙，但结果如何，作者未予回答，就此搁置一旁、不再提及，留下一个悬念；等了许久，等到抗战都已经胜利了，等我们把这个事快要忘记的时候，才突然告知大家：胡志明早已"脱险回国"了！剧作中像这样一类机智写作可谓比比皆是，比如路途中"扎在水田里"的日本飞机以及"废墟中一只红色的童鞋"所形成的心理撞击、冯玉祥言谈举止映射出来的将军本色、"郭沫若面带愠色，站在窗前"而反衬出来的学术气度等等细节，都具备一种"尽精微而致广大"的艺术品质。

## 四

还想占用一点篇幅谈谈在剧本阅读过程中的几点疑惑，希望能够对接下来的修订工作有一定参考作用。一是对出席"中苏文化协会换届大会"的"苏联驻华大使彼得罗夫"确实性的怀疑。据查，彼得罗夫驻华时间是1945—1948年之间，不属于抗战期间，那么，此时参会的大使究竟是谁，似乎应该在准确考证之后改正过来。第二个疑惑，就是某些人物语言是否得体、合适的问题。比如戴淑婉对跑进家门的小诒和说了一句话："谁给你洗的脸哪，都没有洗干净，伯母给你擦擦。"（顺便说明一下应该是"小诒和"，而不是"小怡和"）结果，随后进屋的章伯钧解释道："不用擦了，那是个痣。"到底是戴淑婉眼神不好，还是记性不好才会这样问？根据实际场景，也根据小诒和那样亲热地叫"翦伯母，翦伯母"，而戴淑婉也能立即反应过来招呼"小诒和，小诒和"这一实际情形，作为近邻，他们之间应该不是第一次见面，而是已经十分熟悉了。如果是这样，则戴淑婉的反应就是不合适的。另外，当翦伯赞随口问起自己的新婚妻子"你是汉人，怎么愿意嫁给我这个维吾尔族人"的时候，戴淑婉回答："分什么汉族维吾尔族，嫁给谁不行！"这样的回答似乎也有些让人匪夷所思。还有，翦伯赞与陶行知面对面进行交谈，看到"在草地上玩耍的孩子们"，陶行知感慨道："生活即教育嘛。"翦伯赞随即附和说："嗯，生活即教育，可算是陶行知教育名言。"这里，似乎也应该说成是"这可是陶公你的教育名言呐"合适一些。最后一个疑惑，就是谈到"桂花糖"的产地，覃振对翦伯赞说道："这应该是你们维子做的。""维子"这个词儿令人费解。为此，我们特意请教了远在五邑大学的翦伯象教授。翦教授也是枫树人，但长期生活在陬市，对陬市、马鬃岭地方方言颇有心得。他十分热心，对我们所提的问题做了专门考证，写信告诉说："陬市土话，好像没有维子这个词。（相关说法）一般是唔里，以里，喂里，赖里，那个巴解儿，唔块滴儿。"还说，桃源没有"维子"这个说法，很可能是"位置"这个词的拼音打字之误。翦教授也无法肯定，看来，这只有作者自己能够解释了。

（作者系湖南文理学院文史学院院长，教授，文艺评论家。本文根据2020年5月15日电影《翦伯赞》剧本研讨会录音整理）

# 丁玲精神的真实影像

## ——《纤笔一枝谁与似——丁玲》赏析

涂 途

　　涂绍钧同志是我的本家，我们相识、相交已有十余年。他是中国丁玲研究会、丁玲文学创作促进会副会长兼秘书长，研究馆员，很早就从事丁玲研究工作。在我与陈明老的接触过程中，他便不止一次地向我提到，绍钧自学成才，很不容易；在学会的日常工作中，更是一位难得的默默无闻的奉献者。他用任劳任怨、无私奉献的精神，赢得了广大会员的信任和尊敬。同时，在从事研究丁玲的学术工作中，也取得了相当可观的成果。

　　《纤笔一枝谁与似——丁玲》（以下简称《丁玲》）原为作者在纪念丁玲100周年诞辰前夕，应约撰写的一部39集的电视连续剧剧本，后因经费不能到位等原因，未能启动和正式开始拍摄。不久前，作者又花了几个月的时间，认真地从头至尾进行了补充、改写，以"纪实文学"的形式，由人民日报出版社于2009年初出版。全书除《引子》和《后记》共24章36万字。我有幸将全书仔细读完，深深感到这是一部独具一格、独出心裁的丁玲传记著作：它形象地展现了丁玲献身革命、献身文学事业的光辉人生，对"丁玲精神"进行了比较全面和完整的阐释，是"丁玲精神"真实的、生动的影像。与我已读过的一些已出版的丁玲传记不同，《丁玲》一书具有明显的个性特征。在我看来，最主要的至少有三点：一是信而有证、有依有据；二是栩栩如生、活灵活现；三是情真意切、乡土乡味。

## 一、信而有证 有依有据

作者将这部传记定位为"纪实文学"，想必是经过反复思考的。目前，关于"纪实文学"的界定，还没有一致的看法。不过，有一点似乎是大家的共识，那就是首要的是一个"实"字，"真实性"是传记文艺作品的灵魂和生命。也就是说，它属于所谓"非虚构性文学作品"范围，真实可靠性成为读者最关注的焦点；违背实际的"非真实"凭空编造，绝对不是纪实文学的品格和本质。当然，它以真人真事为基础，却并不意味着完全没有合理虚构的成分，只不过对文学想象有相当严格的、科学的限制。

一般说来，传记纪实文学与其他文学艺术作品的主要区别，在于它描写的核心内容，应当是现实或历史上的真实人物和事件，不能凭空杜撰、虚构和捏造。作者对历史人物及其生平事迹的叙说和解读，都必须依据确切的、已有的真人真事。在历史真实的基础和范围内，才容许以个人理性认识和情感体验方式，进行文学性的历史背景的解析和细节的描绘，做到忠实历史、还原历史、解读历史。

然而，一段时间以来，文坛上却充斥着大量耸人听闻、哗众取宠，胡编滥造、胡言乱语的所谓"纪实文学"，有的还一度成为流行的畅销货。以关于丁玲的个人生平事迹的论著来说，就有种种有意无意、或多或少，或明或暗、似是而非的"完全是胡说八道"的东西时时在媒体出现。例如，广泛传播的什么丁玲在延安是"暴露黑暗派"，什么"丁玲历史问题结论的一波三折"，什么"不解的恩怨和谜团"，以及丁玲"溺水的故事"，等等，一而再、再而三地在报刊出现，甚至闹得沸沸扬扬、煞有介事。这些歪曲事实、混淆视听的"纪实"，以讹传讹，误导了读者对真实历史和当事人的认识和理解，造成了人们思想上的严重混乱。

涂绍钧的《丁玲》完全与这类所谓"纪实文学作品"不同，他在书的《后记》中特别声明："所记几乎都是真人真事，包括不少人物对话，都能找到出处。"其实，作者早在2003年出版的《走近丁玲》中，便严肃地指出："近些年来，国内有些学者，甚至包括个别曾自诩为'丁玲研究专家'的先生们，却在贬损包括鲁迅在内的革命文艺家的鼓噪声中，追赶浪潮，对丁玲及其作品进行酷评，恣意歪曲，变来变去，无疑是一种学术良知的缺失。"遗憾的是，直到如今，这股"学术良知缺失"的浪潮，依然还不时喧闹、翻腾。正是怀着对包括丁玲在内的革命文艺家及其优秀传统的热爱和尊崇，他不辞辛苦、坚持不懈，以澄清历史事实、还历史面目的本真，以及锲而不舍的毅力和恒心，完成了这部近 500 页的新著。

传记采取倒叙方式，从 1975 年 5 月 18 日的北京秦城监狱拉开序幕。丁玲在这座铁窗中被关押五年后，终于被释放发配到山西省长治市嶂头村。途中她暗暗思忖："为什么眼前常常是一团白雾，一团拨不开的白雾？这团白色，不能不勾起我无限的思绪，让我想起儿时我父亲死后那满屋的一片白色，想起我，那不幸的母亲，想起我漫漫七十多年的风雨人生……"于是，我们看到，丁玲从四岁父亲去世成为一个《伶仃孤女》《少年叛逆者》，经过不断的奋斗，然后如同《展翅高飞的鸟儿》《闯荡北京》；再由一个普普通通的少女，成长为著名革命作家的不平凡的历程。

丁玲带有传奇色彩的一生，经历了常人难以想象的十分坎坷曲折、艰难险阻的漫长岁月，可说是近一个世纪的大起大落、大喜大悲，几上几下、几起几伏。按照她自己的说法，就是"我不幸、也可说是有幸总被卷入激流漩涡，一个浪来，我有时被托上云霄，一个波去，我又被沉入海底。我这条小船有时一帆风顺，有时却顶着九级台风"。她曾经在风口浪尖、暴风骤雨中叱咤风云、冲锋陷阵，也曾遭遇到魑魅魍魉、陷于绝境；她有过光彩夺目、身居高位，名扬四海、声誉鹊起，也几度昏天黑地、祸从天降，几乎一蹶不振、永劫沉沦。

从传记的标题中，读者便可看到，丁玲的第一次大起大落，大致上是从《初登文坛》，发表《梦珂》《莎菲女士的日记》，接着是《出版〈红黑〉受挫》、丈夫胡也频被捕并牺牲（《"文艺的花是带血的"》）；她化悲痛为力量，参加"左联"、编辑《北斗》，《踏上新的征途》，随后遭国民党反动派绑架、监禁，《身陷囹圄》《抗争在魑魅世界》。

丁玲的第二次起伏是经过党组织的营救，经历了千辛万苦、千难万险，风雨交加、风驰电掣，才于 1936 年 11 月抵达陕北，由"昨日文小姐"转变为《"今日武将军"》；然后再《初抵延安》《奔赴抗日前线》，带领《西战团在西安》，主持《解放日报》文艺副刊，发表《在医院中》《我在霞村的时候》《"三八"节有感》等作品的《窑洞岁月》，接着开始党内整风、审干、被批评、审查而带来又一次《转折》。

第三次的波折最大、时间最长，从《太阳照在桑干河上》一书的出版并荣获斯大林文学奖（《桑干河上》《走向世界》《为了新中国文艺的繁荣》），到《风云突变》被错误地蒙冤划为"反党集团""右派""叛徒"（《到北大荒去》《把心磨出厚厚的茧子》）。当"文化大革命"的风暴掀起，她和陈明同时被投送北京秦城监狱，度过五年铁窗生涯，直到 71 岁才摆脱了牢狱生活，发配到《太行山下》。1979 年 1 月 12 日，历经坎坷的丁玲终于回到了北京，《重返文坛》。

涂绍钧接触和研究过大量有关丁玲的第一手材料，多次沿着传主生前的足迹，寻访过全国许许多多地方，亲身体验着她的人生道路和心坚石穿。书中叙述的主要人物、事件和情节，在《丁玲全集》、陈明的《我说丁玲》《我与丁玲五十年》以及《丁玲年谱长编》等著作中，基本上都不难查对、核实、印证，真正做到了信而有证、有根有据，真实可靠、忠实史实。因此，从总体上看，这本著作可以毫不夸张地称为信史、青史、诗史、正史。

丁玲的确是"一位历尽磨难，九死不悔的无产阶级文艺战士"。从《丁玲》一书中，读者不难体味到，她走过的 82 个岁月，留给人们的不仅仅是近 400 万字的各类优秀的、鼓舞人心的作品，更多地还有她对旧世界的压迫和不平等的反抗和斗争，对党和人民的坚信不疑、忠心耿耿，对中华民族传统美德的继承和弘扬，对人类理想的不懈追求和鞠躬尽瘁，它们集聚和显现为光彩照人的丁玲精神。丁玲是一位新型女性，是巾帼精神的完美表现；丁玲是一位无产阶级革命家，是延安精神的倡导者和实践者；丁玲是一位杰出的革命作家，是中华民族精神的象征和代表；丁玲是伟大的国际主义者，是人类理想精神的写照。纪实文学《丁玲》深层地、多方面地挖掘了丁玲精神的精髓，不愧为丁玲精神的写实画卷。

## 二、栩栩如生　活灵活现

纪实文学兼备纪实性和文学性。前面已经提到，长篇纪实文学《丁玲》这本著作，是根据作者多年前撰写的电视连续剧剧本改写而成的。现在经过加工和修改，作为传记文学作品的构架和形态，仍然基本上保留了原有的电视剧的模式，因而显现出与一般的传记作品很明显的不同。在尊重历史事实的基础上，它更加注重于人物形象的塑造，也具有更多的影像因素及其组合，而不是单纯的历史纪录和事件的简单罗列堆积。从形式上也许可以说，它是一部电视纪实文学作品，兼有纪实和电视剧的品性。或者说，《丁玲》这部传记著作，呈现出电视剧和纪实文学两种体裁的交叉和融合，是将两者嫁接的尝试。

《丁玲》书中的描写，有的来源于史料，有的源于作家本人的创作，有的根据亲朋好友的回忆，有的则为作者亲自与丁玲接触访谈的记录和对丁玲进行研究的成果。纪实文学作品的纪实性和文学性，是统一于一体的。在不违背历史真实的基本原则的前提下，它容许进行艺术性的描绘和形象塑造。这部纪实文学另一个独特的亮点，就是描绘的生动性和鲜活性，让读者感受到的是有血有肉、情真意切的丁玲，是立体的、栩栩如生的丁玲，是可信可亲、如见其人的丁玲。或者说，这部书是丁玲一生的生活纪实、生存纪实、生命纪实、形象纪实和灵魂纪实。

首先，在《丁玲》一书中运用了大量对话，通过各种人物相互之间的交谈，既展现出他们各自的性格特征，又突出了他们的不同关系。当已是共产党员的冯雪峰与丁玲初次在北京会面时，年青的冰之便坦诚地向他倾诉内心的苦闷说："面对这充满虚伪、欺诈和弱肉强食的社会，我只有愤恨，想反抗吧，又常常感到无助、孤单。"冯雪峰立即回答："你笔下的那个'梦珂'，就是一个在绝望中力图挣扎，刻意追求的新女性嘛。如果我们的中国有更多的女性觉醒，更多的男同胞觉悟，不就有了希望吗？"丁玲接着便说："冯先生过奖了，我只是借助梦珂的形象发泄了我这几年来的苦闷。其实，寂寞中我真希望和更多的志同道合的朋友在一起。"

这里记述的俩人初次见面的几句话，简洁而意味深长。它表达了丁玲当时所处的窘迫而又无奈的社会背景，以及内心强烈的渴望和追求；同时，又隐隐约约地透露出对这位"笨拙的农村型的"共产党人的一见如故和一见钟情，为以后两人的情感纠葛和终身友谊埋下了伏笔。而从冯雪峰的答词中，可以明白他之前虽未与丁玲见过面，可早已对她有了比较深刻的印象和了解，特别是对她的处女作《梦珂》，有相当透彻的解读和深刻的评价，足以说明他是一位高水平的无产阶级革命家、思想家和文艺理论家。

其次，《丁玲》中的有些描写，是依据作家的作品改写的。例如，在1942年5月延安文艺座谈会召开和审干结束后，丁玲、陈明和画家石鲁到一个贫困的、易患大骨节病的村庄深入生活和访问，创作了《三日杂记》。她以质朴的、写实的"报告文学"的形式，分别用《到麻塔去》《老村支书》《娃娃们》《看谁纺的好》和《五月的夜》几个小标题，生动、感人地记叙了她这次不寻常的农村三日之行。虽然访问时间很短，但在她的思想和创作上都产生过重要影响。《三日杂记》是丁玲调到边区文协后写的第一篇作品，可说是她最初的"新写作作风"的代表作之一。毛泽东看过这篇作品后非常高兴，表扬"丁玲能够和柳拐子病的婆姨睡一个炕，很不错。深入生活"。

《丁玲》一书中的第十六章《转折》，着重用了三节篇幅再现了这段历史；尤其对毛泽东提到的"和柳拐子婆姨睡在一块聊天"作了细致的描写。丁玲他们从延安出发步行几乎走了一天，黄昏时"转过一个山坡，传来了几声吆喝牲口的声音。一排错落的窑洞出现在他们面前。忽然，他们身旁窜出一群羊来。大羊身边，还有不少小羊羔。一位六十来岁的老汉甩着羊鞭：咩——"丁玲走上前去："老乡，这哒是麻塔村吗？苈村支书在哪里？"牧羊人："这哒就是。俺就是村支书，茆克万。"这些描写与原作十分吻合。但是，接着他们在村中的活动，书中却改为通过丁玲与陈明的交谈呈现出来。第二天早上，当陈明去找丁玲时，她告诉说：晚上"和茆村支书的婆姨聊得太久，我和她睡在一条炕上。唉，实在是个可怜的女人啊！她说搭帮她老汉是个好人，一生勤俭、忠厚、可是命太苦，她嫁过来没有几年就得了病。柳拐子病啊，四肢都伸不直，胳膊、手指、腿上的关节都暴了出来，就像老柳树的树节一样。整天不能下地，还坐在炕上纺线线，缝缝补补……"陈明回答说："真要感谢主席的那个《讲话》，号召作家们深入生活，写工农兵，要不是深入下来，农村的生活我们哪里知道这么多！"接着，陈明又对丁玲说："现在算是真正可以轻装上阵了。你不知道，幸好那年中组部给你做了一个正式结论，不然，在抢救运动中，还不晓得有多少麻烦！"看到这里，读者不难明白，这一章的标题《转折》，含意包括了丁玲这一时期处境的方方面面，从思想、工作到创作的变化，多么丰富、复杂！

再如，当"文化大革命"的风暴席卷到东北丁玲和陈明所在的宝泉岭农场时，有一天丁玲突然被一伙人带走。陈明为找丁玲，便请假四处打听和奔走，一个多月三次到汤原，最终才见到丁玲并将她接回原来的住地。这段生离死别、悲欢离合的曲折经历，经两人的共同回忆，由陈明于1979年6月写成《三访汤原》的长文。《丁玲》一书没有复述陈明三到汤原的详细经过，而是选取丁玲在汤原时给一位值夜班的工人缝补破被套的细节，说明她和看守的工人在非常时期的浓厚情谊。通过两人的对话，交代了陈明先后三次来看望她。丁玲说："他第一次来，给我送来衣服，可惜没见上面。昨天来，有宝泉岭的造反派李威在这里，很凶呵！我们也只说了几句话，我让他走了，免得吃眼前亏。老陈总是不放心我，其实，我在这里蛮好的。"等到丁玲离开后，"老王头望着丁玲的背影，喃喃地说：'好人哪，为什么总要遭罪呢？'明亮的灯光下，可以看见泪光在他浑浊的眼里闪动……"丁玲与陈明夫妻在最深重苦难的岁月中，患难与共、相濡以沫的恩爱情恋，通过这组镜头的闪现，生动感人、原汁原味地表露出来。

"言以足志，文以足言。"通过以上举例说明的这些片段画面，以及绘声绘色的镜头系列衔接和有机组合，读者已不难看到，不同时期与丁玲相关的一系列栩栩如生的人物和事件，活生生地展现在眼前。他们不是简单的、原状的现实生活的照搬与罗列，而是鲜明的、生动的、具体的视觉形象，是具有文学魅力和感召力的典型。以丁玲为代表的我国革命文艺家的"先天下之忧而忧，后天下之乐而乐""富贵不能淫，贫贱不能移，威武不能屈""清越而瑕不自掩，洁白而物莫能污"等的高风亮节、崇高风范，出神入化、自然而然地立体凸现在读者面前。长篇纪实文学《丁玲》的个性特征和激励人心的艺术力量，在这里又一次得到体现。

### 三、情真意切　乡土乡味

《丁玲》的作者涂绍钧与传主是同乡，长期生活、工作在湖南临澧，并从事丁玲研究和丁玲学会的组织工作数十年，具有得天独厚的优越条件。更重要的是，作者有幸与丁玲结识、相交多年，20 世纪 70 年代末，便访问过重返文坛的丁玲，并撰写了访问记，赞美她是"一支乐于牺牲自己，把光明留赠人间的蜡烛！"1982 年 10 月，丁玲和陈明回湖南临澧家乡，他全程陪同他们。在丁玲病危的日子里，又专程从湖南赶到北京，见证了她与病魔顽强搏斗的情景，为她的倔强和乐观主义深深感动。丁玲去世后，有些著作亟待整理出版，当时他又协助陈明工作。因此，对传主丁玲和家人的身世、经历、情感、心理和创作的了解和感受，日积月累，越来越深。这些，都是作者写作的动力和基础。从字里行间，不难看出作者的真情实感、情真意切。与过去出版和发表的有关丁玲的生平事迹和历史传记的论著相比，它无疑地具有更多、更浓的湘土味、湘西情。

翻开《丁玲》一书的第一章第一节，呈现的是 20 世纪初湘西风情的丁玲父亲蒋保黔的灵堂。"黑压压一大片鳞次栉比的青砖瓦房。道士们超度亡灵的木鱼声、鼓乐声，伴着抑扬顿挫的念经声从屋内飘出。两扇漆黑的大门上贴着白色挽联。大门内前后三进堂屋及天井两旁的厢房四壁，都挂满了白绫祭幛。上堂屋是灵堂。供案上陈列着祭品和香烛，满屋香烟缭绕。长明灯后，供着灵牌，上书'故显考蒋公保黔大人之灵位'。"在来来回回、川流不息的奔丧的人群中，四岁的冰之穿着孝服孝鞋，头上扎着白色的绢花，依偎在泪流满面的母亲怀抱里。这一幕幕空镜头和儿时场景，就是终身铭刻在丁玲脑海中，挥之不去的家乡最深刻的白色印记。

美籍华人丁淑芳在她的《丁玲和她的母亲——人文心理学研究》一书中写道："对丁玲与其母亲来说，家与国之间并没有利害关系的冲突。救国思想已被五四运动唤醒，而日本侵略进一步激起情感波澜。因此在家与国之间相对容易变换为母—女／国—民互相依存和为更大的利益自我牺牲这两种思想。曼贞热情爱国比女儿先行一步。因此丁玲以后献身于国家也同样可以被看作是在完成母亲的愿望。"丁玲的母亲余曼贞年纪轻轻时就守寡，在困境中自强自立，三十多岁还去长沙女师读书，后来因生计窘迫只好中断学业，到桃源县立女校谋了一个职务。不久，又回常德创办公立育德女校、任常德妇女检德会评议部部长，自办常德平民工读女校任校长。后来又聘为临澧县女校校长，常德检德会文艺女校校长，为当地妇女界做了大量工作。湖南"马日事变"以后，国民党当局不再让她出来做事，兵荒马乱中，全靠丁玲寄去的一点稿费和朋友接济糊口。从丈夫去世丁玲成为"伶仃孤女"，到"风云突变"前的1953年5月4日在北京病逝，余曼贞与儿女一起分担和经受着各种各样的风云变幻、酸甜苦辣。她照料、教育、陪伴女儿度过半个多世纪；每当丁玲遭遇最困难的时刻，总是母亲相随、相伴、相慰在身边。母女两代人的接力棒传递下来，丁玲继承的是包括母亲在内的老一辈先进女性的优秀传统。书中通过向警予之口对丁玲说："你妈妈是一位非凡的女性，是一个有理想、有能力的人，你父亲死后，她非常困苦。只是为条件所限，不容易有大的作为，她是把全部希望寄托在你身上的。"从书中可以看到，这位优秀的常德先进女性，不仅是丁玲家中的"管理员"，同时还是全家人"最贴心的朋友""生命的支柱"。

　　沈从文与丁玲这一对著名的湘西乡亲作家的恩恩怨怨、是是非非，长期以来一直是文坛议论不休的话题。涂绍钧曾经针对某些人诬陷丁玲的"大被同眠""世态炎凉，不念旧情"等，依据大量史实写过长篇文章辩驳，使许许多多的读者感到"颇快人心"，我至今记忆犹新。在《丁玲》传记中，他再次实事求是、严格按照历史真相，刻画了这两位湘西作家几十年间的交往、交谊、交流和交情。从在北京与胡也频一道，前往银闸胡同通丰公寓沈从文的"窄而霉小斋"的三人会见，沈从文说"我们是一条沅水边上的，那沅水呀，好清亮啊"；到1929年共同筹办《红黑》月刊和《红黑丛书》，以及《人间》杂志；再到胡也频被捕、遇难，沈从文陪同丁玲回常德；1933年丁玲被国民党反动派绑架身陷囹圄，沈从文到南京看望，劝说她"到教育部找一份差事"；相隔10余年新中国成立后，丁玲从沈阳来北京，听说沈从文自杀，专程前去看望；随后又与陈明、何其芳一道，驱车前往沈从文家中，希望他"振作起来，继续从事创作。抛掉自己的过去越快越多越好！"直到最后《重返文坛》，在友谊宾馆餐厅中，与沈从文、张兆和夫妇偶遇和相互关照；这时丁玲尚未完全平反，党籍仍没有恢复。涂绍钧以一个湘西评论家的特殊身份，描写了这两位同是湘西的著名作家几十年来的相互分离和关切。数十年的人间沧桑、生离死别，在淡入淡出、渐显渐隐、溶出溶入、化出化入的画面中复现。总的说来，作者实话实说、实实在在，尽量做到客观、公正、公平，不偏不倚、合情合理，"持之有故，言之有理"。

　　书中还有不少人物、事件、情节、对话，也或多或少带有湘西的乡俗、乡情、乡音。例如，上面举例的丁玲、胡也频与沈从文一起创办《红黑》刊物，沈从文便说这刊名便是："红黑，在常德、湘西一带就是反正、横竖的意思。不错，是个土得有特点的方言。"又如，丁玲的母亲在北京家中缝补衣服，感触地对女儿说："家乡有句老话，'新三年、旧三年、缝缝补补又三年'，这夹袄补补还能穿。"书中如数家珍，还提到常德丝弦《孟姜女寻夫》，以及传唱的儿歌"金打铁，银打铁，打把剪刀送姐姐，姐姐的耳朵剪个缺……"和"三十晚上月亮大，有人地里偷黄瓜。瞎子看见的，聋子听见的，哑巴一声喊，跛子跟着赶……"等，都带有浓郁的乡土气息。而作者特意描绘的常德笔架城、孤峰塔、招屈亭、文庙、丝瓜井，以及江边吊脚楼的风景名胜、景观景点，引人入胜、韵味无穷，往往让读者眼花缭乱、心驰神往。丁玲说过："我的根子不是扎在小小的故土，而是扎在祖国的大地。但现在却因为这块可爱的故土，使我有了一种新的温情，这大概就是所谓故乡情了吧。"丁玲属于湘西的故乡、故土，更属于中华儿女的广袤大地，还属于新世纪全球化的全世界！

"忧民之忧者，民亦忧其忧。乐民之乐者，民亦乐其乐。"在中国革命史和现当代文学史中，丁玲都堪称一位少见的传奇女性。她几度大红大紫、大起大落，遭受了不同的难以置信的磨难和痛苦。可她的顽强、她的坚定、她的信念，使她不仅没有屈服、没有气馁、没有畏缩、没有倒退，反而更加奋发、更加坚韧、更加辉煌、更加光彩照人。丁玲的历史是一部奋斗史、荣辱史、艰辛史；她的一生言行和留存下的各类脍炙人口的著作，凝聚和形成了宝贵的丁玲精神。这种精神是巾帼精神的集中体现，是延安精神的突出代表，是中华民族精神的夺目象征，是人类理想精神的现实写照。"纤笔一枝谁与似"？涂绍钧的纪实文学传记《丁玲》，展示了丁玲光彩照人、高风亮节的感人事迹，不能不使广大读者为这位中华优秀儿女、巾帼英雄的铁中铮铮、庸中佼佼所感动和敬佩。读完这部纪实文学作品，我们再一次为丁玲精神的伟大所感动。丁玲精神的魅力和感召力，永远是我们民族的宝贵精神财富。

[作者系首都社会经济发展研究所原研究员，莫斯科大学哲学硕士。作品原载《理论与创作》2010 年第 5 期，先后收入第十一次国际丁玲学术研讨会论文集《丁玲与中国当代文学》（厦门大学出版社 2012 年 1 月版）、《涂途文集》第四编（五洲传播出版社 2016 年版）]

# 丁玲小说中侠义精神的叙事内蕴

聂 茂 郭 谭

　　丁玲的文学创作有着极强的阶段性，她创作中的侠义精神主要集中在前期作品中。早期的丁玲自由、独立，思想解放。《莎菲女士的日记》一出便惊动了整个文坛，丁玲大胆地描绘了女性的情欲和心理，追求女性的自由和个性。到 20 世纪 30 年代，丁玲创作了大批"革命加恋爱"的文本，展现了在投身革命之前的一系列挣扎与徘徊。再往后到延安时期，虽然丁玲较大地受到了马克思主义的影响，但依然保留着一定的创作个性，蕴含着强烈的女性主义倾向，这在《我在霞村的时候》中贞贞这一形象中有所体现。到了整风运动之后，丁玲则渐渐失去了最初的创作个性，开始了反思。但是此时还是能在其作品中看到一些矛盾性。在《太阳照在桑干河上》上这类政治意味十分强烈的作品中，我们依然能够在黑妮这类人物形象中看到一定的革命倾向。因此，虽然后期丁玲有转变为政治传声筒的倾向，创作越来越趋于政治化，但其骨子里的自由和侠气让其仍葆有一定的创作个性，不至于全然失去自我。

　　刘再复的女儿刘剑梅教授曾在一次采访中表示："丁玲展示了中国现代知识分子'自掘心'的过程。"丁玲的转变反映了那个时代知识分子的思想变动，有些人选择沉默，有些人则奋力抵抗，如沈从文。丁玲与沈从文后期关系的紧张也与其政治立场的差异有一定的关系。丁玲的创作不断由内而外地转化，为集体和革命服务。

　　本文主要集中在丁玲的小说创作上，探究丁玲小说中侠义精神的叙事内蕴，并对后期《太阳照在桑干河上》中的黑妮形象与女性主义倾向进行一定阐述。丁玲的侠义叙事可以从侠义互助的正义叙事、民间立场的底层叙事、非主流的革命叙事、尚武精神的血性叙事和乌托邦式的浪漫叙事等五个维度来探讨，通过具体的文本进行深入分析，能够体会到丁玲小说中的侠义精神与中华优秀传统文化一脉相承的内涵。

## 一、侠义互助的正义叙事

丁玲小说中的重要叙事，主要体现在互帮互助，以及挺身而出和自我牺牲的精神，而这也正是侠义精神的一个重要内核，这种侠义互助，不仅体现在主人公对他人的帮扶上，也体现在主人公与其他人物之间的温情中。正与"侠"对弱者的帮助，"侠"与"侠"之间的义气一致。丁玲将个人身上的"侠气"渗透进文本，利用一个个故事情节展现其审美认知。

《梦珂》开头即由梦珂的见义勇为开始，写到了梦珂救女模特儿的一幕，在女模特儿遭到不公对待，于大众到来之前被红鼻子教员羞辱时，是梦珂听见了女子的喊叫，挺身而出，跑去骂那红鼻子，为她打抱不平，并在学生们争相过来看热闹时，站到惊慌失措的她身边，叫她把眼泪擦干，一件一件替她将衣服穿好，让她在自己怀里哭泣，并将她送出教室。事情发生之后虽说很多人并未听信那红鼻子的污蔑，都能够理解梦珂的行为，但真正在事情发生之时敢于站出来的仍然只有梦珂一人。事后有个长发少年叫住梦珂，劝梦珂慢点走，并想开一个会议来解决此事，但梦珂却丝毫未犹豫。

> 但她却在闹声中大叫了起来："好吧，这时你们去开什么会议吧！哼，——我，我是无须乎什么的。我走了！"

正是旁人的冷淡和事后的奋勇让梦珂寒了心，不愿再去学校，从而有了之后寄住在姑母家的诸多发展。

从这个层面上来看，梦珂之"侠"显得尤为珍贵。受欺辱的女模特儿因连累梦珂而满心愧疚，但梦珂只是说："嘿！这值什么！你放心，我是不在乎什么的……"甚至连长发少年的挽留与开会解决的建议都未放在心上，毅然离开，没有半点犹豫。即使后来落入更糟糕的境地，也没有对当日之事有过多提及和悔意。梦珂的仗义相助是她认为该做也必做的事情，这诚为一个"侠"之所为。

在《莎菲女士的日记》中，莎菲身患肺病，但她的朋友们却并没有害怕感染而远离她，而是一直陪伴与照顾着她，给了病中的她诸多温情。莎菲因为喝酒病情加重，她的朋友毓芳、云霖、苇弟、金夏都守在她床边，为她流着泪，并帮她收拾东西，送她去医院。莎菲病好后，也是这几人将她送回公寓，帮她打扫干净公寓，为怕她冷特意生上小洋炉，还搭上小铺轮流照看她。就连她牵挂的凌吉士也在她住院时和出院后多次看望她，陪伴她。这给病中的莎菲带来了极大的安慰，正如她自己所说：

> 近来在病院把我自己的心又医转了，实实在在是这些朋友们的温情把它重暖了起来，觉得这宇宙还充满着爱呢。

所以即便是莎菲的性情被人视作"狷傲"与"怪僻"，但身边仍留存着这种互助的温情。侠义精神的一个重要内核便是"义"，"侠"行事大多重"义"，与人相处也全在一个"义"字。

而在《我在霞村的时候》中，叙述者"我"与贞贞也建立了深厚的革命友谊，她称贞贞为"朋友"，同情她的境遇，也佩服她的勇气与开朗。在"我"离开前，贞贞欲言又止，可"我"拒绝听人说关于贞贞的情况，"我"认为：

> 凡是属于我朋友的事，如若朋友不告诉我，我又不直接问她，却在旁人那里去打听，是有损害于我的朋友和我自己，也是有损害于我们的友谊的。

这样的深情是贞贞悲惨际遇的调剂，带给了她极大的心理慰藉。丁玲将这样一个备受摧残，失去贞操，饱受非议的女性起名为"贞贞"，一定程度上也表示贞贞虽失去了贞操，身体受到了伤害，但精神健全，甚至比革命区的其他大多数人都要健全得多，身体的失贞并不代表精神的失贞，丁玲借主人公的视角，表达了对这类女性的深切同情与关爱。

到了《太阳照在桑干河上》中，战争环境也给了主人公施展侠气的机会，章品就是在这样的环境中建立起了威信。有一次，他到一个靠近据点的村子里去，找伪甲长，伪甲长是个地主。章品找到他的时候恰巧遇见日本人进村，伪甲长让他从后门逃走，不想连累他，结果章品不走，带着地主的儿子，举着枪，趴伏在窗户后边，并告诉地主："敌人什么时候进来这院子，咱就什么时候打死你儿子，你大约是明白人吧！"最后伪甲长一点也不敢怎么样，打发了敌人。后来，章品的这一事迹传了出去，老百姓都对其敬佩不已："八路军的人都有这样大胆，那还怕什么日本，中国再也不会亡了。"

章品能在关键时刻当机立断，不退缩，不畏惧，镇定自若，实乃"侠"之风范。在后期的土改工作中，章品果敢老练，一出现便能将土改进程缓慢的暖水屯带上正轨，亦是个雷厉风行的"侠士"，能真切地解决农民的土地问题和切身利益。这都是侠义精神在其身上的具体表现。

## 二、民间立场的底层叙事

在丁玲小说中，主人公大多是平凡之人，却能做出不平凡之事。正如侠义精神中，小人物亦能有不俗的"侠义行为"，丁玲小说中也有诸多底层的小人物做出了不凡的事迹。这种底层叙事与侠义精神的平民性是一致的。

丁玲小说中的主要人物都不是轰轰烈烈的英雄，或者说都不是与生俱来的英雄，都是从平民出发，慢慢转变的。《太阳照在桑干河上》中，县宣传部长章品、区工会主任老董、暖水屯支部书记张裕民、农会主任程仁，以及土改工作组的组长文采，组员杨亮、胡立功等等，都不是一无缺点的，他们是在土改初期走在前边的人，但最初也存在诸多问题，是逐渐成长起来的。

县宣传部长章品可以说是暖水屯土改工作中的核心人物，章品的到来，为暖水屯缓慢的土改进程助了一把力，得以迅速着手清算钱文贵。但在章品刚脱离青年工作到察南时，还不够十九岁，年纪尚小，经验不足，而且现实条件不足，没有连杆枪，常常只有两颗手榴弹，再加上伪甲长瞧不起他，常常考他，章品最初的处境并不乐观。可环境推着他成长："他的老练和机警的确只是因为环境逼迫他而产生的……有几次一月多找不到熟的吃，并且还常常吃生的南瓜，生的玉米。同在一块的人牺牲了。也有扩大了来的游击队员又投了敌，反转来捉他，他跳墙逃走过。"这样艰苦的环境将章品培养成了土改的先锋，从最初底层的稚嫩到后来处事的果敢坚决，章品实为底层英雄的典型代表。而且章品在后来成为县宣传部长后，也极力代表和保障底层农民的切身利益。因为有与老百姓同患难的经历，人们对他格外亲切，都叫他章队长、老章、章区长、章部长等等。因为互相依靠，共同战斗着生存下来，章品与民众有着更为融洽的感情，人们在他身上看到了光明，寄予了厚望，开始有决心和信心去同黑暗做斗争，并且取得了胜利。因此，从这个层面上来看，章品不仅是从底层成长起来的"侠"，也是代表着底层利益，与底层民众休戚与共的"侠"。

区工会主任老董也具有这一特点。今年五十岁的老董，在共产党刚从南山伸到三区来的时候，他就一直跟着打游击。从最开始只跟着跑，不会使枪，看见敌人只知道跳脚，迈不开步子，到后来能够齐心协力打退敌人。

老董就更死心塌地跟着跑，过了三年比做长工还苦上百倍的生活：

睡觉常是连个土炕都没有，就在野地里挖个土窖，铺点草；吃冻成冰了的窝窝。他学会了打枪，他做了一个忠实的党员，只要上级有个命令，死也不怕……他是一个肯干的党员干部……

老董也有不足之处与弱点，村上干部曾说他革命有功劳，要分他三亩葡萄园子，老董就动了心："他做几十年长工，连做梦也没想到有三亩葡萄园子，他很想要，他还可以抽空回家耕种，他哥哥也能帮他照顾……最后他决定，只要不会受处分，他就要地。"可是到后来开会动员时，老董又能够直面自己的问题，反省自己的不足："老董也说自己放弃责任，马马虎虎，一心只跑里峪，就为了干部说要替他分三亩葡萄园子。唉！总是农民意识，落后……"因此，老董并不是与生俱来的积极分子，他亦有着诸多不足，甚至最初也只是个底层的平民老百姓，但他在不断的实践中成长起来，其在土改中所起的作用也是不容忽视的。

土改工作组的组长文采，以及组员胡立功和杨亮，也都是带领人们进行土改运动，让农民获得土地，翻身站起来的"侠"。文采最初过于自负，与杨亮等人存在诸多分歧，可后来在群众的力量和智慧的影响下也慢慢改正了自高自大的毛病。底层性在组员胡立功和杨亮身上表现得极为明显。胡立功只是一个普普通通做做宣传工作的人，文化程度不高。杨亮年龄也不大，才二十五六岁，只在小学读了几年书，没有进过什么学校。但是他在边区政府图书馆做过图书管理的工作，读了很多书籍，且细致爱动脑，努力上进，有自己的见解。参加清算工作后，他更感到农村是一个活的图书馆，农村的实际能够给他更大的启发，再加上他自己便是农村出身的，因此农村的工作更能够带给他充实的力量。所以他争取了土地改革工作的机会，希望能学到东西，做出成绩。比起文采，胡立功和杨亮与农民的关系更加紧密，他们各处走访，深入了解，与农民们打成一片，并站在农民的立场上为其争取利益。这些底层英雄身上带有的强烈的侠义精神。

还有后来评地委员会的各个成员，主席李宝堂，算盘手任天华，农会主任程仁，都是这样的底层"侠士"。在解决李子俊果园问题的时候，李宝堂和任天华带领农民们摘运果子，忙而不乱的谨慎更是得到了一向孤傲的文采的肯定。平日的呆板、枯燥，都变成了灵巧和轻松。在这样的场面中，文采才终于承认了老百姓的能力。而此时的李宝堂和任天华等人，亦具有了侠义精神，在获得自身利益的同时，也给更底层的民众争取了权益。

这些有缺点的小人物身上所体现的，均有侠义精神的影子。

《我在霞村的时候》里的贞贞最初也是一个单纯向往幸福的少女，她开朗、勇敢，为了守护自己的爱情，甚至想要去天主教堂求神父收她做姑姑，也不愿嫁给父亲给她说的亲事，嫁给不爱的人。却也正是因为她去天主教堂，来不及逃跑，才被日本鬼子抓去做了慰安妇。

贞贞本是平凡的十八岁少女，是处在底层的普通民众。可自从她被抓进日本鬼子阵营开始，她的勇敢就变成了另一件利器，成了革命的有利因素。如果说第一次的被抓是被逼无奈，第二次则变成了主动深入敌营。贞贞利用慰安妇的身份打入敌人内部，提供了很多情报，做出了很大的功绩，小说结尾也暗示了贞贞定将做出更大的成绩，为革命贡献更多的力量。而贞贞，也正是从一介平民慢慢发展为革命英雄的，时势造英雄，她所遭受的种种苦难让她成了值得尊敬的伟大"侠士"。虽然说贞贞的身体在不断地受到双重利用，一方面是日本人的剥削，另一方面则是抗日组织的利用，丁玲在此也对这一形象注入了较多的女性主义意识，有着对这一底层女性的同情。但不可否认的是，贞贞的确是一个值得肯定的革命者，她顶住外人的侧目与指指点点，走向了一条可以实现个人价值的革命道路。从这个层面上来说，她比革命区的其他大多数人都要勇敢和坚决，是一个具有侠义倾向的人物。

### 三、非主流的革命叙事

与儒释道相比，侠义精神自古便处于主流文化之外，潜行隐构于民间话语中。"侠士"锄强扶弱，匡扶正义，骨子里有着一腔热血。在革命文学中，侠义精神更是成了极为重要的精神寄托。在丁玲的小说中，这种叛逆与正义也有所表现。这种非主流的叛逆，不仅体现在小说主人公与情节构建上，更体现在丁玲本人身为作家对主流的反叛，这种反叛最为鲜明地体现在其女性意识的觉醒，对过去主流的男权社会的改造上。

《莎菲女士的日记》中，莎菲是典型的叛逆女性。在主人公莎菲和苇弟、凌吉士等人的男女博弈里，莎菲一直处于主导地位，她个性倔强，向往爱情但是又有些胆怯退缩，具有强烈的反叛精神。她想要追求真正的爱情，追求南洋华侨凌吉士，但慢慢地却又开始鄙视他卑劣的灵魂，始终都在痛苦中徘徊。丁玲在对凌吉士的描写中，将其刻画得十分女性化。

> 他的颀长的身躯，白嫩的面庞，薄薄的小嘴唇柔软的头发，都足以闪耀人的眼睛，但他却还另外有一种说不出，捉不到的丰仪来煽动你的心。

莎菲用"美"这样一个极其女性化的词语来赞美他。在两者的关系中，莎菲像极了主导爱情的一方，甚至在见到凌吉士之前，莎菲一直这样认为：

> 一个男人的本行是会说话，会看眼色，会小心就够了。

这将丁玲的女性意识展现得淋漓尽致，而丁玲的女性觉醒也是一种对主流的对抗。正如主人公莎菲对待一直追求自己的苇弟的态度，莎菲一直居高临下，而苇弟则一味迎合莎菲的情绪，甚至时不时哭哭啼啼，这和主流社会所能接受的男性阳刚截然不同。莎菲对其也是否定的。莎菲在日记中记载：

> 我知道在这个社会里面是不准许任我去取得我所要的来满足我的冲动，我的欲望。

她深知自己的欲望和追求是不被主流所认同的。无论是在莎菲的性格中，还是人物与情节的刻画上，《莎菲女士的日记》均带有强烈的非主流倾向。

《太阳照在桑干河上》被认为是一部应时之作，带有极强的政治意味，但丁玲血液里的叛逆让她并不会局限于此，必然会在作品中带上自己的创作个性。丁玲在《太阳照在桑干河上》有一段描写地主家女孩黑妮的文字：

> 树林又像个大笼子似的罩在她周围。那些铺在她身后的果子，又像是繁密的星辰，鲜艳的星星不断地从她的手上，落在一个悬在枝头的篮子里。忽的她又缘着梯子滑了下来，白色的长裤就更飘飘晃动……

在当时的社会大背景下，地主在这类描绘土改的小说中理应是坏人形象，是要被批判的对象，但丁玲却用这种文字来表现她人性的光辉。好人都不是毫无缺点的，而坏人也不是要全盘否定的。丁玲将这种客观的描述保留了下来，写入了小说作品中，可谓是与当时主流思想有所区别的。

黑妮这一人物是有原型可寻的。丁玲在怀来从事土改工作时，在地主家的院子里曾看到过一个小姑娘，后来被人告知是地主家的侄女。她虽身处地主家，但却并不属于地主这一阶级，而是像个丫鬟一样被压迫，被剥削，是不被地主阶级所认可的。就是在这样一个灵感赋予下，丁玲创作出了黑妮这一形象。黑妮这种身份在土改中是十分尴尬的：她没有参与剥削，而且恰恰也是被压迫的那一部分，她在那样一个家里没有地位，任人摆布，且无力反抗，但另一方面却又受到社会的排挤和批判，她们的困境是双重的。丁玲试图通过黑妮这一形象反思这一类女性的生存遭遇，认为在土改中需要区别对待这类带有争议的女性，反思她们的命运遭际。当然，这与丁玲出生于地主之家亦有一定的关系，但是在当时的政治环境中，敢于将这种倾向书写出来，也实在是难能可贵的。而且，丁玲在小说最后也为黑妮设置了一个光明的前景，让其获得了身心的解放。从这个层面上来看，丁玲对这类形象赋予了深切的同情与人道主义关怀。小说最后，黑妮出现在了清算的队伍里，程仁至此才认识到自己一直以来的担忧是徒劳的，"像忽然从梦中清醒一样，他陡的发觉了自己过去担心的可笑，'为什么她不会快乐呢？她原来是一个可怜的孤儿，斗争了钱文贵，就是解放了被钱文贵所压迫的人，她不正是一个被解放的么？她怎么会与钱文贵同忧戚呢？'"这时候，黑妮也脱离了伯父钱文富的束缚，成了被压迫的农民一方，是"被解放的囚徒"，一个革命者。

除了黑妮，还有一位地主家的女人被丁玲赋予了血性与关怀，这便是李子俊老婆。她不像江世荣老婆和钱文贵老婆是被丑化和妖魔化的存在，反而被丁玲寄予了无限同情。她曾是吴家堡首富的女儿，从小便可以使唤丫鬟仆妇，是有名的白俊，在娘家时只知道绣点草儿、花儿玩。可嫁到李家之后，李子俊是个大烟鬼，耍钱，卖地，还受钱文贵的怂恿当了伪甲长而成了冤大头，只有卖田卖地才能还清欠款。在这种情况下，李子俊老婆只得担起了这个家的重任，昔日养尊处优的她挑水、做饭、收租、省吃俭用。她害怕钱文贵的压榨，也害怕农会的革命，更害怕任国忠等两面三刀之流的威胁。她四处讨好，成天想办法多藏一些东西，总想把所有的一切都藏到地下才能安心，整天都悬着一颗心。可是丁玲在字里行间并未嘲笑她作为地主婆的狼狈和不堪，而是流露了极大的同情。在对她的描写中，语言也极为正面。

这原来很嫩的手，捧着一盏高脚灯送到炕桌上去，擦根洋火点燃了它。红黄色的灯光便在那丰满的脸上跳跃着，眼睛便更灵活清澈得像一汪水。

可以说，丁玲小说的非主流性在其女性主义倾向上表现得极为明显。在"男尊女卑"的社会中，地主阶级大多以"男性"为中心，女性则成了附属品，没有思想，没有个性，也没有能力，农村妇女的精神世界几近空白。在《太阳照在桑干河上》中，有三个极为重要的女性形象：董桂花、周月英以及赵德禄女人。土改之前，董桂花在和丈夫参加了文采召开的大会回来之后，丈夫有些气恼，开口揶揄了董桂花几句，董桂花的回答是："咱横竖是个妇道，嫁鸡随鸡……去开会还不是为了你？……好赖咱靠着你过日子，犯不着无头无脑生咱的气……"而到了土改胜利之后，丈夫李之祥则开始支持董桂花的社会活动。再看周月英，她是被认为最具抗争性的女性。土改前，周月英在发泄了自己的不满情绪后，遭到了丈夫的打骂："你是个什么好东西，咱辛苦了一辈子才积了二十只羊，都拿来买了你……你这个骚货，咱不在家的时候，知道你偷人了没有……"在这样的打骂过后，周月英仍然乖乖地和荞面，做偏食。可到了土改时，周月英却成了第一个挥动手臂打了钱文贵的女性。自此之后，她平日积攒的愤怒减少了，与丈夫的矛盾也越来越少，再不复过去尖酸泼辣的性格。还有赵德禄女人，土改之前，她因为收了地主江世荣女人送的一件上衣，而被丈夫赵德禄当街暴打，扯烂上衣，羞辱示众，而赵德禄女人，受到丈夫这样的欺凌，也只能不断伤心地哭泣，并未反抗。而到了土改之后，她成功分到了两件大衫，终于得以名正言顺地穿上合身又漂亮的上衣。

同时，在写作上，丁玲将赵德禄女人遭到当街打骂的情节放到了"好赵大爷"这一章下，讽刺意味尤为明显。这样一个廉洁和反抗贿赂的人物，却当街打骂自己的妻子，骂出的语言也是粗鲁不堪，正义感荡然无存。而且，丁玲擅长的零度情感叙事，也以客观的视角记录了小说中各个人物形象的成长与转变，关注生活在社会底层，备受家庭与封建压迫的女性的生存境遇与精神世界。

土改前后这三位女性地位的转变体现了丁玲对男女平等与女性觉醒的关注。在"男尊女卑"的传统思想下，丁玲敢于突破，重视女性权利，这种女性主义倾向反映了其思想的解放与对自由的追求，这也正是与传统主流思想有所不同的，是其革命性的表现，也正是与侠义精神一脉相传的部分。

在《阿毛姑娘》中，主人公阿毛也是有着属于自己的精神憧憬，只不过这种憧憬过于虚妄和偏激。阿毛向往的其实是"一种为虚荣为图快乐生出的无止境的欲望"。她也想要一种用金钱和物质构建的"美好"生活，却又无从摆脱。她想要过上艳羡的物质生活，但现实又相差甚远，只能兀自苦恼。在这样的冲突中，丁玲在阿毛身上亦渗透了其女性主义的批判意识。

> 阿毛真不知道也有能干的女人正做着科员，或从事干事一流的小官，使从没有尝过官位的女人正在满足着那一二百元的薪水；而同时也有着自己烧饭，自己洗衣，自己呕心沥血去写文章，让别人算清了字给一点钱去生活，在许多高压下还想读一点书的女人……

阿毛正是忽视了这一点，才丝毫未重视女性自身的独立和能力，将女性的命运完全寄托在了男性的身上，她看轻女人。起初，她想要从自己种田的丈夫身上得到慰藉，从而冲破自己所处的阶级。后来发现从丈夫这里无从改变命运后，她便常常跑到山上，希望能有一个可爱的男人爱上她，带她脱离"苦海"。对于阿毛来说，这是她自己构筑的幻境，她甚至幻想能不经意在路上捡到一个钱包，可以让她去买衣饰，买地位，以摆脱现在的经济和精神困境，但这终究是虚妄的。

曾有人从她憧憬的精致房屋中走来，想让她做画画的模特儿，却被婆家阻止了。阿毛次日去山上等了许久也没有等到那个她自以为是的男人。从此之后，她心灰意冷，睡眠太少，思虑却又太多，最终导致疾病缠身，卧病在床。可是，她所认为幸福的娇媚姑娘因肺病去世了，对面精致房屋中的女人，也会在半夜演奏悲伤的乐曲，她自顾自羡慕的一切都只是虚妄的泡沫。在绝望中，阿毛心理失衡，梦醒后，发现自己无路可走，吞下了火柴杆，自寻短见，提前离开了让她痛苦的人世。

阿毛的悲剧有时代的原因，"五四"过后，政治黑暗，半殖民地半封建社会的现状，使农村和城市的政治经济发展极为不协调，城市中受资本主义影响，呈畸形发展状态，物欲横流，而农村则处于半蒙昧阶段，城乡差距巨大。阿毛无法逾越这一巨大的鸿沟，无论是在物质上还是在精神上都难以逾越，这自然就造成了最后的悲剧。另一方面，阿毛自身也存在着性别弱势。在封建传统礼教的影响下，婚姻包办，阿毛直到出嫁前都不知道嫁人是个什么意思，她的悲剧从她被包办嫁人时就已经开始了。如若她嫁去的是和她生长的家一般的地方，而不是临近西湖，能让她接触到繁华的葛岭，那么她便也会一直过着无欲无求的生活。在阿毛燃起了欲望之心之后，她希望能从丈夫身上得到身体和心灵上的安慰，可是农村妇女主动索爱被认为是淫荡的，她甚至被丈夫骂为"不要脸的东西，你这小淫妇！"后来阿毛想要去当画工的模特儿，也受到了丈夫和公婆的强烈反对，甚至遭到暴打，这都是对阿毛身心自由和人格平等的强烈束缚。因为阿毛为女性，所以其必须遵守所谓的"妇道"。丁玲就是想借对阿毛的悲剧描写表达一种性别批判意识，呼吁女性意识的觉醒，是一种社会批判与性别批判的双重批判。

《梦珂》中也存在革命的成分。文中曾提及一个"中国无政府党员"，"在一个黑弄里蛰入，走进一间披满烟尘的后门，从房里传出来一阵又粗，又大，又哑的歌声，厨房里有个十五六岁的小厮在低着头吃饭，爬满桌上灶上的是许多偷油婆。……她已被这些从未赏鉴过的这样热情，坦白，大胆，粗鲁而又浅薄的表情骇呆了。支持着自己，又只好机械地轮流握着那伸来的手。及至看见了那只遍生黑毛的大掌时，忍不住抬起目光来，啊，这就是那唱歌的人，一对斜眼！看样子，雅南还最钦佩他似的"。

但这在梦珂看来却是粗鲁和浅薄的，那所谓"中国的苏菲亚女士"更是让梦珂难以忍受，她向往自由，但却不是这种粗俗的自由。

在与表嫂的相处和对话中，梦珂亦表现出了强烈的女性觉醒。表嫂称梦珂表哥为"鲁莽的粗汉"，当表哥将充满酒气的嘴凑过来时，表嫂是厌恶的，只想打他，她是为了祖母才忍心嫁给了表哥，并没有爱。所以当表嫂看到旧杂志上关于女子的表述时，她表现出了极大的认同。杂志中认为在旧式婚姻中，女子嫁人相当于是卖淫。平日里最是谦和的表嫂也能有如此大胆张扬甚至有些叛逆的言论。

而梦珂的出走亦带有一定的革命意味。不甘于男性的主导，渴望自由和平等。当父亲寄信来提及姨母为祖武说亲一事，梦珂想起祖武的粗野样，还有亲戚们家中做媳妇的规矩，她也是拒绝，不愿理会的。她反对旧式的"父母之命，媒妁之言"，渴望追求自己想要的幸福。而当她对晓淞的眷恋破灭之后，她又毅然离开了姑妈家，即使陷入了更大的深渊，她也不曾回头。

《我在霞村的时候》中，初到霞村，便遇到了贞贞回来的一幕。对于贞贞的回归，村里人均抱着看热闹的心态，甚至连她的姨母刘二妈也慌慌张张地跑去看，还不断地与人讨论着。而"我"对这些议论显然是不耐烦的，面对杂货铺老板的讥笑揣测，"我"是忍着气，不同他吵；路上妇人们的嘲讽，"我"听着也是不愉快的。如果说贞贞最初是被动地掳走，后期则是主动地深入敌营。她凭借自己的有利身份，在日本鬼子内部搞鬼，让他们吃败仗，极大地鼓舞了我方游击队的士气。她也曾忍着病痛传递消息，完全将自己的生死置之度外，俨然是一个彻头彻尾的革命者，勇敢而无畏。

一个年仅十八岁的女孩子，经历了常人难以忍受的苦难，却也做到了常人难以做到的隐忍和勇敢，她不需要任何人的可怜，在"我"看来，她的未来和前途是光明的，"我"定将在革命之路上与她相会。

丁玲在小说中对贞贞的眼睛进行了如下描写：

> 虽在很浓厚的阴影之下的眼睛，那眼珠却被灯光和火光照得很明亮，就像两扇在夏天的野外屋宇里的洞开的窗子，是那么坦白，没有尘垢。

在"我"看来，贞贞是"有热情的，有血肉的，有快乐、有忧愁却又是明朗的性格的人"。这都是对贞贞极高的评价，也是对她革命精神与决心的赞许。

除此之外，丁玲对贞贞这一形象的刻画，也在一定程度上体现了其本人的非主流性。身处革命阵营，丁玲却能够写出这样一个集合了革命性与女性主义倾向的人物，甚至后来为此屡遭非议，也是难能更可贵的。一个失去了贞操的女子，丁玲却将其起名为"贞贞"，具有十足的讽刺意味。贞贞是为了追求自己的婚姻幸福才出走被抓的，后来生病，革命队伍让其回"家"养病，贞贞感受到了自己的存在价值，以为终于有了重生的机会，却不料在革命区受到了更加可怕的眼光与非议，连自己的父母亲人也不再像之前一样对待她，甚至她一直珍视的爱情，在她看来也变成了可怜与悲悯。丁玲是通过对贞贞的书写表达了其对女性在战争中处境的担忧，表现了其对女性真正解放的关注，展现了其作为"革命者"和"女性"的强烈矛盾。从丁玲本人的创作目的来看，这在当时的革命环境中也是具有非主流性的。

## 四、尚武精神的血性叙事

尚武精神是"侠义精神"的一个重要内容，特别是在武侠小说中，尚武甚至成了"大侠"的必需，武艺高强、敢作敢当是其标签。凭借高超的武艺，"侠"才能纵横江湖，拥有属于自己的乌托邦世界。而在丁玲的小说中，也不乏尚武精神的内核，这在《太阳照在桑干河上》中表现得极为明显。

土改本身就是一个充满武力的过程。打击地主，保护农民的利益，势必少不了动用武力。特别是在周月英身上，这种尚武精神具有了重要的意义。土改之前，周月英在遭到丈夫的打骂后，也只能乖乖地和荞面，做偏食。后来，土改慢慢进行，周月英的泼辣性格逐渐显现出来：

> 有名的泼辣货，一身都长着刺，可是个天不怕地不怕的女人，开起会比男人们还叫得响。算个妇女会的副主任咧。今天她们妇女会的人也全来了。

最后，她甚至成了第一个动手打地主的女性。这一"打"，表现的是其女性意识的觉醒。自此之后，她一改过去尖酸的性格，也减少了与丈夫的矛盾。因为武力的出现，她才有了属于自己的尊严。

> 周月英就站在这里，她戴了顶破草帽，仍旧穿着她那件男式白布背心，手上拿了半截高粱秆，在那里指挥。她在那次斗争会上，妇女里面她第一个领头去打了钱文贵，抢在人中间，挥动着她的手臂，红色假珠子的手镯随着闪耀。那样的粗糙的妇女的手，从来都只在锅头，灶头，槽头，水里，地里，一任风吹雨打的下贱的手，却在一天高举了起来，下死劲打那个统治人的吃人的恶兽，这是多么动人的场面啊！这个也感

动了她自己，她在这样做了后，好像把她平日的愤怒减少了很多。她对羊倌发脾气少了，温柔增多了，羊倌惦着分地的事，在家日子也多，她对人也就不那么尖利了。

此时，周月英的这一"打"极为重要，武力的出现被赋予了更为深刻的意义。只有"打"了，她才真正摆脱了过去的精神束缚与压迫，成了独立而有尊严的自己。

除了周月英的武力使用，区工会主任老董和县宣传部长章品的成长也与"武"有着紧密联系。当章品刚刚脱离青年工作，来到察南时，"他还不够十九岁，开始连杆枪也没有，常常只两颗手榴弹"。艰苦的环境极大地锻炼了章品的能力和心智，让他迅速地成长起来，有着超越其年龄的果敢和机警。"他要没有鹰的眼睛善于瞄准和鹿的腿跑的快，敌人就会像捉小鸡一样地把他捉住的。"在暖水屯的土地改革中，章品起到了极大的调动作用。

而章品不仅自己在"武"的过程中不断成长，他亦提拔和带动了一大批底层人物走上正轨。区工会主任老董就是在他的带领下发展起来的。在老董因为年纪大被嫌弃，没有经验，跟着打游击的时候，是章品收留了他。在被敌人取笑时，是章品鼓励大家："'不怕，你们沉住气，大家都瞄准一个人，瞄那个戴皮帽子的。我叫一、二，你们一齐发，听到没有？'他们就照着这样办，十杆枪同时响，打伤了一个，大家都欢喜得跳起来了。后来还是这样办，一连打伤了三四个，敌人就赶忙逃走了。"章品和老董都在打游击的过程中不断成长和发展，褪去革命的生疏和稚嫩，逐渐发展为土改的中坚力量，带领暖水屯的农民走上改革的正轨，得到自己的土地。在章品和老董身上，尚武精神得到了极大的彰显。这与侠义精神中的惩恶济贫亦不谋而合，在《太阳照在桑干河上》中，地主是压迫和剥削的一方，是要被打击的，而农民们土改则打着"算账"的旗号，是清算地主的罪行，拿到属于自己的土地。因此，这种"武力"的使用被赋予了正义性，也是加速这些土改领导者成长的重要因素。虽然农民在土改中动辄使用武力存在泄愤，以及害怕报复，想要把对方摧残致死的阶级局限性，但在章品和老董这里却是具有一定的积极意义的。

### 五、乌托邦式的浪漫叙事

侠义精神的一个重要特征便是乌托邦意识，侠士追求江湖，而丁玲则追求自由和浪漫。在丁玲小说中，不乏至情至性、自由浪漫的代表。

《莎菲女士的日记》是浪漫叙事的一个典型代表。主人公莎菲所有的行为都随性而为，从最开始对凌吉士的爱恋、挑逗，到最后到手后的厌烦、丢弃，莎菲都全凭自己所想。小说开头花了很大篇幅描绘莎菲的现状和所处环境：肺病缠身、刮风天、住客们喊伙计的聒噪声，无声时愈显得可怕的四堵粉垩的墙、白垩的天花板，还有各种能让人生气的因素，难得的消遣便是煨牛奶和看报纸。在精神上，莎菲希望被理解、被爱。在她看来，父亲、姊姊、朋友，包括体贴的苇弟，都用错了方式爱自己，并未完全理解她，仅仅是盲目的爱惜。在这样压抑的环境和心理中，莎菲渴望喘息，渴望自由，渴望属于她的乌托邦世界。苇弟是她的一个出口，朋友毓芳和云霖也能给她心灵上的慰藉，但都比不上南洋人凌吉士带给她的精神幻想。她审视着他的容貌，搬去离他更近的小屋，并借口请他补英文与他相处，她压抑着内心的兴奋，保持着女性的矜持。

但在与凌吉士的相处中，莎菲逐渐发现了其美丽外表之下的丑陋灵魂与可怜的思想。她发现凌吉士需要的是金钱，是能助他应酬买卖的年轻太太，是穿着标致的白胖儿子，他的爱情只是挥霍的肉欲，令他不满的只是他的父亲未给他过多的钱财。自此，莎菲的情绪开始严重起伏，她的哭泣不被人理解，她的自怨和自恨甚至无法用笔来记录，用文字来表述。因此，在凌吉士带给她的这个乌托邦世界破碎之后，莎菲开始疏远凌吉士，催促搬去西山的事宜，并给他捎信让他不要来扰自己，在反复的纠缠和挣扎中，莎菲最终发出了如此感叹：

> 但是我不愿留在北京，西山更不愿去了，我决计搭车南下，在无人认识的地方，浪费我生命的余剩……

凌吉士的出现，给了病中的莎菲以乌托邦的浪漫憧憬，但当这种美好破灭之后，莎菲陷入了心灵的挣扎苦痛。在这场感情中，莎菲是完全的主导者，开始结束几乎均由她决定，凌吉士反倒成了那个被牵着走的一方。

小说中还有诸多体现浪漫与自由的情节。在与好友剑如有嫌隙时，莎菲甚至觉得不需要解释，合则好，合不来给点苦头吃，也正大光明。朋友毓芳和云霖虽两情相悦，但却坚持不住在一处，不给彼此肉体接触的机会，这在莎菲看来也是可笑的，嘲笑他们是禁欲主义者，竟然压制住爱的表现，在她看来：

> 不相信恋爱是如此的理智如此的科学！

在这种两性关系中，莎菲的思想也是自由和开放的。

从叙述视角来看，《莎菲女士的日记》也带有很强的浪漫色彩。全文以主人公莎菲的视角，通过日记的形式，以第一人称叙述事件与人物心理，带有极为强烈的主观色彩。从这一视角，读者能够直接地感受主人公的内心波动，毫不隐晦，直抒胸臆。

《梦珂》中丁玲花了很大的篇幅来描绘主人公梦珂的故乡和童年生活，在梦珂因救女模特儿而离开学校后，到后来在姑母家收到父亲的来信，都让她对故乡的一切人和事心向往之。

> 是的，酉阳的确不能拿上海来相比。酉阳有高到走不上去的峻山，云只能在山脚边荡来荡去，从山顶流下许多条溪水，又清，又亮，又甜……树呢，总有多得数不清的二三个人围拢不过来的古树。算来里面也可以修一所上海的一楼一底的房子了……酉阳的圣宫——中学校址——是修得极堂皇的……

而除了故乡这些美好景色之外，幼时的生活也是让梦珂念念不忘的。她常回忆童年的自己穿着银灰竹布短衫，男孩女孩在溪沟头捉螃蟹，自己则躲在岩洞里看《西厢》。家中的老仆幺妈，还有幺妈的孙女三儿、四儿，讲故事的麻子周先生，以及与父亲喝酒说梦话、下雨天听雨下棋的惬意，与朋友匀珍、王三、袁大、二伯家的二和大，一同接竹尖、偷芋头、捡毛栗、耙菌子的欢乐。短短两万四千多字的文本，对故乡的回忆与描写竟占到了近两千字。所占写作篇幅之大，内容之细致，足以体现在丁玲设定下，这一生活对小说主人公梦珂影响之大。再对比寄住在姑母家的生活，酉阳的童年便成了梦珂心中的乌托邦。

在语言表达上，丁玲用来形容酉阳故乡和姑母家的词语也是截然不同的。除了上文摘录的环境描写之外，丁玲用了"像梦一般"来形容梦珂在酉阳的生活，与小伙伴的游乐是"顶有趣的"，麻子周先生讲的故事是"多么有味"，故乡的人们也是"觉得亲热"，让梦珂想起便不由得微笑。

而相比之下，姑母家的生活及至亲之人，却多是虚伪与丑陋。表哥晓淞对梦珂来说意义重大，但他却与多个女性朋友有染，与图画教员澹明像是争夺玩物般的争夺梦珂的感情。表姊的香水气是"浓艳"的，见到姑母，是"装成快乐的样子"，杨小姐的热烈，是"骇了她"，她用了"所谓的朋友情谊"来形容这些关系。她勉强地装着自然，被迫做出如此丑态，穿着不适宜的衣服，不似童年时那般"自由的，坦白的，真情的，毫无虚饰的生活"。晚餐后大家各自热闹，但梦珂却希望能与幼时的同学雅南谈谈过去的乐事。杨小姐们夸赞的漂亮衣服，她也不太称许，大红色小坎肩嫌颜色刺激，袍子嫌太花，就连脸上的脂粉颜色也觉得不太调和。她不愿意陪她们去吵闹的"新世界"，却偏爱电影《茶花女》，感动于幕上动人的女伶。正如她写下的：

> 我淡漠一切荣华，
> 却无能安睡，在这深夜，
> 是为细想到她那可伤的身世。

　　她装睡躲避杨小姐会带来的"麻烦"，而每当两位小姐肆无忌惮地愚弄并讥骂身边那些原本亲热的人，还强迫着教她处世和对待男人的秘诀时，梦珂都难以忍受她们妖狞的心术，暗暗握紧拳头忍耐。澹明大胆的猥亵话语也让她只得装作没听见，默默走开，她拒绝这样的轻浮。朱成更是极少与她说话。在这样的家中，梦珂并不快乐，她感受到的，仅仅是虚伪。即使她离开了，也只能引起"一点点不平静"，不会在这些人内心造成太大的起伏。

　　因此，在发现一切都不是自己所想之后，梦珂毅然离开了姑母家，寻求新生活。就像她所憧憬的："无拘无束的流浪，便是我所需要的生命。"即使是要委屈自己，隐忍着出卖灵魂，她也不愿意向姑母借钱，不愿见那些虚伪的面孔，回到那个空有其表的三层洋房。

　　故乡的温情与姑母家的不安形成了强烈的对比，主人公梦珂追求的始终是一种精神的自由，虽然后期陷入了更大的隐忍，但更让她难以接受的，是学校红鼻子教员的丑恶嘴脸、同学们的冷眼旁观与姑母一家人的虚伪。这诚然也是与侠义精神浪漫自由的内核一脉相承的。

　　综上所述，丁玲前期的小说创作中继承了诸多侠义精神的内核，甚至在政治性极强的《太阳照在桑干河上》中，也蕴含了一定的革命与侠之倾向。从另一个角度看来，丁玲作为一名女性作家，敢于以笔为剑，以纸为刀，展现自己内心的侠气与潇洒浪漫，阐明个人对这个世界的看法，弘扬女性主义，呼吁女性觉醒与独立，为民发声。从作家本人的创作角度来看，丁玲也是有"侠"之意味的。

　　（聂茂：中南大学文学与新闻传播学院教授、博士生导师，出版各类著作 40 余部，获湖南省青年文学奖等，有作品在国外出版。郭谭：中南大学文学与新闻传播学院现当代文学研究生）

# 丁玲前期小说中的虚无色彩

李达轩

　　虚无这个字眼，太不能引起人们的好感了，一提到它，人们就自然地想到了颓废，想到了病态，想到了"世纪末"。丁玲作品中的虚无色彩是众所周知的，在 1957 年对丁玲的批判中，虚无思想成了一条重要罪状[1]。20 世纪 80 年代为丁玲平反以后，虽然绝大多数评论者用文学而不是用"政治"的眼光来看待丁玲的作品，但对丁玲作品中的虚无色彩，却一直采取回避态度，纵然论及，也说它"是消极的，不健康的""病态的""这种情调的造成不能（也不应）由她本人负责"[2]，这使我们看到，评论者们在为她"开脱"的背后，实质上仍然是采取否定态度的。

　　对她作品的虚无色彩到底怎样看待？这个问题直接牵涉到对她早期作品的评价。我认为，丁玲作品中的虚无色彩与作品的其他因素一道构成了一个有机的艺术体，对于作者思想的表达和艺术的表现都起到了十分重要的作用。

一

　　我们首先要弄清楚的是，丁玲为什么要在小说中流露出这种虚无思想？接触这个问题的时候我们自然可以从作者本人及作品中人物的身上找到许多原因。作家的思想和作品中人物的思想是有差异的，但就丁玲早期的作品看来，那些带有虚无色彩的女性又分明地投射着作家本人的影子。因此，从这两方面来思考有助于我们弄清楚这种虚无思想产生的根源。

---

（1）《人民文学》1957 年第 10 期、《人民日报》1956 年 10 月 15 日。

（2）见《十月》1980 年第 1 期。

　　从创作发生学的角度来看，作家的生活道路对作家的创作有着十分重要的影响。丁玲走上文坛之前的 23 年生活，不仅在题材、人物等方面影响到她的创作，而且，也直接与她的虚无思想相联系。这位才华横溢的女作家，一来到这个世界上就无法摆脱这个世界对她的捉弄。如果说，这些捉弄在 20 世纪 30 年代以后直接来自那些各种面孔的弄权者的话，那么在丁玲走上文坛前的 20 多年时间里，则更多的是那看不见摸不着的网一般的生活环境，甚至还包括那嘲弄人的"自然法则"。她从童年、少年到青年时代，就在命运之神的巨掌揉搓之中挣扎：幼年丧父的阴影，寄人篱下的悲凉，弟弟夭折的痛苦，事业前途的虚幻，对独撑门面劳累奔波的母亲的疼爱，以及好同学、好朋友们在血泊中倒下的噩耗，伴随着她从南中国到北中国，又从北中国到南中国（详见拙作《论莎菲系列形象》），幸福是什么？未来是什么？"宇宙间到底有什么？什么也没有！"这既是阿毛姑娘的疑问，也是作者的激愤之辞。是黑暗的环境使作者产生的激愤，是残酷的生活使作家产生了虚无。

　　作品中的大多数人物与作家的思想倾向是一致的。只不过在丁玲前期小说中的女性身上，我们不能明显地看到她们童年的不幸和命运的坎坷，但却在另一个层面上，我们发现了作家与她笔下女性形象的惊人的相似性。这便是：她们大都是小资产阶级女性或受过新思潮影响的女性，她们感受到科学民主的新鲜气息，要与封建势力斗争却又被强大的封建势力压迫得喘不过气来。"五四"的高潮使她们兴奋不已，她们满以为前途一片光明，但五四运动热闹一阵之后马上陷入低潮，科学、民主的主张不仅没有实现，反而遭到了更加强大的专制和迷信的扼杀。这种专制和迷信的强大势力，不仅有政治的、社会的、物质的，而且有思想的、伦理的、习惯的，它不仅来自当时的社会历史环境，而且来自汉民族长期的文化积淀，在"五四"高潮过后，她们清醒了，她们才感到自己身陷无边的黑暗，思想上又没有一个强大的武器，想寻求出路却又在这"黑屋子"里苦闷彷徨，她们在这苦闷彷徨中终于发现了生活空虚无聊，于是产生了虚无思想。由此看来，作家笔下的人物，正如作家本人一样，她们虚无思想的产生，正是强大黑暗势力压迫的结果。

　　但是，仅仅看到作家坎坷的命运和黑暗的社会环境是不够的，更重要的是，这种虚无思想正是作家和作品中人物在这种环境下对生活永不懈怠的追求的结果。

　　如果没有对自我意识的追求，没有对新的生活的追求，那么，尽管"在黑暗中"也会心满意足的。只要对生活的一切都心满意足，个人对社会的一切都表示了认同，当然会乐在其中，当然就谈不上什么虚无了。丁玲前期小说中的一些女性，如伊赛（《日》），伊萨（《自杀日记》），节大姐（《小火轮上》），承淑、志清、嘉瑛（《暑假中》），阿毛姑娘、莎菲等，她们都"在黑暗中"，但是，她们并没有像鲁迅笔下的祥林嫂或闰土那样在黑暗中变得麻木，而是在黑暗中不断觉醒，不断地获得了自我意识。《日》中的伊赛，想到那些过着非人生活的劳动者却不知道自己生活的处境，想到那些醉生梦死的寄生虫不知道自己生命的意义，她是感到多么的悲哀！《暑假中》的三个女性，她们都有一种青春将逝、知音难求的烦恼。阿毛姑娘则始终在探求幸福，最后终于在这种探求中毁灭。她们总是给人一种不知疲倦，只知探索、寻求的感觉，因而她们的虚无是这不断追求的结果。

她们的这种精神面貌，我们仔细地进行分析，不难发现可分为三个层次：首先是叛逆的层次。在新思潮的影响下，她们产生了对周围黑暗环境的不满，这种不满情绪在心中积压必然会产生更加强大的心力，从而爆发出更加强大的反叛力量。另一方面，这种反叛力量对于个人来说是巨大的，但是，对于社会而言，它又是显得那么的渺小。她们又没有将个人的力量汇入集体的洪流来与社会抗衡，所以，她们见到的前途总是一片黑暗，这样，就自然地给她们的追求带来了第二个层次的东西——虚无。由于反叛方式的不得力，由于这种反叛力量遇到了更加强大的黑暗力量，她们的反叛是很难成功的，虚无思想正是反叛精神在黑暗中碰壁后的结果。但是，没有就此为止，还有第三个层次的东西，这便是，尽管这些人物感到虚无，却仍然在左奔右突。莎菲搭车南下，节大姐从桃源来到武陵，梦珂终于走向她厌恶的圆月剧社。她们虽然带着感伤、带着虚无，但是她们没有忘记对社会、对人生、对爱情的探求。作家本人的思想与作品中的人物是一致的，虽然丁玲在没有走上文坛的时候就已开始经受坎坷命运的折磨，她本人也时常带着感伤，但她对于生活的追求却又是与感伤虚无色彩结合得这样紧密。她的虚无思想，与她的叛逆精神和对新生活的热望简直是水乳交融地统一于作品中，不可分开。而对生活的追求是这三者中的主要方面，感伤虚无只不过是在当时特殊环境和特殊心境下对生活追求的尾部喷出的光焰罢了。如果她的作品失去了对生活的追求，虚无也会随之消失；相反，净化了她的虚无，那种在特殊情况下的反叛和追求精神也会失去它的光彩。

## 二

丁玲前期小说中的虚无色彩产生的根源，虽然有其社会的、生活的原因，但其根本的一点，是来自自我意识的觉醒和永不懈怠的追求精神。值得指出的是，无论在创作中表现一种什么思想，应该考虑的是这种思想是否有助于艺术的完美表达，如果这种思想割裂了艺术，不管这种思想多么正确，它只能使读者感到腻味。而丁玲早期小说中的虚无思想已经完全化作了作品的一部分，并且在两个重要方面增强了作品的艺术效果。

一是虚无思想有力地增强了作品的悲剧效果，增强了作品的崇高美。它不仅使人们对这个社会的永世长存产生深刻的怀疑，而且使我们在读完作品之后，感到主人公有价值的东西被毁灭，给我们带来了巨大的精神冲击和悲剧的美感。莎菲在被那安徽粗壮的男人骚扰过后，眼前又是一个平庸猥琐的苇弟，理想中的爱情是何等的虚幻！她只得无聊地待在公寓里，把煨牛奶和看报纸当作消遣时日的手段。缠身的疾病、令人生厌的环境，更加重她"对一切都厌了"的情绪。要是凌吉士那漂亮的躯壳里没有那丑恶的灵魂，她的生活或许会有一些转折，然而，她的热望所带来的只是无穷的懊丧，她只得南下去"浪费我生命的余剩"。节大姐和昆山相爱，得到的结果只是同事的白眼、校方的解雇以及自己被昆山的欺骗，等待她的也只是那未卜的命运。这些都给我们展示了有价值的东西的毁灭。在这毁灭的过程中，虚无思想正好和人物的追求精神形成了对立。这个互相对立的矛盾的统一体作用于读者的大脑，便产生了特殊的艺术效果：虚无思想给人以一种压抑的低沉的情绪，读者受了这种情绪的感染，清楚地知道作品中的主人公不管怎样奋斗，幸福是没有希望的。出路在哪里？既不可即也不可望。但是另一方面，追求精神又迫使读者跟着作品中的人物奋发起来，去追求、去抗争。两者的相互作用，带来了两者的逆向发展，它使人感到，作品中的人物越追求就越没有希望，越没有希望就越使人感到虚无。这种虚无情调在追求精神的强烈比照下就越具有一种崇高美，这样，悲剧的意义便显示出来了。悲剧意义的产生，是因为作品中的人物不是在明确知道了前途的光辉灿烂之后而为之奋斗、献身，而是明确知道前途像现实一样黑暗，却仍然不停下那探索的脚步。她们斗争的力量不是因为胜利在望，恰恰相反，她们知道了幸福的虚幻和缥缈，却仍然为它牺牲。因此，这种行动所显示出来的悲剧意义是十分巨大的。她们的悲剧，比起那种坚信理想一定会实现的主人公在为理想而奋斗的悲剧道路上所显示出来的悲剧意义就深刻得多了。

在这点上最有代表性的是梦珂。她虽然在姑母家里遇到了两个表哥的纠缠，也还是完全可以回到她父亲身边，过那种田园牧歌似的生活，但是她没有去，她选中了圆月剧社。而在这个地方工作，恰恰是与她的旨趣相悖的。第一次走进圆月剧社，便被人要求"勒上两鬓及额上的短发，显出那圆圆的额头并两个小小玲珑的耳垂给他审视"，导演和她的正式见面，便像商议生意一样当面评论她的容貌说"蛮好，蛮好……"，她完全被羞惭、屈辱、嫌厌、气愤的心情所包围，最后竟在试拍中昏厥过去。尽管如此，她仍然没有离开圆月剧社。在这里"使她的隐忍力更加强烈，更加伟大，能使她忍受非常无礼的侮辱了"。梦珂为什么要这样委屈自己，在这个"纯肉感的社会"里生活？不言自明。她是为了与社会抗争，当遭受屈辱之后她曾有过向姑母借债的犹豫，想过离开圆月剧社，但她终于还是走进了这个令她厌恶的场所。她是为了寻找幸福吗？她明明知道圆月剧社不会给她带来什么幸福，她明明知道她是在走向黑暗，是在"向地狱的深渊坠去"，然而她又果敢地这样做了。她一走进圆月剧社，心中就充满着感伤、空虚与绝望，而这空虚和绝望只能引起我们对主人公的同情，当我们弄清楚了主人公的结局之后再来看她这种空虚、绝望的虚无情绪，我们不仅不会觉得它的产生毫无道理，而且觉得它大大增强了作品的回溯力，它迫使我们去探求作品中人物那丰富复杂的内心，在人物行动与思想矛盾中，在她们失望与希望的空隙间，在她们感情与理智的撞击处，去拓宽我们的视觉领域，产生丰富的联想，寻求心理的平衡，从而获得我们丰富的审美感受。作品在这个过程中产生出来的美，不是那给人以诱惑的未来，而是现实行动本身；读者在思维过程中获得的美感，不是那种和谐平衡的静态美，而是那种不断打破旧的平衡的动态美。这种动态美大大扩大了读者的思维空间，也大大深化了作品的悲剧意义。

二是这种虚无色彩有力地增强了作品的抒情效果。丁玲作品的主观抒情色彩是十分浓郁的。她有时候采取第一人称的手法，直抒胸臆，发表对人生、对社会的感慨，使读者直接感受到作者的喜怒哀乐，比如《莎菲女士的日记》《自杀日记》；她更多的则是用带着强烈感情色彩的笔调叙事写人，将读者和作品中的人物统摄于她的抒情的艺术氛围之中，以艺术形象为中介，使作者和读者的感情得到了很好的交流，如《梦珂》《阿毛姑娘》等。尽管在不同的作品中，作者的抒情方式各不相同，感情表达的程度不同，但她的感情的内容无一不是分着两个层次向外流动和喷射。

这流动和喷射的第一个内容是感伤。作品中的人物在强大的黑暗势力压迫下，想反抗又无力反抗，就不免产生出感伤的情调来。这在她的处女作《梦珂》中已经表现得十分明显了。在这篇作品中，有个很不引人注目的女人——梦珂的表嫂，作者通过她，寥寥几笔，便把这种感伤的情调表达得淋漓尽致。表嫂平日谦和、温雅，小心谨慎，不仅人长得漂亮，而且会填词吟诗，她似乎是属于那种典型的贤妻良母型的妇女。这个有着温柔心性的年轻媳妇，她的内心如何呢？她六岁时失掉了父母，后来为了祖母，她嫁给了她并不爱的晓淞。在这个家庭里，她虽然有了孩子，并过着十分舒适的生活，但她的精神上仍然是十分痛苦的。她对丈夫由屈从、依附到反感，当丈夫"凑过那酒气的嘴来",她"只想打他"。她时常为自己在这个家庭里所过的那种无聊空虚的生活而不满。她又无力跳出这个生活圈子来做些反抗,她只是向梦珂来倾吐她的愤怒:"我竟如此幻想,愿意把自己的命运弄得更坏些,更不可收拾些。现在,一个妓女也比我好!也值得我去羡慕!"虽然这个人物在作品中着墨不多,可是我们却感觉到有一股浓郁的感伤情调包围着她。这是一种在黑暗环境压迫下焦躁不安的情绪。正如《梦珂》的结尾一样,那些"文豪们"尽可用各种辞藻去捧这位女明星,而读者却正和梦珂本人一样为她的命运而喟叹。她在成为明星以后得到了什么呢?她什么也没有得到,相反,她失去了许多东西。在作品中,这种情绪不以那大声呐喊的形式表现出来,而以它的含蓄隽永表现出了感人的力量。

这种感情的流动和喷射再向前发展一步,便进入了"虚无"。这也是虚无色彩被认为是增强了作品抒情性的主要原因。如果说梦珂和她的表嫂还只看到她们命运的可悲的话,那么莎菲、阿毛姑娘、伊赛则更清楚地看到了人生的可悲,看到了她们追求行为本身的可悲。莎菲"看清了自己在人间的种种不愿舍弃的热望以及每次追求而得来的懊丧",伊萨认为"难道好和坏在我还不是一样吗?"伊赛则认为在这个世界上"谁都是那么一天天的毫无意味,毫无用处地把时日送走!"阿毛姑娘原先还嫉妒那些富人,但当那个有钱的邻居姑娘死后,"她再也不去嫉妒那死了的人了,她也没有觉得死有什么可怜,她只感到这个生太无味",她辗转思量了一夜,得出了结论是:倒不如早死了好。由表嫂的"一个妓女比我好",到阿毛姑娘的"还不如死了好",我们可以看到由感伤向虚无发展的感情加深加浓的轨迹,正是感伤情绪的不断加重变成了虚无。从这里我们不难发现,作品中的人物在虚无色彩增强的同时,对社会的反叛情绪更加强烈了。当人物由感伤发展到虚无的时候,对生活也就由失望变成了无穷的憎恨。

当然,丁玲早期作品中所抒发的感情,并不都是感伤虚无之情,有对新生活的追求,也有对旧社会的愤恨诅咒。然而我们应该看到的是,这感伤虚无是建立在后两者之上的。正是感伤色彩的逐渐加浓,使我们看到了作者对生活追求的逐渐强烈和对旧社会憎恨的逐渐加深,当她的感伤发展到虚无这一个极点的时候,我们也看到她在不断追求中,对旧社会的憎恨也发展到了极点。

因此,我们有理由说,虚无思想在艺术上是起了积极作用的。它不是作为一种外在的观念加进作品中去,而是变成了她的艺术的有机体的一部分,它的出现,有助于艺术的完美表达。

## 三

有人说虚无是丁玲作品中的"顶点"，由于这个顶点，她面临着危机，再也不能前进了。我却认为：感伤和虚无不是丁玲创作的顶点，恰恰相反，在感伤和虚无的背后，蕴含着她创作的生机。这绝不是故作新奇之论，而是有充分根据的。

丁玲在出版了《在黑暗中》《自杀日记》两个短篇小说集后，很长时间没有写出有分量的作品，似乎真的证明了感伤和虚无是她创作的顶点。但是持这种观点或同意这种观点的人没有在这种表面现象的基础再问一句：丁玲没有拿出有分量的作品的真正原因，难道是感伤和虚无吗？

回答是否定的，真正的原因是丁玲在左翼评论家们的影响下，她的创作思想发生了变化。1928年革命文学开始论争，丁玲还不能完全接受创造社、太阳社的观点，因此，她这一时期的作品还顽强地保留着她自己的风格，如短篇小说集《一个女人》。但是随着时间的推移，随着胡也频对她的影响，丁玲由同情革命到参加革命，她的思想终于发生了很大的变化，自己的创作个性由逐渐减少到完全丧失了，《一个人的诞生》《水》《夜会》都说明了这一点。20世纪30年代，她的作品变成了政治概念的传声筒。因此，我们可以看到，造成她创作"顶点"的原因不是她的感伤和虚无，而是那种错误的文艺理论，是她丢掉了带有自己个性的感伤和虚无之后的结果。

感伤和虚无不是顶点，为什么定要说它的背后蕴含着创造的生机呢？关于这一点，我们不能完全用现实主义的理论来解释。丁玲一走上文坛，就带有强烈的现实主义的艺术精神，但是我们不能因此就绝对说丁玲笔下完全只有现实主义的东西。从某种意义上说，她的现实主义里包含着现代主义的精神内核。她的作品的现代主义的特点，不是明显地表现在她创作的外在因素上，而是在更深层次上表现为她的思想与现代主义在本质上的契合。现代主义深入人的内心意识，重主观表现、随意想象和联想，在形式上反传统，重创新，这些都是在艺术表现方面；他们描写人的绝望、空虚、孤独的精神状态也只不过是题材和感情取向上的特点。现代主义的真正内核是什么？它的内核便是对人的存在价值和生存意义的思考、对人的精神高层次的追求。陀思妥耶夫斯基的作品之所以被认为是现代派的滥觞，是因为他将笔深入到了人的心灵深处。贝克特笔下的狄狄、戈戈在等待戈多中那百无聊赖的动作和对骂是现实的混乱世界里人的生存意义的象征，也可以说是贝克特对于人生的速写；卡夫卡笔下的城堡则和戈多一样，体现了作家在寻求人的精神的沟通、在思考人生的要义；戈尔丁的《蝇王》虽然重点在表现人性恶，但人性恶的背后是作家对人的精神本质的思考。他们不是像浪漫主义作家那样被理想的天国吸引得激情澎湃，也不是像现实主义作家那样注重现实社会的人情百态，他们总是关心着人的内心、人的灵魂、人的精神世界。如果说浪漫主义文学是注重感性的，现实主义文学是感性中渗有理性的，那么，现代主义文学则从感性和理性再升华一步，把文学和哲理融为一体了。现代主义正是从哲学的高度来思考人与社会、人与人、人与自然和人与自我的关系。绝望、空虚、孤独只不过是他们在探求人生的真谛，在寻找社会关系中的自我的时候，因为得不到答案而产生的情绪罢了。正是从这个意义上来考察，我们发现了丁玲的作品在本质上和现代主义有某些相通之处。

最有代表性的莫过于《阿毛姑娘》了。这篇作品写农村姑娘阿毛嫁到杭州葛岭陆小二家后，思想上发生了很大的变化。她从家乡那封闭的农村，来到了繁华的城市杭州，看到世界竟是这样的不平。她拼命地想过上好日子，最后发现那些富人们也过得不愉快，原来世界上无所谓幸福痛苦，她便自杀身亡了。这篇作品的意义在哪里？评论家们不知是因为疏忽还是困惑，竟没有为这篇作品留下多少批评的文字。大约是阿毛姑娘太不好评价！她是那样的不安，竟然想到让别的男人把她带走，这显然不合乎中国的传统道德；她本是一个穷孩子，却想和富人一起过日子，这思想又不合乎她的"阶级出身"；她对丈夫并没有太多的怨恨，生活虽不太富裕，但出嫁后的生活比起娘家来却宽裕得多，她还是不满足，甚至想到死。不管这个人物是多么的复杂，只要是读过这篇作品的人，谁都会被作品征服，不得不承认它是一篇杰作。甚至可以这样说，这篇作品技巧的圆熟和思想的深邃，是足可与《莎菲女士的日记》媲美的。这篇作品不仅仅是揭露社会的黑暗，反映阿毛这个青年女子的悲惨命运，而更重要的是通过阿毛姑娘在丧失自我和不断寻找自我以及最后失败的过程中，表达了作者对人的存在价值和生命意义的思考。

我们看到，阿毛姑娘自来到杭州后，总是在希想什么。看到贫富的悬殊，她还只是抱怨自己的命运不好，她还希望自己能交上个好运，"三姐"出嫁后，她看到别人能过上好日子是因为有个好丈夫，她又希望别的男人能把她带走。她希望得到幸福，而幸福却像戈多一样老不来，像《城堡》中的长官C伯爵一样总是见不着，最后她不得不发出这样的呼喊："宇宙间什么也没有！"这是阿毛姑娘来到杭州后对人生意义思考的结果。作者也正是通过阿毛这个带有较强虚无思想的形象表达了她当时对人生的理解。如果说，贝克特通过狄狄、戈戈的动作和语言表明了他们在这个混乱的世界中生命的无意义的话，那么丁玲则让阿毛直接说出了生命的无意义。

　　在其他作品中，作家也是把人的存在价值和生存意义放在重要地位来表现的，她们的环境中，也有一个看不见、摸不着的戈多，它既可以支配你，又可以诱惑你。它使你在现实的混乱中忘记了自身行动的可笑。《日》通过伊赛便清楚地表达了这一思想，伊赛所见到的那些下层劳动者，白天在外劳累奔波，晚上回到家里没有一句有趣的话，"便相搂着睡了"；"那许多穿着得很清洁的人"满脑子是愚蠢的思想和自私的欲望。尽管他们二者的生活条件有很大差别，但他们的生活在本质上也有相同的地方，这便是，他们都不知道自己生命的意义，只是"毫无用处地把时日送走"。《庆云里中的一间小房里》中的妓女阿英，她心安理得地生活在那个糜烂的环境里，她已经完全失去了自我，一点也不知道自己生命的意义了。这些使我们想起了萨特《恶心》中的主人公安东纳·洛根丁的话："当你活着的时候，什么都没有发生。布景在更换，人来了、人走了，仅此而已。"从丁玲对这些人物的描写中，我们是不难体会出含有这个意思的。

　　在这里，我们不仅仅看到了作家为她笔下女性的不平生活而焦急、而呼喊，更看到了作家面对整个人类，所关心的不仅仅是社会的，而且是人生的，不仅仅是现实的，而且包括了过去的和未来的，不仅仅是直觉的、感性的，而且是抽象的、哲理的。因而对人的精神追求的层次是非常之高的。

　　由于对精神的高层次的追求，由于这种追求的实际上的不可能实现，于是便带来了主人公们在人与人关系中的冷酷淡漠和无法沟通。丁玲作品中的这一情调仍然是十分明显的。加缪笔下的"局外人"麦尔索对任何事情都无动于衷，他是那样的萎靡不振和糊里糊涂，甚至打死了人还不知道自己在犯罪，他完全像一个游离于社会之外的人[1]。丁玲笔下没有这样的主人公，但是，丁玲仍通过她的作品向我们淡淡地表达了这样一种思想：人的精神世界与外部世界之间有一条非常深邃的鸿沟，人与人之间是不可能完全互相理解的。《暑假中》的嘉瑛、承淑、志清之间的关系就说明了这一点，她们互相有着很深的友谊，却不能容忍对方和男朋友产生爱情。不仅梦珂与那些导演、演员们的精神世界完全不同，莎菲与苇弟、伊赛与她的邻居、伊萨与她的房东，甚至美琳与丈夫子彬、玛丽和望微，他们都各有自己的内心世界，而这内心的思想和情感要使对方产生共鸣是那么的困难。就像《城堡》中的 K 一样，想与城堡取得联系是那么的不容易。人与人之间的不能完全互相了解，正是由于作家对人在精神上对话的水准提高了，对精神追求的层次更深了。

　　当然，丁玲的作品在其他许多方面都缺乏现代主义的特征。她既不像 20

---

　　（1）见加缪：《局外人》。

世纪 30 年代的新感觉派那样，将跳跃的节奏、流动的意绪、特殊的时空排列表现在作品中，更不能像鲁迅的《野草》那样将现代主义的手法与现代主义的精神很好地结合起来，丁玲的作品仍然是写实的。但在写实的过程中，她的笔直透人生最深层的东西，在本质意义上表现出了与现代主义的相通，只要想一想西方理论界对俄国作家陀思妥耶夫斯基的评价，想一想对我国当代文学作家冯骥才、高晓声、戴厚英、宗璞等人的评价 [1]，我们就不难理解这一点。我们完全有理由说，她的早期作品是含有现代主义因素的，而她作品的现代主义因素，恰恰又和她的虚无色彩联系得这样紧密。作家正是在对人的存在价值和生存意义的思考上，在对人的精神的高层次的追求上发现这追求的不可能实现，因而产生了虚无。这一点，丁玲与世界上其他众多的现代主义作家又有惊人的相似。任何一种创作方法，总是与一定的社会生活相联系的，因为在一定的创作方法和创作思想指导下产生出来的文艺作品，都需要能被欣赏者接受，需要在接受者中产生共鸣，得到接受者的呼应。欣赏者的爱好和欣赏水平虽然千差万别，总是离不开社会生活，因而一定的社会生活便为一定的创作方法和创作流派的产生提供了条件。浪漫主义在中国就只能产生在五四运动以后这样特殊的环境中，古典主义就只能产生在封建主义和资本主义势力各自妥协和保持张力的 17 世纪。同样，现代主义只能产生在商品经济发达的现代社会，而 20 世纪 30 年代的中国大都市，社会生活已经给我们的艺术提出了新的要求，都市文明和工业经济正以它那不可阻挡的气势向封建的、传统的、宗法制农业结构的社会包围过来，世界文学正在不断地给中国文学注射着血液，中国已经走进了现代。在这样的背景之下，丁玲在一走上文坛的时候，就将现代主义的艺术精神带进了她的作品，正是顺应了历史的潮流，因而是充满生机的，只不过它隐藏在感伤和虚无的背后，很难被人发现罢了，人们看到的只是感伤和虚无，人们将感伤和虚无这一惹人注目的枝干拔掉时，它的根块也就枯死了。

最后，值得指出的是：在中国人民进行轰轰烈烈的反帝反封建运动，在砸烂自己身上枷锁、求得翻身解放的运动中，虚无思想与他们对光明前途的向往显得不太谐调。同时，汉民族的文化传统，决定了人们对静态美的特殊的认同倾向，因而丁玲作品中所表现出的情调就很不容易被人接受。如何找到一个更好的路子呢？作家是为人生的，而人生与社会又结合得这样紧密，在许多时候，人生与社会又存在着许多的矛盾，丁玲正是在切身的生活遭际

---

（1）参见《技巧的政治》，（美）李欧梵，载《文学研究参考》1986 年第 4 期，《现代派文学与中国》，（美）罗伯特·凯利，载《中外文学》1987 年第 1 期。

和对社会的思考中走上了与其他左翼作家相同的道路，对于这一点，我们是不难理解这位命运坎坷而又有点强烈社会责任感的作家的。

（作者系湖南文理学院原副院长，教授。作品原载《丁玲与中国女性文学——第七次全国丁玲学术研讨会文集》1996年）

# 莎菲形象的现代意识

## ——解读丁玲《莎菲女士的日记》

邹永常

　　《莎菲女士的日记》是丁玲早期创作的代表作，一发表就引起了文坛的瞩目与轰动，从此奠定了她在中国文坛的地位。这篇小说也因其独特的女性体验与现代意识而成了世界文学的经典。重新解读这篇名著也许能帮助我们更现代地去理解作家的超前思考与作品的永恒魅力。

### 一、死亡意识

　　描写死亡是文学艺术一个永恒的主题。海明威说："艺术家面临的问题就是怎样用文字来表现死亡。"[1] 丁玲也不例外。在《莎菲女士的日记》中，她就反复多次地写到了死亡。死亡的幽灵徘徊于文章的始终。

　　打开文本，死亡的阴影爬满了全文。"无论在白天、在夜晚，我都在梦想可以使我没有什么遗憾在我死的时候的一些事情。"莎菲的心灵充满了对死的迷恋。"明明看到那吐出来的是比酒还红的血，但我心却像有什么别的东西主宰一样，似乎这酒便可以在今晚致死我一样。""我认识了人生这玩意，而灰心而又想到了死。""悄悄地活下去，悄悄地死去啊！"[2] 对莎菲而言，死具有一种神秘的诱惑力。为什么？因为生存的环境和现实的生活充

---

　　（1）（美）海明威：转引自杰姆逊《后现代主义与文化理论》，北京大学出版社，1997年版，第173页。

　　（2）丁玲：《莎菲女士的日记》，见《丁玲文集》第二卷，湖南人民出版社，1982年版。

满了痛苦，"多无意义啊，倒不如早死了干净"。死亡对她而言就成了一种解脱、一种休息、一种享受。

古今中外，由于对现实的批判与否定而选择死亡是人类面对困境的一条出路。然而，同样是选择死亡，但其选择死亡的目的和价值、理解和动机则是不同的。

尼采认为："对于生者来说，它是一种刺激和一种誓言。完成者胜利地死去，围绕着他的是一些希望者和信誓者。"[1] 如果我们从积极的方面来理解，这意味着死亡是对自身价值的一种诗意的实现，因为它照亮了他人，完成了自己。这与我国传统儒家学说中的"杀身成仁，舍生取义"的精神是一致的。同时又与传统佛学中的"四大皆空""色空"观点殊途同归，因为这样的死亡是一种灵魂的升华，是一种超越的完满，是走向了精神的永恒，它充满了诗意的美。

但叔本华的哲学与西方现代派艺术思潮对死有一种另外的理解——居于生存状态，生命意志具有永不满足的欲望。但由于社会、道德、生理、环境等等的制约，人实现自己欲望的能力永远赶不上欲望对人诱惑的能力。这样，人活着就必然承担着欲望的痛苦，肉体和精神就很难得到真正的解脱。而死，则意味着肉体禁锢的解脱和精神自由的获得。叔本华的思想最后归结于对生命的否定，把人生最大的幸福看成死，因为它解除了肉体实存对灵魂的束缚和监禁，充满了迷人的魅力。因此，他们迷恋死亡，描写死亡，揭示死亡的神秘意义和情感的丰富性。

莎菲的死亡意识，当然表现了一种对现实的否定与批判。然而，积极的死亡应该是"将一个伟大的灵魂奉献出来"[2]，只有消极的死亡才会采取自我毁灭和自杀。而这正是叔本华悲观人生哲学对西方现代主义文学的深刻影响。莎菲的死亡意识显然属于后者，无论是有意还是无意。

## 二、孤独意识

现代人，由于价值观念的多元和个人意识的高扬，人们彼此之间已失去了可以共鸣的话题。人与人之间深感难以沟通。因此，孤独就成了现代知识分子的个性精神特征，人们由于无法沟通而变得焦虑不安。

(1)（德）尼采：《查拉图斯特拉如是说》，见殷克勤《尼采与中国文学》，南京大学出版社，2000年版，第108页。

(2)（德）尼采：《尼采的生存哲学》，九州出版社，2003年版，第340页。

20 世纪 20 年代的丁玲，远离乡土在社会上打拼。她曾经接受过进步思潮的洗礼，也曾狂热地参加过一些政治运动。但由于缺乏对现实的正确认识和承受挫折的能力，面对着"五四"退潮和大革命失败的沉重现实，她随即陷入了痛苦的深渊。她有着强烈的自我意识，不愿接受任何束缚，既割断了同传统的联系，又远离革命，灵魂无所皈依，失去了精神的家园。生命没有支点，终日沉溺在自我的内心世界中，销声匿迹，慨叹人生如灰暗的深渊。正是这种心态和对知识女性在特定时期生存困境的感受，使她塑造了莎菲这个经典的艺术形象。

正如丁玲自身一样，莎菲远离乡土，没有知己朋友。"我总愿意有那么一个人能了解得我清清楚楚的。如若不懂得我，我要那些爱、那些体贴做什么？""除了我自己，是没有人会原谅我的。谁也在批评我，谁也不知道我在人前所忍受的一些人给我的感触。""谁能懂得我呢，便能懂得了这只能表现我万分之一的日记，也只能令我看到这有限的而伤心哟。"[1]她从"五四"那里接受了新思想，被时代裹挟着冲向社会。但"五四"的退潮，使她如滞留在沙滩上的贝壳，被抛入一个完全陌生的环境，在茫然的心境中不知所措。她一厢情愿地要求别人的理解，并为不被理解而伤心落泪，"谁能懂得我在夜深流出眼泪的分量呢？"[2]于是长久地沉溺在失望的苦恼中。她的朋友和亲人，只是一味地爱着她、护着她，视她为任性的小孩；苇弟只是一味地让着她，听命于她，视她为狂狷的小姐；凌吉士则一味地诱惑她、打动她，视她为浅薄的女人。其实，谁又真正了解了她呢？于是，心灵的创痛无法抚平，茫然和焦虑一如既往。彻骨的孤独浸透了她的心，绝望和痛苦如影随形。所以她才说，"倒不如早死了干净"。这又何尝不是一代知识女性普遍的生存状态呢？鲁迅笔下的子君，庐隐笔下的露莎，茅盾《蚀》中的时代女性，不都是如此吗？她们追求、苦闷、呐喊，然而周围的人们却以异样的眼光看着她们，社会也以冷漠回报她们。这是何等让人窒息的生活，只有孤独中人才有如此深切的感受。这与荒诞派戏剧大师贝克特《等待戈多》中的两个老流浪汉的答非所问，这与表现主义大师卡夫卡《变形记》中推销员的有苦难言有着本质上的一致。

---

（1）丁玲：《莎菲女士的日记》，见《丁玲文集》第二卷，湖南人民出版社，1982 年版。

（2）丁玲：《莎菲女士的日记》，见《丁玲文集》第二卷，湖南人民出版社，1982 年版。

### 三、女权主义意识

在传统的男权中心社会里，女性是作为男性的性消费对象出现的。女人应该是什么样子，总是受消费主体男性的控制。"一个女人之为女人，与其说是天生的，不如说是形成的。"[1] 在那样的社会中，即使女人自己对自己的认识，也要男性中心的主流社会认同。作为一种被消费对象，她总是努力使自己成为消费主体所欢迎的样子。例如《红楼梦》中的薛宝钗就是如此。

传统的文学创作与文学批评中，有一种根深蒂固的男权中心主义思想。即使女性作家的创作也受到这种男权中心话语的控制——在男权中心话语中，女性形象是被严重歪曲的。在这种文学中，女人被描写为两种类型：要么是贤妻天使，要么是妖女荡妇。这实际上是隐藏着男性父权制社会对女性的歪曲和压抑。所谓贤妻淑女，只不过是男性对女性的审美理想。这些天使般的女性，"她们都回避着她们自己——或她们自己的舒适，或自我愿望"。即她们的主要行为都是向男性奉献或牺牲，而"这种献祭注定她走向死亡"，这"是真正的死亡的生活，是生活在死亡之中"。[2] 这种把女性神圣化为天使的做法，实际上一边将男性审美理想寄托在女性身上，一边却剥夺了女性形象的生命，把她降低为男性的牺牲品。而另一类妖女荡妇形象，实际上体现了男性社会对不肯顺从的女人的厌恶，因为她们不甘于放弃自我，不甘于生活在死亡之中。例如《金瓶梅》中的潘金莲等。所以，在男性中心文化语境中的女性形象，无论是天使还是妖女，都反映出了父权制下男性中心主义的根深蒂固和对女性的歧视贬抑。

在彻底反叛旧传统的五四运动中成长起来的丁玲，生存的语境给了她反叛的勇气和力量。在她的思想中，传统的道德锁链荡然无存。她不但成功地反叛了包办婚姻，冲出了家庭，而且把斗争的矛头对准了整个传统的男权文化。

在传统的男权中心社会里，出嫁结婚是女人的出路和归宿。男人和家庭则通过婚姻控制女人，剥夺其自我和自由。丁玲意识到了这一点，于是就猛烈地予以反叛，哪怕是自由恋爱而结合的婚姻，她也否定。在《莎菲女士的日记》中，莎菲最知心的蕴姐，就如泣如诉地叙说过婚姻的不幸，哀叹自己

---

（1）（法）波伏娃：《第二性》，湖南文艺出版社，1986年版，第23页。

（2）（美）桑德拉·吉尔伯特、苏珊·古芭：《阁楼上的女人》。见朱立元主编《当代西方文艺理论》，华东师范大学出版社，1997年版，第347页。

的绝望。相对而言，未进婚姻牢笼的莎菲虽然孤独，却身心自由，虽然空虚，却也洒脱。故此，她对苇弟那种虽然老实温存但却自私占有的想法深恶痛绝。在作者看来，婚姻不但不是挪亚方舟和精神家园，相反是妨碍自由的囚笼，是窒息生命的坟墓——这是对几千年传统文化的极端反叛。

在否定婚姻的同时，作者还把矛头对准了男人这个男权文化的直接体现者——反叛男人在两性关系中的主导地位。在几千年的历史传统中，男人历来是作为社会中心和女人的主宰而存在的。男人一直拥有主动权和创造权，女人则往往是被动和缄默的，传统的经典话语有着极大的性别歧视：男人总是伟岸和坚强的，而最优秀的女人也还是囿于淑女和怨女的类型。即使如"五四"时期的冰心、庐隐等，虽然喊出了个性解放的心声，却没有冲出男性话语的圈套。女人们仍然被安放在淑女和怨女的位置，营造着爱的氛围，诉说着失去爱情的忧伤。但丁玲却以她的大胆、决绝和极端的反叛情绪塑造了莎菲这个叛女的形象，对传统的男权中心进行了颠覆，尽情地嘲弄了男人的猥琐和卑劣，并将其从中心地位拉了下来，以女性取而代之，表现了强烈的女权意识和反叛意识。于是，我们看到，两性地位已发生了重大的置换——莎菲在两性交往中总是主动，总是有着优越感，并居于审度一切的中心地位。相反，男性则猥琐、粗俗、苍白，并居于被审视的从属地位："安徽男人"粗俗，云霖呆拙，苇弟猥琐，凌吉士卑劣。特别是苇弟和凌吉士，是世俗所谓好男人的两种类型：苇弟忠诚厚道，懂得体贴人；凌吉士俊美风流，潇洒富有。但莎菲却常常捉弄他们，使之招之即来，挥之即去，从而出够了对男人的怨气，也使男人们出尽了洋相。作为一个复仇者和反叛者，她以不柔顺、不近情理的倨傲和侮弄捉弄男人，反叛男权主宰，终于在情与理、灵与肉的剧烈冲突中战胜了男人，也战胜了自己。从而完成了新女性对自身形象的塑造——一个向男权文化传统宣战的叛逆者，一个有着鲜明的女权意识并大胆地解构男性神话的现代女性。

西方的女权主义写作与批评虽然诞生于20世纪60年代末70年代初，但它起源于19世纪后半叶到20世纪初期西方妇女解放运动的第一次浪潮。那正是中国五四新文化运动反封建反传统的狂飙突进时期。生逢其时的丁玲以她的深刻与敏锐，走在了世界新潮的前列，成了西方女权主义写作的一个源头。这不是一个简单的借鉴、移植与模仿，而是一种超前的同步思考，是现代文明的普遍规定性和现代思潮的世界共同性在世界不同地区此起彼伏、彼此呼应的表现。由此我们也看到了丁玲的前卫和深刻。

## 四、精神分析意识

弗洛伊德的精神分析和詹姆斯的意识流学说一直是西方现代派文学的重要理论基础。西方活跃于 20 世纪上半叶的一流作家，大多数都或多或少地受过他们的影响。按照弗洛伊德三重人格结构学说和"力比多"理论，人的本我是无意识的，基本上由性本能即"力比多"组成，它按"快乐原则"活动。自我代表理性，按"现实原则"活动。超我代表社会道德，按"至善原则"活动。于是，本我和超我就经常处于不可调和的矛盾中。而詹姆斯的意识流学说的提出，使小说家们撤出了传统小说中作者自我的介入，转而致力于描绘人物的意识流程。

《莎菲女士的日记》着力表现的就是莎菲人格结构中本我与自我、超我的冲突，具体表现为灵与肉的冲突、情感与理智的搏斗。一方面，莎菲认识到凌吉士是一个"除了可鄙之浅薄的需要，别的一切都不知道"的"人类中最劣种的人"。但另一方面，她只要"觑着那脸庞，聆着那音乐般的声音，我的心便忍受那感情的鞭打！为什么不扑过去吻住他的嘴唇、他的眉梢、他的……无论什么地方"。于是莎菲在灵与肉的搏斗中痛苦地挣扎着："我既然认清他，我就应该这样说，教这个人类中最劣种的人儿滚开去。然而……当他大胆地贸然伸开手臂来拥抱我时，我竟又忘了一切……我是完全被那一副好丰仪迷住了。在我心中，我只想：'紧些！多抱我一会儿吧，明早我便走了'。"事过之后，莎菲又痛悔不已："唉！我能用什么言语或心情来痛悔？他，凌吉士，这样一个可鄙的人，吻我了！"[1]

小说以人物心灵的历程作为结构的线索，通篇作品采用莎菲的独白展示人物心路的流程。作品抛弃了诸如肖像描写之类的外部刻画（即使有，也是主观直觉中的对象）而倾尽全力去展示莎菲心灵的挣扎——想摆脱又无法摆脱对凌吉士迷恋的本能驱遣，明知不应为而又要为的对苇弟的矛盾心态。（当苇弟不来时想他来，苇弟来了她又捉弄他。她心里承认苇弟是个老实人，可是她却总是不断地伤害他。）作品没有外部情节的激烈冲突，却以它的内部张力把读者引进了人物心理跌宕的惊涛骇浪中。莎菲的心路历程大约如下：不满（环境和苇弟）——追求（碰到凌吉士）——满足（得到凌吉士的吻）——失望（市侩，兴趣不同）——毁灭（悄悄地活下去，悄悄地去死）。整篇就是写莎菲的这种心理演变、心路历程，是一种意识的流动和流变。

---

（1）丁玲：《莎菲女士的日记》，见《丁玲文集》第二卷，湖南人民出版社，1982 年版。

如果说《莎菲女士的日记》展现出的死亡、孤独和女权意蕴是丁玲自身情感体验与西方现代派思潮的无意的契合，那么，运用日记体的心灵独白，挖掘人物深层的潜意识活动，采用意识流的写法去揭示人物灵与肉的冲突，则肯定是作者有意为之。

从20世纪开始，现代文明的扩张使整个世界联为一体，人类也因此面临着许多的共同问题，而相同或类似的境遇就迫使世界各民族的思想家、文学家和艺术家们几乎进行着同时或同步的思考，并得出相近的思想结论，结出相似的艺术果实。丁玲，我们无法找到她对西方现代派思想与艺术借鉴的自我表述，但她的《莎菲女士的日记》无论在思想还是在艺术，都有着鲜明的西方现代派文学的印痕。这与她生活在"五四"那个开放的环境和大革命失败后她个人苦闷孤寂的生活体验有关。也许，她并没有刻意地去学习西方的什么流派，但她却在自己的人生体验和艺术天赋中接通了对西方现代派艺术的接受。假如现代派意识的出现是世界文学发展的必然，那么莎菲形象的塑造就是这种同步甚至超前思考的结晶。

[作者系湖南文理学院中文系教授。作品原载《名作欣赏》（理论版）2005年第10期]

# 读丁玲的杂文

李云飞

一

　　杂文在我国的历史源远流长，先秦诸子百家的散文中就已有杂文萌生，鲁迅则把中国的杂文推向了顶峰。丁玲的杂文虽然不能和鲁迅的杂文相提并论，但完全可以归入鲁迅式的现代杂文之列。丁玲的杂文，主要阐述了下述几个方面的思想内容。

　　第一，勉励人们要敢于斗争，敢于批评，不断进取。

　　我们读丁玲的杂文，完全可以看出丁玲对革命事业的衷心歌颂、真诚信仰和坚定的信念。丁玲一生只写了20多篇杂文，但有近1/3的杂文贯串着这一思想。其中最突出和最集中的篇章有：《大度、宽容与〈文艺月报〉》《战斗是享受》《我们需要杂文》《〈新木马计〉演出前有感》《"三八"节有感》《奋斗到胜利》《韦护精神》等。在《大度、宽容与〈文艺月报〉》中，丁玲对"宰相肚里好撑船"式的"大度"提出了反感。丁玲认为："对于坏人、坏事、坏倾向，也要宽容固然是罪恶；即使对于原来并不坏，只是因为有了伪君子们的大度，而慢慢才滋生培养出一些坏的倾向的这种大度与宽容也是不应给以宽容的。"而应该"把握斗争的原则性。展开深刻的、泼辣的自我批评，毫不宽容地指斥应该克服，还没有克服，或者借辞延迟克服的现象"。在《"三八"节有感》中，她勉励女同胞们要"下吃苦的决心，坚持到底"。在《战斗是享受》中，我们感受到了一个女革命战士对快乐和幸福的认识"不参加战斗，不在惊涛骇浪中搏斗，不在死的边沿上去取得生的胜利的人"是"无从领略到""最高的快乐，最大的胜利的快乐"，"只有在不断的战斗中，才会感到生活的意义，生命的存在，才会感到青春在生命内燃烧，才会感到光明和愉快呵！"

第二，反虚伪的精神和对工作要认真负责的精神。

古人说："文如其人。"这在杂文领域中尤为如此。从丁玲的全部杂文中，我们正可以看出她的人格。她对虚伪、做作是何等的厌烦，提出了老老实实做人，认认真真干事的准则。体现这种思想内容的杂文主要有：《说欢迎》《说到"印象"》《干部衣服》《老婆疙瘩》《一个钉子》《谈"老老实实"》等。《说欢迎》首先批评了那种形式主义的欢迎，指出这种欢迎即使形式上热烈，但由于没有什么实际意义，因而很快就要被欢迎者淡忘；然后提出："应该多多从工作上来表示我们的欢迎。"《说到"印象"》劝告人们"最好多参加一点实际工作"。《干部衣服》对那种追求时髦、陶醉于做表面文章的做法提出了批评。《老婆疙瘩》用纺线形式的"老婆疙瘩"（指纺线时断了又接上去的一种成团的疙瘩）比喻做任何事情都不能马虎："做自己一段事情的时候，必须能负责这段事，把它做得没有毛病，否则，别人就要遭到因你不负责而来的更大的麻烦。"不仅呼吁了对工作要认真负责，而且提出要关心体谅他人。《谈"老老实实"》对"老实"做了正确的解释，指出老老实实，就是不虚伪，老老实实就是一心为人民，装得老老实实，实际上是很不老实的人，提倡为人真诚和一心为人民、一心为工作。

第三，对国民党专制主义、腐败统治的抨击，对自由爱国人士的赞扬。

丁玲是一个作家，但她更是一个革命战士，因而她对国民党专制主义、腐败统治深恶痛绝，对热爱和平、热爱祖国的人士大力赞扬。在《勇气》中，以赵尚武与人比武的故事勉励人们面对强大的日本军国主义不应有丝毫的怯弱心理，要勇于与其抗争。在《谈鬼说梦的世界》《窃国者诛》《自掘坟墓》中，对国民党空军上尉刘善平驾机起义给予了热烈的赞扬，对祖国的前途和胜利给予了尽情的欢呼。读丁玲的这类杂文，使人们感受到了丁玲对革命、对祖国、对人民的一颗赤诚的心。

第四，丁玲的部分文学主张。

丁玲是作家，也是评论家。丁玲的许多文学主张，除了在创作实践中具体体现外，其余则在她的文学评论和杂文中体现。

丁玲的文学主张，在杂文中体现出来的主要有：（1）主张艺术的本质是"真"。在《真》中，丁玲认为："不是真的东西，不是人人心中所有的东西，是不会博得人人喜爱的，粉饰和欺骗只能使人反感。"（2）主张文艺工作者要深入生活，熟悉生活，认识生活。如在《什么样的问题在文艺小组中》，丁玲对"创作者并没有理智地思考他最熟悉的事，最被感动的事，研究它，抓住它，表现它，而只斤斤追求其理证的范围"的做法提出批评，认为这是一种"舍本求末的方法"，按照这种方法写作，只会写出一些"八股""公式"之类的东西。在《材料》中，批评那种"唯恐不及地去收集材料""写着自己毫不亲切的故事"的做法，主张文艺工作者要"在大世界中做一个小人物去亲近、去观察、去思索生活"，"不只要感觉，而且要认识"。（3）在《文学的天才意味着什么》《收入与支出》中主张文艺工作者"要有正确的人生观，有美好的理想，能勤奋刻苦学习……"和多读书、多生活。

## 二

杂文，实际上属散文的一种，是一种议论性的散文或说理类的散文。它与一般散文不同的是，杂文通篇的目的在于说明一个道理；它与议论文不同的是，它的说理借助于鲜明的形象与浓郁的文学色彩。它的"理"，应该说得聪明，说得巧妙，说得艺术，说得有趣。丁玲的杂文的说理，虽称不上十分巧妙和有趣，但基本上还是可以称为聪明和艺术的。

她的杂文说理的方法用得最多的是巧喻警人、借事讲理，比如《老婆疙瘩》。《老婆疙瘩》的中心意思是劝告人们对工作要认真负责。作者就用工厂纺线时由于操作不注意而形成"老婆疙瘩"给工厂带来的损失的事例说明。又如《收入与支出》，作家要告诉人们的是只有多读书、多生活，才会有好的作品产生。这是文艺领域的一个理论问题，可以写一大篇文艺理论文章，但作者却用财政的收入与支出的关系说明之。

丁玲杂文说理的另一个特征是情（感情）与理（哲理）的交融。丁玲是一个富于感情的作家，你读她的杂文，完全可以被她在杂文中流露出来的炽热而执着的革命激情，正直、坦率的人格所感染，如《战斗是享受》。作者这样写着："这些人不知道寒冷，这时是很冷的呵！这些人不知道惊险，拿生命去和水搏斗，就只因为是捞取那一点点木材吗？他们那么快乐地嘶叫，互相鼓舞，不甘落后的奋勇，就只是一点点小利而使他们那样高兴的吗？他们是在享受着他们最高的快乐，最大的胜利的快乐，而这快乐是站在两岸的人不能得到的，是不参加战斗，不在惊涛骇浪中搏斗，不在死的边沿上去取得生的胜利的人无从领略到的。只有在不断的战斗中，才会感到生活的意义，生命的存在，才会感到青春在生命内燃烧，才会感到光明和愉快呵！"

这种感情与哲理的融合，用了多种手法。如有借形象抒情，使抽象的感情通过形象的表现产生了实际的力量，这就是诗的力量，如《战斗是享受》。也有借形象说理的，使很抽象的理论通过形象产生了无可反驳的逻辑力量，这就是理的力量，如《老婆疙瘩》。还有情理皆化于形象之中，使她的杂文既具有高度的形象性和逻辑性，又具有强烈的说服力和极大的感染力，如《收入与支出》："树要它结果，必得上肥，庄稼离不开深耕细作。我们提倡多写、多生活、多体验、多研究。我们要为着十分光去积蓄十分力。我们要支出，却更要收入……"

感情的表露方式也有多种，如畅达、曲折等。但丁玲杂文的感情表露方式主要是畅达，最突出的莫过于《"三八"节有感》："'妇女'这两个字，将在什么时代才不被重视，不需要特别的被提出呢？"

文章一开始，就开门见山地说女同志受压迫、受歧视。是何等的直爽！丁玲的这一艺术表达特征一直贯串在她的整个杂文创作中。这种畅达的表达方式，构成了丁玲杂文独特的创作个性，朴实、坦率、真诚。

## 三

有人认为，在中国现当代文学史上，丁玲应是继鲁迅、郭沫若、茅盾之后的大家。这可能主要是指丁玲的主要文学成就——小说。如果从杂文方面探讨，丁玲的杂文与鲁迅的杂文既有一脉相承的地方，也有不同点。

第一，鲁迅认为："我的杂文，所写的常是一鼻，一嘴，一毛，组合起来，已几乎是或一形象的全体"（《准风月谈后记》）。的确，鲁迅的杂文都是从小处着笔，用深入浅出的笔墨，简洁形象的语言，针砭了作者所洞悉的一切社会弊端，形形色色的问题，做出了科学的符合中国实际的分析。丁玲认为："历史本身是一部宏伟的巨著。一些人以为反映历史就需要一部、几部长篇大作：小说、戏剧、史诗、画卷。我以为一篇散文也能就历史的一页、一件、一束情感，留下一片艳红，几缕馨香。"（《我也在望截流……》）因而她的杂文，也能呈露时代的面容，保存历史的真相，具有不可替代的认识价值。如《窃国者诛》记载了国民党反动派庇护汉奸、卖国贼的罪证，《一个钉子》从一个侧面反映了新中国人民的新的精神面貌。不同的是，鲁迅的杂文纵横古今，包罗万象，反映出了那个时代的政治、文化、经济、学术诸方面的矛盾和斗争。相形之下，丁玲的杂文由于其创作杂文的时间、精力等不如鲁迅，因而反映的社会内容也就远远不如鲁迅杂文的内容广阔和博深。

第二，无论是鲁迅的杂文，还是丁玲的杂文，就其实质来说，都属于瞿秋白所说的"文艺性的社会论文"。不同的是，由于两人所处的时代、地点、环境等的不同（丁玲一生共写了24篇杂文，都是在延安和解放了的中国大地上写的。其中延安时期 1938 年 4 篇，1940 年 2 篇，1941 年 5 篇，1942 年、1944 年、1945 年各 1 篇，解放区 1946 年、1947 年、1950 年各 1 篇，1951 年 2 篇，1980 年后 2 篇），因而鲁迅的杂文主要是搏击敌人的匕首和投枪，是被压迫者夺取民主权力的思想武器。它的目的是要推翻国民党反动统治。丁玲的杂文虽然也有搏击敌人的匕首和投枪，但更多的是治病救人的良药和手术刀，是人民行使民主权利和发扬民主、完善民主制度的思想武器。它的目的既包含了要推翻国民党反动统治（包括日本帝国主义），但更包括了要清除革命队伍中的不良习气，以提高革命队伍的素质，增强革命战斗力。

第三，在艺术表现形式上，鲁迅的杂文、丁玲的杂文都具有不完全同于一般评论的论文的精确深刻性，又具有文学作品的形象生动情气活泼性等不同于其他文学形式的文学作品的艺术特征，但由于个人文化素养、气质以及创作环境的不同，因而：（1）鲁迅的杂文大部是论战性的、雄辩的，具有明确、肯定、无可反驳的逻辑力量。他能够通过日常生活里的一件小事情去表现深广的主题，通过历史的一点旧教训给现实生活以狠狠的鞭挞，使读者从内在的联系上达到心领神会的结论，同时又具有追魂摄魄的感染力。相形之下，丁玲的杂文总的情况是形象性强于逻辑性。读鲁迅的杂文，易使我们感觉到鲁迅是一个睿智的学者，读丁玲的杂文，易使我们感觉到丁玲是一个善感的文人。（2）鲁迅的杂文大多隐晦曲折，但不乏尖锐、泼辣。丁玲的杂文主要是明快，有的还平、松、浅、直。

第四，鲁迅的杂文主要是对旧社会的解剖，绝大部分是"时代感应的神经，攻守的手足"，以致在一个时期内，给人造成一种误解，似乎只有激烈批判社会现实才是鲁迅式杂文的唯一方式。遗憾的是这种片面的界说至今仍在顽固地阻碍着杂文创作的实践。其实，鲁迅的杂文，内容是多方面的，风格也是多方面的。除社会短评外，还有文艺论文、历史杂感、哲理散文等。除了"匕首""投枪"外，还有"发聋振聩的木铎""发人深思的静夜钟声"和"急管繁弦的纵情欢唱"。丁玲的杂文，全面地继承和发扬了鲁迅杂文的这一优良传统，其中最突出和对当前杂文创作具有启迪意义的是创作了一部分歌颂性质的杂文，如《海燕行》《一个钉子》《韦护精神》等。这应该说是丁玲杂文创作的功绩。

## 四

丁玲是中国现当代文学史上著名的作家，但丁玲的著名并不是以创作杂文著名（虽然她的《"三八"节有感》也曾使她名闻遐迩，那终究是……）。

她一生创作的杂文如果仅从字数上计算，不到整个著作的 2%，她的主要文学成就是小说，有时也写过评论、诗歌、剧本和散文，但她对杂文创作却有着强于另外文体创作的感情。1941 年，丁玲呼吁"我们需要杂文"（《我们需要杂文》）。40 年后，丁玲依然呼吁"现在我还要在这里说：我们需要杂文"，甚至说："我也真有点想改行。改到写杂文去。"（《和北京语言学院留学生的一次谈话》）

丁玲之所以对杂文有着如此强烈的感情，这主要来自她的文艺思想。

首先，她始终自觉地把自己的创作和文学活动当作无产阶级革命事业的一部分。她认为："文艺应该服从于政治，文艺是政治的一个环节，我们的文艺事业只是整个无产阶级事业中的一个组成部分。"（《关于立场问题我见》）。还认为："创作本身就是政治行动，作家是政治化了的人。"（《作家是政治化了的人》）

其次，她觉得杂文易于为无产阶级革命事业服务。

丁玲的文学创作活动始于小说。她回忆写小说的缘由，当时"我精神上苦痛极了。除了小说，我找不到一个朋友。于是我写小说了，我的小说就不得不充满了对社会的鄙视和个人孤独的灵魂的倔强挣扎"（《一个真实人的一生》），"要代替自己给这社会一个分析"（《我的创作生活》）。这时，是 1927 年。

1936 年，丁玲到了延安。从此，丁玲的文艺观点都得到了长足的发展，对文艺与政治的关系、作家与政治的关系等的认识都更趋于马克思列宁主义和毛泽东思想，加上鲁迅杂文的社会政治生活中的作用，在无产阶级文学事业中的地位，都促使作家感到除了小说等外，"我们这个时代还需要杂文，我们不要放弃这一武器"。"贪污腐化，黑暗，压迫屠杀进步分子，人民连保卫自己的抗战自由都没有"，需要鲁迅式的杂文去抨击"中国的几千年来的根深蒂固的封建恶习"，也需要杂文去"督促，监视"和"铲除"（引文均见《我们需要杂文》）。

1978 年，丁玲重新回到了文坛。在党的解放思想、实事求是、拨乱反正的方针指引下，丁玲的文艺视野更加开阔，见解更为精湛、全面、深刻，也更富于针对性和时代感。她认为："文学不只是要表现生活，而且同时是战斗的武器"。面临着自己已快是 80 岁的老妇，她有了急功近利的想法，"写小说太慢了，要绕很多圈子"，"杂文来得快，它像匕首，一击可以中的"，"我觉得写杂文更好"（均见《和北京语言学院留学生的一次谈话》）。

今天，我们探讨了丁玲的杂文以及丁玲关于杂文的观点，觉得丁玲的杂文无论是思想内容、艺术手法，还是创作实践，在现在仍然有着深刻的现实意义，特别是她在杂文中提出的要敢于斗争、敢于批评，不断进取和反虚伪的精神与对工作认真负责的精神，更是一剂良药。她的关于杂文的观点，虽觉得不无偏颇之处，但却是可以理解的。尤其是，她始终坚持文艺事业是无产阶级革命事业的一部分，作家是政治化了的人，用杂文做武器的看法，对于杂文创作和坚持社会主义文艺方向，永远都具有十分深远的历史意义。她留给我们的，不光是几篇杂文，而是异常丰富的精神遗产。

[作者系湖南省作家协会会员，湖南省文艺评论家协会会员。作品原载《桃花源》1994 年第 2 期和《丁玲文学》2018 年第 2 期。后均收入上海文艺出版社《李云飞评论文选》（2019 年 1 月出版）]

# 《太阳照在桑干河上》创作初探

章晓虹

《太阳照在桑干河上》是丁玲创作的描写我国土地改革的长篇小说，自1948 年出版以来，这部作品得到大多数评论家的肯定，虽然在 1957 年作家被打成"右派"以后，作品曾遭受诬蔑与打击，但那只是历史进程中的一个短暂片段，大家比较一致地认为这部作品不论在丁玲本人的创作道路上，还是在中国现代史上，都具有里程碑的意义。

## 一、难得的创作契机

在 1942 年整风运动丁玲的《"三八"节有感》受到批评后，她按《在延安文艺座谈会上的讲话》精神要求创作了通讯报道《田保霖》，毛主席认为这是作家到群众中去的好文章，为此丁玲努力深入工农兵，接连写出了《三日杂记》《袁广发》等反映陕北农村的系列通讯报道，但她并不满足这些报道与速写，她要寻找新的形式来表现生活。

1945 年日本投降以后，毛泽东决定全国战略向北推进。丁玲和陈明，也跟随延安干部团奉命奔赴东北。队伍走了一半，就传来情况说蒋介石已经抢先到了东北。于是，丁玲不得不停留在河北张家口，而张家口作为共产党从日军手中解放的第一座省会城市，大批的干部从延安调来建设新城，一时之间张家口成了当时的第二个延安。

1946 年夏，党中央关于土地改革的指示传达下来后，创作契机终于来了，丁玲请求参加晋察冀中央局组织的土改工作队。近一个多月时间里，她在张家口涿鹿县温泉屯乡参加了土改的全过程，在工作中，她感觉到觉醒了的广大农民从封建剥削压迫下挣脱出来的伟大力量震撼了她的心灵，触发了她强烈的创作欲望。1946 年秋，丁玲告别了温泉屯，到阜平县红土山，开始了《太阳照在桑干河上》的写作，其间她曾两次搁笔去体验生活，修改写作计划，1948 年 6 月小说完稿，由东北光华书店发行，1951 年小说获斯大林文艺奖二等奖，并被译成十几国文字，驰誉于世界文坛。

## 二、土地改革运动的复杂性

丁玲的《太阳照在桑干河上》和周立波的《暴风骤雨》都是描写土改运动的长篇小说，但《太阳照在桑干河上》更有丰富的内涵和历史深度，其主要原因是丁玲在创作时没有陈述似的描写土改的一般过程，没有重点写如何斗地主、挖浮财、分田地等内容，而是深入农民的思想和心理，写他们从思想上如何转变，从而真正成为土地的主人这一艰难历程。这种经过作家对生活的提炼、加工和"反刍"的作品，使人们感到是多侧面、多层次、富有立体感的，而不是图解政策、人云亦云的作品。

例如作者在描写农民精神上"翻身"这个方面，没有把他们写成一讲就通、很有觉悟的人，因为当时温泉屯村里有恶霸地主、有奸商、有土匪，还有国民党的残余势力跟他们勾结，而且土改前一个月，国民党曾围攻中原解放区，土改中又向山东等解放区进攻，八路军能不能守住？会不会"变天"？如果天再变了，八路军撤退了，地主反攻了该怎么办？老百姓心里还是有些顾虑的。在这种情况下要发动群众进行土改相当困难，就像丁玲自己说的："我觉得农民要自觉起来，跟着共产党勇往直前，实在不是一件容易的事，不是宣传宣传就可以做到的。"于是丁玲就每天和群众聊天，说我们共产党就是为老百姓大家的，就是为老百姓谋福利、求解放的，而且一定会取得最后的胜利。

此外，还有几千年的封建传统、宗族观念、宿命论观点等等这些精神枷锁禁锢着农民，这种思想在老一辈农民中较为突出，如老农民侯忠全就有种逆来顺受的心理，在农会让他找地主侯殿魁算账时，他却说"是来看二叔的"，说完还在院子里扫起地来，后来农会硬分给了他一亩半地，他还是不要还给了地主，并说是前世欠了他们的，拿回来下世还会变牛马，这说明因果报应和宿命论思想还深深地影响着广大农民。还有部分善良的农民认为人家种的地是人家的，咱们分人家的，心理上感觉有点不公平，也自觉地给人家往回送。

由上可见，作者并没有把农民写成一宣传就起来，一拨就通的人，而是写他们觉醒的艰难性与复杂性，说明土改不仅是一场政治运动，也是一场农民的思想解放运动，我们的工作就是要帮助农民解开戴在身上的封建枷锁，启发其阶级意识，只有把群众真正发动起来土改才能取得胜利。

## 三、人物描写拒绝脸谱化

　　众所周知，文学描写的主要对象是各种各样的人物，在《太阳照在桑干河上》中，丁玲塑造了一大群生动鲜活的人物，他们是恶霸地主钱文贵、地主侄女黑妮、工作组长文采、村党支部书记张裕民、农会主任程仁等等，在这些人物中，作者并没有把恶霸地主写得十恶不赦，把地主侄女写得丑陋不堪，也没有把村党支部书记张裕民、农会主任程仁写成"超凡脱俗"的圣人、"完美无缺"的英雄模范，而是在人物创作时拒绝脸谱化，表现其真实性和复杂性。

　　作者为什么选取钱文贵这样一个土地并不太多、作恶也不是很大的"阴险狡猾"型地主作为描写对象，而不是写孟家湾那个强奸女人、私藏军火、罪大恶极的恶霸地主陈武？这是作者的独具匠心所在，作者是想通过钱文贵的复杂性、隐蔽性，给复杂的土改斗争抹上斑驳陆离的色彩。钱文贵在旧社会虽然"不做官，不做乡长、甲长"，但他是个"诸葛"，村里人都怕他。他凭着自己的政治敏锐送儿子参军，把女儿嫁给治安员张正典，利用侄女黑妮和农会主任程仁的恋爱关系来控制程仁，因此，他的这种复杂的社会关系就给这场斗争增加了复杂性，而且实际生活中并不是只有陈武那样恶贯满盈的地主，这种表面看上去还有些人情味、隐藏得较深的地主可能更符合生活的真实。

　　此外，作者在描写村党支部书记张裕民和农会主任程仁时，正如作者所说："我不愿把张裕民写成一无缺点的英雄，也不愿把程仁写成了不起的农会主席……在斗争初期，走在最前面的常常也不全是崇高、完美无缺的人，但他们可以从这里前进，成为崇高完美无缺的人。"土地改革是一场伟大的革命运动，它要推翻几千年的剥削制度，砸烂农民身上的枷锁，这对任何人来说，都是一个不断认识的过程。因此，暖水屯开始土改时，张裕民和群众一样也怕"变天"，也有私心、也碍情面，农会主任程仁也有"动摇"，副村支书赵德禄有时也自私胆小，其实这并不是歪曲了农民形象，因为生活在世界上的人，没有一个是"完美无缺"的，因为暖水屯才解放两年，封建专制的落后、愚昧思想残留在农民身上是合情理的。

　　作者在《太阳照在桑干河上》中拒绝脸谱化描写人物，这是作者抛开脱离实际的"教条"和简单的"模式"，面对生活进行独立的分析与思考，力求写"自己发现的东西"的佐证，也是其在创作中一以贯之的坚持。

## 四、心理描写富有层次

欧洲小说家普遍重视人物的心理描写，他们认为小说水平高表现在内心描写越多，事件描写越少，他们以挖掘内心的深度来衡量小说的水平。丁玲的小说，一开始就吸收了西方小说注重描写人物的内心的特点，如《莎菲女士的日记》就借鉴了歌德的日记体小说，用第一人称直抒胸臆的方法，大胆描写莎菲的心理变化，并通过大量的心理描写来剖析她的内心世界以塑造人物。

《太阳照在桑干河上》也非常注重人物的心理描写，但与《莎菲女士的日记》不同的是，它是通过作家客观地描述来剖析人物心理。如在《果树园闹腾起来了》这一章里，作者通过三个层次来描写地主李子俊的女人曲折的心理变化。第一个层次是写李子俊女人对"自家果园被统制"的心理活动。她"望着树，望着那缀在绿树上的红色珍宝"，感到的不是欢喜，而是憎恨，感到自己的权势已颓，"这是她们的东西，以前谁要走树下过，她只要望人一眼，别人就会赔笑脸来奉承解释"，她不免感慨：连过去给自家看园子的长工李宝堂也开始反对她了，真是事变知人心啊！但她还是舍不得离开果园，在周围徘徊。第二个层次是写她对富裕中农顾涌果园被"统制"的幸灾乐祸的心理："她不禁有些高兴，哼，要卖果子就谁的也卖，要分地，就分个乱七八糟吧"，这又表现了她唯恐天下不乱的心理。第三个层次是她发现钱文贵的果园没有受"统制"时的心理活动：她"忍不住悄悄骂钱文贵会舐干部的屁股"，骂干部、共产党"守着个汉奸恶霸却供在祖先桌上，动也不敢动！"就这样，李子俊女人的心理活动，通过作家三个层次的描述，细腻入微地呈现出来，这段千字心理描写，直接剖析和挖掘了人物复杂的心理变化。

《太阳照在桑干河上》是丁玲一生中唯一完成的一部长篇小说，冯雪峰认为它是"一部艺术上具有创作性的作品，是一部相当辉煌地反映了土地改革的、带来了一定高度的真实性的史诗性作品"，但也有人认为此作是丧失了作者的创作个性的公式概念化之作。本文从土地改革的复杂性、人物描写拒绝脸谱化和心理描写富有层次几个方面粗略阐述了其创作并非是图解政策、简单概念，并没有在人物脸上贴政治标签，而是充分描写了土改斗争的反复曲折，人物关系的错综复杂，农民翻身的举步艰难，干部的顾虑和矛盾，等等，从而展现出了作品独特魅力的反映轰轰烈烈土改运动的成功之作。

（作者系中国丁玲研究会秘书长、常德市丁玲文学研究中心主任，文学创作二级。作品原载《丁玲研究》2018 年第 2 期）

# 《记游桃花坪》中的虚与实

周友恩

丁玲在 20 世纪 50 年代初创作了一篇有划时代意义的散文——《记游桃花坪》，首发在 1954 年 4 月 17 日的《人民日报》第 3 版，再发于 1980 年《桃花源》创刊号上。这篇散文收入《丁玲全集》及多个选本，并配有陈明拍摄的照片。

这篇反映解放初期土地改革、农村巨变的散文发表后，产生了巨大反响，丁玲本人也十分满意。1980 年《桃花源》创刊时请丁玲赐稿，丁玲欣然应允，推荐自己的《记游桃花坪》在《桃花源》上重新发表。

《记游桃花坪》这篇散文也给读者和研究者很多困惑，不知丁玲笔下的"桃花坪"指的哪里，也不知主人公杨新泉是谁。

2016 年 7 月，一个偶然的原因，笔者开始探究与此有关的问题，并大有收获。

## "桃花坪"是"鄢官坪"，"杨新泉"是刘际泉

据《丁玲年谱长编》记载，1954 年 3 月的一天，丁玲到常德六区枫树口乡鄢官坪村刘际泉家访问。早晨乘吉普车到七里桥，又坐小篷船驶柳叶湖，走 40 里水路，中午抵刘际泉家。傍晚方归。据此作《记游桃花坪》。这是参与访问的丁玲的丈夫陈明的记忆。

《丁玲年谱长编》与《记游桃花坪》两相对照，发现《记游桃花坪》中的杨新泉就是刘际泉。

丁玲采访刘际泉的过程中，陈明拍了一张珍贵的照片，照片中，丁玲两手举着一个 3 岁左右的小女孩，哄她玩。这个小女孩就是刘际泉的妹妹。

刘际泉已经故去，他弟弟和妹妹健在。我和常德市文联殷习清副主席，湖南文理学院郭虹教授、汪苏副教授，在 2016 年 7 月 14 日上午专程采访了刘际泉的弟弟和妹妹。

据刘际泉的妹妹回忆，丁玲采访她哥哥时，她不懂事，只有 5 岁多，到旁边打打闹闹，丁玲抱着她，拿出扇子糖，逗她玩，要她吃糖，不要吵闹。陈明用相机记录了这个瞬间，这张照片后来被丁玲的很多文集、传记、年谱所采用，放在散文《记游桃花坪》一起。

丁玲采访刘际泉后，给刘际泉写过信，寄过书——《太阳照在桑干河上》，书中有她亲笔写的一段话。只可惜，这些东西早已遗失。

我向刘际泉的弟弟和妹妹请教，当地有没有"桃花坪"？他们肯定，丁玲采访他哥哥的地方不叫"桃花坪"，也不叫"鄢家坪"，叫"鄢官坪"，这个地名一直没有变化。

## 丁玲采访的刘际泉曾受到毛泽东主席的亲切接见

丁玲千里迢迢跑来常德，坐船 40 多里到鄢官坪采访刘际泉这个农民，写下《记游桃花坪》并首发在 1954 年 4 月 17 日的《人民日报》第 3 版上，这其中肯定有重要原因。这是丁玲研究者一直困惑的问题。通过与刘际泉的妹妹、弟弟以及当地殷老先生的交流，寻找到答案。

原来，当时的刘际泉可不是一般的农民，是大名鼎鼎的风云人物，名字刻在了荆江分洪纪念碑上，纪念碑上有毛泽东、周恩来的题词。他的出名与荆江分洪有关。

荆江分洪工程位于湖北省公安县境内，始建于 1952 年春末夏初。参加工程建设的有湖南、湖北 30 万军民，以 75 天的惊人速度建成荆江分洪第一期主体工程，包括右岸沙市对面上游 15 公里处的虎渡河太平口进洪闸、黄山头东麓节制闸和分洪区南线大堤等主体工程。荆江河道安全泄洪能力由此得到显著提高，缓解了与上游巨大而频繁的洪水来量不相适应的矛盾。

刘际泉就是荆江分洪工程的湖南民工。新中国成立后的贫雇农刘际泉，分到田和地，过上幸福生活。怀着对共产党、毛主席的感激，在荆江分洪工程中表现得特别积极。他吃苦在前，不发脾气，帮助别人解决困难。干部问他哪来这么大的劲，他说："我相信共产党，我的一切是中国人民翻了身才有的，我要替人民做事。我要把一切事情做得最好。"他被工程指挥部评为"甲等劳动模范"，光荣入党。他妹妹回忆，哥哥还得了很多奖品，卧单、包被、衣服、茶缸、热水瓶之类的东西。

在北京人民大会堂，毛泽东主席、刘少奇副主席、周恩来总理等党和国家领导人亲切接见刘际泉，毛主席还询问刘际泉的名字，是哪三个字，刘际泉向毛主席做了解释，他识字，读过一年私塾。毛主席说，我帮你改一个字，白水泉改为木又权，你要为人民群众掌好权。从此，刘际泉正式改名为"刘际权"，成为国家干部，人生翻开了新的一页，他那双抓犁尾巴的手抓起了印把子。

## 《记游桃花坪》中的虚与实

《记游桃花坪》是一篇文学作品，允许虚构。

按理说，丁玲应该写《记游鄢官坪》，可能是因为这样写太实，标题也不美。常德有桃花源，天下闻名，充满理想与神秘。当时也是桃花盛开的时节，鄢官坪里的桃花争奇斗艳，给丁玲一种家乡的亲切。她觉得这里叫"桃花坪"更为贴切，可以让读者有丰富的想象空间。

据《丁玲年谱长编》记载，丁玲采访刘际泉的第二天，即 1954 年 3 月 17 日，丁玲游桃花源及桃花洞。此时丁玲应该在构思《记游桃花坪》，我们也就不难理解标题的含义。

文中的主人公叫杨新泉，其实就是刘际泉，为什么要改一个名字呢？显然，杨新泉这个名字要好。丁玲采访刘际泉的起点是柳叶湖的船码头。三月的柳叶湖岸，杨柳成行，新枝绿叶，湖中有泉水桥连接南北，如诗如画。刘际泉翻身得解放，过上了新的生活，像春天的杨柳，生机盎然。在丁玲的笔下，刘际泉就就有了一个更美的名字——杨新泉。由此，鄢家祠堂也就变成了杨家祠堂。

（作者系常德市《桃花源》杂志社原社长、主编，湖南省作家协会会员，湖南省社会科学院特约研究员，理学学士）

# 后　记

　　为庆祝建党一百周年，宣传推介新时期以来荣获丁玲文学奖的常德籍作家出版的书籍和在各类文学刊物发表的作品，推动本土文学创作和文学评论发展，常德市文学艺术界联合会、市丁玲文学研究中心联合常德市文学评论家协会的专家学者，按小说、散文、诗歌、戏剧影视、丁玲专辑五个门类收集整理了文学评论九十七篇，其中小说类评论二十八篇，散文类十九篇，诗歌类三十七篇，戏剧影视类六篇，丁玲专辑七篇。前四类专辑选编的是全国各地（含本土）评论家对常德籍作家作品的文学评论；丁玲专辑收录了有关丁玲文学作品的评论及相关研究作品，这不仅突出了丁玲在中国当代文学史上的重要地位，也彰显了家乡人民对她的崇敬、怀念和敬爱之情。五个门类的排序按综合类、书集、单篇的原则予以编排，每个作者每个门类原则上最多只选编一篇评论。

　　此评论集是新时期以来常德本土文学评论的一次全面整理与总结，是对常德本土优秀作家作品的重要推介。该书的编辑出版得到了常德市委宣传部、市文联、作协、区（县、市）文联、作协，以及常德文学界特别是常德市文学评论家协会各位专家学者的大力支持。在此，我们对该书的编委会成员，为目录选编、排序等工作提出建议的专家学者，为该书撰写序言的聂茂教授，对全书进行统稿的邹永常教授，以及关心、支持、配合该书编辑出版的单位、个人以及春风文艺出版社表示衷心的感谢！

　　评论集因编排、篇幅等诸多原因，有些文章未能收录进来，挂一漏万，还请大家谅解。

2021年5月22日